Thomas Mann

Lotte in Weimar

•

로테, 바이마르에 오다

창 비 세 계 문 학

55

로테, 바이마르에 오다

토마스 만

임홍배 옮김

창비

차례

•

일러두기

1. 이 책은 Thomas Mann, *Lotte in Weimar* (Frankfurt: S. Fischer Verlag GmbH 2003)를
   번역 저본으로 삼았다.

2. 본문 중의 각주는 옮긴이의 것이다.

3. 외국어는 가급적 현지 발음에 준하여 표기하되, 일부 우리말로 굳어진 것은 관용을
   따랐다.

트란스옥시아나* 사람들의
요란한 군악 소리에 맞추어
우리의 우렁찬 노래
당신의 궤적을 따릅니다!
우리는 아무것도 두렵지 않습니다
당신 안에 살아 있으니
만수무강하시기를
당신의 왕국 굳건하기를!

— 괴테 『서동西東시집』에서

* 오늘날의 우즈베키스탄 아래쪽 아무다리야 강 유역.

1장

바이마르에 있는 엘레판트 호텔[1]의 수석 웨이터 마거는 교양이 있는 남자로, 1816년 9월 하순 무렵 아직도 여름 같은 어느날 설렘으로 갈피를 잡기 힘든 감동적인 경험을 하게 되었다. 그렇다고 이 뜻밖의 사건이 딱히 부자연스러웠다는 것은 아니지만, 어떻든 마거는 한동안 꿈이라도 꾸는 기분이었다고 할 수 있다.

이날 아침 8시가 조금 넘어 고타에서 오는 정기 역마차 편으로 세명의 여성이 시장 광장에 면해 있는 이 유서 깊은 호텔 앞에 하차했다. 이들은 첫눈에 보기에는 — 그리고 두번 다시 보아도 — 특별히 이목을 끌 만한 데라곤 없었다. 이들 사이의 관계가 어머니와 딸 그리고 하녀라는 것은 쉽게 짐작할 수 있었다. 손님을 영접하기 위해 허리 숙여 인사할 채비를 하고 아치형 현관 앞에 서 있

---

[1] 1669년에 개업하여 지금까지 현존하는 호텔.

던 마거는 먼저 모녀가 발판을 딛고 포장도로에 내려설 수 있도록 호텔 사환이 거들어주는 모습을 지켜보았다. 그러는 사이에 클레르헨이라 불리는 하녀는 마부와 작별인사를 나누었다. 마부 옆자리에 앉아 있던 하녀는 줄곧 마부와 즐거운 대화를 주고받은 것처럼 보였다. 마부는 미소를 띤 채 하녀를 옆에서 바라보고 있었는데, 아마도 하녀의 어투에서 풍기는 낯선 고장 사투리를 골똘히 생각하고 있는 듯했다. 그러고도 한동안 마부는 조롱기가 섞인 멍한 표정으로 하녀에게 눈길을 주었고, 하녀는 다소 과장되게 몸을 꼬며 치마를 살짝 들어올린 채 우아한 포즈로 높다란 마차석에서 내려왔다. 그러자 마부는 노끈에 연결하여 등에 매고 있던 뿔피리를 잡아당겨 들고서 매우 감상적인 곡조를 불기 시작했고, 새 손님의 도착을 가까이서 지켜보던 몇몇 소년들과 아침 행인들은 뿔피리 소리에 기분이 좋아졌다.

여성들은 여전히 호텔 건물을 등진 채 마차 옆에 서서 단출한 짐꾸러미를 끌어내리는 것을 지켜보았고, 이윽고 소유물을 챙기자 안도하고 호텔 입구 쪽으로 몸을 돌렸다. 그러자 이 순간이 오기를 고대하던 마거는 인도로 내려와서 아주 싹싹한 태도로 손님들을 맞았다. 마거는 불그스레한 구레나룻에 감싸인 창백한 얼굴에 상냥하면서도 다소 쭈뼛거리는 미소를 띠고 있었고, 단추를 채운 연미복 차림에 곧게 펴진 옷깃 안쪽에는 낡은 목도리를 두르고 있었으며, 꽉 조이는 바지 아래로 튀어나온 발이 유난히 커 보였다.

"안녕하세요!" 앞서 오던 두 여성 중 어머니 쪽에서 먼저 말을 건넸다. 그녀는 이미 중년을 넘겨 나이가 지긋했는데, 적어도 50대 후반은 되어 보였고 몸집이 약간 통통했다. 그녀는 하얀 옷에 검은색 숄을 걸치고 있었고, 꼰 실로 짠 반장갑을 끼고 끈이 달린 춤이 높은 여성용 모자를 쓰고 있었는데, 모자 아래로는 한때 금발이었던 곱슬머리가 은은한 회색으로 빛났다. "우리 셋이 묵을 방이 필요해요. 나와 내 아이 몫으로 침대가 둘인 방이 하나 필요하고, 거기서 멀리 떨어지지 않은 데로 하녀가 묵을 단칸방도 필요해요. 그런 방이 있나요?" (아이라고 부른 딸도 이미 한창 젊은 나이는 넘겨서 20대 후반은 되어 보였고, 머리는 나선형으로 곱슬곱슬했는데 그중 한가닥이 목둘레로 흘러내렸다. 어머니는 작은 코의 곡선이 섬세한 반면에 딸은 콧날이 다소 날카롭게 솟아서 딱딱한 인상을 주었다.)

부인은 피곤해 보이면서도 기품이 느껴지는 파란색 눈으로 웨이터를 흘낏 스쳐보고는 호텔 접수대 쪽을 바라보고 있었는데, 다소 나잇살이 붙은 양 볼 사이에 자리 잡은 작은 입은 말을 할 때면 독특한 호감을 주었다. 아마도 젊은 시절에는 지금 딸의 용모보다 더 매력적이었을 법했다. 부인은 고개를 끄덕이며 떠는 버릇이 특이했는데, 자기가 하는 말을 강조하는 것이기도 했고 다른 한편 어서 응답해달라고 채근하는 효과도 냈기에 그런 버릇은 허약함보다는 오히려 활달함에서 연유하는 것처럼 보였지만, 어쩌면 허약함과 활달함이 겹친 탓인지도 몰랐다.

웨이터는 모녀를 호텔 입구로 안내했고, 하녀가 모자 보관용 상자를 들고서 건들거리며 그 뒤를 따랐다. 웨이터가 말했다. "여부가 있겠습니까. 우리 호텔은 평소에 워낙 손님이 많아서 지체 높은 인사들도 받지 못하고 사절해야 하는 경우가 허다합니다만, 숙녀분들의 소원이라면 극진히 받들려고 무진장 애를 쓰지요."

"그것참 마음에 드네요." 외지에서 온 부인은 이렇게 대꾸하면서 웨이터의 말투가 듣기 좋고 작센-튀링겐 사투리가 강했기에 짐짓 유쾌하게 놀라는 시늉으로 딸과 눈길을 주고받았다.

"자, 이쪽으로 오시겠습니까?" 마거는 싹싹한 어투로 일행을 로비 안쪽으로 안내했다. "접수대는 오른쪽에 있습니다요. 이 집안의 미망인이신 엘멘라이히 부인께서 반기실 겁니다. 자, 이쪽으로 오시지요!"

엘멘라이히 부인은 머리에 비녀를 꽂고 있었고, 접수대가 현관문에서 가까웠기 때문에 윗도리 단추를 위쪽까지 채운 채 뜨개질한 조끼를 걸치고 있었다. 그녀는 펜이며 편지지에 뿌리는 모래[2] 그리고 계산기[3] 등에 둘러싸여 접수대 뒤편에 당당하게 버티고 앉아 있었는데, 벽감壁龕처럼 오목하게 들어간 업무공간은 접수대에 의해 로비와 분리되어 있었다. 그녀의 옆쪽에서는 남자 직원이 입식 데스크 옆으로 나와서 옷깃 달린 외투를 입은 어떤 신사를 영어로 상대하고 있었는데, 호텔 현관 옆에 쌓아놓은 여행 가방들이 그 신사의 짐인 듯했다. 여주인은 새로 도착한 여성 손님들에게 주의를 기울이기보다는 시큰둥한 눈길로 홀낏 스쳐보면서 어머니 되는 사람의 인사와 젊은 두 여성이 품위 있게 머리를 숙이며 허리까지 살짝 숙여서 건네는 인사에 응대를 했다. 여주인은 웨이터 쪽으로 귀를 기울여서 여성 손님들이 필요로 하는 방을 전해듣고서 손잡이가 달린 호텔 룸 약도를 집어들고 잠시 연필 끝으로 약도를 이리저리 짚어보았다.

초록색 끈 장식이 달린 복장을 하고 여성 손님들의 짐을 들고 있던 남자 종업원을 향해 호텔 여주인은 "27호실" 하고 방을 배정해주었다. "1인용 단칸방은 드릴 수가 없네요. 하녀분은 에르푸르트

---

2 잉크가 번지지 않게 뿌리는 미세한 모래.

3 괴테 당대에 이미 초보적인 기계식 계산기가 발명되었다.

에서 오신 라리슈 백작 부인의 하녀와 같은 방을 써야겠어요. 우리 호텔에는 지금 하인들을 대동한 손님들이 많이 묵고 있거든요.”

클레르헨은 주인마님의 등 뒤에서 못마땅한 표정으로 입을 삐죽이 내밀었지만 주인마님은 선뜻 동의했다. 금방 사이좋게 지내겠지요,라고 하면서 부인은 어느새 접수대를 떠날 채비를 하고서 방으로 안내해달라고, 그리고 짐도 옮겨달라고 부탁했다.

“바로 그러겠습니다, 부인.” 웨이터가 말했다. “하지만 내친김에 형식적인 절차도 밟아주셨으면 합니다. 제발 몇줄만 적어주세요. 이런 번잡한 절차는 저희가 원해서가 아니고 경찰에서 시키거든요. 경찰은 몸에 밴 근성을 못 버리지요. 그래서 법이니 규정이니 하는 것들은 영원한 질병처럼 계속 유전되는 겁니다.[4] 그러니 너그러운 아량으로 부탁을 들어주시길 청해도 될는지요?”

그러자 부인은 다시 딸 쪽을 바라보면서 마거의 어투가 재미있고 놀랍다는 시늉으로 고개를 설레설레 저으며 웃었다.

“예, 그러지요.” 부인이 말했다. “깜박 잊고 있었네요. 필요한 건 죄다 적지요! 그런데 그대는 듣자 하니 머리가 좋군요.” (그녀는 자신의 젊은 시절에나 통용되었을 법한 ‘그대’란 호칭을 사용했다.) “책도 많이 읽었고 인용도 곧잘 하시네. 숙박부 이리 줘요!” 그러면서 부인은 다시 접수대 쪽으로 가서 장갑을 반쯤은 벗은 섬세한 손가락으로 끈에 매달려 있는 연필을 여주인한테서 건네받아 여전히 소리 내어 웃으면서 벌써 몇명의 이름이 적혀 있는 숙박부 쪽으로 몸을 숙였다.

부인은 차츰 웃음을 멈추면서 천천히 숙박부를 작성했다. 탄식

---

4 『파우스트』 1부 1972~73행 참조.

처럼 들리기도 하는 그녀의 유쾌하고 나지막한 웃음소리는 무언중에도 쾌활함이 느껴지는 여운을 남겼다. 아마도 자세가 불편한 탓인지 목을 끄덕이며 떠는 버릇이 이전보다 더 두드러지게 눈에 띄었다.

주위에 있던 사람들은 부인을 지켜보고 있었다. 딸은 한쪽 옆에서 가지런한 예쁜 눈썹을 (딸의 눈썹은 어머니의 눈썹을 빼닮았다) 치켜세우고 살짝 비웃는 표정으로 입을 찌푸리고 앙다문 채 어머니의 어깨 너머로 바라보고 있었다. 다른 한쪽 옆에서는 손님이 붉은색 표시가 된 빈칸들을 제대로 채우고 있는지 지켜볼 겸 소도시 사람 특유의 호기심도 발동해서 웨이터 마거가 부인이 글씨를 쓰는 것을 주시하고 있었는데, 누군가가 자기 신원을 숨길 때 누릴 수 있는 얼마간 유리한 역할을 포기하고 자기 이름을 자백해야 하는 순간이 온 것에 대하여 짓궂음도 섞인 흡족한 기분을 즐기고 있었다. 어떤 이유에서인지는 몰라도 접수대의 남자 직원과 영국인 여행객도 대화를 중단한 채 부인이 고개를 끄덕이며 어린아이처럼 정성스럽게 또박또박 글씨를 쓰는 모습을 지켜보고 있었다.

마거는 눈을 깜박거리며 부인이 기재한 내용을 소리 내어 읽었다. "궁정고문관의 미망인 샤를로테 케스트너, 결혼 전의 성은 부프, 하노버 거주, 마지막 체류지: 고슬라어, 1753년 1월 11일 베츨라어에서 태어남, 딸과 하녀 대동."

"이 정도면 됐죠?" 궁정고문관 부인이 물었다. 하지만 아무도 대답을 해주지 않자 부인은 스스로 판단을 내렸다. "이 정도면 됐지!" 그렇게 말하고서 부인은 연필을 힘차게 탁자 위에 내려놓으려 했는데, 연필이 줄에 매여 있다는 걸 깜박 잊는 바람에 연필이 매달려 있던 금속제 연필꽂이를 넘어뜨리고 말았다.

"이렇게 칠칠맞다니까!"라고 하면서 부인은 얼굴을 붉혔고, 그러면서 다시 딸을 흘낏 쳐다보았는데, 딸은 조롱이라도 하듯 입을 다문 채 눈을 내리깔고 있었다. "이건 다시 정돈하면 될 테고, 이걸로 모든 수속이 끝난 거죠? 이젠 방으로 갑시다!" 부인은 다소 서둘러서 몸을 돌려 발걸음을 옮겼다.

부인을 뒤따라 딸과 하녀, 웨이터 그리고 짐을 담은 상자와 여행가방을 나르는 대머리 사환이 로비를 지나서 층계 쪽으로 걸어갔다. 마거는 아까부터 줄곧 눈을 깜박거렸는데, 걸어가는 중에도 계속 그랬다. 그는 일정한 간격을 두고 매번 서너차례 재빨리 눈을 깜박거리곤 했고, 그러고는 잠시 동안 충혈된 눈으로 시선을 꼼짝않고 고정했는데, 그럴 때마다 입을 벌리고 있는 모습이 멍해 보인다기보다는 오히려 세련되게 제어하고 있다는 느낌을 주었다. 첫번째 층계참의 마룻바닥에 다다르자 마거는 일행을 멈춰서게 했다.

"죄송합니다!" 마거가 말했다. "정말 죄송하지만 제가 여쭙고 싶은 것은…… 천박하고 부적절한 호기심 때문은 아닙니다요…… 저희가 영광스럽게도 케스트너 궁정고문관 부인을, 샤를로테 케스트너 부인을, 그러니까 결혼 전의 성이 부프이고 베츨라어 출신인 바로 그분을 뵙고 있는 것인지요?"

"바로 그 사람이 맞아요." 노부인은 미소를 지으며 그렇다고 확인해주었다.

"그러니까 제 말씀은…… 예, 그분이 확실히 맞긴 한데, 하지만 제 말씀은…… 그러니까 결론적으로 말씀드리자면, 베츨라어에 있는 '독일인의 집', 즉 옛 독일기사단 관저에서 태어났고 결혼 전의 성은 부프, 결혼 후에는 샤를로테 — 줄여서 로테라고도 부르지만요 — 케스트너 부인이 되셨는데, 설마 바로 그분은 아니시죠?

그러니까 과거 한때는……"

"내가 바로 그 사람이라니까요. 하지만 나는 '과거 한때'의 사람이 아니고 지금 여기에 눈앞에 버젓이 있는 사람이에요. 이제 내가 묵을 방으로 가면 좋겠어요……"

"즉각 모시겠습니다!" 그렇게 외치면서 마거는 이마를 숙이고 달려갈 태세를 취하더니 다시 제자리에 붙박인 듯이 서서 깍지를 끼고 조아렸다.

"오, 이럴 수가!" 마거는 감정을 잔뜩 실어서 말했다. "오, 이럴 수가! 바로 그 궁정고문관 부인이시군요! 부인께서 바로 그분과 동일인이 확실하고, 이제 뭔가 새로운 시야가 트이는데, 제 생각이 지금 이 상황을 바로 따라잡지 못하더라도 양해하여주시기 바랍니다…… 너무 놀라서 기절할 지경입니다…… 저희 호텔로서는 지극한 영광이자 경사이죠. 진짜 실제 인물이, 이런 표현을 써도 무방하다면, 작품의 원형原型에 해당되는 분이…… 요컨대 제가 감히 베르터의 로테 앞에……"

"그렇게 생각할 수도 있겠지요." 궁정고문관 부인은 킥킥거리는 하녀에게 나무라는 눈길을 보내면서 침착하고 품위 있게 대꾸했다. "그러니 더더욱 여행에 지친 우리 여자들을 지체 없이 방으로 안내해주면 좋겠어요."

"즉각 모시겠습니다!"라고 외치면서 웨이터는 잰걸음을 옮겼다. "이런, 27호실은 3층에 있네요. 궁정고문관 부인께서도 보시다시피 우리 호텔의 층계는 걷기가 편안합니다만, 저희가 부인을 제대로 알아보기만 했더라도…… 아무리 손님이 붐벼도 틀림없이…… 하지만 그 방은 전망이 좋아서 앞쪽으로는 광장이 내려다보이니 마음에 드실 겁니다. 얼마 전에는 할레에서 오신 폰 에글로프슈타

16

인 시장님 부부께서 이 방에 투숙하셨답니다. 그분들은 숙모 되시는 폰 에글로프슈타인 시종장 부인을 방문하러 여기에 오셨지요. 1813년 10월에는 황제 폐하의 총사령관인 꼰스딴찐 대공 전하께서 우리 호텔에 투숙하셨답니다.[5] 그날은 어떤 의미에서 역사적인 날로 기억될 만하지요…… 아뿔싸, 그런 역사적인 기억들을 들먹여서 뭣합니까. 그런 역사적 기억 따위는 감수성이 있는 사람에겐 오늘 같은 날과는 털끝만치도 견줄 가치가 없으니까요…… 궁정고문관 부인, 몇걸음만 더 가시면 됩니다! 층계에서 복도를 따라 정말 몇걸음만 더 가시면 됩니다. 궁정고문관 부인께서 보시는 바와 같이 모든 것이 근래에 깨끗하게 도색되어 있습지요. 돈 코사크 부대가 다녀간 이후 1813년 말부터 계단, 객실, 통로, 휴게실 할 것 없이 전면적인 새 단장을 해야만 했답니다. 사실 진즉에 했어야 하는데요. 세계사의 무지막지한 강제력에 의해 새 단장을 하지 않을 수 없게 되었지요. 이 일을 겪고서 저는 나름의 교훈을 얻게 되었습죠. 즉, 삶을 쇄신한다는 것은 아마도 힘차게 밀어붙이는 강제력이 없이는 이루어지지 않는다는 것입니다. 하지만 우리 호텔이 새 단장을 하게 된 것을 코사크인들의 공으로만 돌리려는 건 아닙니다. 저희 호텔에는 프로이센 부대와 헝가리 기병대도 투숙했거든요. 그전에 다녀갔던 프랑스 군대는 말할 것도 없지만요…… 드디어 목표지점에 왔습니다. 궁정고문관 부인, 안으로 드시지요!"

마거는 손님이 들어갈 수 있도록 출입문을 활짝 열어젖힌 채 방 안쪽으로 몸을 한껏 숙여서 예를 갖추었다. 여성들은 방 안을 조사

---

5 1813년 10월 16~19일 전투에서 프로이센·오스트리아·러시아·스웨덴 연합군이 나뿔레옹 군대에 승리를 거둔 후 같은 달 24일 러시아 황제 알렉산드르 1세와 그의 동생 꼰스딴찐 대공이 바이마르에 입성하였다.

라도 하듯이 대강 훑어보았다. 양쪽 창문에는 풀 먹인 면사 커튼이 쳐져 있었고, 양쪽 창문 사이에는 금도금으로 테두리를 씌우고 간간이 검은 얼룩이 보이는 거울이 받침대 위에 세워져 있었으며, 작은 천개[6]가 드리워져 있는 두개의 침대에는 하얀 시트가 깔려 있었고, 그밖의 편의시설들도 갖춰져 있었다. 고대 사원을 그린 동판 풍경화 한점이 벽을 장식하고 있었다. 마룻바닥은 기름칠을 해서 반들반들 윤이 났다.

"방이 정말 깔끔하네요." 궁정고문관 부인이 말했다.

"숙녀분들께서 이 방이 어지간히 마음에 드신다면 저희야 더없이 기쁘지요. 혹시라도 필요한 것이 있으면 여기 이 초인종 줄을 잡아당기시면 됩니다. 덧붙여 말씀드리자면, 당연한 써비스지만 따뜻하게 데운 물을 준비하도록 하겠습니다. 궁정고문관 부인께서 만족하신다면 더없는 영광으로 알겠습니다……"

"만족하고말고요. 우린 소박한 사람들이라 까다롭게 굴지 않아요." 그러면서 부인은 짐을 옮겨온 사환에게 고맙다는 말을 했고, 사환은 짐을 고정해주는 노끈이 달린 거치대와 깔판에 짐을 내려놓고 물러갔다. "웨이터 양반도 고마워요." 부인은 웨이터에게 이제 물러가도 좋다는 뜻으로 고개를 끄덕이며 말했다. "이제 필요한 건 다 갖췄으니 잠시 휴식을 취했으면 해요……"

그렇지만 마거는 우두커니 서서 깍지를 끼고 조아리면서 충혈된 눈으로 노부인의 모습을 뚫어지게 바라보고 있었다.

"오, 하느님!" 마거가 말했다. "궁정고문관 부인, 정말이지 길이 기억해야 할 사건입니다요! 궁정고문관 부인께서는 따뜻한 가슴

---

6 天蓋. 침대를 가리고 모기장 구실을 하는 망사.

을 가진 어떤 사람이 전혀 예상도 못한 뜻밖의 사건을 접하고서 이 사건이 앞으로 어떻게 전개될지 마음 졸이는 심경이 과연 어떠할지 아마 완전히 이해하시지는 못하겠지만…… 궁정고문관 부인께서는 말하자면 이런 상황에 익숙하시고, 우리 모두에게 신성한 존재인 바로 그 당사자라는 사실에 익숙하신 거죠. 그래서 부인께서는 이런 일을 대수롭지 않게 일상사로 여기시고, 감수성이 풍부하고 젊은 시절부터 문학에 심취한 어떤 사람이 아무런 마음의 준비도 없는 상태에서, 문학의 광채에 에워싸여 뜨거운 두 팔로 받들어서 천상의 영원한 명성으로 드높여진 그 당사자를 ― 이렇게 말씀드려도 될지 모르겠습니다만 ― 알게 되었을 때, 아니, 죄송합니다, 뵙게 되었을 때 과연 어떤 기분일지 온전히 헤아리시긴 힘드시겠지요……"

"그만해요!" 궁정고문관 부인은 미소를 지으며 그러지 말라는 시늉을 했다. 하지만 웨이터가 말을 하는 동안 부인이 머리를 끄덕이며 떠는 모습이 다시금 두드러졌기에 웨이터의 말에 수긍하는 뜻으로 해석될 법도 했다. (하녀는 부인의 뒤에 서서 감동에 복받쳐 눈물을 흘릴 것만 같은 웨이터의 표정을 즐거운 호기심으로 바라보았고, 반면 딸은 짐짓 무관심한 체하며 방 안쪽에서 짐을 정리하고 있었다.) "이봐요, 나는 아무것도 내세울 게 없는 평범한 노파일 뿐이에요. 수많은 보통 사람들과 똑같은 사람이라고요. 그런데 당신은 비범하게 격조 있는 표현을 할 줄 아네요……"

"제 이름은 마거라고 합니다요." 웨이터는 곧바로 해명을 하려는 듯이 말했다. 그는 자기 이름을 중부 독일식으로 '마허'라고 약하게 발음했는데, 그런 발음은 뭔가 애원하는 듯한 뭉클한 느낌을 주었다. "과장 없이 말씀드리자면 저는 이 호텔의 집사입니다요.

그러니까 흔히 말하는 식으로 하자면, 이 호텔의 여주인이신 엘멘
라이히 여사의 오른팔입지요. 여주인께서는 벌써 10년 전에 부군
을 여의셨는데, 엘멘라이히 주인어른께서는 애석하게도 1806년에
이 고장에서는 벌어져서는 안될 비극적인 사태로 인해[7] 세계사에
희생되셨지요. 궁정고문관 부인, 저와 같은 위치에 있으면, 더구나
우리 도시가 혹독한 시련을 겪은 이런 시절에는 온갖 부류의 사람
들과 접촉하게 됩니다. 태생이나 공적으로 유명해진 저명인사들도
심심치 않게 접하게 되지요. 그러다보면 세계사에 휘말려서 당당
히 활약했고 이름만 들어도 존경심을 불러일으키고 상상력을 자극
하는 그런 고매한 분들을 직접 뵙고서도 그저 그런가보다 하고 심
드렁하기 십상이지요. 사정이 워낙 그렇습니다요, 궁정고문관 부
인. 하지만 그런 식으로 직업 근성에 매몰되어 버릇이 나빠지고 둔
감해서야 어디 쓰겠습니까! 분명히 말씀드리지만, 제 생애에 오늘
처럼 제 마음과 정신이 감동에 벅차오르고 길이 기억에 남을 만한
분을 모시고 시중을 들어본 적은 일찍이 없었습니다요. 숭배의 대
상인 그 여성이, 영원히 사랑스러운 자태의 원형原型에 해당되는 분
이, 보통 사람들 사이에서 하노버 시에서 살고 있다는 사실 정도야
저도 알긴 알았지요. 그런데 사람 일이 워낙 그렇듯, 지금 이 순간
에야 비로소 제가 막연히 알던 것을 제대로 깨치게 됩니다요. 과거
에는 그런 지식이 저에겐 아무런 현실성도 없었고, 행여 이 신성한
분을 직접 대면할 기회가 올 거라고는 상상도 하지 못했습니다요.
감히 꿈도 꿀 수 없었지요. 불과 몇시간 전 오늘 아침에 눈을 떴을
때만 해도 오늘도 다른 수많은 날들과 똑같이 판에 박힌 하루일 거

---

7 예나 전투에서 승리한 프랑스 군대가 바이마르에까지 침공하여 약탈과 살인을
  자행한 사건을 가리킴.

라고, 그러니까 복도를 지키고 식사 시중을 들고 하면서 평범하고 진부한 직업상의 업무로 꽉 채워지는 하루일 거라고 확신했습니다 요. 제 집사람은 ─ 저는 결혼한 몸입니다요, 궁정고문관 부인 ─ 호텔 주방에서 상급자로 일하고 있는데, 제가 오늘 뭔가 특별한 사건을 경험할 거라고는 추호도 예감하지 못했고 일절 그런 기미를 보이지 않았다는 것은 제 집사람도 증언해줄 수 있답니다. 저는 오늘 아침에 잠자리에서 일어났던 모습 그대로 저녁이 되면 똑같이 잠자리에 들 거라고 생각할 수밖에 없었습니다. 그런데 이 엄청난 사건이 벌어진 겁니다! '뜻밖의 일은 생각보다 흔한 법'이라고들 하지요. 이 속담은 세상사의 간단한 이치를 얼마나 잘 표현하고 있습니까! 제가 이렇게 흥분해서 주책없이 수다를 떨더라도 궁정고문관 부인께서는 양해하실 줄로 믿습니다요. '마음이 넘치면 말로 나오는 법'이라는 속담도 있지요. 썩 문학적인 표현은 아니지만 그래도 적확한 말입지요. 제가 그러니까 꼬마 시절부터 시인 중의 제왕인 위대한 괴테를 얼마나 사랑하고 숭배했는지, 그리고 이 숭고한 시인을 우리 도시의 인물이라 일컬을 때 바이마르 시민으로서 얼마나 큰 자부심을 느끼는지 부인께서 알아주셨으면 합니다요…… 특히 『젊은 베르터의 고뇌』가 일찍부터 얼마나 제 가슴에 와닿았는지 알아주셨으면 합니다요…… 하지만 더이상 말하지 않겠습니다, 궁정고문관 부인. 제가 감히 이런 말을 할 자격이 없다는 걸 잘 아니까요. 그렇긴 하지만 사실대로 말씀드리자면 이처럼 심금을 울리는 작품은 만인의 것이고, 지체 고하를 막론하고 누구에게나 절절한 감동을 안겨주지요. 반면에 『타우리스의 이피게니에』라든가 『사생아』 같은 작품은 당연히 수준 높은 독자층만이 읽어볼 엄두를 낼 수 있지요. 집사람과 제가 얼마나 자주 저녁때면 촛불을 밝혀놓고 『젊은 베르터의 고뇌』에 나오는 천상의 장면들을 함께 읽으며 영혼이 녹아내릴 것만 같은 심정이었는지요. 그리고 지금 바로 이 순간 저는 세계적 명성을 얻은 불멸의 여주인공께서 나와 똑같은 한 사람의 인간이라는 것을 온몸으로 보여주고 계시다는 걸 단박에 확 깨쳤습니다요…… 오, 맙소사, 궁정고문관 부인!" 그렇게 외치면서 마거는 손으로 이마를 탁 쳤다. "이렇게 자꾸 말만 하다보니까 도대체 궁정고문관 부인께서 커피라도 드셨는지 여쭙지도 못했습니다요! 이제야 그 생각이 퍼뜩 들어서 너무 송구해서 온몸이 화끈거립니다요."

"고마워요, 친절한 양반." 노부인이 대꾸했다. 노부인은 이 우직한 사내가 홍분을 억누르는 눈빛으로 입을 약간 실룩거리며 쏟아내는 열변을 가만히 듣고만 있었다. "우리는 일찌감치 커피를 마셨어요. 그런데 친애하는 마거 씨, 작품의 여주인공과 저를 동일시하는 건 너무 지나쳐요. 그렇게 막무가내로 지금의 나를 또는 한때 젊었던 시절의 나를 세간을 떠들썩하게 한 그 작품의 여주인공과 혼동하는 건 지나친 과장이라고요. 물론 저한테 이런 지적을 받는 사람이 당신이 처음은 아니에요. 저는 벌써 44년째 똑같은 설교를 해오고 있으니까요. 물론 그 작품의 여주인공은 뭇사람의 입에 오르내리는 삶을 보여주었고 그토록 칭송해 마지않는 실제 모습을 분명히 보여주었으니 어떤 사람이 저한테 와서 작중인물이 저보다 더 진짜 같다고 할 수도 있을 법해요. 하지만 저는 그런 견해는 사절하고 싶어요. 작품에 나오는 그 처녀는 지금 현재의 나는 물론이고 한때 처녀 시절의 내 모습과도 아주 다르거든요. 이를테면 누가 봐도 나는 눈이 파란색이지만 베르터의 로테는 알다시피 눈동자가 검은색이거든요."

"그건 시인의 재량이죠!" 마거가 소리쳤다. "시인의 재량이 뭔지는 몰라도 그건 자연스럽게 이해가 되죠! 궁정고문관 부인, 하지만 아무리 시인이 재량권을 행사한다고 하더라도 작중인물과 실제 인물이 완전히 일치한다는 사실은 변함이 없습니다. 시인은 그런 재량권을 행사하기 위해 어느정도는 숨바꼭질 같은 트릭을 구사할 수도 있겠죠. 실물의 흔적을 살짝 지우기 위해서 말입니다……"

"아니에요." 궁정고문관 부인은 고개를 설레설레 저으며 마거의 말을 부인했다. "검은 눈동자는 누군가 다른 사람을 염두에 둔 거라고요."

"아무리 그래도요!" 마거는 주장을 굽히지 않았다. "그까짓 사소한 차이 때문에 부인과 똑같은 모습이 약간 희석된다 하더라도……"

"훨씬 더 큰 차이가 있어요." 궁정고문관 부인이 마거의 말을 가로막으며 힘주어 말했다.

그러자 마거가 다시 말했다. "하지만 부인과 불가분으로 일치한다는 것을 보여주는 또다른 대목은 아직 언급조차 하지 않았습니다요. 다시 말해 이 위대한 시인은 그 자신만큼이나 전설적인 그 여성에 관해 최근에 회고록에서 아주 내밀한 초상을 그려서 우리에게 보여주셨지요.[8] 그런데도 궁정고문관 부인께서 미세한 디테일의 차이 때문에 베르터의 로테가 아니라고 하신다 해도 결국 머리털 한올까지도 에누리 없이 괴테의 로테이신 것이죠……"

"제발 그만하세요." 궁정고문관 부인이 명령조로 마거의 말을 제지했다. "조금 전까지만 해도 당신은 친절하게 우리가 묵을 방으로 안내해주었어요. 그런데 지금은 우리가 이 방을 사용하지 못하

---

8 괴테는 1813년에 완결한 자서전 『시와 진실』 제3부에서 샤를로테에 관해 소상히 서술하고 있다.

게 방해하고 있다는 걸 정말 모르네요."

그러자 마거는 엘레판트 호텔의 웨이터 신분으로 돌아가서 읍소했다. "궁정고문관 부인, 용서해주십시오! 이렇게 본분을 잊은 사람을 용서해주십시오. 저의 처신이 결코 용납될 수 없다는 건 저도 압니다만, 그래도 부디 용서해주시길 간청하옵니다. 즉각 물러나겠습니다요…… 제가 사려분별을 완전히 망각한 것은 차치하고라도, 그렇지 않아도 한참 전부터 여기저기서 저를 찾고 있을 테니까요. 그런데 엘멘라이히 부인께서 지금 이 순간까지도 전혀 모르고 계시다고 생각하니, 엘멘라이히 부인께서는 지금까지 숙박부를 한번도 제대로 보신 적이 없거든요. 설령 숙박부를 보셨다 하더라도 그분의 단순한 생각으로는 미처…… 집사람한테 가야겠습니다요, 궁정고문관 부인! 진즉에 주방으로 가서 집사람한테 우리 도시 전체의 경사인 이 엄청난 문학 뉴스를 따끈따끈하게 알려줬어야 하는데요…… 하지만 궁정고문관 부인, 이 가슴 벅찬 뉴스를 완벽하게 마무리하기 위해서라도 마지막 질문 하나만 더 드리는 것을 용서해주십시오…… 무려 44년이란 세월이 흘렀습니다요! 그런데 궁정고문관 부인께서는 추밀고문관[9] 어른을 44년 동안이나 뵙지 못하셨는지요?"

"그래요." 부인이 대답했다. "베츨라어에서 게반트 가街에 살았던 청년 법관 시보 괴테 박사는 익히 잘 알지요. 하지만 바이마르의 재상이자 독일의 위대한 시인 괴테는 아직 한번도 직접 본 적이 없어요."

"어째 그럴 수가!" 마거가 숨을 죽이며 말했다. "말문이 막힙니

<hr>

9 괴테가 바이마르 궁정에서 봉직한 직책으로 군주의 최측근 요직.

다요, 궁정고문관 부인! 그러니까 궁정고문관 부인께서 바이마르로 행차하신 이유는……"

그러자 노부인은 다소 오기 어린 어투로 마거의 말을 가로막았다. "바이마르에 온 이유는 여러해 동안 보지 못한 여동생, 그러니까 궁정재무관 부인 리델 여사를 만나기 위해서예요. 그리고 딸아이가 엘자스 지방에 사는데, 마침 찾아왔기에 여동생한테 나를 데려다줄 겸 해서 이번 여행에 동행했지요. 우리 일행은 하녀까지 셋이나 되는데, 식구들도 딸려 있는 여동생 집에 묵으면 민폐가 되잖아요. 그래서 호텔에 여장을 풀긴 했지만, 조만간 사랑하는 친지들이 사는 집으로 초대를 받겠지요. 이 정도면 됐나요?"

"아무렴 여부가 있겠습니까요, 궁정고문관 부인! 물론 그러시면 저희 호텔의 정찬 테이블로 숙녀분들을 모실 기회를 놓쳐서 아쉽긴 하지만요…… 아, 생각납니다요, 궁정재무관 리델 부부께서는 에스플라나데 가(街) 6번지에 사십니다요. 궁정재무관 부인께서는 그러니까 결혼 전에 불리던 성함이, 아, 그것도 진즉에 책에서 읽어서 알고 있습지요![10] 그 당시의 상황과 가족관계는 제가 익히 알고 있었는데, 다만 지금 당장 떠올리지 못할 뿐이죠…… 아뿔싸, 궁정재무관 부인께서는 그때 수렵관의 응접실에서 지금의 궁정고문관 부인 주위로 몰려들던 아이들 틈에 섞여 있었지요. 그때 베르터가 처음으로 그곳으로 들어왔고, 아이들은 궁정고문관 부인께서 나눠주시던 저녁 빵을 달라고 고사리 같은 손을 내밀었죠……"

그러자 샤를로테는 다시 마거의 말을 가로막았다. "이봐요, 그때 수렵관에는 궁정고문관 부인 같은 사람은 없었다니까요. 우리 하

---

10 『젊은 베르터의 고뇌』에서 샤를로테가 처녀 시절에 어머니를 여의고 어린 동생들을 거두어 키웠던 내용이 나오는 것을 가리킴.

녀 클레르헨이 거처할 방을 보기를 고대하고 있는데, 그 방으로 안내하기 전에 먼저 여기서 에스플라나데 가까지 거리가 멀지 않은지 알려주면 좋겠네요."

"전혀 멀지 않습니다요, 궁정고문관 부인. 같은 길을 따라서 조금만 가면 됩니다. 우리 바이마르에는 거리가 먼 길은 없습지요. 우리 바이마르의 위대함은 정신적인 것에 있거든요. 제가 기꺼이 궁정재무관 부인 댁까지 숙녀분들을 직접 모셔다드릴 용의가 있습니다. 임대마차나 가마를 이용하는 것이 내키지 않으신다면 말입니다. 바이마르에는 대공 전하의 궁전도 있으니 그런 교통수단이 없지 않습니다만…… 그런데 궁정고문관 부인, 하나만 더 여쭙고자 합니다. 정말 마지막입니다! 궁정고문관 부인께서 우선 여동생 되시는 분을 방문하시는 건 틀림없다 하더라도 프라우엔플란[11]에 있는……"

"거기도 들를 겁니다, 그럼요! 그럼 이제 하녀를 숙소 방으로 안내해주세요. 금방 시킬 일이 있으니까요."

그러자 하녀가 재잘댔다. "그래요, 가는 길에 『리날도』[12]라는 근사한 소설을 쓴 분이 어디 사는지도 알려주세요. 저는 이 소설이 너무 재미있어서 다섯번이나 읽었거든요. 운 좋게 그분을 길거리에서 만날 수 있는지도 알려주세요!"

"만나게 될 겁니다. 아무렴요." 마거는 건성으로 대답을 하고는 하녀와 함께 출입문 쪽으로 몸을 돌렸다. 그런데 문턱에서 마거는 다시금 걸음을 멈췄는데, 한쪽 발로 바닥을 힘껏 디디며 급하게 제

---

11 괴테가 사는 집의 소재지를 가리킴.
12 괴테의 처남 크리스티안 아우구스트 불피우스(1762~1827)가 쓴 통속소설로 리날도는 이 소설의 주인공인 산적 두목의 이름.

동을 걸었기 때문에 자세가 균형을 잃고 다른 한쪽 발은 허공에 붕 떴다.

"한 말씀만 더 여쭙겠습니다요, 궁정고문관 부인!" 마거가 간청 했다. "정말 마지막으로 여쭙는 것이고 짧게 답을 주실 수 있습니다요! 정말 예기치 않게 작품 주인공의 원형에 해당되는 분을 뵙게 되었고 감히 작품의 출처에 해당되는 바로 그분을 알현하게 되었으니 마땅히 다른 사람들도 알아야 하고 그냥 지나쳐서는 안된다고 생각합니다요. 그런즉 궁정고문관 부인께서도 이해해주셨으면 합니다요. 궁정고문관 부인, 그러니까 베르터가 세상을 하직하기 전에 마지막으로 나누었던 대화 말입니다만, 세 사람이 등장하는 그 가슴 저미는 장면에서 베르터는 로테의 작고하신 어머니와 죽음의 이별을 언급하면서 로테의 손을 꼭 잡고 이렇게 외쳤지요.[13] '우리는 다시 만날 것입니다! 다시 만나게 될 거예요! 아무리 모습이 변하더라도 서로 알아볼 것입니다!' 정말 그렇게 되지 않았습니까? 이 말은 진실에 바탕을 두고 있습니다. 추밀고문관 어른께서는 이 말을 그저 지어낸 것이 아니고 정말 그런 일이 일어난 것이죠?"

"이봐요, 그렇기도 하고 아니기도 해요." 노부인은 질문에 시달리면서도 고개를 떨며 호의적으로 답해주었다. "이제 그만 가세요! 가라고요!"

그러자 마거는 여전히 흥분을 삭이지 못한 채 하녀 클레르헨과 함께 서둘러 물러갔다.

샤를로테는 모자를 벗으면서 깊은 한숨을 내쉬었다. 딸은 앞의 대화가 오가는 동안 자신과 어머니의 옷가지를 간이 옷장에 걸어

---

13 『젊은 베르터의 고뇌』(창비 2012) 97~98면 참조. 이하 인용은 모두 같은 판본을 따랐다.

놓고 화장품 가방에 들어 있는 내용물들을 화장대와 세면대 간이 선반 위에 나눠서 옮겨놓는 일에 열중했지만, 이윽고 조롱기 어린 표정으로 어머니 쪽을 바라보았다.

"이제 유명인의 정체가 탄로났네요." 딸이 말했다. "효과가 나쁘진 않았어요."

그러자 어머니가 대꾸했다. "얘야, 네가 말하는 유명인이라는 게 차라리 십자가 같구나. 그 십자가에 무슨 훈장 같은 게 달려 있는지는 모르겠지만, 그게 내가 가만히 있어도 저절로 드러나니 나도 막을 수도 없고 감출 수도 없구나."

"엄마, 어떻든 그 훈장을 조금만 더 오래 숨겼더라면 좋았을 텐데 아쉽네요. 어쩐지 유별난 이번 여정 내내 감추긴 어렵겠지만요. 뭇사람에게 노출되는 이런 호텔 대신에 차라리 아말리에 이모 댁에 묵을 걸 그랬어요."

"얘야, 그러면 안된다는 건 너도 잘 알잖니. 네 이모부와 이모, 이종사촌들이 쓰는 공간도 넉넉하지 않아. 비록 상류층 주택가에 살긴 하지만, 아니 바로 그렇기 때문에도. 세 사람이나 그 집에 들이닥치는 건 안될 일이야. 단 며칠도 안되지. 그러면 집이 너무 비좁아서 얼마나 불편하겠니. 네 이모부는 관직에 있으니까 수입이 괜찮긴 하지만, 큰 재난을 겪었단다. 1806년에 전재산을 잃어버려서 지금은 형편이 넉넉하지 않아. 그러니까 우리가 이모부 댁 신세를 지는 건 절대로 안돼. 그렇지만 이제나저제나 하고 막내 여동생 아말리에를 다시 품에 안아보고 싶은 내 마음이야 누가 탓하겠니? 그 아이가 정직한 신랑 곁에서 행복해하는 모습을 직접 보고 나도 기뻐해주고 싶은데. 두고 봐, 내가 사랑하는 친지들을 위해 뭔가 도움이 될 수 있다는 걸 보여줄 테니까. 네 이모부는 대공 전하의 궁정에서 재무장관 자리에 오르고 싶어하는데, 내가 아는 인맥이나 오랜 친구들을 동원하면 여기 현지에서 당장에라도 그 사람 소원을 풀어줄 수 있을 거야. 그리고 네가 10년 동안이나 떨어져 있다가 다시 나와 함께 있는 지금 이 순간이야말로 이번 방문 여행에서 절호의 기회가 아니겠니? 그러니 내 팔자가 기구해서 어쩌다가 이런 봉변을 당했다고 해서 내가 진심으로 적법하게 해주고 싶은 일을 마다할 수야 없지 않겠니?"

"그럼요, 엄마, 그렇고말고요."

궁정고문관 부인은 말을 계속했다. "그런데 이곳에 오자마자 털보 가니메데스[14] 같은 열성팬이 막무가내로 덤벼들 줄이야 누가 상상이나 했겠니. 괴테도 회고록에서 사람들의 끝없는 호기심 때문에 들볶인다고 하소연을 하더구나. 도대체 진짜 로테가 누구며 어디에 사느냐고 말이다. 사람들이 그렇게 다짜고짜 들이대니까 아무리 신분을 숨겨도 막을 도리가 없다는 거야. 그래서 고해성사라도 치르는 심정이라고 그랬던 것 같아. 그러니 자기가 행여 이 소설 때문에 죄를 지었다면 벌써 도를 넘게 혹독한 죗값을 치렀다는 거야. 그런데 알다시피 남자들이란 — 시인이란 자들은 더하지만 — 오로지 자기 생각만 한단다. 그러니까 그 사람 자신과 마찬가지로 우리도 호기심의 압박을 견뎌내야 한다는 걸 모른다니까. 그 사람이 어처구니없이 시와 진실을 혼동해서 우리한테, 돌아가신 선량한 네 아빠와 나한테 저지른 그 모든 일에 대해서 말이다……"

"검은 눈동자와 파란 눈동자를 혼동했지요."

"상처받은 사람은 조롱도 감수해야지. 괴테의 로테라고 조롱해

---

14 그리스 신화에 나오는 미소년.

도 어쩔 수 없지. 하지만 그 정신 나간 웨이터가 지금 이렇게 시퍼렇게 살아 있는 나를 다짜고짜 베르터의 로테라고 단정해버리는 처사는 단호히 내칠 수밖에 없었단다.”

“작중인물과 일치하지 않는 점을 위로해준답시고 무례하게도 엄마를 아예 괴테의 로테라고 했잖아요.”

“그것도 좌시할 수 없다고 생각했기에 불쾌감을 숨기지 않고 단호하게 내쳤던 거야. 얘야, 너는 성격이 엄하니까 내가 아예 초장부터 그자를 단단히 틀어쥐었어야 한다고 생각하겠지. 네 생각이 그렇다는 것도 모르면 네 어미가 아니지. 하지만 어떻게 그러겠니? 내가 나를 부정하는 식으로? 내 신상이나 처지를 드러내는 건 질색이라고 언질을 줬으면 통했을까? 하지만 내 처지가 세상사와 맞물려 있는데 어떻게 내 마음대로 내 처지를 좌우할 수 있겠니? 얘야, 너는 나와는 천성이 영 달라. 노파심에서 덧붙이자면, 그렇다고 조금이라도 너를 덜 사랑하지는 않아. 너는 사람들이 흔히 붙임성이 있다고 일컫는 그런 부류가 아니지. 그런데 내가 말하는 붙임성이란 다른 이들을 위해 자기 삶을 바칠 용의가 있는 그런 희생정신과는 아주 다른 거란다. 내가 살아오면서 겪어보고 종종 느낀 건데, 다른 이들을 위해 봉사하고 희생하는 삶은 어지간히 가혹하고 힘든 결과를 초래한단다. 칭찬도 책망도 아닌 뜻으로 가혹한 삶이라는 말이다. 아니, 책망이라기보다는 차라리 칭찬이라고 해야겠구나. 그런 고단한 삶을 살다보면 붙임성이 생길 틈도 없지. 얘야, 내가 네 성품을 존중한다는 건 너를 사랑한다는 사실만큼이나 의심할 여지가 없단다. 너는 벌써 10년째 엘자스에서 불쌍하고 사랑스러운 동생 카를을 돌봐주는 착한 천사 역할을 하고 있지 않니. 카를은 어린 부인을 잃고 한쪽 다리도 잃었으니까. 불행은 겹쳐서 온

다더니. 네가 없었으면 걔가 어떻게 됐겠니. 몹쓸 고생을 하는 불쌍한 녀석! 네가 그 녀석을 돌봐주고 도와주면서 주부 역할도 도맡아 하고, 고아가 된 아이들한테는 엄마 노릇까지 해주고 있으니 망정이지. 너는 일만 하고, 자신을 버리고 사랑을 베푸는 인생을 살고 있지. 그러니 당연히 한가로운 감상에는 거부감을 느끼는 거고, 너 자신에게나 다른 사람에게나 진지한 태도가 몸에 밸 수밖에. 너는 흥미보다는 진정성을 더 중시하지. 네가 얼마나 올곧게 사는지! 정열과 아름다운 정신이 넘치는 넓은 세상과 이런저런 인연을 맺고 사는 것이 우리네 팔자인데⋯⋯"

"우리라고요? 나는 그런 인연 따위는 키우지 않아요."

"얘야, 우린 계속 그런 인연을 맺고 살게 될 거다. 좋든 싫든 간에 우리 집안의 이름에는 손자 증손자 세대까지도 그런 인연이 따라다닐 거야. 그래서 선량한 사람들이 뭔가 원하는 게 있어서 우리한테 매달리는 거야. 너무 열성적이거나 아니면 단지 호기심 때문일 수도 있지만, 사실 어느 쪽이라고 딱 잘라 말하긴 어렵지. 어떻든 그런 경우에 뭔가 절실히 원하는 사람들한테 우리가 마음을 닫고 야멸차게 물리칠 권리가 있을까? 봐라, 바로 이 점에서 우리는 서로 천성이 다른 거란다. 나도 진지하게 살아왔고, 때로는 체념을 해야 하는 경우도 없지 않았어. 나는 결코 잊을 수 없는 소중한 네 아빠한테 착실한 아내 역할을 했단다. 열한명의 자식을 낳았고, 그 중 둘은 일찍 저세상으로 보냈고 아홉명을 훌륭한 사람으로 키웠다. 나도 부지런히 일하고 갖은 고생을 하면서 나름대로 희생을 치렀지. 하지만 그렇다고 해서 붙임성 있고 호의적인 성품을 갉아먹지는 않았단다. 너라면 그런 성품을 타박할지도 모르지만, 내 인생이 가혹했다고 해서 내가 가혹한 사람이 되지는 않았어. 그렇기 때문에 마저 같은 사람한테도 '이 멍청아, 제발 나를 가만히 내버려 둬!'라고 쏘아붙이고 등을 돌리는 건 내 천성에는 못할 짓이다."

"지당한 말씀이에요." 딸 로테가 대구했다. "엄마, 마치 내가 엄마를 비난하고 자식답지 않게 엄마를 얕잡아보기라도 한 듯이 그러세요. 나는 그저 입을 다물고 있었을 뿐이에요. 조금 전에 겪었듯이 사람들이 엄마의 선의와 인내심을 너무 가혹한 시험대에 올려놓고 괜히 자기들이 흥분해서 엄마의 진을 빼는 것이 화가 나요. 그런데도 제가 화를 낸다고 저한테 화를 내실 건가요? 그건 그렇고, 이 옷 말인데요." 그러면서 딸은 방금 어머니의 가방에서 꺼낸 연회복을 높이 받쳐들었다. 분홍색 리본이 달린 흰색 옷이었다. "입기 전에 다림질을 좀 해야 하지 않을까요? 너무 구겨졌네요."

궁정고문관 부인은 살짝 얼굴을 붉혔는데, 그런 모습이 감동적일 만큼 너무 잘 어울렸다. 궁정고문관 부인은 신기하게도 다시 젊어진 것처럼 보였는데, 얼굴은 마치 처녀처럼 사랑스러웠고, 20대 시절의 모습이 어떠했을지 단번에 알아볼 수 있을 것 같았다. 가지런한 눈썹 아래로 눈매가 고운 파란 눈동자, 우아한 곡선의 아담한 콧날, 편안한 느낌을 주는 작은 입이 상기된 볼의 발그스레한 색조의 빛을 받아 한때 젊은 시절의 매력적인 관능미를 잠시 되찾았던 것이다. 그리하여 법무관[15]의 씩씩하고 사랑스러운 딸이자 어린 동생들의 엄마요 폴페르츠하우젠에서 열린 무도회[16]의 요정이었던 젊은 시절의 모습이 노부인의 상기된 표정에서 놀랍게도 다시금 드러났다.

케스트너 부인은 이미 검은색 숄을 벗었던 터라 딸이 보여준, 연

---

15 『젊은 베르터의 고뇌』에 등장하는 로테의 아버지를 가리킴.
16 베르터가 로테를 처음 만난 날 함께 참여한 무도회를 가리킴.

회에 더 어울릴 법한 의상과 똑같은 흰색 옷차림이 완연히 드러났다. 부인은 따뜻한 계절에는 (아직도 날씨가 여름 같았지만) 언제나 흰색 옷만 입는 독특한 취향을 갖고 있었다. 그런데 딸이 들고 있는 의상에서 분홍색 리본이 눈에 띄었다.

모녀는 자기도 모르게 서로 외면했다. 어머니는 딸이 들고 있는 의상을 피하는 것 같았고, 딸은 어머니의 상기된 표정을 피하는 것 같았는데, 상기된 표정이 너무 사랑스럽고 젊음을 되찾아주는 듯한 효과를 냈기에 딸이 보기에도 민망했던 것이다.

궁정고문관 부인은 옷을 다림질하자는 딸의 제안에 "그럴 필요까진 없어"라고 대꾸했다. "괜히 수선 피우지 말자꾸나! 이런 종류의 주름진 옷은 옷장에 걸어두면 금방 다시 펴지니까. 누가 알겠니, 유명세를 탄[17] 이 옷을 입어야 할 상황이 과연 오기나 할는지."

"입어선 안될 까닭이라도 있나요?" 딸이 말했다. "그럼 뭣하러 가져오셨어요? 틀림없이 이런저런 계기로 입을 기회가 올 거예요. 엄마, 소박한 제안을 하나 더 하자면, 가슴과 소매에 달린 리본이 약간 튀는데 좀 어두운 색깔로, 이를테면 예쁜 보라색으로 교체할 생각은 없나요? 금방 바꿔 달 수 있는데……"

"오, 그만두자꾸나, 얘야!" 궁정고문관 부인은 황급히 대꾸했다. "얘야, 너는 정말 농담도 알아듣지 못하는구나. 나는 그저 소소하게 재치 있는 장난 삼아 나름대로 숙고해서 가벼운 암시로 주의를 끌려고 했던 건데, 너는 어째서 그것도 못마땅한지 알고 싶구나. 이 말은 해야겠는데, 정말이지 너처럼 유머감각이 부족한 사람은 좀처럼 본 적이 없구나."

---

17 『젊은 베르터의 고뇌』에서 로테가 입었던 옷과 똑같기 때문에 유명세를 탔다는 뜻.

그러자 딸이 대꾸했다. "잘 아는 사이가 아니거나 소원해진 사람한테 다짜고짜 유머감각을 기대할 수는 없잖아요."

그러자 어머니 샤를로테는 뭔가 한마디 더 해주려고 했으나, 하녀 클레르헨이 돌아오는 바람에 대화가 중단되었다. 클레르헨은 데운 물을 가져왔고, 라리슈 백작 부인의 하녀가 저쪽 방에 있는데 괜찮은 사람 같아서 사이좋게 지내고 싶다고 쾌활하게 말했다. 그밖에도 그 우스꽝스러운 마거 씨가 근사한 소설 『리날도』의 저자이자 괴테 어른의 처남 되는 사서司書 불피우스 씨를 반드시 볼 수 있게 해주겠노라고 철석같이 약속했다는 거였다. 그러니까 그분이 관청으로 출근할 때 볼 수 있고, 심지어 그분의 어린 아들도 보여준다고 했는데, 아들은 그 유명한 소설의 주인공을 본떠서 이름이 리날도이며, 그 아이가 학교에 가는 길에 지켜볼 수 있다고 했다.

"그래, 잘됐구나." 궁정고문관 부인이 말했다. "그런데 더이상 지체하지 말고 너희 둘이서, 그러니까 로테 네가 클레르헨을 데리고 에스플라나데 가에 있는 아말리에 이모 댁으로 찾아가서 우리가 왔다는 소식을 알려드려야겠다. 이모는 우리가 이렇게 일찍 도착했을 줄은 짐작도 못하고 아마 오후나 저녁때나 되어야 도착하려니 예상할 거야. 우리가 고타에서 리베나우 씨 댁에 들를 거라고 생각할 테니까. 우리가 이번에는 그 댁에 들르는 걸 건너뛰었잖니. 얘야, 어서 가거라. 클레르헨한테는 찾아가는 길을 알아보라고 하고. 이모한테 미리 내 안부를 전하고, 이종사촌 자매들과도 미리 잘 사귀어두고. 나는 이제 노인네라 만사 제쳐두고 한두시간 누워서 눈을 좀 붙인 다음에 기운을 차려서 뒤따라가도록 하마."

어머니는 화해를 청하듯이 딸에게 입을 맞추었고, 하녀가 무릎을 굽혀 떠나는 인사를 하자 고맙다는 뜻으로 윙크를 해주었다. 이

제 부인은 혼자가 되었다. 경대 테이블 위에는 잉크와 펜이 놓여 있었다. 부인은 테이블 앞에 앉아서 편지지를 펴놓고 펜을 잉크에 적셔서 고개를 살짝 떨면서 미리 준비해둔 말을 빠른 필치로 써내려갔다.

경애하는 친구분께!

딸아이 샤를로테와 함께 제 여동생을 방문하고자 며칠 동안 당신이 사는 이 도시에 머무를 예정이랍니다. 당신에게 딸아이를 보여드리고 싶어요. 물론 저도 당신의 얼굴을 다시 볼 수 있다면 정말 기쁘겠어요. 우리 두 사람이 각자의 분수대로 인생을 겪어오는 사이에 당신의 얼굴은 온 세상에 유명해졌지요.

바이마르, 엘레판트 호텔에서, 1816년 9월 22일
샤를로테 케스트너(결혼 전 성: 부프)

부인은 잉크가 번지지 않게 미세한 모래를 편지지에 뿌려서 흘러내리게 한 후에 편지를 접었고, 접힌 끄트머리들이 서로 맞물려서 봉해지도록 능숙하게 밀어넣은 다음에 겉봉에 수신인 주소를 적었다. 그러고서 초인종 줄을 잡아당겼다.

2장

샤를로테는 오래도록 안정을 취할 수 없었는데, 실은 굳이 안정을 취하려고 애쓰지도 않았다. 그녀는 상의를 벗어놓고, 면사로 만든 작은 천개 아래 한쪽 침대에 몸을 뻗고 드러누워서 담요를 덮고 손수건으로 눈을 가리긴 했지만, 시선은 어두운 커튼을 걷어서 환하게 비치는 창문 쪽을 향하고 있었다. 그러면서 이성적인 판단으로는 선잠이라도 들기를 바라면서도 정작 가슴 두근거리는 상념에 잠겨들었다. 이렇게 이성이 말을 듣지 않는 것은 기분이 젊어진 탓이라고 느껴지자 자기도 모르게 미소를 지으며 그런 기분에 빠져들었다. 아무리 세월이 흘러도 애틋한 마음은 결코 변치 않으며 삭막해지지 않는다는 증거이자 징표였던 것이다. 언젠가 누군가가 그녀에게 보내온 작별 편지에서 했던 말이 생각났다. "사랑하는 로테, 내 마음이 결코 변치 않으리라고 믿어준다는 걸 그대의 눈에서 읽었으니 행복합니다."[1] 이것이 곧 청춘의 믿음이요, 우리는 근본적으로 이런 믿음을 결코 저버리지 않는다. 그의 말이 옳다는 것이 입증되었고, 우리는 언제까지고 변함이 없으며, 늙는 것은 신체와 외모일 뿐이고, 몇십년이 지나도록 바보스러우리만치 자신을 지탱해주는 애틋한 마음의 항심恒心은 세상의 그 무엇에도 굴하지 않는 것이다. 나이가 들어서 이런 확인을 하는 것은 나쁘지 않은 일이니, 그것은 노년의 품위에 어울리는 유쾌하고도 부끄러운 비밀이다. 샤를로테는 푸넘하듯이 스스로 이른바 노부인이라 자처해왔고, 사별한 남편과의 사이에 아홉째로 태어난 스물아홉살 된 딸과 함께 여행을 온 터였다. 그런데 여기 이렇게 누워서 마치 불장난을 앞둔 여학생처럼 가슴이 두근거리는 것이다. 그녀는 자신의 이런 모습을 지켜보며 매력적이라고 여길 법한 사람들을 떠올려보았다.

하지만 이렇게 가슴 설레는 모습을 지켜볼 사람으로 떠올려선 곤란한 사람이 있었으니, 다름 아닌 딸이었다. 엄마로서 화해의 키스를 하긴 했지만 '유머도 모르고' 자신의 의상과 리본을 비판하는 딸한테 자꾸만 화가 났다. 딸의 비판은 근본적으로는 이번 여행 자체를 겨냥한 것이었다. 이번 여행에는 체통에 누가 되지 않을 자연스러운 사유가 있는데도 딸은 기어코 '유별난' 여행이라고 꼬집었던 것이다. 눈이 너무 날카로운 사람은 자기가 자발적으로 여행을 나선 게 아니라 핑곗거리로 얹혀 왔다고 생각하는데, 그런 사람과 함께 여행을 하면 마음이 편치 않다. 그처럼 너무 날카로운 시선은 사람의 마음을 상하게 하고 불편하게 한다. 그건 차라리 삐딱한 시선이라 할 수 있는데, 어떤 행위의 복잡다단한 동기들 중에서 오로지 애교로 함구한 동기만을 들춰내어 확인하려 들고, 떳떳이 말할

----

1 실제로 괴테가 1772년 9월 10일 샤를로테 부프에게 보낸 작별 편지의 한 구절.

수 있는 동기에 대해서는 아무리 존중할 만한 사유가 있어도 그저 핑계일 뿐이라고 비웃는 것이다. 샤를로테는 어떤 상황에서건 그런 식으로 사람의 속마음을 캐내려드는 일체의 태도에 분통이 터지고 모욕감을 느꼈으며, 붙임성이 없다고 딸을 타박했던 정황이 뇌리에서 떠나지 않았다.

그런데 남을 매섭게 관찰하는 사람들은 정말 조금도 찔리는 데가 없을까, 하는 생각이 들었다. 만약 입장을 바꾸어 공격의 창끝을 그들 쪽으로 돌려서 그처럼 예민한 후각의 배후에 숨겨진 동기를 백일하에 드러낸다면, 그래도 과연 오로지 진실에 대한 사랑만이 이유의 전부라고 할 수 있을까? 만약 누군가 악의를 가지고 눈을 번득인다면 사람을 내치는 딸아이의 야멸찬 태도를 꿰뚫어볼 수도 있을 테니, 딸아이의 그런 태도는 달갑지 않게 자기 속마음을 들키는 빌미를 제공하는 셈이다. 누가 봐도 자랑스러운 딸아이는 어머니 쪽에서는 일찍이 경험했던 연애를 경험해볼 기회조차 없었던 것이고, 딸의 천성에 비추어볼 때 앞으로도 그런 기회는 영영 오지 않을 성싶었다. 그 유명한 삼각관계의 경험만 해도 그렇다. 그 일은 애초에는 너무나 유쾌하고 평화롭게 시작되었으나, 한쪽에서 너무 광분하는 바람에 고통스러운 혼란으로 빗나갔으며, 심성이 고운 사람에게 엄청난 시련을 안겨주었지만, 결국 정직하게 극복할 수 있었다. 하지만 그 일이 어느날 갑자기 온 세상에 알려지면서[2] 은근한 자부심도 가미된 경악을 불러일으켰고, 현실을 초월한 경지로 고양되어 숭고한 삶을 선사해주기도 했지만, 한때 한 소녀의 마음을, 세인들의 마음을 흔히 위험하다고 비난받은 황홀경에 빠뜨렸

2 괴테의 소설 『젊은 베르터의 고뇌』가 출간된 것을 가리킴.

듯이 뭇사람의 마음을 휘저어놓고 혼란에 빠뜨렸던 것이다.

아이들은 엄마가 겪었던 인생에 대해서는 이해심과 참을성이
없게 마련이지. 샤를로테는 그런 생각이 들었다. 자기 마음은 정갈
하니까 자기중심적으로 남에게도 못하게 하는 거고, 그런 태도는
애정을 몰인정으로 둔갑시키기 십상이지. 게다가 여자의 질투심
까지 슬쩍 섞여들면 더는 좋게 봐주기 어렵지. 엄마의 애정 편력에
대한 질투심인데, 엄마의 연애사가 온 세상에 짜하게 알려진 것을
비웃는 반발심으로 포장되어 나타났던 거야. 그래, 딸아이는 성품
이 엄격해서 엄마가 그날 저녁에 느꼈던 엄청난 황홀함과 죄스러
울 만큼 아찔했던 달콤함을 한번도 경험해본 적이 없는 거야. 그날
저녁 바깥양반은 업무상 출타 중이었는데 그 사람이 찾아왔더랬
지. 제발 크리스마스 전에는 찾아오지 말라고 신신당부했는데도.
여자 친구들이라도 불러오려고 했는데 뜻대로 되지 않았고, 그이
와 단둘이 있어야만 했지. 그이는 오시안의 작품을 낭송해주었는
데,[3] 작중인물들이 고통을 당하는 장면을 낭송하다가 그만 그이 자
신의 참담한 비통함을 가눌 수 없게 되었지. 절망에 빠진 사랑스러
운 그이가 그녀의 발치에 풀썩 쓰러져서 그녀의 손을 잡고서 자기
눈과 처량한 이마에 갖다 대고 꼭 눌렀다. 그녀 자신도 너무나 애
틋한 연민에 휩싸여서 그이의 손을 꼭 잡았고, 피차 자기도 모르게
서로의 이글거리는 뺨이 맞닿아서 격정적인 입맞춤을 할 때는 온
세상이 까무룩 사라지는 것 같았다. 그 입맞춤은 더듬거리며 몸을
빼내려는 그녀의 입술에 한순간 뜨거운 불길을 지폈던 것이고……

바로 그때, 그녀 자신이 실제로 그런 일을 겪지는 않았다는 사실

---

3 『젊은 베르터의 고뇌』 183면 이하 참조.

이 퍼뜩 떠올랐다. 그것은 실제 현실보다 더 위대한 현실이었다. 손수건으로 얼굴을 가린 어스름한 상태에서 실제로는 그렇게 폭풍처럼 격정적으로 치르지 않았던 실제 현실과 작품 속의 위대한 현실이 뒤섞였다. 그 청년이 제정신이 아닌 상태에서 딱 한번 그녀의 입술을 훔친 적이 있긴 했다. 아니, 이런 표현이 당시 두 사람의 심정에 들어맞지 않는다면, 그 사람이 마음을 다 바쳐 키스해주었다는 말이 맞을 것이다. 반쯤은 감정의 소용돌이에 휩싸여서, 반쯤은 우울한 격정을 주체하지 못해서. 대낮에 나무딸기를 따다가 그랬었다. 황망하게 애틋한 마음으로, 흥분에 달아올라 은근한 욕망에 떨며 입맞춤을 해주었고, 그녀는 그러도록 내버려두었던 것이다. 그러고선 그녀는 그 아름다운 작품에서와 마찬가지로 실제 현실에서도 반듯하게 처신했다. 그래, 마음이 정갈하기 그지없는 딸아이가 요구하는 대로 바르게 처신할 줄 알았기에 작품에서도 고통스러울 만큼 고귀한 인물로 영원히 남을 수 있게 되었던 것이다. 그입맞춤은 너무나 애절한 마음의 표현이었지만, 그래도 혼란스럽고, 무의미하고, 용납될 수 없고, 신뢰할 수 없고, 마치 다른 세상에서 다가온 듯했으니까. 왕자의 입맞춤, 방랑자의 입맞춤, 그걸 감당하기에는 그녀의 성품이 너무 못되기도 하고 너무 착하기도 했던 것이다. 방랑자의 나라에서 온 그 가련한 왕자는 그러고선 눈물을 쏟았고, 그녀도 그랬다. 하지만 그녀는 정녕 흠잡을 데 없는 태도로 화를 내며 그에게 말했다. "에이, 부끄러운 줄 아세요! 두번 다시 이러시면 안돼요. 그렇지 않으면 바로 이별하는 거예요! 이 일은 우리 둘 사이의 비밀로 해선 안되고, 그이도 알아야 해요. 오늘 중으로 케스트너에게 말하겠어요." 그러자 그 사람은 제발 알리지 말라고 당부했지만, 그녀는 바로 그날 착한 신랑에게 사실대로 말했다. 그 사람이 덤벼서 그랬다기보다는 그녀가 그러도록 내버려두었다는 사실을 그이도 알아야 했으니까. 그러자 알베르트[4]는 상당히 곤혹스러워하는 모습을 보였지만, 두 사람은 이성적이고 심지가 곧은 돈독한 사이였기에 대화를 진행하면서 결국 제삼자를 앞으로는 좀더 엄하게 대하고 그로 하여금 뭐가 문제인가를 분명히 깨치도록 하자고 결론을 내렸다.

그렇게 많은 세월이 흘렀건만 그녀의 감긴 눈에는 키스 사건이 있었던 다음 날, 정확히 말하면 이틀 후에, 약혼한 두 사람이 주선했던 무미건조한 만남의 자리에서 그 사람이 지었던 표정이 오늘까지도 놀라울 만큼 또렷이 떠올랐다. 그때 두 사람은 집 앞에 함께 앉아 있었는데, 그 사람이 밤 10시 무렵 꽃을 들고 찾아왔다. 꽃을 건성으로 건네받자 그는 꽃을 집어던지고는 이상한 허튼소리와 비유로 열변을 토했다. 당시 그 사람은 귀 위로 흘러내린 머리에 분을 바르고 있었고, 얼굴이 유난히 길쭉해 보였다. 커다란 코가 어쩐지 슬퍼 보였고, 맵시 있게 기른 콧수염이 여자처럼 귀여운 입과 연약해 보이는 턱 위로 엷은 그림자를 드리웠고, 갈색 눈은 슬프게 뭔가를 애원하는 듯했으며, 눈이 코에 비해 작아 보였지만 비단결 같은 까만 눈썹은 눈에 띄게 아름다웠다.

키스 사건이 있고서 사흘째 되는 날 그 사람은 그렇게 모습을 나타냈고, 그녀는 미리 상의해서 결론 내린 대로 그가 바른길을 찾아가도록 무미건조한 어조로 입장을 밝혔다. 이제 그녀한테서 선의의 우정 말고는 다른 어떤 것도 기대해선 안된다고. 도대체 그 사

---

4 실제 약혼자 케스트너를 『젊은 베르터의 고뇌』에 등장하는 알베르트와 혼동함으로써 샤를로테의 마음속에서 실제 현실과 소설의 허구가 뒤섞이고 있다는 것을 보여주고 있다.

람은 그런 말을 들을 줄은 몰랐던 것일까? 그렇게 단호한 입장을 밝히자마자 그의 뺨이 초췌해지면서 너무나 창백해져서, 눈과 비단결 같은 눈썹의 어두운 색조가 그 창백함과는 너무 두드러지게 대비되어 보였던 것이다. 분별을 잃고 실망한 그 수심 어린 표정을 떠올리자 부인은 얼굴을 가린 손수건 아래로 감동의 미소를 꾹 참았다. 나중에 케스트너에게 그 사람의 표정을 설명해주었다. 그 설명 덕분에 그 사람과 케스트너가 한날에 태어난 겹생일에, 그러니까 영원히 잊지 못할 8월 28일[5]에, 호메로스 작품 문고판과 함께 내 옷에서 떼어낸 리본을 그 바보 같은 다정한 사람한테 선물로 보내주기로 결정을 내릴 수 있었다.[6] 그 사람도 뭔가 생일선물을 받을 자격이 있으니까……

샤를로테는 손수건으로 가린 얼굴에 홍조를 띠었고, 예순세살의 나이에도 다시금 여학생처럼 가슴이 점점 더 세게, 더 빨리 두근거렸다. 그런데 딸아이가 이것만은 미처 모를 터였다. 엄마가 로테의 의상을 그대로 본떠서 마련해온 옷의 가슴께에 리본이 없는 자리를 일부러 그대로 비워두었을 정도로 속이 깊다는 것은 모를 터였다. 정말 리본은 달려 있지 않았고, 리본이 있어야 할 자리는 비어 있었다. 못내 그리웠던 그 사람이 리본을 가졌으니까. 약혼자의 동의하에 그 사람이 위로 삼아 리본을 간직할 수 있게 했고, 그 사람은 그렇게 선의로 선물한 기념품에 수천번이나 황홀한 키스를 퍼부었지…… 엄마가 이런 디테일까지 정교하게 고안해냈다는 걸 남동생 카를을 돌보는 처지인 딸이 알기라도 하면 그저 못마땅해서 입을 실룩거릴 테지! 하지만 굳이 이런 생각을 하는 것도 돌아가신

---

5 실제로 괴테와 케스트너의 생일임.
6 『젊은 베르터의 고뇌』 89면 참조.

네 아빠의 명예를 위해서란다. 어질고 신의를 지키는 그이는 그때 이 선물을 줘도 좋다고 승낙해주었을 뿐 아니라 그이 자신이 먼저 그러자고 제안했지. 행실이 바르지 않은 그 왕자 때문에 무척이나 마음고생을 했는데도. 심지어 그이는 자신의 가장 소중한 사람을 빼앗아갈 뻔했던 그 친구가 떠나가자 로테와 함께 울기까지 했지.

"그 사람이 떠나갔어." 그때 두 사람은 그가 밤을 지새워 휘갈겨 쓴 작별의 편지쪽지를 읽고서 서로에게 그렇게 말했다. "두분이 행복하길 바라며, 두분의 후의를 저버리지 않겠습니다…… 안녕히 계십시오! 부디 안녕히 지내시길 수천번이고 빌어 마지않습니다!" 우리는 "그 사람이 떠나갔어!"라고 번갈아 되뇌었고, 집 안의 모든 아이들이 아저씨를 찾는다고 법석을 떨다가 결국 울먹이며 "아저씨가 없어졌어요!"라는 말만 되풀이했다. 로테는 편지를 읽으면서 눈물을 흘렸다. 편안한 마음으로 눈물을 흘릴 수 있었다. 선량한 약혼자가 보는 앞에서 아무것도 숨길 필요가 없었으니까. 그이도 눈시울을 적셨고, 그날 내내 떠나간 친구 얘기만 했으니까. 그 친구는 정말 얄궂은 사람이야. 타고난 천성이 어떤 때는 다듬어지지 않은 진주 같고, 여러모로 편치 않은 구석도 있긴 하지만, 그래도 정말 천재성이 넘치고 특이하게 사람의 마음을 사로잡는 묘한 데가 있어서 연민이 느껴지고, 배려해주고 싶고, 진심으로 감탄을 자아내거든.

마음이 어진 그이는 그렇게 말했다. 그래서 그이한테 너무나 고마웠고 마음이 끌리는 게 느껴졌다. 이전보다 더욱 확고하게 그이 편이 되었던 거야. 그이가 그렇게 말했고, 떠나간 사람을 위해 약혼녀가 눈물을 흘리는 것도 너무 당연히 여겼으니까! 눈을 가린 채 누워 있는 동안 부인의 싱숭생숭한 마음속에 그때의 고마움이 너무나 따뜻하게 되살아났다. 부인은 누군가의 듬직한 가슴에 기대기라도 하듯이 몸을 뒤척였고, 그때 했던 말을 입술을 달싹이며 되뇌어보았다. 그 사람이 떠나가서 좋아요, 이렇게 중얼거렸지. 바깥에서 끼어든 제삼자니까, 그 사람이 원하는 걸 들어줄 수 없었으니까요. 그렇게 사라진 사람의 우월함과 더 뛰어난 천분의 광채를 그녀 못지않게 강하게 의식했던 그이는, 알베르트[7]는 그런 말을 좋게 들었지. 그이는 심지어 두 사람의 이성적이고 목표가 분명한 행복이 흔들리기 직전까지 갈 정도로 그 사람의 우월함을 강하게 의식했는데, 어느날엔가는 짤막한 편지로 약혼을 되물릴 용의가 있다면서, 더 빛나는 그 사람과 자기 둘 중에서 자유롭게 선택해도 좋다는 말까지 했었지. 그래서 선택을 했어. 아니, 선택이라니! 다시 그이를 택했는데! 그녀와 엇비슷한 성품이고, 그녀 몫의 인연으로 다가온 한스 크리스티안[8]을 택했던 것이다. 그이한테서 느끼는 애정과 신의가 유혹의 감정보다 더 강했을 뿐 아니라, 다른 한 사람의 본성에 감추어진 비밀에 질겁했기 때문이기도 했다. 그 사람의 천성에는 뭔가 비현실적이고 인생을 의탁하기 힘든 무엇인가가 숨어 있었던 것이다. 그건 딱히 뭐라고 꼬집어 말할 수도 없고, 감히 말하고 싶은 엄두도 나지 않았다. 나중에 가서야 그 사람을 원망하고 그녀 자신도 탓하는 뜻으로 딱 어울리는 말을 찾아내긴 했다. '그 어떤 목표에도 안주하지 않는 비정한 인간'[9]…… 그런데 그렇게 비정한 사람이 그토록 사랑스럽고 우직하고 순정한 청년일 수 있었다니, 아이들이 그 사람을 그렇게 찾았고 "아저씨가 없어졌어

----

7 여기서도 실제 현실과 소설의 허구가 뒤섞이고 있다.
8 요한 크리스티안 케스트너에서 성을 뺀 이름.
9 『파우스트』 1부 3349행.

요!"라며 울먹였다니, 참 얄궂은 노릇이었다.

그 시절의 여름날을 수놓았던 수많은 그림 같은 장면들이 손수건으로 가린 그녀의 머리에 스쳐가면서 밝은 햇살 아래 뭐라고 말하는 듯한 생생한 모습으로 명멸하곤 했다. 셋이서 함께 있는 장면도 떠올랐다. 한번은 케스트너가 관청 일을 쉬는 날이어서 함께 시간을 보낼 기회가 있었는데, 산등성이를 따라 소풍을 가면서 들판을 가로질러 굽이쳐 흘러가는 강물, 언덕을 끼고 있는 골짜기들, 정겨운 촌락들, 성과 성루, 사람이 살지 않고 내버려진 수도원과 성채 등을 내려다보았다. 그때 그 사람은 마음에 드는 벗들과 함께 이 세계의 정겨운 충만함을 만끽하는 희열을 호방하게 드러내면서 뭔가 고상한 주제에 대해 얘기하기도 했고, 그러면서도 온갖 우스꽝스러운 익살을 떨어서 두 사람은 내내 웃음이 터져나와서 걸음도 제대로 옮기지 못할 지경이었다. 거실이나 잔디밭에서 함께 책을 읽었던 시간들도 떠올랐다. 그럴 때면 그 사람은 자기가 좋아하는 호메로스나 핑갈[10]의 노래를 낭송해주곤 했는데, 어떤 때는 갑자기 울분이 복받쳐서 눈물이 그렁그렁한 채 책을 털썩 내던지고는 주먹으로 책을 쿵쿵 내리치곤 했다. 그러다가도 그녀가 당황하는 것을 보고는 다시 활달한 웃음을 터트리기도 했다…… 그밖에도 그 사람과 둘이서 함께 있던 장면들이 떠올랐는데, 그 사람이 집안일을 도와주거나 채소밭에서 함께 콩을 베기도 했고, 옛 독일기사단 저택에 딸린 과수원에서 함께 과일을 따기도 했다. 정말 선량한 청년이자 우애 어린 동료였는데. 어쩌다가 그 사람이 난감한 상황으로 빠져들라치면 단 한번의 눈길이나 제어하는 말로 금방 바른길

---

10 오시안의 아버지로 오시안의 시가에 주인공으로 자주 등장한다.

로 인도할 수 있었다. 그 모든 것이 눈에 선했고, 생생히 들려왔다. 그때 그녀가 어떠했고 그 사람이 어떠했는지, 온갖 몸짓과 표정 연기, 소리쳐 부르는 소리, 타이르는 말, 들려준 이야기들, 농담 등이 남김없이. 그가 "로테!" "세상에서 가장 아끼는 로테!"라고 불렀던 것도, 또 그녀가 "신나는 놀이 해요! 과일나무에 올라가서 과일을 따서 제가 들고 있는 바구니에 던져 넣어보세요!"라고 했던 말도 생생히 들려왔다. 그 모든 장면과 기억이 비상하게 또렷하고 선연히 빛을 발해서 수많은 디테일까지도 정확히 떠올랐지만, 그런데 이상하게도 당시 실제 상황 그대로를 떠올린 게 아니라는 느낌이 들었다. 그러니까 기억이라는 것은 원래 그런 기억의 장면들을 있었던 그대로 낱낱이 보존하는 것을 추구하지 않으며, 오히려 나중에야 비로소 기억의 심층에서 한조각 한조각씩, 한마디 한마디씩 합성해야만 하는 것이다. 그래서 그런 기억들은 탐구의 결과로 얻어진 것이요, 재구성된 것이며, 그 총체적인 정황까지도 요모조모 아주 정확하게 다시 합성된 것이며, 윤기 나게 광택을 내고 새로운 조명 아래 선보이는 것이다. 그리하여 기억들은 나중에야 비로소 예측불허의 의미를 얻게 되는 것이다.

젊은 시절의 나라로 여행을 할 때면 으레 가슴이 두근거리게 마련인데, 그런 기억들에 잠겨서 가슴이 두근거리는 가운데 기억들은 서로 뒤엉켜서 곱슬곱슬한 꿈의 실타래로 엮여 선잠 속으로 가라앉았다. 육십 줄의 노부인은 하루를 너무 일찍 시작해서 덜컹거리는 마차를 타고 온 탓에 두시간 동안이나 선잠에 폭 빠졌던 것이다.

노부인은 젊은 시절의 나라로 여행을 가는 도중에 잠시 들른 무덤덤한 우편역참이라고나 해야 할 낯선 호텔 방에 누워 있다는 자신의 처지를 까맣게 잊은 채 그렇게 잠이 들었다. 그러는 사이에 성 야곱 궁정예배당의 시계가 10시 40분을 알리는 종을 울렸지만, 그녀는 그러고도 계속 더 잤다. 그러다가 누가 깨워주기도 전에 저절로 잠에서 깨어났는데, 아마도 바깥에서 잠을 방해하는 기미가 가까이 다가오자 암암리에 영향을 받은 탓도 있었을 테고, 그러기 전에 먼저 마음의 준비가 되어 있었기 때문일 것이다. 반쯤은 즐겁기도 하고 반쯤은 마음 졸이기도 하는 예감은 자신을 기다리고 있을 여동생 쪽보다는 설레는 기대감이 느껴지는 사람 쪽에서 자신이 어서 깨어나길 바랄 거라는 짐작과 연결되어 있었는데, 만일 그렇지 않았더라면 마음의 준비가 그토록 긴장되고 예민하게 느껴지지는 않았을 터였다.

그녀는 일어나 앉아서 시계를 보고는 벌써 시간이 이렇게 흘렀나 하고 흠칫 놀라서 한시바삐 친척 집으로 가야겠다는 생각밖에 하지 않았다. 막 화장을 손보기 시작하려는데 노크 소리가 들려왔다.

그녀는 문 쪽을 향해 "누구세요?"라고 물었는데, 다소 흥분하고 나무라는 어투였다. "지금은 들어올 수 없어요."

"접니다요, 궁정고문관 부인." 밖에서 말소리가 들려왔다. "마거입니다요. 방해가 되었다면 죄송합니다만, 어떤 숙녀분께서 찾아오셨습니다. 저희 호텔 손님으로 19호실에 묵고 계시는 커즐 양이라고, 영국에서 오신 숙녀분입니다요."

"그런데, 무슨 용무지요?"

그러자 마거가 문 뒤에서 대답했다. "성가시게 하려는 건 아닙니다만, 커즐 양이 우리 도시의 이 호텔에 궁정고문관 부인께서 머물고 계시다는 걸 알고서 간절히 찾아뵙기를 청해왔습니다요. 아주 잠깐만이라도 허락해주실 수 있는지요."

그러자 샤를로테가 문틈으로 대답했다. "제가 아직 옷도 입지 않은 상태이고, 옷을 입는 대로 곧바로 외출해야 한다고, 정말 유감스럽게 됐다고 숙녀분께 말씀해주세요." 그러면서 이런 말과는 다소 어긋나게 그녀는 화장용 가운을 걸쳤는데, 기습적인 방문을 단호히 물리칠 작정이었지만, 그러면서도 설령 물리치더라도 완전히 무방비 상태는 아니고 싶었던 것이다.

"커즐 양에게 굳이 말씀을 전해드릴 필요도 없습지요." 마거가 복도에서 대답했다. "제 옆에서 듣고 계시니까요. 그러니까 용건을 말씀드리자면, 커즐 양이 아주 간절히 단 몇분만이라도 궁정고문관 부인을 뵙고자 하십니다요."

"하지만 내가 알지도 못하는 사람이잖아요!" 샤를로테는 다소 발끈해서 소리쳤다.

"당연히 모르시지요, 궁정고문관 부인." 웨이터가 대꾸했다. "바로 그래서 커즐 양은 형편이 여의치 않으시면 아주 가벼운 형식으로라도 부인과 면식을 트기를 학수고대하고 있습지요. 허락해주신다면 아주 잠깐만 뵙고자 하십니다.[11]" 마거는 간청하는 당사자의 입장을 대변이라도 하듯이 유창한 영어로 말했다. 그러자 당사자는 자신의 용건을 중개인의 손에서 넘겨받아 직접 나서도 좋다는 신호로 받아들인 듯했다. 곧바로 문밖에서 들떠서 떨리는 어조로 마치 어린아이처럼 새된 목소리가 들려왔던 것이다. 그 목소리는 좀처럼 그칠 기세가 아니었고, 높은 톤으로 "정말 흥미롭다"거나 "엄청 중요한 일"이라는 등의 말이 영어로 끝없이 줄줄 흘러나왔다. 그리하여 부인은 방 안에서 압박에 시달리다 못해 차라리 대

---

11 마거의 말에서 마지막 문장은 원문이 영어로 되어 있다.

기자의 집요한 요구에 응하여 모습을 드러내야 한시바삐 이 사태를 수습할 수 있겠다고 차츰 확신하게 되었다. 하지만 보채는 여성이 잃어버린 시간을 환대하는 말로 보상해줄 생각은 추호도 없었다. 그럼에도 부인은 독일인의 체면을 의식해서 다소 장난스럽게 "웰, 컴 인, 플리즈"라고 항복 선언을 했고, 그러자 마거가 "생큐 베리 머치"라고 응답해서 부인은 웃음을 터트리고 말았다. 그러고서 마거는 그의 방식대로 문을 활짝 열고 방 안으로 몸을 깊이 숙이면서 커즐 양을 안으로 안내했다.

"오, 경애하는 부인! 경애하는 부인!" 체구가 작은 여성이 말했다. 그녀는 인상이 독특하면서도 호감을 주었다. "저를 기다리게 하셨지만, 원래 그런 법이지요. 전에도 꾹 참고 기다린 덕에 목표를 달성한 적이 더러 있었거든요. 저는 로즈 커즐이라고 해요. 뵙게 되어 기뻐요." 그녀는 설명하기를, 바로 조금 전에 객실 청소부 아가씨를 통해 케스트너 부인께서 오늘 아침부터 이 도시에, 그것도 이 호텔에 자기 방에서 얼마 떨어져 있지 않은 방에 묵고 계시다고 들었으며, 그 말을 듣자마자 한걸음에 달려왔다고 했다. 그녀는 케스트너 부인께서 독일 문학과 철학에서 얼마나 중요한 역할을 하시는지 익히 안다고 했다. "부인께서는 유명한 분이시죠. 부인 같은 유명 인사를 찾아뵙는 것이 제 취미인데, 보시다시피 그래서 여행을 한답니다." 그러더니 경애하는 부인의 매력적인 얼굴을 얼른 그녀의 스케치북에 담도록 너그러운 아량으로 허락해주실 수 있겠느냐고 물어왔다.

그녀가 팔에 끼고 있는 스케치북은 넓은 판형으로 표지는 아마포로 제본되어 있었다. 그녀는 숱이 많은 붉은색 곱슬머리에 얼굴역시 빨갰으며, 주근깨가 있는 납작코에 입술은 도톰하게 튀어나왔지만 호감을 주었고, 입술 사이로는 건강해 보이는 하얀 치아가 반들거렸으며, 청록색 눈 역시 호감을 주었지만 이따금 살짝 사시斜視로 보았다. 꽃무늬를 수놓은 가벼운 천으로 짠 옷에는 고풍스럽게 허리띠를 높게 매고 있었고, 옷이 너무 길어서 흘러내리는 주름진 한 자락을 다리 부위에서 걷어올려 팔에 걸치고 있었다. 많이 노출한 가슴에는 코와 마찬가지로 주근깨가 있었고 젖가슴이 보기 좋게 볼록했다. 어깨 주위로는 면사포를 걸치고 있었다. 샤를로테는 이 아가씨가 스물다섯살 정도일 거라고 어림짐작했다.

"이봐요, 아가씨." 샤를로테는 갑자기 나타난 이 여성이 유별나게 호기를 부려서 점잖은 체면에 다소 당혹스럽긴 했지만 참을성 있게 세상살이 감각을 발휘할 태세가 되어 있었다. "이봐요, 아가씨, 나처럼 보잘것없는 사람한테 그렇게 관심을 가져주어 고마워요. 덧붙이자면, 아가씨의 과감한 태도가 마음에 들어요. 하지만 보시다시피 나는 초상화의 모델이 되는 건 고사하고, 손님을 맞을 준비가 전혀 안돼 있어요. 나는 막 외출을 하려던 참이에요. 가까운 친척이 애타게 기다리고 있거든요. 아가씨를 알게 되어 기뻐요. 아가씨 스스로도 아주 잠깐만 보자고 했고, 유감스럽지만 내 입장도 여전히 그래요. 우린 서로 면식을 텄으니, 그 이상은 애초의 약속과 다르잖아요. 그럼 서로 수인사는 했으니 곧바로 작별인사를 나누면 좋겠어요."

커즐 양이 부인의 말을 제대로 알아들었는지는 확실치 않았다. 어떻든 커즐 양은 부인의 말에 주의를 기울이는 표정이 전혀 아니었다. 그녀는 줄곧 "경애하는 부인"이라고 말을 걸면서, 익살맞게 도톰한 입술로 세상에 대한 자신감과 유머가 넘치는 느긋한 어조로 부인을 향해 쉴 새 없이 재잘대며 부인을 찾아올 수밖에 없었던 취지를 설명했고, 열성적이고 단호한 사냥꾼 내지 수집광의 열정으로 상대방을 모시겠다는 자세로 부인과 친해지려고 애썼다.

그 아가씨는 원래 아일랜드 사람이었다. 그녀는 여행을 하면서 그림을 그렸는데, 여행과 그림 중에 과연 어느 쪽이 목적이고 수단인지 쉽게 분간되지 않았다. 재능이 대단해 보이지는 않아서 유명세를 탄 모델의 지명도가 그녀의 부족한 재능을 메워주는 역할을 해야만 했다. 그리고 성품이 너무 활달하고 실용적인 관심에 들떠 있어서 차분하게 그림을 그리는 것만으로는 만족할 성싶지 않았다. 그래서 그녀는 노상 당대의 유명인들이나 유명한 역사 유적지를 찾아다니면서, 흔히 아주 불편한 상황에서도 가능하면 모델의 확인 서명과 함께 그들의 모습을 자신의 스케치북에 담곤 했던 것이다. 샤를로테는 이 아가씨가 그렇게 온 세상을 돌아다닌 이야기를 듣고 또 지금 직접 보면서 깜짝 놀랐다. 그녀는 아르꼴레의 다리,[12] 아테네의 아크로폴리스, 쾨니히스베르크에 있는 칸트의 생가 등을 직접 그렸다고 했다. 또 50파운드를 내고 흔들거리는 보트를 빌려 타고 플리머스 항구[13]로 가서 정기여객선 '벨레로폰'호의 선상에서 나뽈레옹 황제를 직접 그리기도 했다는 거였다. 그때 나뽈레옹은 저녁식사를 마치고 갑판에 당도했는데, 갑판에서 선장은 나뽈레옹을 노획물로 넘겨받았다고 했다. 그때 모습은 보기에 좋지 않았다고 그녀 자신이 털어놓았다. 만세를 외치는 남녀와 아이들을 가득 실은 보트들이 미친 듯이 몰려왔는데, 그들이 그녀 주위

---

12 이딸리아 북부 베로나 지방에 있는 역사 유적으로 1796년 나뽈레옹이 오스트리아군을 격파한 곳.
13 1815년 워털루 전투에서 패배한 나뽈레옹이 쎄인트헬레나 섬으로 유배될 때 출항했던 영국 남단의 항구.

로 몰려오고 파도가 일렁이는데다 황제가 갑판 위에 머문 시간도 워낙 짧아서 작업을 하기에 아주 불리했다는 것이다. 주인공은 베레모를 쓰고 조끼에 부자연스러운 상의를 걸치고 있었는데, 마치 요지경에 비친 모습처럼 위에서 아래로 납작하게 짓눌린 채 우스꽝스럽게 질질 끌려가고 있었다고 했다. 그럼에도 그녀는 그 운명적인 배에서 평소에 면식이 있던 어느 장교의 도움을 받아 나뽈레옹 황제의 서명을, 급하게 휘갈겨서 알아보기도 힘들었지만 그래도 서명이라 할 만한 친필을 얻어내는 데 성공했다는 것이다. 웰링턴 공작[14]한테서도 어김없이 서명을 받아냈다고 했다. 그녀는 빈 회의[15]에서도 눈부신 성과를 거두었던 것이다. 로즈 양은 아주 신속하게 작업을 했기에 그분은 눈코 뜰 새 없이 바쁜데도 짬을 내서 그녀의 부탁을 들어주었다는 것이다. 메테르니히 경,[16] 딸레랑 장관,[17] 캐슬레이 경,[18] 하르덴베르크 수상,[19] 그리고 그밖에 여러 유럽 외교관들도 서명을 해주었다고 했다. 러시아의 알렉산드르 황제는 구레나룻을 기르고 코가 기이하게 생긴 초상화에 서명을 해주었는데, 그것은 아마도 이 여성 화가가 황제의 대머리 주위에 나 있는 관자놀이 머리칼을 마치 가운데가 비어 있는 월계관처럼 재치 있게 그린 모습을 인정해준다는 뜻일 터였다. 라엘 폰 파른하겐 부인, 셸링 교수, 블뤼허 폰 발슈타트 공 등을 그린 초상화들도 그녀가

---

14 워털루 전투에서 나뽈레옹 군대를 격파한 아서 웰즐리(Arthur Wellesley) 원수. 빈 회의에 영국 대표로 참여했다.
15 1815년 유럽에서 반나뽈레옹 연합체제를 탄생시킨 국제회의.
16 빈 회의 의장을 맡았던 오스트리아 정치인.
17 빈 회의 프랑스 대표.
18 빈 회의 영국 대표단의 일원.
19 빈 회의에 참석한 프로이센 수상.

베를린에서 머물던 시간을 허비하지 않았다는 걸 입증했다.

그녀는 어디를 가든 그런 유명 인사들을 알아봤다. 아마포로 제본된 스케치북 안에는 그밖에도 여러 전리품들이 들어 있었는데, 그녀는 곤혹스러워하는 샤를로테에게 구경을 시켜주면서 열심히 설명도 곁들였다. 이제 그녀는 세계적으로 유명한 독일 정신문화의 중심지인 이 '멋지고 아담한' 도시의 명성에 유혹되어 바이마르에 왔다. 그녀에게 바이마르는 사냥감으로 제격인 유명 인사들의 집결지였던 것이다. 그녀는 이렇게 뒤늦게 이곳에 오게 된 것을 유감스러워했다. 그녀가 위대한 설교가라 일컬은 노학자 빌란트와 헤르더, 그리고 『도적 떼』를 쓴 시인[20]은 이미 작고했기에 그녀의 손아귀를 벗어났던 것이다. 그렇긴 하지만 그녀의 메모에 따르면 아직도 사냥해볼 만한 가치가 있는 팔크나 쉬체 같은 작가들이 이곳에 있었다. 정말로 그녀의 스케치북에는 쉴러의 미망인과 쇼펜하우어 부인,[21] 그리고 궁정극장의 여배우로 제법 이름이 알려진 엥겔스 양과 로르칭 양의 초상화가 이미 들어 있었다. 결혼 전 성이 야게만인 하이겐도르프 부인[22]한테까지는 아직 쳐들어가지 않았는데, 하지만 이 미모의 후원자를 등에 업고 궁정을 정복할 작정이었기 때문에 그만큼 더 열성적으로 목표물을 추적하고 있었다. 감히 궁정까지 넘보는 것은 이미 대공비大公妃[23] 쪽으로 연줄을 대놓았기 때문이었다. 괴테로 말하자면, 그녀는 다른 대부분의 인물들과 마찬가지로 괴테의 이름을 너무 괴상하게 발음했기 때문에 샤

----

20 1805년에 서거한 쉴러를 가리킴.
21 철학자 쇼펜하우어의 어머니.
22 바이마르 궁정극장의 배우이자 대공의 후궁.
23 작센·바이마르·아이제나흐 공국의 대공비 마리아 빠블로브나를 가리킴.

를로테는 한동안 누구를 말하는지 알아차리지 못할 정도였다. 커즐 양은 괴테의 뒤를 밟고 있었지만 아직 조준선에 올려놓지는 못한 상태였다. 그런데 괴테의 유명한 청년기 소설의 여주인공으로 등장하여 유명세를 탄 실제 모델이 오늘 아침부터 이 도시에, 그것도 같은 호텔에서 거의 이웃해 있는 방에 묵고 있다는 소식에 커즐 양은 전기에 감전된 듯 짜릿했다. 비단 문제의 인물 때문만이 아니라, 이왕 그녀와 면식을 텄으니 일석삼조로 한꺼번에 낚을 생각이라고 커즐 양은 아예 대놓고 선언했다. 베르터의 로테께서 『파우스트』의 저자와 만날 수 있는 길을 터줄 거라고 철석같이 믿는다는 것이었다. 하지만 괴테가 한 말씀 해주셔야만 샤를로테 폰 슈타인 부인[24]으로 통하는 문을 열 수 있을 거라고 했다. 커즐 양은 '독일 문학과 철학' 항목을 적어놓은 메모장에 이피게니에[25]라는 극중인물과 슈타인 부인의 관계에 대하여 기억을 가다듬기 위해 이미 몇 가지 메모를 해둔 터였는데, 작품의 실제 모델의 세계에서 슈타인 부인과 자매처럼 이름이 같은 당사자를 눈앞에 두고서 천연덕스럽게 그런 말을 해서 당사자를 놀려먹은 꼴이 되었다.

이런 식으로 샤를로테는 하얀색 화장가운을 걸친 채 애초에는 무조건 단 몇분만 할애하려고 했지만 커즐 양과 무려 45분을 보내게 되었다. 샤를로테는 이 작은 여성의 순진한 매력과 흥거운 활기에 기분 좋게 매료되었고, 그녀가 추적해서 낚아챌 수 있었던 그 모든 거물들에게서 깊은 인상을 받았다. 하지만 이처럼 예술을 유흥처럼 즐기는 그런 행태를 황당무계한 짓거리로 보는 샤를로테의 마음을 커즐 양이 과연 알기나 하는지는 확실치 않았다. 그러면서

---

24 괴테와의 플라토닉 러브로 유명했던 귀부인.
25 괴테의 희곡 『타우리스의 이피게니에』에 나오는 여주인공.

도 샤를로테는 커즐 양의 사냥 화첩에서 숨결이 흘러나오는 듯한 그런 거물들의 세계에 자기도 끼어서 스케치북에 담긴 명성의 대열에 받아들여지는 것을 보게 되자, 그런 우쭐한 경험으로 인해 이 정도는 봐주자고 점점 호의를 갖게 되었다. 그래서 결국 샤를로테는 자신의 붙임성에 지고 말아서, 커튼용 천이 씌워진 두개의 객실용 안락의자 중 하나에 앉아서 미소를 짓고 다른 안락의자에 앉아서 자신의 초상화를 그리는 여행화가의 수다를 가만히 듣고만 있었다.

커즐 양은 사각거리는 소리를 내면서 노련한 필치로 초상화를 그렸는데, 그녀의 필치가 항상 정확하고 유려하지는 않아 보였다. 그녀는 주의를 집중하지 않고 종종 커다란 고무지우개로 그림을 지우곤 했던 것이다. 그녀의 시선이 말을 거는 상대방한테 고정되지 않는 가벼운 사시는 보기에 편안한 느낌을 주었고, 볼록한 젖가슴과 어린애처럼 도톰한 입술을 바라보는 것도 건강한 즐거움을 선사했다. 그녀는 먼 나라와 유명한 사람들에 대해 얘기해주었는데, 그럴 때면 입술 사이로 예쁜 치아가 반들거리며 하얗게 빛났다. 이런 상황은 흥미롭고 악의가 없었다. 그래서 샤를로테는 얼마나 시간을 지체하고 있는가를 오래도록 깜박 잊고 말았다. 아마 딸로테가 이런 손님맞이 현장에 있었다면 화를 냈을 터였다. 그렇지만 엄마가 마음의 안정을 취해야 한다는 걱정 때문에 화를 내지는 못했을 것이다. 이 작은 영국 아가씨가 걱정스러울 정도로 무례하지는 않았고, 그 정도로 심하게 굴지는 않았던 것이다. 그런 생각이 들자 안심이 되어서 오히려 이 아가씨와 함께 있는 것이 어쩐지 달콤한 유혹처럼 느껴졌다. 말을 하는 것은 그녀 쪽이었고, 샤를로테는 기분 좋게 듣기만 했다. 로즈 양이 그림을 그리면서 쏟아낸 어떤 이야기가 너무 재미있어서 샤를로테는 웃음을 터뜨리기도 했다. 로즈 양은 아브루쩬 산맥에서 보까로사라는 산적 두목을 자신의 화첩에 담는 데 성공한 적이 있었는데, 용맹스럽고 잔인하기로 악명이 높아서 사람들을 두려움에 떨게 했던 그 화적 두목은 그녀가 관심을 갖자 적잖이 기분이 좋아졌고, 자기 초상화의 대범한 용모에 마치 어린애처럼 좋아했으며, 작별을 할 때는 부하들을 시켜서 깔때기처럼 생긴 화승총으로 로즈 양을 기리는 축포를 쏘게 했고, 그녀를 안전하게 호위해서 우범지역 바깥으로 데려다주었다는 것이다. 샤를로테는 스케치북의 동료가 된 그 인물의 거칠고도 허영심에 들뜬 것 같은 기사도 정신이 너무 재미있었다. 그렇게 정신없이 웃느라 산만해져서 샤를로테는 웨이터 마거가 갑자기 방 안에 나타나자 미처 놀랄 겨를도 없이 그쪽을 바라보았는데, 그가 계속 노크하는 소리가 흥거운 대화 분위기에 파묻혀서 들리지 않았던 것이다.

마거가 말했다. "말씀을 중단시켜 죄송합니다. 리머 박사님께서 궁정고문관 부인을 알현하기를 간청하옵니다요."

3장

샤를로테는 황급히 안락의자에서 일어났다.

"또 왔어요, 마거?" 그녀가 어리둥절해서 물었다. "무슨 일이지요? 리머 박사라고요? 리머 박사가 대체 누구죠? 또 새 손님을 맞으라는 건가요? 대체 무슨 생각을 하는 거죠? 말도 안돼! 지금 몇 시지? 벌써 많이 늦었네!" 그러고는 커즐 양 쪽으로 몸을 돌리고 말했다. "이봐요, 아가씨, 이제 정다운 면담을 바로 마무리해야겠네요. 제 모습이 어때 보여요? 옷을 차려입고 나가야겠어요. 나를 기다리고 있으니까요! 다음에 또 봐요! 그리고 마거 씨, 손님을 맞을 수 없다고 그분께 전해주세요. 벌써 나갔다고 하세요……"

"예, 알겠습니다요." 웨이터가 대답했고, 그러는 사이에도 커즐 양은 차분히 계속 그림을 그리고 있었다. "알겠습니다, 궁정고문관 부인. 하지만 찾아오신 신사분의 정체를 부인께서 과연 아시는지 확인하기 전에는 하명을 받들기 곤란하겠는데요……"

"뭐라고요? 정체라니요!" 샤를로테가 발끈해서 소리쳤다. "정체 따위는 들먹이지 않으면 좋겠어요. 정체고 뭐고 확인할 경황이 없다고요. 박사님께 전하세요……"

"분부대로 하겠습니다!" 마거가 저자세로 대답했다. "하지만 궁정고문관 부인께 지금 찾아오신 분이 리머 박사님, 그러니까 추밀고문관 각하의 비서이자 신임이 두터운 수행원인 프리드리히 빌헬름 리머 박사님이라고 정확한 정보를 드리는 게 제 의무라고 사료됩니다. 그러니까 박사님께서 어쩌면 전갈을 가져왔을 가능성을 완전히 배제할 수는 없다는 뜻입니다……"

그러자 샤를로테는 당황해서 얼굴을 붉히고 눈에 띄게 머리를 떨면서 마거의 얼굴을 쳐다보았다.

"아, 그래요." 그녀는 풀이 죽어서 말했다. "하지만 어떻든 그분을 만날 수 없어요. 아무도 만날 수 없다고요. 마거, 당신은 대체 무슨 생각을 하는 거예요! 대체 어떻게 내가 박사님을 맞을 거라고 생각하는지 정말 알고 싶군요! 당신은 커즐 양을 여기 내 방으로 몰래 들였는데, 이젠 내가 이렇게 어질러진 객실에서 속옷 차림으로 리머 박사를 맞으라고 우기는 건가요?"

그러자 마거가 대꾸했다. "전혀 그러실 필요가 없습니다요. 2층에 접견실이 있거든요. 허락해주신다면 궁정고문관 부인께서 화장을 마치실 때까지 거기서 대기하고 계시라고 박사님께 말씀드리고, 허락해주신다면 제가 부인을 그리로 직접 모셔다드릴 테니, 몇분만 짬을 내주시죠."

그러자 샤를로테가 말했다. "내가 이 매력적인 아가씨한테 바친 몇분도 결국 몇분이 아니었잖아요." 그녀는 커즐 양 쪽으로 몸을 돌리고 말했다. "아가씨, 여태 앉아서 그림을 그리고 있군요……

보시다시피 내 입장이 난처해요. 비록 짧은 시간이었지만 만나서 즐거운 시간을 보낸 것에 감사해요. 아직 데생이 미진한 부분은 어쩔 수 없이 기억에 의존해서 마무리를 해야겠네요⋯⋯"

군이 독촉할 필요도 없었다. 커즐 양은 치아를 드러내고 웃으면서 다 그렸다고 했던 것이다.

"이제 다 됐어요." 커즐 양은 팔을 뻗어 작품을 처들고는 눈을 지그시 감고 감상하면서 말했다. "잘 그린 것 같아요. 한번 보실래요?"

그런데 간절히 그림을 보고 싶다고 나선 쪽은 오히려 마거였다.

"정말 훌륭한 작품입니다요." 마거는 마치 전문가인 양 표정을 지으며 품평을 했다. "두고두고 의의를 지닐 역사적 기록물입니다."

방 안에서 다급하게 옷장 쪽을 두리번거리던 샤를로테는 완성된 작품에 눈길을 줄 경황조차 없었다.

그러면서도 샤를로테가 말했다. "예, 정말 멋지네요! 이 그림이 정말 나예요? 이럴 수가, 하긴 어느정도 닮긴 했네요. 서명해줄까요? 그럼 얼른 하지요!"

그리고서 샤를로테는 선 채로 연필로 서명을 했는데, 휘갈긴 필체가 나뽈레옹의 난필에 못지않았다. 아일랜드 아가씨가 듣기 좋은 말로 작별인사를 하자 샤를로테는 고개를 끄덕이며 고맙다는 인사를 했다. 그리고 마거에겐 리머 박사님한테 가서 접견실에서 잠시만 기다려주십사 하는 말씀을 전하라고 일렀다.

샤를로테는 외출을 위해 옷을 다 차려입었는데, 누가 봐도 길거리 나들이 차림으로 춤이 높은 모자와 어깨 숄을 걸치고 뜨개질한 주머니와 양산을 챙겼다. 그리고서 방을 막 나섰는데 벌써 웨이터가 복도에서 대기하고 있었다. 웨이터는 샤를로테를 모시고 계단을 내려가서 아래층에 다다르자 익숙한 방식대로 그녀가 자기 옆을 지나서 접견실로 들어갈 수 있도록 안내했다. 그녀가 들어서자 내방객은 옆에 춤이 높은 모자가 놓여 있는 의자에서 일어섰다.

리머 박사는 40대 초반의 남자로, 알맞은 체격에 아직도 숱이 풍성한 갈색 머리는 살짝 희끗했는데, 머리털이 꼬여서 관자놀이 쪽으로 삐져나와 있었다. 양미간이 넓고 펑퍼짐한 눈은 다소 튀어나왔으며, 콧날이 반듯한 코는 두툼했고, 작은 입은 짜증이라도 부리듯이 삐죽 튀어나왔다. 그는 갈색 상의를 입고 있었는데, 두툼하게 덧댄 칼라가 목 주위를 불룩하게 감싸고 있었고, 이중 면직물로 짠 조끼 사이로 목도리를 두르고 있는 것이 보였다. 집게손가락에 인장印章 반지를 끼고 있는 흰 손으로는 장식용 가죽 술이 달린 산책용 지팡이의 상아 대강이를 잡고 있었다.

"궁정고문관 부인께 인사 올립니다." 리머 박사는 몸을 숙여 절을 하면서 낭랑한 연구개음 목소리로 말했다. "제가 예고도 없이 불쑥 들이닥쳤으니 참을성과 분별을 잃고 용서받기 힘든 결례를 범했다고 자책하던 중입니다. 자제심을 잃는다는 것은 의심할 여지 없이 청소년 교육자[1]의 본분에 가장 어긋나는 일이죠. 그렇지만 저는 때로는 제 마음속의 격렬한 시심詩心이 교육자의 본분을 압도하는 것을 감내해야만 합니다. 그래서 부인께서 와 계시다는 소문이 이 도시에 나돌자 당장 부인을 찾아뵙고 경의를 표하고 우리 동네에 오신 것을 환영하는 인사를 올려야겠다는 간절한 소망이 제 마음속에 끓어올랐습니다. 부인의 존함은 우리 조국의 정신사와, 다시 말해 우리의 마음을 수양하는 일과 너무나 긴밀히 결부되어 있습니다."

---

[1] 리머는 김나지움 교사로 재직 중이다.

샤를로테는 리머가 깍듯이 예를 갖추는 태도에 의전상의 세심한 배려로 응대했다. "박사님, 박사님처럼 공덕을 쌓은 남자분이 그렇게 마음을 써주시면 우리 여성의 입장에선 반가울 따름이죠."

그런데 정작 리머 박사의 공덕이 무엇인지 잘 몰랐기에 샤를로테는 그를 어떻게 상대해야 할지 다소 불안했다. 하지만 그가 교육자라는 사실이 생각났고 시인이기도 하다는 정도는 알았기에 마음이 놓였다. 그런데 이런 사실을 떠올리자 경탄스러우면서도 조바심이 나기도 했다. 왜냐하면 이로써 이 남자한테서 가장 신경 써야 할 고유한 본분, 다시 말해 괴테의 최측근으로 봉직하고 있다는 사실과 맞닥뜨렸기 때문이다. 그런데 샤를로테는 이 사람이 자신의 가치와 품위가 결코 그런 직분에만 한정되지는 않는다는 점을 중시한다는 걸 금방 알아차렸고, 그의 그런 태도가 좀 엉뚱하다는 느낌이 들었다. 그가 과연 괴테의 소식을 갖고 왔는지 여부만이 그녀에겐 중요하다는 사실만큼은 적어도 그가 알아차렸으면 싶었다. 그래서 그녀는 아주 사무적으로 이 문제를 결판내는 것으로만 대화를 짧게 끝내기로 결심했고, 자신의 나들이 옷차림이 이런 의도를 잘 드러내고 있다는 사실에 만족했다. 그녀는 말을 계속했다.

"참을성을 잃었다고 하시니 오히려 제가 감사하고, 저는 그런 태도가 극히 기사도적인 마음가짐이라고 존중해요! 제가 바이마르에 나타났다는 아주 사적인 일이 벌써 박사님의 귀에까지 들어갔다니 정말 놀랍군요. 그런데 누구한테서 그런 소식을 들으셨는지 궁금하네요. 아마 궁정재무관 부인인 제 여동생한테서 들으셨겠지요." 샤를로테는 다소 허둥대며 덧붙였다. "보시다시피 막 여동생한테 가려던 참인데 박사님이 오셨거든요. 이렇게 귀한 손님이 찾아오셨다는 얘기를 바로 전해줄 수 있게 되었으니 동생도 제가 늦더라도 양해를 해주겠죠. 게다가 비록 덜 중요하긴 하지만 정말 흥미로운 손님도 먼저 다녀갔다는 걸 변명 삼아 언급할 수 있겠네요. 그러니까 여행 중인 어떤 여성 화가가 찾아와서 최대한 신속히 노부인의 초상화를 그려주겠다고 고집을 부렸는데, 제가 직접 본 바로는 그저 얼추 비슷하게 그렸을 뿐이지만요…… 그런데 자리에 앉지 않으시겠어요?"

"아, 그러지요." 리머는 의자 팔걸이를 잡으면서 말했다. "아마도 궁정고문관 부인께서 맞닥뜨린 사람은 선망과 노력이 적절한 균형을 이루지 못한 채 작은 노력으로 너무 많은 걸 얻으려는 천성의 소유자인 모양입니다.

내가 오늘 손댄 것은
사실 스케치에 불과하오.[2]"

리머는 미소를 지으며 이 구절을 낭송했다. "그러고 보니 제가 이 자리에 온 첫번째 사람이 아니군요. 저와 똑같이 참을성 없는 사람이 있다는 걸 알았으니 저의 참을성 없는 행동이 어느정도는 정당화된 셈이군요. 그렇다면 이 절호의 순간을 알뜰하게 활용할 필요성이 그만큼 더 절실하다고 생각됩니다. 물론 우리 인간들에게 어떤 재화의 가치란 그것을 얻기 힘들수록 그만큼 더 커지게 마련이죠. 제가 부인을 찾아오는 길을 트기가 정말 쉽지 않았으니, 그럴수록 부인을 알현하는 행운을 곧바로 포기하기는 어렵습니다."

"길을 트기가 쉽지 않았다고요?" 샤를로테는 의아해하며 말했

---

2 『파우스트』 1부 4275~76행.

다. "이 호텔에서 사람들을 서로 붙였다 떼었다 하는 전권을 가진 사람, 즉 마거 씨는 인상이 케르베로스[3]처럼 험악하지 않던데요."

"그야 물론이죠." 리머가 대꾸했다. "궁정고문관 부인께서 납득하길 원하신다면 보여드리죠!"

그러고서 리머는 샤를로테를 창가 쪽으로 안내했다. 샤를로테의 방과 마찬가지로 시장 광장 쪽으로 창문이 나 있었는데, 리머는 풀을 먹여 뻣뻣한 커튼을 걷었다.

아침에 도착할 때만 해도 스산해 보였던 광장은 삼삼오오 짝을 지어 엘레판트 호텔의 창문을 올려다보는 인파로 술렁거렸다. 특히 호텔 입구 앞에 사람들이 운집해 있었는데, 한 무리의 인파가 경찰관 두 명이 감시하는 가운데 현관으로 들어오려고 애쓰고 있었다. 수공업 기술자들, 젊은 남녀 가게점원들, 아이를 안고 있는 부인네들, 점잖은 중산층 부류의 사람들까지도 모여 있었고, 달려오는 소년들까지 가세하여 인파는 점점 불어났다.

"하느님 맙소사!"라고 말하면서 바깥을 내다보는 샤를로테의 머리가 심하게 떨리고 있었다. "대체 누구 때문에 저러는 거죠?"

"부인 말고 다른 누구겠습니까." 박사가 대답했다. "부인께서 도착하셨다는 소문이 바람처럼 금세 퍼졌지요. 장담하건대, 보시는 바와 같이 온 도시가 마치 개미집을 파헤쳐놓은 것처럼 난리법석입니다. 모두가 부인의 모습을 살짝 스쳐서라도 볼 수 있기를 바라고 있습니다. 호텔 정문 앞에 몰려 있는 사람들은 부인께서 나오기만 고대하고 있답니다."

샤를로테는 그대로 앉아 있어야 할 필요성을 느꼈다.

---

3 그리스 신화에서 저승문을 지키는 머리 셋 달린 사나운 개.

"맙소사." 샤를로테가 말했다. "화를 몰고 오는 열성분자 마저, 바로 그이가 일을 저질렀군요. 높은 종탑에다 우리가 도착했다고 대문짝만 한 광고를 써 붙인 격이네요. 그 얼치기 여행화가가 방해하지만 않았어도 출입문이 트여 있는 동안에 내 길을 갈 수 있었는데! 박사님, 저 아래 있는 사람들은 도대체 굉장한 걸 보여줄 처지도 못되는 저 같은 노파 한 사람의 숙소를 점령하는 것 말고는 그렇게 할 일이 없나요? 각자 평온하게 개인적인 용무를 보러 가면 안되나요?"

"저 사람들한테 화내지 마십시오!" 리머가 말했다. "이렇게 사람들이 몰려드는 것은 천박한 호기심 때문이라기보다는 고상한 심성을 입증하는 것이니까요. 그러니까 우리 도시 주민들이 이 나라 최고의 관심사와 소박한 일체감을 느끼고 있다는 뜻이죠. 설령 경제적 이해타산도 다소 작용한다 하더라도, 정신적인 문제가 이렇게 대중적 인기를 끄는 것은 감동적이고 기분 좋은 일이요." 리머는 당혹스러워하는 샤를로테를 다시 좀더 깊숙이 방 안쪽으로 안내하면서 말을 계속했다. "군중이란 본래 천박한 신념을 갖고 정신적인 것을 경멸하지만, 정신적인 것이 그들에게도 유익하다고 입증되면 정신적인 것을 숭배하는 방향으로 고무될 수도 있지 않습니까? 그들은 그런 식으로밖에 이해하지 못하니까요. 수많은 사람들이 찾아오는 이 작은 도시는 천재적인 독일 작가의 명망 덕분에 여러가지 실리를 챙기고 있습니다. 그분은 한 개인의 고유한 인격 안에 깃든 내면세계를 일구는 데 집중하지요. 이 도시의 착실한 주민들이 자칫하면 허황된 자랑거리로 삼을 수도 있는 그분의 명성에 존경심을 표하고, 그분의 명성과 관련이 있는 모든 것 중에서도 특히 문학을 가장 절실한 관심사로 여기는 걸 보면 얼마나 놀랍습니까. 하긴 다른 고장 사람들과 마찬가지로 그들 역시 정신문화의 작품은 제대로 이해하지 못하기 때문에 작품의 탄생 배경이 되는 특수한 개인적 상황에 관심을 쏟긴 합니다만."

그러자 샤를로테가 대꾸했다. "제가 보기에 박사님은 이 사람들한테 한쪽 손으로 주었던 것을 다른 손으로 다시 빼앗는 격이군요. 다시 말해 저한테는 너무나 성가신 호기심을 고상한 정신에 바탕을 둔 거라고 주장하면서도 다른 한편 이러한 미덕이 그들 나름의 저급한 물질적 욕구에서 비롯된 거라고 하시니까요. 그러니 저는 이 문제를 좋게 받아들일 수 없고, 정말 일종의 모욕감마저 느껴요."

그러자 리머가 말했다. "존경하는 부인, 인간이 워낙 이중적 존재이니 이중적으로 말할 수밖에 다른 도리가 없습니다. 그러니 저의 이런 어법이 인간성에 위배되는 거라고 볼 수는 없지요. 제 생각에는 사람들이 삶의 여러 현상들에서 좋지 않은 이면을 모르지 않으면서도 굳이 즐겁고 좋은 측면만 보려고 한다면 그건 결국 악의적인 비관주의자가 아니라 삶을 사랑한다는 증거일 것입니다. 그 이면에는 당연히 여러가지 볼썽사나운 갈등이 도사리고 있고 갈등을 봉합한 흔적이 실밥처럼 너덜거리게 마련이지요. 저 아래에서 멍하게 창문을 올려다보고 있는 구경꾼들한테 부인께서 인내심을 잃고 화를 내시지 않도록 저들을 보호해주는 것이 곧 저의 지당한 의무라고 생각합니다. 그래도 제가 이곳 사회에서 변변치 않으나마 다소 높은 직위에 있기에 저들과는 다른 대접을 받을 수 있으니까요. 그러니 우연치 않게 제가 저들의 부러움을 사며 이곳에 올라와서 감히 부인을 알현할 처지가 못됐더라면 저도 저 아래 있는 귀여운 떼거리와 합세해서 경찰을 몰아냈을 겁니다. 그러니까 한시간 전에 이발사가 면도를 해주면서 샤를로테 케스트너 부인께서 아침 8시에 우편마차를 타고 도착해서 엘레판트 호텔 앞에서 내렸다고 이 도시의 뉴스를 전해주었을 때 제가 취한 행동 역시 저들을 몰려들게 하는 것과 동일한 충동에 따른 셈이지요. 물론 제 행동이 좀더 고상하고 순화된 형태지만 말입니다. 그 이발사와 마찬가지로, 바이마르의 모든 사람들과 마찬가지로, 저는 그분이 누구이며 그분의 존함이 무엇을 뜻하는지 익히 알고 있었고 마음속 깊이 느꼈습니다. 그래서 도저히 그대로 집 안에 있을 수 없어서 원래 의도했던 것보다 더 일찍 서둘러서 옷을 입고 부인께 경의를 바치기 위해 여기로 달려온 겁니다. 저는 비록 남이지만 부인과는 운명을 나눈 지인이요 형제나 다름없는 사이라고도 할 수 있으니 경의를 바치고자 한 것입니다. 제 삶은 세상이 경탄해 마지않는 위대한 분의 삶과 남자 나름의 방식으로 엮여 있습니다. 훗날 그 위대한 분이 쓰신 헤르쿨레스의 행적이 인구에 회자되면 후세 사람들은 언제나 제 이름도 그분의 벗이자 조력자로 거명할 것입니다.[4] 이런 위치에 있는 사람으로서 형제의 인사를 올립니다."

이런 말은 샤를로테에게 그다지 호감을 주지 못했는데, 그녀는 리머 박사가 이처럼 명예욕을 드러내는 말을 할 때면 그의 입가에 줄곧 모욕당했다는 식의 표정이 더 뚜렷해진다는 걸 알아차렸다. 그런 식으로 괴테 혼자만의 작품이 아니라고 후세를 향해 무효청구를 하는 태도는 그런 요구가 제대로 받아들여지지 않을 거라는 불신을 말해주는 것 같았다.

샤를로테는 매끈하게 면도를 한 학자의 얼굴을 바라보면서 말했다. "에이, 이발사가 수다를 떨었군요? 하긴 이발사의 직분이 워

---

4 리머는 1805년 괴테가 「헤르쿨레스의 생애」라는 글을 쓸 때 처음으로 집필을 보조했다.

낙 그런 거죠. 그런데 겨우 한시간 전에야 이발을 하셨다고요? 그럼 제가 늦잠꾸러기와 인사를 나누고 있는 거네요, 박사님."

"예, 솔직히 그렇습니다." 그가 다소 의기소침한 미소를 지으며 말했다.

두 사람은 작은 테이블 옆 등받이가 움푹 팬 의자에 자리를 잡았다. 테이블 옆의 벽 위쪽에는 대공의 초상화가 걸려 있었는데, 아직 젊은 대공은 긴 부츠를 신고 옷에는 훈장 수緩가 달려 있었으며, 호전적인 장식문양이 새겨져 있는 고대풍의 기둥 받침대에 몸을 기대고 있었다. 주름진 옷을 입고 있는 플로라 여신[5]의 석고상이 방을 장식하고 있었는데, 방에는 가구가 적긴 했지만 문 위쪽의 장식 벽에는 신화적 소재가 멋지게 부조되어 있었다. 여신상 맞은편에 있는 다른 벽감에는 작은 기둥들이 늘어선 형태의 하얀색 난로가 있었고, 난로를 에워싼 벽의 테두리에는 정령들의 윤무가 부조되어 있었다.

리머가 말했다. "솔직히 말씀드리면 저는 아침잠에 약합니다. 약점을 '고수'한다는 말이 성립된다면 저는 이런 표현을 택하겠습니다. 첫닭이 울자마자 잠자리에서 일어나지 않아도 되는 거야말로 혜택받은 사회적 지위에 있는 자유인의 진짜 징표라 할 수 있지요. 저는 대낮까지 푹 잘 수 있는 자유를 언제나 확보해왔습니다. 프라우엔플란 저택에서 묵을 때도 그렇게 하지요. 주인어른도 제가 그러는 걸 할 수 없이 인정하셨거든요. 비록 그분 자신은 까다로울 정도로 꼼꼼한 시간관념에 따라 저보다 몇시간 일찍 하루 일과를 시작하지만 말입니다. 우리 인간은 다 제각각이죠. 어떤 사람은 다

---

5 꽃과 봄의 여신.

른 이들이 아직 자고 있는 동안 맨 먼저 일어나서 일하는 걸 낙으로 여기죠. 하지만 또 어떤 사람은 다른 이들이 벌써 고생스럽게 일하는 동안에도 태평한 주인의 자세로 느긋하게 단잠을 자는 걸 좋아하죠. 중요한 건 서로를 감내하는 것입니다. 솔직히 말씀드리면 그런 참을성의 면에서 대가께서는 대범하십니다. 물론 그분이 참아주신다고 해서 항상 제 마음이 편한 것은 아닙니다만."

"편하지 않다니요?" 샤를로테가 우려스럽게 물었다.

"제가 '편하지 않다'고 했던가요?" 방금 전에 산만하게 방 안을 이리저리 둘러보고 있었던 리머는 마치 누가 부르기라도 한 듯이 미간이 넓은 눈으로 샤를로테를 멀뚱히 바라보면서 그녀의 말을 되받았다. "그분 곁에 있으면 사실 마음이 편안합니다. 그렇지 않고서야 어떻게 저처럼 성품이 예민한 사람이 9년 동안이나 거의 중단 없이 그분의 주위에 있는 걸 견뎌냈겠습니까? 정말이지 아주 편안합니다. 어떤 말은 처음에는 아주 단호하게 강조했다가 그러고선 역시 단호하게 제한할 필요가 있지요. 반대되는 뜻까지도 함축하는 극단어법이죠. 경애해 마지않는 부인, 진실이 항상 논리에 들어맞는 건 아닙니다. 진실을 지키려다보면 때로는 자기모순에 빠지기도 하죠. 저는 지금 화제에 오르는 그분의 다름 아닌 제자이기에 이런 주장을 고수하는 것입니다. 그분의 발언을 듣다보면 종종 자기모순이 있다는 걸 깨닫게 됩니다. 진실을 위해서인지 아니면 일종의 변덕 때문인지 혹은 짓궂은 익살 때문인지는 잘 모르겠습니다만, 어떻든 뭐라고 단언하긴 어렵습니다. 저는 진실을 위해서 그러신다고 추정하고 싶습니다. 사람의 마음을 혼란스럽게 하는 것보다는 만족시켜주는 일이 더 어렵고도 진실한 거라고 그분 자신이 밝힌 적이 있거든요…… 이러다가 이야기가 옆길로 새지 않을까 걱정되는군요. 저는 그분 곁에서 비상한 만족감을 느끼니까 저 스스로 진실에 봉사하고 있는 것이죠. 그러면서도 동시에 가슴 답답한 반대의 경험도 하게 됩니다. 다시 말해 감히 그분의 자리에 앉을 수 없고, 달아나고 싶은 유혹을 느낄 정도로 마음이 불편할 때도 있지요. 존경하는 궁정고문관 부인, 바로 이것이 제가 감내해야 하는 모순입니다. 9년 동안이나, 13년 동안이나 감내해야 했지요. 성경 말씀에도 나오듯이, 사람의 모든 이해를 뛰어넘는 더 숭고한 사랑과 경탄 속에서[6] 그 모순이 지양되니까요……"

리머는 침을 꿀꺽 삼켰다. 샤를로테는 말이 없었는데, 그것은 첫째는 리머가 계속 말하도록 내버려두고 싶었기 때문이고, 둘째는 그가 멀리 떨어져 있던 사람에 대하여 머뭇거리면서도 쫓기듯 채근하면서 들려주는 소식을 그녀 자신의 추억들과 견주어보느라 여념이 없었기 때문이다.

리머가 다시 말하기 시작했다. "그분의 참을성은 자유방임이라 해도 무방하지요. 보시다시피 제가 생각을 집중하고 있어서 전혀 이야기의 가닥을 놓치지 않고 있습니다만, 그러니까 따뜻한 마음에서 우러나오는 관대함은 무관심이나 폄하에서 비롯되는 관대함과는 구별할 필요가 있다는 것입니다. 전자는 자기도 잘못을 범할 수 있고 자기도 죄를 용서받은 처지라는 걸 깨친 아주 넓은 의미의 기독교 정신에서 우러나오는 것이지요. 아니, 기독교 정신이 아니고 제 말의 근본 취지는 사랑에서 우러나온다는 것입니다. 하지만 후자는 그 어떤 엄격함이나 저주보다도 더 가혹한 것이고 더 가혹한 결과를 가져오죠. 그런 무관심의 관대함은 죽고 싶을 정도로 견

6 신약성서 필립비서 4:7 참조.

디기 힘든 것입니다. 설령 하느님이 그런 무관심의 관대함을 베푼다 하더라도 그렇지요. 하지만 그 경우라면 우리가 아는 모든 개념에 비추어볼 때 사랑이 결여될 리가 없겠지요. 그런데 관대함이 실제로 그럴 수도 있지 않을까 싶은데요. 실제로 그런 부류의 참을성은 사랑과 경멸을 결합시켜놓아서 신적인 것을 상기시키는 요소는 거의 없고, 그렇다보니 결국 사람들이 그걸 감내할 뿐 아니라, 평생동안 순종하면서 그런 상태에 자신을 의탁하는 일도 벌어지는 것이지요…… 그런데 제가 무슨 말을 하려고 했죠? 어떻게 이런 문제까지 오게 되었는지 일러주시겠습니까? 솔직히 말씀드리면 한순간 제가 이야기의 가닥을 깜박 놓쳤네요."

샤를로테는 리머를 찬찬히 살펴보았다. 그는 학자티가 나는 손으로 지팡이의 대강이를 잡고 깍지를 긴 채 그 유명한 황소 눈으로 멍하게 허공을 바라보고 있었다. 그 순간 샤를로테는 이 사람이 자기를 만나기 위해 찾아온 게 아니라, 그가 주인으로 모시는 대작가를 화제로 삼아서 그의 인생을 짓눌러온 오랜 수수께끼를 풀기 위해 어떻게든 실마리를 찾아볼 요량으로 자기를 찾아왔다는 것을 불현듯 명확히 깨달았다. 그러자 샤를로테는 갑자기 자기가 딸 로테의 입장에 처했다는 걸 깨달았다. 이런 상황에서 딸은 상대방이 앞세우는 이유와 핑계를 훤히 꿰뚫어보았고, 신실한 체하는 자기기만에 입을 찌푸렸던 것이다. 샤를로테는 딸에게 용서를 구하고 싶었다. 우리에게 자꾸만 몰려오는 통찰을 어떻게 해볼 도리가 없으니까, 그런 통찰은 마음을 불편하게 하니까, 하고 그녀는 스스로에게 말했다. 단지 수단으로 이용당하고 있다는 생각이 드는 것도 유쾌하지 않았다. 하지만 이 사내를 타박할 수도 없다는 걸 그녀는 깨달았다. 그가 그녀를 위해서 방문한 게 아니듯 그녀 자신도 그를 위해서 영접하고 있는 것은 아니었기 때문이다. 그녀도 이곳에 불안을 몰고 왔고, 해결되지 않은 오래전 일이 모르는 사이에 눈덩이처럼 커져서 인생의 평온을 깨트렸던 것이다. 그 오래전 일을 다시 되살려서 '유별난' 방식으로 현재와 연결하고 싶은 소망을 주체하지 못했던 것이다. 방문객과 그녀는 어느정도는 공모자였던 셈이고, 고통과 기쁨을 동시에 안겨주고 두 사람을 고통스러운 긴장관계로 지탱해주는 제삼자인 괴테를 통해 두 사람은 암묵적인 합의 하에 합류한 셈이었다. 그 제삼자에 관해 논하고 가능하면 중재안을 찾기 위해 두 사람은 서로 도와주어야 할 처지였던 것이다. 이윽고 샤를로테는 억지로 미소를 지으며 말했다.

"그런데 박사님, 이야기의 가닥을 놓치신 게 어째서 이상하죠? 늦잠을 자는 건 해로울 것도 없는 사소한 인간사인데, 그 얘기를 하다보니 박사님 자신도 모르게 폭넓은 도덕적인 성찰과 판단으로 화제가 옮아간 거잖아요? 박사님의 마음속에 있는 학자 기질이 박사님을 가지고 노는 거죠. 그런데 사실은 다르지 않나요? 박사님은 그걸 약점이라 하시지만 저 같으면 그저 여느 습관과 다를 바 없는 습관이라 하겠는데, 어떻든 박사님은 그 습관을 전에 9년 동안 계시던 자리에서는 마음껏 즐길 수 있었지요. 그런데 제가 알기로는 지금은 이 도시에서 교직에 계시지요? 제가 잘못 아는 게 아니라면 김나지움 교사로 계시지요, 그렇죠? 박사님은 그 습관을 제법 중시하시는 것 같은데, 그렇게 좋아하시는 습관이 현재의 근무조건과 조화가 되나요?"

"물론이죠." 리머는 다리를 꼬고 앉아서 지팡이의 양쪽 끝을 잡고 무릎 위에 비스듬히 받친 자세로 대답했다. "물론 전에 맡았던 일과 관련해서는 아무런 문제도 없었지요. 사실 그 일은 새 직장을 얻고도 거의 그대로 유지되고 있는데, 그 일은 너무 많이 알려졌기 때문에 어느정도 되돌아보지 않을 수 없습니다. 궁정고문관 부인의 말씀이 전적으로 옳습니다." 그렇게 말하면서 리머는 좀더 차분한 태도를 취했다. 바로 자기 자신이 화제의 중심에 있는 지난 일을 되돌아보길 즐기느라 잠시 마음이 흘려서 조금 전까지 취했던 자세를 계속 유지하는 것은 부적절하다고 느꼈던 것이다. "4년 전부터 이곳 김나지움에 재직하고 있고 따로 살림을 꾸리고 있는데, 이렇게 생활방식을 바꾼 순간은 불가피하게 찾아왔습니다. 그 위대한 분의 집에서 누렸던 온갖 정신적이고 물질적인 편안함과 기쁨에도 불구하고 어느새 서른아홉살이나 되고 보니 어떻게 해서든 독립된 생활을 하는 것이 어느정도는 남자의 명예가 걸린 문제가 된 것입니다. '어떻게 해서든'이라고 말씀드린 이유는 원래 제 꿈은 김나지움 교사보다는 더 높은 자리를 원했기 때문이고, 아직도 그 꿈을 완전히 포기하진 않았기 때문입니다. 제 꿈은 제가 존경하는 스승, 즉 할레 대학의 유명한 고전문학자 볼프 교수님을 본받아 대학 강단에서 가르치는 교수직입니다. 그런데 뜻대로 되지 않아서 지금까지도 일이 풀리지 않고 있습니다. 놀랍지 않습니까, 그렇죠? 제가 십수년 동안이나 매진해온 눈부신 공동 작업이야말로 확실히 제 소원을 이루기 위한 막강한 발판이 되었을 거라고 추정해볼 수 있으니까요. 그렇게 지체 높고 영향력이 막강한 친구이자 후원자라면 독일 대학에서 제가 원하는 교수직을 마련해주는 것쯤이야 쉬운 일이라고 할 수도 있지요. 부인의 눈길을 보니 그런 의문을 품고 계신 것 같군요. 저는 이 문제에 대해 아무것도 답변할 말이 없습니다. 제가 말씀드릴 수 있는 것은 단지 그분의 지원과 후원이, 보상 차원의 결정적인 한마디가 없었다는 것입니다. 제가 아무리 인간적으로 학수고대를 해도 그런 보상은 전혀 돌아오지 않았습니다. 그러니 속을 끓여봤자 무슨 소용이 있겠습니까? 아니, 그럴 만도 하지요. 밤낮으로 몇시간씩 이 문제를 곱씹어도 아무 소용이 없고 어떤 기대도 할 수 없으니까요. 위대한 사람들은 아랫것의 인생이나 행복 말고도 얼마든지 생각할 거리가 있겠지요. 아랫것들이 그들을 위해 아무리 공을 들이고 작품을 함께 만들어주어도 말입니다. 그들은 분명히 무엇보다 자기 생각만 합니다. 그래서 우리의 봉사가 그들에게 중요하다는 걸 헤아리는 경우에도, 우리의 이해관계와 상반되더라도 자신들의 창작활동을 위해 우리가 필수불가결한 존재라는 걸 유리하게 활용하는 결정을 내리는 것입니다. 그러니 우리가 우리 자신의 의지를 그들의 의지와 합치시키고 모종의 씁쓸함과 자부심이 뒤섞인 기쁜 마음으로 그들의 결정에 따르지 않을 도리가 없습니다. 그걸 마다하기엔 우리의 역할이 너무나 영예롭고 기분 좋은 것이니까요. 그런 연유로 얼마 전에 로스토크 대학에서 저를 교수로 초빙하려고 했을 때도 심사숙고한 끝에 사절하기로 결심하기에 이르렀습니다."

"사절하다니요? 어째서요?"

"이대로 바이마르에 머물고 싶었기 때문입니다."

"실례지만 박사님, 그렇다면 굳이 하소연하실 이유가 없잖아요."

"제가 하소연을 했던가요?" 리머는 먼젓번과 마찬가지로 화들짝 놀라면서 되물었다. "적어도 제 의도는 그런 뜻이 아니었는데, 그럼 제 말이 오해를 샀군요. 기껏해야 저는 제 평생 마음속에 맺혀 있는 모순을 곰곰이 생각해보고, 지성을 갖춘 부인과 대화를 나누면서 그 문제를 의논드리는 걸 소중히 여길 따름입니다. 바이마르를 떠난다고요? 오, 그건 안됩니다. 저는 바이마르를 사랑하고,

바이마르에 의지하고 있으며, 13년 전부터 바이마르 시민으로서 이곳 공동체와 불가분의 관계를 맺어왔습니다. 그러니까 저는 서른살에 로마를 떠나서 곧장 이리로 왔습니다. 로마에서 저는 훔볼트[7] 공사님 댁에서 그분 자녀들의 가정교사로 있었지요. 그분이 추천해주신 덕분에 저는 여기에 정착하게 된 겁니다. 혹시 실수를 했거나 약점이 잡히지 않았냐고요?[8] 바이마르 사람들도 인간적인 실수와 약점이 있지요. 특히 소도시의 특성상 그건 인지상정이지요. 생각이 고루하고 궁정에선 입방아를 찧고 하면서도 보금자리가 안녕하길 원하고, 상류층은 거만하고 하류층은 아둔하죠. 그러니 생각이 바른 사람은 어디서나 그렇듯 여기서도 지내기 힘듭니다. 어쩌면 다른 어느 곳보다 더 힘들다고 할 수 있죠. 어딜 가도 그렇듯이 건달과 소매치기도 있고, 아마 어느 도시보다 활개를 치는데, 사실 여기가 가장 들끓죠. 어쩌면 바로 그래서 활기가 넘치고 먹고살 만한 도시인지도 모르겠습니다. 저는 다른 데서는 살고 싶지도 않고 살 수도 없겠다는 생각을 이미 오래전에 굳혔습니다. 혹시 이 도시의 명소들을 좀 둘러보셨는지요? 궁성? 연병장? 극장? 아름다운 공원 조경? 예, 조만간 보시게 되겠지요. 대부분의 골목길이 꼬불꼬불하다는 것도 아시게 될 겁니다. 외지인이 우리 도시를 구경할 때 잊어선 안될 것은, 우리 도시의 명소가 그 자체로 볼거리가 아니라 바이마르의 명소이기 때문에 볼만하다는 것입니다. 순전히 건축학적 관점에서 보자면 궁성은 넓지도 않고, 잘 모르고 보면 극장이 오히려 더 위엄이 있어 보인다고 생각할 수도 있고, 게다가 연병장은 정말 보잘것없죠. 어째서 저 같은 사람이 무대 세트나 소

---

7 빌헬름 폰 훔볼트를 가리킴.
8 리머는 가정교사 시절 훔볼트의 부인 카롤리네 폰 훔볼트에게 연정을 품었다.

품처럼 보잘것없는 이런 건물들 사이에서 한평생 돌아다니려고 하는지, 어째서 소싯적부터 품어온 모든 소망과 꿈에 너무 잘 부합하는 교수직 초빙도 마다할 정도로 이 도시에 깊은 유대감을 느끼는지 그 자체로는 이해하시기 힘들 겁니다. 궁정고문관 부인, 이 문제에 관해 제가 취했던 태도를 의아해하시는 것 같으니 로스토크 대학 문제를 설명해드리죠. 그러니까 그 제안을 받았던 당시 저는 어떤 압박을 받고 있는 상황이었습니다. 교수직 수락이 허용되지 않는 상황이었습니다. '수락하지 않았다'라고 하지 않고 '수락이 허용되지 않았다'라고 표현한 것은, 상황 자체가 원천적으로 수락을 허용하지 않았기에 굳이 누가 나서서 막을 필요도 없었기 때문입니다. 물론 이런 경우 못하게 막는 일은 우리가 의지하는 윗사람이라면 눈짓 하나 표정 하나만으로도 개인적인 의사표현을 할 수가 있긴 하지요. 존경해 마지않는 부인, 모든 사람이 자기만의 길을 가고 자기만의 삶을 살고 자기만의 행복을 스스로 개척할 수 있는 운명을 타고난 것은 아닙니다. 오히려 대부분의 사람은 자신의 계획과 희망을 품고 가꾸어야 한다고 믿으면서도 정작 아주 고유한 자기 인생과 지극히 개인적인 행복마저도 오히려 그 둘을 포기함으로써만 이룰 수 있다는 경험을 하게 되는데, 미처 자기도 모르는 사이에 그렇게 되지요. 그런 사람에겐 역설적이게도 자기 자신을 송두리째 내주고 자신과 무관한 일에 봉사함으로써 자신의 인생과 행복이 실현되는 것입니다. 그 일이 지극히 개인적이고 실제로 한 사람의 인격에 관계되기 때문에 그런 일은 결코 자기 자신의 일이 될 수 없는 것입니다. 그래서 그런 일에 봉사한다는 것은 대개는 누군가에게 기계적으로 종속되는 속성을 띠게 되는 것이지요. 하지만 다른 한편 그런 속성은 이 경이로운 일에 봉사함으로써 현세와 후세가 부여하는 특별한 명예를 통해 상쇄되고 지양됩니다. 엄청난 명예지요. 자기만의 인생을 사는 것, 아무리 보잘것없어도 자기만의 인생을 사는 것이야말로 남자의 명예라 할 수도 있겠지요. 하지만 쓰라린 명예도 있고 달콤한 명예도 있다는 걸 저는 운명을 통해 배웠습니다. 말하자면 저는 남자로서 쓰라린 명예를 택한 겁니다. 운명이 인간을 대신해서 선택해주고 다른 어떤 선택도 용납하지 않는 게 아니라면, 어디까지나 인간 스스로 선택하는 것이라면 말입니다. 그렇지 않습니까? 물론 그런 운명의 처분을 감당해내고 자신에게 주어진 몫을 받아들이려면 상당한 인생의 지혜가 절대적으로 요구됩니다. 쓰라린 명예와 달콤한 명예 사이에서, 이런 표현을 써도 무방하다면, 타협하기 위해서는 말입니다. 우리의 갈망과 명예욕은 언제나 달콤한 명예를 추구하니까요. 남자의 예민한 자존심은 달콤한 명예를 갈망하고, 그래서 견디기 힘든 사태와 불가피하게 불쾌한 결과를 초래하기도 하지요. 제가 처음 정착했던 집에서도 여러해 동안 머물다가 결국 그런 일 때문에 끝장이 났고, 전혀 내키지도 않았던 김나지움 교직을 맡기로 결심하게 된 것입니다. 그렇게 타협을 하게 된 것인데, 사실 타협 그 자체는 상류층에서도 존중받는 미덕이지요. 그렇게 해서 그리스어와 라틴어 수업은 이미 협의한 대로 제가 그 집을 나와서도 계속 맡는 명예로운 의무로 남겨두었고, 그 덕분에 오늘처럼 학교 수업이 없는 날에는 저의 사회적 특권이라 할 아침 늦잠을 즐길 수 있게 된 것입니다. 게다가 저는 독립된 살림을 차림으로써 요컨대 남자의 명예라 할 수 있는 쓰라린 명예와 달콤한 명예 사이의 조화를 더욱 확장하고 공고히 했습니다. 사실 저는 2년 전에 결혼했습니다. 존경하는 부인, 보시다시피 저는 그래서 특별히 눈에 띄게 독특한 타협에 성공한 인생을 살고 있는 것입니다! 저의 자립과 남성의 자존심을 살리고 쓰라린 명예의 집에서 벗어나는 데 기여한 바로 그 조치가 다시금 저를 그 집과 더 가까이 결합시켜준 것입니다. 일이 저절로 그렇게 풀렸다는 표현이 더 적절할 것입니다. 그래서 저는 그런 조치로 인해 제가 염두에 두었던 그 집과 전혀 소원해지지 않았으니, 본래적인 의미에서 조치를 취했다는 말도 성립되지 않는 것이지요. 제 아내가 된 카롤리네는, 처녀 시절 이름은 카롤리네 울리히 입니다만, 바로 그 집에서 일하던 아이였거든요. 그녀는 고아 소녀였는데, 최근에 작고하신 추밀고문관 부인의 말동무 겸 수행원으로 몇해 전에 그 집안에서 받아들였지요. 그런데 제가 그녀와 결혼해서 생계를 꾸렸으면 하는 것이 그 집안의 숨김없는 바람이라는 사실을 알게 되었습니다. 그리고 그 집 사람들의 눈빛과 표정에서 읽어낼 수 있는 그런 소망은 제가 자립하고자 하는 욕구와 딱 맞게 타협이 되었습니다. 저도 그 고아 소녀에게 정말로 호감을 갖고 있었으니까…… 그런데 존경하는 궁정고문관 부인, 부인의 호의와 인내심만 믿고 제가 외람되게 너무 제 신상에 관한 이야기만 하는 것 같습니다만……"

"별말씀을요, 계속하세요." 샤를로테가 대꾸했다. "너무 재미있게 듣고 있는걸요."

실제로 그녀는 별 거부감 없이, 어떻든 여러 감정이 뒤섞인 상태로 듣고 있었다. 이 남자의 기대치와 모욕감, 허영심과 무력감, 품위를 인정받고자 하는 절망적인 노력에는 짜증이 나고 경멸감이 일었다. 그러면서도 애초부터 우호적이지는 않았던 동정심이 생겼는데, 그 동정심은 점차 이 내방객과 유대감을 느끼도록 심정의 변화를 일으키는 수단이 되면서 모종의 만족감을 안겨주었다. 그 만족감은 그의 어투가 그녀 자신도 심정을 토로해서 마음이 홀가분해지도록 허락해주고 있다는 느낌과 통했다. 물론 그녀 자신이 그럴 기회를 스스로 허용할지 말지는 전혀 별개의 문제이긴 했다.

그럼에도 불구하고 그가 마치 그녀의 생각을 꿰뚫어보기라도 하듯이 다음과 같은 말로 대화의 방향을 바꾸려 해서 그녀는 깜짝 놀랐다.

"아닙니다." 그가 말했다. "호기심 많은 군중이 우리를 제물로 삼아 신나게 봉쇄를 하고 포위를 하고 있는 상황을 제가 악용하고 있는 셈이죠. 전쟁 시국을 겪은 지도 얼마 되지 않는데 자제심과 유머를 발휘해서 이런 상황을 감내하긴 어렵죠. 그러니까 제가 드리려는 말씀은, 부인께 저를 소개할 의무를 제가 지나치게 양심적으로 따르고 있다면 지금 같은 시간의 호의를 악용하고 있다는 뜻입니다. 정말이지 제가 간절히 찾아뵙고자 했던 것은 제 이야기를 하고 싶어서가 아니고 저는 그저 보고 듣기만 하고 싶어서였습니다. 지금 시간이 호의적이라 했는데, 귀중한 시간이라 해야 맞겠지요. 저는 지금 너무나 감동적이고 외경 어린 관심을 기울여야 마땅한 분을 직접 대면하고 있습니다. 그저 바라보고 싶고 알고 싶은 이런 욕구는 어린아이처럼 천진하고, 가장 민중적인 차원에서부터 가장 정신적인 차원에 이르기까지 그 모든 단계를 아우르는 것입니다. 부인께서는 그 천재적인 작가의 출발점, 거의 출발점이라 해도 좋을 위치에 계십니다. 부인의 존함은 사랑의 신 자신에 의해 영원히 그분의 삶과 엮였고, 그리하여 우리 조국의 정신적 왕국의 형성과, 독일 사상의 왕국과 엮인 것입니다…… 그리고 저 역시 이 역사에 등장하여 남자 나름의 방식으로 주인공에게 조언을 해주는 보좌 역을 맡게 된 운명이니, 말하자면 부인과 똑같이 영웅적인 삶의 공기를 호흡하고 있는 셈이지요. 그러니 제가 어찌 부인을 누님처럼 여기지 않을 수 있겠습니까. 그래서 부인께서 여기에 와 계시다는 기척이 느껴지자마자 인사를 올려야겠다는 충동을 억누를 수 없었던 것입니다. 누님 같기도 하고, 어쩌면 어머님 같기도 하고, 어떻든 가까운 친지 같은 영혼이니, 그분께 말씀을 드리면서 저를 알려야겠다고 생각했지요. 하지만 그저 듣기만 하는 걸로는 도저히 성이 차지 않습니다…… 그러니까 여쭙고 싶은 것은, 여쭤보고 싶은 말이 오래전부터 입에 맴돌았습니다만, 존경하는 부인, 말씀해주십시오, 저의 변변치 않은 고백에 대한 보답이라 생각하시고 말씀해주십시오…… 사람들이 알고 있고, 우리 모두가 알고 있고, 인류가 십분 이해할 수 있는 일입니다만, 부인과 작고하신 부군께서는 그 천재 작가의 경솔한 발설 때문에 마음고생을 하셨지요. 그분은 두분의 인격과 처지를 문학적으로 부당하게 다루었는데, 그건 시민사회의 도의상 정당화하기 어렵지요. 그러니까 온 세상이 보는 앞에서, 문자 그대로 세계만방에 경솔하게 두분의 신상을 폭로하였고, 그러면서 현실과 허구를 위험한 예술로 뒤섞어버렸습니다. 그러니까 현실적인 것에 시적 형태를 부여하고 허구에다가 현실적인 것의 낙인을 찍어서 양자 사이의 구별을 사실상 없애고 동등해 보이게 한 것입니다. 간단히 말씀드리자면 그런 무분별 때문에, 그분이 의당 지켜야 할 신의와 믿음을 저버렸기 때문에, 마음고생을 하셨던 것이지요. 그러니까 친구들의 등 뒤에서 몰래 활동하면서, 세분 사이에 생겨날 수 있는 가장 섬세한 감정을 예찬하는 동시에 모독하려 했던 것입니다…… 존경하는 부인, 사람들은 그걸 알고 있고, 함께 공감하고 있습니다. 말씀해주십시오, 제 목숨을 걸고라도 제발 듣고 싶습니다. 부인과 영면하신 궁정고문관께서는 이 당혹스러운 경험을, 본의 아니게 희생자가 된 운명을 내내 어떻게 견디셨는지요? 그러니까 제가 여쭙고자 하는 것은 그렇게 당한 상처로 인한 고통을, 두분의 존재가 어떤 목적을 위한 수단으로 취급당한 모욕감을, 훗날의 다른 감정과 과연 어떻게 조화시켰고 어느 정도나 성공적으로 조화시켰느냐 하는 것입니다. 다른 감정이란 사람들이 두분의 삶을 높이 받들고 우러러보면서 두분께 생겨난 감정 말입니다. 이 문제에 관해 부인의 말씀을 좀 들을 수 있을까요……"

"아뇨, 안돼요, 박사님." 샤를로테가 황급히 대답했다. "지금은 안돼요. 어떻든 나중에, 물론 다음 기회에 말씀드리죠. 박사님의 말씀을 정말 관심 있게 듣고 있다고 자신 있게 말씀드리는데, 이건 단지 인사치레가 아니라는 걸 진심으로 보여드리고 싶어요. 그러는 게 좋겠어요. 그 천재 작가와 박사님의 관계가 분명히 훨씬 더 중요하고 생각해볼 여지가 있는 것이니까 —"

"과연 그럴지는 논란의 여지가 있지요, 존경하는 부인."

"피차 듣기 좋은 말은 그만둡시다! 당신은 북독일 출신이죠, 그렇죠, 교수님? 발음이 그런 것 같은데요."

"저는 슐레지엔 출신입니다." 리머는 잠시 뜸을 들이다가 차분하게 말했다. 그 역시 마음의 갈피를 잡기 어려웠다. 그녀가 화제를 회피하자 속이 상했지만, 계속 그 자신의 얘기를 해달라고 채근하자 다시 마음을 수습했다.

"제가 존경하는 부모님은 물려받은 재산이 넉넉지 않았습니다." 리머는 말을 계속했다. "부모님은 저의 천부적인 재능을 계발하고 대학 공부를 할 수 있도록 모든 것을 바치셨는데, 저는 그런 부모님의 공덕을 지극히 존중합니다. 저의 스승이신 할레 시의 자애로운 추밀고문관 볼프 교수님은 저를 높이 평가하셨지요. 그분을 본받아 사는 것이 저의 진심 어린 소망이었습니다. 대학 교수의 길을 가면 명예와 여가시간을 보장받고, 저 자신도 문학의 재능이 없지는 않으니 심성이 느긋한 문인들과 교류하면서 신선한 자극을 받을 여지도 생기니까 저는 무엇보다 교수직에 마음이 끌렸습니다. 하지만 학문의 전당으로 들어가는 문 앞에서 몇년씩 줄을 서서 기다리며 대기하는 기간 동안 생계를 해결할 수단이 어디서 나옵니까? 제가 편찬한 그리스어 대사전은 1804년 예나에서 발간되었는데, 아마 이 사전의 학문적 명성은 부인께서도 익히 들으셨겠지만, 저는 벌써 당시부터 이 사전 편찬 작업에 매달렸습니다. 하지만 그런 일은 생계에는 아무런 도움도 안되는 자선사업이죠. 그래서 생계를 해결하기 위해 짬을 내서 가정교사 자리를 구했습니다. 볼프 교수님이 막 로마로 떠나는 훔볼트 선생 댁의 자녀들을 가르치는 자리를 주선해주셨지요. 이 일로 그 영원한 도시 로마에서 몇년을 보냈습니다. 그러고서 또다른 자리를 추천받았는데, 외교관으로 있던 주인어른께서 바이마르에 있는 저명한 친구분께 저를 추천한 겁니다. 그때가 1803년 가을이었는데, 저로서는 기념할 만한 연도이고, 아무튼 독일 문학의 내밀한 역사를 위해서도 언젠가는 기념할 만한 연도가 될 것입니다. 그래서 저는 바이마르로 와서 저를 소개했고, 신뢰감을 주었지요. 그 주인공과 첫 면담을 한 결과 프라우엔플란 저택의 동료로 들어와달라는 제안을 받았습니다. 어떻게 제가 그 제안을 따르지 않을 수 있었겠습니까? 그보다 더 좋은 자리는 없었고, 다른 전망도 없었습니다. 제 생각이 옳든 그르든 간에 김나지움 교사직은 저의 품위와 재능에 비해 처지는 자리라고 생각했지요……"

"하지만 박사님, 제가 잘못 알아들었나요? 비단 교사직뿐만 아니라 다른 어떤 자리보다도 명예와 매력의 면에서 훨씬 더 빛나는 활동과 일자리를 얻었으니 틀림없이 무척 행복하셨을 텐데요!"

"그랬지요, 존경하는 부인. 저는 무척 행복했습니다. 행복했고 자부심이 넘쳤지요. 생각해보세요, 그런 대단한 분과 매일 접촉하고 매일 교류하니까요! 저도 그분의 헤아릴 수 없는 천재성을 알아볼 정도로는 시인의 자질이 있거든요. 저는 저의 재능을 시험해보기 위한 습작들을 그분께 보여드렸는데, 조심스럽게 말씀드리자면 그분은 저의 습작을 그런대로 마음에 들어하셨지요. 제가 그분 특유의 온유한 성품을 감안해서 그분의 평가를 에누리해서 전해드려도 그렇습니다. 행복했냐고요? 주체할 수 없을 정도로 행복했지요! 그분과 결합하면서 학자들과 상류층 세계에서 너무나 주목할 만한 위치, 부러움을 살 만한 위치로 일거에 도약하지 않았습니까! 그렇지만 솔직히 말씀드리면 한가지 고통이 따랐습니다. 그러니까 다른 선택의 여지가 사라졌다는 고통입니다. 세상을 살다보면 감사해야 할 처지가 오히려 감사하는 마음을 다소 저해하는 경우도 있지 않습니까? 그런 처지는 감사하는 마음에서 흔쾌함을 얼마간 빼앗아버리지요. 우리끼리 솔직히 말하자면, 너무 감사해야 할 사람한테는 예민해지는 경향이 있지요. 그런 사람은 우리의 곤경을 자신에게 유리한 쪽으로 활용하니까요. 그런 사람이 우리의 곤경에 책임이 있는 것은 아니고, 행운의 재화가 불공평하게 배분되는 운명 탓이긴 하지만, 우리의 곤경을 활용하니까요…… 하지만 경애하는 부인, 우리가 이런 부류의 도덕성 문제에 매몰되지는 말았으면 합니다! 제가 지극한 존경심에서 떠올린 사실은 어떻든 우리의 위대한 친구분께서 저를 활용할 수 있다고 생각했다는 것입니다. 공식적으로 제가 맡은 일은 불피우스 부인의 자녀 중에 유일하게 생존한 아들 아우구스트를 가르치는 것이었는데, 그리스어와 라틴어 수업을 맡기로 했습니다. 물론 당시까지만 해도 제 처지가 매우 혼란스럽긴 했지만, 이런 일을 맡길 때는 정식으로 맡은 일보다 훨씬 더 멋지고 비중 있는 과제, 즉 아버지 되는 분의 신상을 보필하고 창작활동을 보조하는 과제의 뒷전으로 눈에 띄지 않게 물러나 있게 하려는 뜻이었다는 것을 금방 알아차리게 되었습니다. 분명히 애초부터 그런 뜻이었습니다. 물론 저는 당시 이 대작가가 저의 스승이자 후원자이신 할레 대학의 볼프 교수님께 보낸 편지를 익히 알고 있는데, 그 편지에서 그분은 아들이 고전학 분야에 지식이 부족해서 걱정이 되어 저를 초빙했노라고 이유를 밝혔지요. 그분의 표현을 빌리자면 그런 부진함은 그분 자신이 도와서 해결할 수가 없다는 거였지요. 하지만 그건 위대한 고전문학자에 대한 예우의 말이었습니다. 실제로 우리의 대작가는 학교식의 체계적인 교육과 가르침은 중시하지 않았고, 아이의 소양이라고 신뢰하는 자연스러운 지식욕을 아이 스스로가 최대한 자유롭게 충족하도록 내맡겨두는 걸 선호했습니다. 이런 면에서도 그분의 자유방임주의를 엿볼 수 있지요. 선의로 그렇게 내맡겨두는 것일 텐데, 저도 그걸 모르진 않습니다. 학교식으로 들볶고 꼬치꼬치 따지는 대신 아이들에게 넓은 아량을 베풀고 재량권을 주고 호의적으로 두둔해주는 태도지요. 그건 인정합니다. 하지만 그런 태도에는 그리 달갑지 않은 다른 뭔가가 있습니다. 아이들과 그들의 특수한 사정을 무시하고 얕잡아보는 것입니다. 그러니까 아이들은 부모를 위해서만 존재하고 부모를 우러러보며 성장해서 차근차근 부모의 삶을 그대로 물려받아야 한다고 생각한다면, 그런 태도를 보인다면 그건 아이들의 권리와 의무를 잘못 알고 있는 것이니까요……"

샤를로테가 말 사이에 끼어들었다. "그런데 존경하는 박사님, 동서고금을 막론하고 부모와 자식 사이에는 아무리 사랑이 넘쳐도 숱한 오해와 갈등이 생기게 마련이죠. 아이들은 부모들의 삶에 대해서는 대개 참을성이 없고, 부모들 또한 아이들의 특별한 권리에 대한 이해심이 부족하기 때문에 아이들의 그런 태도에 역정을 내는 것이겠죠."

"확실히 그렇지요." 내방객은 산만한 태도로 얼굴을 천장 쪽으로 젖힌 채 말했다. "저는 그분과 종종 마차 안에서나 서재에서 교육 문제에 관해 대화를 나누었는데, 대화를 했지 토론을 했던 것은 아닙니다. 저 자신의 소신을 관철하기보다는 존경 어린 호기심으로 그분의 소신을 알아내는 것이 저의 관심사였으니까요. 실제로 그분이 이해하는 청소년 교육은 유리한 환경에서는, 아버지와의 관계에서 볼 때, 어머니 쪽은 좀 뭣하니까[9] 당연히 아버지와의 관계에서 볼 때, 어느정도는 아이들 스스로 알아서 하도록 내맡겨두는 식의 성숙 과정입니다. 그분은 당연히 아들을 위해 최고로 유리한 환경을 원했고, 실제로 아주 유리한 환경을 조성했지요. 아우구스트는 그분의 아들이지요. 그분 입장에서 볼 때 아들의 삶은 일찌감치 그런 부자관계로 웬만큼 정해진 셈입니다. 이 젊은이의 운명은 바로 그분의 아들이라는 것 말고는 다른 선택의 여지가 없었지요. 시간이 갈수록 아버지의 번잡한 일상 업무를 덜어주는 일을 떠맡아야 했지요. 아들은 저절로 일을 익혔습니다. 그저 자라기만 하면 되었으니까요. 인격적인 성숙이나 자신의 길과 목표를 찾아가

---

[9] 괴테의 부인은 정식 교육을 받지 못했다.

도록 이끌어주는 교육은 거의 염두에 두지 않았습니다. 그러니 억지로 공부를 시키고 체계적인 학습을 하는 고역을 치를 필요가 있겠습니까? 그런데 이 대작가 자신도 청소년기에 그런 교육은 면제받았다는 사실을 유의할 필요가 있습니다. 정확히 말하면 그 시절에 정규적인 학교교육을 받아본 적이 없고, 청소년기에 철저한 교육은 거의 받지 못했지요. 그런 사실은 아무도 쉽게 알아채지 못할 텐데, 오래도록 긴밀하게 교류하고 특출하게 튼튼한 학문적 기초가 있어야만 겨우 알아챌 수 있습니다. 왜냐하면 당연한 얘기지만, 그분은 이해력이 뛰어나고, 기억력이 비상하며, 정신활동이 매우 활발한데다 수많은 지식을 순식간에 낚아채서 자기 것으로 소화하기 때문이지요. 그분은 오히려 위트와 정신적 기품, 형식미와 달변의 영역에 속하는 자질 덕분에 훨씬 더 방대한 지식을 갖춘 다른 많은 학자들보다 더 운 좋게 그런 지식을 활용할 줄 알지요……"

"잘 듣고 있어요." 그렇게 말하면서 샤를로테는 다시 눈에 띄게 머리가 떨리는 증세를 곧바로 수긍한다는 동의의 뜻처럼 보이도록 요령껏 애썼다. "흥미진진하게 듣고 있는데, 어째서 그런지 저 스스로 납득하려고 애쓰고 있답니다. 박사님은 단순한 어조로 얘기하시는데도 어쩐지 사람을 흥분시키네요. 흥분할 만도 한 것이, 위대한 사람에 관해 얘기를 하면서도 보통 그렇듯이 열광하지 않고, 차분하고 무미건조하게, 일상의 내밀한 경험에서 우러나오는 모종의 리얼리즘 정신으로 얘기하시는 걸 듣고 있으니까요. 저 자신을 돌이켜보고 저 자신의 관찰을 참조해보는데, 너무 오래전 일이긴 하지만 그래도 박사님이 방금 편안한 방식으로 자기연마를 하는 사례로 언급하신 그분의 청년 시절을 관찰한 적이 있지요. 그분이야 그런 자기연마 방식을 탁월하게 발전시켰으니까 당연히 개인적으로는 엄격한 체계적 교육방식보다 그런 방식을 더 선호하는 것이지요. 어떻든 당시 스물세살 청년이었던 그를 저는 잘 알았고 오래도록 지켜보았기에, 그가 공부하고 열심히 일하고 관직에 열성을 보이는 모습은 거의, 아니 전혀 본 적이 없다고 확언할 수 있습니다. 그는 베츨라어에서 워낙 어떤 일도 하지 않았지요. 단언하건대 그런 면에서는 원탁모임[10]의 법관 시보나 법관 지망생 등 다른 어떤 동료보다 뒤처졌지요. 킬만스에게, 시도 썼던 공사 비서 고터, 보른과 다른 동료들, 그리고 불쌍한 예루살렘[11]보다 못했지요. 당시 벌써 너무나 진지하게 열심히 일하는 삶을 살았던 케스트너는 말할 나위도 없고요. 그래서 케스트너를 통해 저는 그 사람과의 차이를 주목하게 되었지요. 그러니까 어떤 사람은 수완이 좋아서 여성들에게 매력적인 모습을 보이는데 어째서 케스트너는 다를까 하고 따져보게 되었답니다. 괴테는 활달하고 흥겹고 반짝반짝 재치가 넘치는 사람으로 정평이 났고 여성들에게 인기가 있었지만, 신앙에는 전혀 관심이 없었고 완벽한 자유를 누렸지요. 하지만 다른 사람들은 빡빡한 일과를 마치고 나면 업무에 신경을 쓰느라 지쳐서 사랑하는 사람의 집에 나타나도 자기가 원하는 모습을 제대로 보여줄 수가 없었던 것이지요. 그래서 저는 그럴 때마다 이건 불공평하다고 생각했고, 그래서 저의 한스 크리스티안을 좋게 생각했던 겁니다. 그러면서도 저는 과연 대부분의 청년들이 웬만큼 여가시간만 있으면, 사실 어느정도의 여가시간이야 있게 마련이지만요, 우리의 친구분처럼 재기발랄한 정신력과 따뜻하고 진심 어린 위트

---

10 청년 괴테가 베츨라어에 머물던 시절 젊은 법관들의 친목 모임.
11 당시 청년 괴테와 비슷하게 약혼자가 있는 여성을 사모했다가 비관하여 자살한 동료.

를 발휘할 수 있을까 하는 의문이 들긴 했어요. 다른 한편 저는 그분의 불꽃같은 기질이 부분적으로는 느긋하게 즐기는 생활 덕분에 가능한 거라고 여기면서도, 곰곰이 생각해보면 그분이 자신의 천성을 거침없이 온전히 우정에 바쳤기 때문인 것도 같아요. 하지만 그것도 부분적인 이유일 뿐입니다. 왜냐하면 그것은 가슴에서 솟구치는 아름다운 생명의 기운이었고, 어떻게 표현해야 할지 모르겠지만 생명의 광채 같은 것이었는데, 아무래도 저의 이런 설명만으로는 온전히 해명되지 않으니까요. 비록 그는 실망하고 침울하고 짜증 난 표정을 짓곤 했고 세상과 사회를 얕잡아보긴 했지만, 일요일에도 열심히 일만 하는 사람보다는 더 흥미로운 사람이었거든요. 저는 그런 모습을 너무나 또렷이 기억하고 있답니다. 그를 보면 종종 다마스쿠스의 검[12]이 생각나기도 하고, 어떤 비유가 좋을지 정확한 표현은 떠오르지 않는데, 레이던의 축전기[13]가 생각나기도 해요. 전기가 충전된 상태라는 의미에서 그런 연상도 떠오르는데, 그 사람은 흡사 고압전기를 충전한 듯한 느낌을 주거든요. 그래서 그의 몸에 손가락을 갖다 대면 나도 모르게 마치 감전된 듯한 느낌이 들지요. 어떤 종류의 물고기도 그렇다고 하지요. 그러니 아무리 특출한 인물도 그와 함께 있으면, 아니 그가 현장에 없는 경우에도, 맥없어 보이는 것도 놀라운 일이 아니죠. 또 기억을 돌이켜보면 그는 눈매가 독특하게 형형했는데, 제가 '눈매가 형형하다'라고 표현한 것은 단지 양미간이 좁은 그의 갈색 눈이 그다지 크지 않아서 일부러 눈을 크게 떴다는 뜻은 아닙니다. 어떻든 그는 눈매가 아주 형형했고, 그의 눈은 특별히 강한 의미에서 영혼으로 충만했으며,

---

12 가벼우면서도 강한 절삭력으로 유명한 명검.
13 1745년에 발명된 병 모양의 축전기.

진심이 넘쳐서 반짝일 때면 검은 눈동자만 보였지요. 지금도 그런 눈을 하고 있나요?"

"그분의 눈은 때때로 강렬한 인상을 주지요." 리머가 말했다. 양미간 사이에 골똘한 생각으로 주름살이 팬 그의 유리알처럼 반들거리고 튀어나온 눈은 그가 상대방의 말을 건성으로 듣고 자기 생각에만 골몰하고 있다는 것을 드러냈다. 게다가 부인이 자꾸만 머리를 끄덕이는 모습에 의아해할 법도 하지만, 그도 그럴 처지가 아니었다. 그는 지팡이의 손잡이를 잡고 있던 커다란 흰 손을 얼굴 쪽으로 들어올려서 코언저리의 가려운 부분을 섬세한 남자의 방식대로 약손가락 끝으로 문질렀는데, 그럴 때 그의 손 역시 눈에 띄게 떨리고 있었던 것이다. 샤를로테 자신도 그걸 알아보고는 기분이 썩 좋지 않아서 자신의 몸에 나타나는 동일한 증세를 바로 멈췄는데, 주의를 기울이면 얼마든지 멈출 수도 있었던 것이다.

박사는 자기 생각의 궤적을 따라 계속 말했다. "그건 깊이 숙고해볼 만한 현상이지요. 그런 현상에 대해 몇시간씩 생각해볼 수도 있지만, 생각해본들 별로 유익하지도 않고 아무 결과도 기대할 수 없지만요. 그러니까 그런 현상을 속으로 곱씹는 건 본래적인 의미의 사색이라기보다는 몽상이라 할 수 있지요. 그건 신성의 징표 내지는 우아함과 형식미의 징표라 할 수 있는데, 상상하건대 자연이 살짝 미소를 지으며 한 사람의 정신에 각인한 그런 징표라 할 수 있지요. 그렇게 해서 그런 사람은 아름다운 정신을 갖게 되는 것이지요. 그런데 아름다운 정신이라는 말은 인류가 으레 편하게 사용하는 범주로 일컫기 위해 기계적으로 갖다 붙이는 명칭일 뿐입니다. 하지만 제대로 자세히 고찰해보면 그 말은 도저히 규명할 수도 없고, 마음을 혼란스럽게 하고 인격적으로 뭔가 모욕감을 안겨주는 수수께끼로 남게 되지요. 제가 착각하지 않았다면 부인께선 불공평함에 대해 얘기를 하셨지요. 그런데 바로 저와 그분과의 관계에서도 분명히 불공평함이 작용하고 있습니다. 자연스럽고, 그래서 명예롭고, 매력적이라 해도 좋을 불공평함이지만, 이 불공평함을 매일 직접 보고 속속들이 겪어야 하는 사람의 입장에서는 수모의 고통이 전혀 없다고 할 수는 없지요. 이런 경우 가치의 변질, 즉 가치의 폄하와 가치의 과장이 발생하는데, 그걸 나 자신도 모르게 즐기면서 호의로 받아들이는 것입니다. 신의 뜻과 자연의 순리에 역정을 내는 사람이 되지 않으려면 그런 일을 흔쾌히 수긍하지 않을 수 없으니까요. 하지만 그러면서도 정의감이 살아나면 남몰래 차분한 마음으로 그런 일은 부당하다고 생각하게 되지요. 그러면 진지하게 획득한 지식, 소유하기 위해 획득한 그런 지식과, 여러모로 혹독한 검증을 거쳐 입증해낸 확고한 식견을 소유하고서도 결국 본래는 근사한 경험이지만 쓴웃음도 자아내는 그런 경험을 하게 되는 것입니다. 그 경험이란, 그토록 특출하고 축복받은 정신, 그토록 호의적인 정신의 소유자인 그분이 그러한 지식 중에서 어떻게 해서든 손쉽게 자기 것으로 소화해낸 불완전한 단편적 지식에다 자신의 지식을 가미하고 자신의 초상을 각인해서 온 세상 사람들이 우리의 탁상지식의 총화에 부여한 가치보다 두배 세배 되는 실질적 가치를 부여한다는 것입니다. 저는 그분에게 그런 지식을 공급하는 도우미 역할을 하고 있는데, 저 역시 우아한 정신과 형식미를 갖추고 있지요. 하지만 우아한 정신이니 형식미니 하는 것은 그저 허울 좋은 말에 지나지 않고, 그렇게 받아들인 것을 다시 자기 것으로 산출해내는 것은 어디까지나 그분의 몫이지요. 사실 고생스럽게 일하고, 열심히 연구하고, 정제하고, 수집하는 일은 다른 사람이 하지요. 그렇지만 시인의 제왕은 그걸 가지고 뚝딱 금화를 만들어내는 것입니다…… 이러한 제왕의 권리, 그게 과연 뭘까요? 사람들은 인격이라고 하지요. 그분 자신도 인격이라는 말을 즐겨하는데, 알다시피 그분은 인격이야말로 대지의 자식인 인간이 누릴 수 있는 최고의 행운이라고 했지요. 그러니까 결단을 내리는 것은 그분이고, 일단 그분이 내린 결단은 인류를 위해 무조건 타당한 가치를 지니게 된다는 것입니다. 그런데 그분이 결정을 내리는 게 아닙니다. 궁여지책으로 '결정을 내린다'라는 표현을 쓰긴 하지만 말입니다. 어떻게 인간이 신비를 결정합니까? 확실히 인간은 신비가 없이는 살아갈 수가 없지요. 기독교의 신비에는 식상했기 때문에 이교도의 신비 혹은 인격이라는 자연신비[14]에 감화를 받는 것입니다. 우리의 정신의 제왕께서는 기독교의 신비에 대해서는 그다지 관심이 없습니다. 기독교의 신비에 관심을 기울이는 시인과 예술가는 그분의 눈 밖에 날 각오를 해야지요. 하지만 그분은 인격이라는 자연신비는 높이 평가합니다. 그건 바로 그분 자신의 신비거든요…… 그 인격의 신비는 우리 대지의 자식들에게 당연히 최고의 행운으로 통할 수밖에요. 그렇지 않고서야 진짜 학자들과 학계 인사들이 우아한 정신의 소유자인 이 천재 작가의 주위에 모여들어 그의 참모진과 보좌진을 형성하고 그분에게 지식을 갖다 바치면서 그분을 위해 걸어다니는 사전 역할을 하는 것을 도둑질로 여기지 않을 뿐 아니라 너무나 흔쾌히 영예로 여기는 현상을 과연 어떻게 설명할 수 있겠습니까? 그분은 그렇게 걸어다니는 사전들을 마음대로 이용할 수 있으니 스스로 힘들게 지식을 긁어모을 필

---

14 신의 은총과 무관하게 인간이 타고난 신비라는 뜻.

요도 없지요. 저 같은 사람이 행복한 미소를 지으며 그분을 위해 미천한 서기 노릇을 하며 몇년씩이나 헌신하는 것은 달리 설명할 도리가 없지요. 저의 이런 모습이 이따금 제가 봐도 한심할 때가 있긴 합니다만……"

"실례지만, 교수님!" 입도 뺑긋하지 않던 샤를로테가 당황해하면서 말을 가로막았다. "그렇게 오랫동안 대작가의 곁에서 챙기셨던 일에 대해, 교수님의 품위에 어긋나게 정말 오로지 종속적인 위치에서 서기 노릇만 했노라고 주장하시는 건 아니지요?"

"물론 아니지요." 리머는 잠시 마음을 가라앉히고서 대답했다. "그런 뜻은 아닙니다. 혹시라도 제가 그렇게 말했다면 너무 지나쳤네요. 사태를 과장해선 안되지요. 첫째는, 제가 그 위대하고 소중한 분을 명예롭게 도와드리는 사랑의 봉사는 전혀 서열 문제가 아닙니다. 그분은 너무 높이 계시고 저야 미미한 존재지요. 그건 두말할 나위 없습니다. 다른 한편 그분의 말을 받아쓰는 일은 여느 시시한 서기가 감당할 수 있는 일이 아닙니다. 그런 사람이 하기에는 아까운 일이지요. 시시한 비서나 시종한테 그런 일을 맡기는 건 정말이지 돼지 목에 진주 목걸이를 매다는 것과 진배없지요. 지성과 감성을 갖춘 지식인이 이런 일을 맡게 되면 어쩔 수 없이 아주 고상한 질투심이 생기게 마련입니다. 그러니까 저처럼 이런 상황을 그 온전한 매력에 걸맞게, 경이와 품위에 걸맞게 제대로 평가할 줄 아는 학자만이 이런 일을 떠맡을 수 있습니다. 그분의 듣기 좋은 낭랑한 목소리에서 물살처럼 쏟아져나오는 극적인 구술은 몇시간씩 중단 없이 이어지는데, 이따금 말이 너무 넘쳐서 막힐 때를 제외하고는 거침없이 쏟아져나오지요. 양손으로 뒷짐을 지고 시선은 아득한 상상에 잠겨서 군주처럼 당당하면서도 자유자재로 말과 형상을 불러낼 때면 그 정신의 왕국에서는 절대적 자유와 대담함이 마음껏 펼쳐지는 것입니다. 그걸 급히 받아적으려면 황급히 펜을 잉크에 적시고 수없이 약어로 적어야 하는데, 그러다보니 나중에 힘들게 정서작업을 해야 한답니다. 존경하는 부인, 이걸 아셔야 합니다. 경탄해 마지않으면서 이 일을 즐기다보면 이 일에 시샘이 생겨서 어중이떠중이한테 넘겨줄 수 없게 되지요. 그런데 이 일은 한순간의 창조라거나 하늘에서 떨어진 기적이 아니라는 걸 유념할 필요가 있는데, 그 점을 상기하면 위안이 되기도 하지요. 이 일은 몇년, 몇십년씩 걸려서 준비하고 품은 끝에 마침내 빛을 보는 것입니다. 그중에 일정한 부분은 작업에 들어가기 전에 남몰래 낱낱이 구술을 위해 아주 정확한 부분까지 숙성을 시키는 것이지요. 추호도 즉흥적으로 해치울 수 있는 일이 아니라는 걸 명심할 필요가 있습니다. 주저하고 미루고 하면서 선뜻 결정할 수 없는 아주 복잡한 과정을 거치기 때문에 무척 피곤하고 일관성을 유지하기 힘든 작업방식입니다. 그러니까 하나의 작업에만 오래 머무는 법이 없고, 이런저런 일에도 신경을 쓰면서 정신없이 작업하다보면 한편의 작품을 완성하는 데 대개는 여러해가 걸리지요. 이것은 은밀히 무르익게 하고 조용히 진척시켜야 하는 성질의 작업이어서, 한편의 작품을 아주 오래도록, 어떤 경우에는 틀림없이 청년 시절부터 가슴에 품어왔다가 마침내 실현 단계로 넘어가는 것입니다. 이 일에 열성을 바치다보면 엄청난 인내심이 요구됩니다. 아무리 기분 전환을 하고 싶어도 엄청나게 오랜 기간 동안 마치 누에가 고치를 짓듯이 하나의 대상에 집요하게 쉴 새 없이 매달려서 작업을 진척시켜야 한답니다. 정말 그렇다니까요, 믿어주세요. 저는 이 영웅적인 삶에 몰입한 관찰자입니다. 그분은 남몰래 구상 중인 작품에 관해서는 그걸 손상하지 않기 위해서 함구한다고들 하지요. 실제로 그분 자신도 그런 말을 했습니다. 다른 어느 누구도 그 내밀한 창작 과정의 매력을, 작품을 구상 중인 당사자까지도 매료하는 그 매력을 이해하지 못하기 때문에 누구한테도 발설하지 않는 것입니다. 하지만 그런 침묵이 간혹 깨질 때도 있습니다. 우리의 궁정고문관으로 마이어 씨라고 있는데, 그 양반의 취리히 사투리를 흉내 내서 바이마르에서 쿤슈트마이어[15]로 불리는 사람이죠. 그분은 마이어 씨를 매우 높이 평가하는데, 마이어 씨는 대작가께서 아직은 구상 중인 소설 『친화력』의 일부분을 아주 상세히 이야기해주었노라고 자랑이 대단했지요. 아마 정말 그랬던 모양입니다. 어느날 저한테도 그 작품의 구상을 아주 감동적으로 들려주셨거든요. 마이어 씨한테 발설하기 전의 일인데, 다만 마이어 씨와 달리 저는 시도 때도 없이 그걸 자랑으로 떠벌리지는 않았지요. 그렇게 비밀을 털어놓고 스스럼없이 속마음을 보여주셔서 저를 기쁘게 하고 호의를 베푸시는 것이야말로 인간적인 정이고, 바로 그런 면에서 허심탄회한 신뢰가 드러나는 것이지요. 위대한 사람이 사소한 술수나 이중적 태도 따위를 조금도 보이지 않고 인간적인 모습을 보이면 유쾌하고 위안이 되어서 마음이 밝아지죠. 우리 같은 사람은 다 조망할 수도 없이 광활한 정신활동을 하는 중에도 미세한 부분에까지 마음을 써주시는 것이니까요. 3주일 전 8월 16일에 그분은 대화를 나누던 중에 독일인에 관해 신랄한 말을 한 적이 있는데, 아시다시피 그분은 자기 동족에 대해 늘 좋게만 말하지는 않죠. 그분은 이렇게 말했습니다. '나는 독일인들이 어떤 사람들인지 익히 잘 안다

---

15 마이어는 예술사가여서 이름 앞에 '예술'을 뜻하는 '쿤스트'(Kunst)라는 애칭이 붙었고 '쿤슈트'는 취리히 지방 사투리 발음이라는 뜻.

네. 탐나는 물건을 보면 처음에는 입을 다물고, 그다음에는 흠을 잡고, 그다음에는 물건을 치워버리고, 그다음에는 물건을 몰래 훔쳐 오고, 그러고선 다시 시치미를 떼지.' 그분의 말씀을 그대로 옮긴 것입니다. 대화를 마치고서 바로 적어두었지요. 우선 그 말이 멋져 보였고, 둘째는 정신이 깨어 있고 매우 정교한 그분의 화술을 잘 보여주는 빛나는 사례라 생각했기 때문이죠. 독일인들의 고약한 행실을 단계적으로 아주 날카롭게 표현한 말이지요. 그런데 베를린에 첼터 씨라고 있지요. 음악가이자 성가대 지휘자인 첼터 씨와 그분은 형제처럼 서로 말을 놓는 사이여서 좀 의아한데, 하필 그런 사람을 가까운 친구로 두는 건 삼가야죠. 그레트헨의 말을 흉내 내자면 '그 사람이 뭐가 좋다고 그러는지 모르겠어요'[16]라는 말이 입가에 맴돌지요. 어떻든 간에! 그 첼터 씨한테 들은 이야기인데, 제가 8월 16일에 들은 이 문장을 그분이 바트 텐슈테트에서 8월 9일자로 첼터에게 보낸 편지에서 글자 하나 안 틀리고 똑같이 썼다는 것입니다. 그러니까 그분이 대화 중에 즉흥적으로 저한테 들려준 말인 줄 알았는데, 사실은 이미 오래전에 분명히 글로 써놓았던 것입니다. 이런 유쾌한 속임수를 알아차리면 빙긋이 웃음이 나옵니다. 일반화해서 말하자면, 그렇게 막강하고 광활해 보이는 정신세계도 나름으로는 닫혀 있는 제한된 세계라는 것입니다. 그 둘은 결국 하나의 세계로, 그 안에서 사유의 모티프가 반복되고 오랜 간격을 두고 동일한 생각들이 회귀하는 것이지요. 『파우스트』를 보면 빼어난 정원 대화 장면에서 마르가레테는 애인에게 어린 여동생에 관해 얘기합니다. 어머니가 젖을 먹여주지 못하는 불쌍한 어린것

---

16 『파우스트』 1부 3216행 참조.

을 그녀가 혼자서 '우유와 물'을 먹여서 키우지요. 그런데 언젠가 오틸리에[17]도 샤를로테와 에두아르트 사이에 태어난 아기를 '우유와 물'로 애지중지 키우는데, 오틸리에와 마르가레테의 인생은 서로 얼마나 멀리 떨어져 있습니까. 우유와 물로 아이를 키운다. 푸르스름한 묽은 우유로 아이를 키우는 장면에 관한 상상이 평생 동안 그분의 비상한 머릿속에 자리 잡고 있었던 것입니다! 우유와 물이라. 그런데 제가 어쩌다가 우유와 물 이야기로 빠지게 되었는지 말씀해주시겠습니까? 어쩌다가 이렇게 시시하고 생뚱맞은 디테일로 빠지게 되었지요?"

"원래 품위 얘기를 하다가 그렇게 됐죠, 박사님. 박사님의 조력과 협력 활동의 품위가 언젠가는 역사에 남을 것이고, 제 젊은 시절 친구분의 작품에 어울리는 가치가 있다고 하셨지요. 그런데 '우유와 물'이 시시하고 심드렁한 말이라고 하신 것은 부인하고 싶네요."

"부인하지 마세요, 존경하는 부인! 너무 위대하고 뜨거운 대상을 논할 때면 언제나 시시한 나부랭이를 들먹이게 되지요. 마치 열병에 걸린 것처럼 변죽만 울리는 것이죠. 정작 중요한 뜨거운 대상에는 도달하지도 못하고 멍청하게 놓칠 뿐 아니라, 우리가 말로 표현하는 모든 것은 본래적이고 중요한 것을 회피하기 위한 구실에 불과하다고 자기 자신에게조차 은근히 의혹을 품게 되는 것입니다. 어쨌거나 이것은 사고의 정체현상이라 할 수 있겠지요. 가령 액체가 가득 담긴 병을 재빨리 뒤집어서 병 주둥이를 아래로 향하게 해보세요. 그러면 주둥이가 열려 있는데도 액체가 흘러나오지 않고 병 속에 정체되어 있지요. 이런 연상을 해본 기억이 나는데, 막

---

17 소설 『친화력』에 나오는 여성.

상 말하고 보니 또 본질에서 벗어난 느낌이 들어서 부끄럽군요. 그럼에도 불구하고! 흔히 비본질적인 연상을 통해 저 자신보다 훨씬 더 위대하고 말할 수 없이 더 위대한 사안에 몰입하지 않습니까! 저의 부업 활동, 아니 실제로는 주업이라 할 활동 중에서 예를 하나 들어보겠습니다. 작년부터 우리는 모두 20권 예정으로 새 전집을 독자들에게 선보이고 있는데, 슈투트가르트에 있는 코타 출판사가 시장에 내놓고 원고료로 16000탈러라는 거액을 지불했으니 코타 씨는 통이 크고 대범한 사람이지요. 그 양반은 적지 않은 희생을 감수하는 셈인데, 정말입니다. 독자들은 이 대작가의 작품들 중에 대부분은 거들떠보지도 않는다는 건 부인할 수 없는 사실이니까요. 어떻든 이 전집 작업을 위해 우리는, 그러니까 그분과 저는 『빌헬름 마이스터의 수업시대』를 다시 통독했습니다. 우리는 이 작품을 함께 처음부터 끝까지 읽었는데, 그 과정에서 저는 미묘한 문법상의 의혹들을 적지 않게 지적하고 여전히 확고하게 판단하기 어려운 정서법이나 구두점의 문제에 관해 조언을 해드려서 아주 유익한 역할을 할 수 있었습니다. 또 그분의 문체에 관해서도 유익한 대화를 상당히 나누었는데, 제가 문체의 특징을 설명해드리자 그분이 퍽이나 흐뭇해하셨지요. 그분은 자기 자신의 작품에 관해서는 잘 모르시거든요. 적어도 그분의 고백에 따르면 『빌헬름 마이스터의 수업시대』를 집필하던 시기에는 마치 몽유병자처럼 작업을 했기 때문에[18] 제가 이 작품을 재치 있게 설명하는 것을 보고는 어린아이처럼 좋아하셨답니다. 그런 작품 설명은 마이어 씨나 첼터 씨가 할 수 있는 일이 아니고 어디까지나 문학자의 소관이지요.

---

18 괴테가 『젊은 베르터의 고뇌』를 집필할 때의 심경을 말한 것을 잘못 인용하고 있다.

우리가 이 시대의 자부심이라 할 수 있는 한 작품을 읽으면서 그렇게 멋진 시간을 보냈다는 것은 정말 하느님만 아실 겁니다. 이 작품에는 특이하게도 자연시나 풍경화의 요소는 거의 들어 있지 않지만 그래도 우리는 차근차근 읽어나가면서 수없이 매료되었답니다. 그런데 아까 시시한 연상이라는 말을 했는데, 존경하는 부인, 그러면서도 이 작품에는 중간중간에 장황하게 차가운 편안함을 주는 대목도 얼마나 많습니까! 중요하지도 않은 생각의 실타래가 뒤엉킨 대목은 또 어떻고요! 분명히 단언하건대, 이미 오래전에 생각하고 말했던 것을 최종적으로 딱 들어맞게 산뜻하게 정확히 표현함으로써 매력적이고 탁월한 구절을 찾아낸 경우가 허다했지요. 이로써 물론 새로운 특징과 매력, 숨을 앗아갈 듯한 몽상적 대담함과 고도의 과감성이 서로 결합되는 것이지요. 사실 유려한 관습적 표현과 정신이 나갔다 싶을 정도로 무모한 표현이 이렇게 모순되게 뒤섞이는 것이야말로 이 유일무이한 작가가 우리에게 선사하는 감미로운 혼란의 원천이 되는 것입니다. 어느날 제가 예를 갖추어 신중하게 그런 의견을 말하니까 그분은 웃음을 터트리면서 이렇게 말했답니다. '얘야, 내가 빚은 술 때문에 이따금 네 머리가 화끈거리더라도 내가 어떻게 해볼 도리가 없지.' 제가 마흔살이 넘었고 여러 면에서 그분에게 가르침을 드리는 처지인데도 저를 어린아이처럼 대하시는 태도가 그 자체로는 좀 이상해 보일지도 모르겠습니다. 하지만 저는 그런 말을 들으면 가슴이 훈훈해지고 자부심도 생깁니다. 그건 고귀한 직무와 미천한 직무, 품위 있는 직무와 품위 없는 직무 사이의 차이를 완전히 없애주는 친밀감의 표현이니까요. 미천한 서기의 직책이라고요? 저는 그저 빙긋이 웃고 말지요, 존경하는 궁정고문관 부인. 사실을 말씀드리자면 저는 오랜 세월 동안 그분이 보낸 편지의 대부분을 단지 받아적기만 한 것이 아니고 그분을 대신해서 그분의 이름으로 직접 쓰기도 했답니다. 그분을 대신했다기보다는 정확히 말하자면 그분 자신보다 더 잘 그분의 의사를 대변했다고 할 수 있지요. 그리하여 보시다시피 고도로 자립적인 활동을 하기 때문에 저의 자립성이 말하자면 변증법적으로 역전되어서 저 자신을 온전히 바치게 되는 것입니다. 그리하여 저라는 사람은 더이상 존재하지 않고, 그분이 저를 빌려서 말하는 형국이 되는 것입니다. 저는 정중하면서도 기발하고 아주 익살맞은 표현을 구사하기 때문에 제가 그분의 대리로 쓴 편지들은 제가 받아쓴 편지들보다 더 괴테답다고 할 수 있지요. 저의 이런 활동은 사회에서 익히 알려져 있기 때문에 어떤 편지가 그분의 것인지 아니면 제 것인지를 두고 골치 아픈 의혹이 곧잘 제기되기도 한답니다. 정말 어리석고 부질없는 걱정이라고 탓하지 않을 수 없지요. 어느 쪽이든 결과는 같으니까요. 물론 저도 의혹을 품기는 하지만, 그것은 품위의 문제에 관한 것이고, 이 문제야말로 가장 어렵고도 심기가 불편한 문제들 중 하나지요. 일반적으로 말하면 그분 자신의 역할을 제가 대신하는 일은 어쩐지 수치심을 안겨줍니다. 적어도 때로는 이런 역할이 수치스럽지 않은가 하는 의혹이 드는 겁니다. 하지만 다시 생각해보면 제가 이런 방식으로 괴테가 되어서 그분의 편지를 쓴다면 이보다 더한 영광을 상상이나 할 수 있겠어요? 다른 한편으로 생각하면, 그분이 어떤 존재입니까? 모든 면을 다 고려하고 궁극적으로 그분이 대체 어떤 존재일까 생각해보면, 결국 온전히 그분에게 몰입해서 제 평생을 다 바치는 것이야말로 너무나 영예롭고 달리 어떻게 해볼 도리가 없는 게 아닐까요? 그분의 시들은 기막히게 멋지죠. 저도 나름 시인입니다. 물론 그분과는 비할 수 없이 미천하지만요. 속이 상하지만 그건 분명히 인정합니다. 「내 가슴은 두근거렸네」라든가 「가니메데스」「그 나라를 아시나요」 같은 시를 단 한편만 쓸 수 있다면 무엇인들 못 바치겠습니까, 존경하는 부인! 도대체 바칠 거라도 제대로 갖고 있다면 말입니다! 프랑크푸르트 어투의 각운을 그분은 곧잘 구사하지만 저는 도무지 떠올릴 수 없습니다. 첫째는 제가 프랑크푸르트 출신이 아니기 때문이고, 또 저는 감히 그런 운율을 넘볼 처지가 못되기 때문이지요. 그런데 프랑크푸르트 어투의 각운이 그분의 작품에서 유일하게 인간적인 면모일까요? 전혀 그렇지 않습니다. 확실히 그렇지 않아요. 결국 그분의 작품도 인간이 만든 작품이어서 모든 작품이 다 걸작은 아니니까요. 그분 자신도 그런 망상은 하지 않습니다. 그분은 '누가 과연 명작만 쓸 수 있겠나?'라고 곧잘 말하십니다. 지당한 말씀이지요. 그분의 젊은 시절 친구로 명석한 메르크 같은 사람은, 부인께서도 그 양반을 아시지요, 희곡 『클라비고』를 '허접 쓰레기'라고 했지요. 그분 자신도 크게 다른 의견은 아닌 것 같습니다. 그분도 이 작품에 관해서는 '모든 작품이 언제나 최고일 수는 없지 않은가!'라고 하곤 했으니까요. 그런 말은 겸손함의 표현일까요, 아니면 다른 뜻이 있을까요? 진짜 겸손함인지는 미심쩍지요. 하지만 그래도 마음속 깊은 곳에서 우러나오는 진실한 겸손함이지요. 그분을 대리하는 위치에 있는 저 같은 사람도 그렇게 겸손하지는 못할 겁니다. 『친화력』을 완성하고 나서 그분은 정말 의기소침했는데, 나중에 가서야 이 작품을 틀림없는 진가대로 높이 평가하게 되었지요. 비록 처음에는 이 작품에 대해 심각한 의구심을 품었지만, 칭찬을 받아들여서 걸작을 창조했다고 확신을 갖게 되었죠. 물론 그분의 겸손함은 지나친 자부심과 짝을 이룬다는 사실도 잊어선 안됩니다. 그분은 자신의 특이한 성격, 타고난 천성의 약점과 어려움에 대하여 말할 줄 알고, 그러면서 천연덕스러운 표정으로 '그런 측면은 나의 엄청난 장점과 표리 관계라고 간주하고 싶다네'라고 덧붙이기도 하지요. 장담하건대 그런 말을 들으면 놀라서 입이 딱 벌어지지요. 비범한 지적 재능이 그런 소박함과 하나로 결합되어서 세상을 매료한다는 걸 확인하면 그토록 단순한 성품에 전율할 지경입니다. 그런데 이런 사실에 만족해야 할까요? 그걸로 한 사람의 희생을 떳떳이 정당화할 수 있을까요? 어째서 그분만 그럴 권리가 있지요? 경건한 클라우디우스라든가 다정다감한 횔티라든가 고귀한 마티손 같은 다른 시인들의 작품을 읽으면 저는 곧잘 그렇게 자문해봅니다. 그들의 시에도 그분의 시와 마찬가지로 타고난 천성의 아름다운 목소리와 내밀함과 친숙한 독일적 멜로디가 들어 있지 않습니까? '너는 다시 숲과 골짜기에 가득하구나'[19]로 시작되는 시는 정말 주옥같은 작품이죠. 그런 시를 두 소절만 쓸 수 있다면 제 박사학위라도 내주겠습니다. 반츠베크 출신인 클라우디우스의 시 '달이 떴다네'[20]가 그 시보다 그렇게 처지나요? 그리고 '은빛 달은 언제 숲을 비출까?'라는 구절로 유명한 「5월의 밤」을 쓴 횔티가 창피해해야 할까요? 전혀 그렇지 않습니다. 오히려 그 반대지요! 다른 시인들도 그분과 나란히 어깨를 견줄 수 있다는 건 기뻐할 일입니다. 이들은 그분의 위대함에 짓눌려서 꼼짝 못하는 게 아니라, 그분의 소박함에 못지않게 그들의 소박함을 뽐내고 그분의 존재에 아랑곳하지 않고 노래할 줄 알지요. 우리는 그들의 노래를 오히려 그만큼 더 높이 받들어야 합니다. 한 작품의 절대적

---

19 괴테의 시 「달에게」의 한 구절.
20 클라우디우스의 시 「저녁 노래」의 한 구절.

가치만 봐서는 안되고, 그들이 처한 창작활동의 여건도 고려하는 윤리적 평가도 내려야 하기 때문이죠. 어째서 그분만 이런 권리가 있는지 저는 묻게 됩니다. 그분에게 무슨 남다른 자질이 있어서 그분을 거의 신적인 존재로, 별처럼 빛나는 존재로 떠받드는 것이죠? 위대한 성품일까요? 하지만 그분의 작품에 등장하는 에두아르트, 타소, 클라비고, 심지어 마이스터와 파우스트는 대체 어떤 인물들이죠? 만약 그분 자신을 재현한 것이라면 결국 문제투성이의 인물들이고, 죄인들이고, 약점투성이의 인물들인 셈이지요. 존경하는 부인, 저는 정말이지 셰익스피어의 『줄리어스 씨저』에 나오는 카시우스의 대사를 떠올릴 때가 있습니다. '신들이여! 어찌하여 이토록 천성이 허약한 사람이 당당한 세계를 제치고 앞서가는 것인지, 홀로 월계관을 차지하는 것인지 놀라울 따름입니다.'[21]"

그러고는 한동안 침묵이 흘렀다. 오른손 집게손가락에 금제 인장 반지를 끼고 있는 리머의 크고 흰 손이 지팡이의 손잡이를 잡고 있는 편안한 자세에도 불구하고 눈에 띄게 떨렸고, 노부인이 빠르게 머리를 끄덕이는 버릇도 다시 시작되었다. 샤를로테가 말했다.

"박사님, 그분은 작고한 제 남편의 젊은 시절 친구이자 『젊은 베르터의 고뇌』의 작가죠. 박사님이 전혀 언급조차 안하시지만 『젊은 베르터의 고뇌』야말로 그분 명성의 바탕이고 제 생각엔 그분이 쓴 작품 중에 가장 근사한 작품이지요. 그런데 그분의 위대함에 대해 실례지만 박사님이 모종의 반론을 제기하시는 것 같은데, 제가 박사님의 반론에 맞서서 그분을 비호하지 못하게 제지당하고 있다는 느낌이 드네요. 하지만 박사님이 그분의 위대함과 결합되어 있

---

21 『줄리어스 씨저』1막 2장 참조.

는 유대감이 제가 그분에게 느끼는 유대감에 비해 조금도 뒤지지 않는다는 걸 생각하니까 그분을 비호해주고 싶은 충동이랄까 의무감이 금방 사라지네요. 박사님은 13년 전부터 그분의 친구이자 조력자이고, 뭐라 해야 좋을지 모르겠는데 요컨대 제가 박사님의 관찰방식의 리얼리즘이라 일컬었던 그런 비판이 진실한 숭배를 평가 기준으로 전제하고 있으니까요. 그렇게 숭배하시는데 제가 팬히 나서서 그분을 옹호한다면 정말 모양이 우습게 되고 오해의 소지가 생기겠어요. 저는 단순한 여자이긴 하지만, 사람들이 어떤 문제를 얘기하는 것은 화제의 대상이 그런 문제를 융통성 있게 감당해낼 수 있다는 걸 다른 누구보다 깊이 확신하기 때문이라는 것쯤은 너무 잘 이해해요. 이런 경우에는 열광적 찬사가 오히려 악의에서 나오는 말이 될 수도 있고, 비난이 오히려 숭배의 다른 형식이될 수도 있지요. 제 말이 맞나요?"

그러자 리머가 대답했다. "정말 자상하십니다. 옹호를 필요로 하는 사람을 옹호하시면서도 제가 잘못 말한 것을 친절하게도 바로잡아주시는군요. 솔직히 말씀드리면 제가 무슨 말을 했는지도 모르겠어요. 하지만 부인의 말씀을 듣고 보니 제가 어쩌다가 말을 잘못했나봅니다. 사소한 문제로 혀를 잘못 놀리다보면 한두 마디를 아주 우스꽝스럽게 비틀어서 듣는 사람이 웃음을 터트리면 함께 따라 웃을 수밖에 없지요. 하지만 그 위대한 분에 관해 우리는 큰 기준에서는 합의를 한 셈인데, 어쩌다가 저도 모르게 말이 헛나와서 비난한다고 생각한 것이 칭찬이 되고 축복한다고 생각한 것이 욕이 되고 말았지요. 제가 생각하기에 천상의 전당에서는 우리가 그렇게 입을 잘못 놀려서 호메로스풍의 폭소가 넘쳐날 것입니다. 하지만 진지하게 생각해보면, 위대한 사람에 관해서 노상 '위대합니다! 위대합니다!'라고만 하는 것은 쓸모없고 부적절해 보이고, 지극한 애정을 좋게만 말하는 것도 유치한 일이지요. 지금 경우가 바로 그렇습니다. 우리는 지상에서 위대함이 드러날 수 있는 가장 섬세한 형태인 시인의 천재성을 논하고 있습니다. 지극히 사랑스러운 형태로 드러나는 위대함, 사랑스러움이 위대함으로 고양된 것이죠. 그런 시인의 천재성이 우리와 함께 있고, 천사의 입으로 말하는 것입니다. 천사의 입으로요, 존경하는 부인! 원하시는 대로 골라서 그분의 작품을, 어떤 작품의 세계를 펼쳐보십시오. 이를테면 『파우스트』에서 「천상의 서곡」 같은 대목을 펼쳐보세요. 저는 오늘 아침에도 이발사를 기다리는 동안 그 부분을 다시 읽어보았습니다. 혹은 대수롭지 않게 쓴 것 같지만 유쾌하면서도 깊은 생각을 담고 있는 파리의 죽음에 관한 우화를 읽어보세요.

> 파리가 독이 든 음료를 게걸스레 빨아대네
> 쉴 새 없이, 첫 모금에 현혹되어.
> 파리는 행복해하는구나, 이미 오래전에 가는 다리의
> 마디마디가 마비되었건만……

　그분의 무궁무진한 근사한 작품들 중에 하필이면 이런 작품을 골랐으니 우스꽝스럽기 짝이 없는 우연이고, 눈을 딱 감고 마음대로 고른 셈이지요. 요컨대 이 모든 작품들이 어떻게 천사의 입으로, 거침없이 신들의 입으로 완성한 것이라 할 수 있겠습니까. 연극이든, 노래든, 이야기든, 정곡을 찌르는 독일 격언이든 간에 어떻게 이런 작품 하나하나가 모두 지극히 개인적인 사랑스러움, 에흐몬트풍의 사랑스러움이 각인된 작품이라 할 수 있겠습니까! 저는 『에흐몬트』를 그렇게 일컫는데, 저는 이 작품에 대한 생각에 몰입하곤 합니다. 이 작품에서는 특히 성공적인 통일성과 내적 짜임새가 돋보이고, 전혀 흠결이 없다고는 할 수 없는 주인공의 사랑스러움이 역시 흠결이 없다고는 할 수 없는, 주인공의 활동무대인 이 작품 자체의 사랑스러움과 정확히 일치하기 때문이지요. 혹은 산문작품, 중단편소설이나 장편소설을 떠올려보세요. 참, 이 주제는 벌써 언급했던가요. 벌써 그 이야기를 했는지, 혹시 또 잘못 말한 게 아닌지 기억이 희미하네요. 그분의 소설보다 더 금빛 찬란한 매력이 빛나고 이보다 더 겸손하고도 쾌활한 천재성이 구현된 경우는 없지요. 그분의 소설에는 허세나 자만심이 없고, 겉보기에는 고상한 멋을 부린 흔적도 없어요. 그럼에도 속을 들여다보면 모든 것이 경이롭게 고상해서 다른 모든 서술양식은, 고상한 양식조차도 소설에 비하면 진부해 보인답니다. 장엄한 분위기도 전혀 없고, 사제처럼 행세하는 제스처도 없고, 과장이나 과잉도 없고, 정열이 작열하거나 폭발하는 경우도 없지요. 마치 개울물 흐르듯이 조용하고 부드러운 가운데, 경애하는 부인, 여기에도 신이 함께하는 것입니다. 물론 소설의 언어도 언제나 극단으로까지 밀고 간다는 걸 알아차리지 못하면 그저 무미건조하고 세련된 문체라고 오인할 수도 있습니다. 하지만 소설의 언어가 극단으로 치닫더라도 중도의 길을 따릅니다. 침착하고, 완벽한 절제를 하기 때문에 대담함도 신중하고, 과감함도 장인정신과 함께하고, 시적 감각이 한치도 어긋나지 않습니다. 제가 계속 잘못 말하는지도 모르겠습니다. 하지만 부인께 맹세하건대, 아니 이런 문제를 논하면서 거칠게 맹세까지 하는 건 어울리지 않지만, 어떻든 저는 아까 지금과는 반대되는 표현을 할 때와 마찬가지로 지금도 진실을 말하고자 애쓰고 있습니다.

저는 모든 것을 중용의 어조와 강세로, 지극히 절도 있게, 아주 산문적으로 말하고자 노력하고 있습니다. 하지만 이런 어투는 세상이 익히 다 아는 대로 기묘하게도 아주 고양된 산문정신의 표현입니다. '산문정신' 같은 신조어는 뜻하지 않은 의미를 슬그머니 취해서 쾌활하면서도 허깨비 같은 느낌을 주면서도 동시에 금빛 찬란하고, 우리 고장식으로 말하면 '금쪽같고' 완벽한 세련미를 드러내죠. 너무나 쾌적하게 운이 맞고, 마음에 쏙 들게 조율되어서 천진난만한 마법의 지혜로 넘치고, 절도 있는 대담한 표현으로 들리는 것이지요."

"정말 말씀을 잘하시네요, 리머 박사님. 그렇게 정확하게 말씀해주시니까 너무 감사하는 마음으로 듣고 있어요. 박사님이 이 사안에 관해 말하는 어투에서는 절실하게 몰입해서 오래도록 날카롭게 관찰했다는 걸 확인할 수 있어요. 그래도 솔직히 한 말씀 드리자면, 이 특출한 작가에 관해 혹시 지금도 잘못 말하고 있지 않나 하는 박사님의 우려가 과연 근거가 없는지는 저도 장담하지 못하겠어요. 제가 박사님의 말씀에 만족하고 지지를 보낸다고 해서 정말 뿌듯한 만족감을 느낀다는 뜻과는 제법 거리가 멀다는 걸 부인하진 않겠어요. 박사님이 칭송하는 말은 아마 표현이 정확하기 때문인지 몰라도 다소 깎아내리는 측면도 있거든요. 여전히 살짝 비난하는 뉘앙스가 섞여 있어서 은근히 불안해지고 마음속에 거부감이 생겨요. 제 속마음은 그건 틀린 말이라고 꼬집고 싶어요. 물론 위대한 사람에 대해 노상 '위대합니다! 위대합니다!'라고만 하는 것도 유치하지요. 그래서 정확한 말로 표현하기를 선호하시는 거지요. 그 정확함이 어떤 성질의 것인지 저도 모르지 않아요. 분명히 말씀드리지만, 아주 잘 알지요. 사랑에서 우러나오는 정확함이라는 게 잘 느껴져요. 그런데 이런 질문을 드려서 뭣하지만 감격하는 시인의 작품을 단지 정확함만으로 제대로 평가할 수 있을까요?"

그러자 리머는 '감격'이라는 말을 몇번이나 혼잣말로 되뇌었다. 그는 한동안 지팡이 손잡이를 잡고 있는 양손 쪽으로 머리를 무겁게 천천히 끄덕끄덕 떨구었다. 그러다가 갑자기 정신을 차리고는 머리를 좌우로 크게 흔드는 동작으로 자세를 바꾸었다.

"부인께서는 잘못 알고 계십니다." 리머가 말했다. "감격하는 게 아닙니다. 뭐라고 말해야 좋을지 모르겠지만, 그런 차원과는 좀 다릅니다. 어쩌면 감격보다 더 높은 차원이라 할 수 있겠는데, 깨쳤다고나 할까요. 감격은 아닙니다. 신이, 주님이 감격한다고 상상할 수 있을까요? 그럴 수는 없겠지요. 신이 감격의 대상이 될 수는 있겠지만, 감격이란 신 자체의 본질과는 전혀 무관합니다. 신을 떠올리면 독특한 차가움, 모든 것을 무화하는 평정함이 느껴진다고 하지 않을 수 없죠. 무엇 때문에 신이 감격하겠습니까? 무엇 때문에 신이 특정한 입장을 편들겠어요? 신은 곧 전체이니, 신 자신이 이미 독자적인 중심으로 군림하고 있고, 신은 만물을 자신의 관점에서 보는 것입니다. 그런즉 신의 관심사는 분명히 모든 걸 아우르는 아이러니인 것입니다. 존경하는 부인, 저는 신학자도 아니고 철학자도 아닙니다. 하지만 경험을 통해 저는 만유萬有와 무無가 서로 친화성이 있고 실은 일체가 아닐까 하는 생각을 종종 하게 됩니다. 그래서 무라는 섬뜩한 말에서 인간의 심성이나 세계관을 지칭하는 다른 조어를 파생시켜보자면, 모든 것을 아우르는 정신은 당연히 '니힐리즘'의 정신이라 해도 무방하지 않을까 합니다. 여기서 더 추론해보자면, 신과 악마를 상반되는 원리라고 파악하는 것은 완전히 틀렸다고 할 수 있지요. 사태를 직시하면, 오히려 악마적인 것은 신적인 것이 발현되는 하나의 측면 또는 그 이면이라 할 수 있겠지요. 아니, 굳이 이면이라 할 필요가 있을까요? 도대체 어떻게 달리 설명할 수 있을까요? 신은 전체이기 때문에 곧 악마이기도 한 것이죠. 악마적인 것에 가까이 다가가지 않고서는 분명히 신적인 것에 가까이 다가갈 수도 없는 것입니다. 그래서 말하자면 한쪽 눈에서는 천국과 사랑이, 다른 한쪽 눈에서는 차디찬 부정과 극단적 허무주의의 중립성만 추구하는 지옥이 빛을 발하는 것입니다. 존경하는 부인, 그런데 두 눈이 서로 가까이 있든 좀 떨어져 있든 간에 두 눈이 합쳐야 하나의 시선이 됩니다. 이제 부인께 여쭤보고 싶은 것은, 두 눈 사이의 그 섬뜩한 모순이 지양되는 그런 시선은 도대체 어떤 부류의 시선일까요? 부인께, 아니 부인과 저 자신에게 제 생각을 말씀드리고자 합니다. 그것은 예술의 시선, 절대 예술의 시선으로, 그것은 절대적 사랑인 동시에 절대적 부정 혹은 무심함, 즉 신적인 동시에 악마적인 것, 우리가 '위대함'이라 일컫는 바로 그것에 섬뜩하게 다가가는 것을 뜻합니다. 이제 제 생각을 아시겠지요. 이런 말을 하고 나니 제가 부인께 드리고 싶었던 말이 바로 이거였다는 걸 알겠습니다. 이발사가 부인께서 당도하셨다는 소식을 들려주었던 바로 그 순간부터 드리고 싶었던 말입니다. 이런 말씀을 드리면 부인께서 흥미로워하실 거라고 생각했고, 또 저 자신의 속을 홀가분하게 털어놓고 싶은 마음 때문에도 달려온 것입니다. 이 놀라운 현상을 매일매일 직접 대면하면서 생활하는 이런 경험은 결코 예삿일이 아니고 사람을 다소 흥분시킨다는 것을 능히 짐작하실 겁니다. 이런 생활은 상당히 과도한 긴장을 유발하지요. 하지만 이런 긴장에서 벗어나서 로스토크로 간다는 것은, 거기선 이런 일은 생길 리 만무할 테니 당연히 전혀 불가능합니다…… 부인께 이 사안을 좀더 자세히 설명해드리고 싶군요. 부인의 표정을 보니까 부인께서 이 문제에 관심을 가지실 거라는 저의 추측이 틀리진 않은 것 같은데, 저한테서 좀더 자세한 내용을 듣고자 하신다면, 요컨대 이 놀라운 현상에 관해 한 말씀만 더 드리자면, 이 놀라운 현상 앞에서 저는 성경의 창세기 끝부분에 나오는 야곱의 축복 장면이 곧잘 생각나곤 합니다. 기억나시겠지만 거기를 보면 요셉에게 전지전능한 주님의 축복을, '위에 있는 하늘의 복, 땅속에 놓여 있는 심연의 복을 내리시리라'[22]라고 하지요. 이 성경 구절을 들먹이니까 본론에서 멀리 벗어난 것 같지만 전혀 그렇지 않습니다. 저는 생각을 집중하고 있으니까 이전처럼 이야기의 가닥을 놓칠 염려는 별로 없습니다. 아까 우리는 한 사람의 성품 안에 막강한 정신적 재능이 놀라운 소박함과 하나로 결합되어 있다는 얘기를 했고, 이러한 결합이 곧 인류에게 최고의 기쁨을 선사한다고 했었지요. 그것은 곧 바로 앞에 인용한 축복의 말과 일맥상통합니다. 그러니까 정신의 축복이자 자연의 축복, 이중의 축복인 것입니다. 그런데 이 축복이란 잘 생각해보면, 전체를 놓고 보면, 어쩌면 저주이자 두려움이기도 합니다. 전인류에게 내린 축복이자 저주인 것입니다. 왜냐하면 원칙적으로 인간 존재의 상당 부분은 자연에 속하지만, 또다른 부분, 결정적이라 할 수 있는 부분은 정신세계에 속하기 때문이지요. 그래서 다소 우스운 비유긴 하지만 이 문제의 섬뜩한 면을 잘 표현해주는 비유를 들자면, 우리는 한쪽 발은 정신세계에 들여놓고 다른 한쪽 발은 자연의 세계에 들여놓은 채 매우 위태로운 자세를 취하고 있는 형국입니다. 이런 자세를 유지하기 힘들다

---

22 구약성서 창세기 49:25.

는 것을 우리는 기독교를 통해 뼈저리게 겪었지요. 기독교인의 입장에 서면 이 불안하고도 치욕스러운 상황을 깔끔하게 정리하고 자연의 속박에서 벗어나 순수한 정신의 세계로 해방되기를 갈망합니다. 기독교는 그런 갈망인데, 이런 정의가 과히 틀리진 않은 듯합니다. 제가 또 밑도 끝도 없는 이야기로 빠지는 것처럼 보이겠지만, 염려하지 마십시오. 제가 장황한 변설을 늘어놓는다고 해서 본론과 핵심을 놓치지는 않으며 이야기의 가닥을 확실히 틀어쥐고 있으니까요. 우리는 위대함, 위대한 인간이라는 현상을 논했지요. 그런데 위대한 인간이란 사실 '인간'인 동시에 '위대하다'는 뜻이지요. 그러니까 그런 인간의 내면에서 축복과 저주가, 섬뜩한 인간적 이중 상황이 절정에 도달하는 동시에 지양되는 한에는 그렇다는 말입니다. 제가 여기서 '지양된다'라고 하는 말은 갈망과 굶주림에 고통스러워하는 상태를 완전히 벗어나서 '위에 있는 하늘의 복, 땅속에 놓여 있는 심연의 복을' 받도록 양쪽의 축복이 결합되어 일말의 저주도 말끔히 걷힌 상태를 뜻합니다. 다시 말해 신에게 순종할 필요가 없다고는 못해도 굳이 굴종할 필요는 없는 아주 당당한 조화와 지상의 복된 행복을 나타내는 말이지요. 위대한 사람의 내면에서는 정신적인 것이 정점에 도달하면서도 자연적인 것에 대한 적대감 같은 것이 수반되지 않습니다. 위대한 사람의 내면에서는 자연이 창조주의 정신 자체를 신뢰하듯 정신을 신뢰하게 되니까요. 위대한 사람의 경우 정신은 어떤 식으로든 창조주의 정신과 결합되어 있고, 창조적인 것과 친화성을 지니게 마련이어서 결국 자연의 형제가 되고, 자연은 기꺼이 정신을 향해 자신의 비밀을 드러내는 것이지요. 창조적인 것은 정신과 자연을 하나로 결합시켜주는 다정한 오누이 같은 요소이기 때문입니다. 자연이 사랑하는 밑음직한 벗인 위대한 정신에서 볼 수 있는 이 놀라운 현상, 기독교와 무관한 조화와 인간적 위대함에서 볼 수 있는 이 놀라운 현상이 저 같은 사람을 9년, 14년이 아니라 영원토록 붙잡아둘 수 있다는 걸 이제 이해하실 겁니다. 남자의 명예욕을 채우려면 그분과 교제하는 걸 포기해야 할 텐데, 그 어떤 명예욕도 이 놀라운 현상을 당해내지 못하고 결국 사그라지는 것입니다. 달콤한 명예와 쓰라린 명예가 있다고 했었죠. 그런 구분을 예로 들었던 기억이 납니다. 하지만 그 어떤 명예가 이 놀라운 현상에 사랑하는 마음으로 봉사하는 것보다 더 달콤하겠습니까? 그분의 곁에서 생활하면서 매일 그분을 바라보며 음미할 수 있는 은총보다 더 달콤하겠습니까? '쉴 새 없이, 첫 모금에 현혹되어.' 그분과 함께 있으면 마음이 '편안'하냐고 물으셨지요? 제 기억이 확실치는 않지만, 그분 곁에 있으면 이상하게 편안하다고 말씀드렸던 것 같네요. 하지만 동시에 어쩐지 두렵기도 하고 불안하기도 합니다. 그래서 때로는 자리를 박차고 달아나고 싶기도 하지요…… 아, 이제 그렇게 말했던 맥락이 정확히 기억나는군요. 그분의 참을성과 방임주의, 유화적 태도를 얘기하던 중에 그 말이 나왔지요. 이런 표현이 적절한 것 같지만 온유함이나 기독교 등을 연상시킬 수 있기 때문에 오해를 불러올 소지도 있습니다. 그건 정말 잘못 생각하는 것이죠. 왜냐하면 유화적 태도라는 것은 그 자체로 독립된 현상이 아니라 만유와 무, 모든 것을 아우르는 것과 니힐리즘, 신과 악마의 일체성과 결부된 현상이니까요. 유화적 태도는 실제로 이러한 일체성의 산물이고, 따라서 온유함과는 아무 상관도 없고 오히려 아주 특이한 냉담함, 모든 걸 무화하는 무심함, 절대 예술의 가치중립성과 무차별함을 지향하는 것입니다, 존경하는 부인. 절대 예술은 철저히 자기중심적인

데, 어느 시에도 '예술은 무無에 바탕을 둔다'라는 구절이 나오죠. 요컨대 모든 것을 아우르는 아이러니에 바탕을 두는 것입니다. 언젠가 그분은 마차를 타고 가면서 '아이러니라는 것은 음식의 맛을 내는 소금 같은 것일세'라고 하신 적이 있어요. 이 말을 듣고 저는 놀라서 입이 딱 벌어졌을 뿐 아니라 등골이 오싹해지기도 했습니다. 존경하는 부인, 보시다시피 저는 두려움이 어떤 것인지 배우려고 먼 길을 나섰다는 동화 속의 인물처럼 아둔하지 않습니다. 솔직히 고백하자면 저는 쉽게 겁을 먹는데, 지금 이런 말도 충분히 저를 겁나게 하는 빌미가 됩니다. 이 말이 무슨 뜻인지 한번 생각해보세요. 그러니까 아이러니, 다시 말해 니힐리즘이 가미되지 않으면 아무것도 맛이 없다는 뜻이지요. 그것은 니힐리즘 그 자체이고, 감격 따위는 아예 절멸시키는 것입니다. 물론 예술에 대한 감격만은, 그것도 감격이라 할 수 있다면, 예외적으로 인정하죠. 저는 이 말을 잊은 적이 없습니다. 물론 대체로 사람들은 그분이 했던 말을 쉽게 잊어버린다는 걸 저는 익히 관찰해왔는데, 이런 현상을 관찰하면 어쩐지 섬뜩한 기분이 들죠. 사람들은 그분의 말을 쉽게 잊어버립니다. 그 부분적인 이유는 우리가 그분을 사랑하고 그분이 말할 때의 목소리와 시선과 표현에 너무 주의를 기울이기 때문이 아닐까 합니다. 그래서 그분이 말한 내용에는 유념할 겨를이 없는 것이죠. 아니, 좀더 정확히 말하면, 내용의 일부이기도 한 시선과 목소리와 몸짓에 주의를 기울이다보면 정작 말의 내용은 별로 남지 않는 것 같습니다. 그분의 경우에는 말의 내용이 보통 경우보다 훨씬 더 많이 그분 자신의 인격과 결부되어 있고, 감히 말하건대 말의 내밀한 진실까지도 인격을 통해 제약을 받기 때문에 결국에는 인격적인 요소가 가미되고 뒷받침되지 않으면 말이 진실하지 않다고까지 할 수 있지요. 이 모든 것은 아마 사실일 겁니다. 저는 이런 생각에 반대하지 않습니다. 하지만 그분의 말을 너무 쉽게 잊어버리는 문제는 이것만으로는 충분히 해명되지 않습니다. 그러니까 그분이 하는 말 자체에 틀림없이 어떤 이유가 있다는 것이지요. 바로 이런 점에서 저는 그분의 말 자체에 들어 있는 모순을 곧잘 느낍니다. 뭐라고 형언하기 힘든 중의성重義性이야말로 인간 본성의 핵심이자 절대 예술의 핵심이며, 그분이 하는 말의 확실성을 저해하고 기억하기 어렵게 만드는 요인이 아닐까 합니다. 빈약한 인간 정신으로는 오직 도덕적인 것만을 쉽게 이해할 수 있고 오래 기억할 수 있지요. 하지만 도덕적인 것이 아닌 본능적인 것, 가치중립적이고 짓궂게 혼란을 유발하는 것, 요컨대 '원초적인' 것, (여기서 '원초적'이라는 말을 잘 기억해둘 필요가 있습니다) 모든 걸 묵인함으로써 사실상 부정하는 전반적인 자유방임의 세계, 목표도 없고 원인도 없는 세계, 선과 악이 동등한 정당성을 갖는 아이러니의 세계에서 유래하는 것은 우리 인간이 오래 기억에 담아두지 못합니다. 그런 세계는 신뢰할 수 없으니까요. 물론 예외적으로 그런 세계를 엄청나게 신뢰할 수도 있는데, 이것은 인간이 지독한 모순에 대해서는 지극히 모순된 태도를 취할 수밖에 없다는 것을 보여줍니다. 존경하는 부인, 이 한없는 신뢰는, 원초적 본성과 결합되어 있으면서도 원초적 본성과 상반되는 엄청난 선량함에 상응하는 것입니다. 따라서 이 한없는 신뢰는 원초적 본성과 모순되기도 하고 부합하기도 합니다. 그래서 파우스트는 이렇게 말하지요. '인간이 무엇을 갈망하는지 네가 어찌 알겠느냐!'[23] 그러자 메피스토펠레스

---

23 『파우스트』 2부 10193행.

가 이렇게 대답하지요. '순수한 말은 아름다운 행동을 낳지요. 하지만 인간의 욕망은 너무 강해서 기꺼이 욕망에 따르지요.'[24] 이런 식으로 지극한 선량함이 원초적 본능으로 뒤바뀌는가 하면, 모든 것을 아우르는 아이러니가 도덕적으로 되기도 합니다. 그렇지만 솔직히 말씀드리면, 사람들이 그분에게 바치는 엄청난 신뢰는 도덕과는 전혀 무관합니다. 도덕적인 신뢰라면 그렇게 지극한 신뢰가 될 수 없겠지요. 그런 신뢰도 나름대로는 본능적이고 자연스러운 것이며, 전폭적인 신뢰입니다. 그것은 선량한 마음의 소유자를 타고난 고해신부, 대고해신부로 만들어주는 그런 선량함에 대해 도덕과는 무관하게 사람의 마음을 가득 채우는 신뢰입니다. 우리는 모든 것을 속속들이 다 아는 그런 고해신부에게 모든 걸 털어놓고 싶고 털어놓을 수 있지요. 그런 고해신부라면 인간을 사랑하는 마음으로 뭔가를 해줄 수 있고 인간을 위해 세상을 좋게 만들고 인생살이 이치를 가르쳐준다는 것을 느끼니까요. 그러니까 존경해서가 아니라 사랑하기 때문이지요. 아니 어쩌면 공감하기 때문이라고 하는 편이 차라리 낫겠네요. 제가 공감이라는 말을 더 선호하는 것은 제가 보기엔 공감이라는 말이 이미 누차 언급한 대로 사람들이 그분 곁에서 느끼는 지극한 편안함에 더 잘 어울리기 때문입니다. 다소 격정적인 어감이 있는 사랑이라는 말보다는 공감이라는 말이 그런 편안함을 더 잘 설명할 수 있을 것 같습니다. 그런 편안함을 다시 언급하는 이유는 제가 아직도 이 문제에 관해 제 생각을 제대로 털어놓지 못했기 때문입니다. 그런 편안함 역시 격정적인 것이 아닙니다. 다시 말해 정신적인 것이 아니라 — 이런 궁색한

---

24 이 구절은 『파우스트』에 관한 괴테의 메모에서 발췌한 것임.

표현을 양해하시기 바랍니다 — 애교스럽고 감성적인 성질의 것입니다. 그런 편안함 또한 나름으로 모순된 것이어서 극단적인 답답함이나 두려움도 내포하고 있지요. 제가 정신적 공황 상태에서 도망치고 싶은 욕구 때문에 좌불안석이라고 했던 것도 아마 그런 편안함의 비정신적이고 비격정적이고 비도덕적인 특성과 분명히 관련이 있을 것입니다. 이 문제와 관련하여 가장 먼저 떠오르는 생각은, 이러한 불안이 본래 우리 자신으로부터 유래하는 게 아니고 불안과 짝을 이루는 편안함이 우리에게 모습을 드러내는 바로 그 영역, 즉 만유와 무의 동일성, 절대 예술과 모든 걸 아우르는 아이러니의 영역에서 유래한다는 것입니다. 친애하는 부인, 그런 편안함이 있는 곳에 행복이 함께하지 않는다는 것을 저는 너무 섬뜩하게 예감하기 때문에 때로는 가슴이 미어질 것만 같습니다. 온갖 형상으로 변신하고 신출귀몰하는 프로테우스[25]를 떠올려보세요. 프로테우스는 언제나 프로테우스이지만 항상 다른 존재이기도 하며, 그래서 본래 그 무엇에도 관심을 두지 않지요. 이런 질문을 드려서 뭣합니다만, 그런 프로테우스가 과연 행복한 존재라 할 수 있을까요? 프로테우스는 신 또는 신에 버금가는 존재인데, 우리는 그가 신적 존재라는 걸 금방 직감하지요. 옛사람들이 전하는 말로는 그에게선 독특한 향기가 나서 금방 정체를 알아차릴 수 있다고 하는데, 그의 곁에서 느끼는 신적 향기를 통해 우리는 그가 신이요 신적 존재라는 걸 인식하지요. 이루 형언할 수 없이 상쾌한 향기라고 합니다. 그런데 지금 말하는 신은 분명히 기독교와는 무관합니다. 어느 모로 보든 확실히 기독교와는 무관해요. 이 세상의 선에 대한

....
25 그리스 신화에 나오는 변신의 귀재.

믿음이나 옹호와는 상관이 없지요. 다시 말해 인간의 마음이나 감격 따위와는 무관한 것입니다. 왜냐하면 감격의 대상은 이념적인 것인데, 온전히 자연 상태로 동화한 정신은 이념을 전혀 중시하지 않으니까요. 그건 불신자의 정신, 마음을 배제한 정신입니다. 인간의 마음은 오로지 공감과 교감의 형태로만 나타나지요. 그런 정신의 관심사는 모든 것에 대한 회의주의, 프로테우스식의 회의주의입니다. 그런 정신에서 우리는 놀랍게 쾌적한 인상을 받지만, 그런 인상에 현혹되어 정신에 행복이 깃든다고 착각해선 안됩니다. 어쩌면 제가 아주 잘못 생각하는지도 모르겠습니다만, 행복이란 오로지 믿음과 감격, 열정적인 옹호와 더불어 있는 것이지, 원초적인 아이러니라든가 모든 것을 무화하는 무심함에는 행복이 깃들 여지가 없으니까요. 신의 향기라, 사실 그런 향기는 아무리 맡아도 싫증나지 않죠! 하지만 9년 하고도 4년 동안이나 이곳 분위기에 젖어서 마냥 행복할 수만은 없습니다. 이런 분위기에서 지내다보면 제가 말하는 행복의 기준으로 보자면 은근히 소름 끼치는 반대 현상과 경험을 맞닥뜨리지 않을 수 없지요. 그러니까 불만도 잔뜩 쌓이고, 불쾌한 일과 절망적인 침묵 상태도 숱하게 겪지요. 그분과 함께 지내다보면 운이 안 좋으면 그런 일도 겪게 됩니다. 아니, 제가 모시는 주인 쪽에서 그렇다는 건 아닙니다. 그분은 주인의 입장에서 그런 일을 용납하지 않지요. 오히려 손님 쪽에서 무뚝뚝한 침묵 상태에 빠져서 분을 삭이느라 입을 다물고 이리저리 헤매는 것이지요. 이렇게 난처하고 답답한 경우를 한번 상상해보세요! 모두가 침묵하는 겁니다. 그분이 침묵하는 판국에 누가 말을 할 수 있겠습니까? 그러다가 그분이 밖으로 나가면 모두들 슬그머니 집으로 돌아가면서 모욕당한 기분으로 '그 양반 무뚝뚝하더군'이라고 중얼거리는 것이지요. 그분은 비교적 자주 그러는 편입니다. 그러면 분위기가 썰렁하게 굳어버리고, 딱딱한 형식적 접견의 이면에는 은근히 어색한 분위기가 감돌고, 그러면 묘하게 금방 피곤해지고 지치게 되는 것입니다. 바이마르-예나-카를스바트-예나-바이마르 사이를 쳇바퀴 맴돌듯 오가는 경직된 생활주기 탓일 것입니다. 그러다보면 점점 더 고독과 타성, 전횡적인 독선과 고지식함으로 기울고, 유별난 태도와 마성적인 매너리즘으로 기울게 되는 것이지요. 경애하는 부인, 이것은 단지 나이 탓만은 아닙니다. 나이가 든다고 꼭 그렇게 되라는 법은 없지요. 제가 그런 생활에서 목격하고 통찰하게 된 것은 완벽한 불신앙과 모든 것을 상대화하는 원초적 아이러니의 은근히 소름 끼치는 특징들이지요. 그런 아이러니는 감격을 불러일으키는 대신 너무나 분주하게 시대에 봉사하게 하고 (우리 자신의 의지와 무관한) 마성적인 질서로 옭아매지요. 그런데 사람들은 그런 아이러니에 주의를 기울이지 않습니다. 그러니 짐승과 다를 바 없지요. 인간들은 언제까지고 이런 상태보다 결코 나아지지 않을 겁니다. 아이러니는 이념 따위는 믿지 않습니다. 자유니 조국이니 하는 이념은 인간의 본성에서 우러나온 게 아니고 공허한 껍데기일 뿐입니다. 그런데 아이러니는 절대 예술의 감각이니까 아이러니가 예술은 믿지 않을까요? 전혀 그렇지 않습니다, 존경하는 부인. 아이러니는 근본적으로 예술 위에 군림합니다. 저는 그분이 이렇게 말씀하시는 걸 들은 적이 있답니다. '한편의 시라는 것은 본래 아무것도 아니지. 알다시피 한편의 시는 이 세상과 입을 맞추는 키스 같은 것이야. 하지만 키스를 한다고 애가 생기는 건 아니거든.' 그러고는 아무 말도 하지 않았습니다. 그런데 제가 잘못 아는 게 아니라면 부인께서 뭔가 하시고 싶은 얘기가 있는 것 같네요?"

리머는 샤를로테에게 발언권을 넘기겠다는 몸짓으로 그녀를 향해 손을 뻗었는데, 그의 손은 걱정스러울 정도로 심하게 떨렸다. 하지만 정작 본인은 그런 줄 알아차리지도 못했고, 손을 거두어들이라고 샤를로테가 다급하게 요청했지만 이에 아랑곳하지 않고 마치 방바닥이 흔들리기라도 하듯 떨리다 못해 흔들거리는 손을 한동안 허공에 쳐들고 있었다. 리머는 완전히 탈진한 것처럼 보였는데, 사실 그럴 만도 했다. 리머는 너무 오랫동안 바짝 긴장한 채 격식을 차리면서 아주 절실하게 겪었던 문제에 관해 쉴 새 없이 말을 쏟아냈으니 너무 무리하게 힘을 썼던 것이다. 그는 샤를로테를 초조하게 했고, 이 내방객이 즐겨쓰는 표현을 빌리자면 '불안'하게 하는 증세들을 드러냈는데, 그런 모습을 보자 샤를로테는 어쩐지 거부감이 느껴졌다. 그는 얼굴이 창백했고, 이마에는 구슬땀이 맺혔으며, 황소 눈은 초점을 잃은 채 부릅뜨고 있었고, 멍하게 벌린 입은 원래 삐죽이 내민 입술 모양새가 점점 더 비극적인 표정에 가까워졌는데, 힘에 겨워하는 가쁜 숨소리가 들릴 정도였다.

리머가 헐떡이며 몸을 떠는 증세는 좀처럼 가라앉지 않았다. 감수성이 섬세한 여성이라면 남자가 어떤 이유에서든 간에 감정에 복받쳐서 헐떡이는 모습이 결코 편안하고 예의 바르게 느껴질 리 없을 것이다. 그래서 샤를로테는 키스에 관한 농담이 나오자 ── 그녀 자신도 감당하기 힘들 정도로 몹시 흥분하고 긴장했기에 ── 호방하게 쾌활한 웃음을 터트림으로써 리머가 진정할 수 있도록 거들어주었다. 실제로 그녀는 키스에 관한 농담을 대화를 이어갈 실마리로 받아들였다. 이 농담에 대한 반응으로 그녀가 취한 동작은 리머 쪽에서 그녀가 발언하길 원한다는 신호로 해석할 법했다. 비록 그녀가 과연 무슨 말을 해야 할지 분명히 자각하지는 못했지만, 그래도 리머의 해석이 틀리지는 않았다. 이윽고 샤를로테가 말하기 시작했는데, 그저 상황에 맡기고 되는대로 말해보자는 식이었다.

"그런데 무슨 뜻으로 그런 말을 하시는 거죠, 박사님? 시를 키스에 견주는 것은 시의 입장에서 볼 때 과히 나쁘지도 않고 부당하지도 않죠. 오히려 그 반대로 시에 딱 어울리는 품격을, 다시 말해 시적인 특성을 부여하는 아주 근사한 비유지요. 시를 삶이나 현실과 대비해서 시에 합당한 영예를 부여하는 것이지요…… 그런데 제가 아이를 몇이나 낳았는지 궁금하지 않으세요?" 샤를로테는 이 흥분한 남자가 기분을 전환하여 다른 생각을 하도록 유도할 묘안이라도 떠오른 듯 뜬금없이 이렇게 물었다. "하느님이 다시 거두어가신 두명까지 포함하면 열한명을 낳았어요. 자화자찬하는 것 같아서 죄송하지만, 저는 열성을 다해 엄마 노릇을 했고, 기꺼이 능력을 발휘해서 축복받을 자격이 있는 그런 당당한 엄마들 축에 들지요. 그리고 기독교를 믿는 여성이라면 어느 이교도의 왕비가 자식을 많이 낳아서 가혹한 운명을 겪었다는 이야기를 두려워할 필요가 없지요. 그 왕비의 이름이 기억나지 않는데, 좀 알려주시겠어요? 참, 니오베지요. 너무 가혹한 운명을 겪었지요. 워낙 우리 집안은 자식을 많이 낳으니까 제 개인적인 공덕이랄 수는 없지요. 독일기사단 관저에 살 때는 다섯째 동생이 죽지만 않았다면 제 형제가 열여섯명이었지요. 이 작은 무리를 돌보며 제가 엄마가 되기도 전에 엄마 노릇을 했고, 그래서 세상에서 어지간히 명성을 얻었지요. 괴테와 남달리 친밀한 사이였던 남동생 한스가 베르터 소설을 집에서 돌려 읽을 때면 얼마나 즐거워했는지 지금도 생생히 기억나요. 집에는 그 소설이 두권 있었는데, 여럿이 동시에 읽을 수 있도록 분책을 했었지요. 어린 축에 드는 아이들, 특히 누구보다 쾌활한 한스는 우리 집의 형편이 소설에서 그렇게 근사하게 정확히 묘사된 걸 보고서 마냥 즐거워했지요. 그렇지만 우리 두 사람, 즉 제 남편과 저는 우리 신상이 그렇게 노출되는 걸 보고 너무 상처를 받고 질겁했지요. 거기엔 많은 진실만큼이나 진실이 아닌 것도 많이 덧붙여져 있었거든요……"

"바로 그 대목 말씀인데요." 이제 기운을 차리기 시작한 내방객이 진지한 관심을 보이며 말에 끼어들었다. "바로 그런 감정에 관해 여쭤보려던 참이었습니다."

그러자 샤를로테가 말을 계속했다. "어쩌다가 이 얘기를 꺼내게 되었는지 모르겠습니다만, 이 문제를 오래 붙잡고 얘기하고 싶지는 않아요. 그건 이미 아문 상처이니 여간해서 흉터가 과거의 고통을 상기시키지는 않죠. 진실이 아닌 것이 '덧붙여졌다'는 말이 생각난 것은 당시 이 소설에 관한 논란에서 이 말이 일정한 역할을 했고, 우리의 친구분은 편지에서 덧붙인 건 없다고 격하게 반론을 폈기 때문이지요. 무엇보다 그런 비난이 그분을 슬프게 했던 모양이에요. 그는 편지에서 '덧붙인 게 아니라 엮어넣은 것입니다. 두분께서도 그런 소신을 갖고 다른 사람들에게 그렇게 주장하십시오!'라고 했지요. 그래요, 엮어넣었다고 치지요. 그런다고 해서 우리의 처지가 더 나아질 것도 더 나빠질 것도 없었어요. 그분은 케스트너는 알베르트가 아니라고, 절대로 아니라고 위로해주기도 했지요. 하지만 그런다고 사람들이 그렇게 믿어주나요? 제가 로테가 아니라고는 주장하지 않더군요. 하지만 제 남편한테 쓴 편지에서 저에게 따뜻한 안부인사를 건네면서 전하기를, 경외심을 품고 신성한 입술로 수천번이나 제 이름을 되뇌었다고 한 것은 여자들이 입방아를 찧는 것에 대한 보상이라고 하더군요. 그분의 말이 옳았을지도 몰라요. 저는 애초부터 저 자신보다는 오히려 상처받은 남편이 걱정되었고, 그래서 진심을 다해서 보상을 해드렸지요. 남편은 훌륭한 자질 덕분에 살면서 그런 보상을 받을 수 있었지요. 특히 남편이 열한명, 아니 아홉명 아이들의 아버지가 되었다는 것은 두고두고 칭송할 만한 일이지요. 어쨌거나 그 친구분도 아이들한테는 언제나 각별한 애정과 이해심을 베풀었지요. 한번은 편지에서 아이들도 우리 두 사람만큼이나 가깝게 느껴지니까 모든 아이들의 세례식에 입회하고 싶다고 그랬지요. 그래서 우리는 곧바로 맏아들이 태어난 1774년에 그분에게 대부 자격을 인정해주었답니다. 남편은 아이한테 볼프강이라는 이름을 지어주자고 우겼지만 실제로 그런 이름을 지어주지는 않았고, 그분에겐 알리지 않고 몰래 게오르크라는 이름을 지어주었지요. 1883년에는 케스트너가 그때까지 태어난 모든 아이들의 머리칼을 잘라서 그분에게 보내주었고, 그러자 그분은 정말 기뻐했답니다. 6년 전에도 그분은 제 아들 테오도어[26]가, 이 아이는 의사로 프랑크푸르트 출신의 리페르트라는 여성을 아내로 맞았습니다만, 프랑크푸르트 시민권을 얻고 의과대학에 교수직을 얻도록 도와주었답니다. 좀 민망한 얘기지만 그분이 이 문제로 영향력을 행사해주었지요. 그리고 지난해에 테오도어가 공사관 참사관으로 있는 형 아우구스트[27]와 함께 게르버뮐레에 있는 빌레머 박사님 댁에 머무는 동안 그분은 두 아들을 친절하게 맞아주고 제 안부도 물었답니다. 심지어 돌아가신 아버지가 언젠가 선물로 보내준 썰루엣 그림 얘기도 들려주었답니다. 두 아들이 아직 개구쟁이 아이였을 때의 일이었는데, 그 썰루엣 그림을

26 샤를로테의 다섯째 아들.
27 샤를로테의 넷째 아들.

보고 우리 아이들을 알게 된 거예요. 아우구스트와 테오도어는 그분을 방문했던 이야기를 아주 상세하게 들려주었지요. 그분은 씰루엣 이야기를 상세히 하면서, 씰루엣을 기념품으로 간직하는 좋은 습속이 이젠 완전히 한물가버렸노라고 한탄했다고 해요. 씰루엣 그림은 친구의 충실한 모습을 담고 있는 것이라고 했다지요. 정말 친절히 대해주었다고 해요. 다만 정원에서 대화를 나눌 때는 좀 산만했는데, 작은 연회가 열리고 있어서 사람들 사이를 이리저리 오가면서 자리를 바꾸었고, 한 손은 바지 주머니에 넣고 다른 손은 가슴께에 집어넣고 있었답니다. 그분은 가만히 서 있을 때도 몸을 건들거리거나 어딘가에 기대기도 했다는군요."

그러자 리머가 말했다. "보지 않아도 뻔하죠. 그분이 무뚝뚝했다는 뜻이지요. 씰루엣 그림이 한물갔다는 말은 아무런 의미도 없습니다. 진솔하지 않게 그저 건성으로 하는 치렛말이지요. 그런 말을 굳이 새겨들을 필요는 없어요."

"과연 그럴까요, 박사님. 그분은 씰루엣 그림의 매력과 장점을 높이 평가하는 교육을 받았을 수도 있지요. 그렇지 않고서야 어떻게 우리가 보내준 씰루엣 초상화를 보고 우리 아이들의 모습을 떠올렸겠어요? 그분이 우리 아이들한테 애착을 갖긴 했지만 아이들과 직접 대면할 기회는 없었고, 노년의 케스트너를 다시 만날 기회도 없었거든요. 그래서 씰루엣 그림이 딱 제격이었던 것이지요. 익히 아시겠지만 그분은 베츨라어 시절에 제 씰루엣 초상도 간직하고 있었는데, (아직도 간직하고 있는지 정말 알고 싶네요) 케스트너가 그걸 선물로 보내주자 정말 뛸 듯이 기뻐하고 고마워했지요. 어쩌면 그런 이유 때문에도 그분이 이 고안품에 애착을 갖는 것이 감동적인지도 모르겠어요."

"예, 지당한 말씀입니다. 그 소중한 유품을 아직도 간직하고 계신지 자신 있게 말씀드리진 못하겠네요. 이건 중요한 문제니까 언젠가 적당한 기회를 봐서 기꺼이 그분께 여쭤볼 용의가 있습니다."

"가능하다면 제가 직접 여쭤보고 싶네요. 어떻든 제가 알기로 그분은 한때 그 서글픈 씰루엣 그림을 끔찍이도 숭배했지요. '외출을 하거나 귀가할 때면 이 씰루엣 그림에 수없이 입을 맞추었고, 다정한 윙크로 인사를 했습니다.'[28] 소설에 그렇게 쓰여 있지요.『젊은 베르터의 고뇌』에서 그분은 그 그림을 저에게 유품으로 남겼지요. 하지만 그분 자신은 천만다행으로 자살을 하지 않았으니 우리 모두를 구해준 셈이고, 그러니 그 그림이 오랜 세월 탓에 마모되지 않았다면 아마 아직도 간직하고 있을 거예요. 그리고 저한테 유증할 필요도 없었지요. 그 그림은 제가 선물한 게 아니고 케스트너가 선물한 것이니까요. 그런데 박사님, 말씀 좀 해보세요. 그 선물은 제가 아니고 제 약혼자한테서 받은 것이지만 우리 두 사람한테서 받은 거나 다름없는데, 그분이 이 선물에 뛸 듯이 기뻐하고 대단한 애착을 보였다는 것은 기이한 만족감의 표현이라고 생각하지 않으세요?"

"부인께서 말씀하신 것은 시인의 만족감이지요." 리머가 말했다. "다른 사람들은 궁핍한데도 그분은 시인의 입장에서 엄청난 풍요를 누리는 겁니다."

그러자 샤를로테가 고개를 끄덕이며 말했다. "그분은 실제로 아이들과 직접 사귀지 않고도 아이들의 씰루엣 그림만 보고도 만족했으니 확실히 시인의 입장에서 누린 만족감이라 할 수 있겠네요.

28『젊은 베르터의 고뇌』207면 참조.

여행을 자주 했으니 직접 아이들과 만날 기회도 얼마든지 있었을 텐데요. 그러고 보니 아우구스트와 테오도어가 먼저 나서서 프랑크푸르트를 떠나 게르버뮐레에서 과감히 그분을 방문하지 않았더라면 그분은 제 아이들을 단 한명도 보지 못했을 거예요. 그런데 그분은 아이들 세례에 빠짐없이 입회를 하겠다고 했고, 아이들도 우리와 마찬가지로 너무나 친밀하게 느껴진다고 했거든요. 우리와 똑같이. 그분의 오랜 친구이자 저의 선량한 남편 케스트너는 벌써 16년 전에 저를 홀로 남겨둔 채 세상을 하직했답니다. 그러니 그분을 다시는 보지 못했지요. 두 아들을 만나던 당시 그분은 아주 자상하게 제 안부를 묻긴 했지만 직접 저를 찾아보려는 노력은 눈곱만큼도 하지 않았어요. 피차 그렇게 오랜 세월을 흘려보냈는데. 저라도 이렇게 마지막 순간에야 결단을 내리고 먼저 나서지 않았더라면…… 하긴 제가 먼저 나서는 것도 주저되긴 해요. 하지만 제가 찾아온 사람은 여동생 리델이고, 그다음에 만사가 어찌 될지는 당연히 시운에 맡기는 수밖에요……"

"존경하는 부인." 이렇게 말을 꺼내면서 리머 박사는 그녀 쪽으로 좀더 가까이 몸을 숙였는데, 그러면서도 그녀를 똑바로 바라보지는 않았다. 오히려 그는 눈을 내리깔았고, 마음먹은 말을 하려고 목소리를 가라앉히는 모습이 다소 경직되어 보였다. "존경하는 부인, 저는 시운이라는 걸 중시합니다. 그뿐 아니라 부인의 말씀에서 느껴지는 예민한 감정과 다소 쓰라린 심정도 이해합니다. 그분이 먼저 나서주지 않는 것이 고통스럽고 의아하지요. 그런 태도는 그다지 자연스러워 보이지도 않고, 어쩌면 인지상정에 부합된다고 할 수도 없지요. 하지만 놀라지는 마시기 바랍니다. 감탄할 이유가 많은 일에도 늘 오히려 기이하고 낯설게 느껴지는 계기가 더러 끼어든다는 점을 유념하시기 바랍니다. 그분은 부인을 한번도 찾아온 적이 없습니다. 한때는 그토록 사무치게 그리워했고 불멸의 감정을 불러일으킨 사람인데도 말입니다. 기이한 일이지요. 하지만 애정과 감사의 마음보다 타고난 혈연의 유대를 더 소중히 여긴다면 결코 예사롭게 넘길 수 없는 일들이 전에도 있었는데, 그걸 아시면 몸소 겪으신 냉담한 태도에 대해 위로가 될지도 모르겠습니다. 그러니까 사람의 마음속에는 기묘한 거부감이랄까 딱히 뭐라고 분류하기 어려운 장애가 있어서 인간의 도리에 어긋나는 불쾌한 일도 초래하는 것입니다. 그분이 평생 동안 피붙이 친지들에게 어떤 태도를 취했습니까? 그분은 친지들을 완전히 무시했는데, 정상적인 친지간 우애의 관점에서 보면 벌을 받아 마땅할 정도로 내내 방치했지요. 부모님과 여동생이 아직 생존해 있던 젊은 시절부터 이미 뭐라고 판단하기 힘든 거리낌 때문에 그분은 가족들을 찾아가지 못했고, 심지어 편지도 쓰지 않았지요. 불쌍한 여동생 코르넬리아가 낳은 아이들 중 유일하게 생존한 아이한테도 관심을 기울이지 않았고 아예 거들떠보지도 않았지요. 프랑크푸르트에 사는 숙부들과 숙모들, 조카들과 질녀들한테는 더더욱 관심이 없었지요. 작고한 모친의 여동생 되는 노부인 멜버 여사가 프랑크푸르트에서 아들과 함께 살고 있는데, 이들과도 전혀 교류가 없고, 기껏해야 이 모자가 그분의 모친한테 약간의 현금을 빚진 게 있다고 돈 얘기만 하는 게 전부지요. 게다가 그분이 모친한테는 어떻게 했는지 아세요? 그분은 모친이 천성이 쾌활하고 이야기를 지어내길 좋아한다고 했지요." 리머는 이야기를 하면서 몸을 더 앞으로 숙였고, 목소리를 더 낮추고 눈을 내리깔았다. "존경하는 부인, 그분의 모친께서 8년 전에 돌아가셨을 때 (그분이 카를스바트에서 오랫동안 요양을 하다가 새로 단장한 저택으로 막 돌아왔을 때였어요) 그 때까지 11년 동안이나 모친을 찾아뵌 적이 없었지요. 11년 동안이나. 저는 사실을 그대로 말하는 겁니다. 이런 일을 과연 어떻게 이해해야 할지 난감하지요. 그분은 슬픔을 가누지 못했고 아주 깊은 충격을 받았지요. 우리 모두 그런 모습을 지켜보았기에 익히 잘 알고 있습니다. 그러다가 에르푸르트에서 나뽈레옹을 만난 덕분에 그 충격에서 벗어나는 걸 보고 기뻤습니다.[29] 하지만 11년 동안이나 고향 도시의 부모님 댁에 들를 생각조차 하지 못했거나, 어떻든 가지 않았던 겁니다. 아, 변명거리와 방해 요인도 있었지요. 전란을 겪었고, 병치레가 잦았고, 온천 여행도 꼭 가야만 했거든요. 제가 온천 여행도 언급하는 것은 사유를 죄다 열거하기 위해서지만, 이로써 약점을 노출할 위험도 감수하는 셈입니다. 어찌 되었든 온천 여행이야말로 예정에 없이도 고향집에 들를 수 있는 자연스러운 기회가 되었으니까요. 하지만 그분은 그런 기회를 챙길 생각조차 하지 않았어. 그 이유는 묻지 마시기 바랍니다. 어릴 적에 성경 수업 시간에 구세주 예수가 당신 어머니에게 '여인이시여, 저에게 무엇을 바라십니까?'[30]라고 했다는 말을 선생님은 우리가 알아듣게 가르치려고 애를 썼지만 아무 소용이 없었지요. 우리는 그 말이 견딜 수 없이 싫었고 정말 끔찍했으니까요. 선생님은 이렇게 겉으로 말하는 것과는 다른 뜻이 담겨 있다고 단언하셨지요. 그러니까 겉보기와 달리 불경스럽게 말을 거는 것도 아니고, 이어지는 구절에서도 하느님의 아들이 우리 모두를 결속시켜주는 인간적 도의를 세상을 구원하려는 숭고한 소명에 무조건 종속시키는 것만도

---

29 괴테는 1808년 10월 2일 나뽈레옹을 접견했다.
30 신약성서 요한 복음서 2:4.

아니라는 것입니다. 하지만 선생님이 아무리 그렇게 설명해도 우리는 그 구절을 납득할 수 없었지요. 우리가 보기에 그 구절은 전혀 훌륭한 본보기가 될 수 없었기에 아무도 그 구절을 입에 담을 엄두도 내지 못했습니다. 어린 시절의 기억까지 들춰내서 죄송합니다! 그 기억이 지금 말씀드리려는 맥락에 닿는 것 같아서요. 그분이 먼저 나서지 않는 특이한 낯선 현상을 알아듣기 쉽게 납득시켜드리고 위로해드리고자 애쓰다보니 저도 모르게 그 기억이 되살아나는군요. 그분이 1814년 늦여름에 라인 강과 마인 강을 따라 여행하던 중에 다시 프랑크푸르트에 체류한 적이 있는데, 그때까지 무려 17년 동안이나 고향 도시를 방문하지 않았답니다. 도대체 어떻게 그럴 수 있지요? 도대체 어떤 거리낌 때문에, 무엇을 회피하려는 당혹감 때문에, 가슴에 맺힌 그 어떤 부끄러움 때문에, 이 천재 작가가 자신의 원천이자 출발점인 고향 도시에 대해 그런 태도를 취하는 것일까요? 이 도시의 담장들이야말로 그분의 어린 시절을 굽어보았고 그분이 넓은 세상으로 뻗어나갈 수 있게 해준 터전이 아닌가요? 그분이 고향 도시를 창피해하는 걸까요, 아니면 고향 도시 앞에 나서기를 부끄러워하는 걸까요? 우리는 그저 질문을 던지고 추측만 할 뿐입니다. 이 고향 도시도 그분의 훌륭한 어머니도 추호도 민감한 태도를 보인 적이 없습니다. 프랑크푸르트 우편국 신문은 그분이 도착하자 기사를 내기까지 했지요. (저는 아직도 그 기사를 보관하고 있습니다.) 그 전에 너무나 훌륭하신 어머니로 말씀드리자면, 아들의 위대함에 대한 배려가 언제나 자신이 이 세상에 선사한 경이에 대한 자부심이나 한없는 사랑과 일치했습니다. 그분은 비록 멀리 떨어져 있긴 했지만 새로 출간되는 작품 전집을 한권씩 보내드렸고, 그중에 첫째 권으로 나온 시집을 모친은 늘 곁에 두었답니다. 모친은 돌아가시던 해 7월까지 여덟권을 받아서 가죽 장정을 해두었지요……"

"친애하는 박사님." 샤를로테가 말에 끼어들었다. "분명히 말씀드리는데, 저는 고향 도시의 무관심이나 애들한테 베푼 엄마의 사랑 때문에 부끄러워할 일은 없어요. 제가 제대로 이해했다면 박사님은 저한테 두 모자분을 본보기로 삼으라고 독려하시는 것 같군요. 마치 저한테 그런 본보기가 필요하다는 듯이! 저는 그런 자잘한 사실들을 아주 차분하게 확인했는데, 이상한 느낌이 없진 않지만 그렇다고 마음이 쓰리진 않아요. 보시다시피 저는 산이 자기 쪽으로 오지 않으니 산으로 갔다는 옛 예언자처럼 처신하고 있어요. 만약 그 예언자가 예민한 사람이라면 가지 않았겠죠. 그 예언자도 어쩌다 드물게 간다는 사실을 명심해야겠죠. 그러니까 그 예언자는 산을 피할 생각이 없다는 뜻입니다. 산을 피하려고 하면 예민한 사람으로 보일 테니까요. 하지만 오해하진 마세요. 제가 이런 말을 한다고 해서 돌아가신 그 훌륭한 모친께서 어머니의 입장에서 체념하신 것이 완전히 제 생각과 일치한다는 뜻은 아니에요. 저도 어머니 되는 사람으로서 자식들을 정말 많이도 낳았고, 자식들은 버젓한 직책을 가진 사람으로 성장해주었어요. 하지만 자식들 중에 행여 누구 하나라도 궁정고문관 부인의 자제분처럼 처신해서 11년 동안이나 저를 찾아오지도 않고 제 처소를 그냥 지나쳐서 온천 여행을 다녀온다면 저는 올바른 행실을 가르쳐주겠어요. 박사님, 분명히 말씀드리는데 저 같으면 그런 자식은 단단히 혼을 내주겠어요!"

샤를로테는 격앙된 기분에 사로잡힌 것 같았다. 그녀는 발끈하는 말을 퍼부으며 양산을 툭툭 밀쳤고, 회색 머리칼 아래로 이마가 붉게 상기되었으며, 장난스럽게 말은 하면서도 일그러진 입 모양은 그저 미소를 짓는 것만은 아니었다. 그리고 파란색 눈에는 복받친 눈물, 뭐라 형언하기 어려운 눈물이 맺혔다. 눈물 젖은 눈을 반짝이며 그녀는 말을 계속했다.

"그럼 안되죠. 솔직히 말해서 저라면 어머니로만 사는 것은 절대로 못해요. 또 다른 장점이 아무리 많다 할지라도 그런 장점의 이면으로 오로지 아들을 위해서만 사는 것은 용납할 수 없어요. 두고 보면 아시겠지만, 저 같으면 제가 찾아가겠어요. 산으로 가는 예언자의 심정으로 찾아가서 아들의 버르장머리를 고쳐놓겠어요. 제 말을 믿으세요. 지금도 제가 찾아온 거잖아요. 그 산에 과연 문제가 없는지 살펴보려고요. 하지만 제가 그분에게 뭘 요구하겠다는 건 아니에요. 그건 아니죠. 저는 그분의 어머니도 아닌걸요. 그분이 저에대해 본인이 내키는 대로 느긋한 태도를 보여도 그만이에요. 하지만 산처럼 꿈쩍도 않는 그분과 저 사이에는 청산되지 않은 오랜 빚이 있다는 걸 부인하진 않겠어요. 제가 여기로 찾아온 것은 아마도그 때문일 거예요. 오래도록 청산되지 않은 괴로운 빚이죠……"

리머는 그녀를 주의 깊게 바라보았다. 그녀가 '괴로운'이라고 한말은 그녀의 입가에 맴도는 표정이나 눈에 맺힌 눈물에 어울리는첫번째 말이었다. 이 둔감한 사내는 여자들이 감정 처리에 얼마나능란하면 이런 모습을 보일 수 있는지 그저 놀랍고 경탄스러웠다. 그러니까 샤를로테는 분명히 평생토록 시달렸을 괴로움의 표현인눈물과 찡그린 입술을 다른 의미로 이해하도록 유도하는 대사를일부러 먼저 앞세웠던 것이다. 그런 대사로 인해 고통의 표정은 사뭇 엉뚱한 방향으로 해석되어 마치 격앙해서 쏟아내는 수다에 부합되는 표정인 양 능치는 맥락으로 한참 동안이나 오해되었다. 그러다가 그 표정의 진정한 의미를 드러내는 말이 튀어나왔을 때는 정작 먼저 했던 말을 진정한 의미와 결부할 겨를도 없었고 그럴 생각조차 나지 않았으며, 오히려 여전히 앞에서 말했던 의미로 이해할 수밖에 없었다. 먼저 앞세운 대사에서 그녀는 적시에 격앙된 표현을 정당화해서 일부러 오해를 유도했던 것이다…… 여자란 얼마나 영악한가, 하고 리머는 생각했다. 위장의 귀재여서 위장과 정직함을 구분할 수 없도록 교묘하게 뒤섞을 줄 알고, 속마음을 숨긴 채 교제를 하는 재주를 타고난 것이리라. 우리 남자들이란 이런 여자들에 비하면 곰처럼 미련하고 그래서 사교에는 젬병인 게지. 그래도 내가 이 여성의 패를 읽고 속마음을 헤아리는 것은 다름 아니라 나 역시 그런 괴로움을 아는 동병상련의 처지이기 때문이지. 우리가 공모자이기 때문이야, 괴로움을 함께하는 공모자…… 그는 그녀가 하는 말에 끼어들어서 방해하지 않도록 조심했다. 그는 득의만만한 눈빛으로 그녀의 찡그린 입술을 기대감에 부풀어서 바라보았다. 그녀가 말했다.

"박사님, 그때 열아홉살 이후 44년이라는 세월이 지나도록 그 빚은 저에게 수수께끼로 남아 있어요. 괴로운 수수께끼지요, 뭣하러 숨기겠어요. 씰루엣 그림에 만족했고, 시에 만족했고, 그 사람 말마따나 아이도 생기지 않는 키스에 만족했던 거죠. 아이들은 다른 사람한테서 생겼지요. 죽은 아이들까지 합치면 열한명의 아이들이 케스트너의 올곧고 정직한 사랑으로 태어났지요. 이런 사정을 잘 헤아려서 상상해보셔야만 제가 어째서 평생 동안 그 빚을 청산하지 못했는지 이해하실 수 있을 거예요. 이런 정황을 어떻게 이해하실지 모르겠지만…… 케스트너는 제국고등법원 수습근무를 시작하자마자 하노버에서 우리가 사는 베츨라어로 왔지요. 1768년 팔케의 비서로 왔어요. 잘 아시겠지만 팔케는 브레멘 공작이 파견한 공사였지요. 이 모든 일은 언젠가는 역사의 한 페이지가 될 텐데, 교양이 있다고 자부하는 사람이라면 이런 사실을 틀림없이 알게 될 테고 우리도 그 점을 혼동해서는 안되겠지요. 그러니까 케스트너는 브레멘 공사의 비서로 우리 도시에 왔는데, 침착하고 양명하고 매사에 철저한 젊은이였어요. 그때 제 나이 겨우 열다섯이었는데, 금방 그이를 진심으로 신뢰하게 되었어요. 그이는 과중한 업무 중에도 짬을 내서 우리 관저에 드나들면서 대가족이었던 우리 집 식구들과 교제했지요. 『젊은 베르터의 고뇌』를 통해 세상에 익히 알려진 대로 바로 한해 전에 자애롭기만 했던 잊을 수 없는 어머니가 돌아가셨고, 그래서 법무관으로 재직하던 아버지는 올망졸망한 아이들 틈에서 외로운 처지가 되셨죠. 둘째 딸이었던 저는 아직 애송이에 불과했지만 돌아가신 어머니 역할을 대신해서 힘닿는 대로 집안 살림을 꾸리는 일에 신경을 써서 요령껏 어린 코흘리개 동생들을 돌보고 먹을 것도 챙겨주고 했답니다. 능력이 닿는 대로 모든 집안일을 건사했지요. 맏딸 카롤리네는 집안일에는 도무지 흥미도 없고 재주도 없었으니까요. 카롤리네는 1776년에 궁정고문관 디츠와 결혼해서 다섯명의 씩씩한 아들을 낳았는데, 그중 맏이인 프리츠헨도 제국고등법원의 문서실 담당 궁정고문관이 되었답니다. 사람들은 언젠가는 이 모든 사실을 틀림없이 알게 될 거예요. 교양을 쌓으려면 이 모든 사실을 탐구할 테니까요. 그래서 제가 오늘도 미리 이런 사실을 확인해두는 것인데, 카롤리네 언니가 훗날 나름의 방식으로 아주 빼어난 여성이 되었다는 걸 박사님께 알려드리기 위해서이기도 해요. 역사가 그녀도 온당하게 평가해주도록 배려해야만 하니까요. 하지만 언니는 당시에는 빼어나지 않았지요. 빼어난 쪽은 저였는데, 전반적인 평판이 그랬어요. 비록 그 당시 저는 몸이 홀쭉했고, 연한 금발에 눈은 연푸른색이었지만요. 그후 4년이 지난 뒤에야 다소 여자다운 티가 났는데, 생각해보면 어느정도는 여자다운 티를 내기로 작정했던 것 같아요. 그러니까 케스트너를 좋아해서 마음에 들고 싶었던 것이지요. 그이는 제가 주부 역할을 빼어나게 하니까 금방 저를 주목했는데, 정확히 말하면 사랑에 빠진 눈길을 보냈지요. 그이는 매사에 자기가 원하는 게 무엇인지 잘 아는 사람인지라 거의 첫날부터 저를 아내이자 주부로 맞고 싶어했어요. 어느정도 지위에 올라서 직책이나 보수의 측면에서 구혼자의 자격을 갖추게 되면 말이지요. 그것은 물론 선량한 아버지가 내세운 조건이었지요. 법무관이었던 아버지는 케스트너가 먼저 버젓한 직위에 올라서 가족을 부양할 수 있는 대장부가 되어야만 우리의 결합을 축복해줄 수 있다고 하셨거든요. 물론 당시 제가 겨우 열다섯살 애송이에 불과했다는 것도 참작했지요. 그렇지만 당시 이미 두 사람 사이에 약혼은 무언중에도 확고한 약속이었어요. 늠름한 그이는 저의 빼어난 살림 솜씨에 무조건 저를 원했고, 저역시 진심으로 그이를 원했어요. 그이가 저를 너무 원했고, 그이의 정직함을 믿었으니까요. 요컨대 우리는 약혼한 사이였고, 서로 의지하며 인생을 설계했어요. 그후 4년 사이에 제가 어느정도 몸치장도 하고 이른바 여자다운 용모를, 정말 예쁘장한 용모를 갖추었는데, 물론 가만히 있어도 저절로 그렇게 되었겠지요. 저도 애송이티를 벗고 여자로 성숙할 때가 되었고, 시적으로 표현하자면 처녀로 꽃피었던 것인데, 어차피 그럴 때가 되었던 거죠. 하지만 제 감정이나 생각은 좀 달랐어요. 날이 갈수록 그렇게 성숙해야겠다는 결심이 확고해졌죠. 저를 원하는 그 성실한 사람을 사랑했기에, 그이가 당당한 구혼자의 자격을 갖추는 시점에는 저 역시 신부와 미래의 어머니로서 당당한 자격을 갖추어서 그이의 명예에 응답해야 한다고 결심했답니다…… 저는 그런 생각에서 오로지 선량하고 성실한 그이를 위해, 저를 기다려주고 저를 여자로 성숙하게 해주었던 그이를 위해 예쁜 처녀로, 품위 있는 처녀로 성숙했다는 걸 무엇보다 강조하고 싶어요. 이런 제 심정을 이해하실지 모르겠네요."

"아마도 이해할 것 같습니다." 리머가 눈을 내리깔고 말했다.

"그런데 일이 그렇게 진척된 상황에서 제삼자가 나타났던 거예요. 우리한테 관심을 쏟고 시간이 남아도는 그 친구분 말이에요. 그분은 외지에서 와서 이미 잘 다져진 우리의 생활환경, 우리의 관계에 끼어들었는데, 화려한 나비 같은 사람이었지요. 그분을 나비 같다고 해서 죄송해요. 확실히 경박한 청년은 아니었으니까요. 그렇지만 굳이 말하자면 경박한 면도 있었고, 옷차림이 다소 요란스럽게 화려했고, 젊은 혈기와 쾌활함을 과시하는 멋쟁이로 주위 동료들 가운데 최고의 사교가여서 기발한 장난을 곧잘 했지요. 춤을 가장 잘 추는 아가씨라도 기꺼이 그분에게 춤을 청하고 싶었을 거예요. 이 모든 특성에도 불구하고 호방한 태도나 나비처럼 화려한 광채가 어쩐지 그에겐 어울리지 않아 보였어요. 그러기엔 너무 심각했고, 감성이 풍부하고 생각이 많은 사람이었으니까요. 심오한 감성에 침잠하고 원대한 생각에 자부심을 갖는 성품이 곧 진지함과 경박함, 침울함과 자족감을 연결하는 고리였지요. 전반적으로 보자면 모든 사람의 호감을 샀다는 것만은 틀림없어요. 너무 멋지고 상냥했으며, 바보 같은 장난을 치고 나서는 언제라도 선의로 뉘우칠 마음의 준비가 되어 있는 사람이었지요. 케스트너와 저, 우리는 그를 똑같이 좋아했어요. 우리 세 사람은 진심으로 서로를 좋아했어요. 외지에서 온 처지였던 그는 이미 우리 사이에 다져진 관계에 매료되었고, 너무나 기뻐하면서 우리 사이에 끼어들어서 친구이자 제삼자로서 우리의 관계를 은근히 즐기기도 했지요. 그 사람은 너무 한가해서 얼마든지 그럴 수 있었지요. 법원 일은 좋은 게 좋다는 식으로, 아니 정나미가 떨어진다고 그냥 내팽개치고 아무 일도 하지 않았거든요. 반면 제 약혼자는 공사를 모시고 집무실에서 녹초가 되도록 열심히 일했답니다. 이런 말씀을 드리는 것은 제 입장을 제대로 전해드리기 위해서예요. 우리의 친구는 바로 그런 면에도, 다시 말해 케스트너의 열성적인 업무 수행에도 매료되었답니다. 저는 오늘날까지도 그 점을 확신하고, 이 역사를 제대로 기억하고 탐구하도록 올바른 기준을 제시하려는 거예요. 하지만 케스트너의 과중한 업무를 기회로 삼아 저와 함께 있는 시간이 그만큼 많아져서 그랬던 건 아니에요. 그는 신의를 저버릴 사람은 아니었어요. 아무도 그런 험담을 해선 안됩니다. 또 그가 한동안은 저한테 반했던 것도 아니랍니다. 이 점을 제대로 이해하셔야 해요. 그게 아니고 우리의 약혼, 우리를 기다리는 행복에 반했고, 선량한 제 약혼자도 그런 우애에 친형제처럼 진심으로 화답했답니다. 그는 확실히 제 약혼자의 그런 진심을 저버릴 생각은 없었고, 신의를 다해 진정한 우애를 나누면서 친구와 한마음으로 저를 사랑하고 우리의 잘 다져진 관계에 동참하려 했던 것이지요. 말하자면 친구와 어깨동무를 하고서 저에게는 눈길을 보내는 식이었지요. 그러다가 친구의 어깨에 올려놓은 신의의 팔이 뭔가를 깜빡 망각했지만 그래도 여전히 어깨동무는 하고 있었고, 그러는 사이에 저에게 보낸 눈길도 다른 방식으로 깜빡 본분을 망각하는 일이 벌어진 것 같아요. 박사님, 제 입장이 되어서 한번 상상해보세요. 저는 지난 세월 내내 그때 일을 두고두고 면밀히 돌이켜 생각해보았답니다. 아이들을 낳아서 키우는 동안, 그러고서 이날 이때까지 내내! 그런데 아뿔싸, 그의 눈길이 점차 신의와 갈등을 일으키면서 더이상 우리의 약혼에 반하는 게 아니라 저한테 반하기 시작했다는 걸 알아차리게 되었어요. 그것도 눈치채지 못했다면 여자가 아니지요. 저는 이미 선량한 제 약혼자의 아내가 될 몸이었고, 그 4년 동안 바로 그이를 위해, 평생의 반려자로 저를 원했고 제 아이들의 아버지가 되길 원했던 그이를 위해 저를 가꾸었는데 말이에요. 한번은 그가 어떤 글을 읽어보라고 주었는데, 그 글은 사태가 어떻게 돌아가고 있으며 그가 저한테 어떤 감정을 품고 있는가를 분명히 말해주고 있었어요. 케스트너와 어깨동무를 하고 있는 사이인데도 말이에요. 그가 기고했던 인쇄물이었는데, 아시다시피 그는 늘 글을 쓰고 창작을 했던 터라 그중 어떤 원고는 베츨라어로 가지고 왔지요. 『강철 손을 가진 괴츠 폰 베를리힝겐』이라는 희곡이었던 것 같아요. '왕세자 식당'에서 함께 점심식사를 하는 그의 친구들은 그 작품을 익히 알고 있었고, 그래서 그는 친구들 사이에서 '의리의 사나이 괴츠'로 통하기도 했지요. 그는 서평 비슷한 글도 썼는데, 그가 보여준 것은 그중 하나였어요. 『프랑크푸르트 학술 비평』에 게재했던 그 글은 어느 폴란드 유대인이 발표한 시를 다루었지요. 하지만 유대인 시인과 그의 시에 관해서는 길게 논하지 않고, 자제심을 잃고 금방 어떤 청년과 처녀에 관해 언급하기 시작했지요. 그런데 청년이 한적한 시골 마을에서 발견했다는 그 처녀가 바로 저를 가리킨다는 걸 알아차렸답니다. 너무나 민망했고, 아무리 겸손을 지키려고 해도 알아차리지 않을 수 없었어요. 그 글에는 저의 처지와 신상을 암시하는 대목들이 너무나 조밀하게 엮여 있었거든요. 사랑으로 가족을 돌보는 조용한 가정환경에서 그 처녀는 이 집안에서 제2의 어머니로서 자애롭고 우아하게 자신의 역할을 펼쳐간다고 했는데, 그 모습이 너무 보기 좋아서 저절로 사랑을 우러나오게 하는 그녀의 영혼을 대하면 그 누구라도 불가항력으로 그녀의 매력에 마음이 끌릴 것이며, (그의 말을 그대로 옮기는 거랍니다) 시인과 현자라면 기꺼이 언제라도 이 젊은 여성의 문하에 들어가서 타고난 미덕과 타고난 범절과 우아함을 마냥 황홀하게 바라보고 싶어할 거라는 거예요. 요컨대 그런 암시들이 끝없이 이어졌으니 바보가 아닌 다음에야 대체 무슨 말을 하려는 의도인지 어찌 모르겠어요. 민망하고 겸손한 마음에서 저를 가리키는 묘사에 거부감이 생겼지만, 아무리 그래도 도저히 제지할 수 없는 상황이 되었던 것이죠. 그런데 저를 너무 불안하게 하고 아연 질겁하게 했던 고약한 대목은 그 청년이 처녀에게 속마음을 털어놓는 장면이었어요. 청년은 그녀의 마음과 똑같이 자기 마음도 청춘의 따스함에 달아올라 있고, 그녀와 더불어 이 세상에서 누릴 아련하고도 은밀한 지고의 행복을 예감하며, (그는 이렇게 표현했답니다) 자기가 생기를 북돋우는 짝이 되어서 ('생기를 북돋우는 짝'이라는 말을 어찌 제가 몰라보겠어요!) 둘이서 영원히 함께 맞이할 금빛 찬란한 전망과 (문자 그대로 옮기는 거예요) 불멸의 사랑으로 확고하게 결합하여 그녀를 이끌어주고 싶다는 거예요."

"실례지만 경애하는 궁정고문관 부인, 이렇게 엄청난 사실을 털어놓으시다니요!" 이 대목에서 리머가 그녀의 말을 가로막았다. "부인께서는 장차 순수한 학문 탐구를 위해 지금 들려주시는 얘기가 얼마나 막중한 비중을 갖는지 제대로 모르시는 듯합니다. 사람들은 그분이 젊은 시절에 쓴 이 서평에 관해서는 아무것도 모릅니다. 저도 지금 이 자리에서 처음 듣거든요. 분명히 그분께서 그 서

평에 관해서는 저한테 숨기셨고, 그 글을 숨기셨어요. 어쩌면 깜박 잊어버렸는지도 모르겠습니다만⋯⋯"

"그렇진 않을 거예요." 샤를로테가 말했다. "그런 일은 잊지 못하거든요. '그녀와 더불어 이 세상에서 누릴 아련하고도 은밀한 지고의 행복을 예감하며'── 제가 이 구절을 잊지 못하듯이 분명히 그분도 잊지 못할 거예요."

"물론이지요." 리머 박사가 얼른 맞장구를 쳤다. "베르터 소설과 관련된 이야기도 워낙 풍성하고, 그 소설의 바탕이 되는 체험도 풍성하지요. 경애하는 부인, 이건 정말 대단히 중요한 사안입니다! 그 글을 갖고 계신가요? 그 글을 면밀히 검토해야 하고, 문학 연구자들이 볼 수 있도록 해야지요⋯⋯"

그러자 샤를로테가 대꾸했다. "이런 걸 알려줘서 학문 연구에 도움이 된다면야 영광이지요. 하긴 솔직히 말씀드리면 제가 뭐가 아쉬워서 학문 연구를 위해 굳이 그런 식으로 개인적인 봉사를 할 필요가 있겠어요."

"지당한 말씀입니다! 지당하지요!"

"그 유대인 시인에 관한 서평은 갖고 있지 않아요." 그녀가 말을 계속했다. "그 점에서는 박사님을 실망시켜드릴 수밖에 없네요. 당시 그 사람은 그저 읽어보기만 하라고 저한테 건네줬고, 그가 중요시한 것은 자기가 보는 앞에서 제가 그 글을 읽어보는 거였어요. 그런데 제가 아무리 겸손하려 해도 글의 의중이 훤히 보여서 갈등에 빠질 거라고 짐작이라도 했더라면 그가 보는 앞에서 읽지는 않았을 거예요. 그를 외면한 채 그 글을 돌려주었기에 그가 과연 어떤 표정을 지었는지는 몰라요. '글이 마음에 드시나요?'라고 그가 조심스러운 어투로 물었지요. 그래서 저는 '그 유대인 시인이 감화를 받을 건더기는 별로 없네요'라고 쌀쌀맞게 대답했지요. 그러자 그가 들이댔죠. '하지만 로테, 당신 자신은 감화를 받았지요?' 그래서 저는 '제 마음은 한결같아요'라고 답했지요. 그러자 그가 '아, 제 마음도 아직 그렇다면!' 하고 외쳤어요. 그 서평에서 했던 말로도 성이 차지 않았는지 기어코 그렇게 소리쳐서 자기가 케스트너와 어깨동무를 하는 사이라는 걸 잊은 채 오로지 저를 바라보는 눈길에 인생의 모든 것을 쏟아붓고 있노라고 저한테 가르치려 들었지요. 저는 이미 케스트너의 사람이었고, 그이의 따뜻하게 일깨우는 사랑의 눈길을 받으며 오로지 그이를 위해서만 저를 돋보이게 하고 싶었는데도 말이에요. 그래요, 당시 제 모습이 어떠했고 무엇이 돋보였든 간에 열아홉살 처녀의 사랑스러운 매력이라 일컬을 만한 모든 것은 선량한 그이의 것이고, 우리가 도모했던 정직한 인생을 위해 바쳐진 것이지 결코 '은밀한 지고의 행복'이니 '불멸의 사랑'이니 하는 것을 위해 피어난 게 아니라고요. 그건 절대로 아니에요. 하지만 박사님은 이해하실 테고 세상도 이해하길 바라요. 자신을 배필로 선택해준 단 한 남자만이 꽃다운 신부를 바라보는 게 아니라 다른 제3의 남자도 눈길을 준다면 당사자인 처녀의 입장에서는 기뻐하며 즐길 거라는 걸요. 그건 우리 자신과 우리를 신부로 맞이할 남자에게 우리의 가치를 입증해주는 것이니까요. 그래서 제가 다른 사람들의 인기를 얻으면, 특히 그이가 경탄하던 그 특별한 천재적인 친구의 인기를 얻으면, 제 인생의 선량한 동반자가 진심으로 기뻐했고, 그래서 저도 기뻤어요. 그이는 그 친구를 저와 똑같이 신뢰했지요. 아니, 정확히 말하면 저를 신뢰하는 태도와는 다소 달리 그를 좀 덜 존중했어요. 그이는 저의 사리분별을 확신했고 제가 무엇을 원하는지 저 스스로 잘 알고 있다고 생각했어요. 하지만 그 사람은 도대체 자기가 뭘 원하는지도 모르면서 갈피를 잡지 못하고 일정한 목표도 없이 무턱대고 좋아했으니까요. 시인으로서 말입니다. 간단히 말하면 그래요. 이제 아시겠지요, 박사님! 케스트너가 저를 신뢰했던 것은 저를 진지하게 대했기 때문이고, 그 사람을 신뢰했던 것은 그를 진지하게 대하지 않았기 때문이랍니다. 비록 그의 빛나는 천재성에 경탄해 마지않았고, 그의 정처 없는 시인의 사랑이 그 자신에게 안겨준 고통에 연민을 느꼈지만 말이에요. 저 역시 그에게 연민을 느꼈어요. 그가 저로 인해 너무나 괴로워했고, 선의의 우애에서 출발한 감정이 그런 혼란으로 치달았으니까요. 하지만 저도 그 사람 때문에 상처를 받았어요. 케스트너가 그를 진지하게 대하지 않았고 그의 명예에 합당하지 않은 방식으로 신뢰했기에 저는 종종 양심의 가책을 느꼈거든요. 그이가 그에게 그런 식의 신뢰를 보여줬기에 저도 그 친구의 심정이 되어 상처를 받았다고 느꼈고, 그건 결국 그이의 선량함에 대한 배신이라 생각했으니까요. 하지만 그이의 그런 신뢰가 저를 안심시켜주기도 했어요. 그 사람의 선량한 우애가 우려스럽게 변질되고 친구와 어깨동무 사이라는 걸 망각하는 걸 보고서도 저는 그이의 신뢰를 믿고 짐짓 못 본 체하고 받아들였으니까요. 상처받은 감정 자체가 이미 제가 지켜야 할 의무와 사리분별을 저버리고 있다는 징표였고, 케스트너의 신뢰와 무심함을 믿고 제가 다소 경솔하게 처신했다는 걸 이해하시겠지요, 박사님?"

리머가 대꾸했다. "높은 분을 모시다보니 저도 그런 섬세한 문제에 어지간히 단련이 되어서 당시 상황을 웬만큼 이해할 것 같습니다. 그런 상황으로 인해 궁정고문관 부인께서 난처하셨을 거라는 것도 짐작이 됩니다."

"이해해주셔서 고마워요." 샤를로테가 말했다. "그 모든 게 아득히 오래전의 일이지만, 그렇다고 박사님의 이해심에 감사하는 마음이 덜하진 않아요. 다른 인생사에서는 시간이 중요하지만 이 경우에는 정말 시간의 역할이 너무 무기력해서, 지난 44년 동안 내내 당시 상황이 너무나 생생했고 언제나 새롭게 생각을 집중해야 하는 현재의 문제로 느껴졌답니다. 사실 그 기나긴 세월 동안 기쁜 일 슬픈 일도 많았지만, 신경을 곤두세우고 당시 상황과 그 여파를 돌이켜보지 않은 날은 단 하루도 없었지요. 당시 상황이 우리의 정신세계에 어떤 영향을 미쳤는가를 생각해보면 충분히 이해할 수 있는 일이지요."

"완벽하게 이해합니다."

"완벽하게 이해하신다니 정말 감사해요, 박사님. 극진한 호의로 저를 격려해주시는군요. 언제라도 이런 선의의 말을 해줄 용의가 있는 사람은 훌륭한 대화 상대지요. '높은 분을 모시는' 일이 정말 여러 측면에서 박사님께 좋은 영향을 주어서, 모든 걸 털어놓고 싶고 털어놓을 수 있는 고해신부나 다름없는 위대한 시인의 자질이 박사님께도 전수된 것 같군요. 그 사람은 모든 것을 '완벽하게 이해'하니까요. 박사님의 격려에 용기를 내어 그 당시와 나중의 어떤 경험들이 야기한 골치 아픈 문제에 관해 저를 괴롭혔던 몇가지 일을 더 털어놓을까 해요. 다시 말해 이미 다른 새들이 둥지를 튼 보금자리에 난데없이 들이닥쳐서 자신의 감정을 마치 뻐꾸기 알처럼 슬쩍 들이민 그 제삼자의 역할과 성격에 관한 문제예요. '뻐꾸기 알'이라는 표현이 거슬리지 않았으면 해요. 박사님은 이런 표현에 거슬려할 자격을 이미 상실하셨다는 걸 유념하세요. 박사님도 이미 이와 비슷하게 과감한 혹은 거슬리는 어법을 구사했으니까요.

이를테면 '원초적 본성'이라는 말을 하셨는데, 제 생각에는 '원초적'이라는 말도 '뻐꾸기 알'이라는 말에 못지않게 예사롭지 않거든요. '뻐꾸기 알'이라는 말도 오랜 세월 동안 끊임없이 신경이 쓰였던 골치 아픈 심정의 표현일 뿐이에요. 제가 골치 아픈 심정의 '결과'라고 하지 않고 '표현'이라고 한 뜻을 제대로 이해해주셨으면 해요. '뻐꾸기 알'이라는 말 그 자체는 그다지 아름답지도 않고 품위도 없다는 건 인정해요. 사실 그런 표현은 어찌 보면 그만큼 고심했다는 뜻일 뿐이지 그밖의 다른 뜻은 없지요…… 어떻든 제가 말씀드리고 싶은 것은 다름 아니고 이런 거예요. 즉 당당한 청년이 어떤 처녀에게 사랑을 바치고 충정을 표하면 그런 충정은 구애이기도 하니까 당연히 처녀에게 깊은 인상을 줄 것이고 처녀의 가슴에 여러가지 자연스러운 호감을 불러일으킬 터인데, 그런 경우 문제의 청년이 특별히 빛나는 모습을 보여주고 그와의 교제가 생기를 북돋울수록 그만큼 더 확실하게 그 청년은 자기가 선택할 처녀를 정말 자기 손으로 선택해야 하고, 자신의 인생행로에서 스스로 그런 처녀를 찾아내야 하며, 자발적으로 그녀의 가치를 깨달아서 어두운 그늘에 가려서 인정받지 못했던 그녀의 존재를 부각해주어야 한다는 거예요. 그래야만 그 여성을 제대로 사랑할 수 있지요. 그런데 어째서 그 사람에게선 그런 청년의 당당함이라곤 도대체 찾아볼 수 없는 걸까요? 제가 지난 44년 동안 저 자신에게 곧잘 물었던 이 질문을 박사님께 털어놓지 못할 이유라도 있나요? 물론 그 사람과 교제하면 너무나 생기가 넘치는 건 사실이지만, 그에겐 스스로 여성을 찾아내고 사랑하는 자발성이 결여되어 있어요. 어째서 이미 다른 남자를 위해, 다른 남자를 통해 꽃핀 여성을 제삼자의 입장에서 사랑하는 거죠? 어째서 이미 약혼한 사람들 사이에 끼어들어서 바보같이 반하는 거죠? 어째서 다른 사람들이 일궈놓은 인생에 끼어들어서 남이 차려놓은 음식을 슬쩍 군것질하려는 것이 죠? 남의 신부를 사랑한다는 것 —저의 결혼생활 내내 그리고 홀몸이 된 뒤에도 내내 머리가 빠개질 것 같았던 문제는 바로 그거예요. 더구나 신랑 되는 사람에 대한 신의를 지킨답시고, 그토록 구애를 하면서도, 사실 구애란 사랑과 구별하기도 어렵지만, 결코 신부를 먼저 발견한 신랑의 권리는 침해하지 않겠다고 작정한 그런 사랑이 대체 뭐죠? 사실 한번 키스를 한 것 말고는 달리 신랑의 권리를 침해한 것도 없죠. 신부를 먼저 발견한 신랑에게 인생의 모든 권리와 의무를 진심으로 양도하고, 신랑 신부가 일군 삶에서 태어난 귀여운 아이들의 세례에 빠짐없이 입회하는 역할로만 일찌감치 자기 분수를 정해놓은 사랑이었죠. 그것도 여의치 않으면 적어도 아이들을 그린 씰루엣 그림을 받아보는 정도에 만족했지요…… 이 모든 사실을 고려할 때 남의 신부를 사랑한다는 것이 대체 무엇을 뜻하는지, 그것이 오랜 세월 동안 과연 얼마나 머리 빠개지는 문제였을지 이해하시겠어요? 그런 성격에 딱 어울리는 말이 있는데, 아무리 그 말을 지우려고 해도 잘 안되고 아무리 선의로 생각해도 아주 꺼림칙한 느낌에도 불구하고 이 말을 하지 않을 수 없어요. 그건 바로 '식객 근성'이죠……"

두 사람은 말이 없었다. 노부인은 머리를 떨고 있었다. 리머는 눈을 감은 채 한동안 입을 꾹 다물고 있었다. 이윽고 리머가 애써 침착하게 말했다.

"이 말을 꺼낼 용기를 내셨을 때는 저도 이 말을 들을 용기가 없지 않다는 것쯤은 계산을 하셨겠지요. 우리가 깜짝 놀라서 한순간 침묵했던 것은 이 말에 내포된 신성한 관계와 울림에 깜짝 놀랐기 때문이라고 해도 동의하실 줄 압니다. 부인께서 이 말을 입 밖에 냈을 때는 분명히 그걸 간파하셨을 겁니다. 보시다시피 저는 이 문제에 대한 사색의 정점에 도달해 있습니다. 그 점은 안심하고 믿으셔도 좋습니다. 신성한 식객 근성이라는 게 있지요. 인간이 일궈놓은 삶의 터전 위에 신성함이 더부살이를 하는 것이지요. 우리가 익히 상상할 수 있는 일이지요. 신적인 견지에서 배회하면서 지상의 행복에 가담하고, 이미 지상에서 선택된 여인을 더 높은 차원에서 선택하는 것입니다. 한 사람의 인간인 어떤 남자의 아내가 된 여인에게 주신主神이 열정적 사랑을 바치는 것입니다. 그 여인의 남편은 경건하고 경외심을 알기에 그런 주신의 관여로 인해 위축되거나 굴욕감을 느끼는 게 아니라 오히려 드높여지고 존중받는다고 느끼는 것입니다. 남편 되는 분의 신뢰와 평정심은 바로 그렇게 배회하면서 관여하는 존재의 신성함에 연유하는 것이지요. 그런 신성함은 경외심과 경건한 경탄을 불러일으키지만 현실적인 의미를 담고 있지는 않습니다. 이런 말씀을 드리는 것은 부군께서 친구분을 '진지하게 대하지 않았다'라고 하셨기 때문입니다. 실제로 신적인 것을 전적으로 진지하게만 대할 수는 없지요. 신적인 것이 인간사에 끼어들 때는 그렇다는 말입니다. 이 지상의 신랑은 스스로에게 '이건 오로지 신의 일이니 좋을 대로 내버려두자'라고 당당하게 말할 수 있지요. 여기서 물론 '오로지'라는 말은 함께 사랑하는 존재의 숭고한 본성을 곧이곧대로 온전히 인정한다는 뜻이지요."

"정말 그랬어요. 온전히 인정했지요. 하지만 너무 인정했기 때문에 선량한 케스트너가 종종 가책과 의혹에 빠진다는 걸 알아챘답니다. 전적으로 진지하게만 대할 수도 없었던 친구의 더 숭고한 열정과 견줄 때 과연 자기가 이 여성을 차지할 자격이 있을까, 과연 그 친구만큼 저를 행복하게 해줄 수 있을까, 그런즉 아무리 고통스럽더라도 차라리 저를 단념해야 하지 않을까 하는 가책과 의혹이었지요. 솔직히 고백하자면 제가 그이한테서 그런 가책을 덜어주고 싶은 마음이 진심에서 우러나오지 않을 때도 있었지요. 그 모든 정황은 박사님도 익히 아시겠지요! 비록 그 사람의 열정이 너무 많은 고통을 가져오기도 했고 우리는 그 열정이 결국 일종의 유희일 거라고 속으로 함께 예감하고 있었지만, 그래도 그 모든 일이 벌어졌던 것이죠. 그런 유희에 의지하여 인생을 설계할 수는 없었던 거죠. 그 열정은 결국 비현실적인 목적을 이루기 위한 감정적 수단 같은 것이었어요. 당시만 해도 감히 인간의 영역을 벗어난 목적이라고는 생각도 못했지요."

그러자 괴테의 조수답게 리머는 흥분해서 인장 반지를 낀 집게손가락을 쳐들면서 훈계조로 말했다. "존경하는 부인, 시라는 것은 신성함에도 불구하고 결코 인간의 영역 바깥의 일은 아닙니다. 9년하고도 4년 전부터 저는 시에 봉사하는 조수 겸 비서로 일하면서 시를 가까이서 접하고 시에 관해 많은 경험을 할 수 있었기에 시에 관해 더불어 논할 수 있습니다. 사실 시라는 것은 하나의 신비, 신적인 것이 인간화하는 신비지요. 정말 시라는 것은 인간적이기도 하고 신적이기도 해서, 우리 기독교 교리의 가장 심오한 비밀을, 게다가 매력적인 이교도 신앙까지도 환기해주는 현상이라 할 수 있지요. 왜냐하면 시의 토대가 신적이면서도 인간적인 이중성에 있든 아니면 시가 아름다움 그 자체이든 간에, 시라는 것은 나름의 방식으로 스스로를 되비추는 경향이 있거든요. 옛 신화에서 물에 비친 자신의 매력적인 모습에 매료되어 자기 자신을 사랑했다는 소년의 사랑스러운 이미지를 떠올릴 수 있지요. 시에서 언어가 살며시 미소를 지으며 스스로를 관조하듯 감정과 사색과 열정도 마찬가지랍니다. 자기만족은 시민적 가치관으로 보면 불명예일지 모르지만, 보다 높은 차원에서 보면 자기만족이라는 말은 조금도 나무랄 데가 없습니다. 어떻게 아름다움이, 시가 스스로에게 만족하지 않을 수 있겠어요? 아무리 고통스러운 열정에 사로잡히더라도 시는 그런 자기만족을 느끼지요. 인간적으로는 고통을 받지만 신적인 차원에서는 자기만족을 느끼는 것입니다. 시는 독특한 형식과 성격의 사랑에서 자기만족을 즐기는데, 이를테면 남의 신부에 대한 사랑, 다시 말해 단념해야만 하는 금단의 대상에 대한 사랑에 빠질 때 그렇지요. 시는 시민적 삶을 벗어난 낯선 사랑의 세계에서 유래하는 유혹적인 신호들로 치장을 하고서, 시가 자발적으로 빠져드는 죄의식에 도취되어 열정적으로 인간관계에 관여하고 동참한다는 것을 저는 알게 되었습니다. 시는 우리의 위대한 시인을 통해 더욱 풍성해졌고, 그분 역시 시에서 많은 것을 얻었습니다. 그분은 그분을 숭배하여 현혹된 서민 출신 소녀의 순박한 연인을 가볍게 제치고는 소녀 앞에서 외투를 활짝 열어젖히고 화려한 스페인 궁정 복장을 선보이는 것입니다[31]…… 시의 자기만족이란 그런 식이지요."

샤를로테가 말했다. "제가 보기에는 시의 자기만족이 너무 심한 것 같군요. 그런 자기만족이 과연 온당한 것인지 전적으로 인정하긴 어렵네요. 그 당시 제가 무엇보다 혼란스러웠던 것은, 솔직히 고백하면 두고두고 혼란스러웠지만요, 박사님이 신적인 존재라 일컫는 사람이 천연덕스럽게 연민을 유발하는 역할을 했기 때문이에

---

[31] 이 이야기는 괴테의 희곡 『에흐몬트』의 주인공 에흐몬트 백작과 서민 출신의 소녀 클레르헨 사이의 사랑을 연상케 한다.

요. 박사님은 제 입에서 무심코 흘러나온 '신적인 존재'라는 소름 끼치는 말에 숭고하고 장엄한 의미를 부여할 줄 아시네요. 그 점에 감사해요. 하지만 진실을 말하자면, 신적인 존재의 더부살이 근성이라는 게 따지고 보면 얼마나 처량해요. 그 때문에 순박하고 허물없는 사이인 우리 부부가 몹시 무안한 당혹감에 빠졌고 우리와 돈독한 사이였던 그 제삼자한테 연민을 느끼지 않을 수 없었죠. 우리처럼 보잘것없는 사람들보다 훨씬 더 빛나는 친구인데도 말이에요. 그분이 굳이 적선을 구걸할 필요가 있었을까요? 케스트너가 그에게 선사한 제 씰루엣 그림이나 가슴에 달았던 리본이 적선이나 자선의 선물이 아니고 뭐겠어요. 물론 일종의 공물供物 같은 것이기도 했다는 건 알아요. 화해의 보상 같은 거였죠. 신부의 처지였던 저는 그 점을 분명히 이해했고, 선물은 저의 동의하에 보냈죠. 그렇지만 박사님, 저는 신들의 은총을 받았다는 그 청년의 자족감에 대해 평생토록 끊임없이 곱씹었어요. 역시 40년 동안 두고두고 곱씹었지만 도무지 이해할 수 없었던 어떤 이야기를 들려드릴게요. 언젠가 보른이 저에게 들려준 이야기예요. 보른은 당시 우리가 사는 베츨라어에 법관 시보로 와 있었는데, 라이프치히 시장의 아들로 괴테와는 대학 시절부터 아는 사이였으니 박사님도 틀림없이 아실 거예요. 보른은 괴테를 좋게 생각했고, 우리도, 특히 케스트너를 좋아했지요. 그는 잘 교육받은 훌륭한 청년이었는데, 사리분별이 아주 분명해서 경우에 어긋나는 일은 그냥 두고 보지 못했지요. 나중에 알게 된 사실이지만, 그는 저에 대한 괴테의 관계와 태도에 우려를 품고 있었지요. 괴테의 태도는 완전히 연애로 보여서 케스트너에게 위험해 보였고, 케스트너한테서 저를 빼앗아서 자기가 차지하려는 듯한 기세로 저에게 구애를 한다는 거였어요. 그래서 괴테에게 그런 우려를 말했고 타일렀다는 거예요. 나중에 괴테가 떠나간 다음에 저한테 털어놓은 사실이지요. 보른은 이렇게 말했답니다. '여보게, 그러면 안되네. 대체 어쩔 작정인가? 무슨 일을 저지르려고 그래? 자네 때문에 그 순박한 여성이 자네와 그렇고 그런 사이라고 소문이 났다니까. 내가 만약 케스트너의 처지라면 결코 달갑지 않을 걸세. 여보게, 정신 차리게!' 그러자 괴테가 어떻게 대답했는지 아세요? 이렇게 말했답니다. '이 여성을 특별한 존재로 여기다니 내가 바보인 게지. 만약 그녀가 나를 속이는 거라면, (제가 그 사람을 속이는 거라면, 그렇게 말했다는 거예요) 만약 그녀가 더 확실히 자신의 매력을 부풀리기 위해 케스트너를 자기 행동의 담보로 삼아서 결국 천박한 여자라는 게 입증된다면, 그게 나한테 들통 나는 순간이야말로 그녀가 나한테 더 가까워지는 첫 순간이 되겠지. 우리의 우정에는 종지부를 찍는 마지막 순간이 되더라도 말이야.' 이런 말에 대해 어떻게 생각하세요?"

"매우 고결하고 세심한 대답이군요." 리머가 눈을 내리깐 채 말했다. "부인에 대한 신뢰를 입증하는 것이니까요. 다시 말해 그분이 바치는 충정을 부인께서 오해하지 않을 거라는 믿음이지요."

"오해하지 않았어요. 저는 지금까지도 그 말을 오해하지 않으려고 애쓰고 있어요. 그런데 어떻게 이해해야 올바른 이해인가요? 그 사람은 전혀 그런 걱정일랑 할 필요도 없었어요. 제 약혼자를 버팀목으로 삼아 제 매력을 부풀릴 생각 따위는 꿈에도 해본 적이 없으니까요. 그러기엔 제가 너무 아둔했고, 그 사람 말마따나 천박하지 못했던 거죠. 하지만 입장을 바꾸어 생각하면 그 사람이야말로 케스트너와 저의 약혼관계를 자기 행동의 버팀목으로 삼은 게 아닐까요? 그에게 '더 가까이 다가갈' 수 없는 매인 몸의 여자한테 쏟아부은 열정의 버팀목으로 삼은 게 아닐까요? 천재성으로 제 영혼을 바짝 긴장시킨 매력으로 저를 속이고 괴롭힌 쪽은 오히려 그 사람이 아니었나요? 그가 확신한 대로 저는 그 매력에 응할 수 없었고 응하고 싶지도 않았어요. 키다리 메르크가 언젠가 베츨라어에 방문차 온 적이 있었지요. 괴테의 친구인데, 저는 그가 마음에 들지 않았어요. 언제나 비웃는 듯한 눈길을 보냈고 화난 듯한 표정에 혐오감을 주는 얼굴을 보면 속이 꽉 막힐 것 같았지요. 하지만 영리했고, 다른 누구도 좋아하지 않으면서 나름의 방식으로 괴테를 정말 좋아했는데, 저는 그걸 익히 알아봤고 그래서 다시 그를 좋게 대해줄 수밖에 없었지요. 그런데 괴테가 메르크한테 했다는 말을 나중에야 듣게 되었어요. 그때 우리는 법관 브란트의 딸들인 안헨, 도르텔과 함께 무도회와 내기놀이에 참여했지요. 브란트의 딸들은 관저의 본채에 세 들어 살고 있었는데, 저의 이웃이자 절친한 친구들이었지요. 도르텔은 예쁘고 키가 컸는데, 저보다 훨씬 풍만했어요. 저는 비록 케스트너의 명예를 위해 꽃피었다고는 해도 언제나 홀쭉했거든요. 도르텔은 눈동자가 버찌처럼 검어서 저는 곧잘 부러워하곤 했지요. 괴테는 워낙 검은 눈을 좋아했고 본래 연푸른 눈보다는 검은 눈을 더 높이 샀다는 걸 저는 익히 알고 있었으니까요. 그런데 키다리 메르크가 괴테한테 야단을 치면서 이렇게 말했다는 거예요. '이 바보야! 어째서 남의 신부한테 추근거리며 시간을 허비하는 건가? 예끼, 난봉꾼! 저기 풍만한 아가씨가 있잖아, 검은 눈의 도로테아[32] 말이야. 저 아가씨를 공략해보라고. 자네 타입인데다 사귀는 남자도 없고 자유롭잖아. 하긴 자네는 하릴없이 시

---

[32] 도로테아는 괴테의 장편서사시 『헤르만과 도로테아』의 여주인공.

간을 허비해야 직성이 풀리는 사람이지!' 그런데 도르텔의 동생 안 헨이 그 말을 듣고서 나중에 저한테 전해주었어요. 괴테는 메르크의 말에 그저 웃기만 했고, 시간을 허비한다는 꾸지람에 아무런 이의도 제기하지 않았다는 거예요. 그런데 그럴수록 저는 더 기분이 좋았지요. 박사님식으로 해석하자면, 그 사람은 저와 함께 시간을 허비한다고 생각하진 않았다는 뜻이고, 도르텔한테 사귀는 남자가 없다는 걸 저의 장점들을 능가하는 장점으로 여기지도 않았다는 뜻이니까요. 어쩌면 전혀 장점으로 여기지도 않았거나, 혹은 활용할 수 없는 장점이라고 생각했을지도 모르죠. 하지만 그 사람은 베르터 소설 속의 인물 로테를 도르텔의 눈처럼 검은 눈으로 묘사했어요. 검은 눈을 가진 사람이 도르텔뿐이라면 그렇다는 거죠. 하지만 들리는 말로는, 굳이 이름을 대자면 막스 라 로슈[33]의 눈도 검다고 하더군요. 그 여성이 프랑크푸르트의 브렌타노와 어린 나이에 결혼했을 때 괴테가 그 집에 뻔질나게 드나들었다죠. 베르터 소설을 쓰기 전의 일이었죠. 그러다가 결국 그녀의 남편이 두 사람한테 야단을 치는 바람에 괴테가 다시는 그 집에 드나들 마음이 싹 가셨다고 하더군요. 사람들 말로는 그녀의 눈도 검다고 하더군요. 어떤 사람들은 베르터의 로테가 다른 여러 사람들을 닮은 것에 비해 저를 닮은 면이 별로 많지 않다고 뻔뻔스럽게 말하더군요. 박사님은 어떻게 생각하세요? 문학 연구자의 입장에서 어떻게 판단하시는지요? 그까짓 검은 눈 때문에 제가 로테가 아니라고 하는 건 너무 심하지 않나요? 그런 언사는 저를 심하게 모욕하는 것 아닌가요?"

리머는 그녀가 눈물을 흘리는 걸 보고 당황했다. 노부인은 얼굴

---

[33] 여성 작가 조피 라 로슈의 딸이자 낭만주의 작가 베티나 브렌타노와 클레멘스 브렌타노의 어머니.

을 살짝 돌려서 표정을 감추려 했는데, 예쁘장한 코가 붉게 상기되었고, 입술이 떨리고 있었으며, 황망히 섬세한 손가락 끝으로 수예 주머니 속을 뒤적여서 손수건을 꺼내어 재빨리 깜박이는 물망초 빛깔의 눈에서 솟구치는 눈물을 닦았다. 아까 눈물을 흘릴 때도 그랬지만, 이번에도 속으로 감춘 다른 이유 때문에 울고 있다는 것을 박사는 다시 알아차렸다. 그녀는 자신에게 수모를 안겨주는 납득할 수 없는 경험 때문에 이미 한참 전부터 눈물이 마구 솟구치려 했지만, 속마음을 감추려는 여성 특유의 심리로 자신의 눈물에 더 단순하고도 다소 어처구니없는 의미를 부여하려고 얼른 영악하게 즉흥적인 대사를 꾸며냈던 것이다. 그녀는 가녀린 손으로 잠시 동안 손수건을 눈에 지그시 누르고 있었다.

리머가 말했다. "경애하는 부인, 그게 있을 법한 일입니까? 부인의 명예로운 지위를 그렇게 야비하게 의심한다고 해서 행여 부인께서 심란해하시거나 한순간이라도 속상해하실 필요가 있겠습니까? 지금 이 시간에 우리가 처해 있는 상황, 다시 말해 군중들이 우리를 에워싸고 있는 상황만 보더라도 알 수 있죠. 우리는 이런 상황을 참을성 있게, 제가 느끼기엔 유쾌한 기분으로 감내하고 있지요. 온 국민이 그 영원한 여성의 유일한 진정한 원형이 과연 어느 분인가를 알아보고 있으니 그 점은 추호도 의심할 여지가 없습니다. 제가 이런 말씀을 드리는 이유는 대작가 자신도, 단도직입적으로 말씀드리자면, 자서전 『시와 진실』의 제3부에서 그 점을 언급하고 있는 터에 어떻게 감히 부인의 품위를 추호라도 의심할 수 있겠습니까. 그 대목을 상기시켜드릴까요? 거기서 그분은 당연히 이렇게 말하지요. 모름지기 예술가는 여러 사람의 아름다움을 조합해서 하나의 비너스상을 만들어내거니와, 마찬가지로 예술가는 여러

아리따운 소녀들의 자질을 조합해서 로테를 만들어낼 권리가 있는 법이라고요. 그러면서 덧붙이기를, 하지만 중요한 특징들은 가장 사랑하는 그 여인으로부터 취했노라고 했지요. 존경하는 부인, 가장 사랑하는 여인이라고 했다니까요! 그리고 그곳이 누구의 집이고 어디 출신이며 성격과 용모가 어떠하고 얼마나 유쾌하게 활동적인 삶을 영위하고 있는가를 추호도 혼동할 여지가 없이 얼마나 섬세하고도 정확하게 묘사했습니까? 자서전의 12장을 보시기 바랍니다! 할 일 없는 자들이나 베르터의 로테가 가리키는 실제 인물이 과연 한명이냐 아니면 여러명이냐를 놓고 왈가왈부하라지요. 하지만 남자 주인공의 인생에서 가장 사랑스러운 감동을 안겨주는 에피소드들의 여주인공, 청년 괴테의 로테는 어떻든 단 한명뿐입니다, 존경하는 부인……"

그러자 샤를로테가 손수건으로 가렸던 얼굴을 드러내며 상기된 표정으로 미소를 지으며 말했다. "오늘 그 말을 벌써 들은 적이 있어요. 이 호텔의 수석급사 마거가 기회를 놓칠세라 주제넘게 이미 그런 말을 했지요."

그러자 리머가 차분하게 응답했다. "공공연한 진실에 대한 통찰을 소박한 사람들과 함께 나누는 것을 저는 반대하지 않습니다."

샤를로테는 가볍게 한숨을 내쉬고는 손수건으로 눈을 톡톡 누르면서 말했다. "근본적으로 보면 그렇게 흥분할 만한 진실도 아니지요. 저는 그 점을 분명히 유념하고 있어요. 하나의 에피소드에는 당연히 한명의 여주인공으로 족하겠지요. 하지만 수많은 에피소드가 있었지요. 그러니 여주인공이 여럿이라는 말도 나오는 것이죠. 제가 윤무輪舞의 대열에 끼어들었다고나 할까요……"

"불멸의 윤무지요!" 리머가 말을 거들었다.

샤를로테는 다시 고쳐서 말했다. "그 윤무에 끼어들 수밖에 없는 운명이었지요. 그런 운명을 탓할 생각은 없어요. 주위의 다른 사람들에 비하면 제 운명은 더 순탄했지요. 저는 운이 좋아서 굳건한 남편 곁에서 충만하고 생산적인 우리만의 인생을 살았으니까요. 우리 주위에는 생기 없고 슬픈 인생을 살았던 사람들도 있지요. 외롭고 비통하게 생을 마감했거나 일찍 요절하여 영면한 이들도 있고요. 그런데 그분은 자서전에서 쓰기를, 저와 작별할 때 비록 고통이 없지 않았지만 그래도 프리데리케[34]와 작별할 때보다는 더 순수한 양심으로 헤어졌노라고 했지요. 그렇지만 굳이 말하자면 저와 작별할 때도 어느정도 양심의 가책을 느꼈어야 마땅하지요. 제가 약혼한 처지라는 걸 담보로 삼아서 종작없는 구애로 저를 어지간히 괴롭혔고, 제 가슴이 터질 지경으로 힘들게 했으니까요. 그 사람이 떠나간 후에 우리가 그의 편지를 읽었을 때, 다시 우리 둘만 남게 되었을 때, 우리 같은 소박한 사람들은 우리끼리 얘기지만 너무 슬픈 심정이었고 하루 종일 그 사람 얘기만 했지요. 그래도 마음이 홀가분하긴 했어요. 그래요, 우린 홀가분한 심정이었어요. 그때 제가 무슨 말을 했는지 지금도 정확히 기억나요. 이제 우리에게 합당한 자연스럽고 정당하고 평온한 일상을 되찾게 되었고 영원히 우리의 본래 모습으로 돌아왔다는 믿음에 마음이 편안해졌던 것도 정확히 기억나요. 그런데 정말 사절하고 싶은 일이 벌어졌죠! 심각한 일은 그때부터 시작되었어요. 소설이 나왔으니까요. 저는 불멸의 연인이 되었고요. 그렇지만 단연코 제가 소설에 등장하는 유일한 여성은 아니었어요. 여럿이 함께 춤추는 윤무니까요. 그래도 제

---

34 괴테가 샤를로테를 만나기 전에 슈트라스부르크에 머물던 시절(1770~71)에 사랑했던 여성.

가 가장 유명한 여성이 되었고, 사람들은 저에 대해 가장 궁금해했지요. 하지만 이젠 문학사의 일부가 되었고, 연구와 순례의 대상이 되었고, 휴머니즘의 전당에서 군중들이 그 모습을 보려고 몰려드는 마돈나상이 되었지요. 이것이 제 운명이었어요. 다만 어떻게 여기까지 오게 되었을까 하고 자문하게 되지요. 그 여름 내내 저를 시험에 들게 하고 혼란스럽게 했던 그 청년이 너무 위대해졌기에 저도 덩달아 위대해진 걸까요? 그래서 당시 그가 종잡을없는 구애로 저를 몰아댔던 긴장 상태와 고통스러운 고양 상태에 평생토록 매여 있었던 것일까요? 제가 내뱉은 시시껄렁한 말들이 대체 뭐길래 그런 말을 한 사람으로 영원히 남아야 하지요? 그 당시 질녀와 함께 무도회로 가던 마차 안에서 우리는 이런저런 소설에 관한 이야기를 주고받았고, 그러고서 저는 즐겁게 춤을 추면서 이런저런 수다를 떨었지요. 그렇게 수다를 떨었던 말들이 수백년이나 전해지고 영원히 책에 기록될 줄은 꿈에도 생각 못했지요. 그럴 줄 알았으면 입을 다물고 있든지, 아니면 조금이라도 불멸에 어울리는 말을 할 걸 그랬어요. 아, 그 소설을 읽으면 창피해요, 박사님. 만인이 보는 앞에서 그렇게 초라한 모습으로 제단에 서 있다는 게 창피해요! 그 청년이 어차피 시인인 바에야 제 말을 좀더 이상적으로 근사하게 꾸며주었더라면 인류의 전당에서 제단에 세워진 인물로 더 잘 어울렸을 텐데요. 제가 원하지도 않았는데 저를 그런 영원의 세계로 끌어들였다면 그렇게 해주는 것이 그 사람의 의무가 아니었을까 싶네요……"

그녀는 다시 눈물을 흘렸다. 이미 울음을 터트린 적이 있으므로 눈물이 그만큼 더 쉽게 나오는 것이리라. 그녀는 자신의 운명을 도저히 받아들이기 어렵다는 뜻으로 고개를 설레설레 저으며 다시금 가녀린 손으로 손수건을 눈에 갖다 댔다.

샤를로테는 반장갑을 끼고 있는 다른 쪽 손을 수예 주머니, 우산 손잡이와 함께 무릎에 올려놓고 있었는데, 리머는 그녀의 손이 있는 쪽으로 몸을 숙여 자기 손을 그녀의 손 위에 가만히 올려놓았다.

리머가 말했다. "당시 부인의 사랑스러운 말이 그 청년의 가슴속에 불러일으킨 감동은 감수성이 있는 온 인류가 함께 공유할 것입니다. 그분은 시인으로서 그렇게 되도록 배려했던 것이고, 말 자체는 전혀 중요하지 않습니다."

그때 노크 소리가 들렸다. 그러자 리머는 조금 전까지의 부드럽게 위로하는 어조를 바꾸어서 침착함을 잃고 사무적으로 "들어오시오!"라고 말했다.

리머가 계속 말했다. "이제 그분의 고귀한 작품을 탄생시킨 한 시대를 풍미한 여성들의 이름들과 나란히 부인의 이름이 길이 빛날 것인즉 자부심을 갖고 이를 겸허히 받아들이시기 바랍니다. 교양 있는 사람들이라면 그런 여성들의 이름을 제우스의 연인들처럼 기억할 것입니다. 이 운명을 받아들이시기 바랍니다. 아니, 부인께선 이미 오래전부터 이 운명을 받아들이셨습니다. 저와 마찬가지로 부인께서는 그분을 통해 역사와 전설의 광채, 불멸의 광채를 발하는 그런 인간들, 남성들과 여성들, 소녀들 중의 일원이 된 것입니다. 마치 예수 주위의 인물들이 그러했듯이 말입니다…… 그런데 무슨 일인가?" 리머는 몸을 일으키면서 여전히 부드러운 어조로 물었다.

마거가 방 안에 들어와 있었다. 그는 주 예수가 거명되는 것을 들었던 터라 두 손을 맞잡은 채 서 있었다.

4장

샤를로테는 황급히 손수건을 핸드백에 집어넣었다. 그녀는 재빨리 눈을 깜박거리고 빠른 템포로 가볍게 흐느끼면서 붉게 상기된 코를 훌쩍거렸다. 그녀는 웨이터의 출현으로 방해받은 분위기를 이런 식으로 무마했다. 다시 나타난 웨이터를 대하는 그녀의 표정에는 노여움이 서려 있었다.

"마거! 어째서 그새 다시 온 거죠?" 그녀는 날카로운 어조로 물었다. "리머 박사님과 중요한 문제로 의논할 게 있으니 방해받고 싶지 않다고 말했던 것 같은데요!"

마거는 이의를 제기할 수도 있었지만, 그녀의 착각을 반박하지 않고 공손한 태도를 취하기로 했다.

마거는 그렇지 않아도 맞잡고 있던 손을 노부인을 향해 쳐들어 경의를 표하면서 그저 이렇게 말했다. "궁정고문관 부인, 제가 최대한 오래도록 방해가 되지 않도록 극단적인 상황에 이를 때까지 기다렸다는 것은 제발 너그러이 믿어주셨으면 합니다요. 하지만 유감스럽게도 결국 방해하지 않을 수 없는 상황이 되었습니다. 또 다른 손님이 벌써 40분 넘게 기다리고 있는데, 바이마르 사교계의 어떤 여성분이 부인을 뵙기를 고대하고 있습니다요. 기별을 더이상 미룰 수 없어서 박사님과 부인의 공평함을 믿고 소식을 알려드리기로 했습니다. 고매하고 선망의 대상이 되는 분들이 으레 그러하듯 부인께서도 틀림없이 시간과 호의를 골고루 나누어주셔서 많은 사람들을 공평하게 대하시는 데 익숙하시리라 믿었습니다만."

그러자 샤를로테가 일어서면서 말했다.

"너무 지나치군요, 마거. 그렇지 않아도 깜박 잠이 들어서 벌써 세시간째, 아니 얼마나 시간이 흘렀는지 모르겠지만, 어떻든 나 때문에 걱정하고 있을 친척을 찾아갈 생각이었어요. 그런데 또 새로운 손님을 맞으라고 재촉하는 건가요! 정말 너무하는군요. 커즐 양 때문에 이미 화를 냈고, 박사님 때문에도 화를 냈잖아요. 물론 알고 보니 박사님은 아주 특별한 용무로 오시긴 했어요. 그런데 나를 더 붙잡아둘 생각을 하다니요! 겉으로는 공손한 표정을 짓고 있지만 과연 정말 그런지 심각하게 의심하지 않을 수 없네요. 이런 식으로 나를 뭇사람들한테 넘겨주고 있으니 말이에요."

그러자 마거가 눈시울을 붉히며 말했다. "궁정고문관 부인, 부인께서 역정을 내시니 제 가슴이 찢어질 것 같습니다. 그렇지 않아도 신성한 의무들이 서로 갈등을 일으켜서 제 가슴은 찢어질 것 같습니다요. 우리의 저명하신 귀빈께서 방해받지 않도록 지켜드리려야 하는 제 의무가 어찌 신성하지 않겠습니까! 하지만 내내 저를 책망하시기 전에 부인께서 저희 호텔에 묵고 계시다는 소식이 나돌자 제발 부인을 알현하기를 학수고대하는 지체 높은 분들이 느끼는 감정도 저 같은 사람에겐 똑같이 신성하고 진실하다는 것을 너그럽게 헤아려주시기 바라옵니다."

그러자 샤를로테가 엄한 눈길을 보내면서 말했다. "그런데 그 소식이 과연 누구 입으로 짜하게 퍼졌는가 하는 문제부터 따져봅시다."

"찾아온 여성이 누구요?" 역시 일어서 있던 리머가 물었다. 마거가 대답했다.

"쇼펜하우어 양[1]입니다요."

그러자 박사가 말했다. "그래? 존경하는 부인, 그렇다면 이 정직한 친구가 소식을 알려준 것은 과히 잘못한 게 아니군요. 제가 설명을 드려도 된다면, 아델레 쇼펜하우어 양인데, 훌륭한 교육을 받은 젊은 여성으로 최고의 인사들과 교제하지요. 단치히 출신의 유복한 미망인으로 10년 전부터 우리 도시에 와서 살고 있는 요하나 쇼펜하우어 부인의 따님이지요. 쇼펜하우어 부인은 우리의 대작가를 존경하는 친구 사이기도 하고 부인 자신도 작가인데, 지성미가 넘치는 쌀롱의 주인이지요. 대작가분은 외출을 즐기던 시절에는 종종 그 쌀롱에서 저녁시간을 보내곤 했답니다. 너그럽게도 부인께서는 우리가 나눈 대화가 제법 흥미로웠다고 하셨지요. 이로 인해 너무 피곤하지만 않으시다면 쇼펜하우어 양에게 잠시라도 시간을 내주십사 추천해드리고 싶습니다. 그렇게 하시면 감수성이 풍부한 그 젊은 여성의 가슴에 고귀한 선물을 안겨주시는 셈이고, 그뿐 아니라 우리 바이마르의 형편과 상황에 관해 여러모로 유익한 정보를 얻을 수 있는 기회가 될 것입니다. 장담할 수 있습니다. 저

---

1 철학자 쇼펜하우어의 여동생.

처럼 고독한 학자와 나누는 대화에 비하면 확실히 더 좋은 기회가 될 것입니다." 리머는 미소를 지으며 말했다. "어떻든 이제 저는 자리를 비워드리겠습니다. 제가 너무 오래 시간을 빼앗은 것을 자책하지 않을 수 없군요."

그러자 샤를로테가 대꾸했다. "박사님은 너무 겸손하세요. 시간을 내주셔서 감사해요. 오늘 나눈 대화는 소중하게 간직할게요."

샤를로테는 리머에게 손을 내밀었고, 리머는 몸을 숙여 다정하게 그녀의 손에 입을 맞추었다. 그러는 사이에 마거가 말을 거들었다. "제가 감히 곁다리로 확인해드리자면 두시간이 경과했습니다요. 이런 식으로 가다가는 점심식사가 다소 지체될 테니 궁정고문관 부인께서는 제가 쇼펜하우어 양을 모셔오기 전에 간단한 요기로 원기를 회복하시면 어떨까 합니다만. 맑은 육수에 비스킷을 드시든지 헝가리 포도주를 가볍게 한잔하시면 어떨까요."

그러자 샤를로테가 말했다. "요기 생각은 없어요. 게다가 기운도 넘쳐요. 안녕히 가세요, 박사님! 가까운 시일 내에 다시 뵐 수 있기 바라요. 그리고 마거, 쇼펜하우어 양을 정중하게 모셔오도록 해요. 하지만 분명히 말해두는데, 그 아가씨를 면담할 수 있는 시간여유가 단 몇분밖에 없다는 것도 미리 일러줘요. 단 몇분도 나를 기다리는 사랑하는 친척한테 할애해야 할 시간을 무책임하게 빼앗는 것임을 명심하세요."

"여부가 있겠습니까, 궁정고문관 부인! 그런데 한가지 상기시켜드려도 된다면, 식욕이 없다고 해서 반드시 식사를 하지 않아도 좋다는 뜻은 아닙니다요. 허락해주신다면 간단한 요기를 추천해드리고자 합니다만…… 그럼 확실히 몸에 좋을 텐데요. 게다가 그러면 제 친구인 시ㅠ 경비병 뤼리히의 제안을 실행하기도 수월할 것입니다…… 그 친구는 동료 한명과 함께 저희 호텔 앞에서 질서 유지 업무를 맡고 있는데, 조금 전에 현관으로 저를 찾아왔습니다. 그 친구 말로는 이 도시의 군중들이 궁정고문관 부인을 한번이라도 볼 수 있게 해준다면 그들을 돌려보내기가 더 수월할 거라고 하더군요. 그러면 만족해서 흩어질 테니까요. 그러니까 부인께서 호텔 현관 언저리나 열린 창문 사이로 잠시라도 사람들한테 모습을 보여주시도록 허락해주신다면 그 친구들이 당국의 뜻을 받들어 공공질서를 잡도록 하겠노라고……"

"절대로 안돼요, 마거! 어떤 상황에서도 안돼요! 정말 어처구니없는 발상이군요! 일장 연설이라도 하라는 건가요? 안돼요, 절대로 나서지 않아요! 나는 세력가가 아니라고요……"

"그 이상이지요, 궁정고문관 부인! 세력가보다 훨씬 더 고매한 분이시죠. 오늘날 우리의 문화 수준도 상당히 높아서 세력가를 보겠다고 군중이 몰려들지는 않습니다요. 부인께서는 우리 정신생활의 빛나는 별이십니다."

"말도 안돼요, 마거. 군중은 천박한 호기심 때문에 몰려든 것이고 근본적으로 정신적인 문제에는 신경도 쓰지 않아요. 그런데도 나더러 그런 군중을 제대로 알아보라고 가르치려 들다니. 그건 얄팍한 속임수라고요. 손님 면담이 끝나면 좌우 돌아보지 않고 나갈 거예요. 모습을 '보여준다'는 건 어림도 없어요."

"궁정고문관 부인께서 알아서 판단하실 일입지요. 하지만 이런 말씀을 드려서 죄송합니다만, 가볍게 요기라도 하시면 사태를 다른 관점에서 보실 수도 있을 텐데요…… 그럼 물러가겠습니다요. 쇼펜하우어 양에게 말씀을 전해드리겠습니다."

샤를로테는 잠시 혼자 있는 틈을 이용해서 창문 쪽으로 가서 면사 커튼을 모아쥐고서 그 틈새로 바깥 동정을 살폈다. 광장 풍경은 여전히 모든 게 먼젓번과 똑같았고 호텔 입구를 에워싸고 있는 인파도 거의 줄어들지 않았다. 바깥 동정을 살피는 동안 그녀의 머리가 심하게 떨렸고, 괴테의 조수 리머와 오래도록 열띤 대화를 나눈 탓에 뺨은 발갛게 달아올랐다. 그녀는 몸을 돌리면서 양쪽 손등을 뺨에 갖다 대고서 눈이 침침할 정도로 달아오른 열기를 가늠해보았다. 어떻든 활기가 넘친다고 했던 말은 틀린 말은 아니었지만, 그러면서도 이런 활기가 어쩌면 소모성 질환의 조짐은 아닐까 하고 반신반의했다. 그녀는 속을 터놓고 싶은 마음과 열에 들떠서 말을 쏟아놓고 싶은 기분에 사로잡혔고, 대화를 더 계속하고 싶은 조바심에다 평소와 달리 달변의 자신감에 차 있었기에 아무리 까다로운 화제도 능히 감당할 수 있을 것 같았다. 그녀는 막 새로운 손님이 들어오는 출입문 쪽을 호기 있게 바라보았다.

마거가 들여보낸 아델레 쇼펜하우어는 몸을 한껏 숙여서 깍듯이 인사를 했고, 샤를로테는 손을 건네서 다정하게 그녀를 일으켜 세웠다. 샤를로테가 어림하기로는 20대 초반으로 보이는 이 젊은 아가씨는 전혀 예쁘지는 않았지만 지적인 인상을 주었다. 연푸른 색 눈이 사시斜視라는 걸 금방 알아볼 수 있었는데, 그녀는 첫 순간부터 줄곧 눈을 자주 깜박거리거나 혹은 민첩하게 사방을 둘러보거나 위쪽을 쳐다보는 식으로 사시를 감추려고 애썼다. 그런 모습은 신경이 예민한 지성인이라는 인상을 주었다. 그리고 입술이 얇고 길쭉한 입은 영리해 보이는 미소를 띤 채 세련된 언변에 능할 거라는 인상을 풍겼는데, 그런 표정은 길쭉한 코와 역시 길쭉한 목, 그리고 슬퍼 보일 만큼 커다란 귀를 살짝 흘려 보게 하는 구실을 했다. 귀 언저리로는 땋아올린 애교머리가 예쁜 장미꽃으로 장식한 독특한 모양의 밀짚모자 아래로 삐져나와서 뺨으로 흘러내리고 있었다. 아가씨의 외모는 볼품이 없었다. 살결이 희고 펑퍼짐한 가슴은 위로 세운 주름 장식이 빈약한 어깨와 등을 감싸고 있는, 소매가 짧은 고급 삼베 코르셋에 가려서 보일락 말락 했다. 가는 팔의 끝자락에 끼고 있는 망사 반장갑은 앙상하고 불그스레한 손가락과 흰 손톱을 드러내고 있었다. 그녀는 양산을 들고 있었고, 두루마리처럼 생긴 작은 상자 외에도 작은 꽃 몇송이를 포장지로 감싼 꽃다발도 들고 있었다.

쇼펜하우어 양은 곧장 말을 하기 시작했는데, 문장과 문장 사이에 쉬지도 않고 빠른 어조로 나무랄 데 없이 유창하게 말했다. 샤를로테는 그녀의 영리해 보이는 입에서 유창한 말이 나올 거라고 익히 예상했던 터였다. 그녀는 말을 할 때 입가에 침이 고였는데, 작센 사투리가 다소 섞인 유창한 달변이 술술 흘러나왔기에 샤를로테는 이미 달아오른 자신의 발언 욕구가 과연 계산대로 먹혀들지 은근히 걱정되었다.

아델레가 말했다. "궁정고문관 부인, 부인께 충정을 바칠 수 있는 행운을 선뜻 너그러이 베풀어주셔서 감사드립니다. 정말 뭐라고 감사드려야 할지 모르겠어요." 그러고서 그녀는 쉬지 않고 말을 계속했다. "보잘것없는 저의 마음을 담아 감사드릴 뿐 아니라, 또한 문예애호가 모임의 이름으로 감사드립니다. 문예애호가 모임의 위임을 받지는 못했는데, 미처 그런 결의를 할 겨를이 없었기 때문입니다. 어떻든 부인께서 왕림하신 감격적인 경사에 즈음하여 우리 모임의 정신과 아름다운 단합은 멋지게 입증되었답니다. 우리 회원들 중에 리네 에글로프슈타인 백작 부인이 있는데, 저와 절친한 그 친구가 하녀한테서 이 기쁜 소식을 전해듣고서 지체 없이 바로 저한테도 알려주었답니다. 무제리네에게 감사하는 뜻에서라도 제가 구상 중인 계획에 관해 알려줘야 한다고 제 양심이 저에게 속삭였지요. 죄송해요, 무제리네는 리네 에글로프슈타인이 회원들 사이에서 불리는 애칭인데, 우리는 모두 그런 이름들을 갖고 있답니다. 부인께 그 이름들을 대면 웃으시겠지만요. 어떻든 그녀는 십중팔구 우리의 결심에 동참했을 거예요. 하지만 제가 실제로 결심을 한 것은 그녀가 떠나간 다음이었어요. 그리고 저는 궁정고문관 부인께서 바이마르에 오신 것에 일단 저 혼자서 환영인사를 드리고 단둘이 얘기를 나누고 싶었는데, 그럴 만한 중대한 사유가 있습니다…… 우선 부인께 과꽃과 참제비고깔꽃, 베두니아꽃 몇송이와 함께 이 고장 사람들의 수공예 열정을 살짝 엿보실 수 있는 이 보잘것없는 습작을 드려도 될까요?"

"이봐요, 귀여운 아가씨" 하고 샤를로테는 재미있다는 듯이 대꾸했다. 아델레가 피튜니아꽃을 '베두니아'²꽃이라고 발음해서 웃음이 나왔는데, '무제리네'³라는 말도 우스웠기에 유쾌한 기분을 굳이 감출 필요도 없었다. "귀여운 아가씨, 매력적인 선물이네요. 이렇게 고상한 취향으로 색깔을 조합하다니! 이 멋진 꽃들에 물을 주도록 해야겠어요. 정말 아름다운 피튜니아로군요." 샤를로테는 다시 웃음이 나왔다. "이렇게 아름다운 꽃은 처음 봐요……"

아델레가 대꾸했다. "이곳은 꽃의 고장이에요. 우리는 꽃을 예뻐한답니다." 그러면서 그녀는 벽감에 놓여 있는 석고상 쪽으로 눈길을 주었다. "에르푸르트의 화초 재배술은 벌써 수백년 전부터 세계적인 명성을 얻었지요."

---

2 '베두인족 사람'으로 오인할 수 있는 발음.
3 '무슬림 여성'으로 오인할 수 있는 발음.

"매력적이네요!" 샤를로테가 거듭 말했다. "그리고 바이마르의 수공예 열정이라 일컬은 이 작품은 어떤 것이죠? 나는 호기심 많은 노파라서……"

"아, 제 표현이 너무 완곡했군요. 그저 장난삼아 만들어본 거예요, 궁정고문관 부인. 제 손으로 직접 만든 작품인데, 보잘것없지만 환영의 선물로 드리고 싶어요. 상자를 묶은 노끈을 푸는 것을 도와드릴까요? 이렇게 돌리시면 돼요. 씰루엣을 오려붙인 거죠. 검은색 광택지를 오려서 꼼꼼히 흰색 갑에다 붙였어요. 보시다시피 여러 인물상을 모은 것이죠. 바로 우리 문예애호가 모임의 회원들이에요. 제 능력이 닿는 대로 실물 초상화처럼 그렸죠. 여기 이 사람이 제가 말씀드린 무제리네, 리네 에글로프슈타인인데, 노래를 기막히게 잘 부르고 우리의 대공비이자 왕세자비께서 총애하시는 여성이랍니다. 이쪽은 그녀의 아름다운 여동생 율리인데, 율레무제라 불리는 화가예요. 여기 뒤쪽에 있는 사람이 저인데, 아델무제라 불리죠. 이제 곧 아시게 되겠지만 그저 듣기 좋으라고 붙인 이름은 아니랍니다. 그리고 저와 팔짱을 끼고 있는 여성은 틸레무제인데, 본명은 오틸리에 폰 포그비슈라고 해요. 정말 머리가 예쁘죠, 그렇죠?"

"정말 예쁘군요." 샤를로테가 말했다. "정말 예쁘고, 믿기지 않을 만큼 모두 실물과 흡사해요! 이봐요, 아가씨의 솜씨에 탄복해요. 어떻게 이런 걸 만들 수 있지요! 여기 섬세한 옷 주름과 작은 단추들, 테이블과 의자의 다리, 곱슬머리, 섬세한 코에 눈썹까지! 한마디로 너무나 비범한 솜씨예요. 나는 일찍부터 오려붙이기 수공예를 높이 평가해왔는데, 이 수공예가 쇠퇴한 것은 우리의 가슴과 감성을 메마르게 하는 손실로 한탄할 일이라고 늘 말해왔지요. 그랬기에 확실히 비범한 타고난 자질을 발전시켜서 최고의 수준으로 끌어올린 정성 어린 열성에 더더욱 경탄하게 되네요."

"이 고장에서는 재능을 개발하기 위해 노력해야 한답니다. 무엇보다 재능이 있어야 해요." 젊은 아가씨가 응답했다. "그렇지 않으면 사교계에서 인정받을 수 없고, 아무도 주목해주지 않거든요. 여기서는 누구나 예술에 매진하는데, 좋은 풍속이죠. 정말 좋은 풍속이죠, 그렇죠? 나쁜 풍속도 얼마든지 있으니까요. 저는 어릴 적부터 사랑하는 엄마를 훌륭한 모범으로 삼았어요. 엄마는 이곳으로 오기 전부터 작고하신 아버지가 살아 계시던 시절에 이미 그림 그리기를 곧잘 하셨는데, 여기에 와서야 비로소 그림 소질을 본격적으로 연마하기 시작했답니다. 게다가 피아노 연주에도 열정을 쏟아서 저한테 솔선수범이 되셨고, 그밖에도 지금은 작고하신 페르노 선생님한테서, 로마에 오래 체류했던 미술사가 페르노 말인데요, 이딸리아어를 배우기도 했답니다. 제가 소소하게 문학창작 습작을 하는 것도 늘 아주 세심하게 지켜봐주셨지요. 비록 엄마 자신은 문학창작을 하는 데까지는 여력이 닿지 않았지만요. 적어도 독일어로는 글을 쓰지 않았어요. 하지만 실은 페르노 선생님의 지도하에 언젠가는 뻬뜨라르까풍의 쏘네트 한편을 이딸리아어로 완성한 적이 있답니다. 정말 경탄할 만한 여성이지요. 엄마가 여기에 정착하고서 눈 깜짝할 사이에 당신의 쌀롱을 최고 지성인들의 집결지로 만들었으니까 당시 열서너살이던 제가 그걸 보고 얼마나 큰 감명을 받았겠어요. 제가 그나마 이 정도로 씰루엣 예술을 익힌 것도 엄마 덕분이고 엄마의 모범에서 배운 덕분이랍니다. 엄마는 그때나 지금이나 화초 그림을 오려붙이는 수공예의 달인이어서 추밀고문관 어른도 우리 집 다과 모임에서 엄마가 오려붙인 화초 그림들을 감상하면서 너무나 흡족해하셨답니다……"

"괴테가 그랬다고요?"

"그럼요. 엄마가 작심을 하고 난로의 방열용 칸막이를 온통 오려붙인 화초로 장식할 때까지 그분은 쉬지 않고 직접 엄마가 오려붙이는 작업을 열성적으로 거들어주셨지요. 그분이 그렇게 장식이 완료된 난로 칸막이 앞에 30분 동안이나 가만히 앉아서 감탄하곤 했던 장면이 지금도 눈에 선해요……"

"괴테가 그랬다고요?"

"그럼요! 예술적 공력과 온갖 부류의 솜씨를 투입한 모든 수공예품과 창작물, 요컨대 인간의 손으로 빚어낸 작품에 쏟아붓는 그분의 애정은 정말 감동적이랍니다. 그분의 이런 면모를 알지 못하면 그분을 제대로 안다고 할 수 없죠."

그러자 샤를로테가 말했다. "아가씨 말이 옳아요. 나도 그 양반의 그런 면모를 잘 아는데, 나이가 들어서도 여전히 그렇다는 걸 이제 알겠어요. 청년기의 모습 그대로군요. 우리가 젊었던 시절 당시 베츨라어에서 내가 형형색색의 비단으로 자수를 놓은 소품들을 보고 그 양반은 기뻐했고, 내 화첩에 있는 자수의 밑그림 중 상당수는 그 양반이 지극정성으로 거들어주었지요. 끝내 완성하지 못한 '사랑의 전당' 밑그림도 생각이 나요. 그 '사랑의 전당' 그림에서는 순례를 마치고 귀향하는 여인이 계단을 오르면서 여자 친구의 영접을 받는데, 그 양반이 이 그림의 구성에 크게 일조했더랬죠……"

"천상의 장면이에요!" 여성 내방객이 소리쳤다. "어쩜, 그런 사연이 있었다니요, 경애하는 궁정고문관 부인! 제발, 어서 더 얘기해주세요!"

샤를로테가 대꾸했다. "이봐요, 그렇게 계속 서서 이야기할 수는 없잖아요. 편히 앉으라고 권한다는 걸 깜박 잊을 뻔했네요. 그렇지 않아도 너무 오래 기다리게 해서 미안한데, 그렇게 주의 깊게 경청해주고 이런 멋진 선물까지 받으니 더더욱 무안하네요."

"미리 단단히 각오하고 왔는걸요." 아델레는 대답을 하면서 노부인 옆자리 발판이 달린 소파에 자리를 잡았다. "제가 부인을 선망하는 군중들을 막기 위한 차단선을 뚫고 부인을 뵈러 온 유일한 사람도 아니고 첫번째 사람도 아닌걸요. 두분께선 분명히 흥미진진한 대화를 나누고 계셨겠지요. 저는 리머 삼촌이 나가실 때 인사를 했거든요……"

"뭐라고요, 그 사람이 아가씨의 삼촌이라고요?"

"아, 진짜 삼촌은 아니에요. 어릴 때부터 그렇게 불렀어요. 엄마가 일요일과 목요일마다 주선했던 차 모임에 오는 고정 손님이나 단골손님은 모두 그렇게 불렀지요. 마이어 부부, 쉬체 부부, 팔크 부부, 테렌티우스[4]를 번역한 아인지델 남작, 크네벨 소령, 『일반 문학 신문』을 창간한 공사관 참사관 베르투흐, 그림, 뮈클러 후작, 슐레겔 형제, 사비니 부부 등등! 이 모든 분들을 삼촌과 숙모라고 불렀어요. 심지어 빌란트 선생님도 삼촌이라고 했지요."

"그럼 괴테도 그렇게 불렀겠네요?"

"그분은 아니었어요. 하지만 추밀고문관 부인은 숙모라고 불렀어요."

"불피우스 말인가요?"

"예, 바로 얼마 전에 작고하신 괴테 부인요. 그분은 결혼식을 올리자마자[5] 부인을 데리고 우리 집에 왔는데, 엄마한테만 인사를 시켰지요. 어디서나 그렇듯이 그런 분을 합석시키는 것은 좀 어려웠

---

4 고대 로마의 시인.
5 괴테는 1788년부터 불피우스와 동거를 하다가 1806년에 정식 결혼식을 올렸다.

으니까요.[6] 심지어 그 위대한 분 자신은 거의 우리 집에만 출입을 했다고 할 수 있어요. 궁정과 사교계에서는 그분이 고인과 동거생활을 하는 것은 묵인해주었지만 정식으로 법률상 결혼을 한 것에는 화를 냈거든요."

"그럼 슈타인 남작 부인[7]도 화를 냈겠네요?" 샤를로테는 다소 상기된 표정으로 물었다.

"그분이 가장 많이 화를 냈지요. 적어도 두 사람 사이의 관계를 법적으로 승인하는 것에는 아주 못마땅해하는 심기를 드러냈지요. 사실 두 사람의 관계 자체가 그분에겐 일찍부터 민감한 걱정거리였거든요."

"그런 심정은 이해할 만해요."

"아, 그럼요. 하지만 다른 측면에서 보자면 우리의 대작가께서 그 불쌍한 분을 정식 부인으로 맞이한 것은 아주 잘한 일이지요. 부인은 1806년에 프랑스군이 들이닥쳐서 끔찍했던 나날에도 지조 있고 용감하게 그분의 편에 섰지요. 그런 모진 풍파를 함께 겪었으니 그분은 하느님 앞에서나 사람들 앞에서나 두 사람이 떳떳하게 하나가 될 수 있다고 생각했던 것이지요."

"그녀의 행실이 여러모로 문제가 있었다고 하던데 사실인가요?"

"예, 상스러웠지요." 아델레가 말했다. "자고로 고인에 관해서는 좋게 말해야 한다고 하지만, 아주 상스러웠어요. 게걸스럽고, 불콰한 얼굴이 투실투실했고, 춤을 광적으로 좋아했고, 술도 도를 넘게 좋아했지요. 그녀 자신이 한창나이를 넘기고도 노상 희극배우들이나 젊은이들과 어울렸고, 노상 가면무도회와 향응을 벌였고, 썰매

---

6 괴테의 부인은 평민 출신이어서 귀족들의 사교 모임에 합석하기 어려웠다는 뜻.
7 열렬한 괴테 숭배자이자 연인.

를 타거나 대학생들과 공놀이를 했지요. 그래서 심지어 예나의 껄 렁한 젊은이들이 추밀고문관 부인한테는 그 어떤 짓궂은 장난을 쳐도 무방하다고 생각할 지경이 되었답니다."

"그런데 괴테가 그런 행실을 너그럽게 봐주었나요?"

"그분은 그저 못 본 체하고 웃어넘겼지요. 아마도 그렇게 하신 게 가장 현명한 처사였을 거예요. 심지어 부인이 그렇게 고삐가 풀 리도록 어느정도는 조장했다고 할 수도 있어요. 제 짐작에는 아마 그렇게 해서 자신의 감정도 자유롭게 발산할 권리를 확보하려고 했기 때문이 아닐까 싶어요. 천재적인 시인이 창작의 영감을 오로 지 자신의 결혼생활에서만 길어올릴 수는 없을 테니까요."

"아가씨는 매우 대범하고 강인한 정신적 관점에서 판단할 줄 아 는군요."

"바이마르 여성이니까요." 아델레가 말했다. "여기서는 사랑의 감정을 중시해서, 아무리 예의범절을 존중해도 사랑의 감정에는 상당한 재량권을 인정해준답니다. 우리 사교계에서 추밀고문관 부 인이 상스럽게 인생을 즐기는 처신을 비판할 때도 도덕적 관점보 다는 미학적 관점이 더 크게 작용한다고 할 수 있어요. 하지만 부 인을 온당하게 평가하자면, 그녀가 나름의 방식으로는 고귀한 남 편에 어울리는 훌륭한 아내라 하지 않을 수 없어요. 그분이 늘 신 경을 써야 하는 신체적 건강을 언제나 성실히 챙겨주었고, 창작 여 건을 극진히 배려해주었지요. 정작 그녀 자신은 창작에 관해서는 아무것도, 단 한마디도 이해하지 못했고, 정신적인 것은 그녀에겐 삼중으로 차단된 비밀의 정원이나 다름없었지만요. 그럼에도 그분 의 창작이 세상에서 어떤 의미를 갖는가에 대해서는 외경 어린 이 해심이 있었지요. 그분은 결혼식을 올린 후에도 젊은 시절의 생활

습관을 버리지 못하고 연중 대부분은 예나, 카를스바트, 테플리츠 등지에서 혼자 생활을 했지요. 금년 6월에 부인이 경련으로 사망했을 때는 그분 자신도 바로 그날도 몸져누워 있었을 정도로 이미 오래전부터 건강이 오락가락했지요. 부인은 아름답기는커녕 흉하다고 할 정도로 생기발랄함의 대명사였는데 말이에요. 부인은 낯선 간병인의 품에서 돌아가셨는데, 사람들 말로는 부인이 돌아가시자 고인의 침상에 엎드려서 이렇게 외쳤다고 해요. '당신이 이렇게 갈 수는 없어, 절대로 갈 수 없어!'"

샤를로테는 침묵을 지켰고, 그래서 대화가 중단되는 걸 참지 못하는 문화에 익숙했던 내방객은 재빨리 다음 이야기로 넘어갔다.

아델레가 말했다. "어떻든 이곳 사교계를 통틀어 유일하게 엄마가 그 부인을 받아주고 세심하게 배려해서 부인이 조금도 당황하지 않도록 신경 써주었는데, 그건 매우 현명한 처사였지요. 덕분에 그 위대한 분은 엄마의 우아한 쌀롱에 더욱 확고한 유대감을 갖게 되었고, 당연히 쌀롱의 주된 매력도 바로 그분 자신이 만들어갔으니까요. 또 엄마는 불피우스를 '숙모'라고 부르도록 저를 독려했어요. 하지만 괴테는 한번도 '삼촌'이라고 부른 적이 없지요. 그건 사리에 맞지 않으니까요. 물론 그분은 저를 좋아했고 저와 함께 장난도 곧잘 쳤답니다. 저는 그분이 불을 밝혀서 들고 온 등불을 불어서 끄기도 했고, 그분은 제 장난감을 보여달라고도 했는데, 제가 좋아하는 인형과 에코세즈[8]를 추기도 했답니다. 그럼에도 그분은 삼촌이라고 부르기엔 너무 대단한 명망가였어요. 저만 그렇게 생각한 게 아니고 어른들도 그렇게 생각한다는 걸 알 수 있었지요. 그

---

8 스코틀랜드 민속춤.

분이 오면 흔히 말이 뜸해지고 묘하게 어색한 분위기가 감돌았으니까요. 그분은 자기 테이블에 조용히 혼자 앉아서 뭔가를 그리곤 했는데, 그런 식으로 쌀롱의 분위기를 압도했지요. 그저 모든 것이 그분한테 맞춰져야 했고, 그분은 좌중에게 전권을 행사했는데, 그분이 전제군주 같았기 때문이라기보다는 다른 사람들이 그분에게 굽히고 들어가서 그분이 전제군주 노릇을 하도록 부추겼기 때문이지요. 그런 식으로 그분은 전제군주 노릇을 했고, 좌중을 제압했지요. 탁자를 탁탁 치면서 이런저런 지시를 내렸고, 스코틀랜드 담시를 낭송해주면서 여성들이 후렴구를 매번 합창으로 따라하도록 시켰지요. 그러다가 행여 어떤 여성이 웃음을 터트리기라도 하면 눈을 부라리며 '이제 낭송은 그만하겠습니다'라고 했고, 그러면 엄마가 나서서 앞으로는 잘 교육하겠노라고 다짐을 하는 등 상황을 호전시키기 위해 갖은 애를 썼답니다. 그런가 하면 장난도 곧잘 쳤는데, 겁이 많은 여성한테 무시무시한 유령 이야기를 해주어서 거의 까무러칠 지경으로 겁을 준 적도 있답니다. 그분은 워낙 골려먹기를 좋아했어요. 지금도 기억나는데, 어느날 저녁에는 나이 지긋한 빌란트 삼촌을 노발대발하게 만들었어요. 빌란트의 말에 사사건건 시비를 걸었는데, 무슨 확신을 갖고 그런 게 아니고 그저 장난으로 억지주장을 늘어놓았던 거예요. 그런데 빌란트는 진지하게 받아들여서 몹시 화를 냈고, 그러자 괴테의 수행비서 마이어와 리머가 진정시킨답시고 불손하게 '빌란트 선생님, 이러시면 안됩니다'라고 타일렀지요. 어린 소녀였던 제가 느끼기에도 그건 사리에 맞지 않았어요. 다른 사람들도 그렇게 느꼈을 텐데, 괴테만 아니었어요. 참 이상하죠."

"그래요, 이상하군요."

아델레가 말을 계속했다. "제가 줄곧 받았던 인상은, 사람들이 무리를 지으면, 특히 우리 독일인들이 무리를 지으면 누군가에게 복종하려는 충동이 발동해서 그들의 주인이나 총애하는 사람들 자신을 망쳐놓아서 우월감을 남용하도록 부추긴다는 거였어요. 그러면 결국 양쪽 모두 유쾌할 수가 없게 되죠. 한번은 괴테가 저녁 내내 밑도 끝도 없는 장난을 쳐서 좌중을 완전히 녹초로 만든 적이 있어요. 그가 새로 집필 중이어서 아직 아무도 모르는 희곡들 중 일부를 시험 삼아 읽어주면서 그런 단편적 부분들을 근거로 작품의 내용을 알아맞혀보라고 억지를 부렸답니다. 그건 불가능했지요. 모르는 인물이 너무 많이 나오는 숙제여서 아무도 맥락을 파악하지 못했고, 갈수록 뜨악해하는 기색이 역력했고 하품도 점점 더 잦아졌지요. 그래도 그분은 고집을 꺾지 않았고 좌중 전체를 줄곧 지루한 장난으로 괴롭혔지요. 그래서 사람들은 이 양반이 지금 좌중에게 얼마나 심한 억지를 부리고 있는지도 느끼지 못한단 말인가 하고 의아해했지요. 그래요, 그분은 그걸 느끼지 못했어요. 그분이 느끼지 못하도록 사람들이 버릇을 잘못 들인 것이죠. 그런데 그런 끔찍한 장난을 치면서도 정작 그분 자신은 죽도록 지루해하지 않았다는 게 정말 믿기지 않는 일이죠. 전횡이라는 것은 확실히 지루한 것이지요."

"아가씨 말이 맞는 것 같아요."

아델레가 덧붙여 말했다. "그런데 제 생각에 그분의 천성은 전제군주가 아니라 오히려 사람을 좋아하는 호인이죠. 그분이 사람들을 웃기기를 특히 좋아했고 그런 재주가 탁월했다는 사실에서 그 점을 분명히 알아차릴 수 있었어요. 그런 자질을 가진 사람이 전제군주일 리는 없죠. 그분은 낭송을 하거나 격의 없이 이야기를 해주거나 우스운 일이나 사람을 묘사할 때도 그런 자질을 발휘했지요. 그분의 낭송이 썩 훌륭하다고 할 수는 없었는데, 그건 모두가 아는 사실이었지요. 물론 언제나 기꺼이 그분의 듣기 좋은 저음 목소리에 귀를 기울였고, 그분의 감동 어린 표정을 즐겁게 바라보긴 했지요. 하지만 첫 대목부터 곧잘 너무 격정적인 톤에 빠졌고, 열변을 토하고 우레 같은 소리를 질러서 늘 듣기 좋지는 않았어요. 반면에 코믹한 대사를 낭송할 때는 절도 있게 아주 대범한 솜씨를 발휘했는데, 절묘한 관찰력으로 정확하게 낭송해서 모두가 매료되었지요. 그리고 재미있는 일화를 여흥 삼아 들려주거나 황당무계한 환상적인 이야기를 직접 본 듯이 몰입해서 들려줄 때도 그랬지요. 그럴 때면 우리 모두 그야말로 눈물이 쏙 빠지도록 웃어댔지요. 그런데 특이하게도 그분의 작품을 보면 전반적으로 인물묘사가 아주 신중하고 섬세함이 두드러진데, 그래도 어디에선가는 슬며시 미소를 자아내는 대목이 나오지요. 하지만 폭소를 유발하는 대목은 제가 알기로는 없어요. 그런데 그분은 개인적으로는 자신의 퍼포먼스에 사람들이 포복절도하는 걸 가장 좋아하거든요. 한번은 빌란트 삼촌이 냅킨으로 머리를 가린 채 제발 잠 좀 자게 해달라고 애원하는 것을 본 적도 있답니다. 도저히 잠을 청할 수 없었고, 그 자리에 있던 좌중이 모두 웃느라고 숨이 막힐 지경이었으니까요. 그런데 그런 상황에서도 그분 자신은 상당히 진지한 태도를 취하곤 했지요. 그분은 특이하게도 눈을 반짝이면서 즐거운 호기심으로 좌중의 폭소와 전반적으로 유쾌한 분위기를 유심히 관찰하곤 했지요. 그렇게 많은 일을 겪고 감내하고 수행한 엄청난 분이 사람들로 하여금 배꼽을 잡고 웃게 만드는데, 저는 그게 대체 무엇을 뜻하는지 종종 곰곰이 생각해보았답니다."

"그건 이런 거예요." 샤를로테가 말했다. "그 양반이 여전히 젊다는 뜻이고, 인생에서 위대한 일도 이루고 아주 심각한 일도 겪었지만 언제나 웃음을 잃지 않았다는 뜻이지요. 그래서 나는 그런 걸이상하게 생각하지 않고, 높이 평가해요. 젊은 시절에 우리는 함께무척 많이도 웃었지요. 둘이서, 셋이서. 그리고 그 양반이 나를 고통에 빠뜨리고 그 자신도 우울증에 빠지려는 찰나에 그 양반은 마음을 다잡고 분위기를 반전시켜서 익살을 떨어서 아가씨 어머니의다과 모임에 오는 사람들과 똑같이 우리가 웃음을 터트리게 만들었지요."

"오, 계속 말씀해주세요, 궁정고문관 부인!" 젊은 아가씨가 부탁했다. "둘이서, 셋이서 함께했던 불멸의 젊은 시절에 관해 더 얘기해주세요! 저는 어쩌면 이렇게 바보 같을까요? 이렇게 대단한 분인 줄 알았기에 부인을 뵙고 싶은 마음을 억누를 수 없어서 달려왔답니다. 지금 소파에 함께 앉아 계신 분이 얼마나 대단한 분인지생각하면 기절할 것만 같아요. 부인의 말씀을 듣고서야 겨우 알아차리겠어요. 놀라 자빠질 지경이에요. 오, 그 시절에 관해 계속 얘기해주세요, 제발 부탁이에요!"

그러자 샤를로테가 말했다. "오히려 아가씨 얘기를 듣고 싶어요.아가씨 얘기를 들으니 너무 좋아서 그렇게 오래 기다리게 한 것을거듭 자책하게 되고, 아가씨의 인내심에 다시금 감사하지 않을 수없어요."

"오, 인내심이라니요…… 고매한 부인을 뵙고 어쩌면 여러모로제 속마음도 털어놓을 수 있지 않을까 하는 조바심으로 속이 탔는걸요. 그런 조바심 때문에 꾹 참고 기다렸으니 딱히 칭찬받을 일은아니죠. 흔히 도덕적인 문제는 열정의 산물이자 수단이고, 이를테면 예술이란 조바심을 견디며 참아내기 위한 고도의 수련장이라 할 수 있지요."

"어쩜 그렇게 예쁘게 말해요. 근사한 표현이에요. 보아하니 아가씨는 다른 여러가지 재능 외에도 철학적인 소양도 상당하네요."

"저는 바이마르 여성이니까요." 아델레가 거듭 강조했다. "여기서는 저절로 익히게 되거든요. 빠리에서 10년씩이나 살고 온 사람이 프랑스어를 할 줄 안다고 놀랄 일은 아니죠, 그렇죠? 우리는 문학뿐 아니라 철학과 비평 애호가 모임에도 아주 열심이지요. 거기서는 우리가 쓴 시를 함께 읽을 뿐 아니라 우리가 읽은 작품에 관해 연구하고 분석하는 논평도 읽거든요. 우리는 예전 사람들 표현으로 '위트가 넘치는 세계'에서 — 요즘은 '정신'과 '교양'의 세계라 일컫지만요 — 최신 작품들을 찾아서 읽는답니다. 그런데 추밀고문관 어른은 이런 모임에 관해서는 아예 모르시면 좋겠어요."

"아예? 어째서죠?"

"그럴 만한 이유가 여러가지 있습니다. 첫째는 워낙 그분은 지적인 여성은 아니꼬워하는 혐오감을 갖고 있어서 우리의 이러한 소중한 지적 탐구를 우습게 여기지나 않을지 우려되기 때문이랍니다. 아시다시피 확실히 그 위대한 분이 우리 여성을 싫어한다고 할 수는 없어요. 그건 두둔하기 어려운 주장이지요. 그분은 여성의 천성을 아주 높이 평가하기 때문에 그분의 생각을 종합해보면 확실히 여성의 천성이 '매우 예술 친화적'이라고 하실 법해요. 그 이상 뭘 바라겠어요? 그럼에도 여성에 대한 그분의 태도에는 거의 거칠다고 할 만큼 얕잡아보는 측면이 섞여 있답니다. 우리 여성들이 지고의 가치를, 시와 정신의 세계를 추구하는 걸 못마땅해하고 코믹한 측면에서만 우리의 매력을 찾으려 하는 남성 중심적 편견이지요. 그런 맥락에 어울리는 사례인지는 모르겠지만, 언젠가 그분은 몇몇 여성들이 정원 풀밭에서 꽃을 꺾는 것을 보고는 감상에 빠진 염소들 같다고 한 적이 있지요. 기분 좋게 들리세요?"

"전혀 아니지요." 샤를로테가 웃으면서 말했다. 그녀는 덧붙여서 해명했다. "내가 웃을 수밖에 없는 것은 그게 짓궂은 언사이긴 하지만 그래도 들어맞는 구석이 있기 때문이에요. 물론 그렇다고 짓궂게 굴면 안되죠."

"맞아요." 아델레가 말했다. "바로 그거예요. 그런 말은 치명적이거든요. 저는 산책을 하다가 예쁜 봄꽃을 꺾어서 가슴에 달고 싶어도 감상에 빠진 염소 생각이 나서 허리를 굽힐 수 없게 되었답니다. 심지어 앨범에 남의 시나 제가 쓴 시를 써넣고 싶어도 또 그 말이 생각나는 거예요."

"너무 마음에 담아두지 마세요. 그런데 도대체 어째서 괴테라는 사람이 아가씨나 주위 친구들의 미학적인 탐구를 알아선 안되는지 또다른 이유는 무엇인가요?"

"존경하는 궁정고문관 부인, 제1계명 때문이랍니다."

"무슨 뜻이죠?"

아델레가 말했다. "제1계명은 '주님 이외의 다른 신들을 섬기지 마라'라는 것이죠. 존경하는 부인, 다시 이 맥락에서 전횡이 문제됩니다. 이 경우에는 물론 우리가 부추긴 것이 아니니 우리 일행의 잘못은 없고, 그분의 압도적인 위대함과 불가분의 관계에 있는 자연스러운 전횡이어서 거기에 굴복하지 말고 되도록 조심하고 피하는 게 좋지요. 그분은 위대한 존재이고 연륜도 쌓아서 다음 세대를 인정하려 들지 않지요. 그렇지만 삶은 계속 앞으로 나아가게 마련이어서 아무리 위대한 것일지라도 거기에만 안주할 수는 없지

174

요. 우리는 새로운 시대의 자식들이고, 우리 무제리네들과 율레무제 들은 신세대이고, 감상에 빠진 염소들이 아니라 새로운 시대의 취향을 과감히 받아들이는 독자적이고 진일보한 지성인들이기 때문에 이미 새로운 신들을 알고 있지요. 우리는 경건한 코르넬리우스나 오버베크 같은 화가들을 좋아하거든요. 그런데 그분은 이 화가들의 그림에는 제발 총이라도 쏘고 싶다고 했는데, 제가 직접 들은 말이에요. 또 우리는 천상의 화가 다비트 카스파어 프리드리히를 좋아하지만, 그분은 그의 그림에 대해서는 거꾸로 돌려놓고 봐도 되겠다고 단언했답니다. '이런 그림은 나오지 말아야 해!'라고 호통을 쳤죠. 그야말로 전제군주다운 호통이라 하지 않을 수 없어요. 하지만 우리의 문예애호가 모임에서는 그 화가를 극진한 외경심으로 받아들이고, 또 우리는 문학 수첩에 울란트의 시를 필사하기도 하고 호프만의 근사하고 기발한 이야기에 매료되어 함께 읽기도 하지요."

"나는 그런 작가들은 몰라요." 샤를로테가 차분하게 말했다. "그 작가들이 아무리 기발해도 설마 『젊은 베르터의 고뇌』의 작가만큼 훌륭하다고 말하려는 건 아니겠지요?"

아델레가 대답했다. "그분만큼 훌륭하진 않지요. 그럼에도 불구하고, 이런 역설적인 표현을 해서 죄송하지만, 그분을 능가해요. 그러니까 단지 시대를 앞서가고 있다는 단순한 이유에서요. 새로운 단계를 대표하고, 우리와 더 가깝고 친숙하고 친화성이 느껴지고, 우리 자신의 새로운 경험을 표현할 줄 아니까요. 그에 비하면 바위처럼 꿈쩍도 하지 않는 위대함이란 신선한 새 시대를 향해 명령을 내리고 금지를 하면서 홀로 우뚝 서 있는 격이지요. 제발 우리를 불경스럽다고 여기진 마세요! 옛것을 버리고 새것을 창출하는 이 시대 자체가 불경스러우니까요. 물론 새로운 시대의 산물이 과거의 위대함에 비하면 왜소하다는 것은 분명해요. 하지만 그 왜소함은 새로운 시대와 그 자식들에게 어울리는 것이고, 경건함이 결여된 우리 가슴에 더 와닿는 생생한 현재의 것이고, 그것을 혼연일체로 향유하고 함께 만들어낸 우리 가슴과 감수성에 더 직접적으로 호소한답니다."

샤를로테는 주춤해서 침묵했다.

샤를로테는 화제를 돌려서 다소 억지로 친근한 표정을 지으며 말했다. "그런데 아가씨, 내가 듣기로는 아가씨 집안이 단치히 출신이라고 하던데?"

"바로 아셨네요, 궁정고문관 부인. 어머니 가계는 완전히 그쪽이고, 아버지 쪽은 부분적으로만 그래요. 돌아가신 아버지의 조부께서 대상인으로 단치히 공화국에 정착하셨지만, 원래 쇼펜하우어 가문은 네덜란드 출신이에요. 그리고 아버지의 취향에 비추어보면 오히려 영국 쪽에 뿌리를 둔 게 아닌가 싶기도 해요. 아버지는 영국풍이라면 뭐든지 아주 좋아하고 경탄했으니까요. 완벽한 젠틀맨이었는데, 올리바에 있는 아버지의 시골별장도 완전히 영국식 취향으로 짓고 설비를 했지요."

샤를로테가 말했다. "우리 집안, 그러니까 부프 가문도 원래 영국에서 유래한다고 해요. 나는 그럴 만한 이유가 있어서 우리 집안의 역사를 많이 뒤져보고 열심히 족보도 연구해서 여러가지 관련 증빙자료들을 수집하긴 했지만 확실한 증거는 찾아내지 못했어요. 특히 소중한 남편 한스 크리스티안이 작고한 후에는 그런 조사를 할 시간 여유가 많이 났거든요."

아델레는 잠시 멍한 표정을 지었다. 가계 조사를 하게 된 '그럴 만한 이유'가 과연 무엇인지 얼른 이해되지 않았기 때문이다. 그러고서 그녀는 바로 이유를 알아차리고는 들떠서 소리쳤다.

"오, 부인께서 그렇게 애쓰셨다니 얼마나 큰 공로이며 고마운 일인가요! 부인의 선구적인 작업은 후세를 위해 얼마나 다행한 일인가요! 후세 사람들은 부인처럼 선택받은 분의 태생과 출생 기반 그리고 가족사의 내력에 관해, 인간 감정의 역사에서 부인께서 어떤 의의를 갖는지에 관해, 소상하게 알 수 있을 테니까요!"

"내 생각도 바로 그래요." 샤를로테가 품위 있게 말했다. "아니, 내 생각이 그렇다기보다 내가 경험한 바로는 그래요. 보아하니 오늘날 벌써 학자들은 나의 출신 내력에 대해 탐구하려는 의욕을 보이니까, 힘닿는 대로 그분들을 거들어주는 것이 내 의무라고 생각해요. 사실은 우리 집안이 30년전쟁 시기를 거치면서 어떻게 가지를 쳤는지도 추적하는 데 성공했어요. 이를테면 역참 주인을 지낸 지몬 하인리히 부프는 1580년부터 1650년까지 베터라우 지방의 부츠바흐에 살았어요. 그분 아들은 빵집을 했고. 그러다가 다시 그분 아들의 아들 대에 오면 어느새 하인리히라는 아들은 부목사가 되었고, 세월이 흘러서 나중에는 뮌첸베르크에서 주임목사를 지냈지요. 그때 이후로 부프 가문에서는 주로 성직자들이 많이 나와서 크라인펠트, 슈타인바흐, 빈트하우젠, 라이헬스하임, 글라덴바흐, 니더뷜슈타트 등지의 지방 목사관 주재 목사들을 배출했지요."

"그건 중요하고 소중한 사실이고, 대단히 흥미롭군요." 아델레가 단숨에 말했다.

샤를로테가 대꾸했다. "아가씨가 흥미를 가질 거라고 짐작했어요. 비록 아가씨가 문학계의 사소한 새 조류에 마음이 끌려도 말이에요. 그밖에도 부수적으로 나 자신의 신상에 관한 오류도 바로잡는 데 성공했어요. 그 오류가 수정되지 않은 채 계속 와전될 조짐을 보였거든요. 내 생일이 줄곧 1월 11일이라고 알려져왔고, 괴테도 철석같이 그렇게 믿었는데, 아마 지금까지도 그렇게 알고 있을 거예요. 그런데 사실은 1월 13일에 태어났고 바로 다음 날 세례를 받았어요. 베츨라어 교회 세례자 명부의 신빙성은 의심할 여지가 없지요."

"모든 조치를 취해야겠어요." 아델레가 말했다. "저도 제 나름으로 이 점에 관한 진실을 널리 알리도록 최선을 다할 작정이에요. 무엇보다 추밀고문관 자신이 바로 아셔야 할 텐데요, 존경하는 궁정고문관 부인, 부인의 이번 방문이 절호의 기회가 되겠네요. 그런데 부인께서 처녀 시절에 영원히 기억될 나날 동안 그분이 보는 앞에서 손수 뜨개질하신 자수 작품들, 미완성작 '사랑의 전당'과 다른 작품들, 그 유물들은 대체 어떻게 되었나요? 유감스럽게도 그 점을 깜박 놓쳤네요……"

"그건 남아 있어요." 샤를로테가 대답했다. "그 자체로는 대수롭지 않은 물건들이지만 손상되지 않게 잘 보관하려고 주의를 기울였지요. 남동생 게오르크한테 그 일을 맡겼어요. 게오르크는 돌아가신 아버님의 말년에 벌써 법무관 직책을 맡아서 독일기사단 관저에 아버님의 후임자로 부임했지요. 게오르크한테 그 기념품들을 소중히 보관하도록 맡겼어요. 사랑의 전당, 화환 장식과 경구를 수놓은 다른 자수 한점, 자수를 놓은 손주머니 몇개, 스케치북과 그밖에도 몇가지 더 있었어요. 그 기념품들이 장차 유물로서 가치를 갖게 될 거라는 사실을 고려할 때도 되었지요. 내가 살던 집과 정원, 그 양반과 함께 숱하게 시간을 보냈던 아래층 거실, 길거리 쪽으로 창문이 나 있는 위층 구석방도 그런 유물로 남겠지요. 그 구석방을 우리는 '별실'이라 불렀는데, 벽걸이 양탄자에는 신들의 형상이 수놓여 있었고, 오래된 벽시계도 있었는데 시계의 숫자판에는 풍경화가 그려져 있었고, 시침이 째깍거리는 소리와 종이 울리는 소리에 그 양반은 우리와 함께 귀를 기울이곤 했지요. 내 생각에는 거실보다는 그 별실이 박물관으로 더 어울릴 거예요. 그러니까 내 생각대로 한다면 보관 중인 기념품들을 유리함이나 액자에 넣어서 그 방에 모아두었으면 해요."

아델레가 다짐하듯 말했다. "후세 사람들, 모든 후세 사람들, 비단 우리 독일인들뿐 아니라 순례하러 오는 외국인들까지도 부인의 세심한 배려에 감사할 거예요."

"그러길 바라지요." 샤를로테가 말했다.

그러고는 대화가 중단되었다. 내방객은 더이상 격식을 차리지 않는 듯했다. 아델레는 양산 끝을 이리저리 끌면서 방바닥을 바라보았다. 샤를로테는 그녀가 물러가주기를 기대했지만, 더이상 지체할 수 없는 상황임에도 정작 물러가주기를 간절히 바라지는 않았다. 마침내 젊은 아가씨가 다시 전처럼 유창하게 말을 잇기 시작하자 샤를로테는 오히려 기분이 흡족하기까지 했다.

"존경하는 궁정고문관 부인, 아니 이젠 존경하는 친구분이라 해도 될까요? 저는 지금 저 자신을 심하게 책망하고 있답니다. 가장 마음을 무겁게 하는 자책감은 부인께서 베풀어주신 귀한 시간을 너무 염치없이 받아들이고 있다는 것이고, 그 못지않게 엄중한 자책감은 이 귀한 선물을 잘못 이용하고 있다는 것입니다…… 저는 이 소중한 기회를 벌받아도 쌀 만큼 허비하고 있기에 전래동화의 어떤 모티프가 생각나지 않을 수 없는데, 요즘 젊은이들은 전래동화를 아주 좋아하지요. 어떤 사람이 마술사의 은총을 입어 세가지 소원을 이룰 수 있게 되었는데, 세번 모두 시시하고 하찮은 소원만 말하는 바람에 정작 가장 소중한 최고의 소원은 미처 생각도 못했다는 이야기지요. 그와 마찬가지로 저도 부인 앞에서 주책없이 이런저런 수다를 떠느라 정작 제 마음속에 담아둔 본론은 놓치고 있어요. 이제 제가 부인을 찾아뵙고 싶던 중요한 용건을 털어놓고자 해요. 이 용건과 관련하여 꼭 부인의 조언과 도움을 구하려고 했거든요. 제가 감히 우리 여인네들의 뮤즈 모임 같은 유치한 이야기로 부인을 즐겁게 해드리려 했으니 부인께선 틀림없이 의아하고 노엽기까지 하셨을 거예요. 하지만 이 문제로 인해 너무 걱정되고 불안해서 부인의 조언을 구할 작정을 했답니다. 정말 허심탄회하게 부인을 믿고 제 걱정과 불안을 털어놓고 싶습니다."

"어떤 걱정거리인가요, 아가씨? 누구와, 어떤 문제와 관련된 건가요?"

"아주 심성이 고운 절친한 여자 친구와 관련된 일이에요, 궁정고문관 부인. 서로 흉금을 털어놓는 둘도 없는 친구 사이인데, 너무 사랑스럽고 고상하고 누구보다 행복을 누릴 자격을 빠짐없이 갖춘 그 친구가 정말 그렇게 되면 안되는데도 피할 수 없을 것 같은 기구한 운명에 얽혀들어서 저를 절망에 빠트리고 있답니다. 요컨대 틸레무제의 문제랍니다."

"틸레무제라니?"

"죄송해요, 제 친구가 우리 모임에서 얻은 애칭인데, 아까 얼핏 말씀드렸지만, 제 친구 오틸리에, 오틸리에 폰 포그비슈의 뮤즈 애칭이랍니다."

"아하. 그런데 포그비슈 양이 어떤 운명의 위협을 받고 있나요?"

"그 친구는 약혼을 앞두고 있답니다."

"그런데, 누구와 약혼한다는 건지 알아도 될까요?"

"재무관 폰 괴테 씨와요."

"그럴 수가! 아우구스트와?"

"예, 그 위대한 작가와 작고한 부인 사이에 태어난 아들이지요. 추밀고문관 부인께서 영면하셨기에 혼약이 가능하게 되었지요. 부인이 살아 계시던 동안에는 오틸리에 집안의 반대와 상류사회 전체의 반대에 부닥쳐서 성사될 수 없었지요."

"그런데 어째서 이 혼약이 우려된다는 건가요?"

"자초지종을 말씀드리게 해주세요!" 아델레가 애원조로 말했다. "부인께 이 이야기를 해드려서 가슴 조이는 제 마음을 달래도록 해주세요. 위험에 처한 사랑스러운 친구를 위해 부탁드리는 거예요. 제가 이렇게 중재에 나서는 걸 그 친구가 알면 몹시 화를 내겠지만, 그 친구한테는 이런 중재가 절실히 필요하고 그럴 만한 자격이 있거든요!"

그러고서 쇼펜하우어 양은 천장 쪽을 흘낏흘낏 올려다보면서 사시를 감추고자 애쓰며 말문을 열기 시작했는데, 그러면서 때때로 길쭉하고 영리해 보이는 입가에 다소 침이 고였다. 다음은 그녀가 들려준 이야기이다.

5장

아델레의 이야기

오틸리에는 아버지 쪽 가계로 보면 홀슈타인-프로이센 공국의 장교 집안 출신이지요. 그녀의 어머니 헨켈 폰 도네르스마르크 백작 부인이 폰 포그비슈 씨와 결혼한 것은 서로 마음으로 맺어진 결합이었지만, 애석하게도 사리분별은 거의 하지 않은 결혼이었어요. 적어도 오틸리에의 외할머니 생각은 그랬답니다. 외할머니 헨켈 백작 부인은 지난 세기가 배출한 전형적인 귀부인이었는데, 냉철하고 단호한 지성의 소유자여서 매사에 주저함이 없었고, 일체의 허튼소리를 싫어하는 신랄하고 야무진 성품에 기지가 넘치는 분이었답니다. 그분은 따님이 감정에 끌려서 멋진 결혼을 했지만 분별없는 결정이었노라고 줄곧 반대했지요. 폰 포그비슈 씨는 가난했고, 헨켈 가문에서 어머니 쪽 집안도 가난하긴 마찬가지였어요. 아마도 그런 이유 때문에 노백작 부인께서 예나 전투[1]가 벌어지기 두해 전에 바이마르 궁정으로 들어와서, 동쪽 지방의 왕녀 출신으로 갓 결혼한 세자비를 모시는 상궁이 되었던 것으로 보입니다. 그분은 따님에게도 비슷한 자리를 주선해주려고 했는데, 온갖 세도를 동원해서 따님을 파혼시키려 하면서 그런 자리를 확보할 가망을 열 수 있었지요. 사실 따님의 결혼생활도 점점 물질적 곤궁이 심해져서 행복을 위협받을 지경이 되었답니다. 당시 프로이센 장교의 박봉으로는 귀족 체통에 어울리는 생활을 하기란 불가능했고, 근근이 견딜 만한 생활이라도 유지해보려고 애썼지만 점점 심각한 재정난에 빠지게 되었지요. 요컨대 부부는 생활고에 지쳐서 결국 모친의 뜻에 굴복하고 말았답니다. 그래서 당분간 법적인 이혼은 아니지만 피차 선의로 합의하여 헤어져서 별거하기로 했던 것입니다.

오틸리에의 아버지는 형편이 어려워서 사랑스러운 어린 두 딸을, 그러니까 오틸리에와 여동생 울리케를 부인 쪽에 맡겼는데, 남편이자 아버지로서 그분의 심경이 어떠했을지는 속마음을 들여다보지 않고서야 누가 알겠어요. 오틸리에의 아버지는 대대로 물려받은 군인 직업을 좋아했는데, 그분이 선택할 수 있는 유일한 직업을 박탈당할지도 모른다는 두려움 때문에 그런 비통한 결정을 내리지 않을 수 없었을 거예요. 부인도 피를 토하는 심정이었고, 자신과 한편이 될 수밖에 없는 모친의 불가피한 압박에 굴복한 이후로는 단 한순간도 행복하지 않았다고 해도 과언이 아닐 거예요. 어린 두 딸 역시 기사처럼 훌륭한 대장부였던 아버지의 모습이 지울 수

---

[1] 1806년 벌어진 독일 연합군과 프랑스군의 대전투.

없이 가슴에 맺혔는데, 특히 속이 깊고 낭만적인 큰딸이 더 그랬지요. 두고 보면 아시겠지만, 오틸리에가 이 시대의 여러 사건이나 신념 문제에 대하여 취하는 마음가짐이나 모든 감정생활은 그렇게 생이별한 아버지에 대한 기억에 의해 영원히 규정되었답니다.

포그비슈 부인은 남편과 헤어진 후 몇년 동안은 두 딸을 데리고 데사우에서 조용히 은거하면서 수모와 치욕의 나날을 겪어야 했지요. 프리드리히 대왕의 군대가 패전해서 조국이 망했고, 독일 남서부의 제후국들이 기세등등한 나뽈레옹 패권체제에 편입되었으니까요. 그러다가 노부인께서 약속한 대로 궁정 일자리를 주선할 수 있게 되자 1809년에 오틸리에의 어머니는 루이제 대공비마마의 궁녀 자격으로 우리 바이마르에 오게 되었답니다.

오틸리에는 당시 열세살이었는데, 깜찍한 재능과 독창성을 겸비한 아이였지요. 그녀는 다소 불안정하고 불규칙적인 환경에서 성장했답니다. 어머니가 궁정 일을 하다보니 가사를 돌보기가 여의치 않았고, 어머니가 궁정에 매인 몸이라 딸들은 매사를 스스로 알아서 해야 했지요. 오틸리에는 처음에는 궁성의 위층에 기거하다가 나중에는 외할머니 댁으로 옮겨갔지요. 그녀는 어머니나 외할머니 곁에서 번갈아 나날을 보냈는데, 온갖 수업도 받고 여자 친구들과 함께 시간을 보내기도 했지요. 몇살 위인 저도 금방 그 친구들 축에 들었어요. 오틸리에는 폰 에글로프슈타인 상궁 댁에서 식사를 할 때가 잦았는데, 저는 그 집 따님들과 아주 절친한 사이여서 그 댁에서 우리는 영혼의 교감을 나누는 긴밀한 유대를 맺게 되었어요. 우리의 교분은 단지 지나온 햇수만으로는 헤아릴 수 없을 만큼 두텁답니다. 지난 수년 사이에 우리의 생활이 의미심장하게 진일보했고, 우리의 우정이 지속되는 사이에 우리는 햇병아리에서 세상경험을 한 어른으로 성숙했으니까요. 그밖에도 여러 측면에서 오틸리에는 단호한 성품과 조숙하게 탁월한 사고력 덕분에 우리 모임에서 정신적 지도자 역할을 하고 있답니다. 우리는 워낙 다정한 사이여서 저는 그 점을 선뜻 인정할 수 있어요.

특히 정치적인 문제에 관해 오틸리에는 주도적인 역할을 하지요. 비범하고도 무시무시한 인물 나뽈레옹이 우리의 운명을 거머쥐고 우리의 세계를 혹독한 시련과 도탄에 빠뜨린 이후 다시 세상이 그런대로 견딜 만한 안정을 되찾고 신성동맹²의 비호하에 있는 오늘날에는 정치 문제가 공적 의식에서나 개인적 의식에서 다소 뒷전으로 밀려났고 순수한 인간적 문제를 추구할 여지가 그만큼 커졌지요. 하지만 당시만 해도 정치 문제가 다른 문제는 비집고 들어갈 틈이 없을 정도로 막강하게 정신생활을 압도했지요. 오틸리에는 정치 문제에 열정적으로 몰입했는데, 주위의 모든 친구들과 완전히 동떨어진 한결같은 소신을 속으로 품고 있었지만, 그렇다고 은밀한 반대 입장을 행여 발설할 엄두는 내지 못했지요. 저와는 허물없는 사이였기에 유일하게 저한테는 속마음을 털어놓았고, 그녀 자신의 감정과 사고방식을 저한테도 한껏 불어넣어주어서 그녀가 추구하는 믿음과 소망의 세계에 저 역시 완전히 몰입해서 그녀와 더불어 가슴 벅찬 비밀의 매력을 즐기고 있답니다.

어떤 비밀이냐고요? 우리는 라인동맹³ 국가의 한복판에 살고 있었고, 이 나라의 대공은 승승장구하는 데몬⁴ 나뽈레옹의 사면을 받

---

2 1815년 오스트리아, 러시아, 프로이센이 체결한 반나뽈레옹 동맹체제.
3 1806년 나뽈레옹에게 항복한 독일 남서부 제후국들이 프랑스와 우호친선관계를 맺은 동맹.
4 괴테의 데몬 개념은 초인적 권능을 가진 인물도 포함하며, 괴테는 나뽈레옹을 그런 데몬에 견준 바 있다.

았으며,[5] 그의 봉신封臣 자격으로 이 나라를 다스리고 있었지요. 그래서 모두가 오래도록 무너뜨리기 힘든 신심으로 그 정복자를 수호신처럼 신봉했고, 세계를 평정하고 대륙을 재편하겠다는 그의 사명감에 열광하지는 않아도 순응하며 믿었죠. 그런 상황에서도 오틸리에는 프로이센에 대한 애국심이 투철했답니다. 프로이센 군대의 치욕적인 패배에도 동요하지 않고 그녀는 북독일의 인간형이 작센-튀링겐의 인간형보다 우월하다는 확고한 소신을 견지했죠. 그녀 자신의 표현을 빌리면 비록 죄인 취급을 받으며 작센-튀링겐 사람들 틈바구니에서 살고 있긴 하지만 이곳 사람들을 같잖게 여겼는데, 형편상 공공연히 그런 말은 못해도 저한테는 털어놓았지요. 이 사랑스러운 친구의 영웅적인 심성을 가득 채우고 있는 유일한 이상적 인간형은 프로이센 장교랍니다. 그녀가 숭배하는 인간상이 헤어진 아버지의 모습을 미화한 기억에 다소간 분명히 의존하고 있다는 것은 말할 필요도 없지요. 그렇긴 하지만 그녀의 타고난 기질상 전반적으로 공감능력이 뛰어난 섬세한 감수성도 작용했지요. 그런 감수성 덕분에 그녀는 우리 같은 사람은 전혀 관심도 없는 먼 곳의 사건들도 밝은 귀로 파악하면서 긴밀한 접촉을 유지했고 나름의 방식으로 관여할 줄 아는 능력을 발휘했는데, 그런 면에서 그녀는 예언자처럼 느껴졌고 실제로 금방 예언능력을 입증했답니다.

제가 어떤 사건들을 말하는지 부인께서는 어렵지 않게 알아차리실 거예요. 오틸리에의 조국 프로이센에서 패전 이후 일어난 윤리적 각성 및 재건 운동을 말하는 것입니다. 매력적이고 세련되지만 신경쇠약을 초래하기도 하는 일체의 시대적 경향을 단호히 경

---

5 처음에는 나뽈레옹 군대에 항전했던 전죄를 사면받았다는 뜻.

멸하고 배척하고 근절하려는 운동이죠. 그런 경향이 결국 조국의 패전에 일조했지만 다시 재건 운동을 촉발시켰던 것입니다. 일체의 가식적이고 유약한 정신과 윤리를 걸러내어 온 국민을 영웅적으로 정화하고 강철처럼 단련시켜서 외국의 압제를 타도하고 자유를 되찾는 영광의 날을 맞이하자는 것입니다. 어차피 욕된 운명을 짊어졌으니 궁핍도 엄하게 감내할 태세였고, 이왕 궁지에 몰려서 충성서약을 한 터이니 금욕과 복종이라는 다른 두가지 수도자적 덕목과 계율도 준수할 각오가 되어 있었습니다. 일체의 욕망을 단념하고 자신을 바치겠다는 각오, 공동체의 훈육을 준수하고 조국을 위해 목숨을 바치겠다는 각오였지요.

조용히 전개된 이러한 도덕적 무장 과정이나 이와 병행하여 은밀히 진행된 군사적 재무장은 압제자 적에겐 노출되지 않았고, 우리 바이마르의 협소한 세계 역시 그런 기미를 거의 알아차리지 못했지요. 우리는 폭군이 부과한 요구사항과 부담에 더러 한숨을 쉬긴 했지만, 그럼에도 승승장구하는 적의 대세에 별생각 없이 과감히 동조했지요. 우리 주위와 이곳 상류사회에서 프로이센의 그런 움직임에 무언중에도 예민하게 촉각을 곤두세우고 뜨거운 열정으로 접촉을 유지해온 사람은 오틸리에가 유일했지요. 하지만 젊은 세대의 일원으로 이런 혁신 운동에 동조하는 기미를 보이는 학자나 교직 종사자가 원근에 더러 있어서 제 소중한 친구는 금세 그런 인사들과 열성적으로 생각과 감정을 교환하는 관계를 맺게 되었지요.

예나 대학에 하인리히 루덴이라는 역사학 교수가 있었는데, 숭고한 애국심을 가진 훌륭한 분이었지요. 치욕적인 패배와 파괴의 나날 동안 그분은 전재산과 학문적 자원을 잃어버렸고, 그래서 결국 완전히 초토화되고 끔찍한 오물로 가득한 어느 추운 집으로 부인을 다시 데려가야 하는 처지가 되었지요. 그분은 그런 역경에도 굴하지 않았답니다. 전투에서 이길 수만 있다면 그 어떤 손실도 기꺼이 감내하겠으며, 설령 알거지 신세가 되더라도 패주하는 적들에게 승리의 환호성을 지르겠노라고 당당히 천명했다니까요. 그분은 조국을 수호하겠다는 신념을 올곧게 지켰고, 학생들한테도 열렬히 조국을 옹호했답니다. 그밖에도 이곳 바이마르에 파소라는 김나지움 교수가 있었는데, 메클렌부르크 지방 출신의 유장하고 박력 있는 언변의 소유자로 이제 겨우 스물한살이었지만 탄탄한 학문적 기반과 아주 활달한 사고력을 겸비했으며 조국애와 자유에 대한 열정이 대단했습니다. 그분은 고대 그리스어와 (제 오빠 아르투어 쇼펜하우어도 당시에는 그분 댁에 기거하면서 그리스어를 사사했지요) 미학과 언어철학을 가르쳤지요. 그분의 새롭고 독창적인 교육이념은 학문과 삶을 연결하고, 고대 그리스 문화 숭상 정신을 독일적 조국애 및 시민적 자유주의 신념과 연결하는 가교를 놓았다는 데 그 핵심이 있습니다. 다시 말해 헬레니즘의 본질을 우리의 당대 정치와 연결하여 생생하게 해석하고 적용하려 했지요.

오틸리에는 이런 남자들과 남몰래 거의 공모자 관계라 해도 좋을 은밀한 공동체를 형성하고 있었지요. 그러면서 동시에 그녀는 프랑스에 우호적이고 나뽈레옹 황제한테 순종하는 상류사회의 우아한 일원으로 삶을 영위하기도 했기에 저는 그녀가 제가 허물없는 친구로서 합류했던 그러한 이중생활을 어느정도는 심미적으로 즐기면서 낭만적인 매력을 취했을 거라는 인상을 도저히 지울 수 없었지요. 그것은 모순에서 발산하는 매력이었는데, 제 생각에는 그런 매력이 사랑하는 친구가 벌써 4년째 얽혀든 감정의 모험에 우려스러운 중요한 역할을 한 것 같아요. 복잡하게 얽힌 그 관계로부터 그녀를 구해낼 수만 있다면 저는 모든 걸 바칠 각오가 되어 있어요.

그러니까 나뽈레옹이 러시아 원정을 했던 해⁶의 연초에 아우구스트 폰 괴테가 오틸리에한테 구애를 하기 시작했답니다. 그는 하이델베르크 대학에서 그 전해 연말 전에 돌아와서 거의 곧바로 궁정 관직에 봉직하게 되었지요. 그는 궁정관료가 되어 공작 전하의 재무국에 소속된 정식 시보가 되었어요. 하지만 이런 관직과 관련된 '실제' 임무는 대공 전하의 배려에 의해 사려 깊게 제한되었고, 위대한 부친을 모시는 조수 역할과 조화가 되도록 했답니다. 그는 부친이 온갖 귀찮은 일상사와 번잡한 살림살이의 짐을 벗도록 도와드렸고, 사교상의 의례나 심지어 예나 대학 시찰까지도 대신했지요. 그리고 부친이 모은 수집품의 관리자이자 비서로서 부친을 도와드렸는데, 특히 리머 박사가 그 무렵 괴테 집에서 나와서 추밀 고문관 부인의 시녀였던 울리히 양과 결혼한 터여서 그의 도움이 더 절실히 필요했지요.

젊은 아우구스트는 가장의 역할이 요구되는 이런 책무들을 정확하게 치밀한 계산으로 처리했고, 그런 치밀함은 그의 무미건조한 성격에 어울렸지요. 그런데 제가 지금 이 순간에는 일단 그의 성격이 무미건조하다고 해두지만, 덧붙이자면 그가 일부러 애써 무미건조한 태도를 취했다고 하고 싶군요. 솔직히 고백하면 그의 성격상 비밀을 서둘러 들추고 싶진 않아요. 연민과 거부감이 묘하게 뒤섞인 어떤 거리낌 때문에 이 문제는 뒤로 미뤘으면 해요. 그때나 지금이나 이 청년이 비단 저한테만 그런 감정을 불러일으킨

---

6 1812년.

것은 아니에요. 예를 들면 리머 역시 이미 그 당시에 그의 성격에 질겁했노라고 저한테 직접 털어놓은 적이 있지요. 한때 제자였던 그가 부모님 댁으로 돌아오는 바람에 리머는 더 서둘러서 따로 살림을 차리기로 결심했지요.

오틸리에는 그 무렵 궁정 출입을 시작했는데, 아마도 아우구스트는 거기서 그녀를 처음 알게 되었을 거예요. 또 프라우엔플란의 괴테 저택에서도 만났을 거예요. 추밀고문관께서는 여러해 동안 일요일마다 저택에서 연주회를 열었는데, 시연회를 가질 때 두 사람이 만났을 거예요. 제 친구의 청아한 노랫소리도 그녀의 타고난 소질과 매력 중 하나였거든요. 저는 그녀의 목소리가 그녀의 음악적 영혼을 육성으로 표현하는 수단이자 도구라고 일컫고 싶은데, 그런 목소리 덕분에 그녀는 작은 합창단의 일원으로 초대를 받았지요. 합창단은 매주 한차례 괴테의 저택에서 연습을 했고, 일요일 정오 무렵 식사 중에나 식후에 손님들 앞에서 노래를 부르곤 했답니다.

오틸리에는 그런 장점 덕분에 위대한 시인과 개인적으로 접촉할 기회를 얻었지요. 시인은 첫눈에 그녀를 주목했다고 할 수 있지요. 그래서 그녀와 스스럼없이 대화를 나누고 농담도 했는데, 그분이 '귀여운 처자'라 부른 그녀에게 아버지 같은 호감을 숨김없이 드러냈지요…… 그런데 생각해보니 그녀의 매혹적인 자태에 관해서는 미처 뭐라고 형언할 엄두도 내지 못했네요. 도저히 말로는 형언할 수 없지만 이 아가씨의 특출한 매력이 이 대목에서 매우 중요하고 결정적인 의미를 갖습니다. 뭔가를 말하는 듯한 파란 눈, 아주 풍성한 금발 머리, 유노[7] 같은 풍만한 타입과는 전혀 다른 아담

***

7 유피테르의 아내로 최고의 여신.

한 체격에 우아하게 경쾌하고 사랑스러운 몸매를 지녔지요. 요컨 대 이런 타입으로 일찌감치 괴테의 개인적 취향에 쏙 드는 행운을 누렸지요. 그분의 취향에 인정받을 수 있다면 감정과 문학의 왕국 에서 최고의 영예가 되겠지요. 더이상 아무 말도 않겠어요. 그저 지 난 일을 떠올리게 되는데, 이런 타입과 유사한 아주 사랑스러운 어 떤 상류층 여성이 알다시피 일찍이 이 유명한 시인과 약혼했다가 무산되었고, 사회적 신분질서를 지키려는 모든 이들의 분노를 자 아냈다고 하지요.[8]

그때 당시 아주 잠깐 약혼자 처지였던 그분의 아들이 이제 사랑 스러운 오틸리에한테 구애하기 시작한 거죠. 그러니까 갓 귀족 서 열에 오른 사람이 정식 결혼도 않고 낳은 아들이 폰 포그비슈-헨 켈-도네르스마르크 귀족가문의 여성에게 구애를 한다면 귀족 체 통을 지키려는 편협한 입장에서는 일찍이 프랑크푸르트에서 벌어 진 일과 비슷하게 화를 낼 것이 뻔했지요. 다만 이 경우에는 상황 이 아주 이례적이어서 겉으로 화를 발설하지 못했을 따름이지요. 이 당당한 신흥 귀족은 야심만만해서 자기 아들을 위해서도 의식 적으로 야심을 충족할 궁리를 하고 있었지요. 단지 제 개인적인 소 견을 말씀드리는 것이긴 하지만, 사태의 추이를 괴로울 정도로 정 확하게 지켜보고서 판단한 것이니 틀리진 않을 거예요. 제가 보기 에 오틸리에한테 먼저 관심을 가진 것은 아버지 쪽이었고, 아버지 가 그녀에게 베푼 호의를 계기로 아들도 그녀에게 관심이 끌렸던 거예요. 아들의 관심은 금방 열정으로 바뀌었는데, 그 열정은 결국 아들도 아버지와 취향이 같다는 걸 드러낸 셈이지요. 사실 아들은

---

8 청년 시절 괴테가 바이마르에 가기 전에 프랑크푸르트에서 릴리 쇠네만과 약혼 했다가 파혼했던 일을 가리킴.

여러 측면에서 아버지와 똑같은 취향을 드러냈어요. 적어도 겉보기엔 그랬지요. 사실상 아들은 아버지한테 의존하는 관계였고 아버지 것을 그대로 물려받으려고 했으니까요. 우리끼리 얘기지만 정작 아들 자신은 워낙 아무런 취향도 없는 사람인데, 특히 여성과의 관계에서 그 점은 극명히 드러났지요. 하지만 이 문제를 언급하기엔 아직 이르니 나중으로 미루지요. 우선은 오틸리에 얘기를 하고 싶어요.

사랑스러운 친구가 괴테를 처음 만나던 무렵의 심리 상태를 표현하자면 '기대'라는 말이 가장 적절할 것 같아요. 그녀는 이미 소녀 시절부터 따르는 남자들이 있어서 여러 남자들의 구애를 받았는데, 그녀는 그런 구애에 장난스럽게 적당히 응대를 했지요. 그녀는 아직까지 진짜 사랑은 해본 적이 없었기에 첫사랑을 기대하고 있었어요. 그녀의 가슴은 만인을 제압하는 신적 존재를 받아들일 태세로 부풀어 있었는데, 아주 특별하고 지체 높은 이 구애자가 그녀에게 불러일으킨 감정에서 그녀는 그 신적 존재의 위력을 느꼈지요. 위대한 시인에 대한 그녀의 존경심은 당연히 지극했어요. 그러니 그가 자신에게 베풀어준 호의에 무한정 기분이 좋았던 것이죠. 따라서 아들이 분명히 아버지의 동의하에, 말하자면 아버지의 이름으로, 구애를 해오는데 도저히 물리칠 수 없는 심정이었다는 건 놀랄 일도 아니죠. 그러니까 아들의 젊음을 통해, 아들을 통해 회춘하여, 마치 아버지 자신이 구애를 해오는 듯한 심정이었을 거예요. '청년 괴테'가 그녀를 사랑하는 형국이었죠. 그래서 그녀는 아들의 모습에서 사랑을 일깨워준 운명의 남자를 보고 있다고 거의 주저없이 믿었고, 괴테의 사랑에 화답하는 거라고 믿어 의심치 않았답니다.

그녀에게 닥쳐온 운명의 모양새나 그녀 자신의 애정이 그녀 스스로도 기이하게 느껴졌겠지만, 제가 보기엔 오히려 그럴수록 더욱 철석같이 그런 사랑의 확신을 갖게 되었지요. 그녀가 아는 사랑이란 변덕이 심하고 예측할 수 없는 위력, 특히 다른 무엇에도 종속되지 않는 절대적 위력을 지녀서 이성적 분별도 무시하고 사리판단에 구애받지 않고 제 권리를 주장하는 그런 사랑이었어요. 그녀는 자신이 선택한 청년을 실제와는 전혀 다르게 상상했지요. 다분히 자신의 상에 따라 상대방의 모습을 만들어내어서, 아우구스트의 실제 모습보다 더 쾌활하고 경쾌하고 명랑하고 밝은 성품의 소유자라 상상했지요. 그런데 그렇게 미리 짜놓은 이미지에는 그가 전혀 부합되지 않는데도 그녀는 그것을 오히려 자신의 애정이 진짜임을 말해주는 낭만적 증좌라 여겼지요. 아우구스트는 어릴 때부터 전혀 유쾌하지 않았고 특별히 장래가 촉망되는 소년도 아니었어요. 병약해서 제명대로 살 것 같지도 않았고, 정신적 소양으로 말하면 그 집안의 친구들 사이에서 별로 기대할 게 없다는 인상이 지배적이었지요. 그렇게 병약한 어린 시절을 넘긴 이후로는 제법 어깨가 벌어진 건장한 청년으로 성장했지만, 용모가 다소 심각하고 침울했고 광채가 없는 인상이었는데, 이렇게 말하는 건 주로 그의 눈을 염두에 둔 거랍니다. 눈이 아름답긴 했지요. 아니, 눈에 좀더 표정이 담기고 좀더 반짝거렸다면 아름다웠을 거라고 하는 편이 맞겠네요. 제가 그의 과거 신상에 관해 말하는 것은 그를 보다 멀찌감치 떼어놓고 되도록 방해받지 않고 판단할 수 있기 위해서예요. 하지만 제가 그에 관해 말하는 모든 것은 어린 시절보다는 오틸리에를 처음 만나던 시절의 스물일곱살 청년한테 훨씬 더 들어맞는 말이랍니다. 그는 편안하고 활기찬 말동무가 아니었지요. 그는 정신활동에는 흥미도 없고 싫어했던 탓에 의기소침해 보였고, 우울증 때문에도 그랬지요. 그의 우울증은 차라리 절망 상태라 할 만했는데, 그래서 그의 주위에는 스산한 분위기가 감돌았습니다. 이처럼 명랑함이라곤 찾아볼 수 없고 먹먹한 체념에 빠져 있는 상태가 언제 어디서든 곧잘 아버지와 비교되어 주눅 드는 것에 대한 두려움, 그런 부자관계에 연유한다는 것은 분명했지요.

위대한 사람의 아들로 산다는 것은 특별한 행운이자 소중한 매력인 동시에 자신의 고유한 존재가치를 계속 박탈당하는 버거운 부담이기도 하지요. 아버지는 이미 소년 시절의 아들에게 비망록을 선물하고 헌사를 써주었는데, 그 비망록은 세월이 흐르는 동안 이곳 바이마르와 아들을 데리고 여행했던 고장들, 즉 할레와 예나, 헬름슈테트, 퓌르몬트와 카를스바트 등지에서 독일뿐 아니라 외국의 온갖 저명인사들이 써준 문구들로 채워졌지요. 그 문구들은 거의 예외 없이 하나같이 이 젊은이의 자질을 염두에 둔 것인데, 그 자신의 인격과는 아무런 상관도 없지만 만인의 고정관념이 되어버린 그 자질이란 다름 아니라 괴테의 아들이라는 것이었습니다. 가령 철학자 피히테는 이런 문구를 써주었답니다. "우리 시대의 유일무이한 분의 외동아들이니 우리 민족은 그대에게 큰 기대를 걸고 있네." 이런 말은 고무적이었을 수도 있지만, 동시에 어린 마음에 상당히 주눅 들게 했을 수도 있지요. 그런가 하면 어느 프랑스 관료는 비망록에 "위인의 아들이 후세에 이름을 남기는 일은 드문 법"이라고 간결한 문구를 써주었다고 해요. 이런 말이 젊은이한테 과연 어떤 기분을 불러일으켰을지 그 효과를 상상이나 할 수 있을까요? 발군의 예외가 되어보라는 격려로 받아들였을까요? 설령 격려였다 해도 부담스러웠겠지요. 하지만 단테가 지옥 입구의 문 위에 새겨넣었던 구절로 이해하는 편이 더 적절하겠지요.'

이런 치명적인 비교를 아예 다시는 못하게 막으려고 아우구스트는 발끈해서 단호히 작심했던 것으로 보입니다. 특히 그는 일체의 시적 포부를, 학문과 예술의 세계와 관련된 일체의 관계를 거칠 정도로 야멸차게 내쳤고, 눈에 띄게 오로지 평균적인 지성을 갖춘 평범한 실무형 인간으로만, 냉철한 사업가이자 세속인으로만 처신하려 했지요. 그는 고귀한 것을 추구할 수 없는 처지였고, 설령 고귀한 자질의 싹을 갖추었다 하더라도 온 사방에서 치명적인 비교를 유발하지 않으려면 결국 고귀한 것을 부정하고 억누를 수밖에 없었겠지요. 이처럼 고귀한 것을 단호하게 물리치고 단념하는 태도는 나름대로 인정받고 존중받을 만한 자긍심을 보여주는 것인지도 모르겠습니다. 하지만 자신감의 결여, 불만과 불쾌감, 불신과 과민반응 때문에 그는 다른 사람의 인정을 받기 힘들었고, 자긍심을 가진 사람이라 하긴 어려웠지요. 그는 더이상 그렇게 될 수 없었고, 꺾인 자긍심 때문에 속을 앓을 수밖에 없었지요. 그나마 지금 수준의 인생으로 일취월장할 수 있었던 것은 그의 출신배경이 보장해준 ─ 아니, 강요했다고 하는 편이 옳겠네요 ─ 온갖 편의 덕분이지요. 그는 자신의 출신배경을 수긍하고 받아들였지요. 그렇다고 자신의 출신배경을 진심으로 인정하지는 않았고, 출신배경 때문에 남성적 자존심이 손상되는 것을 막지도 못했지요. 그의 교육과정은 비교적 자유롭고 느슨한 환경에서 많은 배려를 받았지요. 그가 맡은 관직들은 자신의 지식과 능력을 제대로 입증하지도 않고 거저 얻은 것입니다. 그는 자신이 유능해서가 아니라 은총을 입은 덕

9 단테의 『신곡』 지옥편 제3곡 참조. "이 문으로 들어가는 자들이여, 일체의 희망을 단념할지어다"라는 구절로, 지옥에 떨어지는 자들은 죽고 싶어도 죽을 수 없다는 뜻.

분에 관직에 올랐다는 걸 의식하고 있었지요. 다른 사람 같으면 그런 후광으로 출세한 것에 자족했겠지요. 하지만 그는 그 때문에 괴로워하는 천성의 사람이었어요. 그건 기특하지요. 물론 그런 특혜를 마다하지 않은 건 사실이지만요.

또 하나 유념해야 할 게 있는데, 아우구스트가 그 아버지의 아들일 뿐 아니라 그 어머니의 아들, 가정부나 다름없던 어머니의 아들이라는 사실입니다. 그리고 이런 내력이 세상을 대하는 그의 태도와 자의식에 특이한 분열을 초래할 수밖에 없었다는 사실도 유념해야 합니다. 이런저런 부류의 명예를 누리는 명망가와 정도에서 벗어난 핏줄이 뒤섞여서 태어났다는 태생적 갈등이지요. 대공께서 친구인 아버지의 간청에 따라 아들이 열한살 때 이미 출생의 권리를 존중하여 적자嫡子임을 인정하는 교지를 내리셨고, 이로써 귀족 작위도 얻을 수 있게 되었지만, 그럼에도 태생적 갈등은 전혀 무마되지 않았지요. 그러고서 6년 후에 부모가 정식 결혼식을 올렸지만, 그래도 아무 소용이 없었지요. '혼외 자식'이라는 고정관념이 사람들의 뇌리에, 그의 뇌리에도 꽉 박혀 있었지요. '유일무이한 분의 아들'이라는 자의식과 마찬가지로. 한번은 그가 일종의 스캔들을 일으킨 적이 있답니다. 한창 예민한 나이인 열세살 때의 일인데, 대공비마마의 생신을 축하하는 가장무도회에서 그가 사랑의 여신으로 분장하고서 마마께 꽃과 축시를 바쳤지요. 그랬더니 여기저기서 항의를 했더랬지요. 혼외 자식이 감히 사랑의 여신으로 분장하여 지체 높은 사람들 앞에 나타나서는 안된다는 거였어요. 그런 험담이 그의 귀에도 들어갔냐고요? 그건 모르겠어요. 하지만 후에도 인생을 사는 동안 종종 그 비슷한 반발에 부닥쳤을 거예요. 그의 지위는 아버지의 명성과 권위, 그리고 대공께서 아버지한테 베푸신 후의에 의해 보호를 받긴 했지만, 그래도 그의 지위는 여전히 애매했지요. 아우구스트는 김나지움 시절과 관직과 궁정 업무를 통해 알게 된 친구들이 있긴 했지만, 그들을 과연 친구라 불러야 할지는 모르겠고 진짜 친구는 단 한명도 없었지요. 그는 친구를 사귀기에는 불신이 너무 커서 속을 털어놓지 않았고, 고상한 의미에서든 미심쩍은 의미에서든 특별한 지위에 있다는 자의식으로 똘똘 뭉쳐 있었지요. 그가 교제하는 사람들은 항상 여러 부류로 뒤섞여 있었어요. 어머니가 불러오는 사람들은 다소 뜨내기 같아서 배우들이나 술고래 젊은이들이었는데, 아우구스트 자신도 믿기지 않을 만큼 일찍부터 술을 좋아했지요. 슈타인 남작 부인께서 저한테 들려준 얘기에 따르면, 열한살 소년 시절에 이미 어머니 부류의 사람들이 모인 흥겨운 연회에서 샴페인을 무려 열일곱잔이나 마셨다는 거예요. 그래서 남작 부인은 그 아이가 찾아오면 포도주를 못 마시게 하려고 무진 애를 썼다는 거예요. 남작 부인 말로는 술로 근심걱정을 잊으려는 충동이 발동했던 거라는데, 어린애를 놓고 그런 말이 나올 정도니 참 이상하죠. 물론 분명한 이유가 있어서 근심걱정에 빠졌겠지요. 아우구스트는 당시 자기가 보는 앞에서 아버지가 우는 모습을 보고 충격을 받았거든요. 1800년에 대작가는 중병을 앓았는데, 백일해와 단독丹毒 포진으로 거의 사경을 헤맸지요. 아주 힘들게 치유하는 과정에서 그분은 너무 쇠약해져서 많이 울었답니다. 특히 어린 아들을 볼 때마다 울었는데, 그런 연유로 아들은 술을 열일곱잔이나 마시고 겨우 진정했던 것이죠. 워낙 아버지도 어린 아들이 그렇게 술을 마시는데도 그다지 경각심을 갖지 않았다고 해요. 그분은 일찍부터 포도주의 영험을 흔쾌히 즐기는 입장이었고, 이따금 아들한테도 포도주를 권했답니다. 물론 우리 같은 사람들 입장에서 보면 아우구스트의 성격상 여러가지 약점들, 즉 버럭 화를 내거나 침울하고 거칠고 조야한 성격은 너무 일찍부터 주신酒神의 쾌락을 즐겼고 갈수록 그 정도가 심해진 데 기인한다 하지 않을 수 없죠.

그러니까 이런 젊은이가 오틸리에한테 우아하지도 유쾌하지도 않은 흠모의 정을 바쳤고, 그러자 사랑스러운 오틸리에는 이 젊은이가 자기한테 미리 점지된 괴테의 운명적 화신이라 믿었던 거예요. 그녀는 괴테의 사랑에 화답하는 거라고 믿었지요. 도저히 있을 법하지 않은 일인데도, 아니, 이미 말씀드린 대로 도저히 있을 법하지 않은 일이기에 오히려 더더욱 믿었던 거예요. 자기 인생의 기구한 비극성을 시적 감성으로 받아들이는 고결한 심성이 그런 믿음을 부추기는 데 일조했지요. 그녀는 자기가 아우구스트한테 썰 마성魔性을 쫓아낼 구원의 여인이자 착한 천사라는 몽상에 빠졌답니다. 그녀가 바이마르 사교계의 여성인 동시에 은밀한 프로이센 애국자로서 이중생활을 하면서 즐긴 낭만적 매력에 관해 이미 말씀드린 적이 있지요. 아우구스트에 대한 사랑에서 그녀는 그런 낭만적 매력을 더 밀도 있게 새로이 경험한 셈이지요. 그녀 자신의 생각과 그런 아들을 둔 집안의 생각 사이에 불거진 모순이 그녀가 추구하는 열정의 패러독스를 한껏 고조했고, 바로 그 때문에 진정한 열정이라 믿었던 것이죠.

괴테는 우리의 정신적 영웅이자 조국의 영예를 당당히 드높여준 독일의 자랑이지요. 그런데 심성이 고결한 사람들은 조국의 패전에 원통해했고, 바야흐로 해방의 시간이 도래하자 우리 같은 사람들은 뛸 듯이 기뻐하는데도 괴테는 그런 마음을 함께 나누지 않았지요. 그것은 굳이 말할 필요도 없는 사실이에요. 그분은 그 두가지 사태에 대해 냉담하게 거리를 취했고, 말하자면 적 앞에서 우리가 곤경에 처하도록 방치했지요. 달리 어떻게 해볼 도리가 없었지요. 사람들은 그분의 그런 모습을 틀림없이 잊어버리고 괴로움을 삭이겠지요. 그분의 천재성에 대한 경탄과 위대한 인물에 대한 애정으로 그런 모습을 무마하겠지요. 하지만 예나 전투의 패배는 그분에게도 심각한 알력을 초래했어요. 물론 승승장구하는 프랑스군 쪽에서 초래한 게 아니라 예나 전투 전에 이미 프로이센 주둔군으로 인해 알력이 생겼지요. 프로이센군은 그분의 정원 별장에 난입하여 문짝이며 가구들을 부숴서 불쏘시개로 썼지요. 그후에 벌어진 사태로 인해서도 그분은 톡톡히 댓가를 치렀지요. 사람들 말로는 그 재난으로 인한 손실이 족히 2000탈러가 넘는다는데, 포도주만 열두 궤짝이 없어졌고, 심지어 낙오병들이 침실까지 쳐들어와서 괴롭혔다고 해요. 하지만 그분의 저택만은 약탈을 면했지요. 금방 호위병이 집 앞을 지켰는데, 프랑스군 원수들이 그분의 저택에 묵었거든요. 네, 오주로, 란과 나중엔 데농 씨도 합류했는데, 그는 베네찌아 시절부터 잘 아는 사이로 황실 박물관 총감독으로 예술 문제에 관해, 다시 말해 점령국의 예술품을 취득하는 문제에 관해 나뽈레옹에게 조언을 해주는 사람이었지요……

이 사람을 숙박 손님으로 맞게 되자 대작가는 마음이 아주 편안해졌는데, 그후로는 그런 난리법석에도 개의치 않는 태도를 취하는 걸 중시하는 것 같았어요. 워낙 심각한 타격을 입은 루덴 교수가 언젠가 저한테 얘기해준 바로는 끔찍한 재난을 겪고서 4주 후에 크네벨 씨 댁에서 그분을 만났다는 거예요. 좌중은 엄청난 고난에 대해 얘기했고 폰 크네벨 씨는 연거푸 "소름 끼쳐! 끔찍해!"라고 외쳤다고 해요. 그런데 괴테는 그저 알아듣기 힘든 말을 몇마디 중얼거렸을 뿐이고, 루덴 교수가 그분에게 귀하께서는 치욕과 불행의 나날 동안 어떻게 견디셨냐고 묻자 이렇게 대답했다는 거예요. "나는 딱히 하소연할 게 없어요. 탄탄한 바위 위에 서서 폭풍우로 광란하는 바다를 바라보는 사람의 심정이었지요. 비록 조난자들에게 도움의 손길을 뻗을 수는 없어도 다른 한편 화마가 닥쳐올 위험은 없으니까, 어느 옛 성현의 말처럼 그 정도면 편안한 기분이라고 할 수 있지요." 이 대목에서 그분은 그 옛 성현의 이름을 떠올리려고 곰곰이 생각하는 눈치였다고 해요. 루덴은 그 이름을 익히 알고 있었지만 거들지 않고 가만히 있었답니다. 반면에 크네벨은 조금 전까지만 해도 그렇게 끔찍하다고 외치고는 끼어들어서 "루크레티우스지요!"라고 했다는 거예요. 그러자 괴테가 "맞아, 루크레티우스지"라고 하고는 이렇게 말을 끝맺었다는군요. "그래서 나는 무사히 지내면서 거친 소동이 지나가길 기다렸지요." 루덴이 저한테 단언하기를, 괴테가 정말 편안한 어투로 그런 말을 하자 자기는 가슴에 얼음장 같은 소름이 끼쳤다고 하더군요. 그러고도 대화가 계속되는 동안 여러번 소름이 끼쳤다는 거예요. 루덴이 조국의 치욕과 고난에 대해 분에 떨리는 말을 몇마디 더 했고 조국의 재기를 기약하는 신성한 믿음에 관해서도 가슴 떨리는 말을 했는데, 그러자 크네벨은 수시로 "브라보! 아무렴!" 하고 외쳤지만 정작 괴테는 무표정하게 잠자코 있었답니다. 그러자 방금 환호성을 질렀던 크네벨 소령은 문학 얘기로 화제를 돌렸지만 루덴은 금방 자리에서 물러났다고 하더군요.

이 훌륭한 분은 저한테 그런 얘기를 들려주었어요. 그런데 대작가가 김나지움 교사 파소 박사한테 그릇된 생각을 갖고 있다고 얼마나 야단을 쳤는지 저는 제 귀로 직접 들었답니다. 어머니의 쌀롱에서 있었던 일인데 저는 아주 어린 소녀로 그 자리에 있었거든요. 언변이 좋은 파소는 자신이 지극한 마음으로 추구하는 생각에 대해 열변을 토했지요. 고대 헬레니즘 정신을 재발견하고 고대 그리스 정신을 발전시킴으로써 적어도 개개인의 마음속에 우리 독일인들 모두가 수치스럽게도 상실해버린 열렬한 자유주의 정신과 애국심을 회복해야 한다고 했지요. (여기서 한가지 언급해둘 게 있는데, 이분들이 언제나 아무 거리낌 없이 막강한 괴테 앞에서 속마음을 털어놓는 것은 너무나 건전하고 바람직하다고 믿는 자신의 생각을 행여 누가 비난할 거라고는 꿈에도 생각하지 못하고 그런 비난은 터무니없다고 여기기 때문이지요. 그 위대한 분이 그런 생각을 공유할 뜻이 전혀 없고 따라서 그런 생각을 발설하지 말아야 한다는 걸 깨닫기까지는 오랜 시간이 걸렸지요.) 그러자 그분이 말했어요. "내 말을 들어보시오! 나도 고대 그리스 정신에 관해서는 좀 안다고 자부하는데, 박사님이 고대 그리스 정신에서 이끌어낼 수 있다고 믿는 자유주의 정신이나 애국심은 위험을 자초하고, 언제라도 한순간에 꼴불견이 되기 십상이오." 그분이 얼마나 격분해서 '꼴불견'이라는 말을 야멸차게 쏘아붙였는지 저는 결코 잊을 수 없어요. 그건 모름지기 그분이 내뱉을 수 있는 가장 무지막지한 욕이지요. 그분은 말을 계속했어요. "우리의 시민생활은 고대 그리스인들의 생활과는 큰 차이가 나고, 국가에 대한 우리의 태도는 더더욱 판이하오. 독일인은 스스로를 편협하게 자기 안에 가둘 게 아니라 세계를 우리 안으로 받아들여야 하오. 그래야만 이 세계에 영향력을 행사할 수 있소. 다른 민족들을 적대하여 고립되는 것이 우리의 목표가 되어선 안되고, 전세계와 우호적인 교류를 해서 더불어 지낼 수 있는 덕목을 함양해야 하오. 설령 우리의 타고난 감정과 권리마저 잃는 댓가를 치르더라도 그래야 하오." 이 마지막 말을 하면서 그분은 집게손가락으로 앞에 놓여 있는 작은 테이블을 툭툭치면서 명령조로 목소리를 높였고, 그러고는 이렇게 덧붙였지요. "우리가 고대 그리스 정신을 체화했답시고 고위층에 저항하고 승자에게 굴하지 않고 응전해야 한다고 주장하는 자는 사태를 제대로 파악하지 못하거나 전혀 모르는 것이고, 유치하고 몰취미한 거요. 교수라는 자들의 자부심이란 고작 그런 것이지. 그런 자부심 때문에 괜히 우스운 꼴이 되고 손해만 보는 거야." 이 대목에서 그분은 잠시 말을 멈췄지요. 그러고는 망연자실해서 앉아 있는 젊은 파소 쪽으로 몸을 돌리면서, 다소 누그러뜨렸지만 여전히 무거운 어조로 말을 맺었답니다. "박사님, 마음을 상하게 할 뜻은 전혀 없소. 선의로 그런 말을 했다는 걸 아오. 하지만 순수한 선의로 말하는 것만으로는 충분치 않소. 모름지기 사람은 자신의 언행이 어떤 결과를 가져올지도 내다볼 줄 알아야지. 당신의 언행은 장차 언젠가는 독일인들 사이에서 소름 끼치는 바보짓으로 공공연히 드러날 어떤 끔찍한 사태를 아직까지는 고상하고 순진무구한 형태로 예고하는 전조이고, 그래서 섬뜩하게 느껴지는 거요. 만약 그런 사태가 당신한테 닥친다면 무덤 속에서도 뉘우치게 될 거요."

그랬으니 좌중이 얼마나 당혹스러웠을지, 얼마나 싸늘한 분위기가 방 안에 감돌았을지 한번 생각해보세요! 엄마는 다시 민감하지 않은 대화를 재개하려고 무던히 애를 썼지요! 하지만 당시 괴테는 그런 식이었고, 그런 태도를 취해서 말과 침묵으로 우리의 그지없이 성스러운 믿음에 상처를 입혔지요. 그 모든 일은 아마도 그분이 나뽈레옹 황제를 숭배했던 탓이라고 할 수밖에 없겠지요. 나뽈레옹은 1808년에 에르푸르트에서 보란 듯이 괴테를 특별히 예우해주고 레지옹 도뇌르 훈장을 수여했는데, 우리의 시인은 그 훈장이 야말로 가장 애지중지하는 거라고 강조했지요. 그분은 나뽈레옹을 유피테르에 견주어 세계를 평정하는 수장이라 여겼고, 나뽈레옹이 원래 예로부터 독일 땅이었던 남부 독일 지역들을 라인동맹으로 규합하여 독일을 재편하려 하자 거기서 뭔가 새롭고 신선한 희망을 보았지요. 이를 기반으로 프랑스 문화와 유익하게 교류해서 독일의 정신생활이 더욱 고양되고 정화될 수 있는 행운이 도래할 거라고 믿었죠. 그분 자신도 프랑스 문화의 혜택을 입었노라고 분명히 밝혔으니까요. 나뽈레옹이 괴테를 간절히 초대했고 심지어 거처를 빠리로 옮겨달라고 요청했으며, 괴테가 빠리로 이주하는 문제를 꽤 오랫동안 진지하게 숙고했고 실행 방안까지도 여러모로 알아봤다는 사실을 유념할 필요가 있어요. 에르푸르트에서 면담한 이후 괴테와 황제 사이에는 인격 대 인격의 관계가 형성된 것이지요. 황제는 흔한 말로 계급장 떼고 괴테를 대해주었고, 대작가도 자신의 정신적 왕국과 독일정신을 견지하더라도 전혀 황제를 두려워할 필요가 없다는 자신감을 얻었던 것 같아요. 나뽈레옹의 수호신이 괴테 자신의 수호신과 적대관계가 아니라는 자신감을 얻은 거죠. 다른 세상 사람들이야 온갖 이유 때문에 황제 앞에서 벌벌 떨었지만요.

그건 이기적인 자신감이자 우정이라고 할 수도 있겠지요. 하지만 우선 감안해야 할 것은, 그런 사람의 이기심이란 결코 사사로운 게 아니라 보다 높은 차원의 보편적 가치를 통해 정당화될 수 있다는 것입니다. 그다음으로, 과연 그분 혼자만 그런 신념과 모습을 보여줬을까요? 전혀 그렇지 않지요. 그 무서운 군주가 우리 땅에 부과한 중압이 아무리 자심했어도 말이에요. 예를 들면 우리의 내각 수반 포이크트 각하께서는 조만간 나뽈레옹이 최후의 적을 확실히 쓰러뜨릴 것이며, 그러면 황제의 통치하에 전유럽이 화평을 누리게 될 거라고 늘 두둔하셨지요. 저는 적어도 한번 이상 사교 모임 자리에서 그분 입에서 그런 말이 나오는 걸 들은 적이 있어요. 그분이 1813년 무렵까지도 프로이센에서 소요가 일어나자 국왕의 의사에 반하여 프로이센을 완전히 스페인처럼 바꾸려 한다고[10] 얼마나 못마땅해했는지 익히 알고 있지요. 그분은 이렇게 소리쳤죠. "어진 국왕께서 얼마나 곤경에 처했습니까! 국왕 자신은 아무런 잘못이 없는데도 장차 그분이 어떤 일을 겪으시겠어요! 우리 다른 공국들은 그런 식으로 패망하지 않으려면 최대한 지혜와 신중함을 발휘하여 초당파적으로 순순히 나뽈레옹 황제께 충성하는 태도를 견지해야 합니다." 오늘날까지도 우리를 다스리고 있는 이 지혜롭고 양심적인 정치인은 그렇게 말했지요. 그리고 대공 전하 자신은 또 어떤가요? 모스끄바 전투 이후에도 황제가 신속하게 병력을 규합하자 대공께서는 이곳을 출발하여 엘베 강 연안까지 행군하는 길에 황제를 수행했지요. 황제가 그리로 출정했던 것은 프로이센과 러시아를 격파하기 위해서였는데, 두 나라는 우리 모두의 예상을 뒤엎고 황제에게 대항하여 동맹을 맺었지요. 우리는 바로 얼마 전까지만 해도 프로이센 왕이 다시 나뽈레옹과 연합하여 야만족을 무찌르러 출정할 거라고만 생각했거든요. 그 원정에서 돌아올 때까지도 카를 아우구스트 대공께서는 완전히 열광해서 귀환했지요. 대공 전하 스스로 표현한 대로 "진정으로 비범한 존재"인 나뽈레옹에게 완전히 매료되어 신의 소명으로 충만한 존재, 마호메트 같

---

10 스페인에서는 1808년 나뽈레옹에게 항전하려는 국민정부가 수립되었다.

다고 하셨지요.

뤼첸 전투 이후 라이프치히 전투가 벌어졌고, 신의 소명은 끝장났죠.[11] 그리하여 그 영웅에 대한 열광 대신 다른 열광, 즉 자유와 조국을 위한 열광, 파소식의 열광이 밀려왔지요. 그런데 사람들이 그전까지 믿었던 한 인간의 몰락과 외적인 사건들로 인해 얼마나 잽싸고 손쉽게 생각을 고쳐먹고 말을 바꿀 수 있는가를 지켜보노라면 기이하다고 하지 않을 수 없어요. 그런 사건들로 인해 왜소하고 보잘것없는 사람들에 비해 걸출한 위인이 잘못했다고 지탄받는 것을 보노라면 더더욱 기이하고 납득하기 어렵지요. 결국 왜소하고 보잘것없는 사람들이 걸출한 위인보다도 더 잘났다고 판명되는 형국이니까요. 그런데 괴테는 늘 이렇게 말했지요. "순진한 자들이여, 아무리 사슬을 끊으려고 흔들어봤자 나뽈레옹은 그대들이 당해내기에는 너무 위대하다!" 그런데 이제 보시다시피 사슬은 끊어졌고, 대공은 러시아 제복을 입었으며, 우리는 나뽈레옹을 라인 강 너머로 몰아냈지요. 그리고 대작가가 딱하다는 듯이 "순진한 자들"이라 일컬었던 사람들, 즉 루덴과 파소 같은 사람들이 그분에 맞서 정의로운 승자가 되어 기세등등하게 나서는 것입니다. 1813년은 루덴이 괴테를 제압하고 승리를 거둔 해였으니까요. 그렇게밖에는 달리 말할 수가 없죠. 괴테도 부끄러워하고 뉘우치면서 그 점을 인정했고, 베를린을 위해 축제극 『에피메니데스』[12]를 썼는데, 그 작품에서 이렇게 말했지요.

---

11 1813년 뤼첸 전투에서는 나뽈레옹이 승리했지만 라이프치히 전투에서는 패배했고, 이로써 나뽈레옹 지배체제가 붕괴했고 라인동맹도 해체되었다.
12 원제는 '에피메니데스의 깨어남'.

내가 편히 쉬고 있었던 시간을 부끄러워하나니
그대들과 더불어 고난을 견뎠어야 이득이었건만
그대들이 겪었던 고통으로 인해
그대들은 나보다 더 위대하구나.

그리고 이런 구절도 나옵니다.

심연에서 대담하게 솟구쳐 올라와서
불굴의 운명에 힘입어
지구의 절반을 정복한 자는
다시 심연에 떨어지리라.

자, 보시다시피 괴테는 세계를 평정하려던 황제를, 자신의 동지를 심연으로 보냈습니다. 적어도 그 축제극에서는 그랬지요. 제가 알기로는 다른 데서는 여전히 조용히 늘 '순진한 자들이여'라는 식으로 말했거든요.

그런데 괴테의 아들이자 오틸리에의 애인이 된 아우구스트는 정치적인 입장이 완전히 아버지와 똑같았지요. 그 점에서는 아버지의 판박이 그 이상도 이하도 아니었지요. 그는 라인동맹을 전적으로 지지했고, 라인동맹으로 독일이 통일될 수 있다고 믿었으며, 문화에 대해서도 같은 생각을 가졌어요. 그리고 북유럽과 동유럽의 야만족들을 완전히 경멸하는 태도를 보였는데, 그런 태도는 아버지 괴테에 비하면 그다지 어울리지 않았지요. 그 자신이 본성적으로 야만적인 기질이었고, 굳이 말하자면 일탈적이고 조야한 기질이었으니까요. 그런 기질이 모종의 비애감과 뒤섞여 있었는데,

그런 비애감은 고상한 느낌을 주는 것도 아니고 그저 침울했을 뿐이죠. 1811년에 황제가 우리 바이마르로 특사를 보낸 적이 있는데, 그때 특사로 왔던 쌩떼냥 남작은 확실히 매력과 인간미가 넘치는 귀족으로 열렬한 괴테 숭배자여서 금방 괴테와 아주 절친한 교제를 하게 되었답니다. 아우구스트 입장에서는 남작의 비서 볼보크 씨를 친구로 사귀는 일이 무엇보다 급선무였는데, 이것을 언급하는 첫번째 이유는 아우구스트가 어디에서 친구를 찾는가를 보여드리기 위해서입니다. 두번째 이유는 볼보크 씨가 다름 아니라 1812년 12월 나뽈레옹이 모스끄바 원정에서 돌아오면서 에르푸르트를 지나갈 때 괴테에게 황제의 안부를 전해주었던 당사자였기 때문입니다. 그 일은 아우구스트에게도 각별한 의미가 있었는데, 아우구스트는 내내 그 전제군주의 인격을 진심으로 숭배했거든요. 그런데 그런 숭배는 제 느낌에는 가당치 않다고 생각되었죠. 아우구스트는 나뽈레옹을 숭배할 만한 아무런 정신적 바탕도 없는 사람이었으니까요. 그런데도 그는 오늘날까지도 나뽈레옹의 초상화나 유품을 수집해서 소장하고 있고, 아버지는 이를 위해 레지옹 도뇌르 훈장도 아들한테 선사했답니다. 어차피 이젠 훈장을 달고 다니기는 거북했으니까요.

아우구스트와 오틸리에처럼 기질이 다른 두 사람이 사랑의 유대로 결속된 것은 희귀한 일이지요. 아우구스트는 나뽈레옹을 숭배하듯이 오틸리에를 숭배했지요. 이렇게 두 경우를 견주는 것이 아무리 기이하게 느껴지더라도 견주지 않을 수 없군요. 불쌍한 제 친구가 그의 갑갑한 구애에 다정하게 응대해주는 것을 보고서 저는 뜨악하고 소스라치게 놀랐지요. 제 친구는 사랑의 신이 주위의 시선에 아랑곳하지 않는 전능한 존재여서 주위의 견해나 생각을 비웃으며 승리를 거두는 거라고 확신했던 거예요. 아우구스트보다는 오틸리에가 더 힘들어했지요. 그는 자기 소신을 솔직하게 털어놓을 수 있었던 반면에 오틸리에는 숨겨야만 했으니까요. 하지만 그녀가 사랑이라 일컬었던 것, 즉 위대한 시인의 아들과 감상적이고 모순된 관계를 맺는 체험을 가까운 친구들 사이에는 굳이 숨기지 않았고 숨길 필요도 없었지요. 가까운 친구들 사이에는 감정과 감정문화가 아주 섬세하게 존중되었고 전폭적인 관심을 보여줄 거라고 기대할 수 있었으니까요. 저로 말하자면 그녀를 걱정하는 허물없는 사이여서 그녀의 모험을 매 단계마다 구체적인 에피소드까지도 속속들이 함께 공유하고 있었답니다. 그녀는 자기 어머니한테도 거리낌 없이 속마음을 털어놓을 수 있었는데, 특히 폰 포그비슈 부인이 얼마 전부터 딸과 비슷한 상황에 처하게 되어서 딸이 고백을 하면 같은 여성끼리의 우애로 의견을 나누면서 응대해주었기에 더더욱 그랬어요. 그녀의 어머니는 미남자 에들링 백작과 사귀고 있었는데, 그분은 남부 독일 출신으로 시종장 겸 장관이었고, 게다가 오틸리에 자매에겐 후견인이자 농담 삼아 아빠 노릇까지 해주는 집안 친구였고 금방 그 이상의 관계가 되었지요. 오틸리에의 어머니는 그분의 구혼을 기대하고 있었고, 그런 기대를 품을 만한 근거도 있었기에 그분의 결정적인 한마디를 고대하고 있었지만, 그게 지체되고 있었던 거죠. 그래서 사랑의 신은 모녀가 그날그날의 기쁨과 슬픔, 황홀함, 희망과 실망에 대하여 피차 서로 속마음을 토로할 수 있는 화제를 풍성하게 제공했지요.

아우구스트와 오틸리에는 궁정, 극장, 아버지의 집 그리고 여러 부류의 사적인 모임에서 서로 만났어요. 하지만 그런 사회적 차원과는 무관하게 두 연인은 따로 조용히 만나기도 했지요. 일름 강

근처의 오래된 정원들이나 거기에 있는 괴테의 별장과 오틸리에 외할머니의 별장은 두 사람의 만남을 위한 호젓한 은신처가 되었지요. 그런 만남이 있을 때면 저는 언제나 제 소중한 친구 곁에 함께 있곤 했는데, 그녀가 작별할 때면 아쉬운 한숨을 지으며 너무 행복해했고 제 도움에 감사하면서 얼굴을 붉히며 저를 포옹해주어서 저는 그저 의아할 따름이었지요. 왜냐하면 제가 보기엔 그런 만남이 전혀 유익하지도 않았고 대화도 공허했으며 억지로 하는 것 같았는데, 그렇게 보였던 것은 단지 제가 제삼자로서 교제의 도우미 역할을 했기 때문만은 아니라는 생각이 자꾸만 들었기 때문이지요. 그전에도 꼬띠용[13]을 추거나 궁정에서 수다를 떨거나 여행을 가거나 여행에서 돌아올 때 두 사람의 대화는 맥 빠지고 막히는 식으로 겉돌았고, 아우구스트가 아버지 시중드는 이야기를 할 때가 가장 활기가 돌았지요. 그런데도 오틸리에는 불편함이나 매번 겪는 지루함을 털어놓지 않았어요. 그녀는 지루하게 함께 앉아 있거나 산책을 하면서도 마치 서로의 영혼이 교감하는 것처럼 행동했고, 어머니한테도 그런 뜻으로 얘기해주었기에 짐작건대 어머니는 그런 소식을 접하고서 백작의 지연되는 청혼이 임박했다는 좋은 징조로만 받아들였던 것 같아요.

사태가 이렇게 돌아가고 있던 차에 사랑스러운 친구의 인생에 어떤 사건이 들이닥쳤답니다. 이제 그 얘기를 하려니 저도 덩달아 가슴이 뭉클해지는 감동을 느끼지 않을 수 없네요. 우리 둘은 이 시대의 모든 아름다움과 위대함이 이 체험에 응축되어 인격적인 형태로 나타난 거라고 함께 공감했으니까요.

---

13 프랑스 춤의 일종.

1813년의 여명이 밝아오고 있었습니다. 프로이센 땅에서는 근사한 움직임이 일어나고 있었지요. 애국자들이 궐기하여 주저하는 왕의 뜻을 눌렀고, 학업과 안락한 생활을 포기할 각오로 사기충천한 자원병 부대가 편성되어 조국을 위해 목숨을 바칠 태세가 되어 있었는데, 나라에서 가장 고귀한 젊은이들이 구름처럼 몰려들었지요. 이미 말씀드렸다시피 그 모든 동향에 관해 우리는 처음에는 근소한 소식만 어렴풋이 전해들었을 뿐입니다. 역시 이미 말씀드린 대로 제 친구는 그런 동향과 예민한 연결고리를 갖고 있었기에 잃어버린 아버지의 세계와 마음의 교감을 유지할 수 있었지요. 프로이센에 있는 친지들이 전해주는 보다 구체적인 소식들을 통해 그런 연결이 뒷받침될 수 있었겠지요. 프로이센에서 준비 중이고 이미 진행 중인 그런 동향을 접하자 사랑스러운 친구는 전율하고 달아올랐습니다. 그녀는 우리의 목가적인 생활 한복판에 살면서도 이미 오래전부터 그런 움직임을 고대했고 이미 오래전에 예견했었지요. 그녀가 타고난 기질과 정신으로 일체감을 느껴오던 영웅적인 동족이 프랑스 압제의 굴욕을 분쇄하기 위해 궐기한 것입니다! 그녀는 온몸으로 열광했지요. 그녀의 동족이 스스로 귀감이 되어서 독일 전역에 영예와 자유를 위한 투쟁의 불길을 지폈듯이, 그녀는 제 마음도 사로잡아서 그녀의 증오와 불타는 희망을 온전히 함께 나누는 동지로 만들었답니다. 하지만 이전과 달리 이제 그녀는 바이마르에서도 더이상 외롭게 고립된 처지가 아니었지요. 라인동맹에 충실하고 나뽈레옹에게 충직한 체제하에 있던 이곳에서도 이미 조국애를 고무하는 분위기가 달아올랐고, 폰 슈피겔 시종장이나 폰 포이크트 참사관[14] 같은 청년 귀족들은 목숨을 걸고 예나에서 프로이센과 비밀협약을 맺어서 바이마르 동정을 프로이센에 전해주기도 했답니다. 오틸리에는 금방 그들과 연결되었고, 열정을 속으로 숨긴 채 그들의 활동에 가담했지요. 그녀는 목숨을 건 모험을 하고 있었는데, 저는 한편으로 그녀를 자제시키기 위해 다른 한편으로는 저 자신이 감화되어 이러한 정치적 비밀결사에 그녀의 동료로 가담했답니다. 그녀가 처녀의 가슴에 간직한 비밀을 함께 나누고 아우구스트 폰 괴테와의 만남에 함께했듯이 말이에요. 이 두가지 문제 중에 과연 어느 쪽이 그녀에 대한 불안과 걱정을 더 많이 불러일으켰는지는 저도 뭐라 말할 수 없답니다.

전자의 문제와 관련해서는 알다시피 전황이 그다지 희망적으로 전개되지는 않았지요. 그렇지만 오틸리에는 요행히 바이마르에서 프로이센 병사들을 볼 수 있었지요. 4월 중순경, 지금도 16일로 날짜까지 기억하는데, 일단의 경기병 및 기마저격병 부대가 우리 도시를 급습하여 여기에 남아 있던 소수의 프랑스 병사들을 생포하였고, 다시 퇴각하면서 포로들을 끌고 갔습니다. 이 소식을 보고받은 프랑스 황실 근위기병대가 에르푸르트에서 이곳으로 출동했지만 이 도시에서 프로이센 병사들을 발견하지 못하자 다시 주둔지로 되돌아갔지요. 그것은 물론 성급한 판단이었습니다. 바로 다음 날 아침에 블뤼허[15]의 장남이 지휘하는 부대가, 그러니까 이번에도 경기병과 초록색 군복을 입은 저격병들이, 말을 타고 시내로 진군해서 바이마르 주민들의 열렬한 환호를 받았거든요. 오틸리에가 얼마나 감격했을지 상상해보세요! 그러고는 춤과 술판이 시작되었는데, 경솔하게도 너무 거나하게 판을 벌이는 바람에 지각 있는 사람이 보기엔 어쩐지 마음이 조였고, 아니나 다를까 불과 몇시간

----

14 204면에서 언급된 내각 수반 포이크트의 아들.
15 프로이센 육군 원수.

후에 혹독한 댓가를 치렀지요. "프랑스군이다!" 하고 외치는 소리가 들렸고, 우리 해방군은 술판을 박차고 득달같이 무기를 잡았지요. 쑤앙 장군의 부대가 시내로 몰려왔는데, 병력 수가 압도적 우위여서 전투는 금방 끝났고, 다시 프랑스군이 도시를 장악했습니다. 조금 전까지만 해도 즐겁게 술과 음식을 대접했던 우리 용사들이 흘리는 피에 떨면서 우리는 방 안에 앉아 있었고, 커튼 사이로 거리에서 벌어지는 소동을 엿보기도 했는데, 요란한 나팔 소리와 총탄이 빵빵 터지는 소리가 거리를 뒤흔들었지요. 그러고서 금방 교전은 공원 쪽으로, 교외 쪽으로 옮겨갔습니다. 적이 승리를 거두었지요. 아, 적은 승리에 너무 이골이 났고, 본의 아니게 사람들은 적의 승리를 질서가 반역을 제압한 것이라고 느끼지 않을 수 없었답니다. 결국 패배를 통해 우리의 반역은 너무 유치하고 어리석었다고 판명된 셈입니다.

평온과 질서란 누구에 의해 바로잡히든 간에 어차피 고마운 것이지요. 우리는 프랑스군의 숙영을 위해 신경을 써야만 했고, 그로 인해 금세 우리 도시는 그들을 수용하고 감당할 수 있는 한계점에 도달했으며 오래도록 그 부담을 짊어져야만 했지요. 하지만 다시 평화가 찾아왔고, 일몰 때까지는 거리를 자유롭게 왕래할 수 있게 되었으며, 시민들은 물론 승자의 억압적인 비호하에 평소대로 생업에 종사할 수 있게 되었습니다.

그런데 그 어떤 은밀한 충동과 예감 때문이었는지는 몰라도 바로 다음 날 점심 직후에 오틸리에는 산책을 가자고 저를 데리러 왔습니다. 간밤에 비가 내렸던 터라 부드럽고 청명한 4월의 한낮 기운에 마음이 동했고, 햇살이 눈부신 대기는 감미로운 봄의 희망으로 가득했습니다. 어제까지만 해도 남정네들의 끔찍한 전투로 광분하던 거리를 마음 놓고 활보하고 싶은 호기심도 매력으로 작용했지요. 총알에 패어서 집들이 손상되었고 담벼락에 여기저기 피가 튄 자국들이 보이는 등 전투가 남긴 흔적들이 눈에 들어오자 소름이 끼치면서도 또한 우리 여자들에겐 남자들의 강인하고 거친 용맹에 주눅 드는 놀라움과 경탄도 자아냈습니다.

우리는 야외의 녹지로 가기 위하여 성과 시장 거리를 벗어나 아커반트 가(街)를 지나서 일름 강 쪽으로 향했지요. 강변에서 멀지 않은 곳에서 우리는 보르켄호이스헨[16] 곁으로 나 있는 풀밭길과 덤불로 에워싸인 통로를 지나서 로마하우스[17] 쪽으로 산책을 했지요. 땅바닥이 짓이겨지고 무기들이며 군장들이 곳곳에 버려져 있는 것으로 보아 전투와 도주와 추격이 이곳까지 이어졌다는 것을 알 수 있었어요. 우리는 이미 치른 전투와 앞으로 닥칠 전투에 대해 얘기했지요. 동유럽 연합군은 작센 공국의 도시들을 점령했노라고 선포했고, 바이마르는 나뽈레옹 황제의 요새가 된 에르푸르트와 진군해오는 프로이센 및 러시아 군대 사이에 끼어서 입지가 불안했지요. 대공 전하는 난처한 상황에 처했고, 대공비마마는 중립국 보헤미아로 피신했으며, 프랑스 공사는 고타로 피신했지요. 제가 기억하기로는 아우구스트와 그의 아버지에 관해서도 얘기했는데, 아버지 괴테 역시 수하의 견해에 승복하여 위태로운 도시를 떠난 터였지요. 전날 아침 일찍, 블뤼허 부대가 진군해오기 직전에 그는 마차를 타고 카를스바트로 떠났으니 틀림없이 지방도로에서 그들과 마주쳤을 거예요.

---

16 일름 공원에 있는 왕실 쉼터의 하나. 말뜻 그대로 '나무껍질로 지붕을 엮은 작은 집'.
17 아우구스트 대공의 정자.

우리는 이제 더 외진 곳으로 벗어나면 곤란할 것 같아서 막 되돌아오려는 참이었는데, 바로 그때 누가 부르는 소리 같기도 하고 신음 소리 같기도 한 외마디가 들려와서 우리는 대화를 중단하고 흠칫 걸음을 멈췄답니다. 우리는 제자리에 서서 귀를 기울이며 등골이 오싹했지요. 길가에 우거진 덤불 속에서 비명 소리 혹은 간절히 부르는 소리가 들려왔던 거예요. 오틸리에는 화들짝 놀라서 제 손을 움켜잡았다가 다시 놓아주었지요. 그러고서 우리는 콩닥거리는 가슴으로 "거기 누가 있나요?"라고 거듭 물으면서 이제 막 봉오리가 맺힌 덤불을 헤쳐서 길을 내고 다가갔지요. 그때 우리가 얼마나 놀랐고, 감동했고, 속수무책이었는지 어떻게 말로 다 할 수 있겠어요? 축축한 풀숲 속에 너무 잘생긴 젊은이가 나무를 깔고 누워 있었답니다. 패주한 용사들과 같은 부대에 속한 부상병이었어요. 금발의 곱슬머리는 덕지덕지 뒤엉켰고, 고상하게 생긴 얼굴에는 수염이 짧게 자랐으며, 신열로 붉게 달아오른 뺨은 밀랍처럼 창백한 이마와 대조되어 섬뜩해 보였고, 흠뻑 젖은 흙투성이 군복은 반쯤 말라서 뻣뻣했는데, 군복 아래쪽은 역시 반쯤 말라서 굳은 피로 얼룩져 있었지요. 처참하면서도 고무적이고 심금을 울리는 모습이었답니다! 우리가 불안과 연민에 떨리는 목소리로 그의 용태와 부상에 대해 쏟아부은 질문을 한번 상상해보세요. 그가 날카로운 어투의 북독일 사투리로 이를 덜덜 떨면서 대답했지요. "하늘이 당신들을 보내주셨군요." 그는 억지로 몸을 움직이려 할 때마다 잘생긴 얼굴을 고통스럽게 찡그리면서 이 사이로 숨을 들이쉬곤 했어요. "어제 전투에서 넓적다리에 총알을 맞았습니다. 바로 총알을 빼내긴 했지만 당장에는 평소처럼 똑바로 걷는 것은 포기해야만 했고, 여기까지는 겨우 기어서 왔답니다. 여기는 눈에 띄지 않는 곳이지만, 어젯밤처럼 비가 쏟아지면 좀 축축하긴 하죠. 저는 어제 오전부터 여기 누워 있었는데, 가능하면 침대에 누울 수 있으면 좋겠습니다. 신열이 좀 있거든요."

그 용사는 참담한 상황에서도 대학생처럼 쾌활하게 말했답니다. 그는 금방 신원을 밝혔는데, 정말 대학생이었어요. "하인케 페르디난트라고 합니다." 그가 이를 덜덜 떨면서 말했습니다. "브레슬라우 대학에서 법학을 전공했고, 소총부대 자원병입니다. 그런데 숙녀분들은 저를 어떻게 할 건가요?" 그런 질문이 나올 만도 했지요. 뾰족한 해결책이 너무 절실한 상황이었으니까요. 우리의 우상인 프로이센 용사를 갑자기 가까이서 직접 대면하고 하인케라는 민간인 이름으로 격의 없이 대화를 나눌 수 있다는 모험심에 폭 빠진 상태여서 우리는 정신 차리고 단호하게 묘책을 찾을 경황이 없었죠. 어떡하겠어요? 넓적다리에 부상을 입은 새파란 청년한테 손을 대기가 망설여지는 젊은 여성의 심정을 이해하실 거예요. 게다가 너무 미남이었으니까요! 일으켜세워서 옮겨야 할까? 어디로? 프랑스 군인들이 우글거리는 시내로는 어림없는 일이었어요. 어디든 당분간이라도 묵을 만한 가까운 곳으로, 가령 보르켄호이스헨이 있긴 했지만, 우리 힘으로는 거기까지 데려가기 힘들었고 그의 기력으로도 어려웠어요. 그의 말에 따르면 비록 상처의 출혈이 멈추긴 했지만 다리의 통증이 워낙 심해서 설령 우리가 부축해주더라도 걷는다는 건 엄두도 낼 수 없었어요. 그러니 결국 이 용사를 현장에 그대로 남겨두고 우리가 시내로 돌아가서 믿을 만한 인사들한테 우리의 소중한 발견 사실을 털어놓고 그들과 함께 필요한 조치를 강구하는 수밖에는 다른 도리가 없었고, 그 사람도 같은 의견이었어요. 물론 조치는 아주 조용히 은밀하게 실행에 옮겨야 했지요. 페르디난트는 포로가 될지도 모른다는 생각을 무엇보다 싫어했고, 낫기만 하면 곧바로 다시 귀대하여 전투를 수행하겠다는 생각밖에 하지 않았으니까요. 그렇게 해서 그 '네펠'(그는 나뽈레옹을 그렇게 불렀답니다) 놈의 머리통을 쳐부수어 조국을 해방하고 빠리를 초토화시키겠다고 별렀지요.

그는 추워서 턱을 덜덜 떨면서도, 당장의 구출을 가로막는 온갖 난관을 뛰어넘어 그런 생각을 말했답니다. 그를 괴롭히는 갈등을 달래기 위해 오틸리에는 손주머니에서 박하사탕을 몇 개 꺼내 주었고, 그는 사탕을 바로 맛있게 핥아먹기 시작했지요. 제가 갖고 있던 향수병을 건네주려 하자 그는 대장부답게 코웃음을 치며 사절했어요. 하지만 우리가 목도리를 남겨두는 것은 용인했는데, 하나는 베개로, 다른 하나는 너무 얇긴 하지만 담요로 썼지요. 헤어질 때 그는 이렇게 말했어요. "자, 숙녀분들, 제가 이 곤경에서 벗어나려면 어떻게 해야 할지 잘 생각해보세요. 얼마 동안 함께 있지 못하게 되어서 정말 아쉽고 유감스럽군요. 맹세코 말씀드리지만, 고적하던 차에 편안하고 즐거운 시간이었습니다." 그의 말은 언제나 그렇게 용사답게 꾸밈이 없었답니다. 생사가 걸린 판국에도요. 그러고서 우리는 드러누워 있는 그에게 무릎을 굽혀 작별인사를 했고, 그러자 그는 구두 뒤축을 모아붙여서 거수경례라도 하려는 듯한 동작을 취하며 응답했고, 우리는 부리나케 그 자리를 빠져나왔지요……

우리가 어떻게 시내로 돌아왔는지는 뭐라고 말씀드려야 할지 모르겠어요. 감격과 불안과 황홀감에 들떠서 돌아왔지만, 우리가 그렇게 들뜬 모습을 행여 누가 눈치채지 못하도록 조심스레 자제해야 했으니까요. 그 멋진 사람을 은신시키기 위한 계획을 하나씩 차근차근 짜기란 불가능했지요. 그가 두번째 밤도 도움의 손길 없이 노숙을 해서는 안되고 안전한 집으로 옮겨져서 아주 세심한 간호를 받아야 한다는 것만은 혼란스러운 생각 중에도 확고했지요. 그리고 우리 둘이 간호에서 배제되고 싶지 않다는 것도 똑같이 간절한 확신이었어요. 우리 어머니들을 몰래 끌어들여야겠다는 생각도 금방 떠올랐죠. 하지만 그분들이 확실히 동참한다 하더라도 여자들이 어떻게 조언을 해주고 도움을 주죠? 남성의 도움이 불가결했습니다. 그래서 우리는 생각 끝에 시종장 폰 슈피겔 씨의 도움을 받기로 했지요. 그분은 우리와 생각이 일치했고 또 비록 결과는 참담했지만 프로이센의 출정을 발의한 사람들 중 하나였으니 출정으로 인한 희생자를 도와줄 사유가 충분했으니까요. 게다가 당시만 해도 그는 자유로운 몸이었거든요. 그와 그의 친구 폰 포이크트가 체포된 것은 불과 며칠 후의 일인데, 돈벌이 궁리를 하던 어느 동료 시민의 밀고로 그렇게 되었지요. 나뽈레옹이 직접 다시 바이마르에 와서 대공비마마에 대한 예우 차원에서 사면해주지 않았더라면 두 사람은 목숨을 건 애국심 때문에 사형을 당할 뻔했지요.

그 이야기는 이 정도로 넘어가죠. 앞으로는 세부적인 이야기로 벗어나지 않도록 하겠어요. 폰 슈피겔이 기대를 저버리지 않고 곧바로 열정적인 활동을 보여주었고, 바랄 수 있는 모든 조치를 주도면밀하게 실행에 옮겼다는 얘기만으로도 충분하죠. 들것을 심지어 여러번 나누어서 몰래 공원으로 옮겼고, 얼마 후에는 마른 옷가지와 강장제도 그 불쌍한 청년에게 전달되었으며, 어느 외과의사가 고맙게도 진료를 해주었죠. 날이 저물 무렵 민간인 차림으로 변신한 그 청년은 아무런 제지도 받지 않고 시 외곽에 있는 성으로 옮겨졌답니다. 시종장 폰 슈피겔은 그 성에서 오래된 건물로 이른바

바스띠유라 불리는 성탑의 높은 지붕 아래 있는 작은 방을 관리인의 협조하에 은신처 겸 피난처로 마련해주었지요.

우리의 용감한 친구는 바깥세계의 모든 위협으로부터 보호받는 이곳을 병실로 삼아 여러주를 보냈습니다. 다리의 상처가 곪은 것 외에도 축축한 도시 공원에서 밤을 지새웠기 때문에 심한 기침을 하는 늑막염까지 겹쳐서 열과 통증을 가중했기 때문입니다. 그러니 환자의 젊음과 선량한 천성, 그리고 오로지 다시 출정할 수 있기를 바라는 조바심으로 침울해지는 것 말고는 한결같은 쾌활한 기분 덕분에 확실하게 치유를 보장할 수 있었기에 망정이지, 그렇지 않았으면 의사의 우려를 자아낼 만도 했지요. 의사가 정기적으로 왕진할 때, 그리고 늙은 청지기가 식사를 날라다 줄 때 우리 두 사람, 오틸리에와 저는 늘 그의 곁에서 간호했답니다. 우리는 매일 썩은 나무계단을 올라가서 그의 마법의 방으로 찾아가 그에게 포도주와 절인 음식, 주전부리 등과 재미있는 읽을거리도 제공했지요. 그의 용태가 허락하면 함께 잡담을 나누기도 하고 책을 읽어주거나 편지를 대신 써주기도 했지요. 그는 우리를 천사라 불렀답니다. 그의 냉철하고도 쾌활한 자기표현 방식의 이면에는 아주 부드러운 감성이 숨어 있었지요. 그는 문예를 애호하는 우리의 관심사를 함께 공유하지 않고 웃으면서 물리쳤고, 법학 말고는 오로지 조국의 재건 외에는 그 무엇에도 관심을 기울이지 않았는데, 조국의 재건을 위해 문예는 내팽개친 셈이지요. 그렇지만 우리는 어떤 사람의 삶 자체가 시를 구현하고 있다면 시를 얕잡아봐도 그만이고 굳이 시를 이해할 필요도 없노라고 기꺼이 인정했답니다. 그 아름답고 선량하고 고귀한 청년은 실제로 시를 구현하고 있었고, 우리의 꿈을 실현한 것으로 보였지요. 그랬기에 아마 이런 일도 일어날 법했지요. 즉, 한번은 그를 방문하고서 오틸리에가 계단을 내려오면서 말없이 의미심장하게 저를 껴안았고, 저는 그 무언의 고백에 대한 응답으로 진심으로 그녀에게 입을 맞추었답니다. 그렇게 포옹과 입맞춤을 주고받느라 나무계단의 재질이 낡은 탓에 하마터면 균형을 잃고 넘어질 뻔했지요.

그렇게 감동과 고양된 기분으로 충만한 몇주가 지나갔습니다. 그동안 우리 소녀들의 생활은 너무나 아름다운 내용으로 채워졌지요. 우리는 조국을 위해 그 용감한 청년을 지켜주는 봉사를 했고, 그는 짧은 요주의 기간이 지나자 매번 볼 때마다 확연히 차도를 보였으며, 그런 모습을 지켜보노라면 너무 행복했으니까요. 우리는 그런 기쁨을 자매처럼 함께 나누었고, 우리가 돌보는 늠름한 청년에게 바친 감정도 함께 나누었지요. 우리의 감정에는 박애정신과 조국애뿐 아니라 이루 형언하기 힘든 애틋한 연정도 섞여 있었지요. 우리 두 사람 모두의 가슴에 그런 감정이 싹텄다는 것쯤은 익히 짐작하실 거예요. 하지만 이 문제와 관련해서도 제 감정은 사랑스럽고 매력적인 오틸리에의 감정을 충실하게 따라갔을 뿐이고, 말하자면 그녀의 감정에 우선권을 주었는데, 그렇게 하는 것이 자연스러운 순리였죠. 물론 페르드난트가 못생긴 저한테도 어느정도는 감사의 정을 느끼긴 했겠지요. 그는 늠름한 얼굴 표정에서 역력히 드러나듯이 정신적으로 가식이 없었고, 그래서 제가 화려한 외모 대신에 제공했던 지적 선물에는 완전히 무관심했지요. 하지만 저는 애초부터 그러려니 하고 좋게 받아들였고, 더이상 아무것도 바라지 않고 이 소설 같은 상황에서 현명하게 믿음직한 친구 역할에 만족하기로 했답니다. 저는 천성적으로 그런 역할을 받아들일 용의가 있었고, 제 친구를 사랑하는 마음과 그녀의 매력에 대한 애틋한 자부심 덕분에 질투심 따위는 느끼지 않았어요. 실제로 페르디난트는 우리를 대등하게 대해주었고, 제 단짝한테도 유쾌한 우정의 수위를 결코 넘지 않는 변함없는 태도를 취했는데, 그런 모습에서 저는 인간적으로 수긍할 만한 만족감을 느꼈답니다. 비단 이런 이유 때문만이 아니라, 또다른 고려사항도 저에겐 도움이 되었지요. 다시 말해 오틸리에가 예기치 않던 이 새로운 체험을 통해 저로서는 너무 불길하고 불행해 보이는 아우구스트와의 관계에서 제발 벗어나길 소망했지요. 그래서 오틸리에가 페르디난트한테 어떤 감정을 느끼는지 은밀히 고백할 때면 저는 만족감과 홀가분한 심정을 숨김없이 드러냈답니다. 그녀는 이전까지 경험했던 것과는 전혀 다른 감정을 느낀다고 했고, 이 새로운 인생경험을 통해 이제는 깊은 염려에서 우러나온 우정과 진정한 사랑을 구별하는 법을 배웠다고 했거든요. 다만 페르디난트는 귀족이 아니라 그저 슐레지엔 모피상의 아들일 뿐이고, 따라서 오틸리에 폰 포그비슈한테 어울리는 신랑감은 아니라고 말해서 제 기쁨이 좀 사그라지긴 했지요. 그런데 과연 그가 반드시 신분차이를 의식해서 그녀를 편안한 우정관계로만 대했던 것인지는 따로 생각해볼 문제지요.

페르디난트의 용태가 호전되는 사이에 공연 씨즌이 끝나고 있었죠. 연극은 아직 공연 중이긴 했지만, 주로 프랑스 장교들이 주역으로 참여한 궁정 초대와 무도회는 점점 띄엄띄엄했기에 우리는 지난겨울에 비해 아우구스트를 만날 기회가 드물었지요. 그렇지만 아버지의 부재로 인해 그의 업무 부담이 가중되긴 했어도 두 연인이 공원에서 함께 산책하는 만남이 완전히 중단되지는 않았어요. 그렇지 않아도 페르디난트 이야기는 조심스레 비밀을 유지했고 우리가 찾아낸 그 사람이 마법의 방에 숨어 있다는 사실은 이 일에 연관된 핵심인물들만 알고 있었지만, 오틸리에는 재무관 시보인 아우구스트에게 이 일을 사실대로 알려주는 것이 온당하다고 생각했지요. 그런 생각을 한 이유는 무엇보다 우정과 신의를 지켜야 한다는 의무감 때문이었어요. 또 제가 보기엔 아우구스트가 우리의 모험 이야기를 과연 어떻게 받아들이고 어떤 표정을 지을까 하는 호기심도 발동했던 것 같아요. 그런데 그의 반응은 태연했고, 특히 그저 건성으로 페르디난트의 집안 내력을 묻더니 그가 평민 출신이라는 것을 확인하자 코웃음을 치기까지 했지요. 그의 그런 반응은 알고 싶지도 않고 관심도 없다는 뜻으로 해석할 수 있었고, 심지어 그런 문제는 제발 멀리하고 싶다는 단호한 의사로 비쳤지요. 그래서 그후로는 우리와 아우구스트 사이에 그 얘기가 나오는 일은 아주 드물었고, 설령 얘기가 나오더라도 금방 중단되었어요. 그래서 아우구스트는 우리의 영웅 페르디난트가 다행히 건강을 회복해서 아주 잠깐 바이마르에 머물다가 얼마 동안 다시 종적을 감춘 일에 대해서는 줄곧 알려고 하지도 않았고 아예 모른 체했지요.

이런 말을 해서 사태의 진전을 어느새 앞질러갔네요. 예상보다 빨리 페르디난트는 이따금 병상에서 일어나 그 높고 비좁은 방에서 상이용사 지팡이에 의지하여 이리저리 걸음을 옮기면서 다리를 움직이는 연습을 할 수 있었지요. 화창한 봄날의 햇살이 지붕 아래 방의 작은 채광창을 통해서만 그의 보호감옥 안으로 비쳐들긴 했지만, 그래도 그의 병세를 호전시키고 원기를 회복하는 데 일조했지요. 그래서 우리는 그가 좀더 자유롭게 햇볕을 쬐도록 하려고 숙소를 옮기는 조치를 취했답니다. 청지기의 조카 중에 궁정 마구간 뒤쪽에 있는 케겔플라츠 가街에서 제화점을 하는 이가 있었는데, 그이가 회복기의 환자를 위해 자기 집 1층 방 하나를 내주기로 했지요. 그래서 페르디난트는 6월 초 어느날 든든한 부축을 받으면서 그의 낭만적인 은신처를 떠나 그곳으로 거처를 옮겼고, 이제는 강변의 벤치에 앉아서 햇볕을 쬐거나 다리를 건너 야외 녹지와 사격장, 티푸르터 알레 가(街)까지 편안히 거닐 수 있게 되었답니다.

우리는 그 무렵 세계사의 소용돌이가 잠시 주춤해진 평온한 시기를 맞고 있었는데, 휴전협정은 겨우 한여름까지만 지속되었지요.[18] 휴전협정 기간이 너무 짧았는데도 '유감스럽다'고 하지 않은 이유는 그러고서 비록 끔찍한 공포와 엄청난 고난을 겪긴 했지만 마침내 조국의 영예와 자유를 되찾았기 때문입니다. 군인들의 숙영이 계속 부담이 되긴 했지만 그럭저럭 견뎌냈고 그사이에 우리 도시의 생활도 평온해졌지요. 초여름까지는 절도 있는 사교 모임이 계속되었고, 눈에 띄게 볼에 살이 붙고 혈기가 오른 우리의 용사도 소박한 민간인 복장 차림으로 조심스레 모임에 참여했습니다. 제 어머니나 오틸리에, 에글로프슈타인 부인이 주선하는 모임, 볼초겐 부인의 쌀롱, 그밖에 몇군데서 우리는 그 젊은 용사와 함께 유쾌하고 정감 어린 시간을 보냈지요. 그는 젊음의 아름다움과 기사다운 소박함 덕분에 어디서나 진심으로 호감을 샀고 경탄을 자아냈답니다. 특히 파소 박사가 그를 열렬히 좋아했죠. 파소는 그가 자신의 교육이념에 걸맞게 고대 그리스풍의 아름다움과 애국적 자유주의의 영웅적 기상을 결합한 화신이라는 걸 제대로 알아봤으니까요. 다만 파소는 제 취향에 맞는 남자치고는 페르디난트를 숭배하는 정도가 너무 심해서 그걸 보고서 저는 호전적인 민족주의 정신이란 남자가 같은 남자한테 지나치게 열광하는 감정과 상관이

---

18 프랑스와 반프랑스 연합군 사이의 휴전협정은 1813년 6월 2일부터 8월 10일까지 지속되었다.

있다는 것을 알게 되었죠. 저에게 그런 경험은 그때가 처음도 아니고 마지막도 아니었는데, 이미 고대 스파르타의 풍속에서도 그런 일이 벌어져서 뜨악하고 낯선 느낌을 주었죠. 우리 여자들한테는 그런 일이 좋게 보일 리 없지요.

페르디난트 자신은 이미 언급한 대로 누구한테나 똑같이 쾌활한 태도를 취했는데, 우리를 대하는 태도, 특히 오틸리에를 대하는 태도 역시 아우구스트에게 질투심을 유발할 빌미는 주지 않았지요. 설령 밤과 낮처럼 기질이 다른 두 청년이 어쩌다가 마주칠 일이 있더라도 그럴 우려는 없었는데, 그래도 오틸리에는 두 사람이 마주치지 않도록 신경을 썼어요. 확실히 오틸리에는 그 용사한테 바치는 감정으로 인해 침울한 애인한테 죄책감을 느끼고 있었지요. 그녀는 애인한테 지켜야 할 우애의 의무를 저버렸다고 생각했고, 그래서 두 남자와 함께 있는 상황이 되면 양심의 가책을 느꼈을 거예요. 그녀가 그런 생각을 하게 되는 도의적 양식에 저는 경탄하지만, 다른 한편 그런 태도로 미루어볼 때 그녀가 위대한 작가의 아들과 맺고 있는 걱정스러운 관계를 페르디난트와의 체험을 통해 청산하기를 바라는 저의 소망이 무산될 것만 같아서 마음이 불안했답니다. 그녀는 어느날 파란 눈에 수심이 어린 표정으로 저한테 이렇게 말했어요. "그래, 아델레, 나는 행복이라는 걸 알았어. 우리 페르디난트의 모습에서 빛과 조화가 발산되는 것이 느껴져. 그런데 그의 기품이 아무리 고결하다 해도 우리의 고결한 마음에 어둠과 고통을 안겨주는 의무감이 더 엄중한 것이고, 나는 마음속 깊이 내 운명을 알고 있어." 그런 말에 저는 고작 "애야, 하늘의 가호가 있기를!"이라고 응답한 것이 전부였답니다. 가슴에 싸늘한 냉기가 스쳤지요. 우리가 숙명의 움직일 수 없는 눈길과 마주칠 때면 그럴 수밖에요.

페르디난트는 떠나갔습니다. 그러고는 다시 재회했지요. 이번에는 7주일 동안 우리 곁에 머물다가 다시 떠났는데, 처음에는 슐레지엔 지방에 있는 그의 고향으로 가서 모피상 집안의 사랑하는 가족들을 방문했고, 거기서 가족들과 함께 있으면서 다리가 완전히 아물기를 기다렸다가 그러고선 곧장 다시 귀대했지요. 오틸리에와 저는 그가 곁에서 사라지자 함께 서럽게 울었어요. 하지만 앞으로 우리는 오로지 그 용사를 기리는 것만을 유일한 숭배 대상으로 삼기로 우정으로 맹세하면서 마음을 추슬렀답니다. 그는 애국심에 불타는 독일 청년의 이상형을 어느 시인[19]이 「리라와 검」이라는 시에서 천명한 대로 '피와 살'로 몸소 보여주었지요. 그런데 '피와 살'은 언제나 이상과는 다소 상반되고 불가피하게 마음을 냉정하게 가라앉히지요. 그래서 아주 솔직히 말씀드리면 페르디난트의 부재로 인해 오히려 그의 '피와 살'이 다시 순수한 이상으로 변용되는 좋은 장점도 생겼지요. 페르디난트는 마지막 무렵에는 언제나 소박한 민간인 복장으로 우리 앞에 나타났는데, 우리 내면의 눈으로 보면 그가 처음 나타났을 때 입고 있던 명예로운 군복 차림의 모습이 어른거렸어요. 제복을 입으면 남성의 자질이 얼마나 돋보이는가를 생각해보면 그건 커다란 장점이었지요. 요컨대 그가 떠나간 이후 우리의 상상 속에서 그의 모습은 날이 갈수록 더욱 빛났답니다. 이제 곧 아시게 되겠지만 그 반면에 아우구스트의 모습은 점점 더 짙은 먹구름에 휩싸였어요.

8월 10일 자로 휴전협정은 종료되었고, 그사이에 프로이센과 러

---

19 카를 테오도어 쾨르너.

시아, 오스트리아와 영국까지 프랑스 황제에 맞서서 하나로 뭉쳤습니다. 블뤼허와 뷜로, 클라이스트, 요르크, 마르비츠, 타우엔친 등 프로이센의 장군들이 승리를 거두고 있다는 소식은 우리 바이마르에까지는 극히 미미하고 불확실하게 전해져왔어요. 우리의 페르디난트도 어딘가에서 이 승전에 참여하고 있을 거라는 사실에 우리 소녀들은 한껏 당당한 자부심을 느꼈지요. 조국에 바치는 그의 젊은 피가 어쩌면 이미 푸른 들판을 적시고 있을지도 모른다는 생각에 우리는 몸을 떨었어요. 우리는 거의 아무것도 몰랐지요. 북쪽과 동쪽의 야만족들이 진격해오고 있다는 것이 우리가 아는 소식의 전부였어요. 그런데 그들이 가까이 진격해올수록 우리 바이마르에서는 그들을 '야만족'이라 일컫는 일이 차츰 뜸해졌고, 그럴수록 우리 주민들과 상류사회의 공감과 희망은 프랑스 쪽에서 멀어져서 그들 쪽으로 기울었지요. 그것은 한편으로 그들이 승자라는 걸 알아보기 시작했고, 그래서 일찌감치 멀리서부터 그들에게 순종하는 태도를 보여서 유화적인 분위기를 조성하길 바라는 단순한 이유 때문이었죠. 더 중요한 이유는 상황과 사태에 순응하고 권력에 순응해서 살아야 할 필요성에 이끌려서 굽히고 들어가는 것이 곧 인간의 본성이기 때문이지요. 그래서 이제는 생각을 바꾸어야 한다는 운명의 신호와 명령이 떨어진 것으로 여겼어요. 그리하여 문명에 역행하여 반란을 일으킨 야만족이 불과 며칠 만에 해방군이 되었고, 해방군이 승승장구하면서 진격해오자 전반적으로 민족과 조국에 열광하는 분위기와 프랑스의 압제자를 증오하는 분위기가 순식간에 고조되었답니다.

10월 중순 직후에 우리는 바이마르에 코사크 군인들이 나타난 것을 처음 보고서 질겁했지요. 프랑스 공사는 달아났는데, 그가 떠나갈 때 괴롭히지는 않았지만 그것은 단지 운명이 과연 어떻게 판가름이 날지 아직 확실치 않았고, 따라서 승리하는 세력에 장단을 맞추려면 어떻게 처신해야 할지 확신을 갖지 못했기 때문이지요. 그런데 20일에서 21일로 넘어가는 밤에 500명이나 되는 훈족 기병대가 들이닥쳤고, 기병대장 가이스마어가 이날 밤에 귀를 덮은 모자를 비스듬히 쓴 채로 궁성에 들어와 대공 전하의 침상 앞에서 연합군이 라이프치히 전투에서 대승을 거두었노라고 보고했답니다. 그러면서 그는 대공 전하의 가족을 보호하기 위해 알렉산드르 황제의 특명을 받고 파견되어 왔다고 했어요. 그리하여 대공 전하도 사태의 추이를 파악하고 현명한 군주답게 지체 없이 운명에 순응하여 승리한 세력과 손을 잡았지요.

정말 끔찍한 나날이었답니다! 도시 주위와 시내 거리에서까지 벌어진 무시무시한 전투로 난리법석이었지요. 프랑스, 라인동맹 연합군, 코사크, 프로이센, 마자르, 크로아티아, 슬로베니아 군인들의 험악한 얼굴들이 끝없이 번갈아 출몰했고, 프랑스군이 에르푸르트로 퇴각함에 따라 바이마르는 연합군에게 넘어가서 그들이 곧바로 들이닥쳤지요. 그리하여 숙영해야 할 병력이 우리 도시에 홍수처럼 밀려왔고, 크든 작든 모든 가정에 수용한도를 넘는 군인들이 숙영하여 거의 감당하기 힘든 부담을 지게 되었답니다. 사람들로 북적이는 우리 도시에서는 걸출한 위인들도 볼 수 있었지요. 러시아 황제와 오스트리아 황제 외에 프로이센 왕세자도 얼마 동안 체류했고, 메테르니히 수상도 나타났으며, 고관대작들과 장군들이 우글거렸거든요. 아무런 부담도 지울 수 없었던 극빈층 사람들만 신이 나서 구경을 했고, 우리 같은 다른 사람들은 너무나 비좁은 공간에 갇힌 채 끝없이 사역만 해야 했지요. 그래서 손발이 모자랄 지경이었고 누구나 그들의 요구를 어떻게 들어줘야 할지 근심걱정으로 거의 숨이 멎을 지경이었기에 이웃을 걱정할 마음의 여유가 없었고, 따라서 그 난리 통에 이웃이 어떤 일을 당했는지는 대개 나중에야 알아차렸답니다.

어떻든 겉으로는 모두 똑같이 곤경에 처하고 요구사항을 감당하느라 고초를 겪었지만 마음속으로는 한가지 차이가 있었지요. 그러니까 조국의 승리를 진심으로 기뻐하는 성향의 사람들은 온갖 고생을 충분히 보상받은 셈이어서 다행히 곤경을 극복할 수 있었지요. 물론 조국의 승리라는 것도 다소 거칠고 방자하게 구는 우방들, 즉 동쪽에서 온 코사크, 바슈키르 기병대의 지원을 받아서 쟁취한 것이긴 하지만요. 어떻든 우리의 어머니들, 즉 오틸리에의 어머니와 저의 어머니도 고위 지휘관들과 부관들 및 사병들에게 숙식을 제공해야 했고, 우리 딸들은 이 위풍당당한 손님들의 하녀나 다름없는 신세로 전락했지요. 하지만 제 친구는 그동안 프로이센을 지지하는 속마음을 숨겨야 했던 강박에서 완전히 벗어나 갖은 고생에도 불구하고 기뻐하는 기색이 역력했으며, 소심해서 기가 죽은 저한테 이 위대하고 장엄한 시간에 감격하는 심정을 거듭 털어놓았답니다. 이 위대한 시간을 맞아 오틸리에와 저는 우리가 좋아하고 숭배하는 그 용감한 청년의 모습을 떠올렸지요. 우리가 구출한 그 청년은 지금 그가 있어야 할 곳에서, 거기가 어디인지는 알 수 없었지만, 피비린내 나는 자유의 과업을 완수하기 위해 분투하고 있었겠지요.

우리의 감정과 처지에 관해서는 이 정도로 그치고자 합니다. 우리의 처지는 어느정도 개인적인 특수한 사정이 있긴 해도 전반적인 공공의 처지나 국민적 분위기와 별로 다르지 않았어요. 그런데 오틸리에가 저를 너무 불안하게 하는 기이한 인연을 맺고 있던 그 유명한 집안의 분위기는 완전히 딴판이었지요! 독일의 위대한 시인이 그 무렵에는 바이마르에서, 아니 대공국에서, 어쩌면 사기충천한 독일 전역에서 가장 불행한 사람이었거든요. 그분이 1806년에 겪었던 불행은 이때의 절반에도 미치지 못했지요. 우리의 자애로운 폰 슈타인 부인은 그분이 우울해졌다고 하시더군요. 부인은 보는 사람마다 그분과 정치적인 문제는 얘기하지 말라고 경고했는데, 부드럽게 표현하자면 그분이 지금의 열광적 분위기에 동조하지 않는 것 같다고 했지요. 그분은 우리 독일사에서 특별한 영광으로 기록될 이 도약의 해를 다름 아닌 '슬프고 끔찍한' 해라고 일컬었지요. 그분이 경악했다는 것은 부인할 수 없지만 우리 모두가 겪은 것에 비하면 덜한 편이었지요. 전운이 몰려오던 4월에 프로이센과 러시아 연합군은 바이마르 주위의 고지들을 점령했고, 바이마르에서 전투가 임박했고 약탈과 방화가 예상되자 그분의 가족들, 즉 아우구스트와 추밀고문관 부인은 63세의 노인 괴테가 1806년의 상황보다도 더 악화될 조짐을 보이는 험악한 상황에 노출되는 것을 방관할 수 없었지요. 그분은 줄곧 병치레를 해왔고, 이미 오래전부터 몸에 배어서 끊을 수 없는 습관인 온천 여행도 거를 수 없었으니까요. 아들과 부인은 그분이 하루빨리 여행을 떠나도록 결정을 내렸는데, 그분이 좋아하는 보헤미아 지방의 테플리츠로 가도록 했습니다. 거기서 그분은 안전하게 작업을 하면서 회고록의 제3부를 마무리하고, 그사이에 모자는 집을 지키며 곧 닥쳐올 가공할 사태에 당당히 맞설 작정이었지요. 그것은 순리에 따른 결정이었고, 저는 그런 결정에 반대하지 않습니다. 적어도 저는 반대하지 않았어요. 그런데 숨김없이 말씀드리자면 그분이 여행을 떠난 것을 책망하고 위대한 사람이 이기적으로 몸을 사렸다고 생각하는 사람들도 있었지요. 그런데 진격해오던 블뤼허 부대가 바로 바이마르 근교에서 그분의 마차와 마주쳤고 『파우스트』의 작가라는 걸 알아보았는데, 그저 가벼운 나들이를 하는 거라고 착각한 게 아니라면 그들은 그분의 여행에 대하여 확실히 다르게 생각했습니다. 왜냐하면 그들은 그분을 에워싸고 아무 영문도 모른 채 진솔하고 거리낌 없이 그들의 무운을 축복해달라고 간청했거든요. 그러자 그분은 잠시 사양을 하다가 그래도 우정 어린 말로 무운을 축복해주었답니다. 근사한 장면이지요, 그렇죠? 다만 이 장면의 근저에 깔려 있는 순진한 오해를 생각하면 다소 당혹스럽고 가슴이 답답하긴 하지만요.

우리의 대작가는 한여름까지 보헤미아에 머물렀습니다. 그러고는 거기도 더이상 안전하지 않았기에 다시 돌아오긴 했지만, 돌아와서 불과 며칠만 있었지요. 바로 그 무렵 오스트리아 군대가 동남쪽에서 바이마르로 진군해오는 형세여서 아우구스트는 아버지가 다시 곧장 여행을 떠나도록 종용했거든요. 그래서 그분은 일메나우로 가서 9월 초까지 거기에 머물렀습니다. 그러고는 물론 다시 바이마르로 돌아왔지요. 그분을 좋아하는 입장에서 말하면 우리에게 닥친 곤경을 그분 역시 늘 버거울 정도로 함께 겪었다고 하지 않을 수 없어요. 숙영의 부담이 최악에 이르렀던 때였고, 사람들이 평화롭게 지켜지길 바랐던 근사한 저택도 강제적으로 숙소가 되어서 그분은 족히 일주일 넘게 매일 스물네명의 인사들에게 식사대접을 했지요. 다음 얘기는 당시 떠들썩한 화제가 되었으니까 틀림없이 들으셨겠지만, 오스트리아의 포병대장 콜로레도 백작도 그분 댁에 묵게 되었는데, 대작가는 관복 차림에 버젓이 레지옹 도뇌르 훈장을 달고서 백작을 영접했답니다. 정말 기이하게 지각없는 처신이죠? 아니면 반항심에서 그랬을까요? 혹은 콜로레도 백작이나 그분처럼 위대한 사람들은 대중의 뜨거운 관심사에는 초연하게 각자의 고유한 영역에서 살고 있다는 신뢰감의 표현이었을까요? 어떻든 그러자 백작은 아주 거칠게 이렇게 소리쳤답니다. "이런 빌어먹을! 어떻게 이따위 것을 달고 있을 수 있지요!" 그분에게 이런 말을 했답니다! 백작은 도무지 이해할 수 없었던 거죠. 그분은 백작한테 아무 말도 하지 않았답니다. 나중에 다른 사람들한테 이렇게 말했다고 해요. "어떻게 그럴 수 있냐고? 황제가 전투에서 한번 패했기로서니 내가 황제가 내린 훈장을 더이상 달지 말아야 한다는 건가?" 이러니 그분은 아주 오래 사권 친구들도 이해할 수 없었고, 친구들 역시 그분을 이해할 수 없었지요. 오스트리아의 백작이 다녀간 다음에 훔볼트[20] 장관이 찾아왔어요. 그는 20년 전부터 그분과 정신적 교분이 두터웠고 일찍부터 세련된 세계시민주의자였는데, 그런 면에서는 괴테보다 더 앞서가서 언제나 조국보다는 외국에서 생활하는 것을 더 선호했지요. 그러다가 1806년부터 그는 사람들이 흔히 말하듯 훌륭한 프로이센 국민이 되었고 그 이상 다른 무엇도 바라지 않게 되었답니다. 나뽈레옹이 그의 생각을 결정적으로 바꿔놓은 것인데, 나뽈레옹이 우리 독일인들을 많이 변화시켰다는 걸 인정해야겠죠. 세계에 대해 선의를 갖고 주거니 받거니 하던 유화적 기질을 사나운 다혈질로 바꾸어놓았고, 그리하여 다재다능한 휴머니스트였던 훔볼트도 격분한 애국주의자로 변신하여 해방전쟁을 독려하게 되었던 것이죠. 나뽈레옹 황제가 우리의 생각을 바

---

20 빌헬름 폰 훔볼트를 가리킴.

꿔놓아서 우리의 본분을 찾게 해준 것을 과연 황제의 실수라 해야 할까요 공로라 해야 할까요? 저는 뭐라고 판단 내리고 싶지 않습니다.

당시 프로이센의 장관 훔볼트와 우리의 대작가 사이에 논의되었던 이야기의 상당 부분은 밖으로 새나가서 사회에서 많이 회자되었지요. 베를린의 애국주의 분위기를 공유했던 훔볼트는 워낙 그해 초부터 이미 쉴러와 괴테의 아들들도 청년 쾨르너처럼 군에 자원하기를 기대해온 터였지요. 그래서 이제 그는 오랜 친구인 괴테의 생각과 아들 아우구스트의 결심을 떠보았지요. 하지만 결국 아우구스트는 침울한 무관심에 빠져 있고, 훔볼트 자신은 대범하고 숭고하게 여기는 일체의 생각을 괴테가 노엽게 책망하고 불신한다는 것을 확인하고 말았지요. 훔볼트는 괴테가 "해방이라고?"라며 반박하는 말을 쓸쓸한 심정으로 들었지요. 그것은 파멸을 자초하는 해방이라는 거였어요. 약이 병보다 더 고약하다고. 나뽈레옹이 제압되었다고들 하지만 아직은 아니며 아직 한참 멀었다고. 비록 쫓기는 노루 신세이긴 하지만, 나뽈레옹은 그걸 재미 삼아 즐기고 있으며, 아직도 사냥개들을 쓰러뜨리는 일은 얼마든지 가능하다고 했어요. 그런데 나뽈레옹이 항복하면 그때는 어떻게 될까? 정말 독일 국민이 각성해서 뭘 해야 하는지 알게 될까? 그래, 이 막강한 황제가 패망한 이후에 어떤 일이 벌어질지 과연 아는 사람이 있을까? 프랑스의 세계 지배 대신에 러시아의 세계 지배? 아무리 그래도 바이마르에 코사크 병사들이 진주하는 것은 바라지 않는다고 대작가는 말했지요. 그들의 행동이 프랑스 병사들의 행동보다 더 낫기라도 한가? 우리의 우방군도 먼젓번의 적에 못지않게 방화와 약탈을 자행하지 않았냐는 거였죠. 힘겹게 조달한 보급품을 우리 바이마르의 병사들로부터 강탈했고, 싸움터에서 우리 부상병들이 동맹군들에 의해 약탈당했다고. 이것이 진실인데, 감상적인 허구로 미화하려 든다고. 정치 문제로 신세를 망친 시인들을 포함하여 독일 국민들은 추잡하고 꼴사납게 과열 상태에 빠져 있다고. 요컨대 경악스러운 사태라고.

정말 경악스러웠어요. 대작가의 경악은 우리가 시시각각으로 직접 겪은 모든 상황과 직접 체감한 사태의 추이로 입증되었고, 바로 그 점이 독일 연합군의 승리에 열광하는 사람들을 부끄럽게 만든 고약한 측면이었지요. 사실이 그랬어요. 프랑스군의 퇴각과 그들에 대한 추격은 너무 참담한 파괴와 약탈을 야기했거든요. 바이마르에서는 오만방자한 프로이센 민병대장과 러시아 및 오스트리아 병참 사령관이 지휘를 하고 있었는데, 온갖 종족의 부대들이 통과하거나 숙영하면서 우리는 압박에 시달렸지요. 포위당한 에르푸르트에서 후송된 부상병들과 몸이 절단된 중상자들, 이질과 발진티푸스 환자들이 우리 군인병원으로 몰려왔고, 곧이어 전란으로 인한 전염병이 주민들 사이에 번졌어요. 11월에는 티푸스 환자가 500명이나 되었지요. 바이마르 인구가 6000명인데 말이에요. 의사도 없었답니다. 바이마르의 모든 의사들이 병상에 드러누웠거든요. 작가 요하네스 팔크는 한달 사이에 네 자녀를 잃고 머리가 백발이 되었지요. 식구가 한명도 살아남지 못한 집도 많답니다. 감염될까봐 두렵고 불안해서 목숨이 붙어 있는 사람들은 모두 꼼짝 않고 바닥에 엎드려 있는 형국이었지요. 매일 두차례씩 시내 전역을 흰색 역청을 태운 연기로 소독했지요. 아무리 그래도 시신을 실은 들것과 수레가 분주히 움직여서 소름이 끼쳤어요. 끼니 걱정에 시달리다가 자살한 사람도 많았지요.

그것이 겉으로 드러난 참상이었고 현실이었어요. 그런 현실을 극복하고 자유와 조국애의 이념으로 고무되지 못한 사람은 괴로워했지요. 하지만 그렇게 고무된 사람들도 상당수 있었답니다. 누구보다 루덴 교수와 파소 교수, 그리고 오틸리에도 앞장섰지요. 우리 시인의 제왕은 그러지 못했고, 혹은 그러길 거부했고, 우리의 온갖 근심걱정 중에서도 가장 참담한 걱정거리였지요. 그분의 처지가 어떠했는지는 아들을 통해 아주 소상히 알 수 있었답니다. 아들은 아버지의 메아리나 다름없었으니까요. 그런데 아들이 자식답게 아버지의 생각을 똑같이 본받는 것까지는 그 나름으로 감동적이었지만, 그런 모습이 어쩐지 부자연스러워서 우리는 아들이 전하는 말 자체가 유발하는 고통 이상으로 마음을 졸였답니다. 아우구스트는 아버지가 이 시대의 참상과 과오에 관해 훔볼트와 다른 사람들에게 했던 말을 마치 자기 생각인 양 날카로운 어조로 그대로 옮겼는데, 그럴 때면 오틸리에는 고개를 떨군 채 눈물이 고인 파란 눈으로 이따금 그를 올려다보면서 가만히 듣기만 했지요. 괴테는 이 시대의 부조리함과 우스꽝스러움에 관해서도 말했답니다. 과감하게 말하자면 그것도 맞는 말이긴 했어요. 단결된 열정으로 고무되기도 하고 정신적으로는 실추되기도 한, 격앙되고 도취된 사람들의 행동거지가 부조리하고 우스꽝스러워 보일 수도 있었지요. 베를린에서 피히테와 슐라이어마허와 이플란트는 완전무장을 하고 군도軍끼로 땅바닥을 치면서 활보했지요. 유명한 극작가 폰 코체부 씨는 여군을 창설하려 했는데, 정말 여군 창설에 성공했더라면 오틸리에는 틀림없이 여군에 지원했을 테고, 아마 저까지도 함께 끌어들였을 거예요. 지금 차분히 생각해보면 정말 기이한 발상이긴 했지만요. 고상한 취향이 발붙일 수 없는 시대였지요. 고상한 취향에 관심을 쏟고 문화와 각성과 절제된 자기비판을 추구하는 사람은 결코 만족할 수 없었죠. 그런 사람은 이를테면 이 격앙된 시대가 산출한 문학에 만족할 수 없었어요. 비록 당시에는 대중적 분위기에 휩쓸려서 그런 문학에 눈물을 쏟으며 열광했지만, 오늘의 관점에서 보면 거부감이 생기죠. 온 국민이 시를 썼고, 묵시록의 분위기를 내고 예언자연하는 표정으로 피비린내 나는 증오심과 복수심에 도취되어 광분하고 열광했지요. 어떤 목사는 나폴레옹의 대군이 러시아에서 패배하자 풍자시를 발표했는데, 그 시는 전체적으로나 세부적으로나 정말 역겨웠어요. 감격은 아름다운 것이지요. 하지만 감격에 깨달음이 결여되고 흥분한 속물들이 사악한 욕망을 부추기는 시류에 편승하여 피비린내 나는 과열된 적개심을 분출하는 것은 당연히 불쾌하지요. 솔직히 고백하면 그 당시 온 나라에서 나폴레옹을 비웃고 폄하하고 모욕하려고 광분하며 쏟아낸 언사들이 넘쳐났는데, 바로 얼마 전까지만 해도 그런 열광분자들은 나폴레옹에 대한 두려움과 믿음으로 찍소리도 못했지요. 그런 작태는 농담이든 진담이든 도를 넘어선 것이었고, 이성과 체면을 내팽개친 짓이었죠. 그런데 여러 면에서 그런 비난은 전제군주 나폴레옹을 겨냥하기보다는 오히려 민중의 아들이자 혁명의 아들로 급부상한 나폴레옹, 새로운 시대의 전령 나폴레옹을 겨냥한 것이기 때문에 더더욱 고약했지요. 나폴레옹을 '재단사 니콜라스'라고 거칠고 파렴치하게 비방하고 모욕하는 시가 나오자 오틸리에조차도 내심 곤혹스러워했는데, 저는 그녀의 표정에서 그걸 알아차렸지요. 그러니 독일 문화와 교양을 드높인 아우구스투스 황제나 다름없고 『타우리스의 이피게니에』를 쓴 시인이 어떻게 자국민의 정신 상태에 침통하지 않을 수 있었겠어요?

"뤼초[21]의 거친 군가 가락이 아니면 아무도 들으려고 하지도 않지."
괴테가 그렇게 한탄했노라고 아들의 입을 통해 전해들었지요. 우
리는 가슴이 아팠어요. 하지만 그분은 피에 굶주려서 비방하는 시
들뿐 아니라 자유를 찬양한 재능 있는 작가인 클라이스트와 아른
트의 시들도 비난하면서 나쁜 사례라 일컬었고, 그분이 숭배하는
영웅 나뽈레옹의 몰락을 오로지 혼란과 야만의 지배로만 간주했다
는 사실도 알아둘 필요가 있지요.

보시다시피 저는 그 위대한 분을 옹호하고 당시 그분이 우리에
게 보여준 냉담함과 무관심을 당사자 대신에 변명하고자 애쓰고
있답니다. 저의 이런 모습이 정말 이상해 보일지 모르지만요. 그분
은 정신적으로 고립되어서 틀림없이 많은 고통을 겪었을 테니 더
더욱 기꺼이 옹호하고 싶어요. 물론 그분은 문학적 견지에서는 민
중들로부터 소외되어 있었고 오래전부터 대중적 취향에 대해서는
고전적 거리를 취하는 데 어느정도 익숙하긴 했지요. 하지만 그분
이 당시 아들한테 취한 행동만큼은 절대로 용서할 수 없어요. 그로
인해 워낙 침울한 성격인 아들과 오틸리에의 사랑에도 너무나 고
통스러운 중대한 결과를 초래했지요.

위대하고도 끔찍했던 그해 11월 말에 대공 전하는 프로이센의
선례에 따라 자원입대 소집령을 내렸지요. 여론의 등쌀에 밀렸기
때문이기도 한데, 다시 말해 예나 대학 교수들과 학생들이 투지를
불태우며 총을 잡기를 열망하고 있었지요. 대공 전하의 후궁 폰 하
이겐도르프 부인께서도 그들의 입장을 열렬히 지지했는데, 폰 하
이겐도르프 부인은 야게만 가문에서 시집온 미인이지요. 물론 대

---

21 프로이센 민병대장.

공 전하 측근의 다른 조신들은 자원입대 소집령에 반대했습니다. 포이크트 장관은 청년들의 과도한 혈기를 가라앉히는 것이 현명하다는 입장이었지요. 그는 식자층이 전선에 출정하는 것은 필요한 일도 아니고 바람직하지도 않다고 했어요. 그런 일은 농사꾼 장정들이 더 훌륭히 해낼 수 있다고 했지요. 군에 지원하려고 몰려드는 대학생들은 예나에서 가장 총명하고 학문적으로 장래가 촉망되는 청년들이니 제지해야 한다는 거였어요.

우리의 대작가 역시 같은 생각이었습니다. 그분은 자원병 문제에 관해 아주 못마땅해한다는 말이 들려왔고, 대공 전하의 총애를 받는 후궁께도 반대하는 말을 거침없이 했다는데, 그 말을 감히 그대로 옮기지는 못하겠어요. 그분은 말하기를, 직업군인 제도는 무조건 존중하지만 정규군 대열을 벗어나서 자력으로 소규모 전투를 벌이는 자원병 제도는 무모하고 터무니없다고 했지요. 그분은 그해 초에 드레스덴에 있는 쾨르너 댁을 방문한 적이 있는데, 쾨르너의 젊은 아들은 뤼초가 이끄는 의용군에 자원하여 종군하고 있었지요. 상부의 허락은 받지 않은 상태였는데, 어떻든 나뽈레옹 황제를 충직하게 받드는 선제후의 윤허를 받지는 않았지요. 괴테는 그런 일은 근본적으로 따지면 반역적인 행동이며, 아마추어 병사들이 완전히 자력으로 준동하는 것은 당국에 폐만 끼치는 서툰 짓이라고 했지요.

괴테는 그렇게 당당하게 말했답니다. 정규복무와 자원복무를 그렇게 구별하는 것이 다소 인위적이고 핑계로 내세운 느낌도 들지만, 한가지는 분명히 말할 수 있습니다. 이념적 차원이 아니라 실상을 놓고 보면 자원병 문제에 관한 한 그분 생각이 전적으로 옳았다고 인정하지 않을 수 없어요. 자원병 훈련은 허술했고, 솔직히 말하면 그들은 거의 아무런 역할도 못했고 실질적으로 불필요한 존재라는 것이 입증되었거든요. 그들을 이끄는 장교들은 무능했고, 그들 중에는 탈영병도 허다했으며, 대부분의 시간을 대기 상태로 보냈지요. 프랑스에서 승리를 거둔 이후 대공 전하는 짐짓 그들이 용맹하다고 시적으로 상상하는 민심을 고려하여 치하 서한을 공표하고 그들을 집으로 돌려보냈답니다. 작년에 워털루 전투를 앞두고도 그들은 다시 소집되지 않았지요. 하지만 이것도 본론에서 벗어나는 부차적인 얘기일 뿐입니다. 워낙 열광할 줄 모르는 우리의 시인 괴테는 이 문제를 냉철하게 직시했지요. 그분은 애초부터 자원병 제도에 반대했고, 하이겐도르프 부인이 음탕하고 군인이라면 사족을 못 쓴다고 뒤에서 흉을 봤는데, 그분의 점잖지 못한 표현이 저도 모르게 새나왔네요. 어떻든 괴테가 그런 입장을 취했던 주된 이유는 마음속 깊이 해방전쟁 자체에 반대했고 해방전쟁이 야기한 격앙된 분위기에 반대했기 때문이지요. 다시 이런 우려의 말을 하지 않을 수 없군요.

어떻든 비상소집령이 공표되었고, 모병이 시작되어서 57명의 기마병과 97명의 보병이 규합되었습니다. 바이마르 상류사회의 귀족층 청년들이 모두 자원했지요. 비서관 폰 그로스, 시종장 폰 제바흐, 폰 헬도르프, 폰 헤겔러, 군수 폰 에글로프슈타인, 재무관 폰 포제크, 부총리 폰 게르스도르프도 빠지지 않았어요. 요컨대 모두 자원했답니다. 그래야 체통이 섰고, 필수적인 의무였죠. 애국의 의무가 체통을 지키기 위해 필수적인 사회적 형식이 되었다는 사실이야말로 근사하고 대단한 일이었죠. 아우구스트 폰 괴테 역시 대열에 합류하지 않을 도리가 없었어요. 개인적인 생각 따위는 중요하지 않았고 체통과 명예가 걸린 문제였으니까요. 그리하여 그는 상당히 늦게 50번째 보병 소총수로 지원 신청을 했지요. 미처 아버지의 동의는 구하지 못한 상태였는데, 지원한 직후에 아버지한테 엄청 혼났다고 하더군요. 전해들은 바로는 아버지는 아들의 지원을 의무를 망각한 멍청한 짓이라고 야단쳤고 화가 나서 며칠 동안 아들한테 말 한마디 안했다고 해요. 불쌍한 아들도 전혀 열광해서 그런 행동을 한 것은 아닌데도 말이에요.

실제로 그분은 아들이 없으면 지내기 힘든 형편이었고, 자력으로는 애로사항을 해결할 방도가 없었지요. 리머 박사가 울리히와 결혼하여 그 집에서 나간 이후로는 (그것은 무엇보다 아우구스트 때문이었는데, 아우구스트는 그 예민한 사람한테 도가 지나치게 오만하게 굴고 거칠게 대했지요) 욘이라는 사람이 시인의 비서 업무를 맡고 있었지요. 그런데 욘은 상냥하지도 않고 무능해서 조만간 해고해야 할 형편이었고, 아버지는 문서작업과 수백가지 업무 처리를 위해 그 사람 말고도 아들의 도움이 절실히 필요했지요. 그러니 아들의 도움 없이 지내야 한다는 생각에 지나치게 흥분했던 것도 사실이고, 그런 흥분이 자원병 발상에 대한 혐오감과 맞물려 있었던 것도 사실이지요. 그밖에 또다른 혐오감도 작용했는데, 자원병 발상에 대한 혐오감은 다른 혐오감을 표현하는 하나의 구실에 불과했지요. 아버지는 아우구스트가 출정하는 것은 어떤 일이 있어도 용납할 수 없었기에 곧바로 출정을 막기 위해 모든 대책을 강구했답니다. 그분은 포이크트 장관에게, 심지어 대공 전하께도 직접 도움을 요청했습니다. 그분이 쓴 편지들의 내용을 우리는 아우구스트를 통해 알게 되었는데, 거기에는 정말 타소[22]의 심정이 담

---

22 괴테 희곡의 주인공.

겨 있다고 할 수밖에 없어요. 그 편지들은 타소와 같은 그분의 또 다른 자아가 절망적으로 무절제하게 표출되는 모습을 보여주었지요. 그분은 편지에서 쓰기를, 만약 아들을 잃고 부득이하게 가장 내밀한 편지 쓰기나 창작, 그밖의 모든 관계에 낯선 사람을 끌어들여야 하는 처지가 된다면 그런 상황은 도저히 견딜 수 없으며 그런 삶은 불가능하다고 했지요. 그런 언사는 도가 지나친 것이긴 했지만, 그분 입장에서는 자신의 삶 자체를 저울질했던 셈이고, 워낙 막중한 삶의 무게를 실었기에 엄청난 압박이 될 수밖에 없었지요. 그리하여 장관과 대공 전하는 서둘러서 그분의 청을 들어주었답니다. 하지만 아우구스트가 자원병 명단에서 이름을 지우는 것은 곤란했지요. 명예를 잃고 수모를 당하지 않으려면 그건 안될 일이었어요. 그리하여 포이크트가 제안한 대안은 이런 것이었답니다. 즉, 아우구스트가 얼마 동안 재무관 륄만을 수행하여 연합군 사령부가 있는 프랑크푸르트로 가서 군비 충당금 협상을 벌이도록 하고, 그러고서 돌아온 다음에는 명목상 자원병 대장을 맡은 카를 프리드리히 왕세자 밑에서 명목상의 부관으로 복무하되 실제로는 아버지 일을 도와주게 하자는 것이었지요. 대공 전하는 이 제안을 아우구스트가 덥석 받아들이자 인상을 찌푸리며 윤허하셨답니다.

일이 그렇게 되었어요. 어떻게 그런 일이 벌어졌는지 정말 하늘도 무심하죠! 새해 초에 아우구스트는 프랑크푸르트로 떠났습니다. 1814년 1월 말 시립교회에서 그와 동일한 신분의 동료들이 보병 및 기병 소총수로 편성되어 출정 선서를 하던 바로 그날 단지 바이마르에서 종적을 감추기 위해 떠났던 것이죠. 아우구스트는 그러고서 동료들이 플랑드르 지방을 향해 출정한 지 일주일 후에 돌아와서 왕세자께 부관 복무 신고를 했지요. 그도 왕세자와 마찬가지로 소총수 제복을 입고 있었는데, 그런 차림새를 보고 아버지는 그래도 "출정 나팔 소리에 응했다"라고 표현했답니다. "내 아들은 출정 나팔 소리에 응했지"라고 밝히면서 마치 만사형통으로 잘 풀렸다는 식의 태도를 취했지요. 아, 하지만 유감스럽게도 그렇지 않았어요. 스물네살 청년이 출정도 하지 않고 집에 죽치고 있다고 비아냥대는 소리가 쫙 퍼졌고, 누구나 아버지를 책망했지요. 아버지 자신이 독일 국민의 새로운 애국적인 삶을 전혀 공유하지 않았을뿐더러 아들까지도 강제로 격리했으니까요. 자원입대하여 외지에서 위험을 감수하는 다른 동료들이 아우구스트를 얕잡아보리라는 것은 애초부터 분명했어요. 그들은 귀향하면 그의 관직 동료이자 인생 동료가 될 사람들이었지요. 그가 동료들과 원만한 관계를 회복할 거라고 생각할 수 있나요? 그들이 그에게 존중심과 동료애를 보여주고 싶겠어요? 비겁하다는 비난이 들끓었지요. 그런데 이 대목에서도 저는 인생의 불공평함에 대해 이해심을 가지고 한마디 덧붙이지 않을 수 없답니다. 그러니까 어떤 사람은 정당하고도 자연스럽다고 받아들이는 일을 놓고 다른 사람은 부자연스러운 일이라고 비웃고 보복한다는 것입니다. 그것은 물론 사람들마다 제각기 성향이 다르기 때문일 테고, 또한 우리의 윤리적 판단과 미적 판단을 좌우하는 뿌리 깊은 개인적 이유에서 어떤 사람에겐 정당하지 않은 일이 다른 사람에겐 당연한 일로 여겨지기 때문이기도 하겠지요. 그래서 어떤 사람에겐 불쾌한 꼴불견으로 보이는 일이 다른 사람에겐 아주 합당하고 자명한 일로 통용되는 것이지요. 저에겐 아르투어 쇼펜하우어라는 오빠가 있는데, 소장 학자, 철학자랍니다. 하지만 원래 학자가 되려고 했던 건 아니고, 집에서는 원래 상인이 되기를 바랐던 터라 뒤늦게 공부를 만회할 게 많았고, 그래서 이미 말씀드린 대로 파소 박사님 밑에서 그리스어를 배웠지요. 오빠는 비록 세상과 인간에 대한 판단이 다소 신랄하긴 해도 확실히 머리가 명석하답니다. 제 지인들 중에는 오빠가 장차 크게 될 거라고 하는 이들도 있는데, 오빠 자신이 그런 기대감이 가장 크답니다. 그건 그렇고, 오빠도 조국을 위한 투쟁에 투신하느라 학교 교육을 제대로 못 받은 세대에 속하지요. 그런데 누구도 오빠가 그런 일에 가담할 거라고는 예상도 못했고 아무도 그런 생각조차 하지 못했지요. 누구보다 그런 일에는 전혀 관심도 없고 아예 생각조차 하지 않는 사람이 바로 아르투어 쇼펜하우어였기 때문이지요. 오빠는 자원병들의 군비 지원을 위해 헌금을 내긴 했지만 그들과 함께 출정한다는 것은 꿈에도 생각하지 않았어요. 오빠는 그가 '천성적으로 천편일률적인 인간들'이라 일컫는 부류의 사람들에게 전투를 맡기는 것이 지당하다고 생각했거든요. 아무도 그런 오빠를 이상하게 여기지 않았어요. 사람들은 오빠의 태도를 지당한 것으로 받아들였기에 승인해주는 것과 진배없었지요. 이 사례를 통해 저는 윤리적으로나 미적으로 우리 마음을 평온하게 해주고 동의를 이끌어낼 수 있는 것은 조화와 화합이라는 것을 극명하게 깨달았답니다.

제 오빠와 비슷한 행동양태에 해당되지만 아우구스트의 경우에는 스캔들로 삼아서 조롱하는 소리가 끊이질 않았답니다. 슈타인 부인이 했던 말이 아직도 귀에 생생해요. "괴테라는 사람은 한사코 아들이 자원병으로 가지 못하게 했어요! 이 문제에 대해 어떻게 생각하세요? 귀족층 중에 그냥 집에 죽치고 있었던 유일한 청년이라니까요!" 쉴러의 부인이 했던 말도 생생해요. "어떤 댓가를 치르더라도, 세상을 다 준다 해도 저라면 아들이 출정하지 못하게 막지는 않았을 거예요! 만약 막았더라면 아들의 인생, 아들의 존재가 완전히 망가졌을 테고, 젊은 녀석이 우울증에 빠졌겠죠." 우울증이라, 우리의 불쌍한 친구도 그렇게 되지 않았나요? 그는 워낙 늘 우울했지요. 하지만 이 불행한 시점부터 그 불쌍한 영혼의 침울함은 갈수록 점점 깊어졌고, 그렇지 않아도 그의 천성에 잠복해 있던 파괴적 성향이 폭발하는 양상을 띠기 시작했지요. 다시 말해 폭음을 했고, (이런 말이 귀에 거슬리실까 저어됩니다만!) 질이 나쁜 여자들과 교제를 했어요. 그는 워낙 이런 측면으로 욕구가 강했는데, 마음이 정갈한 사람이라면 그런·욕구가 그의 우울증과 어떤 상관이 있으며 또 우울증의 어두운 그림자가 드리운 오틸리에에 대한 사랑과 어떤 상관이 있을까 하는 의문이 들겠지요. 만약 그렇게 물으신다면 ─ 묻지도 않는데 이런 생각을 말하기는 좀 주저되거든요 ─ 이런 방탕함에는 사회가 의심하는 남성적 가치를 고상하지 못한 다른 영역에서 증명하고 싶어하는 소망이 작용한다고 할 수 있지요.

그 모든 일을 겪으면서 제가 느낀 감정은, 감히 제 감정을 말씀드려도 된다면, 너무나 착잡했답니다. 아우구스트에 대해서는 제 마음속에서 연민과 거부감이 충돌했지요. 그의 위대한 아버지에 대해서는 한편으로 존경하면서도, 다른 한편으로 너무 순종적인 아들한테 시류에 어긋나게 또래 세대의 대범한 행렬을 따르지 못하도록 제지한 것은 용납할 수 없었어요. 분명히 많은 사람들이 그렇게 생각했을 거예요. 여기에 더하여 아우구스트의 치욕적인 역할과 무너진 체면, 온 도시에 알려진 방탕한 생활 때문에라도 그에 대한 오틸리에의 감정이 소원해지길 바라는 소망까지 뒤섞였답니다. 아우구스트는 오틸리에의 신성한 신념과는 너무 상반되게 처신한데다 그 무렵 오틸리에의 명예를 더럽히는 불미스러운 교제까

242

지 했으니, 오틸리에가 그런 청년을 포기하고 절교해서 마침내 저도 이 부적절하고 위태로운 관계에 대한 근심걱정에서 벗어나길 바랐던 것이지요. 그런데 제 소망은 무산되고 말았습니다. 페르디난트를 숭배하는 애국주의자 오틸리에가 아우구스트의 편에 섰고, 그와의 우정을 확고하게 견지하면서 사람들이 모인 자리에서 기회가 있을 때마다 그를 변호했고 심지어 옹호했지요. 사람들이 그에 대해 나쁜 말을 하면 그녀는 그런 말을 좀처럼 믿으려 하지 않거나, 혹은 낭만적인 비애의 감정으로 고상하게 해석했어요. 그러니까 이 사랑스러운 친구는 자기가 아우구스트한테 씐 마성魔性을 몰아낼 구원의 여성이라는 사명감을 느꼈던 거예요. 그녀는 이런 말도 했지요. "아델레, 날 믿어줘. 그는 나쁜 사람이 아니야. 사람들이 아무리 멋대로 그를 비방해도 절대로 나쁜 사람이 아니야! 나는 그런 사람들을 경멸해. 그도 차라리 나처럼 경멸하면 좋겠어. 그러면 그들이 악의적으로 비방할 빌미가 줄어들 테니까. 냉혹한 위선자들과 고독한 영혼 사이에 충돌이 생기면 네가 아는 오틸리에는 언제나 고독한 사람의 편에 선다는 것을 알아줘. 그런 아버지의 아들인데 고귀한 영혼의 바탕을 의심할 수 있겠니? 그도 나를 사랑해, 아델레. 그러니 내가 그를 사랑할 빚이 있는 거야. 나는 커다란 행복을, 페르디난트와 함께했던 우리의 행복을 맛보았어. 그리고 그때를 회상하면서 계속 그 행복을 맛보고 있는 처지이니 이 행복을 아우구스트 몫의 권리로 인정하지 않을 수 없어. 그의 음울한 눈길은 내가 그 빚을 갚아야 한다고 경고하고 있어. 그래, 나는 그에게 빚을 진 거야! 사람들이 그에 대해 수군대는 험담이 사실이라면, 물론 나도 그런 말을 들으면 소름이 끼치지만, 그거야말로 나로 인한 절망이 아닐까? 절망한 나머지 그렇게 처신할 수도 있는 게 아닐까? 그가 나를 믿었을 때는 다른 사람이었으니까!"

오틸리에가 저한테 이런 말을 한 것도 한두번이 아니었는데, 이 문제에 관해서도 제 감정은 분열과 갈등에 빠졌답니다. 그녀가 그 불행한 사람한테서 벗어나지 못하고, 그의 위대한 아버지의 소망에 따라 영원히 그에게 헌신해야 한다는 생각이 그녀의 뇌리에 낚싯바늘처럼 박혀 있는 것을 지켜보노라면 괴로웠어요. 하지만 그러면서도 그녀의 말은 달콤한 위로와 윤리적 안정이 되기도 했지요. 저는 이따금 그녀의 프로이센 기질과 호전적 애국주의 성향 때문에 은근히 불안한 느낌이 들곤 했는데, 말하자면 그녀의 섬세하고 밝은 육신 안에 행여 거칠고 야만적인 성정이 섞여 있지 않을까 하는 불안감이었어요. 하지만 그녀가 아우구스트를 대하는 태도라든가, 페르디난트의 아름답고 소박한 영웅적인 모습에 마음이 기울면서도 아우구스트를 위해 의연히 양심을 지키는 것을 보면서 저는 그녀 영혼의 섬세한 고결함과 웅숭깊은 마음결을 제대로 알게 되었답니다. 그래서 저는 그녀를 더더욱 좋아하게 되었고, 그러다보니 저의 걱정도 그만큼 더 배가되었지요.

1814년 5월에 아우구스트의 곤경은 극에 달했습니다. 출정은 빠리 점령으로 종료되었고, 같은 달 21일에 바이마르의 자원병들이 귀환했지요. 비록 조국을 위해 최고의 무공을 세운 것은 아니었지만, 그래도 명예를 드날린 개선행렬로 성대하게 귀향했습니다. 저는 진작부터 이 순간을 두려워했는데, 결국 이 순간에 점지된 온갖 고약한 일이 벌어지고 말았지요. 귀환 장정들은 편안하게 집에 있었던 같은 신분의 동료 아우구스트를 비웃고 경멸하는 태도를 거리낌 없이 노골적으로 잔인하게 드러냈답니다. 그런 일을 겪을 때마다 저는 사람들이 자기가 어떤 행동을 취할 때 그 구실로 앞세우는 감정의 막중한 진정성에 대한 저의 믿음이 얼마나 부질없는 것인가를 새삼 확인했지요. 그들은 자기 소신대로 행동하는 게 아니라 판에 박힌 특정한 인습적 태도를 부추기는 상황논리에 따라 행동하지요. 상황이 잔인함을 허용해주면 더더욱 얼씨구나 하지요. 그들은 그런 상황을 아무 생각 없이 철저히 이용하고 닥치는 대로 남용하지요. 그래서 대부분의 사람들은 드디어 상황이 그들에게 거칠고 잔인한 짓을 허용해주고 마음껏 난폭하게 굴도록 허락해주기만을 기다리고 있다는 것을 저는 의심할 수 없게 됩니다. 그런데 아우구스트는 순진해서 그랬는지 아니면 뻗대려고 그랬는지 자원병 소총수 제복 차림으로, 명예대장 왕세자의 부관으로 딱 어울리는 차림새로, 동료들 앞에 나타났답니다. 특히 이로 인해 그는 참전자들의 비웃음과 모욕을 한껏 부추긴 꼴이 됐는데, 충분히 납득할 수 있는 일이지요. 테오도어 쾨르너가 괜히 이런 시를 지었겠어요.

저 녀석 꼬락서니 좀 보게, 난로 뒤에 숨고,
간신배들 밑에 숨고, 여자들 뒤에 숨었구나!
어째 명예도 모르는 한심한 놈이로구나!

구구절절 들어맞는 말인지라 떠들썩하게 회자되었지요. 이렇게 거친 짓을 부추기는 상황에서 특히 기병대위 폰 베르터른 비에가 누구보다 극성맞게 나서서 최후의 카드를 뽑아들었지요. 그는 아우구스트의 태생적 약점을 꼬집어서 비겁하고 기사답지 못한 처신은 그걸로 충분히 설명된다고 했지 뭐예요. 그러자 아우구스트는 한번도 사용하지 않은 군도를 빼들고 그에게 달려갈 기세였는데, 다행히 주위에서 제지를 했지요. 하지만 이 소동은 결국 엄중한 조건을 달고 결투 신청을 하는 사태로까지 치달았답니다.

추밀고문관 괴테는 이 무렵 이곳 인근에 있는 베르카[23] 온천지에 머물면서 『에피메니데스』를 집필하고 있었지요. 그분은 베를린의 극장장 이플란트가 프로이센 왕의 개선 귀환을 환영하는 축제극을 집필해달라고 부탁하자 이를 너무나 명예롭고 매력적으로 받아들여서 여타의 문학창작을 제쳐두고 이 다의적이고 기묘한 작품의 창작을 구상했는데, 이 작품은 전세계의 축제극 중에서도 독보적인 개성을 보여주는 '7인의 잠자는 성인'[24] 알레고리라 할 수 있지요. 그분은 "내가 편히 쉬고 있었던 시간을 부끄러워하나니"라고 하고서 또 "그는 다시 심연에 떨어지리라"라고 썼지요. 그러던 차에 그분을 숭배하는 궁녀 폰 베델 부인이 아우구스트의 처지에 관해 알려주는 편지가 당도했답니다. 아우구스트가 기병대위와 충돌을 일으킨 결과 어떤 일이 벌어지려고 하는지 경고해주는 편지였지요. 위대한 아버지는 즉각 대응조치를 취했답니다. 자신의 연줄을 가동하고 자신의 명망을 걸고 수단을 강구하여 아들이 출정을 면제받았듯이 결투를 피할 수 있도록 했지요. 게다가 제가 아는 그분답게 아우구스트의 목숨을 걱정하는 차원을 넘어서 어느정도 자기만족도 얻었지요. 그분은 워낙 귀족이 예외적으로 누릴 수 있는 불공평한 특권을 좋아했거든요. 그분은 경고를 해준 베델 부인에게 중재를 부탁했고, 수석장관에게 편지를 썼답니다. 고위관료인 추밀고문관 폰 뮐러가 베르카로 왔고, 왕세자와 대공 전하께서도 직접 이 사건에 관여하여 기병대위로 하여금 사과하도록 했고, 이로써 다툼은 일단락되었습니다. 아우구스트는 최고위층의 비호를

---

23 바이마르 남쪽에 있는 온천휴양지.
24 7인의 성인이 종교박해를 피해 수백년 동안 동굴 속에서 잠들었다는 설화.

받아 공격을 당하지 않게 되었고, 비판적인 목소리가 가라앉긴 했지만, 완전히 잠잠해진 것은 아니었어요. 결투가 제지되자 오히려 아우구스트의 남자다움을 공공연히 비하하는 분위기가 더 첨예해져서 사람들은 어깨를 으쓱하며 그를 외면했지요. 그때부터 그와 동료들 사이에 허심탄회한 교제는 생각도 할 수 없게 되었답니다. 비록 폰 베르터른 씨가 분별없는 언사로 인해 고위층으로부터 질책을 당하고 구금형까지 받았지만, 아우구스트가 정식 결혼의 소생이 아니고 표현이 뭣하지만 평민의 피가 섞여 있다는 생각이 거의 잊혔다가 다시 사람들의 뇌리에 강하게 살아났고, 그의 처신에 대한 비난으로 불거졌지요. "그러니까 저 모양이지"라든가 "그런 처신이 대체 어디에서 연유하겠어?"라는 말이 나왔어요. 하긴 덧붙여 말하자면 추밀고문관 부인은 인생을 살아오면서 엄중한 시대 분위기에는 아랑곳하지 않았고, 도락에 빠져서 줄곧 사람들이 입방아를 찧을 빌미를 — 나쁜 정도를 넘어서 우스꽝스럽고 모욕적인 빌미를 — 제공했었지요.

오틸리에의 우울한 구애자는 이 사안을 진심으로 매우 심각하고 고통스럽게 받아들였고, 그런 모습은 그래도 아직은 그의 명예심이 살아 있다는 징표로 보였습니다. 그런데 그는 자기가 괴롭다는 것을 과시라도 하듯이 이상하게 간접적인 방식으로 우리에게 알려왔답니다. 다시 말해 그는 패배한 영웅, 엘바 섬으로 유배된 나폴레옹을 거의 집착에 가까울 정도로 점점 더 열정적으로 숭배했던 거예요. 그는 나폴레옹에게 열광적으로 충성하고, '변절자들'이 한때 나폴레옹의 생일을 연중 최고의 경축일로 받들었던 과거사를 기억에서 지우려 한다고 경멸함으로써 위안과 자부심을 찾으려 했답니다. 납득할 수 있는 일이지요. 그는 나폴레옹과 더불어, 나폴레옹을 위하느라 고통을 겪었으니까요. 그는 다른 동료들과 함께 나폴레옹에 맞서서 출정하지 않았기 때문에 조롱과 수모를 당했잖아요? 대중의 분위기와 시류를 초탈해 있는 아버지를 향해 그는 자기가 비난받는 것에 대한 원망을 황제에 대한 열성적인 숭배의 형식으로 공공연히 표현했던 것이지요. 그는 우리한테도 그랬어요. 분별없이 집요하게 고집을 부렸지요. 그런 언사가 오틸리에의 감정을 짓밟는다는 건 생각도 하지 않았지요. 오틸리에는 꾹 참으면서 아름다운 눈에 눈물이 고이면서도 그가 이기적이고 무절제한 언사를 퍼붓도록 그냥 내버려두었지요. 그는 자기만 좋으면 그만이라는 식이었죠. 다른 사람에게 가하는 고통에 아랑곳하지 않고, 아니 오히려 타인의 고통에 더 고무되어서. 그런데 저의 은밀한 소망이 실현될 조짐이 보이는 것 같았어요. 제 친구가 아우구스트에 대해 품고 있는 섬세하고도 양심적인 감정이 이런 학대 행위를 언제까지고 감당할 성싶지는 않았으니까요. 더구나 아우구스트는 집요한 나폴레옹 숭배의 이면에 다른 어떤 감정을, 즉 다시 우리와 함께 있게 된 젊은 하인케에 대한 질투심을 감추고 있었으니까요. 아니, 딱히 감췄다기보다는 오히려 나폴레옹 숭배로 위장했다가 아예 노골적으로 드러냈지요. 페르디난트는 아우구스트를 가리켜 야만과 결탁하고 황제의 대륙 평정 계획을 멍청하게 신봉하는 덜떨어진 독일인의 전형이라고 우리가 듣는 앞에서 줄곧 비웃었지요.

예, 우리가 찾아냈던 그 사람이 다시 바이마르에 왔습니다. 정확히 말하면 벌써 두번째로 온 거예요. 라이프치히 전투가 끝난 다음에 그는 몇주 동안 프로이센 사령관의 부관으로 우리 도시에서 이미 복무한 적이 있었는데, 그때도 다시 사교계에 출입하면서 모두의 사랑을 받고 좋아했지요. 이번에는 빠리가 함락된 이후 프랑스에서 돌아와 명예로운 철십자훈장을 달고 왔지요. 익히 이해하시 겠지만 그의 가슴에 달린 신성한 훈장을 보고 있노라면 우리 처녀 들은, 특히 오틸리에는 이 멋진 청년을 흠모하는 감정으로 한껏 달 아올랐지요. 하지만 페르디난트는 모든 여성을 균등하게 대해주는 명랑하고 친절한 태도, 언제나 감사하면서도 다소 몸을 사리는 태 도를 취해서 우리의 뜨거운 감정을 다소 누그러뜨렸답니다. 그는 전에도 늘 그랬듯이 종종 함께 있는 자리에서 애써 그런 태도를 견 지했기에 솔직히 고백하면 그런 태도는 우리가 그에게 품었던 감 정과 일치하지는 않았답니다. 그런데 곧이어 그런 태도의 의문이 자연스럽게 풀렸고, 솔직히 고백하면 그 때문에 우리는 마음이 차 분히 가라앉았답니다. 페르디난트는 어떤 이유에서건 이전까지 우 리에게 숨겼던 사실을 털어놓았는데, 이제는 우리에게 분명히 밝 히는 것이 의무라고 생각하는 것 같았어요. 그는 프로이센의 슐레 지엔에 있는 고향에서 사랑하는 약혼녀가 기다리고 있으며, 빠른 시일 내에 결혼식을 올릴 생각이라고 털어놓았답니다.

그의 이러한 고백은 우리 여자 친구들에게 은근히 감정의 동요 를 불러일으켰는데, 그건 이해되실 거예요. 하지만 고통스럽거나 실망했다는 말은 아니에요. 그런 일은 일어날 수 없었죠. 그를 대하 는 우리의 태도는 일종의 이념적인 숭배와 경탄이었으니까요. 물 론 우리가 그를 구해주었으니 의당 그 사랑스러운 사람을 차지할 자격이 있다는 생각도 섞여 있긴 했죠. 우리에게 그는 하나의 인격 체라기보다는 어떤 이념의 화신이었어요. 물론 그 둘이 늘 명확하 게 구별될 수 있는 것은 아니고, 결국 인격적 자질들이 어떤 이념 의 화신이 되도록 해준다는 사실을 고려해야겠지요. 어떻든 그 젊 은 영웅에 대한 우리의 감정은, 아니 저는 여기서 기꺼이 물러설 용의가 있으니까 오틸리에의 감정은, 결코 구체적인 희망이나 소망으로 연결될 수는 없었답니다. 모피상의 아들이라는 페르디난트의 소박한 출신배경 때문에 그럴 수 없었으니까요. 이따금 생각해보았지만, 그런 신분관념의 관점에서 보면 오히려 제가 그런 생각을 품을 수도 있었지요. 사실 저는 마음이 약해질 때면, 페르디난트로서는 넘볼 수 없는 제 친구가 지닌 사랑스러운 매력이 저에게는 부족한 매력을 채워주는 후광이 되어 그가 좋게 봐주고 그 청년이 나와 결합할 수 있다면 얼마나 좋을까 하고 꿈꾸곤 했지요. 하지만 그런 결합의 끔찍한 위험을 깨닫고는 질겁해서 그런 생각은 금방 접어야만 했지요…… 그러면서도 그런 위험을 통속소설 같은 흥밋거리로 골똘히 생각하기도 했답니다. 저의 그런 몽상은 괴테 같은 작가가 지극히 섬세하게 윤리적, 감각적으로 서술해볼 만한 가치가 있는 거라고 저 자신에게 말하곤 했으니까요.

요컨대 우리는 전혀 실망하지 않았고, 그 소중한 사람한테 배신당했다는 느낌은 조금도 들지 않았어요. 그런 느낌을 가져서도 안된다는 것은 두말할 나위 없지요! 그의 고백에 우리는 진심으로 행복하기를 축원해주었고, 다만 그가 그렇게 오래도록 우리를 배려하여 말을 아꼈다고 생각하니 좀 무안했을 따름이지요. 사실 그가 계속 함구했더라면 우리야 기꺼이 그런 상황을 더 즐길 수도 있었을 텐데요. 우리는 페르디난트가 이미 매인 몸이고 약혼한 처지라는 걸 알고는 다소 혼란스럽고 상처를 받아서 슬펐다는 걸 어느정도 시인하지 않을 수 없으니까요. 뭐라고 단정할 수 없는 불확실한 꿈과 희망이, 그전까지 그 사람과의 우정 어린 교제에서 느꼈던 달콤한 감정이 사라졌던 것이죠. 하지만 우리는 명시적으로 합의한 것은 아니지만 마치 약속한 듯이 의연하게 그의 약혼녀도 우리의 열정적인 숭배 대상에 포함함으로써 다소 언짢은 감정에서 벗어나고자 애썼답니다. 그리하여 이제는 그 용감한 청년과 그의 약혼녀까지 포함한 이중의 숭배가 되었지요. 그 독일 아가씨의 품위를 우리는 추호도 의심하지 않았고, 마치 투스넬다[25]처럼, 혹은 괴테의 도로테아에 더 가까운 인물이라고, 물론 눈은 검은색이 아니라 파란색으로, 상상했답니다.

페르디난트가 우리에게 오랫동안 약혼 사실을 숨겼듯이 우리는 아우구스트에게 이 사실을 숨겼는데, 그걸 어떻게 설명해야 할까요? 오틸리에가 그러자고 했고, 우리는 그 이유에 관해서는 딱히 뭐라고 말하지 않았지요. 저는 아무리 생각해도 그게 이상했어요. 오틸리에는 그 청년 전사에 대한 애국적인 호감을 우울한 애인 아우구스트에 대한 마음의 빚으로 느끼고 있었거든요. 신분격차라는 사회적 상황은 차치하고라도 그런 호감은 아우구스트에게 아무런 위협도 되지 않고, 목표도 가망도 없는 호감이었는데, 아우구스트에게 군이 페르디난트의 약혼 사실을 숨겼으니까요. 오히려 그 사실을 알려주면 아우구스트를 진정시키는 데 결정적인 도움이 되었을 테고, 아마도 아우구스트가 페르디난트를 초연하게 더 우호적으로 대할 수도 있었을 텐데 말이에요. 어떻든 저는 오틸리에의 결정에 순순히 따랐지요. 재무관 시보 아우구스트의 질투심과 페르디난트에 대해 말할 때의 증오심에 비춰볼 때 아우구스트는 위로를 받거나 보상받을 자격이 없었어요. 그렇다면 오틸리에의 감정을 끊임없이 모욕하는 아우구스트의 과민 상태가 언젠가는 폭발해서 마침내 두 사람의 관계가 끝장나지 않을까요? 저는 제발 그렇

---

25 서기 9년 토이토부르크 전투에서 로마군을 제압한 영웅 아르미니우스의 부인.

게 되어 오틸리에가 마음의 평온을 되찾을 수 있기를 은근히 바라고 있었지요.

그런데 정말 그렇게 되었답니다. 적어도 처음에는 일단 얼마간은 저의 은밀한 소망대로 진행되었지요. 그 무렵 우리가 아우구스트를 만나 함께 있을 때면 점점 더 난처하고 다투는 분위기가 되었거든요. 불쾌한 장면이 속출했지요. 아우구스트는 모욕을 당한데다 달랠 길 없는 질투심 때문에 침울하게 괴로워했고, 우리가 우정을 배신했고 허우대만 멀쩡한 멍청한 독일 촌놈과 놀아난다고 지칠 줄 모르고 비난과 불평을 해댔지요. 오틸리에는 그래도 여전히 페르디난트의 고향 슐레지엔 현지 사정에 관해서는 아우구스트에게 아무 말도 하지 않은 채 자신의 신의가 상처를 받자 제 목에 매달려서 눈물을 펑펑 쏟았답니다. 그러다가 마침내 늘 그렇듯 정치적인 문제와 개인적인 문제가 뒤엉켜서 폭발하고 말았지요. 어느 날 오후에 헨켈 백작 부인 댁의 정원에서 아우구스트는 다시 광적인 나뽈레옹 숭배의 열변을 토했는데, 그의 적들을 비하하고 특히 노골적으로 페르디난트를 겨냥한 표현들도 없지 않았어요. 오틸리에는 그의 말에 응수했어요. 유럽의 여러 민족들을 괴롭히는 나뽈레옹의 책동에 대한 혐오감을 거침없이 말했고, 그에 대항하여 명예롭게 떨쳐일어선 젊은이들을 언급할 때는 그들에게 우리의 용사 페르디난트의 면모를 부여했지요. 저는 그녀를 지지했고요. 그러자 아우구스트는 분을 못 삭여서 얼굴이 하얗게 질려서 숨 막힐 듯한 목소리로 그와 우리 사이의 모든 관계는 끝장났다고 선언했답니다. 앞으로는 우리를 알은체도 하지 않을 것이며 이제부터는 아예 없는 셈 치겠다고 하고는 격분해서 정원을 떠나갔지요.

저는 비록 충격을 받긴 했지만 드디어 바라던 목표에 도달했다고 생각했고, 오틸리에한테도 그 점을 솔직히 털어놓았으며, 저의 모든 언변을 동원해서 아우구스트와의 불화를 위로해주려고 애썼지요. 그와의 관계는 결코 좋은 결과로 이어질 수 없다고 타일렀어요. 저야 말하기는 쉬웠죠. 하지만 제 친구는 참혹한 상태에 처해 있어서 저는 이루 말할 수 없이 가슴이 아팠답니다. 한번 생각해보세요! 그녀가 열정적으로 좋아하는 청년은 다른 여성이 차지하고 있었고, 가상한 구원의 일념으로 그녀의 인생을 바치고자 했던 남자는 거친 말로 우애를 내팽개치고는 등을 돌렸으니까요. 그걸로 끝나지 않았어요! 그녀는 어머니의 품에 안겨서 버림받은 심정을 위로받고자 했는데, 어머니 자신의 심정 또한 바로 그 무렵 끔찍한 실망으로 충격을 받아서 위로해줄 기력도 없을 만큼 오히려 절실히 위로받아야 할 처지였거든요. 오틸리에는 아우구스트와 끝판 언쟁을 벌이고서 제 조언에 따라 몇주간 예정으로 데사우에 있는 친지 댁으로 여행을 떠났는데, 급사急使로부터 되돌아오라는 전갈을 받고 창졸지간에 귀가해야만 했답니다. 그새 청천벽력 같은 일이 벌어졌던 거예요. 오틸리에의 어머니 폰 포그비슈 부인은 집안의 다정한 벗이자 후견인으로 오틸리에의 아버지나 다름없었고 공국 전체에서 최고 미남인 에들링 백작이 청혼해올 거라고 잔뜩 기대하고 있었고, 그렇게 기대할 만한 이유도 충분히 있었지요. 그런데 에들링 백작은 자신이 불러일으킨 그런 희망에 대해서는 일언반구도 하지 않은 채 갑자기 바이마르에 여행 와 있던 몰다우의 스투르차 공주와 결혼했지 뭐예요!

정말 얼마나 힘든 가을과 겨울이었는지요! 제가 이렇게 말하는 것은 2월에 나뽈레옹이 엘바 섬에서 탈출해서 다시금 제압해야만 했기 때문만도 아니고, 운명이 오틸리에 모녀에게 강요한 부당한 요구가, 두 영혼의 기력과 기품을 시험하는 시련이 너무 흡사했기 때문이랍니다. 폰 포그비슈 부인은 궁정에서 거의 매일 백작은 물론이고 그의 새 신부와도 곧잘 마주칠 수밖에 없었는데, 속마음은 초주검 상태였지만 겉으로는 미소 지으며 우의를 유지해야만 했어요. 게다가 그녀의 희망이 좌절되었다는 것을 익히 알고 고소해하는 세인들이 지켜보는 앞에서요. 오틸리에는 어머니가 인간의 힘으로는 도저히 감당하기 힘든 시련을 꿋꿋이 버텨낼 수 있도록 도와줘야 한다는 사명감을 느꼈고, 그와 동시에 아우구스트와의 결별 역시 세간에 알려져서 사람들이 호기심으로 지켜보고 있는 상황을 최대한 좋은 태도로 견뎌내야만 했답니다. 아우구스트는 그녀를 거들떠보지도 않았고, 침울한 표정으로 보란 듯이 무뚝뚝하게 대하거나 아예 못 본 체했지요. 제가 할 일은 가슴 졸이며 이 고약한 상황을 이리저리 헤집고 나가는 것이었는데, 저 역시 마음이 스산했답니다. 크리스마스 직전에 페르디난트가 우리 곁을 떠났거든요. 그는 슐레지엔으로 가서 '투스넬다' 혹은 '도로테아'와 — 그녀의 실제 이름은 파니였어요 — 결혼식을 올릴 예정이었지요. 저야 워낙 생김새로 봐서 그 사람한테 어떤 희망도 품을 자격이 없었고, 고작해야 언제나 허물없는 말상대나 해주는 역할에 그쳐야 했지요. 그런데도 저 역시 그를 잃은 것이 무척 고통스러웠지만, 그러면서도 다소 홀가분해지고 은근한 만족감이 들기도 했답니다. 어쨌거나 저처럼 못생긴 여성의 입장에서는 꿈에 그리던 영웅을 떠나보내고 오틸리에 같은 미인과 함께 추억으로 숭배하는 편이 한때 그를 직접 대면하면서 그녀와 함께 나누던 행복이 불공평했던 것에 비하면 그나마 견디기 수월하니까요. 우리는 그렇게 다시 그를 숭배했어요.

우리의 청년이 떠나가고 다른 여성과 결혼하자 무척 서운하긴 해도 마음의 평온을 되찾게 되어 좋았고, 저는 오틸리에 역시 아우구스트와의 불화에서 회복되는 것을 보고 만족했지요. 아우구스트와의 불화로 인해 사회적으로 온갖 곤경을 겪었지만 그래도 그녀는 마음이 편하다고 했고, 두 사람 사이의 모든 관계가 청산된 것이 다행스럽고 해방감을 느낀다고 했지요. 그 관계로 인해 늘 겪어야 했던 골치 아픈 갈등에서 벗어나 담담하게 평온한 마음으로 푹 쉬고 싶다고요. 이제는 오히려 더 거리낌 없이 페르디난트에 대한 고결한 추억에 몰입할 수 있고, 불쌍한 어머니를 위로해주는 일에 전념할 수 있다고 했지요. 듣기에는 그럴듯했어요. 하지만 이제는 정말 그녀의 문제로 인해 불안한 마음을 내려놓아도 좋을까 하는 의구심이 말끔히 가시지는 않았어요. 아우구스트는 괴테의 아들이었고, 그것이 그의 인생을 좌우하는 결정적인 자질이었으니까요. 그의 문제는 곧 위대한 아버지와 직결되어 있었고, 아버지는 분명히 그 '귀여운 처자'와의 결별을 용납하지 않았을 거예요. 아들은 아버지의 허락을 구하지 않고 결별한 게 틀림없고, 아버지는 분명히 자신의 권위를 행사하여 두 사람의 관계를 회복시키려 들 거예요. 제가 두려워하는 그 결합을 아버지가 원했고 밀어주었다는 것은 저도 알고 있었지요. 오틸리에에 대한 아우구스트의 슬픈 열정은 단지 아버지의 소망과 의지의 표현이자 그 결과였을 뿐이에요. 아우구스트는 아버지가 좋아하는 타입의 여성을 좋아했던 거죠. 그의 사랑은 곧 모방이요 대물림이자 순종이었고, 순종을 거부한다는 것은 그릇된 자립심을 드러내는 행위이자 반항이 되는 것이죠. 유감스럽게도 저는 그런 반항이 과연 얼마나 오래 버틸 수 있을지 아주 미심쩍었어요. 그런데 오틸리에는 어땠을까요? 그런 아버지의 아들한테서 정말로 벗어났던 것일까요? 그녀가 정말 구출되었다고 간주해도 무방했을까요? 저는 의구심이 들었고, 제 의구심은 적중했어요.

그 무렵 아우구스트의 행태에 관해 자꾸만 불어나는 소식들을 접하고서 오틸리에가 받은 충격은 저의 의구심이 옳았다는 것을 너무 명확히 보여주었어요. 사실 여러가지 요인들이 쌓여서 그 청년의 도덕적 기강이 무너졌고, 그는 마취할 거리를 찾았고 악덕의 수렁으로 빠져들었지요. 그렇지 않아도 그는 워낙 안 좋은 쪽으로 건장하고 기분 나쁜 관능적 본성의 소유자라 악덕에 빠질 조짐을 보였거든요. 불행한 자원병 사건으로 인한 사회적 수모에다 오틸리에와의 불화 등으로 인해 그는 아버지와 갈등을 일으켰고, 따라서 결국 자기 자신과의 갈등에 빠져서 내적 갈등과 외적 갈등까지 겹쳤지요. 제가 이런 요인들을 열거하는 이유는 온 사방에서 들려오는 소문대로 그가 탐닉하는 방탕한 생활을 변명하기 위해서가 아니라 진상을 밝히기 위해서랍니다. 우리는 그에 관한 소문을 다방면으로, 특히 쉴러의 딸 카롤리네와 그녀의 오빠 에른스트를 통해 듣고 있었는데, 아우구스트가 더는 봐주기 힘들 정도로 처신하고 걸핏하면 사납게 싸우려 들고 거칠게 버럭 화를 내곤 한다고 하소연했지요. 들리는 말로는 그가 술을 무한정 마시고, 밤에는 취한 상태로 욕설이 오가는 싸움에 말려들어서 심지어 경찰에 구금되는 일까지 겪었다는데, 그의 이름을 봐서 금방 풀려났고 이 불미스러운 사건은 덮어두기로 했다는 거예요. 그가 그저 너절한 계집들이라 할 수밖에 없는 여자들과 교제한다는 것은 온 도시가 다 알았지요. 아커반트 가에 면해 있는 정원에 정자가 있는데, 추밀고문관께서 아들이 모으는 광물 및 화석 수집품을 (아우구스트 역시 아버지의 열성적인 수집 취미를 그대로 따라했거든요) 진열해두라고 내준 그 정자가 일탈행위의 장소로 곧잘 이용되는 것 같았어요. 그는 어느 경기병의 아내와 내연의 관계라고 알려져 있었는데, 남편 되는 사람은 여자가 선물을 챙겨오니까 그 관계를 묵인했답니다. 껑충하게 키가 크고 무뚝뚝한 여자였는데, 다른 면에서는 밉상은 아니었지요. 아우구스트가 그 여자한테 "당신은 내 인생의 태양이야!"라는 등의 말을 했노라고 사람들은 낄낄댔지요. 그 여자 자신이 허영심에서 그런 말을 떠벌리고 다녔답니다. 또다른 망측하고도 매력적인 이야기 때문에도 사람들은 낄낄댔지요. 그러니까 노시인이 어느날 저녁 무렵 집 안 정원에서 두 남녀와 불시에 마주쳤는데, 그저 "얘들아, 개의치 마라!" 하고는 사라졌다는 거예요. 저는 이 돌발사건이 과연 사실인지 장담할 수는 없지만 사실일 거라고 믿어요. 그런 태도는 그 위대한 사람의 도덕적 방임주의(이 표현이 딱 들어맞네요)와 맞아떨어지니까요. 많은 사람들은 그분의 그런 면모를 비난하지만 저는 그 어떤 판단도 삼가지요.

이와 관련된 이야기를 하나만 더 해볼게요. 저는 이 문제에 대해 종종 곰곰이 생각해봤는데, 그럴 때마다 양심이 썩 편하지는 않았고, 저나 혹은 다른 누구라도 이런 생각에 골몰하는 것이 과연 옳은 일인지 의문이 들곤 했답니다. 제가 보기에는 아들한테서 극히 불행하고 파괴적으로 나타나는 어떤 성품이 이미 위대한 아버지한테서 미리 형성되었던 게 아닐까 싶어요. 물론 아들의 그런 성품이 아버지의 성품과 동일한 것이라고 단정하긴 어렵고, 아버지에 대한 경건한 경외심을 생각하면 그런 동일시가 저어되긴 해요. 아버지의 경우에는 그런 성품이 행복하고 생산적이고 사랑스러운 조화를 이루고 세상에 기쁨을 제공하니까요. 반면에 아들이 물려받은 성품은 거칠고 지성이 결여된 채 구제불능의 방식으로 표출되어서 윤리적 혐오감을 주고 파렴치하게 드러나지요. 소설 『친화력』처럼 근사하고 매혹적인 작품, 윤리적 관점에서 보더라도 매혹적인 작품을 생각해보세요…… 이 독창적이고 극히 섬세한 작품이 간통 문제를 다뤘다고 해서 속물적 관점에서는 부도덕한 작품이라고 흔히 비난받긴 했지만요. 그리고 이 소설을 상스럽고 불경스럽다고 퇴짜를 놓거나 얕잡아본다면 그것은 당연히 고전적 취향에 친숙하기 때문이죠. 하지만 궁극적으로 보면 전자나 후자 모두 작품에 들어맞는 평가는 아니지요. 양심껏 말하자면 사실 이 특출한 작품에 윤리적으로 미심쩍고 우유부단한 요소와 심지어 ── 이런 표현을 용서해주세요! ── 기만적인 요소도 다분하다는 건 부인할 수 없죠. 신성한 결혼을 가지고 얄궂은 숨바꼭질 장난을 치고, 느슨하게 자연신비주의에 숙명론적으로 굴복하니까요…… 아시다시피 심지어 죽음조차도 그렇게 다루지요. 우리는 죽음이 인간의 윤리적 본성을 입증하고 윤리적 본성의 자유를 구제하는 수단이라고 배워왔지요. 그런데 이 소설에서는 정말 죽음이 정욕의 촉매이자 감미로운 최후의 피난처로 느껴지고 그렇게 묘사되어 있지 않나요? 아, 그런데 아우구스트의 방종함과 방탕한 생활에서는 인류에게 바치는 선물로 이 소설 작품을 탄생시킨 그런 성향이 다르게 불쾌한 양상으로 나타나는 것을 보노라면 얼마나 황당하고 신성모독적으로 보이는지요. 그건 잘 알아요. 저는 양심의 가책에 관해서도 이미 언급했는데, 양심의 가책은 때로는 진실에 대한 비판적 탐구와 관련이 있지요. 그러니까 과연 진실이 전적으로 탐구할 만한 가치가 있고 인식해야 할 과제인지, 아니면 알아선 안 될 금단의 진실이 있는 것인지 하는 문제로 양심의 가책을 느끼는 것이지요.

그런데 오틸리에는 아우구스트의 변화에 관한 소식에 너무 동요하고 고통스럽게 혼란스러워하는 모습을 보였기 때문에 저는 그녀가 정말 그에게 무관심해졌다고 믿을 수 없었답니다. 그녀는 경기병의 아내에 대한 증오심을 분명히 드러냈지요. 증오심이라기보다는 더 적절한 표현을 찾을 수도 있겠지만요. 주의를 기울이는 남자가 감각적 쾌락을 해소하는 대상으로 삼는 그런 여자들은 순수한 여성에 비해 저속한 실질적인 장점을 갖고 있게 마련인데, 그런 여자한테서 순수한 여성이 느끼는 감정은 확실히 지독한 경멸감이겠지요. 그런 경멸감과 혐오감 때문에 방종한 연적을 자기 삶의 품위보다 훨씬 못한 수준으로 한없이 끌어내리지요. 하지만 질투심이라 일컬어지는 고약한 형태의 시샘은 방종한 연적을 본의 아니게 자신과 대등한 존재로 격상시키고 동등한 증오의 대상으로 둔갑시키는데, 같은 여성이기 때문에 동등해지는 것이죠. 또 남자의 방탕함이 아무리 끔찍한 느낌을 불러일으켜도 꺼져가는 감정을 되살릴 수 있는 심성을 지닌 여성한테는 다시 가공할 만한 깊은 매력을 발휘할 수 있다는 것도 능히 짐작할 수 있지요. 그런 여성은 자신이 고상한 까닭에 모든 걸 고상하게만 봐서 자신의 헌신으로 남자가 개과천선하기를 바라며 자기를 희생할 각오를 하지요.

요컨대 저는 아우구스트가 다시 접근해오려는 시도를 제 소중한 친구가 달갑지 않게 여길 거라고 확신할 수 없었답니다. 아우구스트가 조만간 그의 의지를 좌우하는 높은 분의 의지에 따라 그녀에게 접근해오지 않을까요? 그는 오틸리에와 절교함으로써 무모하게 아버지한테 반항한 꼴이 되었으니까요. 제가 예상했던 우려는 적중했습니다. 지난해 6월 어느날 저녁에 있었던 일을 저는 어제 일처럼 생생히 기억해요. 그때 우리는 궁정의 거울회랑에서 오틸리에와 저, 우리의 친구 카롤리네 폰 하르슈탈 그리고 폰 그로스 씨까지 네 사람이 함께 있었는데, 그때 아우구스트가 우리 일행에 합류하여 대화에 끼어들었답니다. 저는 아우구스트가 이미 오래전부터 우리 주위를 맴돌면서 살금살금 접근해오고 있다는 걸 알아차리고 있었지요. 그는 처음에는 특별히 누구한테도 말을 걸지 않았는데, 두 사람의 관계에 관심을 가진 우리 모두에게 상당한 자제력을 요구하는 극도로 긴장된 순간이었지요. 그러다가 아우구스트는 곧장 오틸리에한테 몇 마디 질문을 하면서 말을 걸었지요. 대화는 상류사회의 의례적인 화제에 머물렀는데, 전쟁과 평화, 전사자 명단, 그의 아버지의 자서전, 프로이센의 무도회와 그 무도회를 마무리한 멋진 군무群舞 등의 화제를 맴돌았지요. 그런데 대화 중에 아우구스트는 감격한 듯 눈을 반짝거렸는데, 그런 모습은 그 사람이나 우리나 피차 건성으로 말하는 의례적인 태도에는 어울리지 않았어요. 그리고 우리가 무릎을 굽히고 그에게 작별인사를 할 때 (어차피 우리는 자리를 뜰 생각이었거든요) 그의 눈이 더욱 반짝거렸답니다.

"그가 눈을 반짝거리는 걸 봤니?" 저는 층계를 내려오면서 오틸리에한테 물었지요. "나도 봤어"라고 그녀가 대답했어요. "그런 모습을 보니까 걱정돼. 내 말을 믿어줘, 아델레. 나는 그가 예전의 사랑으로 되돌아가는 걸 원하지 않아. 나는 예전의 고통이 지금처럼 편안한 무심함으로 상쇄되길 원하니까." 그녀는 말은 그렇게 했어요. 하지만 이미 금제는 풀렸고, 공식적인 불화는 종료된 셈이었지요. 극장과 사교 모임 등에서 아우구스트는 계속 접근을 시도했어요. 오틸리에는 비록 그가 단둘이 있고 싶어하는 그런 자리는 피하긴 했지만, 이전 시절을 상기시켜주는 그의 눈빛에 종종 이상하게 감동을 느낀다고 저한테 고백했답니다. 그리고 그가 이따금 자기를 바라볼 때의 너무 불행한 표정을 보노라면 그에 대한 과거의 죄책감이 마음속에 되살아난다고 고백하기도 했어요. 그래서 저는 그 거칠고 파괴적인 사람과의 교제가 초래할 재앙과 저의 불안에 대해 말했고, 그는 짐작건대 그녀가 베풀어줄 수 있는 것보다 점점 더 많은 것을 요구할 테니 그런 사람과의 우정 따위는 생각도 하지 말라고 했지요. 그러면 그녀는 이렇게 말했어요. "애야, 안심해. 나는 자유롭고 앞으로도 영원히 그럴 거야. 그런데 그가 나한테 책을 한권 빌려줬어. 『핀토의 21일간의 진기한 세계여행』이라는 책인데, 아직 보지도 않았어. 만약 페르디난트가 빌려줬다면 달달 외우지 않겠니?" 거기까지는 좋았답니다. 그녀가 아우구스트를 사랑하지 않는다는 것은 저도 믿었어요. 하지만 그렇다고 위안이 되고 안전하다고 할 수 있을까요? 그녀는 그에게 홀려 있고, 그의 아내가 되려는 생각에 홀려 있다는 게 뻔히 보였거든요. 마치 어린 새가 뱀한테 홀리듯이.

그녀가 아우구스트의 아내가 된다고 생각하면 머리가 돌 지경이었답니다. 그 모든 정황이 어떻게 달리 결판이 나겠어요? 정말 가슴이 찢어질 것 같은 불가사의한 일들이 일어났답니다. 그 불행한 남자가 오틸리에를 망가뜨릴 거라는 제 확신이 진작부터 들어맞을 조짐을 보였지요. 지난해 가을에 제 소중한 친구는 중병을 앓았는데, 아마 마음속의 갈등이 도졌기 때문일 거예요. 그녀는 황달로 3주 동안 몸져누워서 타르가 들어 있는 통을 침대맡에 두고 지냈는데, 가까이서 타르 기운을 쐬면 이 병에는 차도가 있다고 하더군요. 그런데 병이 낫고 그녀가 다시 사교 모임에서 그와 마주치자 그는 전혀 그리워한 내색조차 하지 않았고, 그동안 그녀가 모임에 빠졌다는 사실조차 모르는 것 같았답니다! 그렇지 않다는 것을 입증할 수 있는 말을 단 한마디도 하지 않았어요!

오틸리에는 제정신이 아니었지요. 병이 재발했고, 다시 일주일 동안 타르 기운을 쐬어야만 했지요. 그녀는 제 가슴에 기대어 흐느끼면서 말했어요. "그를 위해서라면 천상의 행복도 포기할 수 있었는데, 그런데 그가 나를 배신했어!" 어떤 생각이 드시나요? 어떻게 생각하세요? 2주일 후에 그 불쌍한 친구가 얼굴이 사색이 되어 저한테 와서 멍한 눈길로 얘기를 전해주었지요. 아우구스트가 그녀에게 장차 자기와 결혼하게 될 거라고, 이미 기정사실처럼 너무나 태연하게 그랬다는 거예요! 어떤 기분이 드시죠? 이보다 더 섬뜩한 일을 상상할 수 있을까요? 그는 그녀에게 자기 생각을 분명히 밝힌 적도 없고, 구애를 한 적도 없고, 결혼에 관해 그녀와 '의논'했다고 할 수도 없었거든요. 결혼에 관해 오싹할 정도로 그저 지나가는 말로 '언급'한 적은 있었지요. "그래서 너는 어떻게 했니?"라고 제가 다급하게 물었죠. "틸레무제, 애야, 그래서 너는 그에게 뭐라고 대답했냐고? 제발 말해봐!" 그녀는 고백하기를 말문이 막혔다고 하더군요.

제가 운명의 비통한 냉혹함에 격분하는 심정을 이해하시겠어요? 그래도 아직은 적어도 하나의 방호벽이 될 만한 여성이 있었어요. 아우구스트가 오틸리에의 어머니와 외할머니한테 청혼 승낙을 얻으려고 하면, 결국 그런 절차를 거쳐야겠지만, 그 여성의 존재가 확실히 심각한 장애 사유가 되겠지요. 다름 아닌 추밀고문관 부인 크리스티아네 여사지요. 그런데 금년 6월에 그분은 돌아가시고 말았답니다. 이 걸림돌도 사라졌고, 게다가 그분의 사망으로 인해 상황이 극히 위태롭게 첨예해졌지요. 아우구스트의 입장에서는 이제 아버지의 집에 새 여주인을 맞아야 할 계제가 된 것이니까요. 아직 상중이라 함부로 움직일 수 없는데다 모임도 뜸해지는 계절이어서 당연히 그는 오틸리에를 여름 동안에는 아주 드물게 만났지요. 그 대신 다른 어떤 일이 생겼는데, 그 일에 관해 저는 정확한 판단을 내리지 못하겠어요. 이 일은 유쾌하기도 하고 가슴 졸이기도 하는 비밀로 감춰져 있기 때문인데, 하지만 운명적 중요성을 갖는 일이라는 것만은 의문의 여지가 없지요. 8월 초에 오틸리에는 아커반트 가에서 추밀고문관, 즉 독일의 위대한 시인과 만났답니다.

거듭 말씀드리지만 그 만남의 경과에 관해서는 정보가 부족해요. 사실 저는 아무런 정보도 갖고 있지 않아요. 오틸리에는 달갑지 않은 장난기로 저한테 그 정보를 주지 않거든요. 그녀는 근사한 비밀을 짓궂게 즐기는 태도로 감추고 싶어해요. 제가 집요하게 물으면 그녀는 미소를 지으며 이렇게 대답한답니다. "그분 자신은 나뽈레옹 황제와 나눈 대화에 관해 제대로 털어놓은 적이 없고 당시의 기억을 세상에 감추고 있는데, 심지어 친구들한테도 시샘으로 보물처럼 감추시지. 아델레, 미안하지만 내가 그런 면에서 그분을 본받아서 그분이 나한테는 매력적이었다는 말만 하더라도 만족하렴."

그분이 그녀에게 매력적이었답니다. 저는 경애하는 부인께 이 말을 그대로 전해드립니다. 이 소식을 전해드리는 것으로 제 이야기를 마무리할까 해요. 보시다시피 매력적인 이 이야기의 결말에 이르면 약혼이 성사되겠지요. 거의 임박한 조짐이 보여요. 기적이 일어나지 않는 한, 하늘이 개입하지 않는 한, 우리의 궁정과 도시에서는 크리스마스 즈음이나 확실히 송년 무렵에는 그 일을 맞이하겠지요.

6장

지금까지 쇼펜하우어 양의 이야기는 중단 없이 계속 이어진 것처럼 서술되었다. 하지만 실제로는 그녀가 길쭉한 입으로 작센 어투로 유창하게 쏟아낸 달변은 이야기의 중간 부분과 끝 부분에서 웨이터 마거에 의해 두번 중단되었다. 마거는 접견실에 와서 자신의 의무를 다하느라 무척 힘들어하고 읍소하면서 새로운 방문객이 찾아왔다는 소식을 전했던 것이다.

먼저 찾아온 사람은 리델 부인이 보낸 하녀여서 마거는 이 소식을 전하지 않을 수 없었다. 마거는 심부름 온 여성이 아래층 복도에서 대기하고 있는데, 궁정고문관 부인의 안부와 소재를 몹시 궁금해한다고 전했다. 리델 부인 댁에서는 점심상이 다 식었고 부인 때문에 무척 불안해한다는 것이었다. 마거는 엘레판트 호텔에 묵고 있는 저명한 손님이 중요한 접견을 하느라 자매분 댁으로 가야 할 시간이 지체되고 있으며, 자기는 감히 그 접견을 방해할 처지가 아니라고 해명하려 했지만, 그래도 아무 소용이 없었다고 했다. 하녀는 얼마 동안 기다리다가 결국 자기가 대기하고 있다는 것을 전해달라고 워낙 성화를 해서 어쩔 수 없이 마거는 접견을 방해하게 되었으며, 하녀는 불안과 배고픔에 지친 친지들이 기다리고 있는 댁으로 궁정고문관 부인을 반드시 모셔오라는 엄명을 받았다고 했다.

샤를로테는 얼굴을 붉히며 일어서더니 아주 단호하게 결심한 듯한 표정과 태도로 말했다. "내가 정말 너무 무책임했네! 지금 대체 몇시죠? 가야겠어요! 이번에는 중단해야겠어요." 그런데 이렇게 운을 떼고 나서 놀랍게도 그녀는 금방 다시 자리에 앉더니 예상과는 정반대의 말을 했다.

그녀가 말했다. "괜찮아요, 마거. 우리의 대화를 방해하고 싶지 않다는 걸 잘 알아요. 하녀한테 좀더 참고 기다리든지 아니면 돌아가라고 해요. 돌아가서 궁정재무관 부인께 나를 기다리지 말고 먼저 식사를 하시라고 말씀드리는 게 가장 좋겠네요. 용무를 마치는 대로 금방 뒤따라갈 테니 나 때문에 불안해할 필요는 없다고. 리델 부부가 불안해하는 것도 당연하지. 누군들 그렇지 않겠어요, 나도 불안한데. 벌써 한참 동안 시간이 어떻게 가는 줄도 모르고, 이 모든 일을 전혀 상상도 못했으니까. 하지만 기왕지사 이렇게 되었고, 또 내가 어차피 사사로운 개인도 아니니 점심 약속보다 더 중요한 요구사항을 인정하는 수밖에. 이렇게 전해드리라고 하녀한테 말하세요. 초상화 모델이 되어야 했고, 그러고선 리머 박사님과 중요한 문제를 의논했고, 지금은 여기 이 숙녀분의 이야기를 듣고 있는데 한창 이야기 중에 자리를 박차고 홀쩍 나갈 수는 없다고. 덧붙여서 더 중요한 요청이 들어왔고, 불안해하는 것도 모르지 않지만 지금 상황에 따를 수밖에 없다고, 그러니 리델 부인 댁에서도 그쪽 형편에 맞게 알아서 하시라고 전해줘요."

"잘 알겠습니다, 감사합니다." 마거는 충분히 알아들었다고 만족해서 그렇게 말하고는 물러갔고, 그러자 쇼펜하우어 양은 두 아가씨가 공원에서 페르디난트를 발견하고 뛸 듯이 기뻐하며 그를 시내로 옮기던 무렵의 이야기를 느긋하게 다시 계속했던 것이다.

마거가 두번째로 노크를 한 것은 이야기가 '경기병 아내'와 『친화력』 언저리를 맴돌던 무렵이었다. 마거는 이번에는 먼젓번보다 자신 있게 노크를 했고, 접견을 방해할 만한 충분한 사유가 있으니 굳이 가책이나 의구심으로 괴로워할 필요도 없다는 표정을 지으며 들어왔다. 자신 있게 소임을 다하는 태도로 그가 당당히 말했다.

"폰 괴테 재무관께서 오셨습니다."

이 소식에 소파에서 벌떡 일어난 쪽은 아델레였는데, 샤를로테 역시 그대로 자리에 앉아 있긴 했지만 그렇다고 느긋한 태도는 아니었고 오히려 기력이 부쳐서 그런 듯했다.

"호랑이도 제 말 하면 온다더니!" 쇼펜하우어 양이 외쳤다. "맙소사, 이제 어떡하지? 마거, 나는 재무관님과 마주치면 곤란해요! 이봐요, 요령껏 손을 써보세요! 어떻게든 그분을 피해서 빠져나갈 수 있게 해달라고요! 당신의 수완을 믿어요!"

"여부가 있겠습니까, 아가씨." 마거가 응답했다. "여부가 있겠습니까. 그러시길 바랄 거라고 대충 짐작했습지요. 저는 상류사회의 인간관계가 미묘하고 무슨 일이 닥칠지 모른다는 것도 익히 알지요. 저는 궁정고문관 부인께서 지금은 일을 보시는 중이라고 재무관님께 말씀드리고서 그분을 지하 주점으로 모셨답니다. 그분은 마데이라산 포도주를 한잔 들고 계신데, 제가 아예 한병 더 드렸습니다요. 그런즉 이제 숙녀분들께 대화를 마무리해주십사 부탁드려도 될 계제입니다. 마무리하시면 먼저 아가씨께서 눈에 띄지 않게 현관을 통과하도록 모셔다드리고, 그런 연후에 궁정고문관 부인께서 접견을 하실 수 있노라고 재무관님께 전해드리겠습니다요."

이렇게 상황 정리를 해서 마거는 두 여성의 치하를 듣고 다시 물러갔다. 그런데 아델레는 이렇게 말했다. "경애하는 부인, 저는 이 순간이 얼마나 소중한지 잘 알고 있답니다. 아들이 찾아왔다는 것은 아버지의 메시지를 갖고 왔다는 뜻이지요. 부인의 방문과 가장 밀접한 관련이 있는 그분이 부인의 방문을 이미 알고 계시는 거예요. 어떻게 모를 수 있겠어요. 이렇게 세간의 주목을 받고 있고, 바이마르에서 소문은 삽시간에 퍼지거든요. 그분이 아들을 보낸 거고, 아들한테 대리 역을 맡긴 것이죠. 너무 감동적이에요. 그렇지 않아도 감히 부인께 들려드린 이야기로 인해 마음이 격해 있던 차에 눈물이 나올 것만 같아요. 아들이 찾아온 것은 제가 찾아온 것과는 비할 바 없이 훨씬 더 중요하고 절실하기 때문에 ─그러니까 재무관이 마데이라 포도주를 마시는 상황을 고려해서─부인께서 메시지를 받으시기 전에 감히 제 이야기를 끝까지 들어달라고 부탁드릴 엄두가 나지 않네요. 경애하는 부인, 감히 그럴 엄두가 나지 않으니 저는 이만 물러가도록⋯⋯"

"이봐요, 그대로 있어요." 샤를로테가 단호하게 대꾸했다. "괜찮으면 다시 자리에 앉도록 해요!" 노부인의 뺨이 연한 홍조로 물들었고 연푸른 눈이 신열로 반짝거렸지만, 소파에 앉아 있는 자세만큼은 유난히 반듯해서 차분한 평정심이 느껴졌다. 그녀는 말을 계속했다. "그 사람은 이미 기별을 했으니 조금 더 참고 기다릴 수 있겠지요. 사실 아가씨 얘기를 듣는 것이 곧 그 사람과 관계되는 일이기도 하고, 나는 평소에 일을 할 때 질서와 순서를 지키는 데 익숙해요. 그러니 얘기를 계속해줘요! 아들이 물려받은 기질과 사랑스러운 균형에 대해 얘기하던 참이었지요……"

"예, 맞아요!" 쇼펜하우어 양은 다급히 자리에 앉으면서 하던 얘기를 기억해냈다. "『친화력』 같은 근사한 소설을 생각해보세요……" 그렇게 해서 아델레는 점점 더 속도를 내서 너무나 유창한 혼잣말과 믿기지 않는 달변으로 이야기를 끝까지 했고, 마지막 말을 마치고는 잠시 숨을 돌릴 여유조차 갖지 않았다. 오히려 그녀는 잠시도 머뭇거리지 않고 다만 어투만 다소 바꾸어서 말을 계속했다.

"경애하는 부인, 저는 부인께서 와 계시다는 소식을 듣자마자 지금까지 들려드린 얘기를 꼭 해드리고 싶었답니다. 이 이야기를 해드리고 싶은 소망이 부인을 찾아뵙고 충정을 바치고 싶은 소망과 딱 일치했지요. 그러다보니 리네 에글로프슈타인한테는 제 소망을 숨기고 이번 방문에서 배제하는 잘못을 했답니다. 자애로운 부인! 공경하는 부인! 제가 말씀드린 기적을 부인께서 이루어주시기를 바라 마지않습니다. 이 결혼의 부조리함과 위험 때문에 저는 머리가 터질 것 같은데, 이미 말씀드린 대로 마지막 순간에라도 하늘이 개입하여 이 결혼을 막아줄 뜻이 있다면 어쩌면 부인을 잘 활용하여 이런 결말을 이끌어내라고 부인을 이리로 데려온 게 아닐까 하는 생각이 번뜩 들었답니다. 부인께서는 몇분 후면 그 아들을 만날 테고, 짐작건대 몇시간 후면 그 위대한 아버지를 만날 거예요. 부인께서는 영향력을 행사하실 수 있고, 경고를 해줄 수 있어요. 부인께선 그럴 자격이 있으니까요! 아우구스트의 어머니가 될 수도 있었던 분이니까요. 물론 아니죠. 그 유명한 이야기가 다르게 전개되었고, 부인께서 다른 방향으로 틀기를 원했으니까요. 올바르고 온당한 것을 추구하는 순수한 이성과 숭고한 확신으로 그런 결단을 내리셨지요. 이번에도 그런 소신을 발휘해주세요! 오틸리에를 구해주세요! 그녀는 부인의 딸일 수도 있어요. 어쩐지 그런 느낌이 들어요. 바로 그래서 한때 부인 자신이 존경스러운 사려분별로 대처하셨던 그 위험이 지금 오틸리에를 에워싸고 있는 거예요. 부인의 젊은 시절 모습과 똑같은 오틸리에의 어머니가 되어주세요. 오틸리에는 부인의 젊은 시절 모습과 똑같아서 사랑을 받고 있거든요, 아들로부터, 아들을 통해. 그의 아버지가 '귀여운 처자'라 부르는 그녀를 지켜주세요. 부인께서 한때 그 아버지한테 보여주었던 의연함으로 그녀를 지켜주세요, 저를 말할 수 없이 불안하게 하는 그 광적인 사랑의 제물이 되지 않도록! 부인께서 지혜롭게 따르셨던 부군께서는 작고하셨고, 아우구스트의 어머니가 되었던 부인도 이젠 이 세상 사람이 아니지요. 이제는 오로지 부인께서만 그 아버지와, 부인의 아들이 될 수도 있었던 그분 아들과, 부인의 딸과도 같은 사랑스러운 오틸리에와 함께 있습니다. 부인의 말씀은 이제 어머니의 말씀과 같습니다. 그릇된 해악에 맞서서 이의를 제기하는 말씀을 해주세요! 이것이 저의 부탁이자 비원悲願입니다……"

샤를로테가 말했다. "영특한 아가씨! 나한테 바라는 게 뭐죠? 내가 어떤 일에 개입하기를 바라는 건가요? 아가씨의 이야기를 혼란스러운 감정으로, 물론 아주 진지한 관심을 갖고 듣고 있을 때만 해도 무리한 요구까지는 아니어도 이런 엄청난 신뢰가 뒤따를 거라고는 미처 생각도 못했어요. 아가씨는 나를 혼란스럽게 하는군요. 그런 부탁 때문만이 아니라 아가씨가 이유를 대는 방식 때문에도 그래요. 아가씨는 나를 모종의 관계에 끌어들이려 하는데…… 다 늙은 여자인 나를 다시 젊은 시절로 돌려놓아서 의무를 지우려 하고 있어요…… 추밀고문관 부인이 작고했다고 해서 내가 평생토록 보지도 못한 그 위대한 분과 나의 관계가 마치 바뀌기라도 한 것처럼 간주하려 드네요. 게다가 그분의 아들에 대해 내가 마치 어머니의 권리라도 확보한 듯한 의미로…… 이런 생각이 부조리하고 경악스럽다는 걸 인정하세요! 그럼 내가 여행을 온 것도 그런 식으로 보이겠군요…… 아마 내가 아가씨의 말을 오해한 것이겠지요. 미안해요. 오늘 하루 동안 받은 인상과 긴장 때문에 지쳤어요. 알다시피 아직 한두차례 더 긴장할 일이 기다리고 있지요. 아가씨, 잘 가요. 허심탄회하게 이야기를 들려주어서 고마워요. 지금 작별이 아가씨를 내쫓는 거라고 생각하진 마요. 내가 아가씨의 이야기를 주의 깊게 들어주었으니 아가씨가 무심한 사람한테 하소연한 것은 아니라는 보증이 되겠지요. 어쩌면 나도 조언을 해주고 도와줄 기회가 오겠지요. 나를 기다리고 있는 손님을 만나기 전까지는 과연 내가 도와줄 형편이나 되는지 나도 알 수 없다는 걸 이해해줘요……"

아델레는 벌떡 일어나서 무릎을 굽히며 예를 갖추어 작별인사를 했고, 샤를로테는 앉은 채로 자상한 미소를 지으며 손을 내밀었다. 젊은 아가씨가 그녀 못지않게 흥분해서 그녀가 내민 손에 존경어린 키스를 하려고 머리를 숙였고 그 위로 그녀의 머리가 끄덕이며 떨리고 있었다. 그러고서 아델레는 물러갔다. 샤를로테는 몇분 동안 혼자서 고개를 숙인 채 이미 여러 손님을 치른 방에서 소파에 앉아 있었고, 이윽고 마거가 와서 같은 말을 되풀이했다.

"폰 괴테 재무관께서 오셨습니다."

아우구스트가 들어왔다. 그는 미간이 좁은 갈색 눈을 호기심으로 반짝이면서도 수줍어하는 미소를 지으며 샤를로테를 바라보았다. 그녀 역시 조바심을 내며 그를 마주 보면서도 미소로 그런 태도를 누그러뜨리려 애썼다. 게다가 뺨은 뜨겁게 달아올랐는데, 너무 긴장해서 그렇다 치더라도 그런 모습은 확실히 우스워 보였지만, 다소 호의적인 관찰자가 보면 매력적일 법도 했다. 이렇게 여학생 같은 63세의 노부인은 두번 다시 없을 터였다. 아우구스트는 27세였으니 그 시절 괴테보다 네살이 더 많았다. 지금 여기 서 있는 아들이 당시 청년 괴테보다 4년을 더 살았으니 샤를로테는 그 시절의 여름날이 불과 4년 전처럼 느껴져서 혼란스러웠다. 이 또한 우스운 노릇이었다. 44년이나 흘렀건만. 인생 자체와 맞먹는 엄청난 시간이었고, 장구하고 단조로우면서도 파란만장하고 풍요로운 인생이었다. 풍요로웠다는 것은 자식이 많았다는 뜻인데, 열한명이나 낳은 힘들고도 복된 시간이었다. 열한번이나 산고를 치렀고, 열한번이나 젖을 먹여 키웠지만, 그중 두번은 무위로 돌아가고 말았으니 너무나 사랑스러운 갓난아이를 다시 땅에 묻어야 했던 것이다. 그러고서 어느새 16년을 홀로 살았으니, 그 많은 아이들의 아버지였던 남편은 그녀의 옆자리를 비워둔 채 먼저 저세상으로 떠났고, 그녀의 꽃다운 젊음도 품위 있게 시들면서 홀로 과부로 살아온 것이다. 더이상 분주한 일거리와 출산의 요구도 없었던 한가한 삶이었고, 그전까지의 삶보다 더 현재에 집중할 수 있는 시간이었으며, 다른 가능성을 생각해볼 수도 있는 새로운 현실을 맞이한 시간이었다. 그리하여 지난 시절을 돌아보며 인생에서 충족되지 않은 모든 가정假定들을 되살려보고 색다른 품위를 가꿀 수 있다는 생각이 아이를 낳고 기르던 시절에 비해 훨씬 더 크게 떠올라서 상상력을 자극했던 것이다. 다시 말해 어머니 역할에 충실했던 현실적 품위가 아니라 시민생활의 테두리를 벗어난 환상적 품위가 의미를 얻고 전설이 되어 사람들의 상상 속에서 해가 갈수록 점점 더 큰 역할을 하게 되었던 것이다……

아, 시간이란 그런 것이고, 우리는 시간의 자식들이다! 우리는 시간 속에서 시들어가고 하강해왔지만, 삶과 젊음은 언제나 저 위에 있었고 삶은 언제나 젊었으며 언제나 젊음은 우리와 더불어, 인생을 다 살아낸 우리 곁에 살아 있었던 것이다. 우리는 여전히 젊음과 더불어 시간 속에, 우리의 시간이자 젊음의 시간 속에 함께 있었고, 여전히 젊음을 생생히 바라볼 수 있었고, 젊음의 주름살 없는 이마에 키스할 수 있었으며, 우리 자신으로부터 다시 태어나 젊음을 되찾았던 것이다…… 여기 이 청년은 그녀가 낳은 자식은 아니었지만 어쩌면 그녀의 자식일 법도 했다. 특히 장애 사유가 사라진 이후로는, 그녀의 옆자리뿐만 아니라 한때 젊었던 아버지 괴테의 옆자리마저 비게 된 이후로는 얼마든지 그렇게 생각해볼 여지가 생겼던 것이다. 그녀는 남의 소생인 이 청년을 비판적이고 미심쩍어하는 눈길로 찬찬히 살펴보았고, 차라리 자신이 이 아이를 낳았더라면 더 낫지 않았을까 하는 상념에 잠겨 그의 모습을 훑어보았다. 그러고 보니 그 아가씨가 제대로 맞혔네. 그는 체격이 건장했고, 잘생긴 편이었다. 엄마를 닮았을까? 샤를로테는 괴테의 동거녀를 한 번도 본 적이 없었다. 아마 뚱뚱한 체질은 엄마 쪽에서 물려받았을 것이다. 그는 나이에 비해 너무 살이 쪘는데, 그나마 키가 커서 체격의 균형은 겨우 유지하고 있었다. 아버지는 그녀가 만났던 그 시절에 더 날씬했는데. 흘러가버린 지난 시절에 그녀의 아이들은 용모와 복장이 전혀 달랐다. 곱슬머리에 파우더를 바르고 댕기머리가 목덜미로 흘러내려서 맵시 있게 더 단정해 보였고, 다른 한편 더 자유분방하기도 해서 레이스가 달린 셔츠의 목덜미를 폼 나게 드러냈다. 반면 지금 눈앞에 있는 청년의 갈색 곱슬머리는 혁명[1] 이후 자연미를 중시하는 유행에 따라 파우더를 바르지 않고 엉킨 상태로 내버려두어서 이마를 반쯤 뒤덮고 있었고, 관자놀이에서 흘러내리는 곱슬곱슬한 구레나룻이 높이 치켜세운 셔츠 옷깃 속까지 늘어졌으며, 젊은이답게 부드러운 턱이 묘한 기품을 드러내며 옷깃 속에 감춰져 있었다. 지금 눈앞에 있는 청년은 옷깃의 트인 부분을 꽉 채울 만큼 두툼한 목도리를 매고 있는 점에서는 확실히 젊은 시절의 괴테보다 더 품위 있게 자기 신분에 더 어울리는 공식적인 태도를 과시하고 있었다. 유행에 맞게 활짝 열어젖힌 갈색 상의의 소매는 어깨로 이어지는 부분이 볼록하게 솟았고 한쪽 소매에는 상장喪章을 달고 있었는데, 그 소매가 다소 비만인 체격을 간신히 팽팽히 죄어주는 구실을 했다. 그는 팔꿈치를 가지런히 모으고 우아한 자세로 정장용 모자를 거꾸로 받쳐들고 있었다. 그런데 전혀 환상적인 꾸밈새도 없이 나무랄 데 없이 격식을 차린 태도는 어쩐지 예사롭지 않은 눈매를 감추려는 태도처럼 보였다. 그의 눈은 아름답긴 하지만 평범한 보통 사람과 달리 심상치 않게 느껴졌다. 그의 부드럽고도 침울한 눈은 비상하게 촉촉한 광채로 빛났다. 그것은 감히 대공비마마의 생신잔치에 축하 시구를 바쳐서 발칙하다는 평판을 들었던 바로 그 아모르²의 눈, 혼외자식의 눈이었다……

다소 무례해 보이는 아우구스트의 눈은 아버지의 짙은 갈색을 그대로 물려받았고, 샤를로테는 이 젊은이가 들어와서 우선 가볍게 절을 하고 다가오는 몇초 사이에 미간이 좁은 것도 아버지와 닮았음을 금방 알아차렸다. 그것은 눈에 띄게 닮은 점이었지만, 하나하나 뜯어보면 두드러지게 닮았다고 하긴 어려웠다. 이마는 더 작았고, 콧날은 오똑하지 않았으며, 입도 더 작고 여성스러워 보여서

1 프랑스 대혁명을 가리킴.
2 사랑의 신.

닮았다고 할 수는 없었다. 그러니까 아버지보다 못났다는 걸 의식하면서 용서라도 구하려는 듯 의기소침하고 침울한 인상을 주는 닮음이었다. 그렇지만 어깨를 뒤로 빼고 몸통을 앞으로 내미는 자세 등의 몸가짐은 아버지를 흉내 낸 것이든 아니면 정말 체질적으로 물려받은 것이든 간에 닮았다는 것을 부인할 수 없었다. 샤를로테는 가슴이 뭉클했다. 지나온 삶을 다시 살고 지나간 시간을 거슬러 올라가서 생생한 현재로 불러내고 싶은 이룰 수 없는 방랑에의 유혹, 기억으로 충만한 그러한 유혹이 눈앞에 어른거렸다. 노부인은 지나간 과거를 기억 속에서 현재로 불러내어 생생한 젊음을 되찾고 싶은 그러한 유혹에 너무나 가슴이 복받쳐서 크리스티아네의 아들이 그녀의 손에 입을 맞추려고 몸을 숙이는 동안 ─ 그러자 술 냄새와 향수 냄새가 풍겼는데 ─ 그녀의 숨소리는 외마디 억눌린 흐느낌으로 바뀌었다.

그러면서도 동시에 그녀는 지금 앞에 있는 사람이 귀족 청년이라는 것을 상기했다.

그녀가 말했다. "폰 괴테 씨, 만나게 되어 반가워요! 이렇게 신경을 써주어서 고맙고, 바이마르에 도착하자마자 젊은 시절 다정했던 친구의 아드님과 대면하게 되어 기뻐요."

"친절하게 맞아주셔서 감사합니다." 그렇게 대답하면서 아우구스트는 잠시 의례적인 미소를 지으며 다소 작고 젊음이 느껴지는 하얀 치아를 드러내보였다. "아버님 분부로 왔습니다. 아버님은 부인께서 보내신 정감 어린 편지를 받아보시고는 편지로 답장을 드리는 대신 제가 직접 찾아뵙고 우리 도시에 오신 것을 환영하는 인사를 궁정고문관 부인께 전해드리길 원하셨습니다. 아버님은 부인의 방문이 틀림없이 우리 도시에 대단한 활기를 불어넣을 거라고 하셨지요."

부인은 감동과 황홀함에 겨워서 소리 내어 웃지 않을 수 없었다.

그녀가 말했다. "오, 인생에 지친 노파한테 너무 큰 기대를 하시는군요! 우리의 존경하는 추밀고문관께서는 어떻게 지내세요?" 안부 인사를 덧붙이면서 부인은 리머와 함께 앉아 있던 의자들 중 하나를 가리키며 자리를 권했다. 아우구스트는 격식을 갖추어서 샤를로테를 마주 보고 앉았다.

아우구스트가 말했다. "안부 인사에 감사합니다. 그럭저럭 지내시지요. 지금 형편에 만족하려 하시는데, 그러지 않을 수도 없지요. 아버님은 전반적으로 잘 지내시는 편입니다. 근심걱정이야 늘 있게 마련이지요. 건강이 불안정하고 병치레가 잦아서 언제나 아주 규칙적인 생활 관리가 요구됩니다. 그런데 저도 부인께서 먼 길을 편안히 오셨는지 여쭤봐도 될까요? 돌발사건은 없었는지요? 숙박은 편히 하셨는지요? 부인의 안부를 전해드리면 아버님께서 아주 좋아하실 겁니다. 제가 듣기로는 자매 되시는 리델 궁정재무관 부인을 만나고자 이번 행차를 하신 걸로 아는데요. 고위층에서 높이 평가하고 아랫사람들이 이구동성으로 존경하는 궁정재무관 댁에서 부인의 방문을 진심으로 반길 줄로 압니다. 저도 직무상으로나 개인적으로나 궁정재무관님과 순수한 교분을 나누는 사이여서 자랑스럽게 생각합니다."

샤를로테는 아우구스트의 어투가 노회하고 부자연스러울 정도로 신중하다는 느낌이 들었다. '대단한 활기를 불어넣을' 거라는 말부터가 이상했다. '순수한 교분'이나 다른 표현들도 우스웠다. 리머라면 이런 식으로 말할 수도 있겠지만, 새파랗게 젊은 사람의 입에서 이런 말을 들으니 훨씬 특이했고 현학적인 어투가 기이하게 느껴졌다. 샤를로테는 이런 말투가 가식적이라는 걸 분명히 느꼈는데, 그럼에도 정작 발언 당사자는 그것을 조금도 자각하지 못하고 있음이 분명했다. 샤를로테는 자기도 모르게 얼굴에 경련이 일어났는데, 그것을 그가 전혀 눈치채지 못한다는 걸 확인했기 때문이다. 그러는 이유를 이해하지 못했기에 아예 주의도 기울이지 않았던 것이다. 그러자 샤를로테는 그의 말투에서 느껴지는 경직된 품위를 그의 근황에 관해 알고 있는 내용과 견주어보지 않을 수 없었다. 그녀는 아델레가 침이 고인 커다란 입으로 그에 관해 들려준 이야기들, 그의 주벽酒癖, 경기병 아내, 언젠가 경찰에 연행되었던 일, 그가 거칠게 굴어서 리머가 달아난 일 등을 떠올렸다. 동시에 그녀는 자원병 사건 이래로 인위적으로 비호받고 있는 그의 난처한 사회적 입지, 비겁하고 신사답지 못하다는 비난을 감수했던 일도 떠올리지 않을 수 없었다. 그리고 우아한 금발의 아가씨 오틸리에, 그 '귀여운 처자'에 대한 슬픈 연정이 그 모든 일보다 가장 또렷이 떠올랐다. 이런 사랑은 그의 특이한 어투와 대립관계에 있지 않았고 오히려 넓은 맥락에서 보면 직접적인 상관이 있고 부합되는 것으로 보였다. 동시에 그런 어투는 노부인 샤를로테와도 관련이 있었는데, 말하자면 그녀의 확대된 보편적 자아와 아주 감동적이고도 복합적인 관련이 있었다. 다시 말해 아우구스트에겐 아들의 성격과 연인의 성격이 뒤섞여 있었는데, 그는 아들 역할에 매우 충실해서 아버지와 똑같은 태도를 취했던 것이다. '아뿔싸!' 샤를로테는 아버지와 많이 닮은 그의 잘생긴 얼굴을 바라보면서 그런 생각이 들었다. 그녀는 눈앞에 있는 청년이 불러일으키는 감동과 측은한 정감을 '아뿔싸!' 하는 내심의 탄식에 고스란히 담았고, 그의 어투가 우스웠던 것까지도 함께 이해했다.

또 샤를로테는 부탁받은 일도 떠올렸다. 그녀에게 부담을 안겨주고 절실히 간청했던 그 부탁은 아우구스트와 오틸리에의 관계에 가능하면 어느 선까지 개입하여 이미 기정사실처럼 된 사태의 진전을 막아달라는 것이었다. '귀여운 처자'에게 남자 애인을 단념하라고 설득하든 남자 쪽에 '귀여운 처자'를 단념하라고 설득하든 간에. 하지만 솔직히 고백하면 그녀는 그럴 마음이 내키지 않았고 사명감도 느끼지 못했다. 오히려 그 '귀여운 처자'를 제지하고 '구출'하기 위해 음모를 꾸민다는 것은 너무 무리한 요구라는 생각이 들었다. 더구나 '귀여운 처자' 자신이 경기병 아내를 비롯하여 다른 나쁜 습관을 퇴치해야 한다는 사명감을 표방하고 있기에 더더욱 그랬다. 연륜이 있는 샤를로테로서는 그런 목표를 위해서라면 '귀여운 처자'와 얼마든지 연대할 용의가 있었다.

샤를로테가 말했다. "재무관님, 당신과 제 제부처럼 훌륭한 분들이 서로 존중하는 사이라니 기쁘네요. 그 얘기는 전에도 들었답니다. 서면으로, 서면으로 제 여동생한테서 그 얘기는 벌써 들었거든요." 그녀는 '서면으로'라는 말을 자기도 모르게 반복함으로써 마치 아우구스트의 우스꽝스러운 어투를 흉내라도 내는 것 같았다. "말이 나온 김에 근래에 관직에서 승진하신 것을 축하드려요."

"대단히 감사합니다."

"분명히 공로에 대한 치하지요." 샤를로테가 말을 계속했다. "주군과 나라를 위해 봉사하는 일을 진지하고 정확하게 처리하신다고 칭송이 자자하더군요. 이런 말을 해서 뭣하지만 아직 젊은 나이에 막중한 책무를 맡고 계시네요. 게다가 여타의 온갖 업무를 보면서 아버님 일도 훌륭하게 도와드린다고 알고 있어요."

아우구스트가 대꾸했다. "여러모로 도와드릴 형편이 되어서 기쁠 따름입니다. 1801년과 1805년에 중병을 앓으신 이후로는 아직 우리 곁에 살아 계신 것이 정말 천만다행이다 싶습니다. 당시만 해도 저는 아직 어렸지만 그 끔찍한 경험을 잘 기억하고 있지요. 처음 포진이 발병했을 때는 거의 돌아가시는 줄 알았지요. 게다가 합병증으로 백일해까지 겹쳤는데, 침대에 누울 수도 없었답니다. 누우면 숨이 막혔으니까요. 그래서 줄곧 서 있는 자세로 병마와 싸워야 했습니다. 심한 신경쇠약을 앓으신 지는 오래됐지요. 그러다가 11년 전에는 경련성 기관지염이 발병해서 여러주 동안 과연 목숨을 부지하실지 걱정했습니다. 예나 대학의 슈타르크 박사님이 치료를 맡았지요. 위태로운 고비를 넘긴 이후에도 후유증이 낫기까지는 여러달이 걸렸는데, 슈타르크 박사님은 이딸리아 여행을 권유하셨습니다. 하지만 아버님은 그 연세에 그런 여행을 할 결단을 내리지 못했습니다. 그때 연세가 56세였지요."

"너무 일찍 체념하신 것 같군요."

"부인께서도 그렇게 생각하시죠? 그런데 라인 강 지역으로 여행하는 것도 단념해야 할 형편이었답니다. 그 전해와 두해 전에만 해도 편안하게 다녀오셨는데 말입니다. 그런데 사고 소식은 들으셨는지요?"

"아뇨! 어떤 사고를 당하셨나요?"

"아, 잘 수습이 되었습니다. 올해 여름 어머님이 작고하신 후였는데 —"

"재무관님." 샤를로테가 이번에도 화들짝 놀라면서 말을 가로막았다. "그 말씀을 하실 때까지 어찌 된 영문인지 제가 깜박했네요. 세상 누구와도 바꿀 수 없는 모친을 여의셨는데, 진심으로 조의를 표해요. 얼마나 슬프시겠어요. 저도 나이 든 여자로서 진심으로 슬품을 함께 나누고 싶다는 걸 믿어주세요."

아우구스트는 어둡고 부드러운 눈길로 수줍어하면서 그녀를 흘끗 바라보고는 다시 눈길을 떨구었다.

"대단히 감사합니다." 그가 웅얼거리는 어조로 말했다.

잠시 애도의 침묵이 흘렀다.

다시 샤를로테가 말했다. "적어도 이 가혹한 충격으로 인해 자애로운 추밀고문관님의 소중한 건강이 심각한 영향을 받지는 않았으면 해요."

"아버님 자신도 병을 앓던 끝 무렵이라 상태가 좋지 않았습니다." 아우구스트가 대답했다. "어머님이 위독하다는 전갈을 받고 예나에서 일을 보시다가 부랴부랴 달려오시긴 했지만, 돌아가시던 날에는 신열이 있어서 누워 있어야 했답니다. 아시겠지만 어머님은 경련 발작으로 아주 힘들게 돌아가셨지요. 저 또한 가까이 갈수 없었고, 마지막에는 주위의 여자 친구분들도 곁을 지킬 수 없었답니다. 리머 부인과 엥겔스 부인 그리고 이모도 물러나야만 했지요. 참혹한 모습을 도저히 견딜 수 없었으니까요. 결국 밖에서 간병인 두명을 불러와서 그들의 품에서 마지막 숨을 거두셨지요. 그건 도저히 뭐라고 말할 수 없는 고통, 여성들이 겪는 끔찍한 시련, 유산이나 사산, 죽음에 이르는 산통 같은 것이었습니다. 그런 생각이 들었습니다. 경련 발작이었기 때문에 제가 임종 과정을 이런 관점에서 보는 것인지도 모르겠습니다. 또 사람들이 신중하게 저를 가까이 가지 못하게 제지했기 때문에도 그런 인상을 받은 것 같습니다. 그러니 하물며 신경이 예민해서 일체의 참혹하고 심란한 것은 피해야 하는 아버님은 더더욱 보시지 못하게 막아야 했지요. 설령 아버님 자신이 아프지 않았다 하더라도 그래야만 했어요. 쉴러의 임종 때도 아버님은 몸져누워 있었답니다. 그분은 워낙 타고난 천성이 죽음이나 무덤과의 접촉은 피하게 되어 있지요. 그것은 운명과 의도가 합쳐진 결과라고 봅니다. 아시다시피 아버님의 형제 중 4남매가 젖먹이 때 죽지 않았습니까? 그런데 아버님은 살아 계시고, 게다가 아주 활동적인 삶을 살고 계시죠. 하지만 젊은 시절부터 그분 자신도 일시적으로 혹은 상당한 기간 동안 여러차례 죽을 고비를 넘기셨지요. '상당한 기간 동안'이란 베르터 시절을 말하는 것인데요." 이 대목에서 그는 생각을 가다듬고 뭔가 혼동했다는 듯이 덧붙였다. "하지만 제가 더 염두에 둔 것은 젊은 시절의 각혈이나 50대의 중병 같은 신체적인 위기입니다. 통풍 발작과 신장결석도 빼놓을 수 없죠. 그 때문에 일찍부터 보헤미아의 온천지로 요양을 가야만 했지요. 그밖에도 뚜렷한 손상은 없어도 언제나 결국에는 건강을 악화시켰던 주기적 질환이 와서 주위 사람들은 말하자면 매일같이 돌아가실까봐 걱정을 했답니다. 11년 전만 해도 모두들 아버님을 주시하며 불안해하고 있었는데, 바로 그때 쉴러가 서거했지요. 어머님은 병약한 아버님 곁에서 언제나 원기 왕성한 삶을 살았답니다. 그런데 돌아가신 쪽은 어머님이고 살아 계신 쪽은 아버님입니다. 그분은 온갖 병치레의 위협에 시달리면서도 아주 강인하게 사시는데, 저는 아버님이 우리 식구 모두보다 더 오래 사실 거라는 생각이 종종 듭니다. 그분은 죽음이라면 질색을 하고 아예 무시하고 아무 말 없이 못 본 체하시죠. 설령 제가 그분보다 먼저 죽는다 해도 그러실 거라고 확신해요. 사실 얼마든지 제가 먼저 죽을 수 있죠.[3] 비록 제가 젊고 그분은 연로하시지만, 그분의 연

---

3 실제로 아우구스트는 괴테보다 2년 먼저 사망했다.

륜에 비하면 저의 젊음이란 너무나 보잘것없으니까요! 저는 그분의 천분을 거의 물려받지도 못했고 어쩌다가 툭 내던져진 존재에 불과합니다. 제가 죽더라도 아버님은 함구하고 아무런 내색도 안 하실 테고, 결코 저의 죽음을 직시하지 않으실 겁니다. 제가 아는 그분은 그런 식이죠. 이렇게 말해도 된다면 아버님은 아슬아슬하게 목숨을 부지하고 계시고, 그래서 죽음을 연상케 하는 모습들이나 단말마의 고통, 장례식 등은 주도면밀하고 단호하게 보지 않으려고 차단하시는 것이지요. 아버님은 장례식에도 가시지 않으려고 해서 헤르더, 빌란트, 그리고 아버님이 무척 좋아했던 불쌍한 아말리에 대공비마마의 입관한 모습도 보시지 않았지요. 3년 전 오스만 슈테트에서 치렀던 빌란트의 장례식에는 영광스럽게도 제가 아버님 대리로 참석했답니다."

샤를로테는 거의 인간적인 거부감이 치밀 정도로 심기가 불편해서 "으흠" 하고 헛기침을 했다. 그녀는 잠시 눈을 깜박이다가 말했다. "제 비망록에 어떤 글귀를 적어둔 적이 있는데, 좋아하는 구절을 그렇게 적어두곤 하지요. 이런 구절이에요. '내가 언제부터 죽음을 두려워했던가? 지금까지 살아온 지상의 다른 형상들과 마찬가지로 수시로 뒤바뀌는 죽음의 모습들과 더불어 느긋하게 살아오지 않았던가?' 『에흐몬트』에 나오는 말이지요."

아우구스트는 "예, 에흐몬트의 말이지요!"라고 되뇌고는 말이 없었다. 그러고서 그는 바닥을 바라보다가 금방 다시 눈을 크게 뜨고는 샤를로테를 찬찬히 살펴보다가 다시 시선을 떨구었다. 다시 생각해보니 그녀가 퇴치하려는 이런 감정을 그가 고의로 유발했고, 재빨리 그 결과를 관찰해서 성공을 확인하려 했다는 느낌이 들었다. 그러고서 그는 태도를 바꾸어서 자신의 말이 유발한 효과를

누그러뜨리고 바로잡으려는 것처럼 보였다. 그는 이렇게 말했던
것이다.

"물론 어머님이 돌아가신 모습은 보셨고 애절하게 작별을 하셨
지요. 어머님의 죽음에 바친 시도 한편 갖고 있는데, 돌아가신 지
몇시간 후에 구술하셨지요. 유감스럽게도 받아적은 사람은 제가
아니고 시종이었는데, 그때 저는 다른 일을 보고 있었지요. 몇줄 되
지 않지만 아주 인상적이지요.

　　그대 헛되이 애쓰고 있구나, 태양이여,
　　어두운 구름 사이로 햇살을 비추려고.
　　내가 살아서 얻은 모든 것
　　그녀를 잃고 눈물로 쏟아내는데."

샤를로테는 다시 "으흠" 하고 헛기침을 했고, 주저하는 태도로
이 시에 감정이입을 하면서 고개를 끄덕였다. 근본적으로 따지면
이 시는 별 의미도 없지만 다른 한편으로는 너무 과장된 것이라는
느낌도 들었다. 그리고 이번에도 아우구스트가 일부러 이런 생각
을 유도했다는 의심이 들었는데, 그가 자기를 살펴보는 시선에서
그런 의도를 분명히 읽어낼 수 있었다. 물론 그녀가 자신의 생각
을 말하지는 않았지만, 그녀가 그런 생각을 하리라는 걸 이미 계산
했고, 두 사람은 상대방의 눈에서 피차 서로의 생각을 읽고 있었던
것이다. 그래서 그녀는 시선을 떨구었고, 뭐라고 알아듣기 힘든 찬
사를 중얼거렸다.

아우구스트는 그녀의 말을 알아듣지도 못하고서 "정말 그렇지
요?"라고 했다. 그가 말을 계속했다. "이 시가 존재한다는 사실은

대단히 중요합니다. 그래서 저는 하루하루가 기쁘고, 이 시의 필사본을 여러 장 만들어서 사람들이 모인 자리에서 발표하곤 하지요. 이 시를 보면 상류사회 사람들은 확실히 불쾌하겠지만, 그래도 결국 부끄러워하고 깨치겠지요. 아버님이 아무리 자유롭게 사시고 독립된 생활을 하셨다 해도, 물론 아버님은 당연히 그런 생활을 확보해야만 했지만요, 어머님을 얼마나 진심으로 좋아하셨으며 얼마나 애틋한 마음으로 어머님을 추모하시는지 알게 될 테니까요. 상류사회 사람들이 내내 증오와 악의와 부당한 험담으로 구박했던 여성을 추모하시는 겁니다. 그런데 상류사회 사람들이 왜 그랬겠습니까?" 그는 흥분해서 질문을 던졌다. "어머님이 건강하던 시절에는 다소 여흥을 즐기셨고, 춤도 좋아했고, 즐거운 모임에서 술도 한잔하시고 했다는 이유 때문입니다. 그럴싸한 핑계지요! 아버님은 오히려 그런 모습을 즐기셨고, 어머님의 다소 거친 생기발랄함에 대해 이따금 저와 농담도 하셨지요. 한번은 어머님 주위에는 언제나 흥겨운 놀이판이 끊이지 않는다고 짧은 시를 짓기도 하셨는데, 진심과 호의로 그러셨지요. 하지만 결국에는 아버님도 독자적인 길을 가셨고, 집에 머무시는 것보다는 예나와 온천지 등에서 떨어져 지낼 때가 더 많았지요. 제 생일과 겹치는 크리스마스 무렵에도 예나의 성에서 작업을 하시고 선물만 보내주신 적도 있지요. 그래도 어머님은 멀리 계시든 가까이 계시든 아버님의 건강을 극진히 챙기셨고, 집안 살림의 부담을 도맡아서 아버님의 까다로운 작업에 방해가 될 만한 것은 일체 차단하셨지요. 물론 어머님이 아버님의 작업에 대해 이해한다는 허튼 말씀은 하지 않으셨는데, 그럼 도대체 다른 사람들은 이해하나요? 하지만 어머님은 아버님의 작업을 극진히 존중하셨고, 아버님도 그걸 아시고 고마워하셨지요.

상류사회 사람들이 아버님의 작품을 정말 존중한다면 그들도 어머님께 감사해야 마땅하지만, 그들은 심성이 오만해서 감사할 줄도 모르고 오히려 어머님을 헐뜯고 입방아를 찧어댔죠. 어머님이 요정처럼 우아하지도 않고 누가 봐도 뚱뚱하고 뺨이 불그스레하고 프랑스어를 할 줄 모른다고 말이에요. 하지만 그 모든 험담은 단지 질투심 외에 아무것도 아니었고, 질투심 때문에 어쩔 줄 몰랐던 것이죠. 어머님은 스스로도 영문도 모르고 행운을 누렸으니까요. 위대한 시인이자 이 나라의 위인으로 받드는 사람의 부인이 되어 집안을 이끌었으니까요. 그저 질투심, 질투심일 뿐이지요. 그래서 저는 어머님의 죽음을 추모하는 이 시가 있다는 사실이 너무 기쁘답니다. 상류사회 사람들은 이 시가 너무 아름답고 의미심장하다는 사실에 질색하며 못마땅해할 테니까요." 아우구스트는 격분해서 주먹을 불끈 쥐고 열변을 토했는데, 눈은 침울해졌고 이마의 동맥이 잔뜩 부풀어올라 있었다.

샤를로테는 이 젊은이가 성마르고 무절제한 성격의 소유자라는 것을 분명히 알아볼 수 있었다.

샤를로테는 그에게로 몸을 숙여서 무릎 위에 올려놓은 부들부들 떨리는 그의 주먹을 잡고는 부드럽게 손가락을 펴주면서 말했다. "이봐요, 재무관 양반, 나도 그런 심정은 충분히 이해해요. 더구나 위대한 부친에 대한 당연한 자부심에만 연연해서 자족하지 않고 작고하신 모친을 그토록 애틋하게 생각하니까 나도 마음이 훈훈해져서 더더욱 기꺼이 이해해요. 당신 아버지 같은 사람한테 훌륭한 자식 노릇을 하기란 결코 생각처럼 쉬운 일이 아니지요. 하지만 우리 모두의 범속한 기준으로 평가했던 모친을 세상의 편견에 맞서서 당당히 받들어 추모하는 태도를 나는 진심으로 높이 평가해요. 나 자신도 아이들의 엄마이고, 나이로 치면 당신 어머니뻘 되니까요. 그런데 그런 질투심이라니! 맹세코 그 점에 관해서는 내 생각도 완전히 일치해요. 나는 질투심을 경멸하고, 가능하면 멀리하려고 했어요. 나는 어렵지 않게 그럴 수 있었다고 할 수 있어요. 다른 사람의 운명을 질투한다는 것은 얼마나 어리석은 짓이에요! 우리 모두가 사람 구실을 하려면 치다꺼리가 얼마나 많은데, 다른 사람의 운명을 시샘하는 것은 터무니없는 잘못이고 착각이지요. 게다가 그건 한심하고 쓸데없는 감정이에요. 우리 자신의 운명의 당당한 주인이 되어야 하고, 공연스레 다른 사람들을 삐딱하게 보려고 골머리를 앓을 필요는 없지요.”

아우구스트는 무안해하는 미소를 지으며 그녀가 베풀어준 어머니 같은 배려에 감사하는 뜻으로 몸을 살짝 숙여 인사를 했고, 그녀가 잡아준 손을 다시 빼내어 자기 몸에 밀착시켰다.

“궁정고문관 부인의 말씀이 옳습니다.” 그가 말했다. “어머님은 정말 마음고생이 심하셨지요. 저세상에서라도 평안하시길 빕니다. 하지만 제가 화를 내는 것은 어머님 때문만은 아닙니다. 아버님 때문이기도 합니다. 인생이란 덧없이 지나가고 누구나 영면하게 마련이듯 이젠 모두 지나간 일이지요. 불쾌한 일은 지상에서 끝납니다. 하지만 바리새인처럼 윤리의 파수꾼 노릇을 한답시고 옳은 체하는 자들이 한때 얼마나 불쾌하게 굴었으며 여전히 그러고 있지 않습니까. 그자들은 아버님을 헐뜯고 도덕적으로 비방했지요. 아버님이 감히 윤리규범에 맞서서 저항했고, 서민 출신의 소박한 아가씨를 아내로 맞이하여 그자들이 보는 앞에서 버젓이 살림을 차렸다고 말입니다! 그자들은 틈만 나면 저한테도 무안을 주었지요. 조소하고 어깨를 으쓱하고 책망하는 연민의 태도를 보이는 식으로 저를 삐딱하게 바라보았죠. 아버님의 자유로운 삶 덕분에 제가 태어났는데도 말입니다! 아버님 같은 분이 자기만의 법칙에 따라, 윤리적 자율성이라는 고전적 원칙에 따라 살아갈 권리도 없다는 듯이 말입니다…… 기독교를 신봉하는 애국주의자니 도덕적인 계몽주의자니 하는 자들은 아버님의 그런 자율성을 인정하려 들지 않았고, 천재성과 도덕성이 어긋난다고 개탄했지요. 자유롭고 자율적인 미의 법칙은 예술의 문제일 뿐 아니라 삶의 문제이기도 한데, 그자들은 그걸 이해하지 못했고, 천재성과 도덕성이 일치하지 않는 나쁜 사례라고 헛소리를 해댔지요. 여편네들처럼 입방아를 찧는 꼬락서니라니! 그자들이 아버님을 인간적으로 이해하지 못한 것은 그렇다 치고, 그러면 도대체 그분의 작가적 천재성은 제대로 이해했나요? 천만에요! 『빌헬름 마이스터의 수업시대』는 창녀의 소굴이라 했고, 「로마의 비가」는 도덕적 방종함의 진창이라 했고, 「신과 무희」라든가 「코린트의 신부」는 음탕한 욕설이라고 비방했지요. 하긴 『젊은 베르터의 고뇌』도 부도덕한 타락의 극치라 했으니 놀랄 일도 아니지요……"

"그런 얘기는 처음 들어요, 재무관 양반. 어떻게 감히 그런 말을……"

"그랬답니다, 궁정고문관 부인. 정말 그랬어요. 심지어 『친화력』도 너절한 작품이라고 감히 딱지를 놓았지요. 감히 그러지 못할 거라고 생각하신다면 부인께서는 정녕 인간을 잘 모르시는 겁니다. 게다가 우매한 대중이 그랬다면 차라리 이해가 되지요. 그런데 고전미와 미적 자율성에 반대했던 모든 사람들, 그러니까 작고한 클롭슈토크, 작고한 헤르더, 뷔르거와 슈톨베르크와 니콜라이 등 일일이 거명하기도 힘든 그 모든 사람들이 아버님의 작품과 처신을 도덕적으로 비난했고, 아버님이 자기만의 법칙대로 함께 살았다는 이유로 어머님을 삐딱하게 보았지요. 아버님의 오랜 친구이자 장로회의 의장인 헤르더까지도 그랬답니다. 저한테 견진성사를 해준 분인데도 말이에요. 그분만이 아니라 심지어 작고한 쉴러도 그랬어요. 아버님과 함께 시집 『크세니엔』을 출간했던 쉴러도 어머님한테 인상을 찌푸렸고, 어머님 문제로 몰래 아버님을 책망했는데, 제가 익히 아는 사실이지요. 그러니까 쉴러 자신처럼 귀족 출신의 아가씨를 취하지 않고 아버님 본인보다 낮은 신분의 여성을 택했다고 말입니다. 본인보다 낮은 신분이라니요! 아버님은 독립불기의 존재인데, 그런 분에게 도대체 신분 따위가 무슨 대수라고 말입니다! 그런 분은 어쨌거나 신분이 낮은 사람들과 정신적으로 교류하게 마련인데, 사회적으로도 그러지 못할 이유가 있습니까? 사실 쉴러야말로 공을 세워서 귀족작위를 받은 사람이 세습귀족보다 더 우월하다고 가장 앞장서서 주장한 당사자였고, 그런 면에서는 아버님보다 더 열성적으로 자신의 능력을 과시했지요. 그런데 어째서 어머님을 못마땅하게 여겼느냐 이겁니다! 사실 어머님도 아버님의 건강을 보살펴주신 공로로 귀족작위를 받은 거나 다름없잖아요!"

샤를로테가 말했다. "친애하는 재무관 양반, 인간적으로 그런 생각에 전적으로 공감해요. 그렇지만 솔직히 말하면 미적 자율성이라는 게 과연 어떤 것인지 잘 모르겠고, 내가 잘 알지 못하는 문제에 너무 성급히 동조해서 클롭슈토크, 헤르더, 뷔르거 등의 고매한 분들과 갈등에 빠지고 또 도덕이나 애국심과도 갈등에 빠지는 것은 아닌지 우려가 되네요. 그러고 싶지는 않아요. 하지만 내가 그렇게 조심한다고 해도 우리의 추밀고문관을 비방하고 조국의 위대한 시인인 그분의 명성을 조금이라도 깎아내리려는 모든 사람들에게 맞서서 전적으로 당신과 같은 편이 되겠다는 생각에는 변함이 없어요."

아우구스트는 건성으로 듣고 있었다. 그의 검은 눈동자는 다시 솟구치는 분노로 인해 아름다움과 부드러움을 잃었고 눈물이 고여서 좌우로 오락가락했다.

"그런데 만사가 최선의 방식으로 가장 품위 있게 정리되지 않았습니까?" 그는 목소리를 억누르며 말을 계속했다. "아버님은 어머님과 정식 결혼식을 올리고 어머님을 법적인 아내로 맞이했고, 그 전에 이미 저는 대공 전하의 교지로 법적 승인을 받아서 공로귀족인 아버님의 적자라고 공포되지 않았나요? 그런데 세습귀족이 공로귀족에 대해 격분하는 근본적인 이유는 바로 그것입니다. 그래서 기병대 건달 녀석이 단지 제가 아버님의 만류와 전적인 동의하에 유럽의 위대한 군주에게 대항하는 출정에 가담하지 않았다는 이유만으로 절호의 기회를 놓칠세라 어머님까지 끌어들여서 저한테 무례한 언사를 내뱉었지요. 단지 타고난 혈통과 출신만 귀족이랍시고 천재성으로 귀족이 된 사람한테 그토록 파렴치하게 굴었으니 구금형은 너무 가벼운 처벌이었지요. 그 정도면 경찰이나 형리가 달군 쇠꼬챙이로……"

아우구스트는 완전히 제정신이 아닌 상태에서 얼굴이 시뻘겋게 달아올라 불끈 쥔 주먹으로 무릎을 탁탁 쳤다.

그러자 샤를로테가 조금 전처럼 아우구스트를 달래기 위해 그가 있는 쪽으로 몸을 숙였다가 술과 향수 냄새가 끼쳐서 주춤 물러났는데, 그가 흥분해서 냄새가 더 강해진 것 같았다. 그녀는 아우구스트가 부들부들 떨리는 주먹을 다시 내려놓을 때까지 기다렸다가 손가락이 드러나는 반장갑을 낀 손을 그의 손 위에 살며시 올려놓왔다. "재무관 양반, 어째서 그렇게 흥분하세요? 무슨 얘기를 하는지는 잘 모르겠지만 우리가 너무 엉뚱한 생각에 빠져 있는 것 같네요. 우리는 이야기의 가닥을 놓쳤어요. 아니, 우리가 아니고 당신이 그래요. 나는 여전히 추밀고문관이 사고를 당했다는 얘기만 곰곰이 생각하고 있었거든요. 아니, 내가 이해하기로는 사고를 모면했다고 했던 것 같네요. 그렇게 이해하지 않았다면 진작부터 당신 얘기에 집중했을 테니까요. 그래서 어떻게 되었나요?"

아우구스트는 한두차례 더 가쁜 숨을 몰아쉬고는 그녀의 호의에 미소를 지었다.

"사고라고요?" 그가 되물었다. "아, 아무것도 아니니 안심하세요. 여행을 하다보면 흔히 생기는 돌발사고였지요. 어찌 된 일인가 하면, 아버님이 그해 여름에는 어디로 가야 할지 행선지를 정하지 못했답니다. 보헤미아 지방의 온천에는 신물이 나신 것 같았고, 최악의 슬픈 해였던 1813년에 마지막으로 퇴플리츠에 다녀오신 후로는 다시는 가지 않으셨는데, 유감스럽게도 그렇게 되었답니다. 집에서 광천수 요법을 하는 것도 대안이 되지 못했고, 베르카와 텐슈테트도 마땅치 않았지요. 팔에 생긴 류머티즘을 다스리는 데는 바로 얼마 전에 이용했던 텐슈테트의 유황온천보다는 카를스바트가 더 나을 것 같았지요. 하지만 카를스바트 온천은 부글부글 끓어오르는 용천수여서 싫어하셨는데, 1812년에 거기에 갔다가 바로 신장 산통疝痛이 생겼지요. 여러해를 통틀어 최악의 상태였기에 그곳을 안 좋게 생각하셨지요. 그래서 결국 비스바덴으로 결정하셨는데, 1814년 여름에 처음으로 라인 강, 마인 강, 네카어 강 일대로 여행을 하셨고, 여행은 아주 좋아서 아버님은 기대 이상으로 기운이 나셨지요. 아주 여러해 만에 처음으로 고향 도시에 가게 되었는데—"

그러자 샤를로테가 고개를 끄덕이며 말했다. "잘 알아요. 잊지 못할 모친께서, 자애로운 궁정고문관 부인께서 당시에는 생존해 계시지 않았으니 얼마나 슬펐겠어요! 프랑크푸르트 우정국 신문이 이 도시가 낳은 위대한 분을 경하하는 근사한 기사를 실었다는 것도 알지요."

"그랬죠! 그러니까 아버님이 비스바덴에서 첼터, 산림감독관 크라머와 함께 즐거운 시간을 보내고서 다시 돌아오던 참이었지요. 비스바덴에서는 로쿠스 예배당을 찾아가셨는데, 나중에 바이마르에 돌아와서는 화사한 제단화를 스케치하셨지요. 그 그림은 성壓 로쿠스가 젊은 시절 조상 대대로 살아온 성을 떠나 순례길에 오르면서 자녀들에게 재산과 금은보화를 자애롭게 나누어주는 장면을 그린 것이지요. 마이어 교수와 예나에 사는 우리 친구 루이제 자이들러가 그 그림을 완성했답니다."

"그 여성은 전문 화가인가요?"

"맞습니다. 서점을 운영하는 프로만 집안과 가깝게 지내고, 미나 헤르츠리프와 절친한 사이인데―"

"이름이 예쁘네요. 그런데 아무런 설명도 없이 거명을 하시는데, 헤르츠리프는 어떤 여성이죠?"

"죄송합니다! 프로만의 양녀인데, 아버님이 『친화력』을 집필하시던 무렵 그 댁에 자주 출입하셨지요."

"그렇군요." 샤를로테가 말했다. "그 이름을 전에도 들은 적이 있는 것 같네요. 『친화력』이라! 아주 섬세한 묘사의 재능이 돋보이는 작품이지요. 『젊은 베르터의 고뇌』만큼 세상 사람들의 심금을 울리며 주목을 받지 못했다는 게 유감스러워요. 말을 막으려 했던 건 아니에요. 그래서 그 여행이 어떻게 되었나요?"

"이미 말씀드린 대로 아주 유쾌하고 좋았습니다. 그 여행 덕분에 아버님은 정말 다시 젊어지셨는데, 여행을 떠날 때부터 이미 그런 예감을 하셨던 것 같아요. 라인 강변의 빙켈에 있는 브렌타노의 집에서 여러날 동안 즐거운 시간을 보냈죠. 프란츠 브렌타노 말입니다―"

"알아요. 막시밀리아네 라 로슈 부인의 이복 아들 되는 사람이지요. 어질고 연로한 브렌타노가 첫번째 결혼에서 얻은 다섯 자녀를 라 로슈 부인이 물려받았는데, 그 자녀들 중 하나지요. 그 집 사정은 잘 알지요. 사람들 말로는 그 부인이 미모가 빼어나고 눈이 검다고 하더군요. 하지만 그 가련한 여성은 장사를 하는 남편의 오래된 대저택에서 홀로 지낼 때가 많았다고 하더군요. 당시 그녀의 남편과는 달리 그녀의 아들 프란츠가 괴테와 좋은 사이로 지낸다는 말을 들으니 기뻐요."

"프랑크푸르트에 사는 그의 여동생 베티나⁴와도 아주 좋게 지내시죠. 그녀는 매일같이 작고하신 조모님을 졸라서 아버님의 어린 시절 이야기를 자세히 듣고 모든 것을 기록으로 남겨서 아버님이 회고록을 쓰시는 데 크게 기여했답니다. 보통 젊은 세대는 생각들이 너무 기이하게 변했지만, 그래도 아버님에 대한 사랑과 존경심이 젊은 세대 중 많은 뛰어난 이들에게 전수되고 있어서 그나마 위안이 됩니다."

샤를로테는 아우구스트가 자기 세대에 대해 거리를 두고 생각하는 태도에 미소가 나왔다. 하지만 그는 그녀의 미소를 건성으로 흘려 보았다.

----

4 작가 베티나 폰 아르님.

그가 말을 계속했다. "아버님은 프랑크푸르트에 두번째 가셨을 때는 슐로서 부인 댁에 묵으셨지요. 시의원 슐로서의 미망인 말인데요, 부인께서도 틀림없이 아실 겁니다. 불쌍한 고모 코르넬리아[5]를 아내로 맞았던 게오르크 슐로서의 여동생[6] 되는 분이지요. 슐로서 부인의 아들 프리츠와 크리스티안은 늠름하고 다정다감한 청년들인데, 부조리한 시대조류에 휩쓸려서 구제불능으로 낭만주의에 탐닉하는 좋은 사례로 언급하고자 합니다. 이들은 르네상스 시대를 깡그리 부정하고 기어코 중세를 부활시키려 하는데, 크리스티안은 이미 가톨릭으로 개종했고, 보아하니 프리츠와 그의 부인도 머지않아 그렇게 될 것 같습니다. 하지만 이렇게 시대의 유행에 굴복했어도 아버님에 대한 누대의 사랑과 경탄은 전혀 식지 않아서 아마 그런 이유 때문에 아버님이 이들의 약점을 너그럽게 봐주고 이 독실한 사람들의 집에서 아주 편하게 지내셨던 것 같습니다."

샤를로테가 말했다. "괴테 같은 정신의 소유자는 온당한 인간성에 부합되기만 하면 어떤 부류의 신념이라도 능히 이해할 줄 알지요."

"물론입니다." 아우구스트가 동의한다는 뜻으로 꾸벅 절을 하며 응답하고는 다시 덧붙여 말했다. "하지만 제가 보기엔 아버님은 프랑크푸르트 인근의 라인 강 상류에 빌레머 댁의 별장이 있는 게르버뮐레로 거처를 옮기자 기뻐하셨지요."

"아, 그래요! 우리 두 아들이 괴테를 찾아갔던 곳이지요. 그래서 그분이 드디어 우리 아이들을 알게 되었고, 크게 호의를 베풀어주셨지요."

---

5 괴테의 여동생.
6 여동생이 아니고 형수인데 토마스 만이 자료를 오독하여 오인한 것임.

"예, 그랬지요. 1814년 9월에 처음으로 그곳에 가셨고, 다음 달에 하이델베르크에서 다시 그곳으로 가셨습니다. 그 짧은 기간 사이에 추밀고문관 빌레머가 수양딸 마리아네 융과 결혼하는 사건이 있었지요."

"소설 같은 얘기네요."

"정말 그랬지요. 추밀고문관 빌레머는 두번째 부인과 사별했고 어린 두 딸의 아버지였지요. 그는 훌륭한 사람으로, 경제학자, 교육자, 정치가이자 박애주의자이고, 게다가 작가이기도 하고 열정적인 연극애호가지요. 그분은 벌써 십수년 전에 린츠의 연극배우였던 젊은 마리아네를 자기 집으로 데려왔는데, 연극계의 위태로운 분위기로부터 그녀를 보호하기 위해서 그랬답니다. 박애주의자다운 행동이었지요. 그 집의 어린 딸들과 함께 자라는 갈색 곱슬머리의 열여섯살 처녀 마리아네는 매력이 돋보였지요. 노래를 감동적으로 잘 불렀고, 우아하고도 열정적으로 저녁연회도 이끌 줄 알았고, 그러다보니 형편이 맞아떨어져서 박애주의 교육자인 빌레머가 부지불식간에 연인이 되었던 것입니다."

"인간사가 워낙 그렇지요. 박애주의 교육자라고 해서 연인이 되지 말라는 법은 없지요."

"그러게 말입니다. 어쨌거나 그런 집안 사정이 보기에 안타까웠는데, 아버님이 중간에 나서서 일이 잘 풀리도록 영향을 주지 않았더라면 그런 어정쩡한 관계가 얼마나 오래 질질 계속될지 알 수 없었지요. 10월 초에 아버님이 하이델베르크를 떠나서 다시 그분 댁에 갔을 때 바로 그 며칠 전에 수양아버지가 부랴부랴 서둘러서 수양딸을 아내로 맞았는데, 그건 확실히 아버님의 영향 때문이라 할 수 있지요."

샤를로테는 눈을 휘둥그레 뜨고 아우구스트를 쳐다보았고, 그도 덩달아 그랬다. 그녀는 다소 당황해서 달아오르고 지친 얼굴 표정이 고통스럽게 일그러지면서 다음과 같이 말했다.

"듣자 하니 그렇게 상황이 바뀌어서 아버님이 실망이라도 했다는 말인가요?"

"전혀 아닙니다!" 아우구스트가 화들짝 놀라며 대답했다. "오히려 그 반대로 두 사람의 관계가 말끔하게 정리되고 해결된 덕분에 아버님은 그 아름다운 고장에서 마음 편하게 손님으로 처신하며 우애를 이어갈 수 있었지요. 그 집에는 멋진 발코니와 그늘진 정원이 있고 숲도 가깝고 강과 산을 바라보는 전망도 멋진데, 그런 집에서 아주 자유롭고 허물없는 우애로 손님을 반겨주었지요. 아버님이 그렇게 행복해하는 모습은 거의 본 적이 없습니다. 그러고서 몇달이 지난 뒤에도 아버님은 넓은 마인 강물이 저녁놀에 붉게 물들 무렵 젊은 여주인이 아버님이 작시한 「미뇽의 노래」와 「달에게」 그리고 「신과 무희」를 노래 불러주던 화기애애하고 재미있었던 저녁시간들을 신이 나서 회상하곤 하셨지요. 막 새신랑이 된 바깥주인이 이런 우애를 지켜보며 얼마나 흡족해했는지도 상상하실 수 있을 겁니다. 바깥주인 자신이 찾아내어 상류사회에 선보이고 온당한 대접을 받게 해준 어린 부인은 제가 떠올린 모든 정황을 종합해보면 그런 우애에서 즐거운 자부심을 느꼈지요. 바깥주인과의 관계가 그전에 미리 정리되어 공고해지지 않았더라면 그런 자부심을 갖기는 불가능했을 겁니다. 아버님이 특히 예찬하신 것은 10월 18일 저녁이었는데, 그날 저녁에 모두 함께 빌레머의 전망대에 올라가서 라이프치히 전투 승전 기념일을 경축하는 폭죽을 터트렸지요."

그러자 샤를로테가 말했다. "친애하는 재무관 양반, 그렇게 승전을 기뻐하는 태도와는 상반되는 이야기가 제법 있던데요. 아버님이 애국심이 없다고 흉보는 얘기를 더러 들은 적이 있어요. 당시 승전 기념일까지만 해도 불과 몇달 후에 나뽈레옹이 엘바 섬을 탈출해서 다시 세상을 뒤흔들 거라고는 짐작도 못했지요.”

아우구스트가 고개를 끄덕이며 말했다. “그로 인해 아버님의 이듬해 여름휴가 계획이 완전히 무산될 위기에 처했지요. 아버님은 그해 겨울 내내 어떻게 해서든 그 아름다운 고장을 다시 찾아갈 궁리만 하셨고 줄곧 그 얘기만 하셨거든요. 게다가 카를스바트보다는 비스바덴이 아버님 건강에 더 효험이 있다는 것은 모두가 확인한 터였죠. 이미 오래전부터 아버님은 바이마르의 겨울을 견디기 힘들어하셨지요. 하지만 한달 내내 심한 감기로 고생하신 기간만 제외하고는 늘 젊은이처럼 활달하셨는데, 특히 아주 힘들었던 1813년 무렵부터 이미 오래도록 새로운 분야의 연구와 창작을 시작하셨기 때문이기도 하지요. 다시 말해 오리엔트 문학, 특히 페르시아 문학을 전범으로 삼아 창작에 몰입하셨지요. 그리하여 전에는 한번도 써본 적이 없는 아주 특이한 취향의 경구들과 시들을 많이 쓰셨고, 그중에 여러편은 동방의 시인 하템[7]이 줄라이카라는 미인에게 바치는 형식으로 되어 있는데, 제가 서류철에 모아서 보관하고 있습니다.”

“희소식이네요, 재무관 양반! 문학애호가들이 틀림없이 반길 테고, 그렇게 꿋꿋하게 버티면서 자기갱신을 할 줄 아는 창조력에 경탄할 거예요. 가히 하늘이 내린 은총의 선물이라 할 만해요. 주부이자 엄마 노릇을 해야 하는 우리 입장에서는 남성의 더 강인한 지구

---

7 고대 페르시아 시인.

력과 끈기를 시샘의 눈길로 바라볼 만도 하지요. 아니, 시샘한다기보다 경탄할 일이지요. 그러니 남성의 정신적 생산력은 나약한 여성에 비해 유리한 위치에 있지요. 생각해보니 내가 막내둥이를 낳았던 게 어언 21년 전인데, 프리츠헨이라고 여덟째 아들이지요.”

아우구스트가 말했다. “아버님 말씀에 따르면 이 시들을 쓰실 때 일종의 대역으로 끌어들인 애주가 시인의 이름 하템은 ‘풍성하게 베풀고 받는 자’를 뜻한다고 합니다. 이런 말씀을 드려도 된다면 궁정고문관 부인께서도 풍성하게 베푸는 분이셨지요.”

샤를로테가 말했다. “하지만 이젠 서글플 정도로 오래전 일이지요. 그런데 당신 아버님은 — 아니, 계속 말씀하세요. 전쟁의 신이 하템[8]의 계획을 망쳐놓았나요?”

아우구스트가 대답했다. “전쟁의 신은 격퇴되었지요. 다른 신에 의해 제압되었고, 그래서 얼마간 불안해하다가 결국 만사가 바라던 대로 순조롭게 진행되었습니다. 작년 5월 말경 아버님은 비스바덴으로 가셨고, 거기서 7월까지 요양을 하는 사이에 광란의 전란이 터졌지요. 경위야 어찌 되었든 그야말로 광란이었지요. 하지만 정세가 아주 분명했기 때문에 아버님은 남은 여름을 라인 강변에서 즐길 수 있었습니다.”

“마인 강변이 아니고요?”

“라인 강과 마인 강 양쪽 모두지요. 폰 슈타인[9] 장관의 나사우 성에서 손님으로 묵으셨는데, 그분과 함께 쾰른으로 가서 대성당을 시찰하셨습니다. 아버님은 대성당의 증축에 다시 관심을 보이셨고, 아버님 자신의 말씀에 따르면 아주 편안하게 본과 코블렌츠를

---

8 여기서는 괴테를 가리킴.
9 프로이센의 정치인.

296

경유하여 귀로에 오르셨답니다. 코블렌츠에서는 괴레스 씨가 잡지 『라인 메르쿠어』를 발간하는데, 그분은 슈타인 장관의 개혁 정책을 선전하고 있지요. 아버님이 사람들의 제안에 솔깃해서 쾰른 대성당 완공에 관여하시는 것보다 더 놀라운 일은 슈타인의 개혁 정책에 보조를 맞추신 것이지요. 아버님이 그 무렵 내내 기분이 좋으셨던 것은 제가 보기엔 날씨가 정말 좋았고 매력적인 경치를 즐겼기 때문입니다. 아버님은 다시 비스바덴에 들르셨고 마인츠에도 가셨지요. 그러고서 드디어 8월에 이미 오래전에 원만한 관계로 잘 정리된 빌레머 부부가 프랑크푸르트의 쾌적한 별장에서 아버님을 맞아주었습니다. 그곳에서 아버님은 풍족한 환대를 받으며 5주일 동안 머무셨는데, 진작부터 꿈꿔온 대로 다시 지난해처럼 즐거운 나날을 보냈지요. 8월은 아버님이 태어난 달인데, 아마도 인간은 계절과 공감 어린 유대를 맺고 있어서 아버님이 그 계절에 태어나셨고, 태어난 계절이 돌아오면 주기적으로 삶의 기운이 고양되는 모양입니다. 그런데 나뽈레옹 황제도 8월에 생일을 맞는다는 사실을 떠올리지 않을 수 없군요. 얼마 전까지만 해도 독일에서는 그를 그토록 높이 칭송했지만, 행동하는 영웅보다 정신의 영웅이 훨씬 더 유쾌한 장점을 누리는 것을 보노라면 놀랍고 솔직히 말하면 기뻐할 일이지요. 피비린내 나는 워털루 전투의 비극이 아버님에게 게르버뮐레의 손님으로 가는 길을 터준 셈이고, 에르푸르트에서 아버님과 대화를 나누었던 황제는 바다 한가운데 섬으로 유배된 처지가 되었으며, 그사이에 아버님은 유리한 순간을 제대로 즐기는 행운을 얻으신 것이지요."

샤를로테가 말했다. "정의가 승리한 것이지요. 우리의 소중한 괴테는 사람들을 오로지 사랑과 호의로만 대했지만, 세상을 뒤흔든 그 막강한 실력자는 사람들을 전갈의 독으로 벌주었으니까요."

그러자 아우구스트가 고개를 뒤로 젖히며 대꾸했다. "그렇지만 저로서는 아버님도 막강한 지배자라는 생각을 거두고 싶지는 않습니다."

그러자 샤를로테가 대답했다. "아무도 당신의 생각을 부인할 수 없지요. 아무도 괴테가 그런 사람이 아니라고 할 수는 없죠. 그건 좋은 황제도 등장하고 나쁜 황제도 등장하는 로마사와 같은 거예요. 당신 아버지는 부드럽고 좋은 황제이고, 반면에 다른 한 사람은 피에 굶주린 지옥행 사자지요. 바로 그 차이가 앞에서 재치 있게 지적하신 운명의 차이로 나타나는 것이지요. 그건 그렇고 괴테가 그 신혼부부 댁에서 5주일 동안이나 머물렀다고요?"

"예, 9월까지 머무르셨지요. 그러고서 카를스루에로 가서서 대공 전하의 명을 받들어 그곳의 유명한 광물 전시관을 시찰하셨습니다. 그곳에 가시면서 튀르크하임 부인, 다시 말해 프랑크푸르트 출신의 릴리 쇠네만 부인을 만날 수 있기를 기대하셨지요. 그분은 이따금 친지를 방문하기 위해 엘자스에서 건너오곤 하셨거든요."

"어쩜, 그렇게 오랜 세월이 지난 후에 괴테가 한때의 약혼녀와 재회를 했던가요?"

"아닙니다, 남작 부인은 부재중이었습니다. 아마도 병약해서 오시지 못한 듯했습니다. 저희끼리 얘기입니다만, 그분은 폐결핵을 앓으시거든요."

"불쌍한 릴리." 샤를로테가 말했다. "그분과의 관계에서는 작품이 별로 나오지 않았지요. 시가 몇편 있긴 하지만 세상을 감동시킬 만한 작품은 없지요."

그러자 아우구스트가 자신이 먼저 했던 말을 부연했다. "그런데 제젠하임의 불쌍한 프리데리케 브리온[10]도 같은 병을 앓다가 작고 했지요. 3년 전에 돌아가신 그분의 묘소가 바덴에 있는데, 아버님 이 머무시던 곳에서 아주 가까웠습니다. 그분은 형부인 마르크스 목사님 댁에 은거하면서 슬픈 인생을 마감하셨지요. 아버님이 과 연 가까이 있는 그분의 묘소를 떠올리셨는지, 혹시라도 찾아갈 생 각을 하셨는지 궁금했지만 여쭤보고 싶지는 않았습니다. 아버님은 그분과 마지막으로 작별하던 무렵의 나날에 대해서는 그분이 너무 괴로워했기에 전혀 기억이 남아 있지 않노라고 회고록에서 언급하 셨지만, 저로서는 과연 그런지 의구심이 듭니다."

그러자 샤를로테가 말했다. "그 여성이 불쌍해요. 떳떳하게 행복 한 인생을 꾸릴 결단력이 없었지요. 순박하고 건실한 남자를 만나 서 애들도 낳고 애들 아빠와 사랑을 나누었더라면 좋았을 텐데. 추 억을 돌아보며 사는 것은 노년에나 할 일이고 인생의 황혼에나 어 울리는 일이지요. 젊은 시절부터 그렇게 사는 것은 죽은 인생이나 다름없어요."

그러자 아우구스트가 대꾸했다. "자신 있게 말씀드리건대 결단 력에 관해 하신 말씀은 전적으로 아버님의 생각과 일치합니다. 아 버님은 바로 그런 맥락에서 죄책감과 괴로운 추억까지도 포함하여 마음의 상처와 병은 젊은 시절에는 금방 극복할 수 있다고 하셨거 든요. 아버님은 승마와 펜싱 그리고 썰매 타기 등의 육체적 단련이 원기를 회복하는 데 유익한 도움이 된다고 권장하시지요. 하지만 일신상의 고충을 떨쳐내고 치유할 수 있는 가장 행복한 수단은 역 시 시적 재능이지요. 시적 고해를 통해 추억은 정신적으로 승화되

---

10 괴테가 슈트라스부르크 대학 재학 중에 사귀었던 여성.

고 보편인간적 차원으로 해방되어서 영속적인 경탄을 자아내는 작품이 되는 것이지요."

청년은 말을 하는 동안 팔꿈치를 끌어당긴 채 열 손가락을 맞붙여서 맞닿은 양손을 가슴 앞쪽으로 기계적으로 이리저리 움직였다. 입가에 맴도는 억지 미소가 양미간 사이의 찌푸린 주름살과 대비되었고, 눈썹 위로는 이마가 부드럽게 상기되었다.

아우구스트가 말을 계속했다. "추억이란 참 묘한 것입니다. 저는 이따금 그런 생각에 골몰하는데, 아버님 같은 분과 태생적으로 가까이 지내다보면 여러모로 적절하기도 하고 부적절하기도 한 상념에 잠길 계기가 생기니까요. 시인의 작품과 인생에서 추억은 확실히 중요한 역할을 하는데, 시인의 작품과 인생은 워낙 일치하기 때문에 엄밀히 따지면 둘 중 하나만 언급해도 무방하고, 작품이 곧 그의 인생이고 인생이 곧 그의 작품이라 할 수 있지요. 비단 작품만이 추억에 의해 규정되고 각인되는 것은 아닙니다. 비단 『파우스트』에서뿐 아니라 『괴츠』와 『클라비고』에 등장하는 마리아, 그리고 그들의 연인으로 등장하는 고약한 인물들의 경우에도 추억은 반복해서 고정관념으로 나타납니다. 제가 제대로 파악했다면 추억은 늘 반복되는 속성을 지닌 고정관념, 인생의 고정관념이 되기도 합니다. 추억의 대상이 되는 것, 가령 단념과 고통스러운 체념, 혹은 고해하는 시인 자신이 신의를 저버리고 배신해서 상대방을 떠남으로써 마음속으로 괴로워하는 상像이야말로 애초부터 운명을 판가름하는 결정적인 것이지요. 이렇게 말해도 된다면, 바로 그것이 인생의 근본적인 동기이자 인생을 각인하는 패턴이며, 그뒤에 이어지는 모든 포기와 체념과 단념은 단지 그 결과일 뿐이고 추억의 반복일 뿐이지요. 아, 저는 종종 이런 상념에 잠기곤 했는데, 그럴 때마다 저는 경악해서 제 마음이 넓게 트이는 걸 느끼곤 했습니다. 인간의 영혼을 넓게 틔워주는 경악도 있는 법이지요. 위대한 시인이 지배자이기도 하고, 그의 운명이, 작품과 인생에서 내리는 결단이 개인적인 차원을 넘어서 영향력을 행사하여 민족의 교육과 특성과 장래를 규정한다는 사실을 곰곰이 생각하면 그렇습니다. 우리가 비록 그 현장에 있지는 않았고 오직 두 사람만이 그 숙명적인 장면을 연출했지만, 우리가 결코 잊을 수 없는 그 장면을 떠올리면 저는 불안하면서도 정신이 번쩍 들곤 했습니다. 소녀는 청년을 진심으로 사랑했지만 청년을 사로잡은 마성魔性은 무자비한 이별을 명했고, 그래서 말을 타고 떠나는 청년은 민중의 딸인 그 소녀에게 말을 탄 채 작별인사로 손을 내밀었고, 소녀의 눈에는 눈물이 가득 고였지요. 부인, 그 눈물로 인해 제 마음이 경악으로 넓게 트이면서도 저는 그런 눈물의 의미를 감히 상상도 할 수 없습니다."

그러자 샤를로테가 대꾸했다. "좀 답답해서 내 생각을 말하자면 그 착한 소녀, 민중의 딸은 애인이 떠나갔을 때 당당히 자기 삶을 꾸릴 줄 알아야 그 애인과 대등한 자격이 있다고 봐요. 청천벽력 같은 끔찍한 충격에 굴복해서 의기소침하지 말았어야지요. 이봐요, 의기소침이야말로 가장 끔찍한 거예요. 그걸 피할 줄 아는 사람은 하느님께 감사해야 해요. 어떤 윤리적 판단도 오만에 빠져서는 안되겠지만 그래도 의기소침함에 굴복한 사람을 탓해야죠. 체념이라는 말을 하셨는데, 이젠 고인이 된 그 소심한 여성은 제대로 체념할 줄 몰랐던 거예요. 그녀에겐 체념이 곧 의기소침이었고 그 이상 아무것도 아니었어요."

청년 괴테는 열 손가락 끝을 벌렸다가 다시 모아붙이면서 말했다. "그 둘은 사실 아주 밀접한 관련이 있어서 인생에서나 작품에서나 대개 양자를 분리해 생각하기는 어려운 듯합니다. 그러니까 이미 말씀드린 그 눈물의 의미가 저를 경악하게 하면서도 제 마음을 넓게 틔워줄 때면 바로 그 문제도 이따금 곰곰이 생각해보곤 했습니다. 제 생각을 제대로 말씀드릴 수 있을지 자신은 없지만, 그것은 우리가 익히 아는 기정사실이 되어버린 현실적인 문제, 그리고 우리가 미처 알지 못하고 막연히 예감만 할 수 있는 가능성의 문제와 관련이 있습니다. 그런데 때로는 가능성을 예감할 때 비애를 느끼지만, 현실적인 것을 지나치게 존중한 나머지 우리 자신과 다른 사람에게 그 비애를 감추고 가슴 깊이 숨겨둡니다. 현실적인 것에 비하면 가능성이란 아무것도 아니지요. 그러니 누가 감히 가능성을 드러내놓고 말하려 들겠어요! 그러면 현실적인 것에 대한 경외심을 손상할 위험을 무릅써야 하니까요! 그럼에도 저는 여기에는 뭔가 불의가 압도하고 있다는 느낌이 종종 듭니다. 그것은 다음과 같은 사실로 설명될 수 있는데, 정말 이 경우에는 사실대로 얘기할 수 있지요! 다시 말해 현실적인 것이 모든 공간을 독점하고 만인의 경탄을 자아내는데, 아직 실현되지 않은 가능성은 그저 허깨비처럼 모호하고 막연한 가정의 예감일 뿐이라는 사실입니다. 그러니 그런 식의 막연한 가정만 가지고 현실적인 것에 대한 경외심을 손상하려 들면 어찌 두렵지 않겠습니까. 사실 그런 경외심은 대체로 모든 작품과 인생이 본래 체념의 산물이라는 통찰에 바탕을 두고 있지요. 하지만 비록 우리의 예감과 동경으로만 존재하는 사실이긴 해도 가능성도 엄연히 존재한다는 것, 어떻든 있을 수 있는 상황의 어렴풋한 총화이자 희미한 예감으로 존재한다는 것이야말로 의기소침함의 징표라 할 수 있지요."

샤를로테는 그게 아니라고 고개를 설레설레 저으며 말했다. "나

302

는 어디까지나 결단력을 옹호할 따름이고, 단호하게 현실적인 것을 견지하고 가능성은 운에 맡겨두자는 입장이에요."

그러자 아우구스트가 대꾸했다. "제가 이렇게 부인과 함께 앉아서 대화를 나누는 영예를 누리고 있지만, 심지어 부인께서도 가능성을 추구하고 싶은 애착을 이해하지 못하신다면 믿기 어려운 일입니다. 제 생각에 그런 애착은 충분히 납득할 수 있지요. 기정사실이 된 현실적인 것의 위대함이 곧 우리로 하여금 의기소침한 가운데서도 가능성을 저울질해보라고 유혹하니까요. 물론 현실적인 것이 위대한 것들을 만들어내지요. 그렇게 대단한 능력이 있는데 어찌 그러지 않겠습니까. 어떤 방식으로든 해낼 수 있었습니다. 너무 탁월하게 해냈고, 심지어 체념하고 신의를 저버릴 때도 그런 경험으로 뭔가를 만들어낼 수 있었지요. 그런데 당당하게 군림하는 아버님의 작품과 인생이 다른 모든 사람의 인생과 미래에 대하여 과연 어떤 의미를 갖게 될지 되묻게 되는데, 이건 인간적으로 정당한 의문입니다. 다시 말해 단념해야 한다는 생각이 결정적인 척도가 되지 않았더라면, 말을 타고 작별인사로 손을 내밀고 잊을 수 없는 작별의 눈물을 흘리던 청년기의 이별 장면이 없었더라면, 그후로 상황이 얼마나 달라졌을 것이며 우리 모두가 얼마나 더 행복하게 되었을까 하는 의문입니다. 바로 그런 이유와 맥락에서 저는 아버님이 카를스루에에 가셨을 때 가까이 바덴에 있는, 얼마 전에 작고한 그분의 묘소를 생각하시지 않았을까 하고 자문했던 것입니다."

샤를로테가 말했다. "현실적인 것이 가능성에 비해 너무나 우월한데도, 아니 너무나 우월하기 때문에 오히려 현실적인 것에 맞서서 가능성을 소중히 여기려는 고결한 뜻은 높이 평가해야겠지요. 결단력과 고결함 중에 과연 어느 쪽이 윤리적으로 더 우월한지는 의문으로 남겨두기로 해요. 자칫하면 다시 부당한 판단을 할 우려가 있으니까요. 고결함은 대단히 매력적인 것이지만 어쩌면 결단력이 더 성숙한 윤리적 단계일 수도 있지요. 그런데 내가 무슨 얘기를 하고 있죠? 오늘은 이야기가 줄곧 이런 식으로 흘러가네요. 전체적으로 보면 여성의 입장에서는 괴테 같은 남자가 있을 수 있는 모든 경우를 다 생각하지 못한다는 사실에 그저 의아할 따름이지요. 하지만 연배로 봐서 당신은 내 아들뻘 되고, 용감한 엄마라면 무진 애를 쓰는 아들이 곤경에 처하도록 방관하지는 않지요. 그러다보니 내가 말이 많아져서 결국 여성의 체면을 구긴 셈이 되었군요. 하지만 이제 가능성의 문제는 무덤 속에서 편히 쉬게 두고 다시 현실적인 문제로, 다시 말해 아버님이 라인 강과 마인 강을 따라 요양 여행을 하던 얘기로 돌아가지 않겠어요? 게르버뮐레에서 있었던 일을 더 듣고 싶어요. 그곳은 괴테가 나의 두 아들을 만났던 곳이기도 하죠."

"유감스럽게도 그 만남에 관해서는 전해드릴 말씀이 없습니다." 아우구스트가 대답했다. "그 대신 제가 아는 것은 그곳에서의 체류가 아버님이 처음 누렸던 즐거움의 완벽한 반복이자 더욱 고양된 상태였다는 것입니다. 인생에서 그런 일은 아주 드물게 일어나는 법이지요. 우아한 안주인의 사교적 재능과 격의 없는 바깥주인의 완벽한 환대 덕분이었지요. 그사이에 그분들과의 관계가 잘 정리된 배경도 작용했지요. 흥미로운 저녁시간이 되면 다시 마인 강물이 붉게 물들었고, 우아한 마리아네가 피아노 반주에 맞추어 아버님의 시를 노래로 불러주었답니다. 이번에는 그런 저녁이면 아버님이 그저 받기만 하지 않고 풍성하게 베풀기도 했지요. 아버님은 간청에 못 이겨서 혹은 스스로 자원해서, 점점 편수가 늘어가는 줄

라이카의 노래를 낭송해주셨는데, 하템이 동방의 장미에게 바치는 주옥같은 시들이지요. 그러면 주인 부부는 이 시들을 미리 듣는 영예를 소중히 받아들일 줄 알았지요. 젊은 안주인은 남자가 모든 경우를 생각하지 못한다고 해서 그저 의아해하는 그런 부류의 여성은 전혀 아니어서 그저 받기만 하는 것으로 만족하지 않고 그녀 쪽에서도 빼어난 감수성을 발휘해서 줄라이카의 이름으로 똑같이 열정적인 화답가로 응답하기 시작했고, 그러자 바깥주인은 두 사람이 주거니 받거니 하는 돌림노래를 손님을 극진히 환대하는 호의로 들어주었답니다."

"정말 대범한 분이군요." 샤를로테가 말했다. "현실적인 것의 우월함과 정당함을 건강한 감각으로 체득한 것이겠죠. 그런데 전체적으로 보면 제 느낌에는 당신이 추억에 관해 얘기한 내용의 훌륭한 사례인 것 같네요. 추억은 반복되는 속성이 있다고 했죠. 그래서 결국 어떻게 되었죠? 당연히 그렇게 5주일이 흘러갔을 테고, 그러고서 위대한 손님은 떠나갔나요?"

"달빛 아래 이별의 저녁을 보낸 후에 떠났죠. 그날도 노래가 풍성했는데, 제가 들은 바로는 밤늦게 자리가 파할 무렵에 젊은 안주인 자신이 거의 냉담한 태도로 작별을 재촉했다고 합니다. 하지만 다시 만나고 싶은 소망이 이루어져서 그러고서 아버님이 가셨던 하이델베르크에서 재회할 기회가 왔지요. 놀랍게도 그 부부가 그곳에 나타나서 보름달 아래서 다시금 작별의 저녁을 보냈죠. 그 자리에서 젊은 부인은 아버님의 작품이라 해도 손색이 없을 만큼 너무나 아름다운 화답시를 선보여서 바깥주인과 아버님이 기뻐하며 깜짝 놀라셨답니다.[11] 그러니 현실적인 것이 시적인 것보다 우월하고 우선권을 지녔다고 인정하기 전에 이런 측면을 잘 고려할 필요가 있습니다. 아버님이 당시 하이델베르크에서 그리고 나중에 『서동시집』을 위해 쓴 시들이야말로 현실적인 것의 절정이자 가장 현실적인 것 자체가 아닙니까? 저는 세상의 누구보다 먼저 그 시들을 접했고 그중 몇편은 간직하고 있는데, 저에겐 친숙한 특권인 셈이지요. 존경하는 부인, 그 시들은 이루 형언하기 어려울 만큼 아주 독특한 면이 있습니다. 이런 유형의 시는 일찍이 없었죠. 그 시들은 완벽하게 아버님의 개성을 표현하고 있는데, 전혀 예상도 못한 완전히 새로운 면모를 보여주고 있습니다. 신비롭다고 할 수도 있지만, 그러면서도 동시에 순진무구할 정도로 명징하다고도 할 수 있습니다. 그것은 뭐랄까 자연의 신비 같은 것이지요. 가장 개인적인 특성의 표현인 동시에 별이 빛나는 천공을 떠올리게 하는 특성도 담고 있어서 우주가 인간의 얼굴을 하고서 자아가 별 같은 눈으로 눈길을 보내는 형국이지요. 이 느낌을 어떻게 말로 표현할 수 있겠습니까! 저는 그 시들 중에 어느 한편의 2행을 늘 떠올리곤 합니다. 들어보세요!"

그는 수줍어하면서 놀라서 가라앉은 목소리로 시를 낭송했다.

그대는 아침놀처럼 붉게 물들이네
이 봉우리의 험준한 암벽을

"어떤 느낌이 드세요?" 아우구스트는 여전히 놀란 목소리로 물었다. "느낌을 말씀하시기 전에 제가 덧붙이고 싶은 것은 '아침놀'이라는 시어가 아버님 자신의 이름에 각운을 맞추고 있다는 사실

---

11 실제로 『서동시집』에 수록된 줄라이카의 노래 중 일부는 빌레머 부인이 쓴 것으로 알려져 있다.

입니다.[12] 다시 말해 바로 다음 행에 '하템'이 등장하는데, 각운이 맞지 않고 튀기 때문에[13] 시인의 자아가 더욱 충만한 운율로 슬쩍 익살스러운 효과를 내지요. '그리하여 다시금 하템은 느낀다오.' 어떤 느낌이 드세요? 당당하게 자신의 위대함을 자각하면서 젊은 여인의 키스를 받고 젊은 여인 앞에서 부끄러워하며 얼굴을 붉히는 이 구절에서 어떤 감동을 느끼세요?" 그러고서 그는 이 구절을 다시 한번 낭송했다. "아, 얼마나 섬세하고 얼마나 당당합니까!" 그가 외쳤다. 그러고서 청년 괴테는 몸을 앞으로 숙인 채 손바닥으로 이마를 짓누르면서 곱슬머리를 손가락으로 헤집었다.

샤를로테는 그의 이러한 열정적 태도가 그전에 성마르게 화를 냈던 것보다도 오히려 더 거슬려서 주춤하며 말했다. "이 시편들이 발표되면 일반 독자들도 당신의 경탄에 공감하리라는 것은 의문의 여지가 없지요. 물론 그렇게 익살맞은 의미를 연출하는 시가 시인 자신의 젊은 혈기로 넘치는 소설만큼 세상에 광범위한 영향력을 행사하지는 못하겠지만요. 굳이 따지자면 그 점이 아쉽긴 하네요. 그건 그렇고, 반복에 관한 얘기는? 그런데 머리가 엉망이 되었네요. 필요하면 빗을 줄게요. 아니, 머리를 헝클어뜨린 그 손가락으로 다시 가다듬을 수 있겠네요. 이제 반복에 관한 얘기는 이것으로 마무리되었나요?"

"이제 그 얘기를 마무리해야겠습니다." 아우구스트가 대답했다. "금년 여름에 어머님이 돌아가신 이후로 아버님은 어디로 온천요양을 가야 할지 상당히 망설이셨지요. 비스바덴? 퇴플리츠? 카를스바트? 보아하니 서쪽으로, 라인 지방으로 가시고 싶어하는 눈치

---

12 '아침놀'의 원어 Mörgenröte와 Goethe가 운이 맞는 것을 가리킴.
13 Hatem은 Mörgenröte와 운이 맞지 않는다는 뜻.

가 역력했지요. 지난번에 전쟁의 악귀를 잠재웠던 신의 가호로 소망을 이룰 수 있기를 기대하시는 듯했습니다. 이번에도 신의 가호가 따랐지요. 아버님의 친구로 성품이 쾌활한 첼터가 비스바덴으로 여행을 가는데, 함께 가자고 아버님께 권했지요. 그런데 아버님은 이 절호의 기회를 선뜻 그대로 받아들이지는 않았습니다. 이렇게 말씀하셨지요. '라인 지방은 좋은데, 비스바덴은 아니고 바덴바덴으로 가야지. 거기서 뷔르츠부르크를 경유하는 여정을 택하지. 프랑크푸르트는 경유하지 말고.' 그렇게 결정되었습니다. 굳이 프랑크푸르트를 경유할 필요는 없었고, 필요하면 나중에 갈 수도 있었으니까요. 요컨대 아버님은 7월 20일에 여행을 떠났습니다. 예술사가 마이어 교수가 동행하기로 했고, 그래서 그는 신바람이 나서 거들먹거렸지요. 그런데 어떤 일이 벌어졌는지 아세요? 신이 변덕이 나서 심술을 부렸던 것일까요? 바이마르를 출발한 지 두시간 만에 마차가 전복되었답니다 ─"

"그럴 수가!"

"그래서 마차 안에 있던 두분은 아주 신중히 선택했던 도로 위로 나동그라졌고, 마이어는 코피가 터지는 부상을 입었답니다. 하지만 그분은 신경이 쓰이지 않아요. 너무 허영심에 들떠서 댓가를 치른 셈이니까요. 위풍당당한 그분들의 자부심을 떠올리면 심술궂게 재미있다는 느낌도 은근히 들지만 어떻든 창피한 일이지요. 이미 오래전부터 신중하고 침착하게 움직이는 데 익숙했는데, 옷이 엉망진창이 되고 옷깃 매듭이 풀어헤쳐진 채로 도로 구덩이에 처박혀서 버둥거렸으니까요."

샤를로테가 다시 "맙소사!" 하고 외쳤다.

"별일 아니었습니다." 아우구스트가 말했다. "그 불의의 사고랄까 봉변은 아무 탈 없이 지나갔지요. 아버님은 전혀 다친 데가 없었고, 마이어에게 그의 손수건 외에 자신의 손수건까지 선선히 빌려주셨고, 마이어를 데리고 바이마르로 돌아와서 여행을 포기했습니다. 불길한 조짐으로 보셨는지 라인 지방으로는 비단 올해 여름뿐만 아니라 두번 다시 가지 않기로 단념하신 듯합니다. 아버님 자신이 그렇게 말씀하셨지요."

"그럼 시집은 어떻게 되나요?"

"더이상 라인 지방에서 영감을 얻을 필요가 있나요! 너무 신기하게도 라인 지방에 가지 않고도, 아니 라인 지방으로 갈 때보다 더 많이 시들이 점점 불어나고 있습니다. 자애로운 신이 비록 심술을 부리긴 했지만 근본적으로는 이럴 거라고 예상했던 모양입니다. 어쩌면 자애로운 신이 어떤 일은 목적을 위한 수단으로서만 허용되고 정당화될 수 있다는 교훈을 주려고 했는지도 모르겠습니다."

"목적을 위한 수단이라!" 샤를로테가 그의 말을 되받았다. "그 말을 들으니 어쩐지 가슴이 답답해지네요! 이 말에는 명예로움과 비열함이 뒤섞여 있는데, 아무도 양자를 분간하지 못하고 이 문제에 대하여 과연 어떤 표정을 지어야 할지 모르죠."

그러자 아우구스트가 대꾸했다. "하지만 좋은 황제든 나쁜 황제든 간에 지배자의 인생역정에는 그런 양면성의 범주로 분류해야 할 일이 허다하지요."

"그럴 수도 있겠지요." 샤를로테가 말했다. "매사를 그런 식으로 이리저리 연관시킬 수도 있겠지요. 문제는 어떤 관점에서 보느냐 하는 것이지요. 그래서 어떤 단호한 수단을 택하면 그 수단 자체가 목적이 될 수도 있지요. 어떻든 친애하는 재무관 양반, 출간도 되기 전에 그 진기한 주옥같은 시들을 알고 있다니 당신이 얼마나 부러운지 몰라요! 그것은 정말 아무도 넘볼 수 없는 특권이지요. 아버님이 그렇게 많은 일을 당신한테 믿고 맡기나요?"

"그렇다고 할 수 있지요." 아우구스트는 대답을 하면서 짧게 웃었는데, 웃을 때 작고 하얀 치아가 드러났다. "리머와 마이어도 온갖 궁리를 짜내어 아버님의 작품을 갖고 싶어 안달하는데, 각자의 서열에 따라 이런저런 작품을 출간되기 전에 확보하지만, 아들과의 관계는 어쩌다 조수 역할을 맡게 된 그런 사람들과는 차원이 다르지요. 저는 태생과 신분에 의해 조수 겸 대리인의 소명을 타고난 셈이지요. 저는 천재 작가인 아버님의 연륜에 어울리는 품위에 누가 되지 않도록 이른 나이 때부터 여러가지 능숙한 중재역과 가장 역할을 맡아왔답니다. 시세에 따라 재무관리도 하고, 물품을 조달해주는 상인들을 상대로 이런저런 일로 대리인 역할을 하거나, 손님 접견과 여타의 편의 제공과 의무도 수행해야 하는데, 장례식 조문도 빼놓을 수 없는 일이지요. 광물 표본, 주화 수집품, 보기 좋게 제작된 석조 공예품과 동판화 등 잘 정리되고 점점 늘어나는 개인 수집품 관리도 하는데, 어느 지방에서 부서진 돌무더기 틈에서 희귀 석영이나 화석 같은 것이 나오기라도 하면 부리나케 달려가야 하지요. 아, 그러다보니 머릿속이 복잡합니다. 궁정고문관 부인, 우리의 궁정극장 관리 현황에 관해 들으셨는지요? 저는 이제 그 문제로 조정 역을 맡아야 한답니다."

"조정 역이라고요?" 샤를로테는 깜짝 놀라서 되물었다.

"그렇습니다. 어찌 된 상황인가 하면, 아버님은 장관들 중에 최고 연장자이신데 오래전부터, 그러니까 이딸리아에서 돌아오신 이후부터, 이미 특정한 부서 업무는 관장하지 않으시지요. 비교적 규칙적으로 예나 대학 문제로 자문에 응하시지만 대학감독관 직책도 부담스러워하시는 형편입니다. 그래서 얼마 전까지 지속적으로 관장하신 업무는 따지고 보면 두가지밖에 없습니다. 궁정극장 관리감독과 궁정 부설 예술 및 학술 기관에 대한 총괄감독 업무지요. 다시 말해 도서관, 미술학교, 식물원, 천문대, 자연과학 전시관 등이지요. 아시는 바와 같이 이 시설들은 원래 대공 전하의 칙명으로 설립되어 지원을 받고 있는데, 아버님은 다른 국유재산과 구분하여 분리해야 한다는 입장을 늘 고수해왔습니다. 그래서 대공 전하 말고는 그 누구한테도 이 문제에 대해 해명하길 원천적으로 거부하시고, 오로지 대공 전하께만 의존하려고 하시는데, 아시다시피 이런 총괄감독 일은 어느정도 지난 시대의 유물이죠. 이 일을 통해 새로운 입헌국가에 저항하는 시위를 하시는 셈인데, 이런 표현을 써서 좀 뭣하지만 아버님은 새로운 입헌국가에 대해서는 질색이십니다. 이해하시겠지만 아예 무시하시죠."

"그건 아주 쉽게 이해돼요. 그분은 과거의 제도를 선호하는데, 워낙 그분의 천성이 그렇고, 대공 전하에 대한 봉사를 인격 대 인격의 봉사로 이해하는 데 친숙하기 때문이지요."

"바로 그렇습니다. 제가 봐도 아버님은 그런 모습이 정말 잘 어울립니다. 다만 이런 업무들과 관련하여 타고난 조수라 할 수 있는 저를 사람들이 과연 어떻게 볼까 하는 생각을 하면 이따금 마음이 불편해집니다. 제가 격의 없이 이런 얘기까지 털어놓아서 부인께서 놀라실 거라고 각오하고 말씀드립니다. 저는 아버님을 대신하여 여기저기 찾아가서 위임받은 업무를 수행해야 하는데, 예나 대학에서 공사가 진행되면 거기로 가서 교수들의 민원을 수렴하고, 그밖에 비슷한 일들을 처리해야 하지요. 제가 그런 일을 하기에 어리다고 할 수는 없죠. 스물일곱살이니 장정의 나이죠. 하지만 그런 일이 진행되는 정신에 비춰보면 저는 아직 너무 어립니다. 제가 드리는 말씀의 취지를 잘 이해하셔야 하는데, 그러니까 제가 시대에 뒤진 이런 감독 업무를 보좌하는 것을 사람들이 삐딱하게 보지 않을지 이따금 우려가 됩니다. 이런 업무는 세습되는 것이 아닌데 제가 물려받아서 수행하면 저는 부당하게 새로운 국가정신에 반대하는 사람이 되는 셈이니까요……"

"착한 재무관 양반, 당신은 너무 양심적이에요. 그렇게 자연스러운 보좌 업무를 하는데 설마 이상하게 생각하는 사람이 있겠어요. 그런데 궁정극장 관리감독 일로 조정 역을 맡을 거라고요?"

"일이 그렇게 되었습니다. 저의 조정이 아주 긴요한 상황이 되었지요. 아버님이 겉보기에는 즐거운 이 직책을 맡으신 이후로 얼마나 속을 끓이셨는지 상상도 못하실 겁니다. 연극배우들과 극작가들이 어리석고 주제넘게 굴고, 덧붙이자면 관객들도 마찬가지랍니다. 게다가 궁정 인사들의 변덕과 까다로운 요구도 고려해야 하는데, 궁정과 극장에 동시에 속해 있는 이들이 최악의 경우지요. 실례의 말씀입니다만 제가 염두에 두는 인사는 아름다운 야게만 부인, 즉 폰 하이겐도르프 부인인데, 대공 전하에 대한 그분의 영향력은 언제라도 아버님의 영향력을 제칠 수 있었지요. 요컨대 이런 복잡한 상황입니다. 그러다보니 아버님도 대공 전하의 편이 되셨고, 솔직히 그 점을 시인하지 않을 수 없는데, 아버님은 결코 일관된 소신을 견지하신 적이 없답니다. 어떤 문제에 관해서도, 이 일에 관해서도 그렇지요. 해마다 공연 씨즌에도 여러주 동안 자리를 비우시고 여행이나 온천욕을 가셨고, 공연에는 전혀 신경을 쓰지 않으셨지요. 예전에나 지금이나 아버님은 이상하게 연극에 대해서는 열성과 무관심, 열정과 비하의 태도를 오락가락하시지요. 아버님은 결코 연극인이 아닙니다. 분명히 말씀드리는데, 아버님을 아는 사람은 아버님이 연극배우 무리와는 상종하지 않는다는 걸 잘 알고 이해하지요. 하지만 아무리 연극배우들보다 고매한 위치에 있는 사람이라 하더라도 나름대로 그들의 습속이나 기질을 이해해야 그들과 더불어 생활하면서 일을 도모할 수 있게 마련인데, 아무리 좋게 보려고 해도 아버님한테는 그게 통하지 않습니다. 이 정도로 해두죠! 이 문제는 생각하고 싶지도 않고 얘기하고 싶지도 않습니다. 그런데 어머님은 좀 다르셨죠. 배우들의 분위기를 이해했고, 남녀 배우들 중에 친구들이 있어서 저도 어릴 적부터 종종 함께 어울렸답니다. 어머님과 저는 아버님과 배우들 사이의 완충 역할도 했고, 아버님께 극장 일을 보고하고 조정 역할도 했지요. 아버님 자신도 일찍부터 궁정 의전실 소속 궁정재무관 키름스를 조수 겸 대리인으로 삼았고, 다시 두분은 업무를 더 원활히 수행하기 위해 다른 인사들도 끌어들여서 공동 관리제를 도입하여 대공 전하 직속으로 궁정극장 감독위원회가 만들어진 것입니다. 아버님과 키름스 말고도 사무관 크루제와 에들링 백작이 그 위원회에 속해 있습니다."

"에들링 백작이라면 몰다우 지방의 왕녀와 결혼한 사람이 아닌가요?"

"아, 아주 소상히 알고 계시군요. 하지만 분명히 말씀드리면 아버님은 종종 다른 세명의 위원들에게 걸림돌이 되고 있습니다. 다소 우스운 얘기입니다만 그들은 아버님의 권위에 압박을 받고 있는데, 아버님이 직접 권위를 행사할 여력이 없다는 걸 익히 자각하고 있다는 사실을 그들은 미처 알아차리지 못하기 때문에 결국 권위에 굴복하고 말지요. 아버님 자신은 이 업무를 수행하기에는 너무 연로하다는 핑계를 대시지요. 이 일을 내려놓고 자유로워지고 싶은 것이지요. 워낙 아버님은 언제나 개인적인 일에 몰두하려는 욕구가 아주 강한데, 그러면서도 또 궁정극장 일에서 완전히 손을 떼실 의향은 없지요. 그래서 저를 투입할 생각을 하신 겁니다. 대공 전하께서 직접 그런 제안을 하셨답니다. 이렇게 말씀하셨다고 하더군요. '아우구스트를 투입하면 그 일에 관여하면서도 편히 쉴 수 있지 않겠나, 영감!'"

"대공 전하께서 그분에게 '영감'이라고 했다고요?"

"그럼요, 그런 어투로 말씀하시지요."

"그러면 괴테는 뭐라고 하나요?"

"아버님은 '전하'라 부르고 '전하께 문안인사 올립니다'라고 하시지요. 굳이 그렇게 격식을 차릴 필요가 없는데, 그래서 전하께서는 종종 아버님을 가볍게 놀리시죠. 그런데 그런 호칭은 좀 엉뚱한 연상을 불러일으키는데, 엉뚱한 줄 알지만 그래도 자꾸 생각이 나고 부인께서도 흥미로워하실지 모르겠습니다. 다시 말해 어머님은 언제나 아버님한테 말을 높이셨고, 아버님은 어머님한테 말을 낮추셨거든요."

샤를로테는 잠시 침묵하다가 말했다. "그 우스운 극장 일을 좀더 자세히 얘기해주세요. 우습기도 하고 감동적인 면도 있는데, 따지고 보면 충분히 납득이 돼요. 어떻든 새 직책에 임명되어 조정 역을 맡게 된 것을 축하해요."

아우구스트가 말했다. "제 입장이 좀 미묘합니다. 저와 다른 관리위원들은 나이 차가 많이 나거든요. 그럼에도 자신의 처지를 너무 잘 아시는 아버님의 권위를 그분들에게 대변해야 합니다."

"당신은 수완도 좋고 세상물정에 밝으니 상황을 잘 수습할 거라고 확신해요."

"너무 좋게 봐주십니다. 제 의무들을 시시콜콜 늘어놓아서 지루하지 않으세요?"

"정말 재미있게 듣고 있는걸요."

"아버님의 고매한 품위에 어울리지 않는 부류의 편지들은 상당 부분 제가 쓰지요. 예를 들면 지금 간행 중인 20권짜리 전집과 경쟁을 한답시고 해적판을 찍어내는 역겨운 짓들을 상대로 싸우는 편지를 써야 하지요. 지금 당장은 아시는 바와 같이 아버님이 내셔야 하는 이주세를 명예롭게 면제받고 싶어하시지요. 외조모님으로부터 물려받은 자산을 프랑크푸르트에 묵혀두고 계신데, 만약 프랑크푸르트 시민권을 포기하고 그 자산을 바이마르로 가져올 경우에는 프랑크푸르트에 이주세를 물어야 하죠. 그러면 거의 3000굴덴이나 내야 하니 빌어먹을 노릇이죠. 그래서 아버님은 세금을 면제해달라고 시에 청원을 하셨지요. 마침 최근에 나온 자서전에서 프랑크푸르트 시를 너무나 근사하게 예찬하기도 했거든요. 물론 시민권은 포기하려 하시지만 그전에 고향 도시를 후세에 길이 남도록 예찬하지 않았습니까! 당연히 아버님이 직접 나서서 그런 주장을 할 수는 없으니까 저한테 맡기셨고, 저는 꾹 참고 신경을 곤두세우고 편지를 주고받고 있는데, 이 일로 적지 않게 기분이 언짢습니다. 저한테 어떤 답변이 왔는지 아세요? 사실 제가 대리하는 아버님한테 온 답변이지요. 시에서 답하기를, 세금을 면제해주는 것은 다른 프랑크푸르트 시민들의 재산을 강탈하는 것과 진배없다는 겁니다! 어떻게 생각하세요? 정의를 곡해하는 처사가 아닌가요? 교섭을 구두로 하지 않아도 되는 것만 해도 다행이지요. 그런 답변을 듣고 차분히 정중한 태도를 취할 수는 없으니까요. 아직도 이 일이 마무리되지 않아서 더 진행을 해야 합니다. 신경을 곤두세우고 꾹 참으면서 두가지 일을 동시에 진행해서 기필코 독점 출판권과 세금 면제를 받아내야 하는데, 그래도 저로서는 만족할 수 없습니다. 아버님의 수입은 천재성에 걸맞은 대우를 받지 못하고 있거든요. 코타 출판사에서 전집에 대한 고료로 16000탈러를 주니까 물론 지금 기준으로 적은 액수는 아니고 그 정도면 어느 모로 보나 적정하죠. 하지만 아버님 같은 분의 지위나 명성은 전혀 다른 방식으로 대접을 받아야 합니다. 인류에게 이렇게 풍족한 선물을 베풀었으니 재능기부자에게 다른 방식으로 보상해주어야 하고, 가장 위대한 사람이 가장 부자가 되어야죠. 영국에서는……"

"재무관 양반, 나는 오랜 세월 동안 주부 노릇을 해온 실용적인 여자의 입장에서 당신의 열성을 칭찬할 수 있어요. 하지만 천재의 재능과 경제적 보상을 꼭 일치시키려는 것은 실제로 그렇게 될 수도 없거니와 인류에게 베푼 선물이라는 멋진 말에 어울리지 않는다는 것도 유념해야지요."

"두 영역이 일치하지 않는다는 건 인정합니다. 물론 사람들은 위인이 자기들과 똑같이 처신하는 것을 달가워하지 않고, 천재는 세속적인 이익에는 초연한 고결한 태도를 취해야 한다고 요구하지요. 사람들은 이기심을 열성적인 숭배로 포장하고 있어서 한심해 보입니다. 저는 어릴 적부터 위인들 사이에서 살면서 그런 생각이 천재에게 들어맞지 않는다는 걸 익히 보아왔습니다. 오히려 그 반대로 정신적인 포부가 큰 사람은 사업감각도 야심 차게 마련인데, 쉴러는 언제나 금전적인 궁리에 골몰했지요. 아버님이 전혀 그렇지 않았던 것은 아마도 그 정도로 정신적 포부가 크지 않았기 때문이거나 굳이 그럴 필요가 없었기 때문이겠지요. 하지만 『헤르만과 도로테아』가 독일에서 대단한 대중적 성공을 거두자 쉴러한테 말씀하시기를, 이 작품처럼 정감 어린 정서로 희곡작품을 써서 독일 연극계를 압도하는 성공을 거둔다면 거액의 돈도 생길 테지만, 작가가 이런 문제를 너무 진지하게 고민할 필요야 없지 않겠냐고 하셨지요."

"진지하게 고민할 필요는 없다고요?"

"예, 그렇습니다. 그런데 쉴러는 곧장 그런 작품을 구상하기 시작했고, 아버님은 흔쾌히 격려해주셨지요. 하지만 아무런 성과도 없었습니다."

"그랬겠네요. 정말 진지하게 받아들이지는 않았을 테니까요."

"그럴지도 모르겠습니다. 바로 얼마 전에 코타 출판사로 보내는 편지를 정서했는데, 지금처럼 국운이 도약하는 시대적 분위기를 이용해서 『헤르만과 도로테아』처럼 시대정신에 부응하는 서사시를 출판사 쪽에서 더 강하게 선전하길 바란다는 내용이었습니다."

"괴테의 이름으로 그런 편지를?" 그러고서 샤를로테는 잠시 말이 없다가 다시 강조해서 말했다. "그러니까 괴테가 시대정신과 동떨어져 있다고 비난하는 것이 얼마나 부당한지 알 수 있지요."

그러자 아우구스트가 대수롭지 않게 대꾸했다. "아, 시대정신이라. 아버님은 시대정신과 동떨어져 있지도 않고 그렇다고 시대정신을 맹종하는 노예도 아니지요. 아버님은 시대정신보다 더 높은 곳에서 시대정신을 굽어보십니다. 그래서 때로는 시대정신을 심지어 상업적인 관점에서도 볼 줄 아시는 것이죠. 이미 오래전부터 아버님은 시대적인 것, 개인적인 것, 민족적인 것을 넘어서서 영원한 인간성, 보편타당성의 경지로 상승하셨는데, 바로 그 점이 클롭슈토크와 헤르더와 뷔르거가 나아가지 못한 경지라 할 수 있지요. 하지만 그런 경지로까지 나아가지 못한 쪽이 오히려 시대를 초월한 보편타당성을 능가하고 앞서가고 있노라고 착각하는 쪽에 비하면 그래도 덜 나쁜 셈이죠. 그런데 낭만주의자들, 중세 가톨릭으로 돌아가자는 자들과 열광적인 애국주의자들은 정신의 왕국에서 자기네가 아버님보다 앞서가고 있고 아버님이 더이상 이해하지 못하는 최신 사조를 대변한다고 믿고 있습니다. 일반 독자 대중 중에도 그렇게 믿는 얼간이들이 상당수 있지요. 영원한 것, 고전적인 것을 뛰어넘었노라고 자만하는 시대정신보다 더 한심한 게 또 있을까요? 그런데 분명히 말씀드리면 아버님은 겉으로는 이런 모욕을 무시하는 태도를 취하시지만 속으로는 그들을 질타하고 있습니다. 물론 너무 현명하고 탁월하시기 때문에 문학적인 논쟁에 말려들지는 않죠. 하지만 남몰래 미래를 생각해서 아버님은 반대자들과 시대정신에 의해 손해를 보지 않을 뿐 아니라 자신의 체면을 지키면서도 손해를 보지 않습니다. 아시는 바와 같이 아버님은 결코 세상을 욕한 적이 없고, 아버님이 너그럽게 표현하신 대로 '다수의 선량한 사람들'을 당혹스럽게 한 적이 없습니다. 하지만 속을 들여다보면 일반인들이 알고 있는 것과 달리 온건한 분이 아니라 전혀 다른 사람입니다. 점잖고 너그러운 분이 아니라 믿기지 않을 만큼 자유롭고 대범한 분이지요. 사람들은 아버님을 궁정문화에 익숙한 대신차또으로만 알고 있지만, 분명히 말씀드리자면 아버님은 이를 데 없이 대범하시지요. 어떻게 그렇지 않겠어요?『젊은 베르터의 고뇌』『타소』『빌헬름 마이스터의 수업시대』그리고 그밖에도 예기치 않은 새로운 작품들을 과감히 발표하셨는데, 그 모든 작품의 바탕에 깔려 있는 특성은 언제나 과감함에 대한 열정적 사랑이죠. 저는 그 모든 작품에 구현되어 있는 그런 특성이야말로 재능의 징표라는 얘기를 여러번 들었습니다. 아버님은 언제나 기이한 작품들을 몰래 갖고 계셨지요. 예전에는 『파우스트』 초반부에 삽입하려던 「한스부르스트의 결혼식」이나 「영원히 방랑하는 유대인」 같은 작품이 있었고, 지금도 여러 면에서 과감하고 망측스러운 「발푸르기스의 밤」 같은 작품이 있습니다. 또 예를 들면 제가 보관하고 있는 「그날의 일기」라는 시는 이딸리아풍으로 쓴 것인데, 거기에는 에로틱한 요소와 실례지만 외설적인 요소가 과감하게 혼합되어 있습니다. 저는 이 모든 작품들을 정성껏 간직하고 있는데, 후세 사람들은 제가 이 모든 작품을 소중히 여겼다는 걸 인정할 것이고, 저를 신뢰하게 될 것입니다. 이런 면에서는 아버님을 신뢰하기 어려우니까요. 아버님은 친필원고를 잃어버려도 그만이라는 식으로 너무 소홀히 간수하시죠. 제가 막지 않으면 친필원고를 되는대로 아무한테나 넘겨주고, 유일하게 남아 있는 판본마저도 슈투트가르트의 코타 출판사로 보내시지요. 그래서 저는 출간되지 않은 작품, 출간하기 어려운 작품, 대담한 비밀, 독일인들에 대한 진솔한 고백, 정신적인 적들을 통렬히 공격하고 정치와 종교와 예술에서 어리석은 시류를 통렬히 공격하는 논쟁적인 글들을 소중히 여겨서 모아 두는 것입니다……"

"정말 아들의 역할을 충실히 훌륭하게 수행하시네요." 샤를로테가 말했다. "아우구스트, 당신 같은 분을 알게 되어 기뻐요. 기대했던 것보다 더 기뻐할 이유가 있네요. 나는 이렇게 늙을 때까지 아이들의 엄마 노릇을 해왔기에 젊은이가 아버지를 충심으로 위해드리며 공대하고, 불경스럽게 헐뜯는 같은 연배의 젊은 세대에 맞서서 의연히 아버지를 지지하는 것을 보니 정말 진심으로 감동을 받게 되네요. 그저 칭찬과 감사의 말밖에 할 수 없군요……"

"저는 그럴 자격이 없습니다." 아우구스트가 대꾸했다. "제가 아버님께 뭘 해드릴 수 있겠습니까? 저는 실용적인 일밖에 모르는 평범한 사람이고, 아버님을 도와드리기엔 워낙 머리도 모자라고 학식도 부족합니다. 실제로 아버님과 함께하는 일은 별로 없습니다. 진심으로 아버님을 위해드리고 편의를 봐드리는 것이 제가 할 수 있는 하찮은 일인데 그렇게 칭찬해주시니 부끄럽습니다. 쉴러의 미망인께서도 제가 문학에 대한 생각이 그분과 같다고 늘 무안할 정도로 저한테 호의를 베풀어주신답니다. 다른 젊은이들이 최신 유행을 좇아도 저는 여전히 쉴러와 괴테 두분에게 충직한데, 그게 무슨 공로라도 되요. 그건 단지 자부심의 표현일 뿐이죠."

그러자 샤를로테가 말했다. "나는 최신 유행에 관해서는 거의 아는 바가 없고, 내 나이에는 이해하기도 어렵다고 생각해요. 독실한 화가들과 기이한 작가들이 있다고들 하던데, 나는 그들이 누구인지도 모르고, 모른다고 해서 신경이 쓰이지도 않아요. 이들이 내놓는 작품들은 내가 젊었던 시절에 발표되어 세상을 풍미했던 작품들에 필적하지 못한다는 것은 분명하니까요. 어떻든 젊은 작가들은 굳이 위대한 옛것을 따라잡을 필요도 없고, 어떤 의미에서는 능가한다고 말할 수도 있겠지요. 나는 역설적인 표현을 즐기는 여자는 아니니 오해하지는 마요. 단지 이 새로운 작품들도 그 나름으로 현재를 대변하는 이 시대의 산물이요 표현이라는 뜻일 뿐이에요. 그러니까 이 시대와 젊음의 산물이고, 그래서 더 직접적으로 더 흥미롭게 젊은이들의 가슴에 호소하는 것이겠지요. 하지만 결국 중요한 것은 행복한 삶이죠."

"바로 그렇습니다." 아우구스트가 응답했다. "과연 어디에서 행복을 찾느냐 하는 것이 중요하지요. 어떤 사람들은 오로지 자부심과 충직함과 의무를 다하는 데서 행복을 구하고 찾지요."

"정말 훌륭한 생각이에요. 하지만 내가 인생을 살아온 경험에 비추어보면 다른 사람에게 봉사하고 의무를 다하는 인생을 살다보면 흔히 마음이 모질어지고 붙임성을 잃게 되지요. 그런데 보아하니 쉴러의 미망인과 우애와 신뢰를 나누는 돈독한 사이인가보군요?"

"저의 자질 때문이 아니라 신념 덕분에 그분의 호의를 누리는 것이니 굳이 자랑하고 싶지는 않습니다."

"아, 자질과 신념은 서로 상관이 있지요. 내가 돌아가신 모친의 자리를 대신하고 싶은 포부도 좀 있는데, 그 자리를 다른 분이 차지했다니 은근히 시샘이 나네요. 그렇지만 내가 어머니 같은 관심을 아주 접지는 못해서 이런 질문을 하더라도 양해해주세요. 당신과 비슷한 연배의 사람들 중에 혹시 쉴러의 미망인보다 더 가깝게 신뢰하는 친구가 있나요?"

샤를로테는 이렇게 말하면서 아우구스트 쪽으로 몸을 기울였다. 아우구스트는 감사하는 마음과 당혹스러운 수줍음이 뒤섞인 눈길로 그녀를 바라보았다. 부드럽고도 침울하고 슬픈 눈길이었다.

아우구스트가 대답했다. "그게 원만하게 잘 이루어지지 않았습니다. 이미 말씀드린 대로 제 또래 사람들은 워낙 제각기 상이한 신념을 추구하는 성향이 두드러져서 순수한 소통에 방해가 되고, 저처럼 자제하지 않으면 언제라도 교제가 중단될 수 있지요. 제가 보기에 작금의 시류는 '승리는 신들의 뜻이었으니 카토는 패배를 달게 받아들였다'[14]라는 라틴어 경구를 모토로 삼은 형국입니다. 제가 오래전부터 이 구절에 깊은 공감을 느꼈다는 것을 부인하지 않겠습니다. 이 구절은 눈먼 운명의 결정에 맞서서 이성의 품위를 지

---

14 카이사르에게 패한 카토가 스스로 목숨을 끊은 것을 로마 시인 루카누스가 일컬은 말.

키려는 양명한 결의를 보여주기 때문이지요. 이것은 지상에서 가장 희귀한 덕목이지요. 그런데 상스러운 것은 한때의 승자를 파렴치하게 배신하고 새로운 승자 쪽에 굴종하는 태도입니다. 저는 세상에서 무엇보다 그런 태도에 화가 치밉니다. 아, 인간들이란! 이 시대는 그들의 영혼이 노예근성에 절어 있다는 것을 일깨워주었고, 이에 저는 지독한 모멸감을 느꼈습니다! 3년 전 1813년 여름에 우리가 아버님을 설득해서 퇴플리츠로 가시도록 했을 때 저는 당시 프랑스가 점령하고 있던 드레스덴에 있었습니다. 시민들은 창문마다 조명을 밝히고 폭죽을 터트리며 나뽈레옹의 생일을 경축했지요. 그런데 4월까지만 해도 처녀들이 흰색 옷을 입고 조명을 밝히며 프로이센과 러시아의 왕들에게 충정을 바쳤지요. 풍향만 바뀌면 늘 그런 식이었지요…… 너무 한심합니다. 만약 젊은이가 독일 제후들의 배신행위를 지켜보고 또 유명한 프랑스 장군들이 곤경에 처한 황제를 내버려두고 달아나는 불충을 지켜봤다면 어떻게 인간성에 대한 믿음을 지킬 수 있겠습니까……"

"이봐요, 달리 어쩔 수 없는 일에도 과연 격분해야 할까요? 인간이 다른 사람들과 똑같이 처신한다고 해서, 더구나 비정한 인간한테 그렇게 처신한다고 해서, 대뜸 인간성에 대한 믿음을 내팽개쳐야 할까요? 신의는 훌륭한 것이고, 승리한 쪽만 추종하는 것은 보기 안 좋지요. 하지만 나뽈레옹 같은 인물도 어차피 승패 여하에 따라 부침하게 마련이지요. 당신은 아직 새파랗게 젊은데, 어머니의 입장에서 바라건대 위대한 부친의 태도를 본보기로 삼았으면 해요. 부친은 라인 강변 혹은 마인 강변에 머물던 당시 라이프치히 전투 승전을 자축하는 불꽃놀이를 유쾌하게 즐기셨고, 또 대담하게 심연에서 올라온 자도 결국 다시 심연으로 떨어질 수밖에 없다는 걸 아주 자연스럽게 받아들이셨잖아요."

"하지만 제가 심연으로 추락한 자에 맞서서 출정하는 것은 용납하지 않으셨지요. 덧붙여 말씀드리자면 그렇게 해서 아버지로서의 명예를 지키셨지요. 출정을 부추기고 응했던 젊은 축들을 저는 익히 잘 알고 마음속으로 경멸하니까요. 프로이센 애국단의 건달들, 멋이나 부리며 남자랍시고 엉터리 호기에 들뜬 그 얼간이들과 골빈 놈들이 지껄이는 천박한 속어를 듣노라면 화가 치밀어서 부들부들 떨립니다……"

"이봐요, 나는 이 시대의 정치적인 논쟁에는 관여하고 싶지 않아요. 하지만 솔직히 고백하면 그런 말을 들으니 어쩐지 슬퍼지네요. 당신이 우리 노년층의 편에 서 있으니 나도 쉴러의 미망인처럼 기뻐해야 할 일인데, 불쾌한 정치 문제 때문에 동년배 세대로부터 고립당하고 있다니 마음이 아프고 섬뜩해요."

그러자 아우구스트가 대답했다. "하지만 정치라는 것은 고립과는 무관하고 수많은 맥락과 연결되어 있어서 신념과 믿음과 의지가 어우러진 불가분의 전체를 형성하지요. 정치는 윤리와 미학, 얼핏 생각하면 순수한 정신적인 영역과 철학 등 여타의 모든 영역 안에 포함되어 있고 서로 결합되어 있지요. 그래서 정치가 스스로 의식하지 못하는 가운데도 다른 영역들과 천진무구하게 결합된 상태를 유지하고 있어서 아주 좁은 범위의 정치 전문가들 말고는 아무도 정치적인 언사를 꺼내지 않는 그런 시대야말로 행복하지요. 그래서 흔히 비정치적인 시대라 일컬어지는—저는 정치가 잠복해 있는 시대라고 하고 싶습니다만—그런 시대에는 정치와 무관하게 자유롭게 아름다움을 사랑하고 아름다움에 경탄할 수 있지요. 하지만 그런 시대에도 아름다움은 은밀하고도 굳건히 정치와 합치되는 상태를 유지합니다. 하지만 그렇게 부드럽게 인내심을 견지하는 시대에 살 수 없는 것이 유감스럽게도 우리의 운명입니다. 우리 시대에는 가차 없이 분명하게 날카로운 입장을 밝혀야 하고, 여하한 인간성의 문제나 아름다움의 문제 등 어떤 사안에서도 거기에 내재하는 정치적 문제를 들춰내어 분명히 밝혀야 하지요. 그러다 보니 적지 않게 고통과 상심, 쓰라린 이별도 겪게 된다는 걸 부인할 수 없습니다."

"다시 말해 그런 쓰라린 일들을 직접 겪었다는 뜻인가요?"

"물론이지요." 청년 괴테는 꼼지락거리는 장화 끄트머리를 내려다보면서 잠시 뜸을 들이다가 말했다.

"그럼 아들이 어머니를 대하듯이 어떤 일인지 얘기해줄 수 있나요?"

아우구스트가 대답했다. "부인께서 호의를 베풀어주신 덕분에 저는 벌써 일반적인 얘기는 말씀드렸으니 특수한 얘기라고 해서 말씀드리지 못할 이유도 없죠. 저는 나이가 저보다 조금 위인 한 청년을 알고 있었는데, 가능하면 그를 친구로 사귀고 싶었습니다. 이름이 아힘 폰 아르님이라고 하는데, 프로이센의 귀족 출신으로 인품이 아주 훌륭했고, 기사다운 열정적인 모습이 처음부터 제 마음에 쏙 들었으며, 비록 어쩌다가 드물게 마주치곤 했지만 늘 마음에 담아두고 있었지요. 그가 처음 눈에 띄었을 때만 해도 저는 아직 소년이었어요. 제가 아버님을 모시고 괴팅겐에 갔을 때 대학생이었던 그는 우리가 도착하던 날 저녁에 길거리에서 아버님을 향해 만세를 불러서 유쾌하게 마주쳤지요. 그의 출현은 우리에게 너무나 생기발랄하고 편안한 인상을 남겼고, 당시 열두살이었던 저는 자나 깨나 그의 모습을 잊지 못했습니다.

4년 후에 그가 바이마르에 왔는데, 그때는 이미 문단에서 이름이 알려져서 옛 독일의 취향을 추구하고 재기가 넘치는 열정 혹은 감성이 풍부한 기지를 발휘하는 낭만주의 시인이 되어 있었지요. 그사이에 그는 하이델베르크에서 클레멘스 브렌타노와 함께 『소년의 마술피리』라는 민요 모음집을 출간해서 동시대인들이 감동하고 감사했지요. 그 작품집에는 그들의 가장 개성적인 취향이 오롯이 담겨 있었거든요. 아르님은 아버님을 내방했는데, 아버님은 그와 동료의 매력적인 공헌을 진심으로 치하하셨고, 우리 젊은이들끼리는 아주 가까이 어울렸습니다. 그렇게 행복한 몇주일을 보냈습니다. 그를 사귀게 되어서 제가 아버님의 아들이라는 사실이 그렇게 기쁠 수가 없었지요. 덕분에 그에 비해 어린 나이와 뒤처지는 학식과 업적을 메울 수 있었고, 그가 저에게 관심과 존중과 우애를 기울여주었으니까요. 때는 겨울철이었습니다. 그는 온갖 체육에도 능해서 그런 면에서도 어린 저보다 월등했지만 다행히 한 가지 종목은 저한테 배워야 했는데, 스케이트를 탈 줄 몰라서 제가 가르쳐주었지요. 제가 경탄하는 그 친구보다 앞서서 가르쳐줄 수 있었던 신나는 시간이야말로 제 인생에서 가장 행복한 때였습니다. 솔직히 말씀드리면 제 인생에서 그보다 더 행복한 순간이 오리라고는 기대하지 않습니다.

제가 아르님을 다시 만난 것은 그로부터 3년 후였습니다. 하이델베르크에서 만났는데, 저는 1808년에 그곳에 가서 법학 전공 대학생으로 있었지요. 당시 저는 아버님의 추천으로 명망과 학식이 있는 여러 집안에 출입했는데, 특히 호메로스 번역으로 유명한 요한 하인리히 포스 교수님은 아버님이 예나 대학에 관여하실 때부터 교분이 두터웠고, 그분의 아들 하인리히는 이따금 저희 집에서 리머 박사 대신 가정교사를 맡기도 했답니다. 솔직히 말씀드리면 저는 아들 포스는 그다지 좋아하지 않았어요. 그가 아버님을 신처럼 숭배하는 태도가 호감이 가기보다는 오히려 지겨웠지요. 그는 곧잘 열광하면서도 지루한 성품의 소유자인데, 이처럼 상반된 성품이 혼합되는 경우도 있더군요. 그리고 입술에 장애가 있어서 제가 하이델베르크 대학에 다니던 무렵에만 해도 대학 강의를 할 수 없었고, 그 때문에 다른 사람의 매력을 끌 수가 없었지요. 그의 부친은 오이틴[15]에서 김나지움 교장 선생님을 지냈고 장편서사시 『루이제』를 발표한 시인이기도 한데, 또다른 측면에서 복합적인 성격의 소유자로서 전원시인이자 논쟁적인 이론가랍니다. 그분은 아주 야무진 부인의 보살핌과 내조를 받는 너무나 가정적이고 다정다감한 성품의 소유자이지만, 학계와 문학계 등 공적 영역에서는 단호한 투사여서 이론적 투쟁과 논쟁, 날카로운 논문을 각별히 좋아하고, 자신이 지지하는 계몽적 프로테스탄티즘과 고대 그리스 문화를 계승한 양명한 휴머니티에 위배되는 사조에 대해서는 언제나 호방하고 신선하게 격렬한 비판을 가합니다. 그러니까 아버님과 친분이 두터운 포스 교수님의 집이 하이델베르크 시절 저에게는 제2의 친가이자 저는 그분의 양아들이나 다름없었지요.

그런 연고로 제가 하이델베르크에 도착하자마자 제 소년 시절의 우상이자 함께 겨울 한때를 즐겁게 보냈던 아르님을 길거리에서 우연히 마주쳤을 때 저는 뛸 듯이 기뻤을 뿐 아니라 당황스럽고 걱정이 되기도 했습니다. 아르님이 여기에 살고 있다는 것을 알고 있었기에 틀림없이 만나게 될 거라고 각오했고, 마음속 깊이 이

---

15 독일 북동부의 소도시.

제나저제나 만남에 대비하고 있었지요. 아르님은 여기서 『은둔자를 위한 잡지』를 발간하는 데 주력했는데, 재기발랄하고 몽상적이며 복고지향적인 잡지로 새로운 낭만주의 세대의 목소리를 대변하고 있었지요. 그런데 곰곰이 따져보면 제가 하이델베르크에서 대학 초년 시절을 보내도록 결정이 되었을 때는 바로 그런 사조가 제가 처음 품었던 은밀한 생각이었을 거라고 고백하지 않을 수 없습니다. 그런데 이제 아르님이 제 앞에 나타나자 저는 행복하기도 하고 당황스럽기도 해서 마음이 조였고, 그의 앞에서 어쩔 줄 몰라서 얼굴이 달아올랐다가 창백해졌다가 했던 것 같습니다. 서로 이웃하고 살면서도 이 시대의 모든 불화와 당파적 분쟁에 말려든 사람들이 제 양심을 무겁게 짓눌렀습니다. 저는 중세 독일과 중세 기독교를 미화하고 경건하게 숭배하는 조류를 포스 교수님이 어떻게 평가하는지 익히 알고 있었고, 아르님이 바로 그런 조류의 대표자로 점차 부상하고 있었지요. 또 제가 순진하게 상이한 진영들 사이를 자유롭게 오갈 수 있었던 소년 시절은 이미 지나갔다는 것도 느끼고 있었죠. 그래서 예전보다 더 아름답고 기사다운 모습으로 나타난 아르님이 다시 저를 진심으로 반갑게 맞아주었을 때는 더없이 행복하면서도 당혹스러웠습니다. 그는 제 팔을 잡더니 그가 단골로 출입하는 치머 씨의 서점으로 데려갔습니다. 그런데 먼저 제가 바로 얼마 전에 프랑크푸르트의 외조모님 댁에서 자주 만났던 베티나 브렌타노[16]의 근황을 그에게 들려주긴 했지만, 자꾸만 막히는 대화를 계속 이어가기가 점점 힘들어졌습니다. 저는 젊은이답지 않게 시대의 흐름에 둔감하다는 인상을 줄까봐 노심초사했는

---

16 291면에서 언급된 브렌타노의 딸로 아르님과 결혼함.

데, 결국 아르님의 시선에서, 그리고 그가 자기도 모르게 고개를 설레설레 가로젓는 몸짓에서, 그런 인상을 주었다는 사실이 여지없이 드러나서 저는 절망하고 말았습니다.

아르님과 작별할 때 악수를 하면서 저는 그러한 절망감과 동경을 어떻게든 표현하려고 애썼고, 제가 소년 시절부터 그에게 품어온 정감을 확인시켜주려고 애썼습니다. 그런데 바로 그날 저녁에 포스 교수님께 아르님을 만났다는 얘기를 하지 않을 수 없었는데, 사태는 제가 예상했던 것보다 더 나빴습니다. 노인은 그분 자신의 말을 빌리면 '젊은이들을 타락시키고 음흉하게 중세를 미화하는 그 못된 놈'을 공격하는 반박문을 발표하여 아르님이 하이델베르크에 체류하면서 영향력을 행사하는 것을 저지하겠노라고 별렀지요. 그분은 낭만주의 문인들의 음험하고 유희적인 책동, 젊은이들을 오도하고 고전주의에 맞서는 책동에 대한 증오심을 격렬한 말로 쏟아냈습니다. 그분은 낭만주의 문인들을 진정한 역사의식과 문학 연구의 양심도 모르고 고전에 대한 존중심도 내팽개친 사기꾼들이라고 했지요. 그들은 고전작품들을 펴내면서 새롭게 해석한다는 미명하에 파렴치하게 텍스트를 날조한다는 것이었습니다. 제가 『소년의 마술피리』를 아버님이 매우 우호적으로 평가하셨다고 이의를 제기해도 아무 소용이 없었습니다. 그러자 포스 교수님이 대꾸하시기를, 워낙 아버님 성품이 너그럽고 호의적이라 그렇기도 하지만, 아버님은 독일밖에 모르는 그 덜떨어진 글쟁이들과는 전혀 다른 취지와 정신에서 민요와 다양한 민족문학을 존중하고 높이 평가한다고 하셨지요. 그의 오랜 친구이자 후원자인 아버님은 애국심에 들떠서 경건한 체하고 가톨릭을 신봉하는 그들에 대해 그밖의 측면에서도 그와 의견이 완전히 일치한다고 했습니다. 그들이 중세를 예찬하는 것은 현재를 음흉하게 매도하는 것과 다름 없으며, 아버님을 위대한 작가로 숭배하는 것도 오로지 아버님을 우려먹고 그들의 목적에 맞게 이용하려는 것이기 때문에 매우 불순하다는 것이었습니다. 요컨대 제가 교수님과 아버님의 우애, 교수님의 애정과 후의를 존중한다면 아르님과 다시 만나거나 교제하는 것은 엄금해야 한다는 것이었습니다.

더이상 무슨 말씀을 드리겠습니까? 저는 아버님의 오랜 친구인 이 위엄 있는 분의 말씀을 따르든가, 아니면 금지된 우정의 행복한 모험을 추구하든가 양자택일을 해야만 했습니다. 저는 결국 단념했습니다. 저는 이 시대의 당파분쟁에서 저의 출신과 신념 때문에 더이상 만날 수 없게 되었노라고 아르님에게 편지를 썼답니다. 저는 소년처럼 편지지에 눈물을 떨구었지요. 눈물을 흘리면서 저는 이러한 애정의 단념이 제가 통과해야만 하는 인생의 전환점이 되리라는 걸 깨달았습니다. 대신에 저는 포스 교수님의 아들과 형제 같은 우의를 맺는 것으로 보상을 받으려 노력했고, 그렇게 되었지요. 아버님에 대한 그의 숭배가 일체의 교활함과는 무관한 순수한 것이라는 확신을 통해 그의 지루한 성격이나 입술의 장애는 극복할 수 있었습니다."

샤를로테는 짧은 고해를 들려준 아우구스트에게 진심으로 감사했고 그가 말하자면 대장부로서 견뎌낸 시련에 공감한다고 단언했다. 그녀는 이어서 이렇게 말했다. "대장부답게 잘하셨어요. 나를 믿고 들려주신 이야기는 정말 단호하게 원칙을 지켜야 하는 남자들 세계에서나 겪는 일이지요. 우리 여성들은 그런 세계를 언제나 존중하면서도 미소를 지으며 고개를 가로젓게 되지요. 엄격한 남자들에 비하면 우리 여성들은 천성과 너그러움을 중시하지요.

그래서 우리 여자들이 남자들 눈에는 때로는 본능에 충실한 존재로 보이지 않을까 우려되기도 해요. 하지만 우리 연약한 여성이 남자들한테 보여주는 매력의 상당 부분은 남자들도 알다시피 원칙을 부드럽게 완화하는 데서 연유하지 않을까요? 또 우리 여성이 남자들의 마음에 들면 남자들은 엄격한 원칙을 슬쩍 무시하고, 그러면 원칙이라는 것은 거의 설득력을 잃게 되지요. 인간 감정의 역사를 돌이켜보면 집안끼리의 오랜 불화나 명예를 다투는 오랜 불화, 신념을 둘러싼 해묵은 대립 등은 그런 부모들 밑에서 자란 자식들 사이에서 열정적으로 싹트는 불가침의 심정적 유대를 가로막지 못할뿐더러, 오히려 그런 장애가 더욱 강하게 마음을 끌어당기는 매력으로 작용해서 장애를 물리치고 자기만의 길을 갈 수 있게 해주지요."

"당연히 그럴 수 있겠지요." 아우구스트가 말했다. "그래서 사랑은 우정과는 구별되는 것이지요."

"맞아요. 그런데 물어보고 싶은 게 있는데, 어머니의 입장에서 묻는 거라고 이해해주세요. 가로막힌 우정에 대해 얘기해주셨는데, 사랑은 해본 적이 없나요?"

아우구스트는 바닥을 내려다보더니 다시 고개를 들어 샤를로테를 바라보았다.

"사랑하는 사람이 있습니다." 그가 낮은 목소리로 말했다.

샤를로테는 감동을 받은 표정으로 잠시 침묵하다가 말했다. "나를 믿고 솔직히 얘기해주니 앞에서 들려준 이야기의 내용만큼이나 감동적이에요. 진솔함에는 진솔함으로 답하지요! 어째서 이런 질문을 할 생각을 했는지 솔직히 털어놓을게요. 당신은 자신의 인생에 대해, 너무 가상하고 총애받고 헌신적인 효자의 삶에 대해 애기해주었어요. 자애로운 위대한 부친한테 너무 충실한 조력자 역할을 해왔고, 부친의 길을 동행해주고, 원고를 간수하고, 부친과 사업세계 사이의 조정 역할을 해왔어요. 따지고 보면 나도 희생과 체념이 무엇인지 익히 아는 사람이니 내가 그토록 사심 없는 사랑의 봉사를 윤리적으로 높이 평가할 줄 모를 거라고 여기지는 마세요. 그렇긴 하지만 당신 이야기를 들으면서 내 마음이 썩 개운하지는 않았다는 걸 얘기하고 싶어요. 어쩐지 근심과 불안 그리고 불만 같은 느낌이 들었어요. 썩 자연스럽지 않고 하느님의 뜻에 맞지 않는 어떤 사태를 접할 때 느끼는 거부감 같은 것이지요. 다시 말해 하느님이 우리 인간을 창조하시고 우리에게 인생을 주셨을 때는 우리 자신의 인생을 포기하고 완전히 다른 사람의 인생을 위해 바치라는 뜻은 아니었겠죠. 그런 인생이 아무리 가치 있고 숭고해도 말이에요. 우리 자신의 인생을 살아야 해요. 그렇다고 사리사욕에 빠져서 다른 사람을 오로지 사리사욕을 채우기 위한 수단으로만 대하라는 뜻은 아니지요. 자기를 버리지 말고 자립적으로 우리 자신의 생각에 따라 다른 사람에 대한 의무와 우리 자신에 대한 의무를 합리적으로 공평하게 다하자는 거예요. 오로지 다른 사람을 위해서만 사는 것은 우리의 마음에 어긋나고 우리의 따뜻한 선의에도 어긋나요. 솔직히 말하면 당신이 들려준 이야기에서 당신 나이에 맞게 의식적으로 부친의 그늘에서 벗어나 자립하려는 태도가 조금이라도 느껴졌더라면 더 좋았겠다 싶어요. 당신 자신의 가정을 꾸려야 해요. 결혼을 해야 해요, 아우구스트."

그러자 아우구스트는 몸을 꾸벅 숙이며 말했다. "결혼할 생각이 있습니다."

"훌륭해요!" 샤를로테가 소리쳤다. "그럼 곧 새신랑이 되는 건가요?"

"아직 그 정도까지는 아닙니다. 적어도 아직 공표하지는 않았지요."

"어떻든 너무 기뻐요. 이제야 축하드릴 기회를 주다니 서운하네요. 선택한 여성이 누구인지 물어봐도 될까요?"

"폰 포그비슈 양이라고 합니다."

"이름은?"

"오틸리에라고 합니다."

"정말 멋지네요! 소설 같아요. 그럼 내가 그 처자한테는 샤를로테 숙모가 되는 셈이네요."

"숙모라니요. 그 여성은 부인의 딸일 수도 있습니다." 그렇게 대답하면서 샤를로테를 뚫어지게 바라보는 아우구스트의 눈이 특이하게 반짝거렸다.

샤를로테는 깜짝 놀라서 얼굴을 붉혔다. "딸이라니, 무슨 엉뚱한 생각이에요!" 그녀는 이 말을 다시 듣자 야릇한 느낌이 들어서 말을 더듬었다. 그렇게 말하는 아우구스트의 눈길은 아무런 의지도 없이 아득히 깊은 무의식에서 말하는 듯한 인상을 주었다.

"그럼요!" 아우구스트는 유쾌한 몸짓을 하며 단언했다. "농담이 아닙니다. 덧붙이자면 닮았다는 뜻은 아닙니다. 닮았다면 당연히 신비로운 일이겠지요. 두 분이 서로 친화성이 있다는 뜻입니다. 이런 경우는 세상에서 아주 흔하지요. 솔직히 말씀드리면 부인께서는 아무리 나이가 들고 세월이 흘러도 원래 모습이 거의 변하지 않는 그런 분입니다. 보다 정확히 말씀드리자면, 원숙한 모습에서도 젊은 시절의 용모가 아주 선명하게 드러난다는 뜻입니다. 제가 감히 당돌하게 부인께서 젊은 처녀처럼 보인다고 말씀드리는 것은 아니지만, 군이 젊은 시절의 모습을 따로 떠올리지 않더라도 지금의 기품 어린 외모에서 젊은 처녀 시절의 여학생 같은 모습을 쉽게 알아볼 수 있다는 것입니다. 그래서 제가 말씀드리고 싶은 핵심은 이런 젊은 처녀 시절 모습이면 오틸리에의 자매일 수도 있겠다는 것입니다. 그래서 수학적으로 유추해보자면 오틸리에가 부인의 딸일 수도 있겠다는 제 주장과 합치합니다. 닮음이란 무엇입니까! 외모의 이런저런 특징이 똑같다는 게 아니고 전체적인 모습이 자매 같다는 것입니다. 풍만함과는 거리가 먼 경쾌함과 사랑스러움, 우아함과 섬세함이 동일한 유형이라는 것입니다. 제가 자매 같고 딸 같다고 하는 것은 바로 그런 뜻입니다."

아우구스트의 표정을 모방했거나 그의 표정이 전이된 것일까? 샤를로테는 청년 괴테를 그가 조금 전에 그랬던 것과 똑같이 반짝거리는 눈으로 응시했다.

"폰 포그비슈…… 폰 포그비슈……" 샤를로테는 무심코 되뇌었다. 그러고서 그 집안의 출신 내력과 기질 때문에 우려했던 생각이 떠올랐다. "프로이센의 귀족, 군인 집안의 장교귀족이죠, 그렇죠?" 그녀가 물었다. "그럼 이 결혼은 리라와 검의 결합인 셈이네요. 나는 프로이센 군인정신을 정말 존중해요. 내가 말하는 정신이란 신념과 규율, 명예심과 애국심을 가리키는 거예요. 이런 자질 덕분에 다른 나라의 지배로부터 벗어날 수 있었지요. 그러니까 당신의 약혼녀는 — 약혼녀라는 표현을 써도 무방하다면 — 이런 정신과 전통 속에서 성장했어요. 내 생각에 그 여성은 이런 환경에서 자랐으니 라인동맹 지지자나 나뽈레옹 추종자는 될 수 없겠지요."

그러자 아우구스트가 반박하며 대꾸했다. "그 문제는 이제 역사의 추이에 의해 뒷전으로 밀려났고 묻혔습니다."

"정말 다행이군요!" 샤를로테가 말했다. "그럼 부친께서도 이 결혼을 흔쾌히 지지하고 동의하시나요?"

"그럼요. 결혼이 확실한 장래 전망을 열어줄 거라고 하셨지요."

"하지만 그럼 부친이 당신을 잃게 될 텐데요. 적어도 지금까지 도와드리던 일을 상당 부분 못하게 될 거예요. 자신의 독자적인 인생을 꾸려야 한다고 조언해준 것을 명심하세요! 만약 내가 오래전 젊은 시절의 친구인 추밀고문관님의 입장에서 생각해보면 당신이 분가하면 믿음직한 조력자이자 훌륭한 관리인을 잃게 되잖아요."

"분가는 전혀 생각해본 적이 없습니다." 아우구스트가 대꾸했다. "아버님께 불리한 쪽으로 바뀌는 것은 전혀 없으니 안심하셔도 됩니다. 아버님이 며느리를 맞는다고 해서 아들을 잃게 되지는 않습니다. 지금 예상으로는 3층에 있는 기존의 손님용 방들을 우리가 쓰게 될 것 같습니다. 그 방들은 프라우엔플란 가街를 내려다보는 전망이 아주 좋지요. 물론 오틸리에의 생활공간은 거기에만 한정되지는 않습니다. 그녀는 집안의 여주인으로서 아래층에 있는 접견실들도 관장할 겁니다. 이 집에서 드디어 안주인을 맞이하는 것도 저의 결혼을 바라 마지않는 중요한 이유 중 하나죠."

"이해해요. 그런데 어째서 내 마음이 오락가락하는지 얄궂네요. 조금 전까지만 해도 부친 쪽을 걱정하다가 또 금세 아들 쪽을 걱정하다니. 솔직히 말하면 당신이 잘되기를 바라는 내 소망이 온전한 소원 성취와는 다소 동떨어진 실망스러운 방식으로 이루어지고 있어요. 다름 아니고 부친을 안심시켜드리는 방식으로 진행되어서 그런 거예요. 내가 당신의 말을 제대로 이해했는지 모르겠는데, 선택된 여성한테서 언약을 받았나요?"

아우구스트가 대답했다. "이 결혼은 궁극적으로 이런저런 말이 필요 없는 경우라 할 수 있습니다."

"말이 필요 없다고요? 이런저런 말, 이런저런 말이라…… 이봐요, 당신은 이런저런 말이라고 함으로써 언약의 소중한 가치를 훼손하고 있어요. 이봐요, 언약이라는 것은 이런저런 말과는 전혀 다른 거예요. 언약은 최대한 심사숙고하고 아주 신중하게 헤아린 다음에야 가능한 거예요. 그러니 백년가약을 맺을 사람이 누구인지 찬찬히 따져보세요. 당신은 당신의 어머니일 수도 있는 이 늙은 여자한테 당신이 누군가를 사랑한다고 고백함으로써 깊은 감동을 주었어요. 그 여성도 당신을 사랑한다는 건 의심하지 않아요. 당신의 천성대로 쌓은 공로가 그 점을 가장 확실하게 보증해주고 있어요. 하지만 어머니의 입장에서 우려되는 의문은 과연 당신이 자신의 고유한 자질 때문에, 온전히 당신의 인격 자체로, 사랑받고 있는가 하는 거예요. 나는 젊은 시절에 부유하다는 이유로 구애를 많이 받는 처녀들의 심정을 헤아리려보다가 종종 소스라치게 놀라곤 했어요. 그런 여성들은 이 나라의 청년들 중에 마음에 드는 대로 선택할 수 있는 행복한 처지에 있지만, 그런 여성들에 대한 흠모가 과연 그들 자신을 향한 것인지 아니면 그들이 가진 돈 때문인지 확신할 수 없지요. 그런데 그런 여성이 사팔뜨기라거나 다리를 절거나 조금이라도 불구라거나 하는 등의 신체적 결함이 있다고 가정해보세요. 그러면 그런 불행한 여성의 마음속에 어떤 참담한 비극이 벌어질지 충분히 상상할 수 있지요. 상대방의 사랑을 믿고 싶은 마음과, 그런 마음을 갉아먹는 의구심 사이를 오락가락하는 비극이지요. 그런데 만약 그런 여성이 경솔하게도 자신의 부유함도 인격적인 자질이라 여겨서 설령 남자가 자신이 가진 돈을 좋아하더라도 그 돈은 내 것이니 나와 분리될 수 없고, 나의 신체적 결함을 보상해주는 셈이고, 결국 남자가 나의 신체적 결함에도 불구하고 나를 사랑하는 거라고 착각한다면…… 그런 생각만 해도 소름이 끼쳤어요. 아, 미안해요. 사실 그런 딜레마는 있을 수 없는 일이고 그저 생각만 해본 거예요. 소녀 시절에는 늘 불안과 동정심에서 막연히 그런 상상을 했는데, 고리타분한 고정관념일 뿐이지요. 그러다보니 지금도 그런 상념에 빠져서 괜히 수다를 떨었네요. 내가 그런 상념을 떠올리는 것은 단지 아우구스트 당신이 이 나라의 처녀들 중에서 마음대로 선택할 수 있는 풍족한 청년처럼 보여서 그래요. 당신은 그 정도로 행복하지만 또한 당신이 어째서 선택을 받는지, 나 자신의 자질 때문인지 아니면 나에게 덤으로 얹힌 자질 때문인지 따져봐야 할 사유도 너무 많지요. 이 귀여운 처자가…… 이런 무덤덤한 표현을 써서 미안해요. 당신이 그 젊은 여성을 생생하게 비유적으로 묘사해준 대로 인상이 박혀서 귀여운 처자라고 하는 거예요. 그리고 그 여성의 모습을 나 자신과 연결해서 딸 같고 자매 같다고 해서 마치 나 자신에 대해 말하듯 편하게 이런 어투로 말해도 되겠다 싶어서…… 미안해요, 그러고 보니 도대체 내가 무슨 말을 하는지도 잘 모르겠네요. 오늘은 정신적으로나 심정적으로 너무 긴장했어요. 돌이켜보면 이렇게 긴장했던 날도 없었던 것 같군요. 하지만 기왕 시작했던 얘기는 마무리를 해야겠어요. 요컨대 그 귀여운 처자가 당신의 집안배경과 무관하게 있는 그대로의 당신을 좋아하나요, 아니면 유명한 작가의 아들이라는 배경을 좋아하나요? 그러니까 워낙은 부친을 좋아했던 건 아닌가요? 이런 문제는 결혼 전에 신중히 따져봐야 해요! 당신의 어머니일 수도 있는 내 입장에서는 우려사항을 지적해주는 것이 당연한 의무이자 소임이지요. 당신 말대로라면 나는 그 귀여운 처자의 어머니일 수도 있으니까요. 당신 말대로 괴테가 결혼이 확실한 장래 전망을 열어줄 거라고 했다면, 그것은 어쩌면 한때 귀여운 처자였던—그래서 내가 당신의 어머니일 수도 있는 것이지만—내가 그의 마음에 든 적이 있다는 사실과 관련이 있을 수도 있어요. 아주 면밀히 따져봐야 할 문제는 과연 당신 자신이 그 여성을 좋아하는가, 아니면 결혼과 관련해서도 결국 당신은 부친의 대변인 내지 관리인 역할을 하고 있지는 않는가 하는 점이에요. 당신이 늠름한 청년 아르님을 좋아했고 친구로 사귀고 싶어했다면 그것은 당신의 마음에서 우러나온 것이고 바로 당신 자신의 문제, 당신 세대의 문제예요. 그런데 결혼 문제는 어쩐지 우리 노인네들 사이의 문제 같다는 느낌이 들어요. 그래서 걱정이 되는 거예요. 이런 말을 해서 뭣하지만, 노인의 입장에서 자신이 일찍이 단념하고 놓쳤던 것을 젊은이들이 만회해주고 실현해주길 바라서 성사되는 그런 결혼의 매력을 나도 모르지는 않아요. 믿어주세요. 하지만 이 결혼 문제는 매우 우려스러운 측면이 있다는 걸 거듭 지적하지 않을 수 없어요. 자매간의 문제일 수도 있으니까요……"

샤를로테는 망사 반장갑을 낀 손으로 눈을 지그시 눌렀다.

"아니에요." 샤를로테가 말했다. "미안해요. 이봐요, 이미 솔직히 털어놓은 대로 나도 내가 무슨 말을 하는지, 무슨 생각을 하고 있는지 자신이 없어요. 노인네의 말이려니 하고 양해해주세요. 거듭 말하지만 오늘 같은 날은 너무 무리한 요구가 잇달아서 정신을 차릴 수 없네요. 정말 현기증이 나요……"

마지막 몇분 동안 바른 자세로 꼼짝 않고 의자에 앉아 있던 아우구스트는 샤를로테가 이렇게 말하자 황망히 자리를 박차고 일어났다.

"아뿔싸, 제 잘못입니다." 그가 말했다. "저 때문에 너무 힘드셨군요. 제 잘못입니다! 우리는 아버님 얘기를 하고 있었는데, 그게 저의 유일한 변명거리죠. 아버님에 관한 얘기도 잘 풀어가기는 어려워도 그 얘기만 했더라면 이렇게 힘들어하시지는 않았을 텐데요…… 저는 이만 물러가겠습니다." 아우구스트는 손목으로 이마를 툭툭 치면서 말했다. "참, 제가 위임받은 일을 깜빡 잊고 물러설 뻔했습니다. 제가 부인께 부담을 드린 것이 정당화될 수 있는 유일한 용건인데 말입니다." 아우구스트는 정신을 가다듬고 몸을 살짝 앞으로 숙인 자세로 나직이 말했다. "저는 영광스럽게도 궁정고문관 부인께 아버님의 환영인사를 전해드리면서 바로 만나 뵙기는 어렵겠다는 유감의 말씀도 함께 전해드립니다. 아버님은 지금 왼쪽 팔의 류머티즘 때문에 거동이 다소 불편하십니다. 궁정고문관 부인과 리델 궁정재무관 부부 그리고 따님들을 모시고 다가오는 금요일에, 그러니까 사흘 후 2시 반에 아버님 댁에서 작은 범위의 손님들과 함께 점심식사를 하고자 하는데, 초대에 응해주신다면 영광과 기쁨으로 알겠습니다."

샤를로테는 다소 몸을 휘청거리며 일어섰다.

"기꺼이 그러지요." 샤를로테가 대답했다. "물론 저의 친지들이 그날 시간이 되면 말이에요."

"그럼 이만 물러가겠습니다." 아우구스트는 몸을 숙인 채 샤를로테가 악수의 손을 내밀기를 기다렸다.

샤를로테는 다소 몸을 휘청거리며 그에게 다가가서 구레나룻을 기른 청년의 곱슬머리를 손가락 사이로 잡고 그의 이마에 부드러운 입술로 입을 맞추었는데, 그가 그녀 쪽으로 몸을 숙이고 있어서 자세가 불편하지는 않았다.

"잘 가세요, 괴테." 그녀가 말했다. "내가 부적절한 말을 했다면 잊어버리세요. 내가 컨디션이 좋지 않아서 그런 거니까. 앞서 로즈 커즐 양과 리머 박사, 쇼펜하우어 양이 다녀갔고, 게다가 마거와 바이마르의 군중들까지 몰려왔는데, 모두들 내 근황에 대해 지나치게 관심을 갖는군요. 잘 가요, 내 아들. 사흘 후 점심때 가지요. 못 갈 이유가 없죠. 부친도 우리 독일기사단 관저에서 곧잘 함께 식사를 했으니까. 당신네 젊은이들끼리 서로 좋아하면 결혼하세요. 그게 부친을 위해서도 좋은 일이고, 위층 방에서 행복하게 사세요! 나는 결혼을 만류할 자격이 없어요. 하느님의 가호가 있기를, 괴테, 하느님의 가호가 있기를, 내 아들!"

7장

아, 사라지는구나! 변덕스럽게 주었다가 빼앗았다가 하는 데몬의 신호에 따르는 듯 저 깊은 곳의 즐거운 환영이 소멸하여 흔적도 없이 사라지고, 내가 두둥실 떠오르는구나! 너무나 매력적이었는데! 그런데 이제 무엇이 있지? 여기가 어디지? 예나? 베르카? 텐슈테트? 아니야, 저것은 바이마르의 침실에 있는 비단 누비이불, 집 안의 벽지, 초인종 줄이구나…… 어라, 불끈 솟았네?[1] 위풍당당하네? 장하구나, 영감! 이 쾌활한 노인네야, 그렇다면 너는 슬퍼할 이유가 없지…… 그런데 이 얼마나 경이로운 광경인가! 얼마나 근사한 팔다리인가! 비너스 여신의 가슴은 아름다운 사냥꾼 아도니스의 어깨에 탄력 있게 눌리어 있고, 턱은 그의 목덜미와 선잠으로 상기된 뺨에 살짝 기대어 있으며, 영묘한 가녀린 손길은 눈부시게

---

1 발기 상태를 가리킴.

건장한 팔뚝의 손목을 붙잡고 있구나. 아도니스는 저 팔로 비너스를 힘껏 끌어안으려 하고, 비너스의 예쁜 코와 입은 막 잠에서 깨어난 그의 입술에서 흘러나오는 향기를 맡으려 하는구나. 한쪽 옆에서는 큐피드가 화도 나고 신도 나서 활시위를 당기며 '오! 멈춰요!'라고 외치는 것 같고, 오른쪽에서는 영리한 사냥개가 이 광경을 지켜보며 뛰어다니는구나. 이 멋진 그림을 보노라면 내 가슴은 얼마나 벅차게 뛰었던가! 그런데 어디서 보았지? 어디였더라? 그렇지, 알레산드로 뚜르끼의 그림이지. 드레스덴 미술관에 걸려 있던 '비너스와 아도니스'지. 그래, 그들은 드레스덴 미술관이 소장한 그림들을 복원하려고 했지? 조심해, 애송이들아! 어설프게 서둘러서 얼치기들을 동원하면 망칠 수도 있으니까. 미술계는 워낙 얼치기들이 판을 치지. 제발 그런 자들은 귀신이 데려가라지. 그자들은 이 일이 얼마나 중대하고 소중한 줄도 모르고 어설프게 처리해. 제대로 해야 할 필요성도 모르는데, 그래서야 무슨 성과를 기대할 수 있겠나? 그자들에게 베네찌아에 있는 미술품 복원 학교에 관해 얘기해줘야지. 교장과 열두명의 교수들이 있는데, 엄청나게 까다로운 복원 작업을 위해 수도원에 갇혀서 지내지. 비너스와 아도니스…… '아모르와 프시케'라는 작품을 써볼 수도 있겠군. 사실 벌써 오래전부터 구상했는데, 선량한 지인들 가운데 한 사람이 내가 작품 준비를 명했다는 걸 이따금 상기시켜주지. 그런데 어떻게 시간을 내야 할지는 말해주지 않아. 내 집의 '황색 홀'에 걸려 있는 도리니의 '아모르와 프시케' 동판을 다시 자세히 들여다보면 신선한 영감을 얻을 수 있겠는데, 그러고는 다시 뒤로 미루겠지. 기다리고 미루는 게 좋아. 그러면 작품이 점점 더 좋아지니까. 나의 은밀한 독창적인 생각은 아무도 훔쳐가지 못하니까. 나보다 먼저 시도한 사람도 없고, 아무도 똑같은 작품을 쓰고 있지는 않아. 소재라는 게 뭐야? 소재는 길거리에 널려 있지. 그런 소재를 가져다 쓰라니까, 애송이들아. 굳이 내가 선물해줄 필요도 없지. 쉴러한테는 '빌헬름 텔' 소재를 선물해주었더니 신성한 사명감에 들떠서 의기양양하게 선동극을 만들었지. 내가 구상했던 '빌헬름 텔'은 온건하고 현실적인 측면을 부각하고 반어적 요소가 강한 서사시였지 헤르쿨레스적 민중이나 통치 문제와는 아무런 상관도 없고, 폭군도 온 나라의 여자들과 재미나 보는 느긋한 성격의 인물이지. 가만있자, 지금이라도 제대로 써볼 수 있겠는데, 헥사메타[2] 운율을 구사하면 『여우 라이네케』나 『헤르만과 도로테아』보다 더 원숙하고 대사도 더 통일되겠어. 성숙, 성숙. 성숙하면서 영예를 확장해가는 동안에는 아직 젊은 거야. 우리의 존재를 멋지게 확장한 지금 단계에 '아모르와 프시케' 집필에 착수해야겠어. 고도의 능력을 갖춘 연륜과 깊은 경험을 축적한 품위에다 젊은 여성의 키스까지 받으면 너무나 경쾌하고 사랑스러운 작품이 탄생하지. 작품이 나오기 전까지는 얼마나 멋진 작품일지 아무도 모르는 거야. 스탠자[3]는 어떨까? 아, 그런데 일이 계속 밀려오니 그 모든 걸 다 할 수는 없고, 어떤 것은 포기해야지. 보나 마나 종교개혁 300주년 기념 깐따따도 중도에 포기할 테지? 시나이 반도에 천둥이 울리고…… 고적한 광야에 아침 안개가 자욱하고, 거기까지는 분명해. 전운이 감도는 목자들의 합창은 『판도라』[4]에서 사용한 기법을 활용하면 되겠어. 오매불망 사랑하는 여인 술라미트는 멀리 떨어져 있고…… 솔로몬의

---

2 6운각의 시구.
3 각운이 있는 8행 시구.
4 괴테의 미완성 희곡.

사랑이 무르익는 낮과 밤, 여기가 유일하게 마음에 들어. 이 대목이 확실히 흥미를 끌 거야. 하지만 중요한 것은 솔로몬이고, 숭고한 가르침, 정신적인 문제야. 백성들이 늘 그걸 오해해서 솔로몬은 고독감에 빠지고 영혼의 수난과 엄청난 고통을 겪지만, 결국 다시 위안을 얻고 강해지지. 늙은 이교도인 내가 그들 모두를 합친 것보다 더 많은 것을 기독교에서 취한다는 걸 알게 될 거야. 그런데 음악은 누가 작곡하지? 누가 조언을 해줄까? 작품이 나오기도 전에 과연 누가 이해해주고 칭송해주겠어? 조심해, 이렇게 낙담하다가는 자칫 의욕을 잃고 말겠어. 하지만 그대들이 어떻게 격조 있게 그날을 기리게 될지 두고 보라고! 쉴러가 아직 살아 있다면! 그는 여러 해 전에 우리 곁을 떠났지, 벌써 10년이 흘렀구나.[5] 그가 아직 살아 있다면 자극해주고 격려해주고 재치 있게 고무해줄 텐데! 그대들이 어리석게도 연극공연 문제로 나를 힘들게 하는 바람에 『데메트리우스』[6]를 대충 내던져주지 않았던가! 그 작품을 완성하려 했는데, 완성했더라면 모든 극장에서 성대한 추모공연을 할 수 있었을 텐데! 너희들 탓이야. 너희들이 멍청하게 시시한 문제를 물고 늘어지는 통에 나는 격분해서 포기했고, 너희들이 최후의 일격을 가해서 그를 두번 죽인 꼴이야. 나는 최대한 정확한 통찰을 바탕으로 그의 삶을 작품으로 길이 남기려 하다가 포기했으니까. 나는 얼마나 불행했던가! 다른 사람들의 잘못 때문에 너무나 불행했어. 열정이 앞서는 바람에 내가 오판한 걸까? 나 자신의 내밀한 소망과 솔직한 본심이 몰래 방해했을까? 외적인 장애를 핑계로 삼아 손을 내려놓고 혼자서 속만 끓였던가? 만약 내가 먼저 죽었더라면 그 친구

<hr>

5 쉴러가 사망한 해는 1805년.
6 쉴러의 미완성 희곡.

가 능히 『파우스트』를 완성할 수도 있었을 텐데. 아뿔싸! 유언장도 챙겨주었어야 했는데! 정말 참담한 고통이었고, 앞으로도 고통으로 남을 거야. 고약한 좌절, 끔찍한 패배였어. 그 끈기 있는 친구도 이 모든 일을 수치로 여기며 영면하겠지.

지금이 몇시지? 밤중에 깨어났나? 아니, 덧문 틈새로 정원 쪽에서 희미한 빛이 비쳐드는군. 7시쯤 되었겠네. 규칙과 계획대로 해야지. 데몬이 그 아름다운 광경을 지워버린 게 아니고, 어김없이 7시면 기상하는 내 의지가 하루 일과를 시작하라고 재촉하는군. 무의식의 비옥한 골짜기도 깨어 있었네. 사랑에 빠진 비너스를 눈이 휘둥그레져서 의아해하면서도 이해한다는 듯 바라보던 잘 훈련받은 사냥개처럼. 어라, 저놈은 생김새가 병약한 성聖 로쿠스를 위해 자기 주인의 빵을 훔쳐왔다는 성聖 고트하르트의 개와 똑같네. 오늘은 로쿠스 축제 기행문에 농부들의 세시속담을 적어넣어야겠어. 노트가 어디 있지? 왼쪽 책상서랍에 있군. "4월에 가뭄 들면 농사꾼 한숨짓네. 풀벌레 울어대면 포도나무 새싹 돋네." 한편의 시로군. 그리고 곤들매기의 간 이야기도 있지.[7] 아득한 옛적부터 전해오는 주옥같은 지혜의 보고寶庫야. 아, 민중의 삶이란! 전승이 풍부하고, 친밀감을 주고, 이교도적인 요소도 뒤섞인 자연 그대로의 삶, 무의식과 회춘의 비옥한 골짜기야! 그들과 함께 있을 때면, 그들에게 둘러싸여 함께 새 사냥을 하거나 우물가 축제를 할 때면 얼마나 신났던가! 그때 빙겐[8]에서 장막 아래 길쭉한 테이블에 앉아서 포도주를 마셨지! 고기 삶는 냄새, 빵 굽는 냄새, 이글거리는 숯불에 쏘시지 굽는 냄새가 진동했지! 그들은 길 잃은 오소리를 잡아서 피

---

7 곤들매기 간의 앞부분이 가늘고 뾰족하면 겨울이 춥고 길다는 속설을 가리킴.
8 프랑크푸르트 서쪽에 있는 라인 강변의 소도시.

흘리는 짐승을 얼마나 무자비하게 교살했던가! 게다가 신성한 기독교 축제일에! 인간은 말짱한 정신을 오래 지탱하지 못해. 이따금 다시 무의식으로 도피해야만 하지. 인간의 삶은 무의식에 뿌리를 내리고 있으니까. 철칙이지. 그런데 작고한 쉴러는 그걸 이해하지 못했고, 아예 무시했지. 투병 중에도 당당했고, 의식만 추구한 정신 귀족이었지. 자유만 추구했던 위대하고 감동적인 바보였어. 그래서 사람들은 그 친구를 허황되게 민중의 벗이라 여겼지. (나는 귀족들의 졸개로 통했고.) 하지만 그는 민중을 전혀 이해하지 못했고, 독일정신도 이해하지 못했어. 어쩌면 그래서 내가 그를 좋아했는지도 몰라. 독일인들이 승리하든 패배하든 간에 그는 그들과 함께 호흡하지 않았고, 섬세하고 예민하게 순수한 입장을 취하며 냉정한 거리를 유지했으니까. 그는 그들 무리에 섞여들지 못했고, 언제나 오히려 부드러운 심성으로 신분이 낮은 사람들한테 동류의식을 느끼며 그들을 가까이했고, 결국 구세주의 품에서 고매한 정신적 존재로 추앙받았지. 그래, 그는 구세주와 닮은 점이 많은데, 나도 깐따따 작품에서 구세주의 뜻을 제대로 새겨볼 생각이야. 그러면서도 그는 어린아이처럼 야무진 생각으로 꾀 많은 사업가가 되려는 야심도 있었지. 어린아이처럼? 아니, 그는 너무 남자다웠어, 부자연스러울 정도로 지나치게 남자다웠어. 정신과 자유만 추구하고 의지로만 똘똘 뭉쳐 있는 순전한 남성성은 자연의 이치에 어긋나니까. 그는 여자 앞에서는 완전히 숙맥이었거든. 그의 작품에 나오는 여자들은 정말 우스꽝스럽지. 관능미는 섬뜩한 자극처럼 취급되거든. 끔찍해, 끔찍해, 견디기 힘들어! 그렇긴 해도 역시 비상한 재능을 타고났지. 드높은 기상과 대범한 상상력, 선善에 대한 정통한 지식을 갖추었고, 온갖 허접한 글쟁이들보다 월등하지. 유일하게 나와 대등하고 나와 친화성이 있어. 그 친구를 따라올 작가는 이제 다시 보지 못할 거야. 몰취미한 소재도 고상한 취향으로 가공할 줄 알고, 아름다움에 대한 확고한 식견이 있고, 온갖 기량을 당당히 발휘하고, 언변이 경쾌하고 잘 가다듬어져 있고, 믿기지 않을 정도로 여하한 상황에도 구애받지 않고 자유를 예찬했지. 하나를 들으면 열을 이해했고, 너무 재치 있게 답을 했지. 자기 자신을 성찰하고, 자신을 깨우치고, 언제나 자신을 비교하고, 지겨울 정도로 비판적인 주장을 했지. 그래, 아무렴, 사변적 정신과 직관적 정신, 그 두가지가 적절히 조화되어야 독창적으로 되는 것이지. 아무렴, 자연스러움을 모르는 정신, 오로지 남성성으로만 똘똘 뭉친 정신도 천재일 수 있고, 그래서 나와 뜻이 맞았고 생각이 통했다는 게 중요해. 그는 나와 대등한 위대한 시인이 되길 열망했고, 또한 가난에서 벗어나기 위해 1년에 한편씩 드라마를 써야만 했지. 하지만 외교적 수완이 능한 출세주의자여서 호감이 가지 않았어. 내가 그를 좋아한 적이 있던가? 전혀. 그의 황새걸음, 붉은 머리, 주근깨, 병색이 도는 창백한 얼굴, 꾸부정한 등, 매부리코가 마음에 들지 않았어. 하지만 눈은 평생 잊지 못할 거야. 부드러우면서도 대범한 인상을 주는 심청색 눈, 구세주의 눈이지…… 그리스도와 사변가. 내가 그를 얼마나 불신했던가! 그가 나를 이용하려 한다는 걸 알아챘지.『호렌』이라는 잡지를 창간하고서『빌헬름 마이스터의 수업시대』를 잡지에 연재하려고 나한테 교묘한 편지를 보내왔는데, 나는 낌새를 알아차리고 몰래 웅거 출판사와 계약을 맺었지. 그러고는 또『파우스트』를『호렌』에 연재해서 코타 출판사에서 내려고 관심을 보였는데, 정말 짜증스러웠어. 내가 이딸리아 여행을 다녀온 이후로 객관적인 스타일을 구사하는 것이 무엇을 뜻하는지 그 친구만 유일하게 간파했거든. 내가 이전과는 달라졌고 원숙해졌다는 걸 틀림없이 알았던 거야. 정말 지겨웠어. 내 뒤를 따라다니며 재촉했지. 그에겐 시간 여유가 없었으니까. 하지만 때가 무르익어야 나오는 법이지. 충분한 시간을 가져야 해. 시간을 존중하고 부지런히 시간을 채우기만 하면 시간은 곧 은총이 되어 차분히 호의를 베풀어주지. 시간은 조용히 배려해주고, 신탁神託처럼 중재를 해주지…… 나는 끈기 있게 기다리고, 시간이 내 주위를 맴도는 거야. 물론 그 친구가 아직 살아 있다면 더 바쁜 시간을 보내겠지. 그가 떠나간 이후로 『파우스트』에 관해 누구와 상의한단 말인가? 그는 내 모든 고민을, 일체의 난관과 해결책도 파악했지. 그는 비상하게 재치 있고, 인내심을 갖고 기다리면서도 자유로웠어. 시적 분위기를 해치는 진지함에서 벗어나 대담한 농담을 펼치는 장면⁹을 대범하게 전적으로 이해해주었지. 헬레나가 등장한 이후로 그는 요괴와 괴물을 잘 정제해서 고대 그리스적 아름다움과 비극을 만들어내고 순수한 것과 모험적인 것을 잘 결합하면 과히 나쁘지 않은 상상불허의 진기한 작품이 탄생할 수도 있겠다고 위로의 말을 해주었으니까. 그는 헬레나 장면을 읽었고, 그 첫 부분의 3음보 시행을 직접 듣고 깊은 감명을 받았다고 했으니, 그의 말을 격려로 삼아야지. 그는 쉴 새 없이 분주한 케이론¹⁰처럼 헬레나 장면을 잘 파악하고 있었지. 케이론에게 헬레나에 관해 물어봐야지. 내가 모든 어휘에 고대 그리스 정신을 한껏 불어넣어 완성한 원고를 낭송하자 그는 가만히 들으면서 미소를 지었지.

---

9 『파우스트』 2부를 가리킴.
10 그리스 신화에 나오는 켄타우로스족으로, 의술 등이 뛰어난 현명한 인물.

관자놀이엔 청춘의 곱슬머리 출렁이지만
나는 많은 걸 체험했다네!
(………)
먼지구름 일으키며 몰려드는
전사들의 함성 사이로
신들의 무서운 외침 소리 들었지
불화의 여신 에리스의 쇳소리가
싸움터를 가로질러 성벽을 울렸지![11]

　그러자 그는 미소를 짓고 고개를 끄덕이며 "멋집니다!"라고 했지. 그걸로 인정받은 셈이니 안심이 돼. 더 손댈 필요가 없겠어. 그가 멋지다고 했으니까. 그가 미소를 짓자 나도 미소를 지을 수밖에 없었고, 나의 낭송은 미소가 되었지. 아냐, 그가 멋진 장면에 미소를 지은 것은 독일식이 아니야. 독일인은 그러지 않아. 독일인이라면 분해서 가만히 지켜보겠지. 문화란 패러디인데, 사랑과 패러디인데, 그걸 모르니까…… 합창대가 아폴로의 '형안'을 가리킬 때도 그는 또 고개를 끄덕이며 미소를 지었지.

하지만 나와서 모습을 드러내 보여라
아폴로 신께서는 추한 것을 보시지 않지만,
그분의 성스러운 눈길이
그늘을 보시지 않듯이.[12]

11 『파우스트』 2부 8697~06행.
12 『파우스트』 2부 8740~43행.

이 부분도 마음에 들었던 거야. 그의 생각과 일치하고, 그의 취향을 그대로 대변하니까. 그런데 그다음에 부끄러움과 아름다움은 서로 의좋게 어울리지 않는다는 구절[13]에 대해서는 이의를 제기하면서 잘못 표현한 거라고 나무랐지. 아름다움이란 부끄러움을 아는 거라고. 내가 어째서 그러냐고 물었더니 그가 대답하길, 아름다움은 욕망을 불러일으키는데, 그 욕망은 아름다움이 표현하는 정신적인 것과 충돌한다는 걸 의식하기 때문이라고 했지. 그래서 내가 말하길, 욕망은 부끄러운 것이라고들 하지만, 어쩌면 욕망이 정신적 욕구를 표현한다는 걸 생각해보면 그렇지 않을 수도 있다고 했지. 우리는 함께 웃었지. 이젠 그렇게 함께 웃을 수 있는 사람도 없어. 그는 이 대목에서 내 주장에 수긍했지. 내가 이 작품을 성공적으로 마무리할 비결을 알고 있고, 이 작품 기획에 필요한 온갖 제재를 일관되게 엮어줄 고리를 알고 있다고 믿었기 때문이지. 그는 모든 걸 알고 있었어. 파우스트가 활동적인 삶으로 나아가야 한다는 것도 알고 있었지. 하지만 말은 쉬워도 행동은 어려운 법이지. 그런데 그 친구가 이런 시도는 나에게 생소하다고 생각했던 걸까? 하지만 아직 모든 게 막연하고 어린아이 꿈처럼 몽롱했던 당시에도 나는 파우스트가 루터의 성경 번역을 '말씀' 대신에 '의미'와 '힘'과 '행동'으로 고쳐 번역하도록 하지 않았던가.[14]

그래, 그만하면 됐어! 오늘 할 일이 뭐더라? 기운 차리고 즐겁게 일해야지!

13 『파우스트』 2부 8754~56행.
14 신약성서 요한 복음서 1장의 "한처음에 말씀이 계셨다"라는 구절을 가리킴. 『파우스트』 1부 1224~37행 참조.

일어나 활동하자

그늘에서 편안히 쉬었으니

다시 분주한 생활로 돌아가

의무를 다해야지, 아, 얼마나 신나는가!¹⁵

딸랑딸랑.¹⁶ 이것은 『파우스트』의 축소판이라 할 『마술피리』의 한 장면이지. 이 작품에서 호문쿨루스¹⁷와 아들¹⁸은 아직 한 몸으로 유리 상자 속에 갇혀 있는…… 그런데 무슨 일이 있었지? 오늘 할 일이 뭐더라? 이런 젠장, 고약한 물의를 일으킨 『이시스』지 필화 사건에 대한 소견서를 대공 전하를 위해 써야 하는군. 역겨운 노릇이야. 나도 모르게 자꾸만 잊어버리네! 이제 다시 낮도깨비가 설치는군. 포이크트 재상 각하의 생신 축시 초안도 써야지. 이런, 27일이 생신이니 바로 써서 정서를 해야겠네. 아직 많이 진척되지 않아서 몇줄밖에 안되는데, 그중 한 구절은 쓸 만하지. '자연은 결국 스스로 이치를 드러내지 않는가?' 좋아, 들어줄 만해. 내가 쓴 티가 나. 이 정도면 여타의 모든 생일 축시 잡동사니보다 낫겠어. 물론 이 시도 다른 수많은 생일 축시와 마찬가지로 그래 봤자 그저 조금 나은 잡동사니가 되겠지. 그저 '시적 재능'으로 모임의 흥을 돋우면 되는 거지. 사람들이 기대하는 건 그거야. 아, 시적 재능이라, 사람들은 그런 게 시적 재능이라 생각하지만, 무슨 얼어죽을 시적 재능이야. 스물네살에 『젊은 베르터의 고뇌』를 썼고, 그러고서 44년

---

15 괴테의 미완성 가극 대본 『마술피리』 667~70행.

16 초인종 소리.

17 『파우스트』 2부에 등장하는 인조인간.

18 『마술피리』에 등장하는 타미노와 파미나의 아들.

을 더 살아서 이만큼 성숙했는데, 그사이에 시의 차원을 뛰어넘어 더 원대하게 성숙하지 못했단 말인가! 아직도 나의 재능이 시에만 만족하는 그런 시절인 줄 착각하는 건가! 물론 제화공은 신발 만드는 일에만 전념해야. 제화공이라면 당연히 그래야지. 그런데 사람들은 내가 시에 충실하지 않고 이런저런 호사에 매달려서 인생을 허비하고 있다고 입방아를 찧지. 그런데 시는 호사가 아니라고? 진지한 일은 전혀 다른 곳에 있고, 말하자면 전체를 관장하는 일이라고? 누가 그따위 소리를 하지? 멍청한 헛소리, 멍청한 헛소리야! 그 얼간이들은 위대한 시인이란 무엇보다 '위대한' 인간이고 그다음에 비로소 시인이라는 걸 몰라. 시인이 시를 쓰든, 에르푸르트에서 나를 접견했던 나뽈레옹처럼 전투를 하든 간에, 둘 다 완전히 똑같은 거라고. 나뽈레옹은 입가에 미소를 머금고 게슴츠레한 눈으로 내 등 뒤에서 내가 알아들으라고 일부러 크게 말했지. "여기에 한 인간이 있다"라고. "여기에 한 시인이 있다"라고 하지 않았어. 그런데 멍청한 자들은 『서동시집』은 위대하고 『색채론』은 위대하지 않다고 생각하지……

　빌어먹을, 무슨 일이 벌어졌지? 어째서 지나간 일이 또 생각나지? 파프라는 교수가 『색채론』을 논박하는 책을 냈지. 멍청하게 파프가 뭐야.[19] 그자가 내 『색채론』을 논박하는 발칙한 책자를 나한테 보내왔지. 파렴치하게 그런 걸 내 집으로 보내다니, 주제넘게 물고 늘어지는 독일 근성이야. 그런 자들은 사회에서 매장하라고 해야겠어. 내 문학작품에 대해서도 험한 주둥이로 욕설을 퍼부었으니 학술적 연구라고 욕하지 못할 이유가 없겠지. 이피게니에를 누더

---

19 파프는 성직자라는 뜻임.

기가 될 때까지 에우리피데스 작품의 인물과 비교했고, 타소도 짓뭉갰고, 외제니[20]도 "대리석처럼 매끈하고 대리석처럼 차갑다"고 입방아를 찧으며 비참하게 만들었지. 쉴러도, 헤르더도, 수다쟁이 스딸 부인도 그랬지. 허접한 인간들은 말할 것도 없고. 다이크는 허접한 글쟁이였지. 그자의 이름을 안다는 사실, 그자를 떠올리는 것 자체가 치욕이야. 15년 후면 아무도 그자를 모를 거고, 완전히 죽은 개처럼 취급하겠지, 하긴 벌써 죽긴 했지만. 하지만 나는 그자를 모를 수가 없어, 같은 시대를 살았으니까…… 그런 자들이 감히 내 작품을 평가하다니! 감히 아무나 평가해도 되나. 금지해야 해. 내 생각에 그건 경찰이 알아서 할 일이지. 오켄 교수의 『이시스』지가 그런 경우야. 그런 자들이 감히 함부로 시비를 따지는 소리를 듣고서도 도대체 어떻게 내가 지방의회[21]를 지지하고, 선거권과 언론 자유를 지지하고, 루덴 교수의 『네메시스』지, 『전독일 학생회보』, 민중의 벗을 자처하는 빌란트의 『필리우스』지 따위를 지지하길 바라는 거야. 정말 혐오스러워. 대중은 싸움터에서나 존중받는 것이지, 그들이 감히 판단을 하려 들면 볼썽사나워. 원고를 쓰면 일단 감춰야겠어. 일단 감춰두는 게 상책이야. 어째서 성급하게 출판해서 대중의 수중에 넘겨준 거지? 나 혼자 갖고 있는 작품만 사랑할 수 있지. 구설수에 올라 더럽혀졌는데 어떻게 계속 써나갈 수 있겠어? 『사생아』를 아주 이상한 방식으로 더 쓸 수도 있었지만, 아무리 그러고 싶어도 그자들한테 호재를 만들어주고 싶지는 않았지. 그자들을 즐겁게 해주고 싶은 마음도 있었지만, 결코 즐길 위인들이 아

---

20 희곡 『사생아』의 여주인공.

21 원래 귀족·성직자·도시 대표자로 구성된 신분대표자의회. 1816년부터 작센－바이마르 공국에서도 귀족·시민·농민 대표자의회로 성격이 변화되었다.

니야. 농담도 모르는 불평분자들이고, 인생이 뭔지도 모르지. 따뜻한 마음과 너그러움이 없으면 인생에서 아무것도 남는 게 없고, 하느님께 선처를 빌며 너그럽게 눈감아줘야 인생이 유지될 수 있다는 걸 모르지. 인간사를 도와주는 사랑이 없으면, 인간사를 고양해주는 지극한 열정이 없으면 대체 모든 인간사가 무슨 소용이 있고, 업적을 쌓고 시를 써봐야 무슨 소용이 있어? 역겨운 오물 덩어리일 뿐이지. 그런데도 그자들은 당당히 나서서 절대적인 것을 요구하고, 당연히 그럴 권리가 있는 듯이 굴지. 흥을 깨는 빌어먹을 놈들. 멍청할수록 주둥이를 험하게 놀리지. 그런데도 늘 다시 자기 작품을 그자들한테 돌리면서 '마음에 들기 바란다'며 신뢰를 갖지.

불쾌한 생각으로 상쾌한 아침 기분을 잡쳐서 짜증이 나네. 전반적인 몸 상태가 어떻지? 팔 상태는? 구부리니까 꽤 아프네. 푹 자고 나면 호전될 거라고 늘 생각은 하지만, 이젠 잠도 치유력이 없으니 그냥 내버려두는 수밖에. 그리고 허벅지의 습진은? 아침 문안 인사라도 하듯이 바로 증상이 느껴지는군. 피부도 관절도 말을 안 들어. 아, 다시 텐슈테트 유황온천에 가고 싶군. 예전에는 이딸리아가 그리웠는데, 이젠 뻣뻣해지는 사지를 풀어주는 따뜻한 온천수가 그리워. 나이가 들면 이렇게 소원도 바뀌고 기가 꺾이지. 인간이란 이렇게 쇠락하게 마련이지. 그런데 이렇게 쇠락하고 나이가 든다는 건 무척 신기한 일이야. 우리를 즐겁게 해주는 영원한 자비의 섭리로 사람은 느긋하게 상황에 적응하고, 상황도 사람한테 맞춰져서 결국 사람이 상황과 일치하고, 사람은 상황의 산물이 되고 상황도 사람의 산물이 되지. 나이가 들면 노인네가 되어서 매사를 호의를 가지고 보지만, 건방진 젊은이들을 경멸하게 되지. 다시 젊어져서 그때처럼 건방지게 굴어보고 싶나? 그때는 건방지게 『젊은 베르터의 고뇌』를 말도 안되게 순식간에 썼는데, 물론 그 나이에는 그럴 수 있지. 하지만 그러고서 인생을 살면서 나이가 드니까 비로소 너무 서두르면 넘어진다는 걸 알겠더군. 진짜 영웅정신은 꿋꿋이 견디는 것이고, 죽지 않고 살겠다는 의지야. 그래서 위대함이란 나이가 들어야 가능한 거야. 젊은이는 천재일 수는 있어도 위대할 수는 없지. 위대함은 권력과 지속적인 영향력을 확보한 노년의 정신에서나 가능해. 권력과 정신을 겸비하는 것은 노년에나 가능하고 그게 위대함이지. 사랑도 바로 그런 거야! 노년의 정신적 사랑의 힘에 비하면 청춘의 사랑은 아무것도 아니지! 젊은이가 젊은이를 사랑하는 건 풋내기들의 잔치일 뿐이지. 노년의 위대함이 아리따운 젊은 여성을 사랑으로 선택하고 막강한 정신의 감정으로 그녀의 섬세함을 장식해줄 때 젊은 여성이 느끼는 아찔한 쾌감에 비하면 아무것도 아니지. 인생경험이 풍부한 위대한 연륜이 젊은이의 사랑을 받을 때 과시하는 장밋빛 행복에 비하면 아무것도 아니야. 영원한 자비에 감사해야지! 모든 것이 더 아름다워지고, 더 분명히 의식되고, 더 의미심장해지고, 더 강력해지고, 더 장엄해지는 거야. 앞으로도 계속 그러길!

이게 바로 자기갱신이라는 것이지. 수면이 해내지 못하는 걸 사유가 해내는 거야. 이제 초인종으로 카를을 불러서 커피를 가져오라고 해야지. 몸을 따뜻하게 하고 기운을 차리기 전까지는 하루 일과를 가늠할 수 없고, 오늘 일진이 어떨지, 무슨 일을 하고 싶은지 제대로 알 수 없지. 조금 전까지만 해도 빈둥거리고 침대에 드러누워서 만사를 되는대로 내버려두려고 했는데. 파프라는 자 때문에 그랬지. 그자들은 물리학의 역사에 내 이름을 올리는 걸 못마땅해했지. 하지만 나는 마음을 가다듬고 다시 기운을 차렸고, 청량음료를 마시면 더 기운이 나겠지…… 아침마다 초인종 줄을 잡아당길 때면 금도금한 손잡이가 어울리지 않는다는 생각이 들어. 이 기이한 사치품은 수도원 같은 정신적 분위기가 나고, 수심에 잠긴 은둔자의 동굴 같은 여기 침실보다는 세속적인 접견실에나 어울려. 여기에 살림을 차리라고 하길 잘했어. 조용한 소왕국, 진지한 정신의 왕국이지. 며느리를 위해서도 잘됐어. 뒤채가 그 아이 자신과 남편한테 맞춤한 휴식처라는 걸 알게 될 테니까. 나 자신의 휴식처이기도 하지. 물론 이유는 다르지만. 가만있자, 그때가 1794년 여름이었지. 전하께서 하사해주신 이 집을 개축하고 다시 입주한 지 2년 후, 광학 연구에 몰두하던 시기였지. 이런, 실수했네, 전문가 나리들. 물론 광학이 아니고 단지 색채론만 연구했지. 측정술도 잘 모르는 내가 어떻게 감히 광학을 다루며, 어떻게 감히 뉴턴을 반박하겠어. 하지만 뉴턴은 허황되고 수상한 사기의 대가요, 학교에서나 통하는 오류의 수호자야. 그는 천상의 빛을 비방하면서 어두운 색들을 합치면 가장 순수한 빛깔이 나온다고, 가장 밝은 색은 그보다 어두운 모든 요소들로 합성된다고 주장했지. 고약한 얼간이, 고집스러운 사이비 교사, 세상을 무지몽매에 빠뜨리는 자야! 그런 자는 완전히 몰아내야 해. 그런데 나는 흐린 매질을 이해했어. 가장 투명한 색채 자체도 흐림의 1등급이며, 색채는 약화된 빛이라는 걸 발견했고, 바로 그 대목에서 색채론의 가닥을 잡았고 초석을 놓았지. 스펙트럼 문제도 더이상 장애가 되지 않았어. 프리즘도 흐린 매질이야! 지금도 기억나. 뉴턴의 이론을 논박하기 위해 벽을 하얗게 칠한 방에서 프리즘을 눈앞에 대고 관찰했지. 벽은 여전히 하얀색으로 보였고, 바깥의 연한 회색빛 하늘에는 전혀 어떤 색채의 흔적도 없었는데, 다만 명암이 교차하는 곳에서 색채가 생겨나서 창살이 너무나 다채롭게 빛났지. 바로 그 대목에서 뉴턴을 이긴 거야! 그래서 그의 이론은 틀렸다고 처음으로 혼잣말을 했지! 나는 기뻐서 어쩔 줄 몰랐어. 사람의 턱 속에 앞니를 지탱해주는 악간골顎間骨이 있다는 걸 발견했을 때도 그랬지. 바로 그런 방식으로 나는 자연과 훌륭히 소통해왔고, 부인할 수 없는 명확한 사실을 발견했던 거야. 그런데 과학자들은 그걸 인정하려 하지 않았고, 지금은 또 색채론도 인정하려 하지 않아.[22] 행복하면서도 괴롭고 쓰라린 시절이었지. 그들은 정말 나를 부담스러워했고, 고집스러운 불평분자 취급을 했지. 나는 악간골과 식물 변형론을 통해 자연이 나를 거절하지 않고 자연의 작업실을 거듭 들여다볼 수 있게 해준다는 것을 입증했는데도 말이야. 그런데도 과학자들은 이런 일은 내 소관이 아니라 여기고, 인상을 찌푸리고 어깨를 으쓱하고 역정을 내지. 나를 분란분자로 취급했지. 앞으로도 계속 그러겠지. 그들은 겉으로는 나한테 안부인사를 하면서도 죽을 때까지 나를 미워할 거야. 하지만 제후들은 달랐어. 제후들은 나의 새로운 열정을 존중해주고 후원해주었지. 공작 전하께서는 늘 후의를 베풀어주시고, 나의 통찰을 계속 탐구할 수 있도록 곧바로 작업공간과 여가를 제공해주셨지. 고타의 에른스트 공작 전하와 아우구스트 왕세자께서도 후원해주셨지. 공작 전하께서는 왕실 물리실험실에서 실험을 할 수 있게 해주셨고, 왕세자께서는 색수차色收差가 없는 근사한 합성프리즘들을 영국에 주문해서 보내주셨지. 정말 훌륭한 주군들이야. 그런데 옹졸한 서생들은 나를 무슨 돌팔이 불평분자 취급하며 내치지. 하지만 전하께서는 에르푸르트에 계시면서도 나의 모든 실험을 자애로운

22 괴테가 악간골을 발견한 것은 1788년이고, 이를 학계에서 공인한 것은 1831년임.

호기심으로 지켜보셨고, 당시 내가 보내드린 논문을 영광스럽게도 손수 메모까지 하면서 읽으셨지. 그분들은 딜레땅띠슴을 이해하셨기에 그러셨던 거야. 좋아서 하는 일은 고상한 것이고, 그래서 고매한 사람은 애호가가 되는 것이지. 반면에 자기들끼리 모여서 직업으로 하는 전공은 모조리 천박해. 딜레땅띠슴이 중요해! 속물들 같으니라고! 딜레땅띠슴이 데몬적인 것, 천재성과 아주 친화성이 있다는 걸 너희들이 알기나 해? 딜레땅띠슴은 무엇에도 얽매이지 않고, 사물을 신선한 눈으로 보게 해주거든. 대상을 있는 그대로 순수하게 보게 해주지. 종전에 해오던 방식대로 우매한 대중의 눈으로 보는 게 아니야. 우매한 대중은 자연현상이든 도덕 문제든 간에 사물을 언제나 이미 다른 사람이 설명해놓은 모양새로만 보지. 나는 문학에서 출발하여 예술로 나아갔고, 다시 예술에서 과학으로 나아갔지. 그래서 나에겐 건축과 조각과 회화가 광물학, 식물학, 동물학과 다름없었어. 그렇다면 내가 딜레땅뜨인 거야. 나는 이 상태가 마음에 들어! 나는 젊은 시절에 슈트라스부르크 대성당을 보고서 이 성당의 탑이 원래는 다섯개의 첨탑으로 마무리할 구상이었다는 걸 간파했고, 설계도가 그걸 입증해주었지. 나는 자연에서도 그런 직관적 통찰을 하지 않았던가? 만물의 원리는 같은 거야. 통일성을 체득한 사람은 그런 원리를 이해하고, 그 자신도 자연에 속하니까 자연이 그런 사람에게 속내를 드러내는 것이지……

주군들, 그리고 쉴러. 그 친구도 고결한 사람이었지, 머리부터 발끝까지. 비록 고결함을 자유와 동일시하긴 했지만. 그에게도 천재의 자연스러움이 있었어. 비록 자연을 부당하게 깔보긴 했지만. 그래, 그 친구는 내가 하는 일에 관심과 믿음을 보여주었고, 언제나 성찰하는 힘으로 자극을 주었지. 내가 색채론의 역사에 관한 최초의 구상을 보내주자 그는 이것이 과학사의 상징이요 인간의 사유를 다룬 소설이라는 걸 대범한 혜안으로 간파했지. 18년의 작업 끝에 그 작품이 나왔다. 아, 그 친구는 내 작품을 알아봤고 이해했어. 그는 고도의 지적 능력과 안목, 약동하는 정신의 소유자였으니까. 그가 아직 살아 있다면 내가 우주의 역사에 관해 집필할 수 있도록 자극을 줄 텐데. 자연에 관한 종합적인 역사를 써야만 하는데. 나는 일찍부터 지리학으로 시작해서 그걸 쓰고 싶었거든. 내가 아니면 과연 누가 할 수 있겠어? 이 모든 걸 하겠다고 말하지만 막상 모든 걸 다 할 수는 없지. 내 인생을 보장해주기도 하고 빼앗기도 하는 공무가 있으니까. 자애로운 자연이여, 제발 나에게 시간을 다오. 그러면 무엇이든 할 수 있을 텐데. 젊은 시절에 누군가 나한테 이런 말을 한 적이 있지. 내가 마치 120살이나 살 것처럼 덤빈다고. 자애로운 자연이여, 나에게 그런 시간을 다오. 그대가 부릴 수 있는 시간 여유를 그만큼만 다오. 그러면 내가 기꺼이 이루고 싶은 일을 다른 사람들 몫까지 해낼 테니까……

22년 동안이나 이 방을 지켜왔지. 서류가 점점 불어나서 책장이 필요해서 소파를 밖으로 치우고 에글로프슈타인 시종장 부인이 선물해준 팔걸이의자를 침대맡에 들여놓은 것 말고는 아무것도 바뀐 게 없어. 바뀐 거라고는 그게 전부야. 하지만 늘 똑같은 이 방에서 얼마나 많은 일이 벌어졌던가. 작업을 하고, 작품이 탄생하고, 힘든 일을 치렀지. 하느님이 인간에게 이런 노역을 시키다니! 내가 정직하게 전력을 기울여왔고 앞으로도 그러리라는 것은 하느님도 아실 테지. 하지만 시간이 훌쩍 지나갔어. 지난 시간을 생각하면 언제나 피가 끓어오르지! 22년의 세월 동안 무슨 일이 일어났고, 그 세월이 그사이에 우리에게 무엇을 가져다주었던가. 그 세월은 거의 한 사람의 일생이라 할 수 있는 삶이었지. 시간을 철저히 관리해야지! 단 한시간, 단 1분도 놓치지 말아야 해! 시간은 감시하지 않으면 슬그머니 달아나거든. 도마뱀처럼, 요정처럼 감쪽같이 매정하게 달아나지. 매 순간을 신성하게! 매 순간을 의식적으로 정직하고 품위 있게 채움으로써 매 순간에 밝은 기운을, 의미와 무게를 실어야 해! 매일 장부에 기장하고, 모든 지출 내역을 산정해야 해! 시간을 아끼는 것은 인색함의 유일한 미덕이야. 음악도 있지. 음악은 정신을 맑게 하는 데는 해로워. 하지만 음악은 시간을 관리하고, 늘리고, 시간에 아주 독특한 의미를 부여하는 마술이야. 젊은 빌레머 부인이 「신과 무희」[23]를 노래 불렀지만, 사실은 부르지 말았어야 해. 거의 그녀 자신의 이야기니까. 그녀가 「그 나라를 아시나요」[24]를 노래 부르자 나는 눈물이 나왔고, 너무나 사랑스러운 그녀도 눈물을 흘렸지. 내가 선물해준 터번과 숄로 치장하고서. 그녀와 나, 우리는 기쁨의 눈물을 글썽였지. 그 영리한 여성은 노래를 부른 그 고운 목소리로 이렇게 말했지. 노래를 부르면 시간이 정말 더디게 가고, 짧은 시간에 너무나 다채로운 사건과 체험을 겪게 돼요! 귀 기울이다 보면 긴 시간도 순식간에 흘러가거든요! 시간의 길고 짧음이란 대체 뭘까요? 나는 그녀의 통찰을 한껏 칭찬해주었고, 진심으로 그녀의 견해에 동의했지. 그리고 이렇게 말해주었지. 사랑은 잠시 머물고 음악은 영원하다고. 그리고 그 비슷한 허튼소리를 했지. 그러고서 '7인의 잠자는 성인'에 관한 성담과 「죽음의 무도」를 낭송해주었고, 그다음에 "오로지 내 마음만이 영원하리라"[25]는 시를 낭송

---

23 괴테의 담시.
24 『빌헬름 마이스터의 수업시대』에서 미뇽이 부르는 노래.
25 이하 인용은 『서동시집』에 수록된 시들의 한 구절.

해주자 그녀가 "결코 그대를 잃지 않겠어요"라는 노래로 화답해주었지. 그다음에 "여주인이여, 말해보오, 무엇을 그리 속삭이는지"를 낭송했고, 마지막으로 "아침놀의 날개를 타고/나 그대 입술로 끌려들면"을 낭송했지. 보름달이 뜬 한밤중이었어. 알베르트[26]는, 아니 빌레머는 잠들었지. 양손을 가슴에 올려놓고 포갠 채로. 그 선량한 친구가 속은 거지. 우리는 밤 1시가 되어서야 헤어졌지. 나는 너무 들떠서 부아스레를 데리고 발코니로 나가서 촛불을 켜고 색채 그림자에 관한 실험을 보여주었지. 그녀가 자기 방의 발코니에서 우리 얘기를 엿들을 거라는 걸 익히 알았지. "보름달 밤에 그대들을 맞이하는 것이/신성하다고 그대들은 칭송했지."[27] 그런데 이제 비서가 밖에서 기다릴 시간이 되었군. 들어오게!

"편히 주무셨습니까, 각하."

"그래, 자네도 잘 잤나. 어서 앉게. 자네도 별일 없나, 카를."

"감사합니다, 각하. 저는 별일 없습니다. 각하께서는 편히 쉬셨는지요?"

"그럭저럭. 그런데 자네가 들어올 때 이상하게 다시 예전 습관대로 자네가 마치 슈타델만[28]인 것 같은 착각이 들었어. 여러해 동안 여기서 일했던 카를 말이야. 자네는 그 친구의 이름을 물려받았지. 하지만 카를이라고 부르니까 정말 이상하게 들려. 그러니까 내 말은 자네 본래 이름은 페르디난트인데."

"저는 조금도 이상하지 않습니다, 각하. 저희 같은 사람은 이런 일에 익숙합니다. 프리츠라는 이름으로 불리기도 했거든요. 한동

---

26 『젊은 베르터의 고뇌』에 등장하는 샤를로테의 남편.
27 『서동시집』 수록 시의 한 구절.
28 1814~15년, 1817~24년에 괴테의 비서였음.

안은 바티스타라고 불리기도 했답니다."

"저런! 굴곡이 심한 인생을 살았구나. 바티스타 슈라이버라고? 하지만 내가 붙여준 이름은 버리지 말게, 카를. 자네는 이 이름을 빛내고 있어. 글씨를 반듯하게 잘 쓰니까."

"황송합니다, 각하. 언제든지 분부만 내리십시오. 침상에서 일어나시자마자 구술하실 게 있으십니까?"

"아직은 잘 모르겠다. 우선 목부터 축이자꾸나. 그보다 먼저 창문 덧문부터 열어봐. 날씨가 어떨지 보게. 새로운 하루가 어떨지. 내가 늦잠을 잔 것은 아니겠지?"

"전혀 아닙니다, 각하. 7시가 막 넘었습니다."

"넘었다고? 누워서 이런저런 생각에 빠져서 그랬구나. 그런데 카를?"

"무슨 용무이신지요, 각하?"

"오펜바흐에서 보내온 비스킷은 재고가 넉넉한가?"

"예, 각하. '넉넉하다'는 기준이 무엇인지요? 얼마나 오래 먹을 수 있느냐는 뜻입니까? 며칠 동안 먹을 만큼은 넉넉합니다."

"자네 말이 맞아. 내 말이 썩 적절한 표현은 아니지. 그런데 내가 강조한 것은 '재고'야. '며칠' 먹을 분량은 재고라 할 수 없지."

"그렇습니다, 각하. 재고가 거의 떨어졌다고 해야겠습니다."

"그래, 이제 알겠지? 다시 말해 재고라고 하기엔 충분치 않아."

"맞습니다, 각하. 역시 각하께서 가장 잘 아십니다."

"그래, 이야기를 하다보면 결국 대개는 그렇게 되지. 그런데 재고가 다 떨어져가고 바닥이 보이면 안되지. 그렇게 되도록 방치하면 곤란해. 언제나 마음껏 먹을 수 있도록 미리 대비해야지. 미리 대비한다는 것은 매사에 아주 중요해."

"정말 옳은 말씀입니다, 각하."

"이제 의견이 일치하니 기쁘네. 그러면 프랑크푸르트에 있는 쇠핀 슐로서 부인한테 편지를 써서 새로 보내달라고 해야겠다. 한 상자 꽉 채워서. 나한테 오는 우편물은 통과세가 없거든. 잊지 말고 편지를 부치도록 상기시켜주게. 나는 오펜바흐에서 만든 비스킷을 아주 좋아해. 이 시간에 맛있게 먹을 수 있는 유일한 요깃거리지. 자네도 아는지 모르겠지만 갓 구운 비스킷을 먹으면 노인들은 기분이 좋아져. 바삭바삭하기 때문인데, 바삭바삭하다는 건 딱딱하다는 말도 되지만, 잘 부서지기 때문에 잘 씹힌다는 말도 되지. 그래서 젊은이처럼 딱딱한 것을 잘 씹을 수 있다고 착각하는 거야."

"하지만 각하께서 굳이 그런 착각까지 하실 필요가 있겠습니까. 마음껏 드실 수 있다면 실례지만 그것만으로도 좋을 텐데요."

"그래, 자네는 그렇게 말하는군. 아, 덧문을 잘 열었어. 신선한 공기가 들어오는군. 상쾌한 아침공기가 감미로운 처녀의 숨결처럼 다정하고 친근하게 살랑살랑 불어오는구나. 매일 아침마다 새롭게 천상의 기운이 느껴져. 밤사이에 노인이든 젊은이든 우리 모두에게 세상은 다시 젊어지는 거야. 흔히 젊음은 오로지 젊은이의 것이라고들 하지만, 젊은 천성이 거침없이 노년까지 유지되기도 하지. 그래서 젊은 천성을 즐길 수 있다면 나는 젊은 것이요, 젊은이 이상으로 젊은 것이지. 왜냐하면 젊은이는 젊음을 제대로 이해하지 못하니까. 노년에야 비로소 젊음을 제대로 이해해. 노인이 노인끼리만 어울린다면 끔찍할 거야. 노인으로만 지내야 하고, 젊음의 세계에서 배제된다면…… 그런데 날씨가 어떤가? 흐린 편인가?"

"다소 흐린 편입니다, 각하. 해가 가렸고, 여기저기 드물게 맑은 하늘이……"

"잠깐. 먼저 건너가서 기압계를 확인하고, 창문 바깥에 걸려 있는 온도계도 확인하게. 잘 살펴봐야 해."

"바로 살펴보겠습니다, 각하. 기압은 722밀리미터이고 바깥 기온은 13도입니다."

"어디 보자. 그러면 대류권 상태를 가늠할 수 있겠어. 실내로 불어오는 바람이 상당히 습한 것 같은데, 서남서풍이겠네. 팔의 류머티즘 통증도 습한 날씨와 관련이 있지. 구름의 양은 5 내지 6 정도이고 뿌옇게 덮인 안개가 일찌감치 강우로 바뀔 조짐이 농후해. 그런데 구름으로 봐서는 이제 바람이 강해지는군. 구름이 어제저녁처럼 상당히 빨리 북서쪽에서 몰려오는데, 상층구름을 흩뜨려서 날려갈 기세야. 아래쪽 대기층에는 뭉게구름이 길게 이어져 있는데, 맞지? 상층에는 여기저기 파란 하늘 사이로 가벼운 새털구름과 햇무리구름 그리고 털쎈구름이 보이네. 대충 맞지?"

"정확합니다, 각하. 상층의 털쎈구름은 문자 그대로 빗자루로 쓸어간 듯합니다."

"내 짐작에는 상층구름은 동쪽에서 오고 하층구름은 서쪽에 머물러 있긴 하지만 뭉게구름은 앞쪽으로 이동하다가 점차 소멸할 거고, 그 대신 아주 근사한 양떼구름이 줄과 열을 지어서 형성될 걸세. 정오 무렵에 날이 갰다가 오후에는 다시 흐려지겠어. 갰다 흐렸다 하는 변덕스럽고 불안정한 날씨야…… 가만있자, 기압 상태에 따라 구름 모양을 예측하는 방법도 완전히 터득해야 하는데. 예전에는 대기의 움직임에 별로 관심을 갖지 않았는데, 지금은 어떤 학자가 이 문제에 대해 두툼한 책까지 썼고 근사한 전문용어집도 냈지. 나도 약간은 기여를 했는데, '구름벽'[29]이란 용어를 만들어냈다네. 계속 모양이 바뀌는 불안정한 형태의 구름을 가리키는 말인데, 그런 구름이 어떤 종류에 속하는지 정확히 분류할 수 있지. 사물을 명명하고 체계화하는 것이야말로 지상에서 인간의 특권이지. 인간이 사물을 호명하는 순간 사물은 말하자면 인간 앞에 고개를 숙이는 것이지. 이름이 곧 권력이야."

"제가 받아적어야 하지 않을까요, 각하? 아니면 혹시 벌써 리머 박사님께 그런 말씀을 하셔서 박사님이 받아적었습니까?"

"아, 무슨 소리야, 그렇게 긴장할 필요 없네."

"하지만 하나도 놓쳐선 안됩니다, 각하. 아무리 방대한 내용을 개진하시더라도 말입니다. 구름에 관한 책이 나란히 놓여 있는 것을 봤습니다. 각하께서 그 모든 분야에 신경을 쓰시다니 그저 놀라울 따름입니다. 각하의 관심분야는 가히 우주적이라 할 수 있습니다."

"멍청한 놈, 대체 어디서 그런 말을 주워들었나."

"정말입니다, 각하. 그런데 이제 제가 예쁜 솔나방 애벌레가 뭘 하는지, 먹이를 먹고 있는지 한번 살펴봐야 하지 않을까요?"

"그 애벌레는 더이상 먹지 않아. 이미 충분히 먹었거든. 먼저 야생 애벌레가, 그다음에는 내가 실험실에서 관찰하는 애벌레가 먹기를 그쳤어. 벌써 고치를 짓기 시작했지. 구경하고 싶으면 보게. 누관으로 섬유액을 뽑아내는 걸 분명히 볼 수 있지. 애벌레가 번데기가 되면 고치가 완성되지. 그렇게 탈바꿈이 진행되어 고치 안에서 영혼을 가진 생명체가 살짝 빠져나와서 애벌레 시절에 먹었던 만큼 짧고 경쾌한 나방의 삶을 사는 것을 보게 되면 놀라울 거야."

"예, 각하, 자연의 경이죠. 그럼 이제 구술을 해주시겠습니까?"

"그래, 해야지. 대공 전하를 위해 그 괘씸한 잡지에 대한 소견서

---

29 태풍이나 뇌우를 동반하는 먹구름의 바깥층.

를 작성해야지. 여기 있는 서류들을 좀 치워주고, 내가 어제 준비해둔 메모장과 연필을 주게."

"여기 있습니다, 각하. 각하께 사실대로 말씀드리자면 서기 욘 씨가 벌써 와서 시키실 일이 있는지 여쭤보라고 했습니다. 저야 계속 여기 남아서 소견서를 받아쓰는 일을 할 수 있다면 정말 기쁘겠습니다. 사서한테는 기상하신 후에 시키실 일이 많으실 테고……"

"그래, 여기 남아서 준비를 하게. 욘은 언제나 찾지 않아도 오지. 대개는 지각을 하는데도 그렇게 느껴져. 그 친구는 다음 차례로 미루지."

"진심으로 감사드립니다, 각하."

정말 편안한 사람이야. 용모도 괜찮고, 가까이서 나를 보좌하는 일을 하거나 시중을 들 때면 매너가 세련되지. 나한테 듣기 좋은 말도 계산해서 하는 게 아니고 ─ 혹은 계산은 아주 적고 ─ 진심 어린 충정에서 하는데, 천성이 정에 굶주려서 그래. 허영심도 약간 섞여 있긴 하지. 마음이 섬세하고, 싹싹하고 감성적이고, 여자를 좋아하지. 보아하니 돌팔이 의사한테 몰래 치료를 받고 있는 것 같은데, 텐슈테트 온천에서 성병을 옮아온 거야. 내 짐작이 맞는다면 내보내야겠어. 이 친구와 이야기를 해야겠네. 아우구스트한테 맡길까. 아니, 아우구스트는 안되고, 궁정의사 레바인한테 맡겨야지. 사창가에서 어떤 청년이 한때 사랑했던 아가씨와 마주친다. 한때 그 아가씨는 온갖 방식으로 청년을 노예처럼 다루며 괴롭혔고, 이제 청년이 그 앙갚음을 하는 거지. 호된 질책으로. 유쾌하고도 강렬한 인상을 주는 작품이 되겠는걸, 다름 아닌 최상의 형식으로. 아, 자유롭고 재기 넘치는 사회에서 살 수만 있다면 얼마나 강렬하고 독특한 작품을 내놓을 수 있을까! 그런데 어째서 예술이 고리타분한 고려사항들 때문에 본래의 자연스러운 대범함을 구속받고 제한받는단 말인가! 하지만 어쩌면 이런 상황이 오히려 좋은지도 모르지. 예술이 적나라하게 드러내지 않고 적절히 감추면서 여기저기서 예술 본연의 발칙함을 한순간에 드러내어 경악과 매혹을 선사한다면 은밀하게 막강한 힘을 발휘하고 그만큼 더 두려움과 사랑을 받는 것이니까. 잔인함은 사랑의 요체이고, 그런 점에서는 남자나 여자나 거의 같지. 쾌락의 잔인함, 배은망덕의 잔인함, 무심함과 속박과 학대의 잔인함. 그뿐인가, 고통을 즐기고 잔인함을 기꺼이 감내하는 것도 마찬가지야. 그밖에도 대여섯가지 도착증이 더 있지. 이런 게 도착증이라면 말이야. 하지만 도착증이라 하면 도덕적 편견일지도 모르지. 어떻든 그런 도착증들이 화학적으로 결합해서 굳이 다른 첨가물을 넣지 않아도 사랑이 만들어지는 거야. 사랑스러운 사랑이 온갖 혐오스러운 요소로 만들어지고, 가장 밝은 빛깔이 이루 말하기 힘든 온갖 어두운색으로 만들어지는 셈인가. 빛이 가장 어둡다? 그럼 뉴턴이 옳다는 건가? 하긴 그가 뭐라고 했든 간에 어떻든 '유럽 사상사를 다룬 소설'[30]이 나왔지.

게다가 일찍이 빛이 어디서나 매일같이 사랑으로 인해 야기되는 그런 허다한 과오와 무질서와 혼란을 초래했다고 말할 수는 없고, 우리에게 불가결한 존재인 존엄한 분을 악의적인 공격대상으로 노출시키는 결과를 초래했다고 말할 수도 없지. 오켄이란 사람은 카를 아우구스트가 중혼重婚을 하고 소실한테서 자녀를 얻었다고 감히 주군을 통치권역 안에서 공격했지. 그를 자극하면, 그저 자극만 하면 과연 그가 주군의 가족관계에 대한 공격을 주저할까? 주

---

30 쉴러가 괴테의 『색채론』을 일컬은 말.

굳게 숨김없이 이해시켜드려야 해. 잡지를 폐간시키는 것만이, 외과수술 방식으로 잘라내는 것만이 유일하게 합리적인 치유책이라는 걸 가르쳐드려야 해. 질책과 위협은 안 통해. 위엄 있는 지방검사장이 주장하듯 검찰이 나서서 그 발칙한 모반자를 법률로 기소하는 건 더더욱 곤란해. 머리 좋은 친구한테 싸움을 걸려고 하다니, 순진하기는. 차라리 가만히 있는 게 좋아. 뭘 몰라. 그자는 글로 표현한 것만큼이나 언변도 능숙하고 발칙해. 설령 그자가 순순히 소환에 응한다 하더라도 반박문을 낼 거야. 검찰이 그의 반박문을 방어하는 실력보다 그의 논변이 훨씬 더 뛰어나겠지. 그럼 결국 그자를 경찰서에 집어넣든지 아니면 그자가 승리해서 내보내주든지 선택해야 하지. 문필가를 꼬맹이 학생처럼 혼내주는 것도 아주 부적절하고 언짢은 일이야. 나라에도 아무런 도움이 안되고 문화에도 해를 끼치지. 그자는 머리가 좋고 업적도 많아. 나라의 기강을 무너뜨린다면 그 수단을 빼앗아야지. 마침표를 찍는 거야. 자숙하고 앞으로는 더 공손해지라고 위협을 가해선 안돼. 그건 얼룩무늬 표범한테 얼룩무늬를 지우지 않으면 벌주겠다고 하는 것과 진배없어! 대담무쌍한 발칙함은 그 본성상 속박에 개의치 않는데, 대체 어떻게 자제하고 공손해지겠어? 지금까지 해오던 방식대로는 안하더라도 은근히 비꼬는 반어적 수법을 구사하면 속수무책이지. 순진한 사람들은 정신의 지략을 몰라. 어정쩡한 조치로 그가 세련된 어법을 구사하게 만들면 그자만 덕을 보지 이쪽은 아니야. 만약 그자가 교묘한 언변을 구사할 경우 그자의 술책을 몰래 파헤치는 일이 과연 당국의 위신에 어울리는 걸까! 스핑크스의 수수께끼에 오이디푸스가 당하는 격이지! 그럼 창피해서 쥐구멍에라도 숨고 싶을걸. 모반죄로 기소한다는 건 말도 안돼! 그자를 법정에 세우겠다고 하는데, 과연 무슨 죄목으로 가능하지? 반역음모라고 하겠지. 도대체 어떻게 반역음모지? 모든 시민들이 지켜보는 공론매체에 버젓이 글을 발표한 게 어떻게 반역음모야? 치안질서 운운하며 머리 좋은 파괴분자와 겨루기 전에 당신들 머릿속 질서나 바로잡으라고! 그자는 당신들이 보낸 기소장에 소견을 달아서 인쇄한 다음에 공탁할 테고, 자기가 발표한 글의 내용이 낱낱이 사실이라는 걸 증명하겠지. 사실을 말했다는 이유로 처벌할 수는 없을 테니까. 그리고 이 분열된 시대에 이 사건을 믿고 맡길 수 있는 법정이 대체 어디 있나? 대학과 재판정에도 이 죄인과 똑같이 혁명정신에 고취된 자들이 버티고 있잖아? 그자가 무죄선고를 받고, 심지어 칭찬까지 받고 법정에서 나가는 꼴을 보고 싶은 건가? 그럴 바에는 아예 주군께서 내밀한 사생활 문제를 뒤숭숭한 시대 분위기에 휩쓸리는 재판정에서 판결해달라고 직접 의뢰하는 편이 차라리 낫지! 이건 절대로 법으로 다툴 문제가 아니고, 법정으로 가져가면 안돼. 여론이 시끄럽지 않게 경찰 선에서 조용히 다루어야 해. 잡지 발행인은 완전히 무시하고, 인쇄업자를 압박해서 대리책임을 물어 잡지 인쇄를 금지해야 해. 악을 조용히 근절하는 거야. 보복을 하면 안돼. 정말 자력으로 보복하자는 말도 나오는데, 그런 말을 입에 담는 것 자체가 얼마나 끔찍한지 모르는 거야. 질서를 유지한답시고 그런 허튼짓을 하면 이 시대의 만행을 부추기고, 거친 무리들이 설치도록 멍석을 깔아주는 격이지. 오켄 교수는 그래도 학계에서 빛나는 역할을 수행할 자격이 있는 사람인데, 우매한 무리들이 자극을 받아서 그런 사람에게 마구잡이로 채찍질을 해대고 잔혹행위를 자행하지 않을 거라고 과연 누가 장담할 수 있겠나? 하느님께 맹세하건대 그건 안돼. 나의 소견서가 좀 격하긴 하지만 도움이 될 거야!

"카를, 받아적었나?"

"예, 각하."

"대공 전하의 어명을 제 힘이 닿는 한 최대한 신속하고 정확하게 수행하고자 언제라도 저의 으뜸가는 의무를……"

"죄송하지만 조금 천천히 말씀해주십시오, 각하!"

"어떻게 해봐, 이 굼뜬 친구야! 요령껏 약어로 적으라고. 못하겠으면 욘을 불러야지."

"등등. 대공 전하의 충직한 신하 괴테 삼가 아룀. 이만하면 초안은 됐어. 내가 표시한 부분은 모두 지워. 일단 잠정 수정본으로 정서를 해두게. 아직 마무리되지 않았어. 아직 표현이 격하고 구성도 좀 엉성해. 정서를 마무리해서 다시 나한테 가져오면 표현을 좀 누그러뜨리고 구성을 다듬어야지. 읽기 쉽게 정서해. 가능하면 점심 전까지. 이제 일어나야겠어. 더이상 편지 구술은 못하겠어. 오전에 할 일이 잔뜩 있는데 시간을 너무 많이 잡아먹었어. 할 일이 태산인데, 매일 조금씩 처리해야지. 한낮에는 마차가 필요해, 알았지? 마차 관리실에 일러두게. 비구름은 안 생길 것 같으니 비가 오지는 않겠군. 건축감독관 쿠드라이 씨와 함께 공원에 가서 새 건축공사를 시찰할 예정이야. 그 양반한테 함께 식사를 하자고 해도 되겠네. 치게자어 씨도 초대해도 좋아. 점심 메뉴가 뭔가?"

"거위구이와 푸딩입니다, 각하."

"거위 속에 밤을 많이 넣어. 그래야 포만감이 생기거든."

"그렇게 전하겠습니다, 각하."

"어쩌면 미술학교 교수 한두 사람이 더 올지도 몰라. 학교의 일부를 에스플라나데 가에서 수렵관 건물로 옮길 예정이야. 내가 그

일의 감독을 맡았지. 여기 잠옷을 받아서 의자 위에 걸쳐두게. 이발할 시각이 되면 초인종을 울리겠네. 이제 가도 좋아. 아니, 카를! 늦은 아침을 10시 전까지는 준비하게. 1분이라도 늦으면 안돼! 식힌 자고새 요리에다 마데이라 포도주를 한잔 가득 채워서 준비하게. 강심제가 몸에 들어가야 온전히 사람 구실을 할 수 있지. 아침 커피는 머리를 맑게 하고, 가슴을 따뜻하게 하는 데는 마데이라가 제격이지."

"물론입니다, 각하. 시를 위해서는 그 둘 다 필요하지요."

"이제 그만 물러가거라!"

신성한 물이여, 차갑고 순수한 물은 태양열로 빚은 청량제 포도주에 못지않게 신성하도다! 물에게 축복을! 불에게 축복을! 강인하고 변함없는 마음에도 축복을! 이른 것, 만물처럼 순수한 것, 근원적인 것, 오래가도 닳지 않는 섬세함을 날마다 새롭게 진기한 모험으로 체험하고 싶어하는 변함없는 항심이여! 유쾌하고 힘차게 변함없는 항심을 가꾸어주는 섬세함에 축복을! 오직 그런 섬세함만이 문화를 만들고 위대함을 만들지. 여기에는 물고기들이 오글거리고, 저기에는 새들이 승천하는구나.[31] 멋진 장면이었지. 새들이 승천한다는 구절은 제법 그럴싸한 재담이었어. 사람들은 하늘을 우러르는 눈길이라는 말을 하는데, 나는 어리석은 열광에 빠져서 경건한 체한답시고 조롱받는 이 유행어를 살짝 비틀어서 삶의 모습을 생생하게 보여주는 유쾌하고 대범한 비유를 구사했지. 기발한 착상이 어떤 것인가를 보여주는 데 도움이 될 거야…… 물이

---

31 괴테의 미완성 희곡 『판도라』의 한 구절.

여, 넘쳐흘러라! 대지는 요지부동이니! 대기여, 빛이여, 쏟아져내려라! 드디어 불길이 타오르는구나 ─ 이미 『판도라』에도 나오는 원소들의 축제인데, 그래서 축제극이라 명명했지. 『파우스트』 2부의 발푸르기스의 밤 장면에서는 이 축제를 더 고양된 형태로 새롭게 도입해야지. 삶이란 곧 고양이니, 이미 지나간 삶은 쇠약해지니까 강인한 정신력으로 지나간 삶을 다시금 되살려야 해. 4대 원소여, 그대들 모두에게 축복을! 이 구절은 맞춤하게 됐어. 신화와 생물의 세계가 어우러진 이 무용극의 결말부 합창에 넣어야지. 경쾌함, 경쾌함…… 예술이 추구하는 최고의 궁극적 효과는 우아함의 감정이야. 골똘한 사색의 산물인 숭고함은 곤란해. 쉴러처럼 아무리 빛나도 숭고함은 결국 비극적으로 소진되고, 도덕의 산물일 뿐이야! 심오한 감성은 미소로 번지는 법이지…… 심오한 감성은 은근히 우러나와서 예술에 정통한 사람에게 환하게 모습을 드러내는 거야. 예술의 비의秘儀란 그런 것이지. 보통 사람들에겐 오색찬란한 형상으로 보이지만, 그 이면에 아는 사람만 간파하는 비밀이 숨어 있지. 친구여,[32] 그대는 민주주의자였기에 경솔하게도 수많은 사람들에게 지고의 예술을 제공해야 한다고 믿었지. 고결하지만 단순한 발상이었어. 대중과 문화는 서로 어울리지 않아. 문화라는 것은 지고의 예술에 관해 은근히 미소로 소통하는 소수정예의 몫이야. 예술이 장난기 어린 패러디를 구사하여 터무니없이 발칙한 것을 지극히 품위 있는 형식으로 표현하고 심각한 것도 가벼운 농담으로 표현할 때는 의미심장한 미소로 화답하는 법이지……

나는 목욕 스펀지를 오래전부터 사용했지. 만물의 근원인 물의

----

32 쉴러를 가리킴.

촉촉한 느낌을 몸에 착 감기는 부드러운 털의 촉감으로 느끼게 해주는 편안한 물건이야. 인간이 되기까지는 오랜 시간이 걸릴지니.[33] 가녀린 영혼마저도 박탈당한 기이한 생명체여,[34] 너는 대체 무슨 연고로 태어났으며 어떻게 음식물을 소화해서 성장하려 하느냐? 게다가 에게 해 한가운데서? 비너스의 무지개 빛깔 조개 옥좌에 감히 네가 끼어들 자리라도 있더냐?[35] 땀구멍에 밴 물기에 흠뻑 젖어 시야가 흐린 내 눈으로 보기에도 넵투누스[36]의 개선행렬이로구나. 해마海馬와 해룡海龍, 바다의 우아한 미녀들, 네레이데스[37]와 뿔을 내지르는 트리톤[38]이 요란스레 물을 튀기며 갈라테아[39]의 오색찬란한 수레를 에워싸고 해상왕국을 누비는구나…… 목욕은 좋은 습관이야. 스펀지를 목뒤에 대고 물기를 짜서 흘려내리면 온몸이 튼튼해지지. 쏟아져내리는 찬물에 몸이 움찔해도 기분 좋게 참고 숨을 고르면 되지. 예전에는 팔의 신경통이 견딜 만하면 겁 없이 강물에 뛰어들기도 했지. 바보처럼 멋대로 굴던 젊은 시절에는 밤이 되면 강물에 풍덩 뛰어들어 길게 기른 머리에서 물이 뚝뚝 떨어져서 야간산책을 하는 시민이 도깨비를 본 듯이 화들짝 놀라곤 했지. 무한한 존재인 신들은 그들이 총애하는 인간들에게 모든 것을 온전히 베풀어주시지. 이슥한 달밤에 일름 강[40]에서 나올 때면 온몸에 생

---

33 『파우스트』 2부에서 고대 자연철학자 탈레스가 인조인간 호문쿨루스에게 하는 말. 『파우스트』 2부 8326행 참조.
34 호문쿨루스를 가리킴.
35 『파우스트』 2부 8144~49행 참조.
36 바다의 신.
37 해신 네레우스의 딸들.
38 넵투누스의 아들.
39 바다의 요정.
40 바이마르를 끼고 흐르는 강.

기가 돌고 순수한 황홀감을 피부로 느끼면서 나 자신에게 마냥 도취되어 은빛 허공을 향해 뭐라고 말을 걸곤 했지. 그렇게 목덜미에 물을 들이부으면 갈라테아의 얼굴로 변용했던 거야. 영감과 착상, 아이디어는 신체적 자극과 건강한 흥분, 순조로운 혈액순환의 선물이야. 안타이우스⁴¹처럼 자연원소와 접촉해서 얻은 선물이지. 정신은 생명의 산물이고, 생명은 정신 속에서 진정한 삶을 영위하는 거야. 정신과 생명은 서로에게 의지하지. 서로에게서 삶의 자양분을 얻는 거야. 사상이 삶의 기쁨을 얕보고 자만하면 아무것도 되지 않아. 중요한 것은 기쁨이고, 자기만족은 사상을 시로 승화시키지. 물론 기쁨에도 배려가, 정의를 위한 배려가 따라야지. 사상이란 삶에 대한 배려이기도 하니까. 그렇게 보면 정의라는 것은 배려와 기쁨의 합작품인 셈이지. 기쁨이 쾌활한 천성의 원천이야…… 일체의 진지함은 죽음에서 유래하는데, 다시 말해 죽음에 대한 외경심이지. 하지만 죽음의 두려움에 굴복하면 참신한 생각이 나올 수 없어. 삶이 제대로 돌아가지 않으니까. 그러면 누구나 절망에 빠져서 파멸하지. 하지만 절망도 존중해야 하는 법! 절망이 곧 최후의 사유가 될 테니까. 정말 절망이 영영 최후의 사유일까? 생기를 잃은 정신의 암흑 같은 절망 속에도 언젠가는 더 높은 삶의 기쁨이 한줄기 빛으로 비쳐들 거라는 믿음이야말로 경건한 신심이지.

정신은 세상 먼지에 휩쓸려 사라지는 게 아니야…… 경건한 체하는 자들만 없으면 경건함이 마음에 들 텐데. 멍청한 자들이 자만에 빠져서 경건함을 기고만장한 시류로 떠벌리고 발칙하게 젊은 세대를 부추기지만 않았어도 경건함 자체는 좋은 것이지. 신앙

---

41 대지의 기운으로 괴력을 발휘했다는 전설의 거인.

의 신비를 조용히 희망과 믿음으로 경배하는 것이니까. 경건한 체하는 신세대, 신세대의 신앙, 신세대의 기독교 따위는 아니야. 온갖 위선, 극성맞은 애국주의와 결탁하고, 적개심과 맹신으로 똘똘 뭉친 허세와 결탁하여 불길한 세계관을 떠벌리는 풋내기들이지…… 그래, 하긴 우리도 한때는 기고만장했지. 젊은 시절 슈트라스부르크에서 헤르더와 함께 구세대에 맞섰지. 당시 나는 에르빈[42]과 그가 지은 성당을 예찬했지. 나는 당시 유행하던 유약해빠진 예술론에 아랑곳하지 않고 그 성당의 의미심장한 투박함과 개성을 단호하게 옹호했지. 그때는 우리가 고딕 양식을 꽤나 숭배했으니까 지금 중세를 숭배하는 젊은 세대가 그걸 알면 얼씨구나 좋아하겠지. 그래서 나는 그 글을 숨기고 작품집에서 제외했지. 나한테 호의를 가진 선량한 친구이자 믿음직스럽고 현명한 줄피츠 부아스레가 먼저 경각심을 일깨워주어서 그 글을 누락시켜서 없던 걸로 하자고 제안했지. 그렇게 해서 과거의 전통을 되살리려 했던 나 자신의 젊은 시절을 바로잡았던 거야. 고위층의 후의와 나 자신의 타고난 행운 덕분에 불쾌하고 위협적인 일도 나에겐 극히 섬세하고 공정한 형태로, 인류에 합당한 명예로운 형태로 다가왔지. 쾰른의 선량한 친구 부아스레는 품위 있는 교회예술과 민속예술에 정통한 안목으로 옛 독일의 건축술과 그림들을 소개해주었고, 원래는 내 안중에도 없었던 많은 것을 알아보는 안목을 틔워주었지. 그렇게 해서 에이크, 에이크와 뒤러 사이 시기에 활동했던 화가들, 비잔틴예술의 영향을 받은 니더라인[43] 지방의 예술에 눈을 떴지. 그 당시 나는 노년을 위협하는 청년 기질을 힘겹게 차단하면서 옛것을 고수했고, 나

---

42 슈트라스부르크 대성당을 설계한 건축가 에르빈 폰 슈타인바흐.
43 라인 강 하류의 네덜란드 접경지대.

에게 방해가 되는 새로운 조류의 온갖 영향을 물리치고 나 자신을 지키고자 애썼지. 그러다가 하이델베르크에 머물던 당시 부아스레의 미술품 전시실에서 새로운 색상과 형태의 미술세계가 홀연히 펼쳐졌던 거야. 그 새로운 세계는 내가 이전까지 고수해온 예술관과 감성에서 벗어나게 해주었지. 그렇게 노년 속에서 젊음이 되살아나고, 노년이 젊음으로 소생하는 것이지. 그때 나는 느꼈어. 굴복이 새로운 세계의 정복일 때는 얼마나 좋은 일인가, 자유의지로 굴복해서 자유를 얻는다면 얼마나 좋은 일인가를. 부아스레에게 그렇게 말했지. 그가 아주 단호하면서도 겸손한 우정으로 내 마음을 움직여서 박차를 가해준 것에 감사했지. 그런 친구들은 모두 그런 식으로 나에게 도움을 주었지. 그가 쾰른 대성당을 완공하려는 계획을 세운 것도 그 일환이었어. 그는 우리 조국이 창안해낸 옛 독일식 건축양식을 나에게 보여주면서 쇠락한 그리스 로마의 건축물보다 고딕 양식이 더 우월하다는 것을 입증하려고 무던히 애썼지.

    음울한 광기가 만들어낸
    기괴한 것이 여기서는 흔히
    최고의 것으로 통한다지.[44]

    그 젊은이는 자기 일을 정말 능숙하고 재치 있게 처리했지. 아주 단호하면서도 얌전하고, 매사에 외교적 수완이 뛰어나면서도 너무 정직해서 나는 그를 좋아하게 되었고, 그가 하는 일도 금방 좋아하게 되었지. 사람은 자기가 좋아하는 일거리가 있으면 너무 멋

---

44 『서동시집』 수록 시의 일부.

져! 그 자신도 멋진 사람이 되고, 심지어 기괴한 일도 멋져 보이지. 1811년에 그가 처음으로 나를 찾아와서 이 방에서 함께 미술품을 연구하던 당시를 생각하면 나도 모르게 웃음이 나와. 우리는 몸을 숙인 채 그가 가져온 니더라인 지방의 동판화, 슈트라스부르크 대성당과 쾰른 대성당의 설계도면, 코르넬리우스가 그린『파우스트』삽화 등을 살펴보고 있었는데, 그때 우리가 무슨 수상쩍은 일에 열중하는가 싶었는지 마이어가 불쑥 나타났지. 그래서 내가 말했지. 들어와서 책상 위에 있는 그림들을 좀 보게나. 마이어, 옛 시대들이 이렇게 눈앞에 생생하게 되살아났다네! 마이어는 내가 몰입해 있는 작품들을 보고는 자기 눈을 믿지 못하겠다는 태도를 보였지. 그는 젊은 코르넬리우스가 옛 독일식 화풍을 곧이곧대로 차용한 것은 잘못이라고 비난하며 투덜거렸지. 그래도 내가 그런 비난에 아랑곳하지 않고 블록스베르크와 아우어바흐의 술집 장면 묘사를 칭찬하고, 파우스트가 소녀 그레트헨과 팔짱을 끼려고 팔을 내미는 동작 묘사를 훌륭한 착상이라고 하자 마이어는 눈이 휘둥그레져서 나를 힐끔힐끔 쳐다보았지. 그가 보기엔 야만적인 기독교 건축 양식인 대성당 설계도를 내가 책상에서 치우기는커녕 탑의 기본구조에 감탄하고 둥근 기둥이 늘어선 회랑의 위대함에 경탄하자 마이어는 정말 어이가 없다는 듯이 식식거렸지. 그러다가 결국 태도를 바꾸어서 불평을 하다가도 고개를 끄덕였고, 설계도를 찬찬히 살펴보는 나를 물끄러미 바라보더니 내 생각에 동의하는 기회주의자의 모습을 보여주었지. 그래도 속으로는 쾰른 대성당이 낙타 등처럼 기괴하게 생겼다고 투덜거렸겠지. 나의 추종자인 그 친구가 배신을 당하고 곤경에 처했던 것이지. 추종자들을 배신하는 것보다 더 재미있는 일도 있을까? 도둑질 같은 재미가 있지. 추종자들한테 잡히지 않고 빠져나와서 바보처럼 골려먹는 거야. 나 자신을 극복하고 자유를 얻을 때 추종자들이 놀라서 어리둥절해하는 것보다 더 재미있는 일이 또 있을까? 물론 자유라는 것은 오해되기 쉬워서 자유를 얻으면 마치 잘못된 길로 빠진 듯한 느낌이 들 수도 있지. 경건한 체하는 자들은 다른 사람들도 자기들처럼 경건할 거라고 믿지. 하지만 어리석은 짓도 즐거움을 선사하지. 물론 어리석다는 걸 깨달았을 때만 그렇다는 것이지. 어리석음은 흥미로운 현상이야. 우리는 어떤 현상에 대해서도 마음을 열어야 해. 새삼스레 가톨릭으로 개종한 개신교도들은 대체 어찌 된 영문이냐고 부아스레에게 물어보았지. 어떻게 그럴 수 있는지 그들의 마음속을 자세히 알고 싶었지. 그러자 부아스레가 말하길, 헤르더가 저술한 『인류의 역사철학』이 큰 역할을 했는데, 당대의 시류와 세계사의 방향도 그런 쪽으로 기여했다고 하더군. 내가 알고 싶은 게 바로 그거야. 여기에는 뭔가 공통점이 있어. 바보들과 공유하는 공통점이지. 그런데 상이한 양상으로 드러나고, 상이한 결과를 낳거든. 세계사의 방향이라, 옥좌가 무너지고 왕국들이 흔들리는 판국이지. 그 점도 제대로 파악해야 해. 내가 착각하는 게 아니라면 그 점은 내 인생에서 톡톡히 겪었지. 세계사의 경험에서 어떤 사람은 천년을 보는 시야를 배우고 위대함을 깨쳤다면, 또 어떤 사람은 가톨릭으로 개종했지. 천년을 보는 시야는 물론 전통과 관련이 있지. 그런데 전통을 제대로 알기나 하나. 전통을 학문과 역사 서술로 뒷받침하려 드는 것은 바보짓이야. 그런 시도야말로 일체의 전통을 파괴하는 짓거리야! 일단 전통을 받아들이면 그것으로 이미 전통에 뭔가를 기여하는 것이고, 전통을 아예 받아들이지 않으면 진짜 비판적인 속물이 되는 것이지. 부아스레에게 이렇게 말했지. 그런데 개신교도들은 공허감을 느끼기 때문에 신비주의에 빠져드는 거야. 뭔가가 필요하긴 한데 만들어낼 수는 없으니까, 그게 바로 신비주의지. 그런 어리석은 족속들은 미사가 어떻게 생겨났는지도 모르면서, 마치 미사를 만들어낼 수 있는 것처럼 굴지. 그런 자들을 비웃을 줄 아는 사람이야말로 그들보다 더 경건한 믿음을 갖고 있는 거야. 그런데도 그들은 내가 자기네와 같은 신앙을 갖고 있다고 믿을 테지. 내가 옛 독일의 예술에 관해 발간하는 잡지[45]는 어두운 중세를 거치는 동안 예술이 어떻게 발전해왔는가를 다루는데, 어리석은 자들은 이 잡지를 아전인수식으로 써먹으려 하지. 나의 수확물을 잽싸게 타작해서 짚단을 꿰차고 애국주의를 선전하는 추수감사절에 의기양양하게 활보를 하지. 그냥 내버려두는 수밖에. 자유가 뭔지 쥐뿔도 모르는 자들이니까. 어떻게든 살아남으려고 하면서도 정작 삶을 포기하는 자들이야. 물론 기교야 부릴 수 있겠지. 하지만 삶을 위해서는 '개성'만 가지고는 부족해. 정신력이 필요해. 정신력으로 삶을 쇄신할 수 있는 재능이 필요해. 동물은 단명하지. 인간은 자신의 상태를 반복할 줄 알아. 노년에도 젊음을, 노년을 젊음으로. 인간은 자신이 살았던 삶을 다시 한번 살 수 있어. 더 강인한 정신력으로 고양된 젊음을 되찾고, 사랑을 몰랐던 젊은 시절의 두려움과 무기력을 극복하고, 죽음을 몰아내는 선순환이 형성되는 거야……

선량한 부아스레는 나한테 온갖 것을 제공해주었지. 공손하고 충만한 마음으로. 오로지 나를 견인하려는 생각에만 골몰했지. 그가 나한테 얼마나 많은 것을 제공해주었으며 또 제공하지 못한 것

45 1816년 6월부터 발간한 『예술과 고대문화』를 가리킴.

은 무엇인지 나로서는 분간도 되지 않아. 옛 독일의 예술을 다룬 잡지 자체보다 더 많은 길을 개척해주고 수많은 새로운 탐구를 시작할 수 있게 해준 부아스레의 개입을 받아들일 용의가 없었더라면 뭔가 새로운 안목이 활짝 열릴 때까지 꾹 참고 기다리지도 못했을 거야. 1811년에 부아스레가 나를 찾아왔고, 그러고서 이듬해와 그 이듬해에 시라즈[46]에서 활동했던 하피즈[47]의 시집이 역자 서문과 함께 하머의 번역으로 나왔지. 그 감격의 선물에서 나는 나 자신을 거울에 비추듯이 재발견했고, 유쾌하고도 신비로운 윤회의 몽환극을 체험했지. 지중해의 티무르,[48] 나의 음울하고도 막강한 벗 하피즈에 자극을 받아 천년의 시야가 트였지. 인류의 유년 시절에 침잠하여 ― 믿음은 원대하고 생각은 좁으니[49] ― 옛 족장들의 세계로 유익한 여행을 했고, 그러고서 사랑을 예감하며 다시 고향땅으로 여행을 했지. 그렇게 마리아네 빌레머를 만났던 거야. 이 모든 일이 어떤 관련이 있는지 부아스레는 굳이 알 필요도 없었고, 나도 그에게 말하지 않았어. 5년 전에 그가 찾아왔을 때부터 이미 시작된 일이지. 그에게 내 생각을 알린다는 것은 적절치 않았어. 그는 단지 도구이자 견인차 역할만 했던 거야. 그 친구는 너무나 공손하게 나를 견인하려 했으니까. 언젠가는 자기 생각을 더 잘 알리기 위하여 나한테 글쓰기를 배우고 싶다고 했지. 그래서 나의 글쓰기를 곁눈질하면서 나한테 조언을 구하겠다고 겨울을 바이마르에서 보낼 작정까지 했지. 그래서 내가 말했지. 여보게, 그만두게. 바이마르에서

---

46 현재의 이란 남서부에 위치한 고대 페르시아의 도시.
47 1325?~1389?. 페르시아의 시인.
48 페르시아를 정복한 몽골의 왕으로 하피즈의 시집에 등장한다.
49 『서동시집』의 서시 「헤지라」의 한 구절.

는 이방인들이 수시로 찾아와서 나를 너무 귀찮게 하거든. 나 자신도 이방인인데 말이야. 자네한테 아무런 도움이 안될 거야. 자네가 의지할 사람은 나밖에 없을 텐데, 그나마도 별로 의지하기 힘들 거야. 내가 늘 자네와 함께 지낼 수는 없으니까. 애정에서 우러나온 말이었지. 그런 애정 어린 말을 더 해주었지. 그가 쓴 짧은 글을 칭찬해주고 이렇게 말했지. 훌륭하게 잘 썼네. 육성이 밴 글이야. 언제나 그게 관건이지. 나는 자네 글의 절반도 따라가지 못하겠는걸. 나는 경건한 감수성이 없으니까. 그러고서 『이딸리아 여행』의 한 대목을 읽어주었지. 빨라디오를 진심으로 예찬하고 독일의 기후와 건축을 욕한 대목이지. 그러자 그 선량한 친구는 눈물을 글썽거렸고, 그래서 나는 격하게 서술한 부분을 삭제하겠다고 즉석에서 약속했지. 내가 얼마나 상냥한 사람인지 보여주고 싶었어. 『서동시집』에서 십자가상을 비판하는 공격적인 시도 삭제해서 그 친구가 좋아했지. 호박琥珀 십자가상 따위를 장신구로 달고 다니니 서북 유럽의 어리석은 취향이라고 비판했지. 부아스레는 그 시의 어조가 너무 강경하다고 시집에서 빼달라고 간청했지. 좋아, 자네 생각이 그렇다면 빼기로 하겠네. 그렇게 말했지. 아들한테 주겠네. 세상과 정면으로 충돌하지 않도록 다른 여러 작품도 그렇게 아들한테 넘겨주지. 그러면 아들은 소중하게 간직하고, 그런 식으로 나는 아들한테 재미를 안겨주는 거야. 원고를 불살라 없애느냐 아니면 세상과 충돌하느냐 하는 양극단을 피해가는 절충안인 셈이지…… 그 친구가 나를 좋아하기도 했지. 그의 경건한 생각을 담은 시시한 글에 내가 관심을 보이자 정말 좋아했지. 자신의 실속을 챙겨서 좋아한 것만도 아니고 나를 위하는 마음으로 좋아했어. 내 말을 제대로 알아듣고 경청해주는 독자가 생긴 것이지. 그는 아우로라[50]가 샛별에 홀딱 반해서 숨 가쁘게 쫓아가는 짧은 밤의 장면[51]에 너무나 감동했지. 여행 도중에 네카렐츠[52]에 머물 때 추운 방에서 그 장면을 읽어주었지. 고결한 영혼의 소유자야! 그 친구는 『서동시집』과 『파우스트』의 친화성을 직감적으로 파악하고 절묘한 대목을 언급했지. 어디를 가든지 여행에서 믿음직한 동반자야. 마차 안에서 기분 좋게 속을 터놓았고 숙소에서는 인생 이야기를 나누었지. 프랑크푸르트에서 하이델베르크로 마차를 타고 갔던 여정이 기억나나? 별이 뜰 무렵 나는 그에게 오틸리에[53] 얘기를 해주었지. 내가 그녀를 얼마나 좋아했고, 그녀로 인해 얼마나 괴로워했는지. 추위와 흥분과 졸음 때문에 헛소리처럼 중얼거렸지. 그래서 그 친구가 겁을 먹은 것 같았어…… 네카렐츠에서 칼크 산맥을 넘어가는 고산지대의 아름다운 길에서 우리는 암모나이트 등의 화석을 발견했지. 오버셰플렌츠와 부헨을 지나서 하르트하임에 당도하여 야외식당에서 점심을 먹었지. 젊은 여종업원이 있었는데, 사랑에 빠진 듯한 눈이 마음에 들었고, 그녀를 예로 들어 나는 어떻게 젊음과 사랑이 아름다움으로 피어나는가를 그 친구에게 설명해주었지. 그녀는 예쁘지는 않았지만 너무 매력적이었고, 내가 자기 얘기를 하고 있다는 걸 알아차리자 부끄러움과 조롱기로 매력이 한껏 고조되었지. 나는 일부러 그녀가 알아차리도록 얘기를 했고, 부아스레 역시 내가 그녀에 관해 얘기하고 있다는 걸 일부러 그녀가 알아차리도록 얘기했다는 것을 당연히 알아챘지. 그 친구는 이런

---

50 새벽의 여신으로 아침놀을 상징한다.

51 『서동시집』에 나오는 모티프.

52 하이델베르크 인근의 소도시.

53 이 소설에서 언급되는 오틸리에가 아니라, 괴테의 소설 『친화력』에 등장하는 오틸리에와 그 실제 모델로 추정되는 미나 헤르츠리프를 가리킴.

상황에서 모범적인 태도를 취했는데, 나의 장난을 방해하지 않고 세련된 태도를 취했지. 그게 가톨릭 문화야. 마침내 내가 그녀의 입술에 입을 맞추자 그 친구는 아주 호의적이고 유쾌한 태도로 지켜보았지.

뙤약볕을 받고 있는 딸기 냄새야. 열을 가한 과일 향이 틀림없어. 식당 안에서 요리를 하고 있나? 지금이 딸기 철은 아닌데. 향기가 코로 느껴져. 딸기는 향이 감미롭고 매력적이야. 비단처럼 부드러운 과육과 과즙이 버무려져서 여자의 입술처럼 뜨거운 생기로 달아오르지. 인생의 절정은 사랑이고, 사랑의 절정은 입맞춤이지. 입맞춤은 사랑의 시詩이자 뜨거운 열정의 봉인이며, 관능적이면서도 플라톤적이지. 정신으로 시작하여 육신으로 끝나는 성사聖事의 중심이야. 육욕의 세계보다 더 숭고한 영역에서 숨을 쉬고 말을 하는 순수한 기관인 입을 통해 펼쳐지는 감미로운 행위야. 입맞춤이 정신적인 이유는 아직은 서로에 대한 분별심이 강한 각자의 행위이기 때문이지. 세상에 둘도 없는 사람의 머리를 양손으로 감싸안고 몸을 젖힌 채 눈썹 아래로 미소를 지으며 진지하게 감기는 상대방의 눈길을 나의 눈길에 담아 입맞춤으로 그 눈길에 응답하는 것이지. 그대를 사랑한다고. 모든 피조물 가운데 오직 그대만을, 하느님이 점지해준 소중한 그대만을 사랑한다고. 반면 생식행위는 동물적 본능에 충실한 익명의 행위이고, 근본적으로 선택과 무관하며, 밤의 어둠에 가려지지. 입맞춤은 행복이고, 생식행위는 육체적 쾌락이야. 그래서 하느님은 생식행위를 벌레들이나 하는 짓이라 치부하셨지. 그리고 보니 나도 한때는 벌레 짓을 심심치 않게 했지만, 그래도 역시 나의 본령은 행복한 입맞춤이지. 뭔가를 예감하는 뜨거운 열정이 금방 시들어버릴 아름다움에 잠깐 머무는 것이지. 바로 이것이 예술과 인생의 차이기도 해. 사람들이 누구나 추구하는 삶의 충족, 즉 자식을 낳는 일은 시의 관심사가 아니니까. 시라는 것은 세상의 딸기입술에 정신적인 입맞춤을 하는 것이지…… 로테는 카나리아와 입을 맞추는 장난을 했더랬지.[54] 그 귀여운 새가 너무 사랑스럽게 그녀의 입술을 꼭 눌렀고, 앙증맞은 주둥이를 그녀의 입술에서 떼어서 내 입술에 갖다 대고 톡톡 쪼아댔지. 그 천진무구한 장난이 너무 깜찍하고 감동적이었어. 근사했어. 나는 아직 맹랑한 풋내기였지만 재기가 넘쳤지. 벌써 예술에 대해서나 사랑에 대해서나 나름대로 일가견이 있었고, 사랑을 하면서도 속으로는 예술을 염두에 두고 있었지. 새파랗게 젊었지만, 이미 예술을 위해서라면 얼마든지 사랑과 인생과 인간을 배반할 용의가 있었어. 결국 일을 저질렀지. 라이프치히 도서전에『젊은 베르터의 고뇌』를 내놓았지. 사랑하는 벗들이여, 격분한 이들이여, 나를 용서해주게. 그럴 수만 있다면. 소중한 벗들이여, 그렇게 힘든 시절을 겪게 했으니 나는 여전히 그대들에게, 그대들의 자녀들에게 빚을 지고 있네. 뭐라고 탓해도 할 말이 없어. 애원하건대 제발 진정들 하게! ― 내가 그대들에게 편지를 보낸 게 이 계절 즈음이었지. 오싹할 정도로 건방지게 굴던 시절이었지. 올해 초에 그 소설의 초판본을 다시 들여다보니 그때 보낸 편지가 생생하게 기억나더군. 그렇게 오랜 세월이 흐른 뒤에야 그 광기 어린 작품을 처음으로 다시 통독했지. 우연이 아니었어. 바야흐로 때가 된 거야. 그 독서는 부아스레의 방문과 더불어 시작된 일련의 과정이 맞춤하게 마무리되는 수순이었고, 젊은 시절이 되살아날 계제가 된 거야. 강인한 정신

54『젊은 베르터의 고뇌』136~37면 참조.

력으로 삶을 쇄신하고 젊은 시절을 더욱 고양된 형태로 되살리는 유쾌한 축제의 시기가 도래한 것이지…… 게다가 작품도 멋지게 들어맞아. 나의 젊은 시절, 훌륭해. 심리적 짜임새도 좋고, 심성을 보여주는 근거도 조밀하고 풍부해. 광기에 사로잡힌 청년이 늦가을에 꽃을 찾아 헤매는 대목도 좋아.[55] 사랑스러운 로테가 베르터의 신붓감으로 추천할 만한 여자 친구들을 곰곰이 떠올려보지만, 누구한테서나 흠결을 찾아내고서 베르터를 어떤 여성에게도 내주지 않은 대목도 근사해. 벌써 『친화력』을 떠올리게 하는 측면도 있지. 감정에 홀딱 빠져 있으면서도 명민한 치밀함을 보여주고 있고, 개인을 억압하는 족쇄에 맞서고 인간존재를 속박하는 감옥 같은 세상에 맞서서 질풍처럼 격렬한 갈망을 토로하지. 이 소설이 대성공을 거둔 것은 당연하고, 이런 데뷔작을 내놓은 작가라면 보통내기가 아니지. 어떤 일이 얼마나 쉬운가는 그 일을 생각해내고 성취한 사람만이 아는 법. 편지 형식의 구성을 통해 가볍게 성공한 예술작품이지. 순간적인 것을 포착할 수 있고, 매번 새로 시작할 수 있으며, 서정적 요소들이 세상의 이치처럼 서로 연관되어 있는 하나의 체계를 구축했지. 어떤 일을 무겁게 받아들이면서도 동시에 가볍게 처리할 줄 아는 것이 곧 재능이야. 『서동시집』의 원리도 똑같지. 늘 동일한 원리가 구현된다는 것이 신기해. 『서동시집』과 『파우스트』는 물론이고 『서동시집』과 『젊은 베르터의 고뇌』는 더욱 친자매 같은 작품들이지. 더 정확히 말하면 동일한 원리가 상이한 단계로, 더 고양된 형태로 구현된 것이자, 승화된 삶의 반복이라 할 수 있지. 언제까지고 이렇게 무한히 나아갈 수 있기를! 속죄

55 『젊은 베르터의 고뇌』 152~57면 참조.

하는 공덕을 영원의 경지로 드높이기를[56]……! 초기작『젊은 베르터의 고뇌』에서도 후기작『서동시집』에서도 입맞춤에 관한 말이 자주 나오지. 피아노를 치며 노래 부르는 로테의 입술이 그토록 매력적으로 보인 적은 없었지. 뭔가를 갈망하듯 벌어진 그녀의 입술은 피아노의 감미로운 곡조를 들이마시려는 것 같았어. 마리아네 빌레머도 그러지 않았던가. 똑같았어. 더 정확히 말하면, 미뇽의 노래를 부르던 마리아네는 로테와 똑같지 않았던가?[57] 알베르트 역시 졸면서 참을성 있게 함께 앉아 있지 않았던가? 이번에는 예전의 잔치를 그대로 되풀이하는 것 같았어. 원체험을 그대로 본떠서 성대하게 치르는 의식儀式이고, 시간을 초월한 사유의 유희야. 처음보다 생기는 덜하지만, 정신적으로 고양된 삶이기에 처음보다 더 풍성하기도 하지…… 그 정도면 좋아. 고양된 시간은 지나갔고, 이런 화신化身을 다시는 보지 못하겠지. 내가 원한다 하더라도 그래선 안된다는 뜻이지. 그러니 체념하라는 뜻이야. 새로운 갱생을 꾸준히 기대하면서. 기다리는 거야! 사랑하는 여인은 다시 나타나 입을 맞추지. 언제나 젊은 모습으로. (사랑하는 여인이 세월에 굴복한 늙은 모습으로 어디선가 더불어 살고 있을 거라 생각하면 당연히 께름칙하지.『서동시집』이 나온 시기까지도『젊은 베르터의 고뇌』가 엄연히 존속하고 있는 것처럼 기분 좋고 온당한 일은 아니야.)

하지만『서동시집』이 더 좋아. 원숙한 위대함에 도달했고, 병적인 것을 거뜬히 넘어섰거든. 여기에 등장하는 한쌍의 연인은 고결한 경지에 올라서 귀감이 될 만해. 내가 풋내기 시절에『젊은 베르터의 고뇌』에서 광분해서 온갖 모티프를 뒤섞은 걸 생각하면 얼굴

56『파우스트』2부 12063행 이하 참조.
57 이 책의 359면 참조.

이 화끈거려. 사회적 저항, 귀족에 대한 증오, 한 사람의 시민으로
서 겪은 수모, 모든 걸 폄하하는 정치적 분노 —— 멍청하게 굳이 그
모든 걸 뒤섞어야만 했을까? 왜 그렇게 썼냐고 책망했던 나뽈레옹
의 말이 전적으로 옳아. 다만 다행스럽게도 독자들은 그런 대목에
는 주의를 기울이지 않고 작품에서 격정을 토로한 여타의 부분들
과 마찬가지로 그러려니 하고 받아들였고, 직접적인 효과를 노린
것은 아니겠거니 하고 안심했지. 내가 멍청하게 어이없는 실수를
했고, 당시 나 자신의 주관적 태도에 부합되지도 않아. 나는 상류
층에 대해 아주 호의적이었으니까. 내가 처음 발표한 희곡『괴츠』
는 비록 기존 문학의 친숙한 기법들을 손상하긴 했지만, 그래도 그
희곡 덕분에 상류층에 좋게 보일 수 있었지. 자서전의 4부에서 반
드시 그렇게 써야지…… 그런데 잠옷이 어디 있지? 초인종으로 카
를을 불러서 이발을 해야지. 빈틈없는 준비가 상책이야. 손님이 올
지도 모르니까. 쾌적한 흰색 플란넬 옷이 양손을 맞잡고 뒷짐을 지
기에 편안하지. 빙켈에서 브렌타노 댁에 머물던 당시 아침마다 이
옷을 입고 라인 강으로 이어지는 회랑 길을 이리저리 거닐곤 했지.
게르버뮐레에서 빌레머 댁에 머물 때도 이 옷을 입고 발코니를 거
닐었지. 그럴 때면 아무도 감히 나한테 말을 걸지 않았어. 내 생각
을 방해할까 저어했던 것이지. 사실 아무 생각도 하지 않을 때가
많았는데 말이야. 연륜이 쌓이고 위대해지면 아주 편리해. 의당 경
외심을 불러일으키지. 그래, 내가 이 부드러운 옷을 입고 가지 않은
곳이 어디 있나. 집에서 하던 습관을 여행 중에도 챙기는 것이지.
변함없이 자기 자신을 지키고 낯선 것을 방어하기 위해서야. 그래
서 어디를 가든지 은제 술잔도 챙기지. 내가 즐기는 포도주도 함께.
어디에서도 내 술이 떨어지지 않게. 그리고 새로운 맛을 가르쳐주

는 타지의 맛있는 포도주가 나보다, 내 습관보다 더 강하다고 입증되는 사태를 피하기 위해. 자기 자신을 고수하고 견지해야 해. 그러면 경직된다고 타박하겠지만 어리석은 타박이야. 자기 자신을 견지하여 삶의 통일성을 추구하고 자신을 지키는 것은 삶을 쇄신하고 다시 젊어지는 것과 모순되지 않으니까. 오히려 그 반대야. 삶을 쇄신하는 것은 오직 통일성을 유지할 때만 가능하고, 죽음을 몰아내는 정신으로 자신을 완성해가는 순환운동으로만 가능하지⋯⋯

"멋지게 화장해주게, 피가로, 바티스타, 자네 이름이 뭐든 간에! 머리칼을 다듬어줘. 다박나룻은 벌써 내가 직접 밀었다네. 자네는 정말 내 코를 잡고 놀리는군. 농부들의 투박한 습관처럼 입술에까지 손을 대면 나는 못 참아. 자네는 장난꾸러기 대학생에 관한 이야기를 알고 있나?[58] 그 녀석은 감히 지체 높은 노신사의 코를 잡고 놀려먹겠다고 친구들한테 호언을 했지. 그러고는 노신사에게 이발사라고 자기소개를 하고서 친구들이 몰래 지켜보는 가운데 노신사의 코를 잡고 기품 있는 얼굴을 이리저리 잡아당겨 놀려먹었지. 그런데 이 못된 장난이 들통이 나자 노신사는 분을 삭이지 못해 충격으로 쓰러졌고, 장난꾸러기 녀석은 노신사의 아들이 신청한 결투에서 하마터면 목숨을 잃을 뻔했지."

"저는 모르는 이야기입니다, 각하. 하지만 어떤 마음가짐으로 상대방의 코를 잡느냐가 중요하겠지요. 각하께서는 안심하셔도 좋습니다."

"그래, 됐어. 차라리 내 손으로 직접 면도를 하고 싶어. 어차피 하룻밤 사이에 수염이 많이 자라지도 않았으니까. 하지만 머리칼은

---

58 『빌헬름 마이스터의 편력시대』에 삽입된 단편 「위험한 내기」를 가리킴.

잘 손질해주게. 파우더를 뿌리고, 철제 도구로 여기저기 머리칼을 살짝 펴주게나. 이마와 관자놀이를 덮은 머리칼을 빗어넘겨서 머리칼이 제자리를 잡으면 완전히 딴사람처럼 보이지. 그러면 전투 태세를 갖춘 쾌속함정처럼 당당해지지. 그래야 머리도 상쾌해지고. 머리칼과 두뇌는 서로 상관이 있거든. 빗질도 하지 않은 두뇌가 무슨 쓸모가 있겠나. 자네는 아나, 예전에는 뒷머리를 묶어서 주머니로 감싸는 머리치장이 가장 산뜻했지. 자네는 보지 못했을 거야. 자네는 머리를 짧게 자르는 스웨덴 스타일이 유행하는 시대에 자랐으니까. 하지만 나는 훨씬 이전까지 거슬러올라가서 여러 시대를 두루 겪어왔지. 머리를 길게 땋기도 했고, 짧게 땋기도 했고, 옆머리를 빳빳하게 세우는 스타일, 치렁치렁 늘어뜨리는 스타일도 해봤지. 영원히 방랑하는 유대인처럼 여러 시대를 거치며 변화를 겪었지. 사람이야 늘 같지만, 몸치장의 풍속과 복식이 계속 바뀐다는 걸 정작 당사자는 잘 알아차리지 못하지.”

“각하께서 젊은 시절에 자수를 놓은 정장 차림에 머리를 땋고 머리칼이 귀로 흘러내린 모습이 아주 잘 어울렸겠습니다.”

“자네한테 해주고 싶은 말은 그때가 적절히 절제된 좋은 시절이었다는 것일세. 엉뚱한 장난도 배후에서는 오늘날보다 더 잘 통했지. 자유라는 게 해방이 아니라면 무슨 소용이 있겠나. 당시에는 인권이라는 개념도 없었으니 믿기지 않을 걸세. 주인과 하인은 신이 정해준 신분이라 여겼고, 각자가 분수대로 품위를 지켰지. 주인도 신분이 다른 사람, 신이 정해준 하인 신분의 사람을 존중해주었지. 신분이 존귀하든 미천하든 간에 누구나 늘 나름대로 인간적인 치다꺼리를 해야 한다는 생각이 그 시절에는 널리 퍼져 있었지.”

“그런데 각하, 저는 잘 이해되지 않습니다. 결국 저희 같은 아랫

사람들이 치다꺼리를 더 많이 해야 하니까요. 그리고 신이 정해준 지체 높은 분들이 미천한 사람을 존중해주기를 기대할 수 없다는 것도 확실하지요."

"자네 말이 옳다고 치세. 그런데 내가 자네와 언쟁이라도 하길 바라는 건가? 자네는 빗과 달군 철제 도구로 주인인 나를 제압하고 있으니 내가 반항하면 찌르고 지질 수도 있겠지. 그런즉 나는 현명하게 입을 다물겠네."

"머릿결이 고우십니다, 각하."

"가늘다는 뜻이겠지."

"에이, 이마 위 머리칼만 조금 가늘어지기 시작한걸요. 제 말씀은 머리칼 한올 한올이 섬세하다는 뜻입니다. 비단결처럼 부드럽습니다. 남자들한테는 드문 경우지요."

"좋아. 나는 신이 만들어준 대로 생겨먹었지."

너무 퉁명스럽게 말했나? 나의 신체적 자질에 너무 무관심한가? 이발사는 언제나 듣기 좋은 말만 해야지. 이 친구는 자기 신분에 어울리는 습관대로 하는 거고, 직분을 수행하고 있는 거야. 내 허영심에 비위를 맞추려 하지. 허영심도 다양한 부류가 있고 다양한 방식으로 자극받는다는 사실은 미처 생각하지 못해. 그래서 허영심도 깊은 몰입과 아주 진지하게 숙고하는 자기성찰의 경지에 이를 수 있고, 자서전을 쓸 때처럼 도취 상태에 빠질 수 있는 것이지. 나자신의 신체적·윤리적 존립 근거에 관한 흥미진진한 호기심, 세상의 경탄을 자아내는 지금의 내가 있기까지 나의 타고난 본성이 헤쳐온 우여곡절과 암중모색에 관한 흥미진진한 호기심이 발동하는 거야. 그래서 이발사가 건네는 아부의 말은 우리의 타고난 본능을 건드리긴 하지만, 이 친구의 생각과 달리 간지럼을 태우듯이 우리의 자아에 대한 경박하고 피상적인 자극으로 작용하는 게 아니라 행복하고도 막중한 비밀을 가슴 벅차게 일깨워주는 거야. 나는 자연이 만들어준 대로 생겨먹었지. 그럼 됐어. 있는 그대로 사는 모습이 곧 나야. 우리는 언제나 무의식중에 최상의 것을 성취한다는 말을 유념해야지. 늘 새로 시작하는 기분으로 정처 없이 사는 것이지. 좋아, 그럼 됐어. 그런데 어째서 내가 자서전을 쓴다고 법석이지? 그건 단호한 원칙에 맞지 않아. 천재 작가가 어떻게 자기연마를 하는지 그 형성 과정을 교육적인 견지에서 보여주는 것일 뿐이야. (이것도 학문적 허영심이겠지만.) 그렇다면 그 바탕에 깔려 있는 것은 형성 과정의 소재, 즉 존재에 대한 호기심이지. 존재도 형성 과정을 거친 산물이고 앞으로도 계속 펼쳐질 삶의 결과물이지. 사상가들은 사유에 관해 사유하지. 그럴진대 작가가 작가에 관해 사유하지 말라는 법이 있나. 작품이라는 것도 그런 사유의 결과물이고, 모든 작품은 결국 작가라는 현상에 대한 부질없는 천착이 아닐까? 그럼 자기중심적인 작품이 되나? 그건 그렇고, 머릿결이 정말 고와. 파우더를 뿌리기 위해 걸친 가운 위에 내 손이 놓여 있군. 고운 머릿결에 전혀 어울리지 않는 손이야. 정신적 기품이 느껴지는 가냘프고 고상한 손이 아니고 평퍼짐하고 투박한 손, 수공업자의 손이야. 편자 대장장이와 도축업을 했던 조상들한테 물려받은 손이지.[59] 섬세함과 뚝심, 나약함과 강인함, 병약함과 거칢, 광기와 이성, 이 모든 불가능의 가능성이 과연 어떻게 우연한 행운으로 결합되고 수백년 동안 가족관계로 엮여서 마지막에 걸출한 재능이 탄생한 것일까? 마지막에. 선인과 악인이 누대에 걸쳐 업을 쌓아

---

59 괴테의 증조부는 편자 대장장이 길드의 장인(匠人)이었고, 외증조부는 도축업자 집안 태생이었다.

야 마침내 깜짝 놀랄 일도 생기고 세상이 기뻐할 일도 생기는 법이지.[60] 그 작품을 쓸 때 나는 반신半神과 괴물이 깊은 관련이 있고 서로 통한다고 생각하지 않았던가? 기쁜 일에는 어느정도 경악도 따르고, 반신도 괴물 같은 면이 있다고 생각했지. 자연은 선과 악에 초연하지. 자연은 질병과 건강을 구별하지 않고, 병적인 것에서도 기쁨과 생기를 얻으니까. 자연이여! 그대는 처음에 나 자신을 통해 나에게 주어졌지. 나는 나 자신을 통해 그대를 가장 깊이 예감하지. 그대는 나에게 그걸 깨우쳐주었어. 어떤 가문이 오래 지속되면 가문이 사멸하기 전에 특별한 개인이 출현하여 모든 조상의 자질을 흡수하고, 이전까지 개개인에게 흩어져 있거나 잠복해 있던 모든 소양을 통합하여 완벽하게 표출한다는 것이지.[61] 깔끔하게 정리한 말이야. 사람들에게 훌륭한 깨우침을 주는 사려 깊고 교훈적인 언명이야. 나 자신의 범상치 않은 삶에서 간파한 자연과학이지. 자기중심적이라니! 자연의 목표와 요체, 자연의 완성과 신성한 섭리를 체득한 사람을 자기중심적이라 할 수는 없겠지! 숭고한 궁극적 결과를 얻기 위해 자연은 온갖 성가신 노고를 감내했거늘! 그 모든 출산과 양육, 수백년에 걸쳐 여러 씨족들이 교차하며 짝짓기를 했지. 그러다가 인근 지역에서 흘러들어온 재단사 할아버지는 관례에 따라 재단사 장인匠人의 딸과 결혼했고. 그리고 백작 댁의 가신 겸 재단사로 있던 조상의 따님이 공인 측량사 혹은 대학을 나온 관리로도 알려진 분과 혼인을 했지. 이렇게 혈족이 뒤섞여서 특별한 행운으로 은총과 신의 보살핌을 받은 것일까? 내가 태어난 내력은 나중에 세상이 밝혀내겠지. 극히 위험한 소양은 다른 연원에서 유

---

60 괴테의 희곡 『타우리스의 이피게니에』에 나오는 대사.
61 실제로 괴테 가계는 그의 손자 세대에서 대가 끊겼다.

래하는 강인한 정신력으로 내 안에서 극복되었고, 유익하게 활용되고 승화되고 순화되어서 선하고 위대한 것을 향하게 되었지. 나는 역경을 극복하여 균형을 잡는 비결을 터득했고, 타고난 천성이 절묘하게 조화를 이룬 행운아야. 어려운 가운데도 경쾌함을 추구하는 사랑이 아슬아슬한 균형을 이루어서 가까스로 성취한 것이지. 바로 그런 것이 천재성인지도 몰라. 천재성이란 힘겹게 성취되는 가능성이지. 사람들은 예술작품이 높은 경지에 이르면 높이 평가하지만, 인생을 높이 평가할 줄은 몰라. 그대들에게 이르노니, 어디 한번 나를 따라해봐! 과연 목이 부러지지 않고 견디나!

그런데 나는 어째서 결혼을 꺼렸을까? 어째서 조상들이 했던 대로 가정을 꾸리고 자식을 낳는 남녀의 결합이 괜히 헛수고나 하는 부질없는 고생이라고 금기시하고 황당한 짓이라 여겨서 도망을 쳤던 것일까? 내가 긴장이 풀려서 어쩌다가 임시방편으로 얻은 여자가 낳아준 내 아들 녀석은 방종한 잠자리를 불신하지. 그 녀석은 내가 괜히 유난을 떨어서 덤으로 생긴 거야. 내가 그걸 모를까봐? 그 녀석은 타고난 자질이 모자라. 그런데도 나는 변덕을 부려서 아들을 통해 다시 한번 시작할 수 있을 것처럼 처신하고, 그 귀여운 처자와 짝을 맺어주려고 하지. 그 처자는 내가 한때 피해서 도망쳤던 여성들과 똑같은 타입이니까. 우리 집안에 프로이센의 혈통을 접목하는 것이지. 덤으로 생긴 자식을 통해 뭔가 여운을 남기는 거야. 그러면 자연은 하품을 하고 어깨를 으쓱하면서 귀가하겠지. 나는 이런 일에 정통해. 하지만 정통하다는 것과 기분은 별개의 문제야. 냉철한 인식에 어긋나더라도 기분은 채워야 맛이지. 무엇보다도 집안 분위기가 근사하고 다정해 보일 거야. 릴리[62] 같은 여성이 집안의 안주인이 되는 거니까. 나는 늘그막에 그런 여성과 애교 섞인 농담을 하는 거고. 하느님이 점지해주시면 손자도 보겠지. 곱슬머리의 손자, 허망한 명운을 타고났고 가슴에 허무의 싹을 품은 손자. 믿음과 소망이 없어도 기분이 내키면 손자를 사랑하겠지.

여동생 코르넬리아는 믿음도 사랑도 소망도 없었지. 나의 여성적 분신이라 할 수 있는 여동생은 천성이 여성으로 타고나지 않았어. 여동생의 남편 혐오증은 내가 결혼을 꺼렸던 것과 일맥상통하는 신체적 증상이 아니었을까? 지상에서 낯설기만 한 불가사의한 존재였지. 여동생 스스로도 자신을 이해하지 못했고 그 누구도 이해하지 못했어. 완고한 수녀원장 같았지. 그토록 싫어했고 순조롭지 못했던 첫 출산의 산고로 기이하게 몸이 결딴나서 죽고 말았지. 나의 피붙이 여동생은 그랬어. 다른 네명의 형제자매 중에 나와 함께 유일하게 유아기를 넘기고 살아남았는데, 내가 살아남은 것이 걔한테는 재앙이 되고 말았어. 다른 형제자매들은 어디로 갔나? 너무 예뻤던 꼬맹이 여동생, 조용하고 고집스러워서 낯설었던 어린 남동생. 이미 오래전에 죽었지. 얼마 살지도 못하고 떠나갔고, 내가 기억하기로는 미처 슬퍼할 겨를도 없었지. 이제는 거의 기억도 나지 않을 만큼 꿈결처럼 사라진 형제자매들, 넷 중에 셋이 잊혔어. 나는 살아남고 너희는 떠나갈 운명이었어. 너희는 먼저 갔으니 잃은 것은 많지 않아. 나는 너희 대신에 살고 있고, 너희가 희생된 몫까지 살고 있지. 힘겹게 다섯명 몫을 사는 거야. 내가 너무 이기적이고 삶에 굶주려서 너희가 살아야 할 몫까지 살인적으로 낚아챈 것일까? 우리가 경험상 우리 자신의 잘못이라고 아는 것보다도 더 깊이 감춰진 죄가 있지. 단 한명의 비중 있는 생명만 남겨놓

---

62 괴테의 젊은 시절 약혼녀.

고 다른 형제자매는 죽음으로 몰아갔던 그 기구한 출산이 혹시 아버지가 어머니한테 청혼하던 당시 나이가 곱절로 많았기 때문은 아닐까? 천재를 세상에 선사하는 은총을 입은 축복받은 부부였는데. 불행한 부부였어! 원래 천성이 쾌활했던 불쌍한 어머니는 인생의 황금기를 노쇠한 폭군의 시녀처럼 보냈지. 코르넬리아는 아버지를 미워했는데, 아마 자신을 낳았다는 이유만으로 그랬을 거야. 하지만 아버지는 다른 면에서도 혐오스럽지 않았던가? 일정한 직업도 없이 짜증이나 부리는 못난 옹고집, 조금만 숨통을 틔우려 해도 힘겹게 다진 질서가 흐트러진다고 성화를 해대는 완고한 노인네, 트집쟁이 우울증 환자가 아니었던가? 나는 체격과 여러가지 거동, 수집벽, 형식을 중시하는 태도와 분주한 생활 등 아버지한테서 많은 걸 물려받았지. 하지만 완고함은 순화했어. 나이가 들수록 그 노인네의 망령이 나한테서 되살아나서 그가 어떤 사람이었는지 깨닫고, 내가 한통속이라는 걸 자인하게 되지. 의식적으로, 떳떳한 신뢰감을 갖고 내가 다시 그 노인네처럼 되는 거야. 우리가 존경하는 아버지의 모범을 따르는 것이지. 무엇보다 마음 씀씀이가 중요해. 그게 내 신조이고 소망이야. 따뜻한 마음씨로 눙쳐서 살짝 미화하지 않으면 인생은 불가능해. 그렇게 미화한 베일을 걷어내면 그 아래는 얼음장처럼 차갑지. 얼음장처럼 차가운 진실로 위대해지기도 하고 미움도 사는데, 그 사이에서 타협을 하는 거야. 살짝 눙치는 마음 씀씀이로 유쾌하고 온화하게 세상과 타협하는 것이지. 아버지는 음울한 성격에 명예를 중시하는 사람이었지. 아버지는 연로한 부모님의 늦둥이로 태어났는데, 형제분 중에는 눈에 띄게 실성해서 치매 상태로 돌아가신 분이 있었지. 결국 아버지도 그렇게 되셨고. 외할아버지는 절세의 미인인 외할머니한테 반하셨지. 그래,

유쾌하게 꾸며댈 줄 아는 마음씨에 반하셨던 거야. 어머니의 아버지, 텍스토어 외할아버지는 그런 분이셨지. 미식가였고, 사고는 냉철했는데, 난봉꾼이어서 격분한 남편들한테 호되게 욕을 먹었지. 그러면서 꿈을 해몽하고 예언을 하는 재주도 있었지. 기묘한 혼합이야! 내가 형제자매들을 모조리 죽일 수밖에 없었던 것도 아마도 그런 기질이 내 안에서 더 매력적이고 적절한 형태로 피어나서 세상의 인정을 받기 위해서였는지도 몰라. 하지만 찬란한 광채의 밑바닥에는, 내 안에는 다분히 광기가 남아 있지. 그래서 질서를 바로잡는 자질, 조심스럽게 아낄 줄 아는 비결, 보호장치의 완벽한 체계를 유지하는 비결을 물려받지 못했더라면 나는 끝장났을 거야! 내가 광기를 얼마나 싫어하는지는 이루 말할 수 없지. 나는 광기 어린 천재성, 반쪽의 천재성, 격정, 유별난 태도, 요란법석 따위는 경멸하고 진심으로 회피하지. 물론 대범함은 둘도 없는 최고의 것으로 불가결하지만, 아주 조용히, 아주 적절하게, 아주 반어적으로, 관습에 맞게 구사해야지. 나는 그러길 원하고, 그게 곧 나야. 그런데 엉뚱한 녀석이 있었지. 이름이 뭐였더라, 폰 조넨베르크였지. 킴브리족[63]이라는 별명도 있었지. 클롭슈토크의 영향을 받았고, 바탕은 선량했는데 난데없이 거칠게 굴었지. 그 친구가 심혈을 기울인 일은 최후의 심판에 관한 시를 쓰는 거였어. 미친 짓이었지. 예의를 모르고 미쳐 날뛰며 그 터무니없는 묵시록 시를 끔찍하게 광란하며 읊어댔지. 역겨웠어. 『불쌍한 하인리히』[64]를 읽을 때처럼 역겨웠어. 결국 그 천재는 창문에서 뛰어내렸지. 거부감이 치밀어. 아서라!

이발사가 아주 말쑥하게 단장해주니 좋군. 다소 고풍스럽게 품

---

[63] 고대 게르만족의 일족.
[64] 13세기 초에 활동한 시인 하르트만 폰 아우에의 서사시.

위 있고 우아해. 손님이 오면 피차 마음 편하게 차분한 목소리로 평범한 화제에 관해 말해야지. 천재성이나 신비로운 분위기 따위는 전혀 내비치면 안돼. 평범한 사람들은 반은 불안해서 반은 재미삼아 그런 분위기에서 감화를 받으려 하지. 그들은 그러고서 이 이마와 찬탄의 대상이 된 눈 등 내 관상에 관해 서로 할 말이 많겠지. 조상들의 초상화를 보면 내 눈은 머리 모양과 입 모양 그리고 지중해 연안 사람들을 떠올리게 하는 피부색과 더불어 어머니의 어머니를 쏙 빼닮았지. 돌아가신 린트하이머 외할머니, 텍스토어 외할아버지와 결혼하셨지. 우리의 관상은 어떻게 생겨난 것일까? 이 모든 생김새는 벌써 백년 전에 생겨났고, 그때 이미 다름 아니고 풍만하고 영리하고 온순하게 생긴 갈색 피부의 여성의 모습으로 존재했던 거야. 그런 관상이 전혀 다른 외모를 물려받은 어머니한테는 잠복해 있다가 나한테서 드러나서 내 몸과 지금 있는 그대로의 외모로 나타난 거야. 나의 신체는 나의 정신을 과연 얼마나 정확히 드러내는 것일까? 전혀 괴테의 눈이 아닌 다른 눈을 가질 수도 있지 않았을까? 하지만 나는 린트하이머 외할머니의 눈을 존중해. 사실 이 눈이야말로 나한테서 가장 빼어난 최고의 장점이지. 외할머니의 조상들은 일찍부터 터를 잡은 고향 마을 린트하임의 지명을 본떠 이름을 지었는데, 그 고장이 고대 로마의 국경 성곽과 아주 가깝다는 걸 생각하면 흐뭇해. 린트하임이 자리 잡은 베테라우 고장은 예로부터 고대 로마의 혈통과 이방인의 혈통이 합류하던 곳이지. 그래서 내 외모가 이렇게 생긴 거야. 피부색도 눈도 독일인과는 거리가 있고, 그래서 독일인의 천박함을 볼 줄 아는 안목도 생긴 거야. 내 자질을 키워준 수많은 뿌리의 자양분을 흡수해서 이 천박한 종족에 대한 혐오감이 생겼지. 나 자신도 이 천박한 종족 덕에 먹고살지만, 동시에 이들에게 맞서지. 이 천박한 종족을 문화인으로 만들려는 사명감 때문에 나는 이루 말할 수 없이 곤혹스럽고 불쾌한 고립된 삶을 영위하고 있지. 내가 대단한 지위에 올랐기 때문만이 아니라 타고난 본능 때문에도 진작부터 고립된 거야. 명망도 마지못해 인정해주는 거고, 털어놓기 거북하지만 그자들은 틈만 나면 흠집을 내려고 하지. 내가 근본적으로 당신네들 모두에게 부담스러운 존재라는 걸 모를 줄 아나? 그런데 그런 자들과 어떻게 화해를 하지? 기꺼이 진심으로 화해를 했던 시절도 있었지! 어떻든 원만하게 지내야 했고, 실제로 때로는 원만하게 지냈지. 그들의 골수에 박힌 작센 근성이며 루터 근성을 나도 많이 갖고 있었고, 그걸 당당하게 즐기기도 했으니까. 하지만 나의 확고한 정신적 기질로는 그런 근성을 명료함과 우아함과 아이러니를 통해 더 나은 방향으로 순화하지 않을 수 없어. 그래서 그들은 나의 독일정신을 신뢰하지 않고, 내가 독일정신을 우롱한다고 여기지. 그래서 나의 명성도 그들에겐 가증스러운 골칫거리가 되는 거야. 그래도 나를 마음껏 활동할 수 있게 띄워주는 내 민족과 다투고 실랑이를 벌이는 고달픈 인생이지. 어차피 그래야 하는 거라면 괴롭지는 않아. 하지만 독일인들이 명료함을 싫어하는 것은 옳지 않아. 독일인들이 진리의 매력을 모른다는 것은 개탄할 일이지. 독일인들이 아련한 도취와 온갖 꼴사나운 무절제를 끔찍이 떠받드는 것은 역겨워. 그들의 가장 저급한 본능을 부추기고, 악덕을 강화하고, 고립되고 거친 민족성을 설파하는 미친 악당한테는 무조건 믿고 복종하지. 그들의 모든 품위가 철저히 망가져야만 비로소 자신들이 위대하고 근사하다고 착각하고, 외국인들이 진정한 독일인이라 여기고 존경하는 사람들에 대해서는 음흉한 악의로 눈을 흘기지. 한심해. 이런 자들과는 절대로 화해하지 않겠어. 그들이 나를 좋아하지 않으니, 정 그러면 나도 그들을 좋아하지 않아. 피장파장이지. 나는 내 방식대로 독일정신을 추구하는 거야. 그들은 나한테 속물근성 어쩌고 하지만, 바로 그들 자신의 악의적인 속물근성과 함께 그들을 악마가 데려가라지. 자기네들이 독일이라고 우기지만, 내가 곧 독일이야. 그들의 독일은 송두리째 파멸했고, 독일은 나를 통해 존속해 온 거야. 어디 나의 독일을 거부하겠다고 마음대로 굴어보라고. 그래도 내가 너희를 대표하는 거야. 그러니까 나는 천성적으로 대표자이지 순교자는 아니야. 비극보다는 화해가 훨씬 더 내 천성에 맞아. 나의 모든 활동은 화해와 절충이 아니던가? 나의 관심사는 이쪽과 저쪽 모두를 긍정하고 용인해서 유익한 결실을 거두고, 균형을 맞추고 화합을 이루는 것이잖아? 만인의 힘을 합쳐야 비로소 세상을 만드는 것이지. 그러니 개개인의 힘도 소중하고 계발할 가치가 있고, 모든 소양은 오로지 자기 자신을 통해서만 완성되지. 개성과 사회, 의식성과 소박함, 낭만주의와 실용주의 — 어느 한쪽이 아무리 완벽하다 하더라도 양쪽을 모두 받아들이고 통합해야 전체가 되고, 그러니 개별 원칙의 독주를 경계하면서 완성해나가야지. 그리고 또다른 원칙인 휴머니티를 언제 어디서나 보편적 자산으로 삼되, 자칫 오도되기 쉬운 이 최고의 모범을 은밀히 그 자체에 역행하는 방향으로 패러디하는 거야. 세상을 다스린다는 것은 아이러니의 정신으로 유쾌하게 양쪽 모두를 배반할 정도로 상대화하는 것이지. 그러면 비극은 제어되고 사라지는 거야. 아직 장인정신이 승리하지 않아도, 나의 독일정신이 승리하지 않아도. 나의 독일정신은 그러한 다스림과 장인정신에서 대표적으로 구현되지. 독일정신이란 자유, 교양, 전방위성, 사랑이니까. 그들이 이걸 모른다

해도 이 사실 자체는 변함이 없어. 나와 내 민족 사이에 비극적 갈등이 있냐고? 아, 무슨 소리야. 비록 다툼이 있긴 하지만, 나는 저높은 곳에서 경쾌하고도 심오한 유희정신으로 화해의 축제를 펼칠 거야. 구름으로 뒤덮인 북방의 마술적 심성을 영원히 푸르른 창공으로 비상하는 고대 그리스 정신과 결합하여 천재를 탄생시키는 것이지. 어디 말해보게, 어떻게 내가 이렇게 근사한 말을 하지? 아주 쉽게 나오네. 가슴에서 우러나오는 말이야……

"저한테 뭐라고 하셨습니까, 각하?"

"뭐라고? 아니야. 내가 무슨 말을 했나? 그렇다면 자네한테 한 말은 아니야. 나도 모르게 나온 말이야. 알다시피 사람이 나이가 들면 혼잣말을 중얼거리게 되지."

"나이 때문이 아니고 단지 사고가 활발하기 때문이지요, 각하. 분명히 젊은 시절에도 혼잣말을 하셨을 겁니다."

"자네 말도 맞아. 나이를 먹은 지금보다 훨씬 더 자주 그랬지. 혼잣말을 하면 좀 바보스러워 보이는데, 청춘은 바보 같은 시절이니 그럴 만도 하지. 하지만 나이가 들면 본래 그런 버릇이 없어지지. 젊은 시절에는 이리저리 돌아다니다보면 내 안에서 뭔가가 요동치고, 그러면 반쯤은 헛소리 같은 말을 중얼거리곤 했는데, 그게 곧 시가 되었지."

"예, 각하, 그게 바로 천재적 영감이라 일컫는 것이지요."

"그럴지도 모르지. 천재적 영감이 없는 사람은 그렇게 일컫지. 하지만 나이가 들면 계획과 개성이 바보 같은 천성을 보완해야 하고, 그렇게 성취한 것이 우리한테는 근본적으로 더 온당하고 가치가 있어. 이제 다 되었나? 이젠 마무리를 해야지. 자네는 자발적으로 자네 일을 무엇보다 중시하는 게 마음에 들어. 하지만 인생을 살아갈 채비를 하는 것도 자네가 맡은 일과 적절한 균형을 취하도록 해야지."

"무슨 말씀인지 알겠습니다, 각하. 하지만 무슨 일이든 내켜서 해야지요. 결국 제가 얼마나 귀한 분을 모시고 있는지 알고 있다는 게 중요하죠. 자, 여기 손거울을 보십시오."

"아주 근사하군. 손수건에 향수를 좀 뿌려주게. 아, 그래, 좋아! 향수는 생기를 북돋우는 멋진 발명품이야. 뒤로 땋은 머리를 주머니로 감싸던 두발 장식이 유행하던 시절에도 향수가 있었는데, 나는 평생 동안 향수를 맡아왔어. 나뽈레옹 황제는 머리끝에서 발끝까지 향수 냄새가 났는데, 유배지 쎄인트헬레나 섬에서도 향수가 떨어지지 않기를 바라야지. 자네도 알겠지만 인생 자체가 끝나가고 영웅적 행위도 끝나면 인생의 사소한 보조수단과 혜택이 중요해지지. 대장부의 일생도 그렇고 그런 거야. 저들은 불굴의 투지를 자랑하던 나뽈레옹을 도저히 빠져나올 수 없는 망망대해 한가운데에 가두어놓았지. 그의 투지를 꺾고 세상의 평화를 이루기 위해, 우리가 여기서 평온하게 어느정도 문화생활을 할 수 있게 하려고…… 그건 전적으로 옳아. 전쟁을 읊조리는 서사시의 시대는 지나갔고, 왕은 도망치고 시민이 승리하는 시대니까. 이제 유익한 시대가 도래하는 거야. 두고 보면 알겠지만, 화폐와 상거래, 정신, 무역과 복지가 중요해. 이런 시대에는 타고난 천성조차도 이성으로 순치되고 일체의 열광적인 분란도 영원히 사라져서 평화와 안녕이 영원히 확보될 거라고 믿고 기대할 수 있겠지. 아주 신선한 생각이야. 나는 이런 생각에 전혀 반대하지 않아. 하지만 거친 바다 한가운데서 조용히 자신의 기력을 질식당하는 나뽈레옹이 본능적으로 과연 어떤 심경일지 상상해보자고. 어떤 행동도 못하도록 결박당한 거인, 분화구를 막아놓은 에뜨나 화산[65] 격이지. 그 속은 부글부글 끓고 있지만 불덩어리가 분출될 출구가 막힌 거야. 자네도 알겠지만 용암은 제거되어도 새로 형성되지. 그런 생각을 하면 가슴이 답답하고, 동정심도 느껴져. 물론 이런 경우에는 동정심이 가당치 않은 감정이긴 하지만. 하지만 나뽈레옹이 평소 습관대로 여전히 향수는 갖고 있길 바라게 되지. 카를, 이제 작업을 진척해야겠으니 욘에게 오라고 전하게."

헬레나, 쎄인트헬레나, 나뽈레옹이 거기에 갇혀 있는데, 하필 헬레나라니. 내가 그녀를 찾고 있는데, 그녀가 나의 유일한 소망인데. 너무나 아름답고 매력적이야. 너무 아름다워서 그토록 갈망했는데. 프로메테우스가 결박당한 채 고통받고 있는 바위섬과 그녀의 이름이 같다니. 오로지 나에게만 속하고 이 시대의 삶에는 어울리지 않는 딸이자 연인. 오로지 그녀를 향한 창작의 갈망 때문에 나는 인생의 황혼녘까지 정복하기 힘든 이 작품[66]에 매달리고 있지. 인생과 운명의 실타래는 기묘하게 얽히고설켜 있어. 보라고, 내가 안식을 취한 작업장에서 아침마다 정신을 차리고 새로운 세계를 개척할 창작의 각오를 다져야만 해. 조력자와 참고문헌도 있고, 학문의 세계를 유익한 목적으로 정복하기 위한 수단과 자극도 있지. 작품을 풍요롭게 해주고 든든한 기초가 되고 유희정신도 함양해주는 모든 지식은 뜨거운 흥미를 유발하지. 쓸모없는 대상은 정신을 자극하지 못해. 당연히 나이가 들수록, 시야가 넓어질수록 정신활동에 유익한 대상은 그만큼 더 많아지지. 그렇게 계속 정진하다보면 어느새 쓸모없는 대상이란 없어지게 되지. 오늘 오후에나 저녁에 짬이

---

65 이딸리아의 활화산.
66 『파우스트』를 가리킴.

나면 여기 이 책에 나와 있는 식물의 기형 형성과 식물 질병에 관해 더 읽어봐야지. 생명에 관심을 가진 사람한테는 변이變異 형성과 기형이 아주 중요해. 어쩌면 병리현상은 정상적인 규범에 관해 가장 심오한 가르침을 주지. 질병의 관점에서 볼 때만 생명의 신비에 관해 대범한 통찰을 얻을 수 있다는 생각이 이따금 들어…… 어디 보자, 독서의 즐거움을 선사하는 정신세계의 작품이 잔뜩 쌓여 있네. 바이런의 『해적선』과 『라라』는 비범하고 당당한 재능을 보여주는데, 계속 더 읽어봐야지. 그리스Gries의 깔데론 희곡 번역도. 루크 슈툴의 독일어 발달사에 관한 책도 좋은 자극이 될 거야. 에르네스티의 수사학 사전도 더 연구해야지. 이런 책들은 의식을 일깨워주고 흥미를 자극해주지. 궁정도서관에서 오리엔트에 관한 온갖 도서들을 빌려온 지도 제법 되었지. 반납기한이 한참 지났어. 하지만 단 한권도 반납할 수 없어. 『서동시집』을 쓰는 동안에는 장비를 빼앗기면 안되니까. 연필로 밑줄을 그으며 읽고 있는데, 불평하는 사람은 없겠지. 『마호메트 탄생 찬송가』라. 빌어먹을, 또 생일 축가로군! 시작 부분을 볼까. 산바람의 정기精氣가 사방에서 불어오네, 울창한 골짜기들을 거느린 바위봉우리 위로. 골짜기들을 거느린 봉우리라, 제법 근사하게 엮었어. 이 정도면 쓸 만해. 대담한 호소력을 담은 이미지야. 골짜기는 어원상 들이마신다는 뜻인데, 아무렴 생일이니 마셔야지. 전에 썼던 '이 봉우리의 험준한 암벽'[67]이라는 구절도 이 비슷한 맥락이었지. 둘째 연에서는 시인의 정원을 배경으로 삼고, 허공에 떠다니는 에로스들의 품속이 범상치 않지. 셋째 연에서는 문화를 꽃피운 우아한 무리가 등장하는데, 전쟁의 신이

---

67 『서동시집』에 나오는 구절.

이들을 풍비박산 내지. 마지막 연에서는 다시 평화를 되찾아 위안을 얻고, 역경을 딛고 뜻을 세워서 우리의 정신은 다시 옛것을 충실히 계승하는데, '옛것'(Alten)과 '간직한다'(erhalten)라는 말의 각운이 맞아. 그리고 다시 금세 무리가 등장해서 제각기 자기 뜻대로 참견하려 들지. 좋아, 구술을 마치고 부지런히 손을 보면 20분이면 네개의 연을 합쳐서 완성할 수 있겠어.

참고작품과 원재료는 한낱 날것이 아니고 전적으로 이미 그 자체로 작품이 될 만한 것이고, 그 자체가 목적이지. 아무나 나서서 무질서한 재료에다 적당히 장미기름을 찔끔 뿌리고서 허접한 찌꺼기는 내버리면 완성되는 그런 게 아니야. 대체 무슨 근거로 시인이 무엄하게 자기가 신이라 참칭하고, 자기 주위의 모든 것을 마음 내키는 대로 써먹을 수 있는 잡동사니라고 얕잡아볼 수 있단 말인가? 자신이 대자연의 삼라만상을 비추는 유일한 거울이라 여기고, 자신의 벗들을, 또는 자기가 떠올리는 대상을 그저 백지 종잇장이라 여겨서 끄적거리면 된다는 것인가? 그건 무엄한 오만이 아닐까? 아니야, 그건 시인의 사명으로 부과되어 신의 이름으로 수행되는 존재형식이지. 그런즉 용서하고 즐기라고. 그저 즐기자고 그러는 것이니까…… 워링의 『시라즈 여행기』도 아주 유익해. 아우구스티의 『오리엔트 유적 탐방기』도 많은 도움이 되었어. 클라프로트의 『아시아 매거진』도 그렇고. 오리엔트 애호가 협회가 편찬한 『오리엔트의 보고寶庫』[68]는 열성적인 애호가들한테는 당연히 보물창고지. 힘든 일도 마다하지 않는 좋은 모임이야. 샤이히가 번역한 잘랄 앗딘 루미[69]의 시집은 다시 정독해야지. 아라비아의 하늘에 별처럼

------

68 괴테가 『서동시집』 집필에 가장 유익하게 참고한 책.
69 1207~73. 페르시아의 시인.

빛나는 7인의 시성詩聖들도. 『서동시집』의 부록으로 들어갈 오리엔트 문학에 관한 논고論考를 집필할 때는 『성경 및 오리엔트 문학 참고사전』이 결정적인 도움이 될 거야. 『아랍어 교본』도 있네. 장식 서체로 다시 좀더 연습해야지. 글씨 연습을 하면 접촉이 강화되지. 접촉이라, 심오한 말이야. 낯선 분야와 대상을 깊이 파고드는 방법과 요령에 관해 많은 시사점을 제공하지. 그게 빠지면 아무것도 이룰 수 없어. 몰입해서 공감하는 자세로 파고들고 탐사해야 애정을 갖고 파악하려는 세계에 정통할 수 있어. 그렇게 하면 내가 연구해서 파악한 디테일과 개성적으로 창조한 디테일의 차이를 아무도 구별하지 못하지. 나는 기이한 성자야![70] 시와 경구를 담은 작은 시집 한권을 집필하는 데 이렇게 많은 여행기와 풍속탐방기에서 자양분을 취해서 헤쳐나간다는 걸 사람들이 알면 깜짝 놀라겠지. 그걸 알면 독창적이라 하기 어렵겠지. 젊은 시절에는 『젊은 베르터의 고뇌』가 선풍적인 인기를 끌었는데, 브레트슈나이더라는 거친 인물이 내가 겸손하지 않다고 걱정을 했더랬지. 그가 나에 관한 궁극적 진실을, 혹은 그가 궁극적 진실이라고 생각한 것을, 나한테 말해주었지. 이렇게 말했지. 여보게, 착각하지 말게, 자넨 그리 대단한 사람이 아니야! 그깟 소설로 소동을 일으켰다고 해서 대단한 줄 알겠지만. 자네 머릿속에는 대체 뭐가 들었나? 나는 자네를 잘 알지. 자네는 대개 삐딱하게 판단하고, 오래 숙고하지 않으니 자네의 판단력은 신뢰할 수 없다는 걸 자네 자신도 근본적으로는 잘 알고 있잖아. 그리고 자네가 통찰력이 있다고 인정하는 사람들을 물고 늘어져서 논쟁을 벌이기보다는 대뜸 그들이 옳다고 인정하고 자네

---

70 부아스레가 괴테를 일컬은 표현.

의 약점을 순순히 실토하라고. 자네도 그 정도로는 영리해. 자네는 그런 사람이야. 또 자네는 마음이 불안해서 어떤 체계에도 안주하지 못하고 극단에서 극단으로 튀는데, 헤른후트 교단에 넘어갔다 자유주의 진영에 넘어갔다 할 수도 있는 위인이지. 자네는 딱하게도 설득에 잘 넘어가니까. 그래도 알량한 자존심은 있어서 자네를 제외한 다른 모든 사람들을 나약한 중생이라 여기는데, 그건 부당해. 실은 자네야말로 가장 나약한 사람이거든. 그래서 결과적으로 자네한테 영리하다고 인정받는 극소수의 사람에 대해서는 자네 스스로 따져보지도 않고 세상의 일반적인 평판에 따르지. 오늘 딱 한번만 이런 말을 하겠네! 자네는 확실히 능력의 싹이 보여. 시적 천재성을 갖추었지. 자네가 오랫동안 어떤 소재에 몰입해서 창작에 도움이 될 만한 것을 모조리 수집해서 속으로 계속 다듬으면 천재성이 발휘되지. 그렇게 하면 무조건 성공해서 괜찮은 작품이 나오지. 뭔가가 떠오르면 마음속에 혹은 머릿속에 잘 갈무리하고, 자네가 접하는 모든 소재를 작업에서 사용하는 찰흙 덩어리로 반죽하려 하지. 자네는 오로지 작품 말고는 다른 아무것도 생각하지도 궁리하지도 않아. 자네는 그런 방식으로 작업하고, 그 이상 아무것도 아니야. 대중적 인기를 끌었다고 해서 허황된 자만심을 품지 말게! —아직도 그가 했던 말이 생생해. 바보처럼 오로지 진실과 인식만 추구하는 기인이었는데, 악의는 전혀 없었고, 그 자신도 비판적 통찰력이 너무 예리해서 마음고생깨나 했지. 얼간이, 영리한 얼간이, 음울하고도 감각이 예리한 얼간이었어. 그의 말이 옳지 않았던가? 백번 옳은 말이었지. 마음이 불안하고, 자립심이 없고, 남의 영향을 잘 받고, 천재성을 타고났는데, 그 천재성이란 잘 수용해서 오랫동안 묵히고 보조자료를 고르고 활용할 줄 아는 능력이라고.

그 모든 말이 옳지 않았던가? 탐구할 작업수단이 도처에 준비되어 있지 않았던가? 내가 『서동시집』에 착수하기도 전에 이미 그 시대가 오리엔트에 대한 열렬한 호기심으로 달아오르지 않았던가? 하피즈를 내 손으로 찾았나? 하머의 훌륭한 번역 덕분에 하피즈를 발견했지. 나뽈레옹이 러시아 원정에서 대패한 바로 그해[71]에 하피즈를 읽고서 지성계를 풍미한 그 책에 흠뻑 매료되었지. 그 책을 읽으면서 나 자신이 감화를 받고 창조적 영감을 얻으면서 스스로 변해가는 걸 느꼈고, 이 독서체험을 생산적으로 활용하여 나도 이런 작품을 써야겠다는 욕구를 느꼈지. 그래서 페르시아풍으로 시를 쓰기 시작했고, 하피즈의 가면을 빌려 유희를 벌이는 새로운 매력적인 작업을 위해 필요한 모든 자료를 부지런히 지칠 줄 모르고 섭렵했지. 자립심이란 대체 뭐란 말인가. 하피즈는 독창적인 시인이었고, 독창성을 바탕으로 다른 바보들과 똑같이 했을 테지. 나는 20대에 이미 독창성 숭배자들을 곤경에 빠뜨렸지. 독창성을 숭배하는 유파가 얼마나 독창성과는 동떨어진 꼴불견인지 조롱했으니까. 내가 왜 그랬는지 그 이유를 나는 알았어. 사실 독창성이란 소름 끼치는 미친 짓이고, 작품을 낳을 수 없는 작가정신, 불임不姙 상태의 자만, 정신적인 노처녀나 홀아비, 불모의 바보짓이지. 나는 그런 독창성이라면 딱 질색이야. 내가 원하는 것은 생산성, 여성성과 남성성의 겸장, 수태할 수 있는 생식능력, 타자를 나한테 맞게 수용할 줄 아는 고도의 능력이지. 내가 성품이 활달했다는 외조모를 닮은 건 우연이 아니야. 나는 갈색 피부의 린트하이머 외조모가 남자의 모습으로 환생한 거라고. 자궁과 정자를 동시에 가진 양성兩性의

---

71 1813년.

예술로서, 일체의 것을 수용하되 나의 각인이 새겨짐으로써 그렇게 수용된 것은 세상을 풍요롭게 하지. 독일인들은 이런 태도를 배워야 하고, 그러니 내가 곧 그들이 추구해야 할 이상형이고 본보기인 거야. 세상을 수용하고 세상에 베풀면서, 생산적인 것이면 무엇이든 경탄하며 가슴을 활짝 열고 받아들여야지. 세상과 우리 자신을 중재하는 자세로 이성과 사랑, 정신활동을 통해 대범해져야 해. 정신활동의 역할은 곧 중재니까. 독일인은 그래야 하고, 그게 곧 독일인의 소명이야. 우리만 독창적인 민족이라고 마음을 닫으면 안 되지. 그건 몰취미한 관점에서 자신을 관찰하고 자신을 숭배해서 어리석어지는 것이고, 어리석음으로 세상을 지배하겠다는 거야. 언젠가는 화를 자초할 불행한 민족이야. 자기 자신을 제대로 파악하지 못하니까. 그릇된 자기인식은 세상의 비웃음을 살 뿐 아니라 세상의 미움을 사고 극단적인 위험을 자초하지. 틀림없이 독일인들은 혹독한 운명을 겪을 거야. 스스로를 배반하고, 본분을 잊고 설쳐대니까. 유대인처럼 온 세상에 흩어져서 살아야 할 거야. 그래야 마땅하지. 독일인들 중에 가장 훌륭한 사람들은 언제나 망명을 해서 살았으니까. 망명을 하고 흩어져 살 때만 비로소 독일인들은 잠재적 소양인 선을 행하는 집단이 되고, 다른 민족들을 구원하는 존재로 발전하고 세상의 소금이 되니까…… 기침 소리와 노크 소리가 들리는군. 천식을 하는 친구로군. "들어오게. 어서 들어오라고!"

"소인 대령했습니다, 추밀고문관님."

"그래, 욘, 자네로군. 잘 왔네, 더 가까이 오게. 오늘은 일찍 일어났네."

"예, 각하께서는 언제나 제때에 일과를 시작하시지요."

"내가 아니고, 자네 말일세. 오늘은 일찍 일어났다고."

"아, 저 말씀인가요, 죄송합니다. 제 얘기를 하시리라고는 짐작도 못했습니다."

"어째서 그런가, 그건 지나친 겸손 때문에 생기는 오해야. 자네는 내 아들과 함께 대학을 다닌 친구이고, 훌륭한 라틴어학자에다 법학자이고, 글씨도 잘 쓰는 달필인데, 그런데도 언급할 가치가 없다는 말인가?"

"그저 감읍할 따름입니다. 그런데 존경하옵는 어른께서 아침 일성으로 질책을 하실 줄은 미처 몰랐습니다. 제가 오늘은 제때에 용무를 보러 왔다고 하시니 지엄한 말씀을 그런 뜻으로 해석할 수밖에 없습니다. 가슴이 아파서 취침 전에 한참 동안 기침을 하는 통에 늦게야 잠이 들어서 종종 아침 늦게까지 휴식을 취하지 않을 수 없습니다. 그러면서도 추밀고문관님의 고매한 인덕을 믿고 안심했습니다. 게다가 설령 제가 뵙고자 해도 이른 아침 구술은 카를이 맡아주길 더 선호하신다는 걸 알았습니다."

"에이, 바보 같은 소리! 여보게, 어째 그런 소리로 쓸데없이 아침 기분을 잡치나? 내 말이 가혹하다고 트집을 잡더니 또 금방 내 행동이 너무 유하다고 신소리를 하는군. 내가 잠자리에서 카를에게 구술을 했던 것은 마침 그 친구가 곁에 있었기 때문이야. 그건 그냥 사무적인 용건이었고, 자네는 더 품위 있는 일거리가 많아. 내 말에 나쁜 뜻은 없었고 자네를 혼내려 했던 게 아니야. 나도 자네가 병약한 건 유념하고 고려해야 하지 않겠나. 우리는 그래도 기독교인이잖아. 자네는 키다리여서 내가 자네 앞에 서면 자네를 올려다봐야 하니까 오랫동안 앉아서 책 먼지 속에서 서류작업을 해야 하지. 그러니 젊은 사람의 가슴에 쉽게 천식이 생기는 거지. 일반적으로 천식은 청년기 질환이고, 나이가 들면 치료가 되지. 나는 스무살 무

렙에 객혈도 했는데, 지금은 이렇게 노구에도 말짱하잖아. 그래서
나는 웬만하면 뒷짐을 지고 어깨를 뒤로 펴서 가슴이 앞으로 나오
게 하지. 자, 보라고, 이렇게. 그런데 자네는 어깨가 축 처져서 가슴
이 쭈그러들었어. 자네는 너무 쉽게 병에 굴복해. 정말 기독교적인
인간애로 하는 말일세. 책 먼지를 견뎌낼 방도를 강구해야지, 욘.
짬이 나는 대로 책 먼지에서 벗어나 탁 트인 하늘 아래 초원과 숲으
로 산책도 하고 말도 타고 해야지. 나도 그렇게 해서 기운을 차렸지.
탁 트인 곳이 사람한테는 좋아. 발바닥을 맨땅에 딛고 있으면 대지
의 정기와 기운이 몸속으로 올라오지. 머리 위에는 하늘 높이 새들
이 날아다니고. 문명과 정신활동은 좋은 것이고 위대한 것이어서
우리는 그걸 누리고 싶어하지. 하지만 안타이우스처럼, 일단 안타
이우스라고 해두세, 대지의 기운을 충전하지 않으면 문명과 정신
활동은 사람을 피폐하게 만들고 병을 초래하지. 그런데도 사람들
은 그런 병 자체에 자부심을 갖고, 마치 무슨 명예나 탁월한 장점
이라도 되는 양 병에 애착을 갖지. 물론 질병이 장점인 측면도 있
긴 한데, 다른 의무를 면제받고 해방되는 느낌을 주니까. 기독교의
관점에서도 병의 여러 측면을 용인해줄 수 있어. 아픈 사람은 요구
사항이 많아지고, 입맛도 까다로워지고, 군것질을 즐기고, 음주도
즐기고, 남을 지배하는 대신 외톨이로 살게 되고, 제때에 일을 챙
기는 경우가 드물지. 그래서 예컨대 환자가 아픈 가슴을 담배로 자
극하고, 때로는 담배 연기가 환자의 방에서 새어나와 집 안으로 퍼
져서 담배 연기를 견디지 못하는 사람들에게 누가 된다고 쓴소리
를 하고 야단을 치고 싶다가도 세번은 더 심사숙고를 하게 되는데,
환자 자신도 상대방이 그렇게 신중히 대해줄 거라고 확신을 갖지.
담배 연기를 탓하는 것이지 자네를 탓하는 게 아니야. 내가 아무리

이렇게 말해도 자네가 나를 감당할 수 있고, 내가 자네를 좋아하고, 내가 자네를 야단치면 자네 마음이 아프다는 걸 나도 아니까."

"너무 죄송합니다, 추밀고문관 각하! 참담한 심경으로 용서를 구합니다! 그렇게 조심해서 온갖 조치를 취했는데도 제 파이프담배 연기가 문틈으로 새어나갔다니 너무나 경악스럽습니다. 추밀고문관님께서 담배 연기를 얼마나 혐오하시는지 익히 알면서도……"

"혐오라. 혐오하는 것도 일종의 약점이지. 자네는 내 약점으로 화제를 돌린 셈이군. 하지만 자네 얘기를 하고 있는데."

"지당한 말씀입니다, 경애하는 추밀고문관님. 지적하신 말씀을 추호도 부인하지 않고, 감히 변명할 생각도 않겠습니다. 하지만 제발 너그러이 저를 믿어주십시오. 제가 아직도 병을 이기지 못하는 것은 결코 병을 무슨 자랑이라고 내세우기 때문은 아닙니다. 저는 제 가슴병을 자랑할 이유가 없고, 오히려 가슴을 치며 통탄합니다…… 각하께서는 웃으실지 모르겠지만 정말 진심입니다. 저의 약점, 아니 악덕은 용서되지 않지요. 하지만 신체적인 고통을 핑계로 나쁜 습관에 빠지는 게 아니고 마음의 괴로움으로 심란하기 때문에 그러는 것입니다. 주제넘은 말씀이오나 저에게 후의를 베풀어주시는 각하께서는 인간의 마음을 훤히 꿰뚫어보시니 상기시켜드리자면, 젊은이가 신념과 확신이 뒤흔들리는 마음의 위기를 겪을 때는 명확하고 정확한 업무 수행이 곤란하게 됩니다. 저를 구속하는 의미심장한 새로운 주위환경의 영향 혹은 압박 때문에 저는 신념의 동요를 겪고 있고, 도대체 저 자신을 상실할지 아니면 제대로 찾아갈 수 있을지 스스로 자문하게 됩니다."

"그런데 여보게, 지금 자네가 겪고 있는 심각한 심경 변화에 관해서는 지금까지 나한테 제대로 알려주지도 않았고 내색도 하지 않았지. 자네가 에둘러 하는 말의 요지가 무엇인지 나도 대충 짐작은 가네. 욘, 솔직히 말하겠네. 자네가 한때 급진적인 정치노선과 혁명적인 열정에 빠진 적이 있다는 걸 처음에는 몰랐어. 자네가 전에 농부들의 부역에 반대하고 매우 급진적인 체제를 옹호하면서 군주들을 증오하는 팸플릿을 쓴 장본인이라는 사실을 미처 몰랐지. 만약 알았더라면 자네가 아무리 달필이고 지식이 풍부해도 내 집에 받아들이지 않았을걸세. 사실 고위 당국의 위엄 있는 인사들이 자네를 내 집에 받아들였다고 의아해하고 심지어 질책하는 잔소리까지 자주 들었어. 아들 녀석도 비슷한 언질을 주긴 했지만, 내가 제대로 이해하는 거라면 자네는 한때의 미혹에서 벗어나 혁명가를 자처했던 과오를 청산하고 국시와 지배체제에 봉사하는 일로 반듯하게 대접받으며 살고 싶은 게지. 하지만 이러한 자기정화와 성숙의 과정에 당당한 자부심을 갖고 자네 자신의 올곧은 판단과 뜻에 따라야지, 그 어떤 외부의 영향이나 고의적인 압력 탓으로 돌리지 않으면 좋겠네. 내 생각에는 그런 성숙 과정은 윤리적 갈등이나 행동장애를 해명하는 데는 아무런 도움이 되지 않아. 그건 분명히 치유의 과정이고 정신과 육체의 병을 낫게 하는 작용만 하니까. 정신과 육체는 아주 내밀한 상관성이 있고 서로 긴밀하게 얽혀 있어서 어느 한쪽에 어떤 영향이 가해지면 반드시 다른 한쪽도 축복을 받거나 나쁜 영향을 받게 마련이지. 자네의 혁명적 망상과 무절제가 내가 문명과 정신을 보완하는 안타이우스식 충전의 결핍이라 일컬은 현상과, 자연의 품에서 누리는 신선하고 건강한 삶의 결핍과 무관하다고 생각하나? 자네가 몸으로 앓는 병치레와 천식은 정신의 영역에서 겪고 있는 그런 망상과 똑같은 현상이 아닌가? 그게 만유일체의 원리라고. 몸을 움직여 운동을 하고 신선한 바람을 쐬고, 독주와 담배를 삼가게. 그러면 머리도 제대로 돌아가서 질서에 순응하고 당국의 마음에 드는 생각을 품게 될 걸세. 자연의 이치에 맞지 않게 세상을 개선해보겠다는 충동과 불쾌한 반발심 따위는 완전히 떨쳐버려. 자네의 소양을 잘 가꾸고, 기존 질서 안에서도 잘 할 수 있다는 걸 보여주라고. 그러면 자네 몸도 기분 좋게 튼튼해 지고, 삶의 즐거움을 보장하는 든든한 동반자로 강해질 거야. 자네 가 귀담아들을지는 모르겠지만, 내 충고는 이 정도로 해두세."

"오, 각하, 어찌 귀담아듣지 않겠습니까! 제가 어찌 감히 심오한 경험에서 우러나온 충고를, 그토록 지혜로운 지도편달을 감읍하 여 명심하고 수용하지 않을 수 있겠습니까! 저에게 들려주신 위로 의 확언이 길게 보면 완벽하게 사실로 입증되고 실현될 거라고 확 신합니다. 그런데 솔직히 말씀드리자면 지금 당장은 이 집안의 존 엄한 분위기 속에서 제 생각과 소신의 변화가 위태롭고 힘들게 진 행 중인데, 신념의 세계가 한쪽에서 다른 쪽으로 바뀌어가는 지금 의 과도기에는 당연히 제 상태가 아직은 몹시 혼란스러워서 고통 과 결별의 슬픔도 없지 않습니다. 그래서 너그러이 헤아려주십사 하는 요청을 드리지 않을 수 없습니다. 아뿔싸, 요청이라니요! 제 가 감히 무슨 요청을 드리겠습니까! 하지만 소인은 감히 너그러이 헤아려주십사 하는 소망을 피력하고자 합니다. 사실 제 생각이 바 뀌는 전향 과정에서 비록 미숙하고 유치하지만 그래도 원대한 여 러가지 소망과 믿음을 포기하지 않을 수 없습니다. 그런 소망과 믿 음은 비록 고통과 분노를 유발하고 우리 인간을 현실생활과의 고 통스러운 갈등으로 몰아넣긴 하지만, 그래도 인간의 영혼을 위로 해주고 지탱해주며 우리의 영혼이 더 차원 높은 현실들과 조화를 이루게 해줍니다. 제 민족을 혁명적으로 정화하겠다는 믿음, 자유와 정의를 위해 인류를 정화해야 한다는 믿음, 요컨대 이성의 기치 아래 지상에서 행복과 평화의 왕국을 건설하겠다는 열광적 믿음을 포기해야 합니다. 그리고 인간을 단련시켜주지만 가혹한 진실에 순응해야 하고, 상충하는 기운들의 충동질이 언제까지나 부당하게 맹목적으로 이리저리 쏠리다가 결국 어느 한쪽의 기운이 다른 쪽 기운을 가차 없이 제압하게 될 것입니다. 이 모든 과정이 결코 쉽지 않아서 고통스럽고 불안한 내적 갈등에 빠지곤 합니다. 이렇게 돌아가는 상황에서 그토록 힘든 성장 과정을 치르다보니 젊은 사람은 독주로 기분을 달래기도 하고, 지칠 대로 지친 생각을 담배 연기로 무마할까 하는 생각도 하게 됩니다. 그런데 높으신 분들의 강압적인 권위가 혁명적인 변란의 원인을 제공한 측면도 없지 않으니, 그렇다면 저 같은 처지에서는 높으신 분들께 다소 너그러이 헤아려주십사 하는 기대를 품어도 무방하지 않겠습니까?"

"그래, 됐어, 말재간은 좋구나! 자네는 열정적이고 책략에 능한 변호사가 될 수도 있었겠어. 어쩌면 아직도 그런 가능성이 있을지 모르지. 자네는 자신의 고통으로 다른 사람을 즐겁게 하는 재주가 있는데, 웅변가일 뿐 아니라 시인이기도 해. 비록 정치적 열광은 시인한테는 안 어울리지만 말이야. 시인이 정치가와 애국주의자 흉내를 내면 저급해지고, 자유는 시적인 주제가 아니니까. 자네는 타고난 언변으로 글쟁이와 대중연설가가 될 소질이 다분한데, 그 언변을 나를 아주 나쁘게 조명하는 쪽으로 이용해서 마치 내가 관여해서 자네한테서 인류에 대한 믿음을 빼앗고, 인류의 장래를 위한다는 명분으로 자네를 냉소적 절망 상태에 빠뜨린 것처럼 말하고 있어. 똑바로 듣게, 그건 잘하는 짓이 아니야. 내가 자네한테 호감을 갖지 않았던가? 나의 조언이 인류의 안녕보다는 자네 개인의 안

넝을 더 소중히 여겼다고 해서 나를 원망할 셈인가? 그렇다고 내가 인류를 혐오한다는 말인가? 나를 오해하지 말게! 우리가 맞이할 19세기는 단순히 지난 세기의 연장이 아니라, 지순한 세계를 추구하며 진보하는 인류를 지켜보면서 우리가 기뻐할 새로운 시대의 시작이야. 나도 그런 가능성은 전적으로 인정하고 신빙성이 있다고 생각하네. 하긴 어중간한 중간층의 문화가 다시 천박해질 조짐을 보이긴 하지. 지금 중간층 문화의 두드러진 특징은 아무런 상관도 없는 다수가 통치에 관여하려 드는 거야. 아래쪽에서는 젊은이들이 광기를 부려서 최고위 국정에 관여하려 들고, 위쪽에서는 허약하고 지나친 자유주의에 물들어서 매사에 도를 넘어서 굴복하는 경향이 있어. 그래서 과도한 자유주의의 난점과 위험을 깨닫게 되는데, 그런 자유주의는 개개인의 요구사항들을 조장해서 바라는 게 너무 많은 탓에 대체 어떤 요구사항을 충족해줘야 할지 모를 지경이지. 갈수록 더 위쪽에서는 과도한 자비와 우유부단함과 도덕적 나약함 때문에 장기적으로는 버티지 못할 거라고 예상되지. 위아래가 뒤죽박죽이 되어서 때로는 파렴치한 세계를 바로잡아서 권위를 세워야 할 필요성이 절실한데 말이야. 엄격하게 법질서를 유지하는 것이 불가결해. 심지어 범법자들의 귀책사유를 정하는 기준도 느슨하게 풀어지기 시작해서 의사의 증언과 감정鑑定을 악용하여 죄인이 처벌을 면하는 경우도 있지 않은가? 그러한 전반적인 기강해이를 바로잡으려면 성품이 강직해야 하지. 그런 점에서 나는 최근에 추천받은 슈트리겔만이라는 젊은 의사를 칭찬하네. 그 친구는 그런 경우가 발생하면 강직한 성품을 발휘하는데, 최근에 영아를 살해한 어떤 여성이 과연 귀책사유가 있는지 법원이 의문을 표하자 당연히 귀책사유가 있다는 쪽으로 증언을 했지.”

"슈트리겔만 의사를 칭찬해주시니 정말 부럽습니다, 각하! 그 의사처럼 되도록 노력해서 강직한 성품을 기르도록 매진하겠습니다. 예, 매진하겠습니다! 아, 저의 심경 변화의 어려움에 관해 말씀드릴 때 저한테 후의를 베풀어주시는 각하께 모든 것을 다 고백하지는 못했습니다. 아버지나 고해신부님을 대하듯 각하께 모든 걸 털어놓고 싶습니다. 제 신념이 바뀌고 질서와 기존 체제와 법에 대해 새로운 태도를 취하면서 저는 이제 버리고자 하는 미숙한 꿈 때문에 슬픔과 결별의 고통만 느꼈던 게 아니라, 말씀드리기 난처합니다만 이전까지는 몰랐던 명예욕을 주체하지 못해 가슴이 두근거렸습니다. 집요한 명예욕 때문에도 술과 담배를 했습니다. 한편으로는 명예욕을 잠재우고자, 다른 한편으로는 명예욕에 편승해서, 명예욕을 실현시켜줄 새로운 꿈을 더 열렬히 추구하고자 그랬던 것입니다."

"흠, 명예욕이라고? 어떤 부류의 명예욕 말인가?"

"법을 지키고 권력을 존중하겠다는 결심이 반발심보다 더 유리하다는 생각이 들자 명예욕이 생긴 것입니다. 반발심은 고행을 자초하지만, 권력을 인정한다는 것은 곧 권력에 봉사하고 권력의 향유에 동참하겠다는 마음가짐을 뜻합니다. 이것이 곧 저를 사로잡은 새로운 꿈이고, 저의 성숙 과정 덕분에 과거의 꿈은 이 새로운 꿈으로 바뀌었습니다. 요컨대 권위를 인정한다는 것은 곧 권위에 대한 정신적 봉사를 뜻하고, 그런즉 제가 젊은 혈기에 이 깨달음을 곧장 실천으로 옮기고 싶어서 안달하는 것도 각하께서 이해해주시리라 믿습니다. 그래서 뜻하지 않게 제 신상에 관해 대화를 나누게 된 이 절호의 기회를 빌려 한가지 청원을 드리고자 합니다."

"어떤 청원인가?"

"제가 각하의 자제분과 함께 공부한 인연 덕분에 지금 맡고 있는 업무와 근무조건이 얼마나 훌륭한지는 두말할 나위 없습니다. 저 자신과 온 세상이 소중히 여기는 이 집안에 지난 2년 동안 머물면서 지대한 후의를 입은 것에도 감사드립니다. 다른 한편으로 제가 이 집에서 없어선 안될 사람이라고 자만하는 것도 어리석은 생각입니다. 저는 각하께서 도우미로 부리시는 여러 사람 중의 한명에 불과하니까요. 아드님도 있고, 리머 박사와 사서 크로이터 씨에다 시종도 있지요. 게다가 최근에는 제가 혼란스러운 생각과 천식으로 인해 각하의 책망을 들을 빌미도 제공했다는 걸 잘 알고 있습니다. 그리고 각하께서 저를 곁에 두고 특별히 중용하신다는 느낌도 들지 않습니다. 무엇보다 제가 키가 너무 크고, 안경을 끼고 있고, 얼굴도 흉하게 얽어서 그런가 싶기도 합니다."

"그래, 무슨 말을 하려는 건가?"

"저의 구상과 열렬한 소망은 각하를 모시는 일을 접고 국가에 봉사하는 자리로 이직을 했으면 하는 것입니다. 특히 저의 정화된 새로운 신념을 입증하기에 유리한 기회를 제공할 만한 부서에서 일했으면 합니다. 저의 부모님은 비록 가난하지만 체통을 지키는 분들인데, 드레스덴에 부모님의 친구이자 후원자인 페어로렌 대위라는 분이 계십니다. 그분은 프로이센 검열 당국의 최고위층 인사들과 개인적 친분이 있습니다. 제가 감히 청을 드려도 된다면, 저의 정치적·윤리적 신념의 변화를 인정하는 내용으로 페어로렌 대위님께 저를 추천하는 편지를 써주셨으면 합니다. 그러면 아마 대위님이 저를 한동안 데리고 있다가 다시 그분 자신이 제가 원하는 적절한 자리로 저를 천거해주실 것입니다. 그렇게 되면 저는 검열 당국의 위계질서에서 제 길을 가고자 하는 열렬한 소망을 이룰 수 있

416

을 것입니다. 그러면 저는 지금까지도 늘 그래왔듯 추밀고문관님께 평생 감사드려도 모자랄 은혜를 입게 되는 것입니다!"

"그래, 욘, 그렇게 되도록 해보겠네. 드레스덴으로 편지를 쓰는 것쯤이야 별일 아니지. 비록 자네가 한때 죄를 짓긴 했지만, 무법자들을 제지하는 직무를 수행하는 사람들이 유화적인 판단을 내릴 수 있게 도와줄 수 있다면야 나로서도 기쁜 일이지. 그런데 자네의 소신 변화와 연동되어 명예욕이 생겼다고 한 말은 썩 달갑지는 않아. 하지만 자네의 여러 측면이 달갑지 않은 것은 이미 익숙해졌고, 그렇더라도 자네가 만족하길 바라네. 내가 자네의 이직을 도와줄 마음이 내키는 것도 그런 이유 때문이기도 하니까. 추천서를 써주겠네. 어디 보자, 이렇게 쓰면 되겠군 ─ 이 유능한 사람이 한때의 혼란스러운 생각을 자각하고 극복하여 순수한 활동에 헌신할 수 있는 기회가 주어진다면 더없이 기쁘겠습니다. 이러한 인간적 시도가 성공을 거두어서 장차 유사한 상황에 처한 다른 사람들에게 확신과 용기를 심어줄 수 있기를 바라 마지않습니다. 이 정도면 되겠나?"

"너무 훌륭합니다, 각하! 너무 황송해서 몸 둘 바를 모르겠습니다."

"그럼 잠시 자네 일을 접고 내 일을 봐도 되겠는가?"

"오, 각하, 제가 용서받지 못할 결례를 범했습니다……"

"나는 이렇게 서서 『서동시집』에 들어갈 시들을 살펴보는 중이었네. 요 근래에 시가 제법 늘어났어. 몇편 더 추가하여 정리했는데, 전체 분량은 여러 부로 나누기에 충분해. 자, 보게. 비유 시편, 줄라이카 시편, 주막 시동 시편. 이 중에 몇편은 여성용 달력에 수록하도록 출판사로 보내려 하는데, 워낙은 내키지 않는 일이야. 왕관이 마무리되어가는데, 보석을 빼내어 엄지와 집게손가락 사이에 끼워서 내보이고 싶지는 않거든. 그렇게 낱개로 떼어놓으면 시가 제대로 살아날지도 의문이야. 낱개로는 안되고 전체가 있어야 해. 이 시집은 빙빙 돌아가는 천구, 천체 같은 것이지. 게다가 독자들을 계몽하기 위한 주석으로 준비 중인 부록 논고도 없이 시집의 일부를 생소한 독자들한테 선보이는 것도 망설여져. 부록에서는 오리엔트의 사상과 풍속 그리고 어법에 관해 독자들에게 역사적인 개관을 해주어서 수록된 시들을 제대로 즐겁게 음미할 수 있게 해야지. 다른 한편으로 독자들에게 불친절하게 굴어도 곤란하고, 자잘한 색다른 구경거리나 정감 어린 농담으로 친숙하게 다가가고 싶은 소망을 담아 표피적인 호기심도 충족해주는 거지. 여성용 달력에 어떤 시를 넣으면 좋겠나?”

“여기 이 시는 어떨까요, 각하? ‘현자가 아닌 누구에게도 말하지 말라.’ 신비로움이 느껴지는 시죠.”

“아냐, 그건 안돼. 격에 맞지 않아. 기발한 착상에서 나온 시인데, 돼지 목에 진주를 달아주는 격이야. 책에는 어울리지만 달력에는 안 맞아. 하피즈는 사람들한테 낭송을 해줄 때 사람들이 흔쾌히 쉽고 편하게 들을 수 있어야만 즐길 수 있다고 확신했는데, 내 생각도 같아. 그래야 이따금 무겁고 어려운 것, 달갑지 않은 것도 슬쩍 끼워넣을 수 있지. 예술에서도 외교적인 기교가 없으면 먹히지 않아. 여성용 달력이라니까. ‘여자는 조심조심 다루게!’ 이 시가 어울리겠어. 하지만 구부러진 갈비뼈로 만들었다는 구절은 곤란해. ‘바로 펴려고 하면 부러질 테니./가만 내버려두면 점점 더 구부러질 테니.’ 이 구절도 외교적 어법에 어긋나니 이 시는 그냥 책에만 수록해야겠어. ‘내 펜촉에서 사랑스러운 말이 흘러나오길!’ 이 시도 같은 부류야. ‘바보 아담은 흙덩어리였지.’ 이 시처럼 유쾌하고 정

감 어린 시 혹은 내밀한 시가 더 없을까. '하늘에서 물방울 하나 두
려워하며 떨어지고,/(…) 존속할 힘을 얻어(…)/황제의 왕관에 찬란
한 진주 되어.' 이 시도 괜찮겠어. 그리고 '천국의 달빛 아래' 하느
님이 가장 좋아하는 두가지 상념 운운하는 이 시는 작년에 쓴 것인
데 괜찮겠어. 자네 생각은 어떤가?"

"아주 좋습니다, 각하. 그밖에도 탄복할 시 '절대로 당신을 잃고
싶지 않아요'는 어떨까요? 정말 아름다운 시죠. 다음 구절도요. '뜨
거운 정열로/내 청춘을 장식해주세요.'"

"흠, 그 시는 아냐. 여성의 목소리잖아. 내 생각에는 여성들은 오
히려 남자 시인의 목소리를 듣고 싶어하겠지. 그러니까 바로 앞에
나오는 구절 같은. '한움큼 재를 보며 그녀는 말하리/그이가 날 위
해 산화했다고.'"

"아주 좋습니다. 솔직히 말씀드리면 저의 제안도 관철하고 싶었
습니다만. 흔쾌히 동의하는 걸로 만족하겠습니다. 한가지 유의하
셨으면 하는 것은 '그리스인들의 헬리오스 태양'은 퇴고가 필요하
지 않을까 싶습니다. '그리스인들의 헬리오스'와 '우주를 정복하
고'라는 구절은 언어가 정화된 고상한 운율이 아니거든요."

"에이, 곰은 굴속에서 하던 습관대로 소리 지르는 걸세. 그대로
두자고. 두고 보면 알게 될 걸세. 괜찮으면 좀 앉게나. 자서전을 구
술해야겠네."

"받아적을 준비가 됐습니다, 각하."

"여보게, 다시 일어나보게! 자네 상의 옷자락을 깔고 앉았잖아.
그렇게 한시간 동안 앉아 있으면 옷이 짓눌려서 보기 흉하게 구겨
진다고. 내 일을 돕는다고 그런 꼴이 되면 쓰나. 부탁이니 양쪽 옷
자락을 구겨지지 않게 의자 아래로 편하게 늘어뜨리게."

"신경 써주셔서 감읍하옵니다, 각하."

"그럼 이제 시작할 수 있겠네. 아니, 계속하는 거지. 다시 시작하려면 더 어려우니까.

'이 무렵 상류층에 대한 나의 입장은 아주 호의적이었다. 비록 『젊은 베르터의 고뇌』에서는 상이한 처지에 있는 두 신분 사이의 경계에서 불쾌감을……'"

아침식사가 들어와서 구술이 중단되고 그 녀석이 나가서 좋아. 그 녀석은 견디기 힘들어. 하느님도 이해하시겠지. 그 녀석이 취하는 사고방식은 죄다 내 인내심을 건드리고, 내가 보기엔 예전의 사고방식보다 새로 취한 사고방식이 더 고약해. 후텐이 피르크하이머에게 보낸 편지가 생각나는군. 그 편지는 서류함 속에 보관하고 있는데, 그 당시 우리 귀족들의 건실한 신념과 프랑크푸르트의 상황이 잘 서술되어 있지. 그 편지를 떠올리지 않았더라면 오늘을 순조롭게 넘기기 힘들었을 테고, 그 녀석을 견디기 힘들었을 거야. 닭날개 요리에 태양의 선물인 포도주를 죽 들이켜서 그 녀석이 내 마음에 남긴 역겨운 뒷맛을 날려보내야지! 그런데 대체 어쩌자고 드레스덴으로 추천서를 써주겠다고 약속했지? 그랬다는 게 화가 치밀어. 그저 마음에 드는 추천서 초안을 잡고 싶었을 뿐이지. 하지만 미사여구를 즐기는 건 위험해. 말은 곧 행동을 구속한다는 걸 깜빡 잊게 하니까. 그래서 어쨌거나 당사자가 품고 있을 법한 생각을 당사자를 위해 극적으로 표현하는 것이지. 그 녀석의 정나미 떨어지는 명예욕을 도와주고자 굳이 추천서를 써주겠다고 승낙해야만 했을까? 그 녀석은 질서의 열광적 신봉자가 되고 법대로만 하는 잔혹한 심문관이 될 텐데, 그게 무슨 소용이 있지? 그 녀석은 그래도 한때 자유를 꿈꾼 젊은이들을 닦달하겠지. 내 체면을 지키고자 그 녀석의 전향을 칭찬할 수밖에 없었지만, 그래서 결국 몹쓸 비탄을 초래하잖아. 내가 어째서 언론의 자유에 반대하지? 어중간한 문화를 조장하기 때문이지. 법으로 제약을 가해야 유익해. 도를 넘어선 저항은 천박해지니까. 하지만 제약을 받으면 부득불 기지를 발휘하지 않을 수 없게 되고, 그게 큰 장점이야. 전적으로 옳은 생각을 가진 사람도 직선적이고 거칠 수 있지. 하지만 특정한 당파로 뭉치면 올바른 생각을 할 수 없어. 당파의 입장만 고수하니까. 당파는 간접적인 방식으로 활동해야 어울려. 그런 면에서 프랑스인들은 본보기를 보여주는 달인들이야. 반면에 독일인들은 소신을 직설적으로 토로하지 않으면 비겁하다고 생각하지. 그래서는 완곡하게 처리할 일은 성공하지 못해. 무엇보다 문화가 중요해! 내가 말하려는 건 어떤 계기가 있어야 정신이 자극을 받는다는 것이지 그 이상은 아니야. 욘이라는 녀석은 천식이나 앓는 얼간이야. 그 녀석한테는 정부 편에 서든 반정부 편에 서든 피장파장이야. 그런데도 한심한 생각을 고쳐먹은 게 무슨 장한 일이라고 착각하지……

그 인간과 나눈 대화가 역겹고 짜증스러웠다는 걸 뒤늦게야 제대로 깨달았네. 그 욕심꾸러기 녀석이 너절한 얘기를 늘어놓는 바람에 식사를 망쳤어. 그 녀석은 나를 어떻게 생각하는 걸까? 내가 어떤 생각을 한다고 생각할까? 자기도 나와 비슷한 생각을 한다고 생각하는 걸까? 한심한 명청이야. 그런데 어째서 그 녀석한테 이렇게 짜증이 나는 거지? 내가 유독 그 녀석 한 사람한테 짜증을 낸다는 게 대체 있을 수 있는 일일까? 이런 짜증은 원망에 가까운 것 같기도 하고, 아니면 그 녀석과 무관하게 단지 내 작품에 관한 근본적인 고민과 나 자신에 대한 질문에 더 가까운 것 같기도 해. 작품에 관한 고민은 온갖 부류의 걱정과 불안한 의혹을 수반하지. 작품은 곧 객관화된 양심이니까. 행동의 기쁨, 바로 그거야. 멋지고 위대한 행동, 그거야. (그 녀석은 이런 나를 어떻게 생각할까?) 파우스트는 행동하는 삶, 정치적인 삶, 인류에 봉사하는 삶으로 나아가야 해. 그는 뭔가를 추구하기 때문에 구원받아야 하는데, 그가 추구하는 것은 원대한 정치의 형태를 취해야 해. 역시 천식환자였던 위대한 쉴러는 그걸 통찰했고 나한테 그렇게 말해주었지. 사실 쉴러의 말이 전혀 새로운 건 아니었어. 다만 쉴러는 그답게 말을 잘했고, '정치'를 말할 때도 신 과일을 먹을 때처럼 입이나 영혼이 일그러지지 않았지. 쉴러는 그러지 않았어. 그런데 메피스토펠레스는 어디에 써먹지? 파우스트에게 명성의 정령들이 나타나서 위대한 행동을 예찬하도록 메피스토펠레스가 거들어주면 되겠네. "에이, 당신이 명성을 원하다니 부끄러운 줄 아시오!" 책상에 메모가 있는데, 어디 살펴봐야지. "절대 아니다! 이 지상에는/아직도 위대한 행동의 여지가 있다./경탄할 만한 일을 도모해야지,/과감하게 투신할 힘이 솟구친다."[72] 좋아. '과감하게 투신할'이라는 구절이 딱 좋아, 유감스럽게도 불쾌한 정치사에 연루되지만 않으면. 질풍 같은 성격의 파우스트가 악마의 도움으로 인간사의 학습장을 철저히 섭렵하려면 형이상학적 사변의 세계에 실망해서 이상주의적 실천의 세계로 나아가는 것도 빼놓을 수 없는 과정이지. 한때 파우스트는 동굴 같은 서재에 처박혀서 철학적 사변으로 천상의 세계로 돌진했고, 그러고는 어린 소녀와 갑갑하고 비참한 연애를 했지. 그때 파우스트는 어떤 존재였고 또 나는 어떤 존재였던가? 이제 파우스

72 『파우스트』 2부 10181~84행.

트의 노래는 사춘기의 어리석음과 시시한 천재성의 영역에서 벗어나 객관적인 세계로, 행동하는 세계정신과 대장부의 정신으로 성숙해야 해. 학자의 골방에서 벗어나고, 황제의 궁성에서 방에 처박혀 머리를 굴리던 시절에서 벗어나야 해. 구속을 싫어하고 더 높은 불가능의 세계를 넘보면서 영원히 노력하는 파우스트는 여기서도 자신의 존재를 입증해야 해. 다만 한가지 의문은 세계정신과 대장부의 원숙함이 과연 지난 시절의 무절제와 어떤 관련이 있느냐 하는 것이지. 세상을 행복하게 만들겠다는 정치적 이상주의를 추구하는 그가 여전히 도달할 수 없는 것을 갈망하는 굶주림에 시달리는 자인가? 괜찮은 착상이었어. 갈망의 굶주림에 시달리는 자, 메모해두었다가 적절한 대목에 삽입해야지. 이 표현은 귀족적 이상주의를 내포하고 있어. 독일적인 것으로 독일적인 것을 길들이는 것보다 더 독일적인 것은 없지…… 행동하면서 지상에서 더 나은 세계, 고귀하고 바람직한 세계를 실현하기 위해 권력과 손잡는 것이지. 하지만 그는 좌절하고, 그가 아무리 열변을 토해도 군주와 조신들은 지루해서 죽을 지경이니 악마가 개입해야 하고, 그래서 발칙한 허튼짓으로 상황을 반전시키면 그만이지. 그러면 정치적 열정에 들떠 있던 파우스트도 금세 오락의 달인과 궁정 기술자로 전락해서 마술 폭죽놀이를 연출하지. 나는 카니발을 즐기지. 신화의 인물들이 등장하는 성대한 가장무도회가 열려서 허황된 재담을 떠벌리는데, 가령 실제 현실에서 대공 전하의 생신 축하연이나 황제의 어전에서는 그런 재담이 너무 상스럽겠지. 가장무도회는 독설적이고 호색적인 분위기 속에서 그런 장난으로 넘어가야 해. 그러기 전까지는 파우스트는 진지해야 해. 인류의 행복을 위해 통치를 하겠다고 덤비는 거야. 거창한 신념의 말도 찾아야 하는데, 이 가슴에서 우러나와야지. 그런 대사가 어디 있더라? "사람들은 귀가 밝아서/순수한 말은 아름다운 행동을 촉발한다./인간은 필요한 것을 너무 잘 알기에/기꺼이 진지하게 조언을 얻으리라." 마음에 드는군. 긍정적인 것과 창조적 선행을 베푸시는 하느님 자신이 '천상의 서곡'[73]에서 악마에게 이렇게 답하셔도 되겠는걸. 나는 창조적 선행, 긍정적인 것을 중시하고, 불행하게 반대자의 편에 서지는 않아. 황제의 궁성에서 메피스토펠레스가 발언하는 것도 원래 내 생각에는 맞지 않아. 파우스트는 메피스토펠레스가 황제 알현실의 문턱을 넘는 것을 원하지 않지. 어전에서 말과 행동으로 사람을 현혹하는 속임수를 쓰는 것도 금지하지. 그가 가는 도정에서 마술이나 악마의 속임수는 멀찌감치 떨어져 있어야 해. 이 장면에서도 그렇고, 헬레나 장면에서도 마찬가지야. 파우스트는 헬레나가 환생하도록 할 때도 조건을 달지. 다른 모든 요소들은 순전히 인간적인 관점에서 진행되어야 하고, 헬레나에게 구애를 하는 그 자신도 순전히 자신의 힘과 정열로 그녀의 사랑을 얻겠노라고. 앞뒤가 놀랍게 일치해. 쉴러가 아직 살아 있다면 이 까다로운 조건을 과연 충족할 수 있을지 지켜볼 텐데…… 또다른 조건이 있지. 이 조건 여하에 모든 게 좌우되고, 젊음과 노년이 뒤섞여서 가로막히는 난관을 순조롭게 풀어갈 가능성은 오로지 이 조건 여하에 달려 있지. 다름 아닌 경쾌한 기분, 절대적인 농담조의 조건을 충족해야 해. 오로지 유희정신으로 마법의 오페라를 연출할 때만 성공할 수 있어. 한바탕 소극笑劇을 펼친다는 느낌이 들어야만 완성할 수 있어. 친구여,[74] 자네 역시 유희정신보다 더 높은 수준의 경쾌한 정서를 생각할 수 있겠

---

73 『파우스트』의 시작 부분.
74 쉴러를 가리킴.

나? 자네는 '시적이지 않은 진지함'이란 말을 곧잘 했고, 『인간의 미적 교육에 관한 서한』에서도 자네가 모범으로 삼은 사상가[75]의 권위를 빌려 미적 유희를 예찬해서 많은 가르침을 주지 않았던가? 유희정신은 경쾌하지만, 그 경쾌함을 이루기란 어려운 법이지. 그리고 경쾌한 것을 어렵게 받아들일 때 비로소 아주 어려운 것도 경쾌하게 받아들일 수 있지.

　내 시가 있어야 할 자리는 바로 거기고, 그렇지 않으면 내 시가 설 자리는 없어. 고전적 발푸르기스의 밤…… (정치 문제를 생각하다가 옆길로 샜네. 정치 문제는 아예 잊어버리면 좋다는 걸 나도 잘 알고, 근본적으로는 정치를 접겠다고 진작 결심했더라면 더 편하게 지냈을 거라고 느끼지. 명청한 천식환자 녀석과 이야기를 나눌 때부터 그런 느낌이 들었고, 그래서 짜증이 났지. 그렇지 않아도 이미 써둔 시들 때문에 언짢았는데……) 즐겁고 희망찬 쪽으로 생각을 돌리자면, 고전적 발푸르기스의 밤은 궁정 가장무도회를 훨씬 능가하는 굉장한 재미를 선사할 거야. 무거운 생각을, 인생의 비밀을 보여주는, 재치 있는 몽상으로, 오비디우스풍으로 인간이 성숙하는 과정을 보여주는 유희. 일체의 엄숙함을 배제하고, 아주 경쾌하고 흥겨운 스타일로 엮어서 메니포스[76]풍의 풍자극으로 써야지. 집에 루키아노스[77] 작품집이 있던가? 그래, 어디 있는지 알아, 참고삼아 다시 읽어봐야지. 전혀 예기치 않게 마치 꿈속에서 영감을 얻듯이 호문쿨루스를 떠올린 생각을 하면 속이 짜릿해. 호문쿨루스가 절세의 미녀 헬레나와 생명의 신비를 교감하는 허물없는

---

75 칸트를 가리킴.
76 기원전 3세기에 활동한 그리스 작가.
77 2세기에 활동한 로마의 풍자작가.

관계를 맺을 거라고 과연 누가 상상이나 할 수 있겠어. 최고의 관능적 인간미가 나타나는 대목을 익살스러운 과학담론과 탈레스의 수성설水成說로 뒷받침하고 동기부여를 하면 근사하지! "자연이 고양되어 만들어내는 궁극적 산물은 아름다운 인간이다."[78] 빙켈만은 아름다움과 감각적 휴머니즘을 제대로 이해했지. 그 친구가 아름다움의 생물학적 근원을 드러내고 수용하려는 이 과감한 시도를 봤더라면 기뻐했을 거야. 사랑의 힘으로 모나드[79]가 엔텔레케이아[80]로 성숙한다는 상상력, 모나드가 대양에서 조그만 유기질 점액 덩어리로 시작하여 아득한 세월 동안 생명의 아름다운 변형 과정을 거쳐서 마침내 고귀하고 사랑스러운 형상으로 완성된다는 상상력에서 얻는 기쁨이지. 드라마에서 정신적 기지의 요체는 동기부여라고. 그런데 친구여, 그들은 동기부여를 좋아하지 않았고, 시시하게 생각했고, 동기부여를 무시하면 대담하다고 여겼지. 하지만 두고 보면 알겠지만, 시시하다는 비난이 통하지 않는 대담한 동기부여도 있지. 일찍이 극중인물이 이처럼 절묘한 준비 과정을 거쳐 등장한 적이 있던가? 당연히 여기서는 아름다움 그 자체가 등장하는 거고, 그러기 위해 특별한 장치들을 고안하고 동원했지. 더 중요한 것은, 당연히 그런 장치가 전혀 눈에 띄지 않게 순전히 예감의 형태로만 이해될 수 있도록 고안되었다는 거야. 모든 것은 신화적인 유머와 회화에 의존하고 있지. 여기서 심오한 자연철학적 착상은 경쾌한 형식과는 모순되지. 비극에서 차용한 장엄한 대사도 헬레나 장면에서 음모적인 속임수로 전개되는 사건과는 우스꽝스럽게

---

78 괴테가 빙켈만에 관해 쓴 글에 나오는 구절.
79 만물의 최소 단위.
80 만물의 형성 원리.

모순돼. 패러디야…… 나는 패러디에 관한 상념을 가장 즐기지. 오묘한 인생행로에는 곰곰이 생각할 거리가 많고, 예술에 수반되는 일체의 생각할 거리 중에서도 패러디야말로 가장 진기하고 유쾌하면서도 가장 오묘한 것이지. 경건한 마음으로 해체하고, 미소 지으며 작별을 고하는 거야…… 보존하면서 계승하는 거야, 농담과 욕설을 섞어서. 사랑하는 것, 신성한 것, 오래된 옛것, 숭고한 모범을 되풀이하되, 그 모범에 패러디의 각인을 새겨서, 그렇게 재탄생한 작품이 에우리피데스 이후의 희극처럼 모범을 조롱하는 후대의 해체현상에 근접할 정도의 수준과 내용으로 되풀이하는 거야…… 기구한 인생이야, 고독하고, 이해받지 못하고, 절친한 벗도 없는 차가운 인생. 아직도 거친 민족 한가운데서 나는 일찍이 믿음직하게 꽃피었다가 눈에 띄게 몰락해가는 세계의 문화를 내 손으로 직접 종합하고 있지.

빙켈만은 이렇게 말했지. "엄밀히 말하면 아름다운 인간이 아름다운 것은 단 한순간일 뿐이라 할 수 있다." 묘한 문장이야. 우리는 형이상학적인 것에서 아름다움의 순간을 낚아채지. 숱하게 경탄도 자아내고 비난도 많이 받은 아름다움[81]은 음울한 완벽함으로 드러나니까. 작고한 빙켈만은 순간의 영원함을 그런 말로 고통스럽게 신격화했던 거야. 예민한 감각으로 괴로워했고 열정과 사랑이 넘쳤던 그 소중한 친구는 감각의 세계를 예리한 지성으로 깊이 통찰했지! 내가 자네의 비밀을 맞혀볼까? 자네의 모든 지식에 영감을 불어넣어주는 요체는 믿음을 상실한 현대인의 열정이고, 그런 열정이 자네를 고대 그리스 문화와 결합시켜주지. 자네의 기지는 본

---

81 헬레나를 가리킴.

래 남성과 총각한테만 통하고, 청년의 아름다움을 대리석으로 조
각해놓은 그 순간에만 통하지. '인간'의 성은 남성이니 자네는 운
이 좋은 거야. 자네는 진심으로 아름다움을 남성화하고자 했지. 나
에겐 아름다움이 청년과 여성의 모습으로 나타났는데…… 하지만
꼭 그랬던 것만은 아냐. 나도 이미 자네의 술책을 터득했지. 지난
여름 가이스베르크 산 위에 있는 주막에서 시중을 들어주던 금발
의 미소년을 떠올리면 솔직히 너무 기분 좋아. 그때도 부아스레가
함께 있었는데, 가톨릭식으로 비밀을 지켜주었지. "다른 사람들에
게는 노래 불러주시고/시동인 저에게는 침묵해주세요!"[82]……

윤리세계와 감각세계에서 내 생각이 평생 동안 기쁨과 놀라움
으로 무엇보다 가장 내밀하게 탐닉했던 것이 있다면 그건 바로 유
혹이지. 내가 유혹당하기도 했고 적극적으로 나서서 유혹하기도
했고, 달콤하고도 경악스러운 접촉이었지. 유혹은 신들이 내키기
만 하면 천상의 세계에서 다가오는 것이지. 그건 우리가 죄 없이
짓는 죄야. 우리가 유혹의 도구가 되니 우리의 죄이고, 유혹의 희생
양이 되어도 우리의 죄지. 유혹에 저항한다는 것은 유혹당하지 않
겠다는 뜻은 아니니까. 아무도 감당하지 못하는 시련이지. 유혹은
달콤하니까. 유혹은 시련 자체이니 영영 이겨내지 못하지. 그래서
신들은 기꺼이 우리에게 달콤한 유혹을 선사하고, 유혹의 시련을
겪게 하고, 모든 시련과 죄의 본보기로 우리가 자발적으로 유혹하
게 만들지. 시련과 죄는 결국 같은 것이니까. 이 세상의 모든 죄는
여차하면 나도 범할 수 있는 것이지…… 죄를 범하지 않으면 지상
의 재판관한테서는 빠져나올 수 있어도 천상의 재판관한테서는 빠

---

82 『서동시집』의 한 구절.

저나오지 못하지. 마음속으로는 죄를 지었으니까…… 동성에 의해 유혹당하는 현상은 내가 행한 유혹을 비웃는 복수요 앙갚음이라 할 수 있지. 그건 언제나 자신의 거울상에 현혹되는 나르키소스의 유혹이지. 유혹은 결코 극복될 수 없는 시련과 결합되어 있기에 유혹과 더불어 복수도 영원한 거야. 그게 브라흐마의 뜻이야. 그래서 쾌락도 경험하고, 내가 우려하는 경악도 경험하는 것이지. 그래서 창조적 영감도 생기고, 내가 일찍부터 구상했지만 줄곧 미뤄왔고 아직 더 미뤄야 할 시, 브라흐마의 연인 파리아[83] 여신에 관한 시도 쓰는 것이지. 이 시에서 나는 유혹을 예찬하고 유혹의 두려움을 고지할 거야. 내가 이 시상을 품고 있으면서도 계속 미루어서 수십 년 동안 마음속으로 묵히고 숙성시키고 있다는 사실 자체가 이 시의 중요성을 말해주지. 나는 이 시를 빨리 끝내고 싶지 않고, 무르익을 때까지 품어서 평생 간직할 거야. 젊은 시절의 착상이 언젠가는 무거운 비밀을 간직한 노년기 작품으로 탄생하는 것이지. 오랜 세월을 통해 정화되고 농축되어서 진짜 정수만 남는 거야. 쇠막대를 담금질해서 만든 다마스쿠스의 검, 이 시의 최종적인 모습이 그 검처럼 아른거리는구나.

까마득히 오래전에 내가 이 시 「신과 무희」의 착상을 얻은 출처를 아주 정확히 기억하고 있지. 독일어로 번역된 『동인도와 중국 기행』[84]이라는 책에서 창작의 영감을 얻었는데, 그 책은 헌책 더미 사이 어디에선가 곰팡이가 슬어 있겠지. 특별히 어느 대목이 눈에 띄었는지는 기억이 가물가물하지만, 어떻게 마음속으로 정신적인 목표를 향해 어렴풋이 시상이 떠올랐는지는 아직도 기억나. 고귀

---

83 인도 카스트 제도에서 파리아는 최하층 천민을 가리킴.
84 1783년 독일어로 번역된 프랑스 서적.

하고 축복받은 순결한 여인들의 모습이었어. 여인들은 날마다 강으로 가서 신선한 물을 길어올렸는데, 항아리도 두레박도 필요 없었지. 여인들의 경건한 손이 물결을 거룩하게 공 모양의 결정체로 빚어냈으니까. 순결한 브라흐만의 아내인 순결한 여인이 날마다 환하게 기도하는 마음으로 집으로 날아온 귀한 둥근 결정체를 나는 좋아하지. 흐트러짐이 없는 맑은 마음, 흠잡을 데 없는 무구함, 여인이 소박한 마음으로 베풀 수 있는 사랑을 손에 잡히는 시원한 물로 상징하는 것이지. 시인의 정결한 손이 길어올리면 물도 둥글게 뭉쳐지나니…… 그래, 나는 이 시를 둥근 결정체로, 유혹의 시로 빚어낼 거야. 수많은 시련을 겪고 유혹하면서 수없이 유혹당하는 시인만이 언제까지고 해낼 수 있는 일이지. 그런 시인만이 순수함의 징표인 그런 재능을 발휘할 수 있어. 하지만 여성에겐 그런 재능이 없어. 천상의 아름다운 청년의 모습이 물속에 비치면 여성은 넋을 잃고 바라보다가 세상에 둘도 없는 신적인 자태에 자신의 삶이 송두리째 혼란에 빠져서 그 물결에 형식을 부여할 수 없게 되지. 그녀는 자기도 모르게 혼란에 빠지고, 존엄한 남편은 그런 아내의 마음을 꿰뚫어보고, 복수를 하는 거야. 복수심에 사로잡히지. 시련에 든 여인, 죄 없이 죄지은 여인을 남편은 죽음의 언덕으로 끌고 가서 목을 베지. 이로써 여인은 영원한 매력을 보게 되나, 복수한 남편에게 여인의 아들이 위협을 하지.[85] 남편을 여읜 여인이 남편을 따라 불속에 뛰어들듯[86] 아들은 어머니의 죽음을 복수하고자 칼을 잡으려 하지. 그건 안돼, 그럴 순 없지! 정말로 칼에는 피가 굳어 엉기지 않고, 상처에서는 방금 벤 것처럼 피가 흘러나오는구

---

85 여기까지는 시 「파리아」에 나오는 이야기.
86 이 구절은 「신과 무희」에 나오는 이야기.

나. 서둘러라! 다시 머리를 몸통에 갖다 붙이고 이렇게 기도해라. 붙인 몸에 칼로 축복을 하면 다시 살아나리라. 그런데 이 무슨 끔찍한 모습인가. 두 여인의 몸뚱이가 바뀌었으니, 고귀한 어머니의 머리에 죄지어 처형당한 파리아 여인의 몸뚱이를 붙여놓았구나. 아들아, 아들아, 지나치게 서둘렀구나! 아들은 어머니의 머리를 저주받은 여인의 몸뚱이에 붙여놓고 심판의 칼로 축복하니, 거대한 여인, 여신이 일어나는데, 부정한 여인들의 여신이지. 바로 이 시상을 쓰는 거야! 이 시상을 탄력적이고 조밀한 언어작품으로 빚어내야지! 이 대목이 가장 중요해! 그녀는 여신이 되었지만, 신들 가운데 이 여신은 생각은 지혜로우나 행동은 거칠게 되지. 정결한 여인의 눈앞에 유혹의 얼굴이, 축복받은 젊은이의 모습이 천상의 부드러움으로 아른거리지. 하지만 젊은이의 모습이 부정한 여인의 가슴으로 곤두박질하면 여인의 가슴속을 절망으로 광란하는 욕망으로 들쑤시는 거야. 유혹은 영원히 계속되리라. 유혹은 영원히 되살아나고, 마음을 어지럽히는 신적인 모습이 여인을 엄습하고, 영원히 상승하면서 영원히 추락하고, 비탄에 빠지기도 하고 마음이 밝아지기도 하는 거야. 바로 이것이 브라흐마의 뜻이렷다. 브라흐마 앞에 무서운 여인이 나타나서 브라흐마에게 다정하게 경고하기도 하고, 엄청난 비밀을 간직한 혼란스러운 마음으로 격하게 꾸짖기도 하지. 번뇌하는 모든 중생은 지존至尊 브라흐마의 자비로 마음의 평온을 얻는 것이지.

내 생각에는 브라흐마가 이 여인을 두려워하는 것 같아. 나도 이 여인이 두렵거든. 때로는 다정하게 때로는 격분해서 내 앞에 서 있는 모습을, 여인의 현명한 뜻과 거친 행동을 지켜보노라면 마치 내 양심을 보는 듯 두려워. 그래서 나는 이 시가 두려워서 몇십년 동안 미뤄왔지만, 언젠가는 틀림없이 완성하리라는 걸 알고 있었지. 생일 축시를 다듬고, 이딸리아 기행문을 더 편집해야 하는데. 하지만 이렇게 책상머리에 혼자 있으면서 좋은 포도주로 몸을 데운 분위기에서는 좀더 은밀하고 기묘한 작품을 쓰고 싶은데. 시인의 정결한 손이 길어올리면⋯⋯

"밖에 누가 왔나?"

"안녕하세요, 아버님."

"아우구스트로구나. 그래, 잘 왔다."

"방해가 되었습니까? 방해가 되고 싶진 않은데요. 작업하시던 걸 황급히 치우시네요."

"그래, 얘야, 방해한다는 게 뭐겠니. 매사가 다 방해지. 문제는 방해가 사람한테 반가운가 괴로운가 하는 것이지."

"바로 지금 경우가 그렇습니다. 저도 뭐라고 답해야 할지 잘 모르겠습니다. 저 자신한테 물을 필요는 없고, 제가 뭘 가져왔느냐에 따라 답변이 달라질 테니까요. 제가 이걸 챙겨오지 않았으면 이 애매한 시간에 불쑥 들이닥치지는 않았을 겁니다."

"네가 뭘 가져왔건 간에 너를 보니 기쁘구나. 그런데 대체 뭘 가져온 거냐?"

"일단 제가 왔으니 우선 편히 주무셨는지 문안인사부터 드리겠습니다."

"고맙다. 아직까지는 기분이 상쾌하다."

"아침진지는 맛있게 드셨는지요?"

"아주 실하게 먹었다. 그런데 너는 꼭 레바인[87]처럼 말하는구나."

"별말씀을요, 저는 온 세상을 대신해서 안부를 여쭙는데요. 죄송하지만 내친김에 더 여쭙자면, 방금 어떤 흥미로운 작업을 하고 계셨는지요? 자서전인가요?"

"꼭 그렇지는 않아. 자서전은 늘 하는 작업이잖아. 그런데 뭘 가져온 거야? 내가 윽박질러야 자백할 거냐?"

"손님이 오셨습니다, 아버님. 그렇습니다. 외지에서, 그리고 아득한 옛 시절로부터 찾아온 손님입니다. 엘레판트 호텔에 묵고 계십니다. 쪽지 편지가 오기 전에 이미 소식을 들었지요. 시내에는 대소동이 벌어졌습니다. 연로하신 아는 여자분입니다."

"아는 여자분이라고? 연로하다고? 그렇게 말을 빙빙 돌리지 말고!"

"여기에 편지가 있습니다."

"바이마르, 22일 — 얼굴을 다시 볼 수 있다면 — 온 세상에 유명해졌지요 — 결혼 전 성 — 흠, 흠, 흠. 기묘하군. 정말 기묘한 사건이라고나 해야겠네. 너도 그렇게 생각하지 않니? 하지만 일단 접어두자꾸나. 나도 너한테 보여줄 게 있다. 네가 깜짝 놀라서 나한테 축하해줄 거다. 조심해! 자, 마음에 드냐?"

"와!"

"그래, 눈이 휘둥그레지는구나. 당연히 그래야지. 눈이 번쩍 뜨일 수밖에. 빛을 발하는 관찰대상이니까. 프랑크푸르트에 있는 지인이 내 수집품으로 가지라고 선물해준 거란다. 베스터발트와 라인 지방에서 몇가지 광석이 동시에 왔지. 하지만 그중에 이게 가장 아름답단다. 네가 보기에 무엇일 것 같으냐?"

"수정의 일종 같은데요……"

---

87 바이마르 궁정과 괴테의 주치의.

"바로 그거다! 옥적석, 수정 오팔인데, 크기와 투명한 정도로 봐서 단연 특출한 견본이지. 이렇게 대단한 걸 본 적 있니? 찬찬히 바라볼수록 더 많은 생각을 하게 돼. 이렇게 빛이 나고, 아주 정교하고, 정말 투명하지, 그렇지? 이건 예술작품이야. 아니, 자연과 우주의 계시로 만들어진 작품이지. 우주의 영원한 기하학이 여기에 투영되어 공간으로 만들어진 정신적 공간이지! 정확하게 배치된 모서리들과 반짝거리는 면들을 살펴보면 너무나 엄밀하게 짜여 있다는 걸 알 수 있지. 그래서 나는 철저한 이념적 구조물이라 일컫는단다. 이 광석은 원래 사물을 완전히 관통하고 사물을 안에서부터 바깥으로 결정하면서 늘 반복되는 단 하나의 형식과 형태만 갖고 있지. 그런 형식과 형태는 사물의 축을 결정해서 촘촘히 맞물려 있는 결정체를 형성하지. 바로 그렇게 함으로써 투명성이 생겨나고, 그런 형성 원리는 빛이나 우리의 시각과 깊은 친화성을 갖게 되는 것이지. 내 생각을 더 듣고 싶으면 얘기를 더 해주지. 그러니까 이집트 피라미드의 육중하고 견고한 모서리와 평면을 결합시켜주는 기하학 또한 빛, 즉 태양과 관련이 있는 이런 신비로운 의미를 담고 있단다. 그래서 피라미드는 태양 숭배 기념물이고, 인간의 손으로 정신과 우주의 단일한 형성 원리를 그대로 본떠서 만들어낸 엄청난 작품, 거대한 수정이라 할 수 있지."

"정말 흥미롭습니다, 아버님."

"아무렴, 그렇고말고. 이 문제는 지속성, 즉 시간과 죽음 그리고 영원과도 관련이 있지. 우리는 단순한 지속이 시간과 죽음에 대한 거짓 승리일 뿐이라는 사실을 깨닫게 되지. 그건 죽은 삶이고, 그 시작에서부터 계속 생성해가는 게 아니니까. 그런 단순한 지속에서는 죽음이 곧 탄생과 직결되지. 피라미드 결정체는 그렇게 시간 속에서 지속해왔고 수천년 넘게 존속해왔지만, 거기에는 생명도 의미도 없고, 따라서 그건 죽은 영원함일 뿐이고 생애사적 요소가 전혀 없어. 중요한 것은 생애사적 요소인데, 일찍 완성된 존재의 생애사는 너무 짧고 초라하지. 연금술사들은 눈송이를 포함한 모든 결정체를 염鹽이라 불렀는데, (하지만 지금 우리가 관찰하는 광석은 염이 아니라 규산으로 만들어진 것이지) 잘 살펴보면 그런 염은 딱 한순간에 형성되고 자라지. 그건 한순간이야. 모태가 되는 규산액에서 결정판이 떨어져나와서 그다음 판들이 침전하기 위한 계기를 마련해주지. 그렇게 해서 기하학적 입방체가 다소간 빠르거나 느리게 자라나서 크고 작은 형태로 만들어지는데, 이런 형성 과정은 더이상 아무런 의미가 없지. 이런 결정체 중에 아무리 작은 것도 아주 큰 것과 마찬가지로 완벽하고, 결정판이 탄생하는 순간에 결정체의 생애는 완결되기 때문이지. 이제 결정체는 피라미드처럼 시간 속에서 지속해서 어쩌면 수백만년 동안 존속할 수도 있지만, 시간은 결정체의 바깥에 있을 뿐이지 그 자신 안에는 존재하지 않아. 다시 말해 나이를 먹지 않는 거야. 그것도 나쁘진 않지만, 단지 죽은 지속성일 뿐이야. 이런 결정체가 시간적인 생명을 갖지 않는 것은 그것이 구축될 때 해체의 계기가 결여되어 있고, 형성될 때 용해의 계기가 결여되어 있기 때문이지. 다시 말해 유기체가 아니라는 거야. 물론 아주 미세한 결정체의 맹아는 모서리와 면의 기하학적 형태를 띠지 않고 둥글어서 유기체의 맹아와 비슷해 보이긴 하지. 하지만 그저 외양이 닮은 것에 불과해. 결정체는 처음부터 완벽한 구조를 갖고 있기 때문이고, 그 구조는 빛을 발하고 투명하고 잘 들여다보여. 하지만 바로 그게 난점이야. 그 구조는 곧 죽음이고, 죽음에 이르는 것이니까. 이처럼 결정체의 경우 죽음이 탄생에 직결되어 있지. 구조와 해체, 형성과 용해 사이에서 균형을 유지할 수 있다면 아마 그런 상태가 결코 죽음을 모르고 영원한 젊음을 유지하는 비결일 거야. 하지만 유기체의 경우에도 그 균형이 무너지고 처음부터 구조화가 압도하면 우리는 결정체가 되는 셈이고, 피라미드처럼 시간 속에서 존속할 뿐이지. 그건 황량한 지속이고, 내적인 시간과 생애사가 결여된 상태로 외적인 시간 속에서 연명하는 것일 뿐이야. 동물 역시 너무 철저히 구조화된 채로 성장하면 그렇게 존속할 뿐이지. 영양섭취와 번식을 기계적으로 반복할 뿐이고, 결정체의 침전물 형성과 마찬가지로 언제나 똑같은 상태가 되는 것이지. 살아가는 시간 내내 이미 목표에 도달해 있는 거야. 동물들은 일찍 죽는데, 어쩌면 지루해서 그런지도 몰라. 너무 철저히 구조화되고 이미 목표에 도달한 상태를 오래 견디지 못하면 지루해지는 것이지. 애야, 시간을 자기 속으로 끌어들여서 자기만의 시간을 일구지 못한 채 시간 속에서 살아가는 모든 존재는 황량하고 죽고 싶을 만큼 권태로운 거란다. 목표를 향해 곧장 달려가지 않고 자기 안에서 순환하고, 언제나 목표를 향하되 언제나 시작으로 돌아가는 자기만의 시간을 일구면 그런 존재는 자기 안에서 스스로 노력하고 작용하기 때문에 생성과 존재, 활동과 성과, 과거와 현재가 하나가 되고, 끊임없는 상승과 고양과 완성으로 나아가는 지속성을 스스로 창출하는 것이지. 삶의 이치가 다 그렇지. 내 말을 이 빛나는 투명체에 대한 논평으로 받아들이고, 나의 변설을 양해하기 바란다. 그런데 대공원에서 건초를 베는 작업은 어떻게 되어가지?"

"마무리되었습니다, 아버님. 하지만 농부와 실랑이를 벌이고 있는데, 그자는 한푼도 지불하지 않겠다고 하거든요. 그자의 말인즉 풀을 베어서 수레에 실어 치워준 것으로 이미 상쇄가 되었고, 오히려 자기가 대금을 청구할 권리가 있다는 겁니다. 하지만 제가 그 불한당을 순순히 봐주지는 않았으니 안심하세요. 그자는 양질의 건초값으로 적정한 대금을 지불하게 될 겁니다. 그러지 않으면 그자를 법정으로 끌고 가야지요."

"잘했다. 네 말이 옳아. 버텨야 해. 사기꾼한테는 곱절로 갚아줘야지. 이주세 문제로 프랑크푸르트 시에 보낼 편지는 썼느냐?"

"사실 아직 쓰지 못했습니다, 아버님. 머릿속에 구상은 가득한데, 시에서 보내온 훈령에 어떻게 대처해야 할지 망설여집니다. 이주세를 내지 않는 것은 '여타 시민들의 재산을 강탈하는 것'이라는 등의 무례한 언사를 물리치려면 대체 어떤 편지를 써야 할까요! 품위 있는 어조와 반어적 어조를 잘 결합해서 정신이 번쩍 들도록 호통을 쳐야겠죠. 그런데 너무 서둘러서는 곤란합니다……"

"네 말이 옳다. 나도 망설여져. 유리한 시기가 올 때까지 기다려야지. 나는 아직 세금을 면제받을 가망이 있다고 낙관해. 그 건방진 첫번째 답장이 달베르크 대공[88] 자신의 명의로 왔다는 게 믿기지 않아. 그분은 오래전부터 문학을 애호하는 후원자니까. 그분께 직접 대놓고 편지를 써야 하는데, 그건 나만이 할 수 있지만 내가 전면에 나서면 곤란하지."

"절대로 안됩니다, 아버님! 이런 분쟁에서는 아버님을 숨겨줄 보호막이 필요합니다. 이처럼 아주 요긴한 일을 수행하고자 제가 태어났으니 영광입니다. 그런데 궁정고문관 부인께서 어떤 편지를 보내오셨나요?"

"궁정 형편은 어떻게 돌아가느냐?"

---

88 마인츠 선제후, 프랑크푸르트 대공.

"아, 왕세자 전하를 위한 가장무도회와 까드리유 준비 때문에 머리가 빠개질 것 같습니다. 오늘 오후에는 우리가 연습을 해야 합니다. 시작부에서 뽈로네즈를 출 때 효과를 내줄 의상을 정하는 문제도 분명히 정리되지 않았지요. 뽈로네즈를 제각기 형형색색의 자유로운 퍼레이드로 할지 아니면 특정한 생각을 가시적으로 보여주는 것으로 할지도 아직 정하지 못했거든요. 지금은 실제로 동원할 수 있는 소품 때문에도 제각기 맡고 싶은 배역이 분분합니다. 왕세자께서는 야만인 배역을 맡겠다고 고집하시고, 슈타프는 터키인, 궁내부 장관은 프랑스 농부, 슈타인 부인은 싸보이[89] 사람 배역을 맡겠다고, 슈만 부인은 그리스 의상을 입겠다고, 법원 서기관 렌치의 부인은 꽃 파는 소녀 배역을 맡겠다고 고집하지요."

"듣자 하니 정말 우스꽝스럽구나. 렌치 부인이 꽃 파는 소녀라니! 본인의 나이를 생각해야지. 그건 막아야 해. 그분한테 줄 수 있는 배역은 로마의 노부인밖에 없어. 왕세자께서 야만인 역을 하시겠다면 무슨 꿍꿍이속인지 알 만해. 주름살이 진 꽃 파는 소녀와 장난을 치시겠다는 건데, 그러면 스캔들이 되겠지. 아우구스트야, 진지하게 말하는데 내가 직접 이 문제에 관여하고 싶구나. 적어도 뽈로네즈만큼은. 내 생각에 뽈로네즈는 중구난방으로 아무렇게나 하면 안되고, 하나의 공통분모로 모아야 해. 느슨하더라도 재치 있는 질서를 보여줘야 해. 페르시아의 시가 그렇듯 매사가 마찬가지인데, 뭔가 위에서 이끌어주는 원칙, 요컨대 우리 독일인들이 말하는 어떤 '정신'이 분위기를 주도해야 진정한 만족감을 주지. 나는 근사한 가장무도회를 구상하고 있는데, 이 가장무도회에서는 내가

---

89 프랑스·스위스·이딸리아 접경지역의 지명.

연출가 겸 상황을 설명해주는 의전관 역을 맡을 거야. 모든 장면에 재치 있는 짧은 대사와 함께 만돌린과 기타와 테오르베[90] 반주도 곁들여야 하니까. 꽃 파는 소녀라. 좋아, 피렌쩨의 꽃 파는 어린 소녀들을 등장시켜서 푸르른 아치형 나무 그늘 길에서 형형색색 화려한 조화造花를 팔려고 내놓는 거야. 햇볕에 얼굴이 그을린 과수원 농부들이 이 귀여운 소녀들과 짝을 지어서 당당하게 과일을 시장에 내놓고, 그러면 잘 꾸민 아치형 나무 그늘 길에는 한해의 온갖 풍요로움이 꽃봉오리, 이파리, 꽃, 과일 등으로 전시되어 유쾌한 즐거움을 선사하겠지. 이걸로는 충분하지 않고, 어부와 새잡이도 몇명 나와서 그물과 낚싯대와 올가미를 들고 예쁜 소녀들 사이에 끼어들게 해야지. 그리고 서로 어울려서 달아나고 잡고 하는 술래잡기 놀이를 우아한 스타일로 하는 거야. 이 놀이는 거친 벌목꾼들의 등장으로 중단되는데, 이들은 빼놓을 수 없는 거친 역할을 세련되게 하도록 정해져 있지. 그러고서 의전관이 그리스 신화를 불러내야지. 그러면 우아함을 나타내는 그라티아이 여신들의 뒤를 이어 사려 깊은 파르카이, 아트로포스, 클로토, 라케시스[91]가 실감개와 가위와 물레를 들고 맨발로 걸어나오지. 곧이어 세명의 복수의 여신이 지나가는데, 내 뜻을 잘 이해해야 해. 즉, 이들은 거칠고 불쾌한 모습으로 묘사되는 게 아니라, 비록 간특하고 사악하지만 그래도 매력이 있는 젊은 여성들로 등장해야 해. 그리고 산처럼 우람한 거구의 살아 있는 짐승이 양탄자를 두르고 높다란 지휘탑을 등에 지고 육중한 몸을 이끌고 어느새 다가오고 있는데, 진짜 코끼리야. 코끼리 등에는 우아한 여인이 따끔한 회초리를 들고 앉아 있고, 지

90 16~18세기에 사용된 저음 현악기.
91 이상 모두 운명의 여신.

휘탑 위에는 숭고한 여신이······"

"그런데 아버님! 대체 코끼리를 어디서 구해오며, 성안에서 어떻게 그런 코끼리가······"

"아서라, 흥취를 깨지 마라! 얼마든지 구할 수 있고, 얼마든지 꾸밀 수 있지. 모험적인 놀이를 하려는 의지만 어느정도 있으면 긴 코와 상아가 달린 코끼리 형상을 제작해서 바퀴에 올려놓을 수 있지. 저기 지휘탑 위에 있는 날개 달린 여신은 내 생각에 모든 활동을 관장하는 승리의 여신 빅토리아가 좋겠어. 그런데 양쪽 옆으로는 두명의 고결한 여인이 사슬에 묶인 채 끌려가고 있는데, 의전관은 직분에 걸맞게 이들의 의미를 알려줘야겠지. 이들은 두려움과 희망을 나타내는데, 지혜에 의해 결박당한 상태이고, 지혜는 이들이 인간의 못된 적이라고 관객들에게 그 정체를 밝혀야 해."

"희망도 인간의 적인가요?"

"아무렴! 희망도 알고 보면 적어도 두려움만큼이나 인간의 적이야. 어디 생각해봐라, 희망이 얼마나 달콤하게 애간장 끊어지게 인간들에게 어리석은 환상을 심어주는지. 아무런 걱정 없이 마음 내키는 대로 살아도 좋다고, 기필코 어디선가 최상의 것을 찾아낼 수 있을 거라고 속삭이지. 그런데 명성이 자자한 빅토리아로 말하자면, 금세 테르시테스[92]가 역겹게 게거품을 물고 비방하는 표적이 되지. 이에 참다못한 의전관이 이 역겨운 자를 지휘봉으로 쳐서 혼을 내자 그 난쟁이 형상은 괴성을 지르며 오그라들어서 작은 덩어리로 뭉쳐지고, 다시 모두가 보는 앞에서 그 덩어리에서 알이 나오고, 그 알이 팽창하다가 갈라져서 흉측한 쌍둥이가 기어나오는데, 살

---

92 호메로스의 『일리아스』에 나오는 추악한 험담꾼.

무사와 박쥐야. 살무사는 먼지 구덩이에서 기어다니고, 박쥐는 시꺼먼 몸뚱이로 천장으로 날아오르지——[93]"

"하지만 아버님, 우리가 어떻게 그런 장면을 만들어서 그럴싸하게 보여줄 수 있겠어요? 갈라지는 알에서 살무사와 박쥐가 나오다니요!"

"에이, 재치 있는 눈속임을 즐길 용의만 있다면 그런 장면도 연출할 수 있지. 하지만 깜짝 쇼는 이걸로 끝이 아니란다. 화려한 사두마차가 위용을 자랑하며 달려오는데, 깜찍하게 귀여운 소년이 마차를 몰지. 마차에는 달덩이 같은 건강한 얼굴에 터번을 두른 왕이 타고 있는데, 이 두명을 연출하는 것도 의전관의 소관이야. 얼굴이 달덩이 같은 왕은 부귀의 신 플루토스이고, 검은 머리에 반짝거리는 장신구를 달고 있는 매력적인 마부 소년이 사랑스럽게 아낌없이 베풀어주는 자질의 측면에서 곧 시를 상징한다는 걸 모두가 알아보도록 해야 해. 소년은 부귀의 왕을 위해 잔치와 여흥을 멋지게 꾸며주는데, 이 개구쟁이가 손가락을 톡톡 튕기면 황금팔찌와 진주목걸이, 빗과 작은 관冠과 값진 보석반지가 튕기는 손가락 아래로 반짝거리며 튀어나오고, 군중들은 그걸 차지하려고 소동을 벌이지."

"정말 잘도 하시네요, 아버님! 팔찌와 보석과 진주목걸이까지! '나는 머리를 쥐어짜내고, 손발이 닳도록 챙기지요'[94]라는 구절을 염두에 두셨군요——"

"그거야 싸구려 장식품과 모조품을 쓰면 되지. 내가 염두에 두는 건 단지 그렇게 아낌없이 베풀어주는 시가 부富와 알레고리적 상

93 이상의 내용은 『파우스트』 2부 5459~81행 참조.
94 『파우스트』 1부 2739행 메피스토펠레스의 말.

관관계에 있다는 거야. 이를테면 베네찌아를 생각해보면 되지. 거기서는 예술이 튤립처럼 쑥쑥 자랐는데, 무역 수입으로 다져진 비옥한 토양의 자양분을 먹고 자란 거야. 터번을 두른 왕은 매력적인 소년에게 이렇게 말해야겠지. '너는 내 사랑하는 아들, 내가 마음에 드는 아들이다!'[95]"

"절대로 왕이 감히 그런 말을 해서는 안됩니다, 아버님. 그러면……"

"심지어 이 사람 저 사람 머리 위에서 작은 불꽃이 튀게 연출해볼 수도 있지 않을까. 아름다운 마부 소년이 손수 베푸는 최고의 선물, 정신의 불꽃이지. 불꽃은 어떤 사람한테서는 그대로 타오르고 어떤 사람한테서는 빠져나가는데, 금방 타오르지만 좀처럼 지속되지 못하고 대부분의 사람들에겐 슬프게도 다 타고 꺼져버리지. 성부와 성자와 성령의 관계도 그런 것이겠지."

"그건 절대로 안됩니다, 아버님! 기술적으로 연출이 불가능하다는 건 차치하고라도 말입니다. 그러면 궁정에서 소동이 벌어질 것입니다. 경건한 신앙에 위배되는 신성모독이니까요."

"어째서 그렇지? 그런 숭배 의례와 근사한 암시가 어째서 신성모독이라는 거냐? 종교와 주옥같은 종교적 표상세계는 문화의 진수야. 보편적 정신세계를 편안하고 친숙한 이미지로 보여주고 느낄 수 있게 하려면 그걸 유쾌하고 의미 있게 이용할 수도 있는 것이지."

"하지만 진수도 진수 나름이지요, 아버님. 아버님은 그런 종교적 요소를 내려다보서도 무방하지만, 평범한 축제 참여자들이나 궁정 입장에서는 그게 통하지 않습니다. 적어도 요즘 분위기로는 그렇

95 신약성서 마르코 복음서 1:11.

습니다. 시민들은 궁정의 눈치를 보는데, 궁정 역시 시민들의 눈치를 살피게 되지요. 특히 요즘에는 청년층이나 사회에서 종교를 다시 떠받드는 분위기잖아요 ──"

"그만하면 됐다. 그럼 정신의 불꽃을 포함해서 이 작은 연극은 다시 서랍에 넣어두기로 하고, 바리새인들이 유다에게 그랬듯이 '그것은 네 일이다!'[96]라고 그들에게 말해주고 싶구나. 이 장면 뒤에도 아직 온갖 재미있는 소동이 속출하지. 위대한 판 신의 행차, 뾰족한 뿔이 달린 파우누스와 다리가 가는 사티로스, 호의적인 그놈[97]과 요정들, 하르츠 산의 거친 남자들이 등장하는 거친 무리들. 하지만 이 모든 걸 일단 접어두고, 유행을 좇는 너희들이 의혹의 눈초리를 보내도 내가 방해받지 않도록 다른 곳에 써먹을 궁리나 해야겠다. 너희들은 농담도 이해할 줄 모르니 굳이 내가 함께할 이유가 없지. 그런데 무슨 얘기를 하다가 여기까지 왔지?"

"제가 전해드린 편지 얘기를 하고 있었지요, 아버님. 그 편지에 관해 의논드리고 조언을 구하고자 합니다. 케스트너 궁정고문관 부인께서 뭐라고 쓰셨는지요?"

"아, 그래, 그 편지. 네가 나한테 연애편지를 가져왔구나. 뭐라고 썼냐고? 그런데 나도 써놓은 게 있는데, 그걸 먼저 읽어봐라. 잠깐, 여기 있구나. 『서동시집』에 들어갈 시란다."

"'사람들은 말하지요, 거위는 아둔하다고./(…)/아, 사람들 말을 믿지 마세요!/거위는 뒤돌아볼 줄 아니까요,/나더러 뒤돌아보라는 뜻이지요.' 예, 정말 멋지네요, 아버님. 정말 애교스럽네요. 아니, 보기에 따라서는 퉁명스러운 것도 같아요. 답장으로는 그다지 적

---

96 신약성서 마태오 복음서 27:4.
97 대지의 정령.

절치 않아요."

"그래? 나도 그럴 거라고 생각했다. 그럼 다른 답장을 생각해보자꾸나. 내 생각엔 평범하게 써도 되겠어. 바이마르에 순례를 온 귀한 손님에게 의례적으로 보내는 답장, 그러니까 점심 초대장을 보내는 거야."

"그건 기본이죠. 부인의 편지 서체가 아주 예쁘네요."

"그래, 아주 예쁘구나. 그 소심한 사람이 편지를 쓰느라 얼마나 고심했겠냐?"

"사람들이 아버님께 편지를 쓸 때면 좋은 표현을 찾으려고 애쓰지요."

"불편한 감정을 느끼는 거지."

"아버님이 사람들에게 부과한 문화에 단련된 거죠."

"내가 죽으면 휴! 하고 안도의 한숨을 쉬고 다시 자기들 내키는 대로 쓰겠지."

"그럴까봐 두렵습니다."

"두렵다고 하지 마라. 사람들 천성대로 하도록 내버려둬야지. 나는 사람들을 압박하고 싶지 않아."

"누가 압박한다고 했나요? 게다가 돌아가시다니요? 아버님은 아직 오래도록 우리를 선하고 아름다운 세계로 이끌어주는 통치자의 역할을 하실 겁니다."

"그렇게 생각하니? 하지만 오늘은 심신 상태가 최상이 아니야. 팔이 아파. 게다가 또 천식환자 녀석과 지겨운 얘기를 했고, 잔뜩 짜증난 상태에서 한참 구술을 했지. 그러니 신경에도 안 좋을 수밖에."

"다시 말해, 건너가서 부인을 영접하실 의향이 없다는 뜻이군요. 그리고 편지에 어떻게 답할 것인지 그 결정도 미루고 싶다는 뜻이고요."

"'다시 말해'라니. 너는 자꾸만 추론하는 버릇이 있어. 세련되지 않게 형식적으로 후다닥 추론해버리지."

"죄송합니다. 아버님의 감정과 의중을 잘 몰라서 암중모색으로 짐작한 것입니다."

"그래, 나도 그렇다. 암중모색을 할 때는 오히려 허깨비처럼 은밀히 할 수 있지. 일찍부터 내 인생에서는 과거와 현재가 하나가 되는 경향이 있는데, 그러면 현재가 곧잘 허깨비 같은 느낌이 들어. 시에서는 그게 좋게 작용하는데, 현실에서는 어쩐지 께름칙하지. 그런데 이 일로 시내에 소동이 벌어졌다고?"

"대단합니다, 아버님. 어떻게 소동이 벌어지지 않겠어요? 사람들이 호텔 앞에 몰려들었답니다. 『젊은 베르터의 고뇌』에 등장한 여주인공을 보고 싶어하는 거죠. 경찰이 질서를 유지하느라 애를 먹고 있습니다."

"어리석은 백성들! 오늘날 독일은 믿기지 않을 만큼 문화 수준이 높은데, 이런 일로 소란을 피우고 호기심에 휩쓸리다니. 고약해, 고약한 일이야. 아니, 섬뜩한 일이야. 과거가 우매한 군중과 합세해서 나를 향해 달려들어 분란과 무질서를 조장하고 있어. 그 노부인이 이번 여행을 단념하고 내 체면을 봐주었더라면 오죽 좋았을까?"

"제가 대답할 수 없는 질문입니다, 아버님. 아시다시피 궁정고문관 부인의 뜻은 전적으로 옳습니다. 애틋한 친척인 리델 부부를 방문하러 오신 거니까요."

"그야 물론이지, 그들을 방문하러 왔는데, 덤으로 뭔가 챙기려는 거야. 명성을 낚아채고 싶은 거야. 명성과 추문이 얼마나 고약하게 뒤엉킬 수 있는지는 생각도 못하고서. 어느새 군중이 몰려들었잖아. 사회에서 얼마나 흥분하고 놀려대겠어! 목을 뽑아 구경하고, 밀담을 나누고, 곁눈질을 하겠지. 요컨대 힘닿는 대로 그런 일은 막아야 해. 아주 냉정하게 단호하고 절제된 태도를 취해야지. 노부인의 친척 부부를 포함해서 소규모로 점심 초대를 하고, 그밖에는 멀찌감치 거리를 두어서 소동을 일으키려는 욕구에 어떤 빌미도 주지 말아야 해 ──"

"어느 날로 정할까요, 아버님?"

"며칠 후로. 딱 한번이야. 절도를 지키고 적당한 거리를 둬야 해. 우선 사태를 주시하고 적응할 시간 여유가 필요해. 다른 한편으로는 이 일을 너무 오래 끌면 안되고 빨리 지나가게 해야 해. 그렇지 않아도 지금 요리사와 하녀가 세탁 일로 경황이 없어."

"모레면 세탁 일은 마무리됩니다."

"좋아, 그럼 사흘 후로 정하자."

"누구를 초대할까요?"

"아주 가까운 사람들로 하되, 다소 거리감이 있는 사람도 몇 사람 끼워넣어. 이번 초대에는 친밀함의 범위를 조금 넓히는 게 좋아. 요컨대 노부인 모녀와 여동생 부부, 마이어 부부와 리머 부부, 경우에 따라 쿠드라이 또는 레바인, 궁정재무관 키름스 부부, 그리고 또 누가 좋을까?"

"불피우스 외삼촌은요?"

"안돼, 칠칠맞기는!"

"샤를로테 아주머니는요?"

"샤를로테? 슈타인 부인 말이냐? 어째 그 모양이냐!⁹⁸ 샤를로테

<hr>

98 슈타인 부인은 바이마르 초기 시절 괴테와 각별한 사이였다.

446

가 두명이면 좀 버거워. 내가 늘 말했잖니, 신중하게 굴고 정신 똑
바로 차리라고! 슈타인 부인이 오면 아주 민감한 상황을 초래해.
슈타인 부인이 초대를 거절해도 입방아 찧을 빌미가 되지."

"그밖에 가까운 이웃으로 슈테판 쉬체 씨가 있죠."

"좋아, 그 작가도 초대하지. 산림감독관이자 지질학자인 베르너
폰 프라이베르크도 시내에 머물고 있어. 내가 의논드릴 일이 있다
고 초청하면 될 거야."

"그럼 모두 합쳐서 열여섯명입니다."

"사절하는 사람도 있을 거야."

"그렇지 않습니다, 아버님! 틀림없이 모두 올 겁니다. 복장은 어
떻게 맞출까요?"

"정장 예복으로! 남자들은 연미복에 훈장을 다는 게 좋겠어."

"분부대로 하겠습니다. 모임이 친밀한 분위기를 유지하면서도,
숫자가 제법 되니 어느정도 격식도 차릴 수 있겠어요. 외지에서 오
신 손님들도 그 점을 의식하겠지요."

"내 생각도 그래."

"덕분에 아버님이 다시 흰색 매 장식이 달린 대철십자훈장을 다
신 모습을 볼 수 있게 되어 기쁩니다. 하마터면 금양모피훈장[99]이
라고 할 뻔했습니다."

"우리가 젊었을 때 금양모피훈장은 가슴에 달고 싶은 특별한 선
망의 대상이었지."

"그런데도 저는 금양모피훈장이라고 할 뻔했는데, 아마 이번 모
임이 『에흐몬트』에 나오는 장면을 재현하는 느낌이 들어서 그런

---

99 중세의 황제 직속 제국기사들에게 수여한 최고 훈장.

모양입니다. 아버님은 베즐라어 시절에는 클레르헨[100]을 만나실 때 스페인식 궁정 예복을 입지는 않으셨지요."

"기분이 좋은 모양이구나. 기분이 좋다고 고상한 취향을 함양하는 데 도움이 되지는 않아."

"너무 까다로운 취향도 불쾌한 기분 때문이라 할 수 있지요."

"오늘 아침에는 우리 둘 다 할 일이 많다."

"바로 다음에 하실 일은 노부인께 보낼 짤막한 편지를 쓰는 것 아닌가요?"

"아니야, 네가 직접 가서 말씀드려. 그게 더 못할 수도 있지만, 더 나을 수도 있지. 나의 안부인사, 환영인사를 네가 대신 전하는 거야. 이번 점심 초대에 와주시면 크나큰 영광으로 알겠노라고."

"저야말로 아버님을 대신하는 것이 크나큰 영광입니다. 이보다 더 중요한 용무로 아버님을 대신한 경우는 거의 없었거든요. 기껏해야 빌란트의 장례식 조문을 대신했던 일이 유일하게 이번 일에 견줄 만하지요."

"점심때 보자꾸나."

---

100 에흐몬트의 연인.

8장

    샤를로테 케스트너는 9월 22일에 에스플라나데 가에 있는 리델 부부의 집에 당연히 너무 늦게 당도했는데, 사정을 설명하고 양해를 구하는 일은 어렵지 않았다. 마침내 막내 여동생의 품에 안기고 제부 되는 사람이 감동 어린 눈길로 옆자리에 앉아 있는 재회의 현장에서는 일단 그날 오전과 오후 시간 일부까지 빼앗기며 겪었던 일에 대해 자초지종을 설명해야 하는 수고를 면할 수 있었다. 이어지는 며칠 동안에야 비로소 그녀는 은밀히 혹은 이런저런 계기가 있을 때마다 도착 당일에 나누었던 대화들에 관해 질문을 받기도 했고, 그녀 쪽에서 궁금한 사항을 물어보기도 했다. 엘레판트 호텔에 찾아온 마지막 방문객 아우구스트가 사흘 뒤에 초대를 한다는 소식을 전해주었다는 사실조차도 여러 시간이 지난 후에야 "아, 그렇지!"라며 겨우 떠올렸는데, 그러면서 그녀가 도착 후에 그 유명한 집으로 보낸 쪽지 편지에 대해 여동생 부부가 잘했다고 동의해주길 은근히 바라는 눈치였다.

샤를로테는 제부에게 말했다. "편지를 보내면서 무엇보다도 우선 제부 생각을 했어요. 아무리 오래전 인연이라 해도 사랑하는 친지들에게 유익할 수도 있는 인연을 외면할 이유야 없지요."

그러자 궁정재무관 리델은 공작 전하를 직접 모시는 재무장관 자리에 오르고 싶었던 터라 감사의 미소로 응답했다. 리델은 프랑스군의 침략으로 재산을 잃은 이후로는 오로지 월급에만 의존했는데, 그 자리에 오르면 월급이 상당히 올라갈 터였다. 실제로 처형의 젊은 시절 친구인 괴테가 전에도 그의 경력에 도움을 주었던 만큼 이번에도 도와줄 거라고 기대할 만했다. 괴테는 그의 능력을 높이 평가했다. 일찍이 괴테는 어느 백작 집안의 가정교사로 있던 이 함부르크 청년에게 작센-바이마르 왕세자를 가르치는 교사 자리를 주선해주었고, 그는 몇년 동안 그 자리에 봉직했다. 리델 박사는 쇼펜하우어 부인이 주재하는 저녁연회에서 괴테와 종종 마주치긴 했지만, 괴테의 집과는 직접적인 왕래가 없었다. 그랬기에 샤를로테의 출현으로 그 집에 발을 들여놓을 기회가 온 것이 무척 반가웠다.

리델 부부 역시 같은 날 저녁에 서면 초대장을 받았는데, 괴테의 집에서 열릴 점심 모임은 그다음 며칠 동안에는 마치 이 가족의 관심사가 그새 완전히 잊혀버리기라도 한 듯이 슬쩍 지나가는 말로 은밀히 화제에 올랐을 뿐이고, 그나마도 서둘러 말을 중단하는 식이었다. 딸들은 제외하고 궁정재무관 부부만 초대를 받았다는 사실이나 연미복 차림으로 오라는 요청은 이 모임이 가족적인 분위기를 넘어서는 성격을 띠고 있음을 암시했다. 다른 대화를 나누던 중에 우연히 그 점이 언급되었는데, 그러고는 이런 사실을 확인한 것이 과연 기뻐할 일인지 아니면 달갑지 않은 일인지 제각기 속으로 헤아려보는 듯한 침묵이 잠시 흐른 후에 다시 화제가 바뀌었다.

두 자매는 편지 왕래를 통해 꼭 필요한 소식만 주고받은 채 오랫동안 떨어져 지냈기에 서로 형편을 알려주고, 함께 생각해보고, 의견을 나눌 일이 너무 많았다. 자녀들과 다른 형제자매들과 또 그들의 자녀들이 겪은 운명과 근황이 얘깃거리가 되었다. 일찍이 로테가 빵을 나누어주었던 어린 동생들의 모습은 괴테의 작품 속에 삽입되어 만인이 지켜보는 즐거운 자산이 되었지만, 그들 중 여럿은 이제 슬픈 추모의 대상이 되고 말았다. 네 자매가 벌써 세상을 떠났는데, 그중 디츠 궁정고문관 부인이 된 언니 카롤리네가 맨 먼저 떠나갔지만, 그녀가 남긴 다섯 아들은 모두 법원이나 시의회에서 당당한 직위에 올라 있었다. 넷째 여동생 조피는 유일하게 결혼을 하지 않았는데, 마찬가지로 벌써 8년 전에 남동생 게오르크의 집에서 세상을 떠났다. 게오르크는 늠름한 대장부였는데, 샤를로테는 뜻한 바가 있어 그의 이름을 따라 장남의 이름을 지어주었다. 게오르크는 하노버 출신의 유복한 여성과 결혼한 이후 고령에 작고한 아버지 부프의 뒤를 이어 베츨라어에서 법무관직을 맡아서 스스로도 만족을 얻고 다른 사람들도 두루 만족시켜주는 방향으로 직무를 수행하였다.

그림 같은 이미지로 남은 형제자매들 중에 전체적으로 보면 남자 형제들이 자매들보다는 훨씬 더 삶의 의욕이 넘치고 끈기 있게 버텼는데, 아말리에 리델의 방에 앉아 있는 나이 지긋한 두 자매는 예외였다. 이들은 뜨개질을 하면서 지나간 일들과 지금 당면한 일들을 얘기했다. 한때 젊은 괴테 박사와 각별히 애틋한 정을 나누었던, 남동생 가운데 맏이인 한스는 베르터 소설을 받고서 어린아이처럼 천진하게 좋아했었다. 그는 졸름스뢰델하임 백작 댁에서 비서실장을 맡아 넉넉한 수입을 얻으며 명망 있는 활동을 수행하고 있었다. 둘째 남동생 빌헬름은 변호사가 되었고, 그 아래 남동생 프리츠는 네덜란드 군대에서 대위로 복무하고 있었다. 두 자매가 나무 바늘을 사각거리며 뜨개질을 하는 동안 브란트 씨 집안의 딸들, 몸집이 풍만했던 도르텔과 안헨에 관해서도 얘기가 나왔다. 그들의 소식도 이따금 들려왔다. 눈이 검은 도르텔은 궁정고문관 첼라의 구애를 받아들이지 않고 의학박사 헤슬러와 결혼했다. 당시 쾌활한 젊은이들은 첼라의 용의주도한 구애를 짓궂게 놀려댔는데, 특히 빈둥거리고 지내던 법관 시보 괴테는 그 자신도 검은 눈에 민감해서 그랬는지 누구보다 앞장섰다. 도르텔은 헤슬러와 일찍 사별한 이후로는 오래전부터 밤베르크에 있는 남동생 집에서 살림을 꾸려가고 있었다. 안헨은 서른다섯살에 고문관 베르너와 결혼했고, 셋째 딸 테클라는 법관 빌헬름 부프와 결혼하여 만족스러운 삶을 보내고 있었다.

　두 자매는 생존해 있는 사람과 사별한 사람을 포함해서 이 모든 얘기를 주고받았다. 샤를로테는 누구 얘기를 하든 매번 활기가 넘쳐서 뺨이 연분홍색으로 상기된 모습이 다시 젊어진 듯 잘 어울렸다. 그녀는 자식들 얘기, 아들들 얘기가 나올 때면 줄곧 끄덕이려고 기우는 머리를 품위 있게 턱을 받쳐서 고정하곤 했다. 이제 40대에 접어든 두 아들은 당당한 삶을 영위하고 있었는데, 테오도어는 의과대학 교수였고 아우구스트 박사는 시의회 참사관이었다. 두 아들이 게르버뮐레에서 어머니의 젊은 시절 친구인 괴테를 찾아갔던 일도 다시 화제에 올랐다. 지금 가까이 살고 있는 그 막강한 사람이 아무리 높은 지위에 홀로 떨어져 있다 해도 그의 존재는 젊은 시절 이래 그녀의 한평생 운명과 너무 긴밀하게 얽혀 있었기에 그의 이름은 거듭 두 자매의 대화에 슬그머니 끼어들곤 했는데, 그럴 때도 웬만하면 괴테를 직접 언급하는 것은 피했다. 이를테면 샤를 로테는 거의 40년 전에 케스트너와 함께 하노버에서 베츨라어로 여행을 하던 도중에 프랑크푸르트에 들러서 한때 짧게 스쳐간 친구 괴테의 모친을 방문했던 기억을 떠올렸다. 젊은 부부와 참사관 미망인은 서로 허물없는 사이가 되어서 노부인은 샤를로테 부부가 첫딸을 낳으면 대모가 되어줄 용의가 있다고까지 했다. 그런데 샤를로테 부부의 모든 자녀들한테 대부가 되겠노라 했던 당사자 괴테는 정작 그 무렵 로마에 머물고 있었다. 괴테의 모친은 아들이 로마에 장기간 체류할 거라는 소식을 창졸지간에 아들의 짧은 편지로 전해들은 터였는데, 특출한 아들을 진심으로 자랑스러워하는 얘기를 했었다. 샤를로테는 그때 들은 이야기를 잘 기억하고 있어서 지금 여동생한테 다시 들려주었다. 그때 모친은 이렇게 외치셨지. 일체의 선한 것과 위대한 것을 꿰뚫어보는 형안을 가진 아들한테 그런 여행이 얼마나 생산적이고 유익하며 최선의 득이 되겠어! 비단 아들 자신만을 위해서가 아니라 아들의 영향권 안에서 살아가는 행운을 누리는 모든 사람을 위해서지! 그래, 아들의 영향권에 속하는 혜택을 누리는 사람들은 행복하다고 큰 소리로 당당하게 칭송하는 것이 바로 이 모친에게 주어진 운명이었던 거야. 모친은 돌아가신 친구 클레텐베르크 부인의 말을 인용하셨지. "당신 아들 괴테가 마인츠로 나를 찾아올 때면 빠리와 런던을 다녀온 사람들보다 더 많은 화제를 갖고 오지요." 행복한 모친은 당당하게 말씀하셨지. 아들이 보내온 편지에서 돌아오는 여로에 어머니를 찾아뵙겠다고 약속했노라고. 그러면 아들이 여행담을 빠짐없이 낱낱이 얘기해줄 거고, 그때는 모든 친구와 지인을 집으로 초대해서 근사한 이야기를 들려주겠노라고. 성대한 잔치를 열어서 들짐승 요리, 고기구이, 조류 요리를 무진장으로 준비하겠노라고. 하지만 결국 무산되고 말았겠지,라고 아말리에 리델이 추측하는 말을 했다. 샤를로테 역시 그렇게 들었노라고 했고, 다시 자신의 아들들 쪽으로 화제를 돌렸다. 그녀의 아들들은 교육을 잘 받아서 엄마를 잘 따르고 규칙적으로 제때에 찾아와주었기에 엄마의 입장에서 어지간히 자랑할 만도 했다.

샤를로테는 이런 이야기로 여동생을 다소 지루하게 했다는 걸 알아차린 듯했다. 그렇지 않아도 자연스럽게 점심 초대에 맞춰서 입을 옷차림을 의논할 필요가 있었기에 샤를로테는 여동생과 단둘이 있는 자리에서 재치 있는 장난을 궁리했노라고 유쾌하고 의미심장한 착상을 털어놓았다. 즉 폴페르츠하우젠에서 열린 무도회에서 입었던 옷을 분홍색 리본만 떼고 그대로 입고 가겠다는 것이었다. 이 말을 꺼내기 전에 샤를로테는 먼저 여동생한테 어떤 옷차림을 할지 물어본 후에 다시 자기가 질문을 받게 되자 처음에는 아무 말도 없이 머뭇거리며 수줍은 미소만 짓고 자기 생각을 감추다가, 이윽고 작품과 실제 경험에서의 추억으로 가득한 그런 의도를 밝히면서 얼굴을 붉혔다. 그뿐 아니라 샤를로테는 여동생의 판단을 미리 예견하고 선수를 쳤다. 다시 말해 이런 착상에 대하여 딸이 냉정하게 비판적인 태도를 취하고 있는데, 여동생에게 딸의 그런 태도에 동의하지 말아달라고 미리 요청함으로써 여동생이 취할지도 모를 부정적 판단을 어느정도는 미리 예방했던 것이다. 그랬기에 여동생이 샤를로테의 착상이 너무 근사하다고는 했지만 그런 말은 별 의미가 없었다. 실제로 여동생은 그런 말에는 딱히 어울리지 않는 표정을 지으면서 제 딴에는 언니를 위로해줄 요량으로 덧붙여 말하기를, 만약 괴테 자신이 이런 옷차림의 암시를 알아차리지 못한다면 그분이 초대한 손님들 가운데 누군가가 그걸 일러주어서 주의를 끌게 하면 된다고 했던 것이다. 그러고는 여동생은 더이상 이 문제를 언급하지 않았다.

다시 상봉한 두 자매가 나눈 대화는 이 정도로 해두자. 샤를로테 부프가 바이마르에 도착한 처음 며칠 동안에는 완전히 집안 문제에만 몰두했다는 것은 분명하다. 호기심이 발동한 사교계는 그녀의 출현을 고대하고 있었다. 시민들은 그녀가 여동생과 함께 한적한 시내와 공원에서 오솔길을 따라 걷는 것을 목격하기도 했다. 그녀는 기사단 관저, 라우터 샘, 클라우제 오두막 부근에 모습을 드러냈고, 저녁때가 되면 하녀의 안내를 받으며 딸과 함께 때로는 리델 부부와 동행하여 에스플라나데 가에서 시장 언저리의 숙소로 돌아오는 모습이 보이기도 했다. 그녀를 알아보는 사람이 많았는데, 그녀를 직접 알아봤다기보다는 동행하는 일행을 보고서 그녀가 누구인지 추론했을 터였다. 그럴 때면 그녀는 눈매가 부드럽고 기품 있는 파란색 눈으로 조용히 앞을 바라보면서 자기 쪽으로 몸을 돌려 가볍게 인사해오는 사람들의 동정을 가만히 살폈는데, 그들은 갑자기 눈썹을 치켜세우거나 미소를 짓기도 하면서 그녀 옆을 지나가곤 했다. 행인들은 바이마르에서 익히 얼굴이 알려진 여동생 부부에게 인사를 하면서 덤으로 샤를로테에게도 인사를 건넸던 셈인데, 샤를로테는 그들의 인사에 호의적으로 품위 있게 다소 위엄을 지키며 응답했고, 그녀의 그런 태도는 세간의 화제가 되었다.

늦은 점심을 하기로 영예롭게 초대받은 날은 그렇게 다가왔다. 샤를로테 일행은 이 초대에 관해 되도록 미리 언급하길 자제하면서 속으로 긴장된 침묵을 지키며 이날을 기다렸다. 운명의 9월

25일이 되자 날씨가 비가 올 것 같아서 리델은 여성들의 복장과 자신의 신발을 고려하고 또 이 초대에 최대한 경의를 표한다는 취지에서 임대마차를 빌렸다. 아침 늦게 데우지 않은 음식으로 대충 요기를 한 가족 일행은 마차가 집 앞에 도착하자 오후 2시 반 무렵 마차에 올랐다. 행인 대여섯명이 작은 도읍지 사람답게 호기심이 동해서 지켜보고 있었는데, 이들은 마치 결혼식이나 장례식 구경이라도 하듯이 대기 중인 마차 주위로 모여들었고, 마부에게 물어서 행선지까지 알아낸 터였다. 이런 경우에 근사한 연회에 당당히 참여하는 인사들에 대한 구경꾼들의 경탄은 대개 연회와 아무 상관도 없기에 평상복을 입고 마음이 홀가분한 사람들의 부러움으로 나타난다. 게다가 구경꾼들은 속으로 자기네 나름의 유리한 장점을 의식하고 있는데, 연회 참여자들은 구경꾼들을 깔보는 감정과 '너희들은 참 좋겠다!'라는 감정이 뒤섞이고, 구경꾼들은 연회 참여자들을 우러러보면서도 고생깨나 하겠는데 쌤통이라고 쾌재를 부르는 것이다.

샤를로테와 여동생은 높다란 뒷좌석에 자리를 잡았고, 리델 박사는 비단 정장용 모자를 무릎 위에 올려놓고 질녀와 함께 등받이가 제법 딱딱한 좌석에 앉았다. 리델은 유행에 맞게 어깨 쿠션을 돋운 연미복을 입고 하얀색 나비넥타이를 매고 있었는데, 가슴에는 작은 철십자훈장과 두개의 메달을 달고 있었다. 에스플라나데 가를 지나고 프라우엔토어 가를 거쳐 프라우엔플란 가에 이를 때까지 일행은 거의 한마디도 주고받지 않았다. 대개 이런 도상에서는 어느정도 원기를 비축해두고, 마치 무대에 오르기 전의 배우처럼 곧 소화해내야 할 사교활동을 위해 마음의 준비를 하는 데 집중하게 마련인데, 특히 이 경우에는 불안할 정도로 신중한 분위기를 조성하는 특별한 사정이 있었던 것이다.

여동생 부부는 샤를로테의 침묵을 존중해주었다. 44년이라는 세월이 흐른 것이다. 부부는 샤를로테의 인생을 배려하는 마음으로 찬찬히 되짚어보았고, 이 사랑스러운 여인에게 이따금 미소를 지으며 고개를 끄덕여주었으며, 한번은 그녀의 무릎을 살며시 쓰다듬어주기도 했다. 이를 계기로 샤를로테는 감동적인 노년의 자태에도 불구하고 머리가 때로는 눈에 띄게 끄덕거리다가 때로는 잠잠해지기도 하는 불규칙한 증세를 여동생 부부의 우애에 화답하는 인사처럼 보이도록 자연스럽게 꾸미기도 했다.

그러고서 다시 리델 부부는 질녀를 몰래 관찰해보았다. 질녀는 이 모든 일에 거리를 두고 있다는 게 여실히 드러났고, 못마땅해하는 것도 분명했다. 샤를로테의 딸은 진지하고 희생을 마다하지 않는 미덕의 인생을 살아왔기에 존중받는 인물이었고, 그녀가 만족하는가 아니면 불만을 품고 있는가는 중요한 문제였다. 그래서 그녀가 이런 행차를 못마땅해하면서 입을 꾹 다물고 있는 태도는 전반적으로 침묵하는 분위기를 조성하는 데 일조했다. 샤를로테가 지금은 비록 검은 숄로 가리고 있긴 했지만, 특히 샤를로테의 옷차림에 딸이 엄격한 태도를 취하고 있다는 것도 모두가 알고 있었다. 누구보다 샤를로테 자신이 그 점을 잘 알고 있었기에 여동생이 딱 한번 칭찬해준 것만으로는 자신의 옷차림 장난이 근사하다고 자위할 처지가 아니었다. 그사이에 종종 이 장난에 흥미를 잃기도 했지만, 단지 일단 한번 마음먹은 생각이니 밀어붙여보자는 고집으로 계획을 예정대로 고수했을 뿐이었다. 그러면서도 아주 조금만 준비하면 예전의 모습을 복원할 수 있다는 사실이 위안이 되었다. 흰색 드레스는 그녀가 언제나 유달리 선호해온 복장이었기에 의당 그런 차림새를 할 자격이 있었고, 특히 가슴 부위에 달린 분홍색 리본을 떼어냈다는 사실에 이 여고생 같은 장난의 묘미가 있었던 것이다. 그녀는 높게 감아올린 은은한 회색 머리를 면사포로 감싸고 둥글게 땋은 머리는 목덜미까지 늘어뜨리고 있었는데, 그렇게 앉아 있는 동안에도 이 옷차림 장난을 생각하면 다른 이들의 평범한 복장이 다소 부럽기도 하고, 고집스럽게 뭔가를 몰래 훔치는 듯 기대에 부푼 설렘으로 가슴이 두근거리기도 했다.

바닥이 고르지 않은 소도시의 광장에 다다르자 마차 바퀴가 동그란 포석鋪石에 부딪쳐 덜커덩거렸다. 자이펜 가街에 도착하자 약간 비스듬한 각도로 측랑側廊이 본채에 연결되어 있는 길쭉한 저택이 나왔다. 샤를로테가 여동생과 함께 이미 여러번 지나친 적이 있는 바로 그 집이었다. 1층과 2층, 그리고 꽤 높은 지붕에 튀어나온 다락방 창들이 보였다. 측랑에는 노란색 줄무늬로 칠한 대문들이 달려 있었고, 본채 한가운데 낮은 계단 위로 출입문이 있었다. 일행이 마차에서 내리는 동안 출입문 계단 앞에서 벌써 다른 손님들이 인사를 나누고 있었다. 제각기 다른 방향에서 걸어온 손님들이 여기서 마주쳤던 것이다. 정장용 모자를 쓰고 가죽 외투를 입은 두명의 중년 신사가 보였는데, 샤를로테는 그중 한 사람이 리머 박사라는 걸 알아보았다. 두 사람은 더 젊어 보이는 제3의 손님과 악수를 하고 있었는데, 그이는 외투를 입지 않고 그냥 연미복 차림에 우산만 들고 있는 걸로 봐서 가까운 이웃에서 온 듯했다. 그 사람이 슈테판 쉬체 씨였는데, 샤를로테가 들은 바로는 "우리의 뛰어난 인기 작가이자 문고판 편찬자"라고 했다. 걸어서 온 손님들은 마차를 타고 온 샤를로테 일행 쪽으로 몸을 돌려 정장용 모자를 옆으로 빼고 정중하게 예를 갖추어 환영인사를 하고서 쉬체 씨를 그렇게 소개했던 것이다. 리머는 사람들이 샤를로테와 인사를 시키려 하자 유머 있게 허풍을 떨며 사절했는데, 궁정고문관 부인께서는 벌써 사흘 전에 사귄 친구를 기억하실 거라고 신뢰감을 표현했던 것이다. 그리고 샤를로테의 딸한테는 마치 아버지 같은 태도로 손을 쓰다듬어주었다. 리머와 함께 온 사람도 똑같이 따라했는데, 그는 등이 다소 구부정한 50대의 남자로, 얼굴 표정이 온화했고, 가닥가닥 뭉친 희끗한 머리를 길게 기르고 있어서 정장용 모자 아래로 드러나 보였다. 그 사람이 다름 아닌 궁정고문관이자 미술사 교수인 마이어였다. 그 사람과 리머는 각자의 일터에서 곧바로 왔고, 부인들은 따로 올 예정이었다.

일행이 집 안으로 들어가는 동안 마이어는 그의 고향 특유의 어조로 생각에 잠긴 듯 머뭇거리며 말을 꺼냈는데, 완고한 옛 독일어가 반쯤은 프랑스어 어감이 밴 이국적인 억양과 뒤섞인 어투였다. "오늘 일진이 좋아서 우리의 대가께서 지쳐서 과묵하지 않고 건강하고 쾌활한 컨디션으로 만날 수 있기를 바랍니다. 그래야 우리가 그분을 귀찮게 하는 게 아닐까 하는 자책감을 면할 수 있지요."

마이어는 샤를로테 쪽으로 몸을 돌리고서 차분하게 또박또박 그렇게 말했는데, 괴테와 친밀한 측근 사람이 이런 말을 하면 새로 온 손님이 얼마나 맥이 빠질지는 전혀 개의치 않는 것이 분명했다. 그래서 샤를로테는 참지 않고 응수했다.

"저는 이 댁의 주인을 교수님보다 더 오래 알고 지냈고, 그래서 그분이 시인답게 심정의 진폭이 크다는 걸 경험상 모르지 않아요."

"그렇지만 더 근래에 사귄 사람이 더 정확히 아는 법이지요." 마이어는 비교급의 음절 하나하나를 차분하게 또박또박 발음하면서 자기 주장을 굽히지 않았다.

샤를로테는 마이어의 말을 흘려들었다. 일행이 계단실에 들어서자 그녀는 널찍한 대리석 난간, 계단의 완만한 경사에서 느껴지는 쾌적감, 그리고 곳곳에 맞춤한 간격으로 배치된 고풍스러운 장식등의 고상한 격조에 매료되었다. 층계참에 다다르자 흰색 벽감 안에 고대 그리스의 우아한 형상들을 주조한 청동 조형물이 보였고, 그 앞에 대리석 받침 위에는 관찰하기 딱 좋은 자세로 몸을 비튼 청동제 그레이하운드상이 놓여 있었다. 아우구스트 폰 괴테가 하인들과 함께 손님들을 기다리고 있었는데, 외모와 안색이 다소 푸석푸석하긴 했지만 가르마를 탄 곱슬머리와 연미복에 훈장을 여러 개 달고 비단 목도리에 문직紋織 조끼를 입고 있는 모습이 아주 좋아 보였다. 아우구스트는 몇 계단 더 올라가서 손님들을 접견실로 안내한 다음에 나중에 오는 손님들을 맞이하기 위해 금방 다시 나갔다.

하인이 리델과 케스트너 일행 그리고 이 집과 친분이 있는 세명의 손님을 마지막까지 안내해주었고, 외투를 벗고 소지품을 보관하는 것까지 도와주었다. 노란색 줄무늬가 있는 조끼에 금단추가 달린 제복을 입은 하인은 비록 젊지만 당당하고 품위 있고 단정해 보였다. 상층계단이 끝나는 윗부분 역시 고상하고 화려하면서도 예술미가 넘쳤다. 샤를로테가 평소에 '잠과 죽음'이라 일컫는 군상群像은 두 젊은이를 묘사하고 있었는데, 그중 한명이 상대방의 어깨에 팔을 두르고 있었고, 출입문 옆쪽 벽의 밝은색 평면과 대조되는 어두운 광채를 띠고 있었다. 출입문 위에는 장식 벽에 흰색 부조가 새겨져 있었고, 출입문 앞쪽 바닥에는 '안녕하세요!'라는 라틴어 인사말이 새겨져 파란색 에나멜로 칠해져 있었다. 샤를로테는 기운이 나서 속으로 생각했다. '드디어 환영인사를 받았네! 지쳐서 과묵하다니 무슨 뜬딴지같은 소리야? 한때의 젊은이가 이제 잘 살고 있네! 베츨라어의 곡물시장 근처에 살 때는 검소했는데. 그때는 내가 가위로 오려준 썰루엣 그림을 자기 집 벽에 걸어놓고 있었지. 선의와 우정과 동정심에서 내가 선물해준 것인데, 소설에 씌어져 있는 대로 괴테는 아침저녁으로 그 그림을 바라보고 입맞춤을 하면서 인사를 했다지. 그럼 '안녕하세요!'라는 인사말을 받을 특권은 바로 나한테 있는 게 아닐까? 과연 그럴까?'

샤를로테는 여동생과 나란히 문이 열려 있는 연회장으로 들어서고 있었는데, 하인이 입장하는 손님들의 이름을 공식적인 어투로 크게 외치는 바람에 흠칫 놀랐다. 이런 관례는 낯설었는데, 샤를로테 자신도 "케스트너 궁정고문관 부인입니다!"라고 호명되었다. 피아노가 놓여 있는 접견실은 아주 우아하긴 했지만 적당한 비율로 나뉘어 있는 진입공간들이 꽤 길었던 것에 비하면 다소 실망스러웠고, 출입문이 쌍여닫이문이 아니어서 줄지어 있는 다른 방들도 시야에 들어왔다. 방 안에는 벌써 몇명의 손님들, 두명의 신사분과 여성 한명이 거대한 유노 흉상 가까이에 모여 서서 잡담을 나누고 있었는데, 그러다가 새로 입장한 손님들, 특히 그중에 누구인지 바로 알아본 샤를로테 쪽으로 눈을 번쩍 뜨고 눈길을 주면서 자기소개를 할 태세를 취했다. 그런데 바로 그 순간 하인이 이 집의 아들과 함께 들어온 다른 손님들, 즉 궁정재무관 키름스 부부의 이름을 외쳤고, 그 뒤를 이어 마이어와 리머의 부인들이 들어왔다. 그리하여 공간이 좁고 동선이 짧은 경우에 대개 그렇듯이 초대받은 손님들이 갑자기 한꺼번에 합류하게 되었다. 그래서 소개는 일반적인 절차대로 진행되었고, 이 작은 무리의 구심점인 샤를로테는 리머 박사와 괴테의 아들을 통해 키름스 부부, 건축감독관 쿠드라이와 그의 부인, 원래 프라이베르크 출신으로 '왕세자' 호텔에 묵고 있는 산림감독관 베르너, 그리고 리머와 마이어의 부인들 등 낯선 사람들을 한꺼번에 알게 되었다.

샤를로테는 자신이 엄청난 호기심의 대상이 되고 있으며 짐작건대 적어도 여성들의 경우에는 심술도 섞여 있다는 것을 알아차렸기에 그런 호기심에 품위 있게 대처했다. 번거로운 격식을 차리느라 머리가 더 심하게 끄덕거리는 것을 제어할 필요도 있었다. 좌중은 그녀의 이러한 약점을 제각기 다른 느낌으로 받아들였는데, 이 약점은 그녀의 소녀 같은 자태와 뚜렷이 대비되었다. 그녀는 발목까지 늘어뜨린 흰색 드레스를 입고 있었고, 가슴 언저리에는 브로치로 주름을 잡고 분홍색 리본 장식을 달고 있었으며, 발에 딱 맞는 단추 달린 검정 구두를 신고 우아하면서도 특이한 자세로 서 있었다. 반듯한 이마 위로는 은회색 머리를 감아올렸는데, 얼굴은 영락없이 나이티가 나서 볼이 다소 처졌고, 양 볼 사이에 자리 잡은 입술이 얇은 입은 다소 영악한 느낌을 주는 미소를 띠고 있었으며, 귀여운 코는 천진하게 상기되어 있었고, 물망초 색깔의 파란 눈은 부드럽고 피곤한 기색으로 기품 있게 반짝이고 있었다······ 함께 초대된 손님들의 인사말을 들었는데, 그들은 그녀가 얼마 동안이나마 이 도시에 머물게 되어 너무 기쁘고 이렇게 의미심장하고 기념할 만한 재회의 자리에 함께 있게 되어 너무나 영광이라고 강조했다.

샤를로테의 바로 옆에서는 그녀의 비판적 양심이라 해도 무방할 딸이 손님들이 인사를 건네올 때마다 무릎을 굽혀 깍듯이 절을 했는데, 그녀는 이 작은 모임에서 나이가 가장 어렸다. 대부분 나이 지긋한 사람들로 이루어진 이 모임에서 작가 쉐체도 40대 후반은 되어 보였던 것이다. 남동생 카를을 돌보는 처지인 딸은 꽤 퉁명스러운 인상을 주었는데, 머리 가운데로 매끈하게 가르마를 탄 머리칼이 귀 위로 흘러내렸고, 장식이 없는 짙은 보라색 옷차림에 목언저리는 거의 수녀 같은 느낌을 줄 정도로 빳빳하게 풀을 먹이고 둥그렇게 감아올려 매듭을 지었다. 사람들은 주로 어머니한테, 때로는 딸한테도 애교스러운 말을 했는데, 그럴 때면 딸은 퇴짜를 놓는 듯한 미소를 지으며 눈썹을 찌푸렸다. 딸은 상대방의 애교를 비아냥대는 도발로 받아들였던 것이다. 게다가 딸은 어머니가 젊게 치장한 것이 못마땅했고, 딸의 그런 태도가 어머니한테 영향을 주지 않았다고는 할 수 없지만 어머니는 개의치 않고 의연한 태도를 취했다. 어머니의 차림새에서 흰색 드레스는 어쨌거나 원래 취향대로 분위기를 살린 것이라 봐줄 수 있었지만, 적어도 고약한 분홍색 리본만은 곤란했다. 딸은 사람들이 이 부적절한 치장의 의미를 이해하더라도 흉보지는 말았으면 하는 소망과, 제발 아예 어머니의 의중을 알아차리지 못했으면 하는 불안감 때문에 속이 갈가리 찢어지는 것 같았다.

요컨대 유머감각이 없는 딸은 이 모든 법석이 못마땅해서 거의 절망할 지경이었다. 샤를로테는 사태의 추이를 예상하면서 딸의 그런 감정을 예민하게 느낄 수밖에 없었기에 그래도 이 서글픈 장난이 근사하다는 믿음을 꿋꿋이 견지하려고 무던히 애써야만 했다. 그런데 여기에 모인 여성들 중에 그 누구도 각자 취향대로 차려입은 옷차림 때문에 거북해하거나 유별나다고 비난받을까봐 걱정할 이유는 없었다. 여성들의 옷차림은 전반적으로 연극 의상을 방불케 할 정도로 자유분방하게 멋을 냈기에 남자들의 공식적인 차림새와는 대비되었던 것이다. (쉬체를 제외하고 남자들은 모조리 단춧구멍에 어떤 형태로든 훈장과 메달, 리본과 작은 십자훈장 등을 달고 있었다.) 그런데 키름스 궁정재무관 부인만은 예외여서 고위관료의 부인답게 아주 단정한 차림이었는데, 그런데도 비단 모자에서 늘어뜨린 양쪽 날개가 너무 크게 도드라져서 환상적인 분위기를 자아냈다. 리머가 괴테의 집에서 데리고 나가서 결혼했다는 리머 부인과 결혼 전 성이 코펜펠스라는 궁정고문관 마이어의 부인은 대담한 개성과 예술적 취향으로 한껏 멋을 냈다. 리머 부인은 지적인 느낌을 주는 어두운 색조의 취향을 살려서 검은색 우단 옷에 노랗게 물들인 옷깃을 뾰족하게 세웠고, 피부는 상앗빛이고 지적으로 반짝이는 검은 눈에 매처럼 날카로운 인상을 주는 얼굴이 치렁치렁 늘어뜨린 머리칼에 감싸여 그늘져 있었는데, 흰색 띠를 두르고 꼬불꼬불 휘감긴 곱슬머리가 이마에 그늘을 드리웠다. 그런가 하면 마이어 부인은 나이 지긋한 이피게니에 스타일로 꾸몄는데, 고전적 스타일의 오렌지색 연회복 솔기에 고대풍의 레이스를 달았고, 헐거운 가슴 언저리 바로 아래에 묶은 허리띠에는 반달 모양의 브로치를 달고 있었다. 그리고 머리에 쓴 어두운 색깔의 면사포를 아래로 늘어뜨렸고, 짧은 소매에 현대식으로 긴 장갑을 끼고 있었다.

건축감독관의 부인 쿠드라이 여사는 코로나 슈뢰터[1]식으로 높은 모자에 면사포를 휘감아서 넓은 그늘을 드리운 풍만한 복장으로 이채를 띠었는데, 모자의 뒤쪽 차양을 등 쪽으로 늘어뜨려서 꼬불꼬불한 곱슬머리를 덮고 있었다. 다소 진지한 인상을 주는 아말리에 리델 부인은 거위털로 짠 짧은 어깨 숄과 섬세한 소매 주름으로

─────────────────────
1 괴테 당대의 여배우.

자신의 명망에 어울리는 그림 같은 미묘한 분위기를 연출했다. 이런 차림새들에 비하면 근본적으로 샤를로테야말로 가장 평범했다. 그럼에도 나이가 지긋하면서도 천진하고 품위 있는 태도가 머리 끄덕임으로 흐트러져서 감동적이면서도 가장 눈에 띄게 기묘한 인상을 주었기 때문에 비웃음이나 우려를 자아낼 소지가 다분했다. 딸이 괴로워하며 두려워하는 것도 바로 그런 비웃음이었다. 한차례 소개가 끝나고서 작은 모임이 개별 그룹으로 나뉘어 방을 벗어나 흩어지자 딸은 바이마르 여성들 사이에 여러가지 악의적인 말들이 오갔을 거라고 참담한 심정으로 확신했다.

괴테의 아들은 벽을 가리고 있던 초록색 비단 커튼을 양쪽으로 젖히고 소파 위에 걸려 있는 그림을 케스트너 모녀에게 보여주었다. 이른바 '알도브란디니의 결혼식'이라는 그림의 모사본이었는데, 아우구스트는 마이어 교수가 언젠가 우정의 선물로 직접 그려준 거라고 설명해주었다. 때마침 마이어 교수 본인이 나타났기에 아우구스트는 다른 손님들 쪽으로 갔다. 마이어는 올 때 쓰고 왔던 정장용 모자 대신에 우단 캡을 쓰고 있었는데, 연미복과 썩 잘 어울려서 가정적인 친근감을 주었기에 샤를로테는 펠트 슬리퍼를 신었겠지 싶어서 자기도 모르게 그의 발을 내려다보았다. 추측과 달리 슬리퍼를 신고 있진 않았지만 이 예술사학자는 헐거운 장화를 신고 있어서 그녀의 추측이 들어맞은 듯이 신발을 질질 끌며 걸음을 옮겼다. 그는 편안하게 뒷짐을 지고 머리를 살짝 옆으로 기울이고 있었는데, 전반적으로 이 집 주인의 허물없는 친구임을 드러내놓고 과시하는 태도를 보이면서 신경이 곤두서 있는 신출내기 손님들도 자신의 느긋한 마음가짐에서 용기를 얻기를 바라는 듯했다.

마이어는 신중하고도 규칙적으로 멈칫하는 어투로 말을 시작했는데, 그는 취리히 호반의 슈테파에 거주할 때부터 몸에 밴 그런 어투를 로마와 바이마르에 체류하는 오랜 기간 동안 그대로 유지했고, 말을 할 때 입에는 아무런 표정이 없었다.

"이제 다 모였군요. 이제 다 모였으니 금방 주인장이 합석할 거라고 기대해도 되겠습니다. 처음 오신 손님들께서 마지막 몇분을 기다리는 동안 기대와 더불어 일말의 불안감이 교차하는 건 너무 당연하지요. 그렇긴 하지만 주위 환경과 분위기에 얼마간 적응하시면 좋겠습니다. 저는 그런 손님들께 미리 조언을 드리는 역할을 기꺼이 자청하여 언제나 특별한 의미를 갖는 이런 경험을 좀더 가볍고 즐거운 마음으로 누리시게 해드리지요."

그는 '경험'이라는 말을 프랑스어로 하면서 첫번째 음절에 악센트를 두었고, 이어서 무표정한 얼굴로 말을 계속했다.

"이런 상황에서는 불가피하게 긴장하게 되지만 그렇더라도 전혀 그런 내색을 하지 않고 가능하면 드러내지 않는 것이 최선의 방책입니다." 그는 '베스트'를 '베슈트'라고 발음했다. "가능하면 아무런 거리낌 없이 일절 흥분하는 내색을 하지 않고 그분을 대하라는 뜻입니다. 그러면 이 대가나 자기 자신이나 피차 아주 편안한 분위기가 되지요. 그분은 매사에 워낙 민감하기 때문에 손님이 마음을 졸이면 그분에게도 영향을 미친다는 뜻입니다. 그분도 손님의 그런 걱정을 미리 짐작하기 때문에 말하자면 멀리서부터 그런 걱정이 그분에게 전이되어서 그분 자신도 강박감을 느끼고 손님의 걱정과 불쾌한 상호작용을 일으키게 됩니다. 언제나 가장 현명한 처신은 아주 자연스럽게 대하는 것이고, 이를테면 그분과 곧장 고담준론을 나누려 들거나 그분의 작품에 관해 얘기하려고 해선 안 됩니다. 그런 태도는 절대 금물입니다. 그러기보다는 각자 자신의 경험에서 우러나오는 단순하고 구체적인 화제로 가볍게 말을 꺼내는 것이 좋습니다. 그러면 그분도 인간사라든가 현실적인 문제에는 싫증을 내지 않기 때문에 금방 마음이 풀려서 편안하게 친밀한 호의를 베풀 수 있게 되지요. 그렇지만 그분이 우리 모두와는 엄연히 구별되는 특별한 위치에 있다는 사실을 무시하는 식으로 친밀감을 표현하면 곤란합니다. 그건 두말할 나위 없지요. 이미 여러 선례가 보여주듯이 그분은 그런 식의 친밀감에 대해서는 바로 퇴짜를 놓거든요."

마이어가 이런 설교 조의 말을 늘어놓는 동안 샤를로테는 괴테의 충복 마이어에게 어떻게 대응해야 할지 몰라서 눈만 깜박거렸다. 무대 공포증에 시달리는 이방인들이 이런 경고를 듣고서 거리낌 없는 태도를 취하고 이런 경고를 활용하여 평정심을 찾기란 얼마나 어렵겠는가. 샤를로테는 자기도 모르게 그런 상상이 들었고, 자기가 유난히 그런 상상을 해볼 자격이 있다는 걸 깨달았다. 오히려 서로 영향을 주고받는 게 더 자연스럽지 않을까, 막연히 그런 생각이 들었다. 마이어가 이런 식으로 단속을 하면서 참견하는 것에 개인적으로 모욕감을 느꼈다.

마침내 샤를로테가 말했다. "궁정고문관님, 지침을 일러주셔서 정말 감사합니다. 전에도 이런 말씀에 감사했던 사람이 여럿 있었겠지요. 하지만 제 경우에는 이 자리가 44년 전의 친분을 다시 나누는 자리라는 사실을 잊지 마셨으면 합니다."

그러자 마이어가 무미건조한 어투로 대꾸했다. "매일매일, 아니 매시간 변하는 사람은 44년이 흐르는 사이에 당연히 다른 사람으로 변했겠지요. 그런데 카를, 오늘 기분이 어떠시던가?" 마이어는 방 입구 쪽으로 지나가던 시종에게 물었다.

"대체로 양호한 편입니다, 궁정고문관님." 젊은 시종이 대답했다. 바로 다음 순간 시종은 쌍여닫이문을 벽 쪽으로 밀쳐놓은 다음—샤를로테는 쌍여닫이문이 달렸다는 걸 그제야 처음 알아차렸다—문가에 서서 그다지 엄숙하지 않은 친밀한 어투로 말했다.

"각하께서 오셨습니다."

그러자 흩어져서 대화를 나누고 있던 손님들이 그들 앞에 서 있는 케스트너 모녀와는 일정한 간격을 두고 한쪽으로 모였고, 마이어가 손님들 쪽으로 다가왔다. 괴테가 어깨를 뒤로 펴고 하체는 약간 앞으로 나온 자세로 또박또박 잰걸음으로 다가왔는데, 단추가 두줄로 달린 연미복에 비단 바지를 입고 있었고, 가슴 위쪽에 멋지게 가공된 반짝거리는 은제 별 장식을 달고 있었으며, 고급 삼베로 짠 흰색 목도리는 십자형 매듭으로 묶어서 자수정 핀으로 고정해놓았다. 관자놀이 머리가 곱슬하고 아주 훤칠하게 둥그렇게 솟은 이마 위로 벌써 숱이 적은 머리에는 고르게 파우더를 뿌린 상태였다. 샤를로테는 그를 알아볼 것도 같았고 몰라볼 것도 같았는데, 어느 쪽이든 그녀에겐 마음의 동요를 일으켰다. 무엇보다 첫눈에 다시 알아본 것은 갈색 피부의 얼굴에 원래 크지는 않지만 그윽하게 빛나는 눈을 독특하게 활짝 뜨고 있는 모습이었는데, 오른쪽 눈이 왼쪽 눈보다 상당히 아래로 처져 있었다. 아주 섬세한 곡선을 그리며 아래로 기울어서 눈꼬리 쪽으로 내려온 눈썹을 뭔가 묻는 듯한 표정으로 치켜세워서 소박하고도 형형한 눈매가 더 강한 인상을 주었는데, 마치 '이 모든 사람이 대체 누구야?'라고 묻는 듯한 표정이었다. 아뿔싸, 한평생이 지나갔는데도 그녀는 젊은 시절의 눈을 금방 알아보았다! 엄밀히 말하면 갈색 눈이고 양쪽 눈의 시선이 다소 가까이 모여 있었는데, 대개는 검은 눈이라는 인상을 주었다. 마음의 동요를 일으킬 때마다 ── 그의 마음이 동요하지 않은 적이 있었던가! ── 동공이 크게 확대되어 동공의 검은색이 홍채의 갈색을 뒤덮어서 검은 눈이라는 인상이 압도하기 때문이었다. 예전의 모습 그대로였고, 아니기도 했다. 이마가 이렇게 바위처럼 넓지는 않았다. 그러고 보니 이마가 높이 올라간 것은 아주 곱게 자란 머리가 듬성해지면서 뒤로 벗어졌기 때문이고, 단지 대머리를 만드는 세월의 산물일 뿐이었다. 흔히 사람들은 위안 삼아 그렇게 말하고 싶겠지만 정작 위안을 얻지는 못하게 마련이다. 수십년이 흐르는 동안 세월은 돌에 조각을 하듯이 이마를 조각하고, 한때 매끈했던 윤곽을 진지하게 요모조모 매만져서 주름이 패게 하니, 그 세월이 바로 우리가 살아온 인생이요 우리가 만들어낸 작품인 것이다. 이 사람의 경우 세월과 나이라는 것은 쇠락이나 대머리, 자연적인 손상의 차원을 넘어선 그 무엇이다. 차라리 그런 차원이라면 마음을 흔들어놓고 애잔한 느낌을 줄 법도 하다. 하지만 괴테에게 세월과 나이는 의미로 충만하고, 정신과 업적과 역사 자체였으며, 그렇게 아로새겨진 세월과 나이의 흔적은 우려를 자아내기는커녕 사려 깊은 사람의 가슴을 즐거운 놀라움으로 두근거리게 했다.

지금 괴테는 예순일곱살이었다. 샤를로테는 새로운 세기가 시작되던 15년 전이 아니고 지금 그를 다시 만난 것이 다행이거니 싶었다. 당시 괴테는 이미 이딸리아 체류 시절부터 시작된 비만이 정점에 이르렀다. 하지만 이미 오래전에 뚱뚱한 몸집을 다시 줄였다. 걸음걸이가 뻣뻣해서 괴테 특유의 여러가지 성품을 떠올리게 했는데, 그럼에도 검은색 연미복에 눈에 띄게 섬세하고 화사한 목도리를 하고 있는 모습 덕분에 그의 사지는 젊은이 같은 느낌을 주었다. 지난 10년 사이에 그의 외모는 다시 젊은이의 외모에 가까워졌다. 선량한 샤를로테는 그의 외모에 나타난 여러가지 변화를 흘려보았다. 특히 그의 얼굴은 베츨라어 시절 친구의 얼굴과는 생각보다 많이 변해 있었다. 그녀 자신은 알지 못하는 인생의 여러 단계를 거쳐왔기 때문일 것이다. 한때는 그의 얼굴이 심술궂게 살집이 오르고 뺨이 처진 모습으로 변한 적도 있었는데, 젊은 시절 여자친구가 그때 괴테를 만났더라면 지금의 모습보다 적응하기 더 힘들었을 것이다. 그밖에도 괴테의 표정에는 장난기가 있었는데, 그 이유를 따져보면 아마도 주로 그를 기다리고 있는 손님들을 바라보면서 어리둥절해서 천진한 표정을 짓고 있기 때문일 터였다. 입술이 너무 얇지도 두툼하지도 않고 입술 양쪽 끄트머리는 나이티가 나는 아랫볼 쪽으로 깊게 주름져 있었는데, 완벽하게 잘생긴 길쭉한 입은 서로 상반되는 표현 가능성들로 잔뜩 과민해져서 과연 어느 쪽을 택해야 할지 속을 감추는 듯 달싹이는 느낌을 주었다. 그의 이런 모습은 한편으로 단련된 품위와 의미심장한 태도를 드러냈지만, 다른 한편 머리를 갸우뚱하고 어린아이처럼 순진한 의문을 품고 살짝 애교를 띠면서도 아리송한 표정을 짓고 있었는데, 그런 상반된 태도가 금방 눈에 띄었다.

집주인은 방 안으로 들어오는 동안 류머티즘을 앓는 왼쪽 팔을 오른손으로 잡고 받치고 있었다. 그는 방 안으로 몇걸음을 옮기자 팔을 내려놓고서 제자리에 서서 손님들을 향해 정감 어린 태도로 예를 갖추어 몸을 숙여 인사를 하고 나서 가까이 서 있는 여성들 쪽으로 먼저 다가갔다.

괴테의 목소리는 옛날과 똑같았는데, 한때 날씬했던 청년 괴테는 울림이 풍부한 이 바리톤 톤으로 말하고 낭송해주었던 것이다. 노년의 모습에서 예전과 똑같은 목소리를 듣는 것이 정말 신기했다. 약간 질질 끄는 듯하고 더 침착한 어조로 바뀌긴 했지만, 예전에도 다소 무게감이 느껴지는 목소리였다.

괴테는 샤를로테 모녀의 손을 동시에 잡았는데, 샤를로테의 오른손과 딸의 왼손을 잡고는 두 손을 끌어모아 자신의 양손으로 잡고서 말했다.

"친애하는 모녀분, 드디어 제 입으로 직접 바이마르에 오신 걸 환영하는 인사를 드리게 되었군요! 이 순간이 오기를 손꼽아 기다렸습니다. 제때에 활기를 북돋우는 깜짝 방문을 해주셔서 기쁩니다. 우리의 선량한 궁정재무관 부부도 그토록 학수고대해온 방문에 어찌 기쁘지 않겠습니까! 굳이 이런 말씀은 드릴 필요도 없지만, 일단 바이마르에 오셨는데 우리 집 대문을 그냥 지나치지 않으셨으니 우리는 그 점을 매우 소중하게 생각합니다!"

그는 '학수고대해온'이라는 표현을 썼는데, 미소를 띤 입이 다소 겸연쩍어하면서도 즐기는 표정이었기에 즉흥적으로 만들어낸 그런 표현의 매력이 돋보였다. 이런 매력이 외교적인 태도와 결합되어 첫마디부터 상황을 단호하게 제어하면서 용의주도하게 슬그머니 피해가고 있다는 사실은 샤를로테가 보기에도 확연히 드러났고, 그의 말이 신중히 숙고해서 나왔다는 사실에서도 그 점을 알아차릴 수 있었다. 그는 샤를로테 혼자가 아니라 딸과 함께 마주 서 있는 정황을 적절히 이용하여 사태를 제어할 줄 알았고, 모녀의 손을 맞잡은 상태에서 자신을 직접 끌어들이지 않고 '우리'라고 복수로 말했으며, 마치 모녀가 '우리 집 대문'을 그냥 지나쳤을 수도 있겠다고 가정함으로써 자기 집 뒤로 물러난 셈이었다. 그밖에도 '학수고대해온'이라는 매력적인 표현 역시 리델 부부의 입장에서 말했던 것이다.

괴테의 시선은 어머니와 딸 사이를 다소 불안하게 번갈아 오갔고, 두 사람을 지나쳐서 창문 쪽을 향하기도 했다. 샤를로테는 괴테가 자기를 똑바로 보지 않는다는 인상을 받았다. 게다가 이제 샤를로테의 머리가 제어불능으로 끄덕이고 있다는 것도 괴테가 한순간에 알아차렸고, 샤를로테 역시 그가 알아차렸다는 걸 모르지 않았다. 괴테는 그녀의 그런 모습을 보고는 진지하고 안타까운 표정으로 잠깐 죽은 듯이 눈을 감았다가 다시 순식간에 그런 침잠 상태에서 벗어나 마치 아무 일도 없었다는 듯이 현재 상황으로 돌아와 예를 갖추었다.

괴테는 완전히 딸한테 몸을 돌리고서 말했다. "그늘진 우리 집안에 청춘이 금빛 햇살처럼 비쳐드는구나 —"

샤를로테는 지금까지 그저 괴테의 집을 지나쳐가지 않는 것이 너무 당연하다는 생각만 막연하게 하고 있었는데, 이 대목에서야 더 늦지 않게 딸을 소개했고, 괴테도 분명히 그러길 원하는 것 같았다. 그녀는 말하기를, 가장 바랐던 일은 엘자스에 사는 둘째 딸을 데려와서 몇주 동안 함께 있으면서 괴테한테 직접 인사를 시켜주는 거라고 했다. 그녀는 비록 재빠르고 불분명한 어조이긴 하지만 그에게 '각하'라는 존칭을 썼고, 괴테도 굳이 마다하지 않고 다른 호칭을 권하지도 않았는데, 아마 소개받은 딸을 바라보느라 그랬을 터였다.

괴테가 말했다. "정말 이렇게 예쁠 수가! 이런 눈으로 꽤나 남자들 속을 썩였겠는걸."

그의 입에 발린 찬사는 너무나 의례적이고 남동생 카를을 돌보는 처지인 딸에겐 전혀 들어맞지 않았기에 터무니없는 소리였다. 딸은 떨떠름한 표정으로 무슨 뚱딴지같은 소리냐는 듯 괴로운 미소를 지으며 입술을 지그시 깨물었는데, 그래서 마음을 바꾸었는지 괴테는 "어쨌거나" 하고 얼버무리며 다음 말을 시작했다.

"어쨌거나 작고하신 친애하는 궁정고문관께서 당시 씰루엣 그림으로 보내주신 씩씩한 아이들 중에 한명을 이렇게 실물로 직접 보게 될 기회가 와서 정말 좋아요. 꾹 참고 기다리다보면 시간이 모든 걸 해결해주지요."

그 말은 모종의 고백에 가까웠다. 씰루엣 그림과 한스 크리스티안 케스트너를 언급한 것은 샤를로테가 그의 자기제어라고 느끼고 있던 것에서 그가 벗어났음을 뜻했다. 그래서 그녀는 그전에 이미 두 아들 아우구스트와 테오도어가 시간을 내어 게르버뮐레에서 그를 방문했을 때 그 아이들을 만난 적이 있지 않으냐고 상기시켜주었는데, 그건 잘한 일이 아니었다. 적어도 그 지명만큼은 언급하지 말았으면 좋았을 것이다. 왜냐하면 그녀의 입에서 그 지명이 나오자 괴테는 한순간 정신 나간 사람처럼 그녀를 멍하게 바라보았는데, 당시 두 아들과의 만남을 생각하는 거라고 추측하기에는 너무 소스라치게 놀랐기 때문이다.

그러고서 괴테가 큰 소리로 말했다. "그야 당연하지요! 어떻게 잊을 수 있겠어요! 이 노쇠한 머리를 양해하기 바랍니다!" 그러면서 그는 기억력이 떨어진 머리를 가리키는 대신 방에 들어올 때와 마찬가지로 오른손으로 왼팔을 쓰다듬었는데, 팔이 아프다는 걸 상기시켜주고 싶어서 그러는 게 분명했다. "그 훌륭한 청년들은 어떻게 지내지요? 잘 지내리라 믿습니다. 천성이 훌륭하니 잘 지내겠지요. 타고난 천성인데, 그런 부모님 밑에 태어났으니 여부가 있겠습니까. 모녀분, 여행은 편안했는지요?" 그는 이렇게 묻기도 했다. "편안하셨을 거라고 믿습니다. 힐데스하임, 노르트하우젠, 에르푸르트로 이어지는 도로는 잘 정비되어 있어서 즐겨찾게 되지요. 말들이 대체로 우량하고, 도중에 좋은 식당도 많고 가격도 적당한 편이지요. 순수경비로 50탈러 이상은 들지 않았을 겁니다."

그렇게 말하면서 괴테는 두 모녀가 다른 손님들과는 떨어져서 따로 있는 상태를 흐트리고 걸음을 옮기면서 모녀를 다른 일행이 있는 쪽으로 요령껏 데려갔다.

괴테가 말했다. "제 짐작에는 우리 집의 훌륭한 청년이 (아들 아우구스트를 가리키는 말이었다) 모녀분이 이 자리에 오신 소수의 귀한 손님들과 인사를 나누도록 했을 테지요. 모녀분과 마찬가지로 역시 미인인 이 부인들은 두분의 친구가 되고, 여기 품위 있는 남성들은 숭배자들입니다……" 괴테는 서 있는 차례대로 캡을 쓴 키름스 부인, 큰 모자를 쓴 건축감독관 쿠드라이의 부인, 지적인 리머 부인, 고전적인 취향의 마이어 부인 그리고 아말리에 리델 부인에게 인사를 건넸다. 리델 부인에게는 '학수고대해온 방문'이라고 할 때 이미 먼발치에서 눈인사를 건넸던 터였다. 그러고서 한쪽에 서 있는 신사들한테 악수를 청했는데, 특히 이 도시 사람이 아닌 산림감독관 베르너에게 특별한 관심을 보였다. 베르너는 친근감을 주는 다부진 체격의 50대 남자로 곱상한 눈매가 맑았고, 대머리에 곱슬곱슬한 뒷머리가 희게 세었으며, 셔츠의 옷깃을 세워서 면도한 얼굴을 편안하게 감싸고 있었는데, 흰색 넥타이로 옷깃을 동여매고 턱 부분은 풀어헤치고 있었다. 그를 찬찬히 바라보면서 괴테는 머리를 뒤로 옆으로 갸우뚱하며 공식적인 접견에는 지쳤으니 그만두자는 식의 표정을 지었는데, 마치 '이 무슨 쓸데없는 법석이야, 이제 드디어 제대로 사람을 만났네'라고 말하려는 것 같았다. 괴테가 그런 거동을 보이자 마이어와 리머는 옳거니 하며 생색내는 표정을 지었는데, 사실은 질투심을 그렇게 표현한 것이었다. 괴테는 다른 사람들의 접견을 마치고 나서 다시 곧바로 그 지질학자 쪽으로 다가갔고, 그러는 사이에 여성들은 샤를로테 주위에 빙 둘러서서 부채로 얼굴을 가린 채 괴테가 많이 변했냐고 귀엣말로 물어왔다.

손님들은 그러고도 얼마 동안 접견실에서 이리저리 거닐었다. 접견실은 고대풍의 거대한 흉상이 분위기를 압도했고, 벽 장식 자수, 수채화, 동판화, 유화 등으로 장식되어 있었다. 소박한 형태의 의자들은 사방의 벽 앞과 테두리를 흰색으로 칠한 출입문 가까이, 그리고 역시 흰색으로 칠한 수집품 진열대 사이에 있는 창가에 대칭형으로 가지런히 놓여 있었다. 고대 유물 소품들, 대리석 테이블 위에 놓인 옥수玉髓 자기, '알도브란디니의 결혼식' 그림 아래쪽, 보를 씌운 소파 테이블을 장식하고 있는 날개 달린 승리의 여신상, 미닫이 장 위에 유리 뚜껑으로 덮어놓은 괴물 형상과 사티로스 등의 작은 고대 신상神像 등, 도처에 진열되어 있는 볼거리로 접견실 공간은 마치 예술품 진열실을 방불케 했다. 샤를로테는 집주인한테서 눈을 떼지 않았는데, 괴테는 다리를 곧게 펴고 어깨를 뒤로 젖힌 꼿꼿한 자세로 팔을 쭉 펴고 양손을 모아 뒷짐을 지고 있었고, 고운 비단 상의에 부착한 은제 별 장식물이 움직일 때마다 반짝거렸다. 괴테는 선 채로 베르너, 키름스, 쿠드라이 등 남자 손님들과 번갈아 대화를 나누느라 얼마 동안 샤를로테와 떨어져 있었다. 샤를로테는 괴테와 얘기하지 않고 남몰래 바라보는 것이 마음 편했지만, 그러면서도 그와 계속 대화를 하고 싶은 조바심이 몰려왔다. 그러다가도 그가 다른 사람들과 교제하는 것을 관찰하노라면 자기도 모르게 다시 그런 욕구가 가라앉았는데, 지금 괴테가 특전을 베풀어 말상대를 해주는 손님 자신도 그다지 마음이 편치 않을 거라고 확신했다.

샤를로테의 젊은 시절 친구는 단연 돋보였고, 그 점은 의문의 여지가 없었다. 한때는 유별나게 골라 입었던 복장이 지금은 맞춤하게 어울렸는데, 최신 유행과는 적당한 거리를 두어서 다소 고풍스러운 스타일이 서 있거나 걸을 때의 꼿꼿한 자세와 조화를 이루어서 품위 있는 인상을 풍겼다. 하지만 비록 그의 몸가짐이 당당하고도 신중하고 잘생긴 머리를 곧추세우긴 했지만, 어쩐지 그의 품위를 받쳐주는 다리가 그다지 튼튼해 보이지는 않았다. 누구와 얘기를 나누든 간에 그의 자세는 어쩐지 휘청거리고 불편해 보이고 당황하는 것 같았는데, 영문을 알 수 없는 그런 모습이 관찰자는 물론 대화 상대까지도 불안하게 해서 기묘한 강박증을 심어주었다. 어떤 사람의 태도가 소박할 때만 자연스러운 자유로움과 사심 없는 진솔함이 우러나온다는 것쯤은 누구나 느낌으로 익히 알게 마련이다. 그래서 이렇게 억지로 꾸민 태도는 사람과 사물에 대한 관심이 결여되어 있다는 느낌을 저절로 불러일으켰고, 대화 상대까지도 속수무책으로 화제에서 멀어지게 하는 결과를 낳기 십상이었다. 괴테는 대화 중에 상대방이 자기를 보지 않는 동안에만 상대방을 바라보는 버릇이 있었는데, 상대방이 자기한테 시선을 돌리면 곧바로 눈길을 돌려 상대방의 머리 너머로 방 안을 여기저기 두리번거렸다.

샤를로테는 여성의 날카로운 눈썰미로 이 모든 것을 지켜보았기에 다른 사람들과 마찬가지로 그녀 역시 젊은 시절의 친구와 다시 대화를 나누기가 두려운 느낌이 들었지만, 다른 한편으로 대화를 나누고 싶은 간절한 마음도 차올랐다. 어찌 보면 괴테의 태도가 특이한 것은 대체로 아직 식사 전의 무미건조하고 어정쩡한 분위기가 너무 오래 계속되었기 때문인지도 몰랐다. 괴테는 여러차례 묻는 시늉으로 눈썹을 치켜세우며 아들 쪽을 바라보았는데, 아들이 집사의 책무를 맡고 있는 것 같았다.

마침내 시종이 바라던 소식을 갖고 괴테 쪽으로 다가왔고, 그러자 괴테는 서둘러 자리를 정리하면서 작은 모임을 향해 소식을 알려주었다.

"친애하는 친구분들, 이제 수프를 드실 때가 되었답니다." 그렇게 말하면서 괴테는 샤를로테 모녀 쪽으로 다가오더니 마치 대무對舞라도 청하듯이 우아한 자세로 두 사람의 손을 잡고 바로 옆에 이어져 있는 이른바 '황색 홀'로 통하는 문을 열고 들어갔다. 오늘은 이 방에 식탁을 차렸는데, 더 멀리 있는 작은 식당은 열여섯명이 앉기에는 비좁았던 것이다.

이제 일행이 들어간 방은 '홀'이라 하기엔 다소 과장스럽긴 하지만 방금 떠나온 방에 비하면 더 길쭉했다. 이 방에도 두개의 커다란 두상頭像이 놓여 있었는데, 하나는 우울한 표정을 짓고 있는 미소년 안티누스상, 다른 하나는 위엄이 서린 유피테르상이었다. 그리고 신화의 소재를 묘사한 유채 동판화 씨리즈와 띠찌아노의 '천국의 사랑'을 모사한 그림이 벽을 장식하고 있었다. 여기서도 훤히 트인 방문들 너머로 이어져 있는 다른 공간들이 보였는데, 특히 좁은 벽의 열린 문을 통해 흉상이 놓여 있는 방을 지나서 덩굴로 휘감긴 발코니, 그리고 정원으로 내려가는 계단이 시야에 들어와서 무척 아름다웠다. 식탁은 여느 시민 가정의 수준보다 훨씬 우아하게 차려져 있었다. 섬세한 문직紋織 식탁보를 씌우고, 꽃병, 가지 달린 은제 촛대, 도금한 도자기 접시에 1인분 식기마다 컵이 세개씩 놓여 있었다. 젊은 하인과 시골 처녀답게 볼이 발갛게 상기된 하녀가 시중을 들어주었는데, 하녀는 짧은 두건을 쓰고 몸에 딱 붙는 조끼와 흰색 소매를 둥글게 부풀린 상의에 집에서 만든 풍성한 치마를 입고 있었다.

괴테는 식탁의 긴 쪽 가운데에 샤를로테와 그녀의 여동생 사이에 앉았다. 이들의 오른쪽과 왼쪽에는 각각 궁정재무관 키름스와 마이어 교수가, 그다음으로 한쪽에는 마이어 부인이, 다른 한쪽에는 리머 부인이 차례로 앉았다. 남자의 숫자가 더 많았기 때문에 아우구스트는 남녀가 번갈아 앉는 원칙을 균등하게 지킬 수는 없었다. 산림감독관 베르너는 아버지 맞은편에 앉게 하고 그 오른쪽 자리는 리머 박사에게 배정해야 했으며, 그 옆자리에 샤를로테의 딸이 앉고 그 옆에 아우구스트 자신이 앉아서 리머와 함께 딸의 짝이 되도록 했다. 베르너의 왼쪽 자리, 즉 샤를로테의 맞은편에는 쿠드라이 부인이, 그 옆에는 리델 박사와 키름스 부인이 나란히 자리를 잡았다. 슈테판 쉬체 씨와 건축감독관은 식탁 양쪽의 좁은 자리를 차지했다.

모두 제자리에 앉았을 때는 이미 수프가 차려져 있었는데, 골수로 만든 경단이 들어 있는 걸쭉한 죽이었다. 집주인은 접시에 놓인 빵을 집어들고 신성한 의식을 떠올리게 하는 동작으로 빵을 잘랐다. 그는 서 있거나 걸을 때보다는 앉아 있을 때가 훨씬 더 잘 어울리고 활달해 보였다. 특히 똑바로 서 있는 자세보다는 앉아 있는 모습이 키가 더 크다는 느낌을 주었다. 하지만 식탁에서 손님을 접대하는 가장으로서 상석에 앉아 있는 상황 자체가 그의 모습을 더 편안하고 쾌적하게 해주었는데, 이런 자리가 원래 자신의 본령이라 느끼는 것 같았다. 그는 장난기로 반짝거리는 눈을 크게 뜨고 좌중을 빙 둘러보았고, 빵을 자르는 동작으로 식사 개시를 알렸으니 이제 다시 대화를 시작하려는 것 같았다. 그는 발음이 명료하고 잘 가다듬어진 차분한 어조로, 그러니까 북독일에서 교육을 받은 남독일 사람 특유의 어조로 좌중을 향해 말하기 시작했다.

"친애하는 친구분들, 천상의 신들께 감사합시다! 이렇게 반갑고 소중한 계기로 우리가 함께 모여 즐거운 시간을 갖고, 변변치 않지만 정성껏 준비한 식사를 함께하는 기쁨을 베풀어주셨으니까요."

그러고서 괴테는 수프를 떠먹기 시작했고, 모두가 똑같이 따라했다. 그러면서 좌중은 서로 눈짓을 보내며 고개를 끄덕이거나 감동의 미소를 지으며 짧은 식사기도문이 훌륭하다는 의사표시를 했는데, 마치 '역시 대단해. 언제나 가장 멋진 표현을 찾으시거든' 하는 뜻을 전하려는 것 같았다.

샤를로테는 왼쪽 옆자리의 괴테한테서 풍겨오는 향수 냄새에 감싸여 있었는데, 리머의 말을 빌리면 신적인 것이 느껴진다는 바로 그 '향기'를 자기도 모르게 떠올렸다. 어렴풋한 꿈결의 상념처럼 그녀에겐 이 신선한 향수 냄새가 이른바 신의 공기로 가득한 엄연한 현실로 느껴졌다. 그녀는 골수로 만든 경단이 '정성껏 준비한' 것임을, 다시 말해 재료가 특별히 부드럽고 섬세하다는 것을 주부의 감각으로 어김없이 확인했는데, 그러는 동안에도 그녀의 전존재는 집주인이 일정하게 자기제어를 하려는 자세에 당당히 맞서서 그런 자기제어를 기필코 무너뜨리고야 말겠다는 긴장감과 기대감을 의연히 유지하고 있었다. 더이상 뭐라고 꼬집어 말하기 힘든 이러한 희망을 품은 채 그녀는 옆자리에 있는 괴테가 식사 자리를 주재하는 주인의 입장에서 보다 편안하고 자유로운 태도를 취하자 자기도 힘이 솟는 것 같았다. 하지만 형편상 어쩔 수 없이 그의 맞은편이 아니고 옆자리에 앉은 상황으로 인해 다시 의기소침해졌다. 그를 똑바로 마주 볼 수 있으면 마음속의 계획을 실현하기에 훨씬 유리했을 테고, 계획을 실현하기 위한 수단인 재치 있는 복장이 그의 눈에 띌 가망이 더 컸을 텐데! 그녀는 괴테가 말을 걸어오길 고대하며 즐거운 눈길을 보내는 베르너의 자리가 부러워서 못내 아쉬웠다. 그녀로서는 옆에서 괴테가 말을 걸어오길 기대해야 할 처지였지만, 정면으로 마주 보는 위치에서 상대방의 말에 응대할 수 있다면 얼마나 좋을까 하는 생각이 들었다. 하지만 식탁의 주인은 그녀에게 특별히 신경을 쓰지 않았고, 주위 사람들을 향해 일반적인 말을 했다. 괴테는 수프를 몇순가락 뜨고 나서 은제 받침대 위에 놓여 있는 포도주 두병 중에 (식탁의 양쪽 끝에도 각각 두병씩 놓여 있었다) 한병씩 차례로 집어들고 비스듬히 기울여서 상표를 확인했다.

그러고서 괴테가 말했다. "보아하니 제 아들이 게으르지는 않아서 가슴의 원기를 북돋우는 훌륭한 포도주를 두종류 식탁에 올려놓았는데, 국산 포도주도 프랑스산에 견줄 만합니다. 옛날 상류층의 습속대로 각자 자기 잔을 채워서 마시기로 하지요. 그러는 편이 시중드는 하인을 시켜 잔을 채워서 권하거나 번잡하게 한잔씩 채워서 돌리는 방식보다 더 낫고, 또 저는 그런 방식은 싫어합니다. 우리 방식대로 각자 자유롭게 고르고, 얼마나 마셨는지도 각자 자기 병으로 확인하는 겁니다. 자, 그럼 숙녀분들께서는 어떤 종류로 하시겠습니까? 그리고 산림감독관께서는? 적포도주 아니면 백포도주? 제 생각에 국산 포도주를 먼저 들고, 프랑스산은 나중에 고기가 나올 때 마시면 어떨까요? 아니면 미리 속을 따뜻하게 데우려면 프랑스산을 먼저? 저는 후자를 택하겠습니다. 여기 1808년산 라

피뜨 포도주[2]는 아주 부드러운 맛으로 흥을 돋우는데, 사실 저로서
는 나중에도 다시 이 포도주를 더 마시지 않겠노라고 장담은 하지
못하겠네요. 하지만 피스포르트[3]에서 만든 1811년산 골트트로펜
포도주가 그다음에 마시기엔 제격이죠. 그런데 이 포도주는 일단
마시면 자꾸 이것만 마시고 싶어진답니다. 우리 독일인은 아주 골
치 아픈 민족이어서 유대인들만큼이나 예언자들한테 많은 일거리
를 안겨주는데, 유일하게 독일인이 만든 포도주만큼은 신이 베풀
어주신 가장 고상한 선물이지요."

베르너는 괴테의 얼굴을 바라보며 경탄하는 표정으로 소리 내
어 웃었다. 그런데 회색 곱슬머리가 좁은 윗머리를 덮고 있고 눈꺼
풀이 무겁게 처진 키름스가 다음과 같이 대꾸했다.

"그런데 각하께서 태어나신 것도 이 고약한 독일인들 덕분이라
는 걸 잊으셨군요."

몇 사람 건너 왼쪽에 앉은 마이어와 비스듬히 건너편에 앉은 리
머가 이 말에 폭소를 터트렸는데, 이로써 집주인 주위에서 대화가
진행될 때 두 사람이 바로 옆자리 사람한테는 귀를 기울이지 않았
다는 사실이 드러났다.

괴테 역시 웃긴 했지만 입을 열지는 않았는데, 아마도 상한 치아
를 드러내고 싶지 않았기 때문일 것이다.

"그 점은 괜찮은 장점으로 봐주기로 합시다." 괴테는 그렇게 말
하고서 샤를로테에게 어떤 포도주를 마실 거냐고 물었다.

그러자 샤를로테가 대답했다. "포도주는 잘 못 마셔요. 포도주를
마시면 머리가 너무 쉽게 혼미해져서 그저 우정으로 몇모금만 홀

2 최고급 보르도 포도주의 일종.
3 고급 모젤 포도주의 산지.

짝거리죠. 제가 정작 원하는 것은 저기 있는 생수예요." 그러면서
그녀는 방금 식탁 위에 올려놓은 물병을 머리로 가리켰다. "어떤
종류의 생수인가요?"

그러자 괴테가 대답했다. "아, 제가 애용하는 에게르 생수랍니
다. 취향에 딱 맞을 겁니다. 우리 집에는 이 광천수가 떨어지지 않
는데, 제가 마셔본 생수 중에는 세상에서 제일 좋더군요. 이 황금
같은 포도주를 약간 맛보신다는 조건으로 광천수를 한병 드리지
요. 또 한가지 조건은 물과 포도주를 섞으면 안된다는 것입니다. 그
러니까 흔히 그러듯 포도주에 물을 타면 안된다는 뜻입니다."

괴테는 즉석에서 포도주를 따라주었고, 식탁 끝 쪽으로 가면서
한쪽은 아우구스트가 다른 쪽은 리델 박사가 술시중을 거들었다.
그사이에 접시가 바뀌었고, 버섯을 곁들인 생선 라구[4]가 조개에 담
겨서 나왔다. 샤를로테는 식욕은 없었지만 이 요리가 빼어나게 맛
있다고 하지 않을 수 없었다. 매사에 촉각을 곤두세우고 조용히 탐
색하며 주의를 집중하던 그녀는 이 집의 수준 높은 요리솜씨가 무
척 흥미롭게 느껴졌는데, 집주인의 기대 수준이 그만큼 높기 때문
일 거라는 생각이 들었다. 특히 아우구스트가 아버지의 눈을 닮았
지만 우울하고 감미로운 눈매 탓에 안광이 약한 눈으로 거의 불안
할 정도로 아버지 쪽을 바라보며 음식이 성공했는지 여부를 묻는
눈치라는 걸 줄곧 지켜보았기 때문이다. 괴테는 유일하게 조개 접
시를 두개째 가져왔지만 정작 두번째 접시는 거의 손도 대지 않았
다. 사람들이 흔히 말하듯 괴테는 위장보다는 (또는 입보다는) 눈
으로 요리를 즐긴다는 말이 나중에 채소를 곁들인 훌륭한 살코기

---

4 고기, 생선 등을 채소와 함께 걸쭉하게 끓인 스튜.

요리가 나왔을 때도 입증되었다. 그 요리는 길쭉한 대접에 담아 손님들에게 돌렸는데, 괴테는 너무 많은 양을 자기 접시에 덜어놓아서 결국 절반은 남겼던 것이다. 반면에 술은 라인 포도주든 보르도 포도주든 가리지 않고 많이 마셨고, 빵을 자르는 동작과 마찬가지로 술잔을 채울 때도 매번 무슨 의식을 거행하는 느낌을 주었는데 주로 자기 잔을 채우기 일쑤였다. 특히 피스포르트 포도주는 금방 새 병을 가져와야 했다. 그렇지 않아도 어두운 색조를 띠는 그의 얼굴은 식사가 진행되는 동안 머리의 은은한 색깔과 점점 더 뚜렷이 대비되었다.

술을 따르는 괴테의 손은 곱슬곱슬한 소맷부리 장식에 감싸여 있고 손톱은 짧게 깎아 잘 다듬었는데, 아주 크고 힘이 있어 보이면서도 정신적인 기품이 배어 있었다. 괴테는 그런 손으로 술병을 우아하게 꽉 잡고 있었고, 샤를로테는 지난 몇시간 동안 내내 그랬듯이 홀린 듯이 집요하게 주의를 기울이며 그의 손을 자꾸만 바라보았다. 괴테는 그녀에게 에게르 생수를 계속 따라주면서 처음에 이 물에 대해 했던 얘기를 계속했다. 그는 단조롭지 않은 저음에 발음이 아주 분명한 느린 어조로 이따금 어간의 종류에 따라 마지막 자음을 생략하면서, 이 유익한 광천수를 처음 마셨던 때의 경험을 얘기했다. 그리고 해마다 프란첸스도르프[5]에 있는 생수 공급처에서 이 광천수를 바이마르로 배달해주었고, 보헤미아의 온천에 가지 못했던 지난 몇년 동안에도 집에서 체계적으로 광천수 요법에 주력했다는 것이었다. 식탁에 있는 손님들이 전반적으로 그의 말에 귀를 기울였던 것은 아마 그의 말투가 비상하게 정확하고

5 현재의 체첸 지방에 있는 온천휴양지.

분명했기 때문일 텐데, 말을 할 때 그는 가벼운 미소를 띤 입을 아주 기분 좋게 움직였고, 그의 말투는 의도하지 않게 사람의 마음을 꿰뚫고 압도하는 힘이 있었다. 그래서인지 식사 시간 내내 개별적인 대화는 아주 드물었고, 그가 말하기 시작하면 곧장 좌중은 집주인에게 주의를 기울였다. 집주인 자신도 이런 분위기를 막지 못했는데, 어쩌다가 의식적으로 자제해서 옆 사람한테 몸을 돌려 차분하게 말을 걸 때도 있긴 했지만 그런 경우에도 좌중은 그에게 귀를 기울였다.

궁정재무관 키름스가 독일 민족에 대해 좋은 말을 하고 나서 괴테가 샤를로테한테만 따로 그녀의 오른편에 앉아 있는 키름스의 인품과 장점을 설명하기 시작했을 때도 그랬다. 괴테는 키름스가 나라를 위해 큰 공을 세운 사람이고 뛰어난 경제 전문가로서 궁정재무부서의 핵심인사일 뿐 아니라, 예술을 사랑하고 섬세한 감수성을 가진 연극애호가로서 금년에 새로 설립된 궁정극장 감독위원회의 핵심멤버라고 설명해주었다. 그래서 키름스와 대화를 나눠보라고 괴테가 샤를로테를 키름스 쪽으로 밀어보내는 모양새가 될 뻔했지만, 다시 괴테는 그녀 자신은 연극과 어떤 관계를 맺고 있는지 물어왔고, 반드시 이번 체류 기간을 이용하여 바이마르 연극계의 공연 역량을 직접 확인할 기회가 올 거라고 했다. 괴테는 그녀에게 언제든지 공연을 보고 싶으면 자신의 전용좌석을 이용해도 좋다고 했다. 그녀는 여러차례 감사의 뜻을 표했고, 자신은 개인적으로 연극을 아주 좋아하지만 자기 주위 사람들은 별로 관심이 없고, 하노버의 극장 역시 연극에 대한 관심을 활성화할 수 있을 만큼 매력적이지는 않다고 했다. 게다가 그녀 자신도 늘 삶의 의무 때문에 챙겨야 할 일이 많아서 연극을 보는 재미가 뜸해졌는데, 괴테가 직접 키워낸 그 유명한 바이마르 극단의 공연을 볼 수 있다면 너무 좋고 소중한 경험이 될 거라고 했다.

샤를로테가 목소리를 다소 낮추어 그렇게 말하는 동안 괴테는 그녀의 접시 쪽으로 머리를 기울여 잘 이해한다는 뜻으로 고개를 끄덕이며 듣고 있었는데, 그러면서 괴테는 그녀가 생각에 잠겨서 잘게 부수어놓은 빵 부스러기와 알갱이를 약손가락으로 긁어모아 제법 수북이 쌓아올려서 그녀를 무안하게 했다. 괴테는 자신의 전용좌석에 초대한다는 말을 다시 했고, 형편이 닿으면 『발렌슈타인』[6] 공연을 보면 좋겠다고 했는데, 볼프가 주인공 역을 맡은 이 훌륭한 공연은 벌써 많은 외지인들에게 큰 감명을 주었다고 했다. 그런 다음에 괴테는 쉴러의 이 연극과 에게르 광천수를 서로 연결하는 얘기를 하면서 아주 재미있어했다. 보헤미아 지방에서 에게르의 옛 성에 가본 적이 있는데, 그 성은 일찍이 지체 높은 발렌슈타인 추종자들이 죽임을 당했던 곳으로 건축양식이 매우 흥미롭다고 했다. 괴테는 에게르의 성에 대해 얘기하기 시작하면서 샤를로테의 접시에서 몸을 돌려 친근감 있게 낮추었던 목소리를 다시 높였는데, 그러자 금방 다시 전체 좌중이 청중이 되었다. 괴테는 말하기를, 가령 예전에 도개교跳開橋로 쓰였던 다리 위에서 바라보면 이른바 '검은 탑'이라는 웅대한 건축물이 보이는데, 탑을 쌓은 돌은 아마 카머베르크 산에서 가져왔을 거라고 했다. 괴테는 산림감독관 쪽을 향해 그렇게 말하면서 전문가의 동의를 구하는 시늉으로 고개를 끄덕였다. 그 돌들은 아주 정교하게 가공되어 악천후에 가장 잘 견딜 수 있는 구조로 쌓아올려서 마치 엘보겐[7] 근교에서 볼 수

6 쉴러의 희곡.
7 에게르 강변에 자리 잡은 소도시.

있는 듬성하게 뭉친 장석長石 수정처럼 생겼다고 했다. 그리고 이러한 형태적 유사성과 관련하여 그는 아주 신나서 눈을 반짝이며 보헤미아 지방에서 에게르를 출발하여 리벤슈타인으로 마차를 타고 소풍을 가던 도중에 발견한 어떤 광석에 관해 얘기하기 시작했다. 리벤슈타인에 있는 특이한 기사의 성 때문만이 아니라 카머베르크 산의 맞은편에 솟아 있는 플라텐베르크 산이 광물학적으로 배울 게 많아서 그 여행길에 올랐다고 했다.

괴테는 기분이 좋아서 아주 생생하게 묘사했다. 그리로 가는 길은 매우 위태롭고 깊이를 헤아릴 수 없는 웅덩이들이 도처에 있어서 함께 마차를 타고 가던 현지 관리는 너무 겁을 먹고 벌벌 떨었는데, 말로는 괴테의 신변이 걱정된다고 했지만 실제로는 자신의 안전이 걱정되어서 그러는 게 분명했고, 그래서 가는 길 내내 그 사람을 달래주면서 만약 나뽈레옹이 이 마부를 알았더라면 전속 마부로 삼았을 정도로 마부가 유능하고 자기 일을 확실히 꿰뚫고 있다는 걸 상기시켜줘야만 했다는 것이다. 마부는 조심스럽게 그런 큰 구덩이들이 있는 길의 한가운데를 따라 마차를 몰았는데, 마차의 전복을 피하려면 그게 상책이라는 것이었다. 그는 이야기를 계속했다. "그러다가 우리가 오르막길을 따라 비틀거리며 천천히 가고 있는데, 길섶 땅바닥에서 뭔가 눈에 띄어서 작심하고 아주 조심스럽게 마차에서 내려 가까이 다가가서 그게 뭔지 살펴보았지요. 아니, 넌 어떻게 여기까지 왔지? 그래, 너 어떻게 여기까지 온 거야? 그렇게 물었지요. 진흙 속에서 반짝거리며 모습을 드러낸 게 뭐였는지 아세요? 장석長石에 박힌 쌍둥이 수정이었답니다!"

그러자 베르너가 "와, 엄청나군요!" 하고 말했다. 짐작건대 베르너는 손님들 중에서 장석에 박힌 쌍둥이 수정이 무엇인지 제대로 알고 있는 유일한 사람이었을 텐데, 샤를로테는 그렇게 추측했고 또 그러길 바랐다. 그럼에도 좌중은 모두 화자가 자연의 조화와 제대로 맞닥뜨렸다는 사실에 매료된 모습을 보여주었다. 그만큼 괴테는 그 사건을 너무 유쾌하게 극적으로 묘사했고, 그가 발견한 광석을 향해 진심으로 놀라서 반기며 말을 건넸던 것이다. "그래, 너 어떻게 여기까지 온 거야?"라는 물음은 너무 매력적이었고, 사람이 ― 게다가 어디 보통 사람인가! ― 돌멩이한테 말을 걸었다는 사실이 너무 신선하고 감동적이고 동화적인 분위기를 자아냈다. 흡족해한 것은 산림감독관만이 아니었다. 다른 청중과 마찬가지로 잔뜩 긴장해서 화자를 지켜보고 있었던 샤를로테는 모두의 얼굴에 애정과 기쁨이 넘치는 것을 바라보았다. 리머의 표정 역시 그랬는데, 언제나 눈에 띄게 입이 삐죽 튀어나온 인상과 뒤섞여서 아주 독특한 느낌을 주었다. 아우구스트와 심지어 딸의 얼굴에도 애정과 기쁨이 넘쳤고, 평소에는 무미건조하고 미동도 하지 않는 마이어의 표정 역시 그랬다. 마이어는 아말리에 리델 부인 옆으로 고개를 내밀고 괴테의 입을 뚫어지게 바라보고 있었는데, 샤를로테는 그의 눈에서 너무나 진실한 애정이 우러나와서 자신도 모르게 눈물이 나왔다.

젊은 시절의 친구 괴테는 샤를로테와 짧게 사적인 대화를 나눈 후에 점점 더 단호하게 전체 좌중을 향해 발언했는데, 샤를로테는 그런 태도가 전혀 달갑지 않았다. 좌중이 원했기 때문이기도 하고 괴테가 '자기제어'를 하려고 했기 때문이기도 한데, 그녀에겐 그런 의도가 숨김없이 드러났다. 그럼에도 그녀는 이 자리를 주재하는 가장이 가부장적인 태도로 혼자서 말하는 모습에서 거의 신화적인 분위기에 가까운 독특한 쾌감이 느껴지는 것을 인정하지 않을 수 없었다. 그녀는 오래된 조어^{造語}가 어렴풋한 기억으로 떠올라서 그 말을 곱씹었다. 그녀가 떠올린 것은 '루터의 식탁 대화'였고, 루터 와 생김새는 전혀 다르지만 바로 그런 인상을 준다고 굳게 믿었다.

괴테는 식사를 하고, 포도주를 마시고 따르고, 이따금 뒤로 기대 거나 냅킨에 양손을 포개어 올려놓기도 하면서 이야기를 계속했는 데, 대개는 느린 어조에 저음으로, 양심적으로 말을 골라가면서 말 했다. 하지만 때로는 대충 빨리 말하기도 했는데, 그럴 때면 양손을 빼들고 아주 경쾌하고 우아하게 제스처를 취하곤 했다. 그런 제스 처를 보자 샤를로테는 괴테가 연극적 효과와 취향에 관해 연극배 우들과 토의를 하는 데 익숙하다는 사실이 생각났다. 그의 입이 들 썩이는 동안 눈꼬리가 독특하게 아래로 처진 그의 눈은 진심이 담 긴 빛을 발하며 식탁의 좌중을 휘어잡았지만, 입 모양은 한결같이 편안한 느낌을 주지는 않았다. 그의 입술은 이따금 보기 좋지 않은 강박감으로 일그러졌는데, 그런 모습을 보면 괴롭고 수수께끼 같 은 느낌이 들었고, 그의 말에서 얻는 즐거움이 불안과 연민으로 바 뀌었다. 하지만 그런 강박 상태는 금방 다시 사라졌고, 그러면 잘 생긴 입의 움직임은 너무나 정감 어린 사랑스러움을 되찾아서 좌 중은 호메로스의 작품에서 "신들의 음식처럼 감미롭다"라고 한 말 이 — 비록 아직까지 이 말을 현실에 적용해본 적은 없다 하더라 도 — 조금도 과장하지 않고 정확히 바로 이런 우아함을 가리키는 구나 하고 경탄했다.

괴테는 보헤미아, 프란첸스도르프의 샘물, 에게르와 그 골짜기의 잘 가꾸어진 매력적인 경관 등에 관해 계속 얘기했고, 에게르 성당 에서 열린 추수감사절 축제를 현장에서 직접 보았던 경험담을 들 려주었다. 형형색색의 깃발을 휘날리며 사냥꾼들과 길드 대표들과 토착민들이 참여한 그 축제 행렬은 온갖 장신구를 무겁게 달고 성물을 받쳐든 성직자들의 인도하에 성당 본당에서 출발하여 시내를 한바퀴 도는 도로를 따라 행진했다고 했다. 그러고는 목소리를 낮추고 입술을 일그러뜨리며 뭔가 불길한 표정을 지었는데, 그러면서도 마치 아이들한테 무서운 이야기를 해줄 때처럼 이야기꾼 특유의 장난기를 내비치면서 괴테는 중세 후기의 어느 세기에 이 기묘한 도시에서 벌어졌던 피의 밤, 즉 유대인 대학살[8]에 관해 얘기했다. 주민들은 갑자기 발작이라도 일으키듯 그런 짓을 저질렀는데, 옛날 역사문헌에 그 기록이 남아 있었다. 당시 에게르에는 많은 유대인들이 그들의 주거지로 지정된 여러 거리에 살고 있었는데, 독일 전역에 하나뿐인 유대인 상급학교와 가장 유명한 유대인 예배당 중의 하나가 여기에 있었다. 어느날 불길할 정도로 언변이 너무 좋은 성 프란체스꼬 교파의 수도사 한 사람이 설교단에서 예수 그리스도의 수난을 그지없이 측은하게 묘사하면서 유대인이 그 모든 재앙의 장본인이라고 격분해서 설교를 했는데, 원래 행동이 거칠고 이런 설교를 듣고 제정신을 잃은 어느 병사가 제단 쪽으로 뛰어올라가서 십자가에 못 박힌 그리스도상을 들고 "기독교인은 나를 따르라!"라고 외치면서 그렇지 않아도 폭발하기 쉬운 군중심리에 불을 질렀다. 군중은 그를 따라갔고, 밖에서는 온갖 부류의 불량배들이 가세하여 유대인 거리에서 전대미문의 약탈과 학살을 자행하였다. 불행한 유대인 주민들은 그들이 모여사는 두개의 중심가 사이에 있는 좁은 골목으로 끌려가서 무자비하게 도륙되었는데, 오늘날까지도 '학살의 거리'라 불리는 그 골목에서 피가 도랑물처럼

---

8 1350년에 있었던 유대인 대학살을 가리킴.

흘러내렸다고 한다. 이 학살에서 단 한명의 유대인이 살아남았는데, 그는 굴뚝 속으로 들어가서 숨어 있었다고 한다. 당시 신성로마제국 황제 카를 4세는 이 사건에 대해 상당히 민감하게 시 당국을 질책했고, 다시 평정을 회복하자 시 당국은 속죄의 뜻으로 그 생존자를 에게르 시민으로 인정하는 성대한 의식을 치렀다고 한다.

괴테가 소리쳤다. "에게르 시민으로! 그 생존자는 제대로 대접받았고 후한 보상도 받았지요. 그는 아마 부인과 아이들, 전재산, 친구들과 친척들, 공동체 전체를 잃었겠지요. 매캐한 굴뚝 속에서 숨이 막히며 끔찍한 시간을 보낸 것은 말할 필요도 없지요. 그는 모든 걸 잃고 맨몸이었지만 에게르의 시민이 되었고, 그래서 자부심을 가졌겠지요. 인간이란 존재를 다시 보게 되지 않습니까? 인간이란 그런 존재입니다. 아무리 잔혹한 짓을 저질러도 흥분이 가라앉으면 속죄의 대범한 제스처를 즐기면서 대충 넘어가고 말지요. 그걸로 잔혹행위를 보상했다고 여기는 것인데, 우스꽝스럽기도 하고 감동적인 면도 있지요. 집단 속에 있을 때는 자발적 행동이 어렵고 되는대로 따라가기 때문입니다. 차라리 이런 돌발행동은 한 시대의 정신 상태에서 빚어지는 예측불허의 재난이라고나 해야 할 것입니다. 그런 경우 그래도 아직 남아 있는 더 높은 차원의 인도주의 정신이 뒤늦게라도 개입하여 바로잡는 것조차도 그나마 선행인 셈이지요. 이 경우에는 신성로마제국 황제가 버티고 있어서 이 고약한 사건을 조사하고 관할 시 당국에 공식적으로 벌금형을 부과함으로써 그나마 인간성의 명예를 구제하는 선행을 베푼 셈입니다."

이 잔혹한 사건을 이보다 더 객관적으로 차분하게, 냉정하고도 화해를 이끌어내는 방식으로 설명할 수는 없을 터였다. 샤를로테는 식사 자리에서 그런 잔혹사를 참고 견딜 만하게 얘기하려면 그렇게 다루는 것이 합당한 방식이라는 생각이 들었다. 유대인의 성격과 운명이 그러고도 한동안 괴테의 화제가 되었는데, 그는 식탁의 손님 중에 키름스나 쿠드라이, 영리한 마이어 부인 등이 이따금 제시하는 의견들을 수용하여 다시 정리하기도 했다. 그는 이 특이한 민족의 특성에 관해 한걸음 물러서서 차분하게, 그리고 유대인을 존중하는 다소 흥겨운 태도로 자신의 의견을 펼쳤다. 그는 유대인이 격정적이지만 영웅적이지는 않다고 했다. 이 종족은 오랜 역사를 지녔고 피를 흘린 경험이 있어서 지혜롭고 의심이 많은데, 바로 그 점이 영웅적인 것과는 반대되며, 실제로 아무리 단순한 유대인의 말투에서도 모종의 지혜와 아이러니가 느껴지고 곧잘 격정에 빠지는 성향이 있다는 것이었다. 그런데 여기서 격정이라는 말은 '고뇌'라는 뜻으로 정확히 이해해야 하고, 그래서 유대인의 격정은 고뇌의 열정이며, 그런 격정이 우리 독일인들에겐 흔히 그로테스크하고 아주 낯설고 심지어 불쾌하게 느껴진다고 했다. 그것은 마치 고결한 사람이 신들린 사람의 특이한 언행을 대하면 거부감과 심지어 자연스러운 증오심까지 치밀어서 꾹 참아야 하는 것과 같은 이치라고 했다. 그래서 예컨대 어느 유대인 행상이 집요하게 달라붙다가 우악스러운 하인한테 내쫓기면 하늘을 향해 팔을 치켜들고 "하인이 저를 박해하고 매질했나이다!"라고 외치는 소리를 들었을 때 선량한 독일인 입장에서는 우스꽝스러움과 은근한 외경심이 뒤섞인 독특한 감정을 느끼는데, 그런 감정은 뭐라 규정하기 어렵다는 것이었다. 평균적인 토박이 독일인은 고상한 고어에서 유래하는 그런 강렬한 말을 구사할 수 없지만, 그와 달리 유대 민족의 후손들은 그런 격정의 세계와 직접 소통하고 서슴없이 그런 어휘를 평범한 경험에도 대범하게 적용한다는 것이었다.

정말 근사한 말이었다. 좌중은 탄식하는 유대인 행상 이야기에 샤를로테의 취향에는 좀 과하다 싶을 정도로 무척 흥겨워했는데, 연사는 지중해 연안 고장에서 흔히 볼 수 있는 그런 유대인 행상의 동작을 그림처럼 똑같이 따라했다. 아니, 따라했다기보다는 재빨리 그런 동작을 취했다가 다시 취소하는 식으로 살짝 암시만 했을 뿐이었다. 샤를로테도 미소를 짓긴 했지만 이 이야기에는 전혀 관심이 없었고, 이 흥겨운 분위기에 다소 억지 미소를 짓는 것 이상으로 동참하기에는 머릿속에 너무 많은 생각이 교차했다. 좌중의 환호 소리에서 비굴함과 아부 근성이 느껴져서 그녀는 참기 힘든 경멸감이 치밀었다. 좌중이 젊은 시절의 친구에게 비굴하게 굴었기 때문이다. 하지만 똑같은 이유에서 그녀는 다시 개인적으로 기분이 좋아지기도 했다. 물론 좌중은 괴테의 입에서 때로는 힘든 기색이 엿보였음에도 그가 풍성한 이야기를 들려주며 친절함을 베풀어주는 것에 감동을 받았다. 그가 즐겁게 어울리며 재미있게 들려주는 그 모든 이야기의 바탕에는 바로 그 자신의 위대한 삶이 이룩한 성취가 있었고, 그래서 그가 표현하는 말은 과도한 감사의 반응도 충분히 납득될 만한 공감을 얻었던 것이다. 그밖에도 특이한 점은, 그의 경우 정신적인 면모가 공직자의 사교성과 독특하게 뒤섞여 있어서 그에 대한 감사의 마음은 존경심과 구별되지 않는다는 것이었다. 위대한 시인이 우연한 계기로, 아니 결코 우연이라 할 수 없는 계기로, 동시에 위대한 인물이기도 했고, 사람들은 이 위대한 인물의 자질이 그의 천재성과 동떨어진 게 아니라 천재성을 대변하는 세속적 표현이라 느꼈던 것이다. 거리감을 조성하고 말 붙이기를 번잡하게 만드는 '각하'라는 호칭은 그의 가슴에 달고 있는 별 장식만큼이나 본래 그의 시인정신과는 아무런 상관이 없었고,

대공의 총애를 받는 장관직에 따라붙는 수사일 뿐이었다. 하지만 이 특권적 지위는 그의 정신적 위대함의 의미까지도 함께 포용하였기에 더 깊은 근원을 캐보면 정신적 위대함과 혼연일체로 보였다. 샤를로테는 그의 특권적 지위가 얼마든지 그의 자부심을 드높여줄 법도 하겠다는 생각이 들었다.

그녀는 그런 생각에 골몰했지만, 계속 이런 생각을 하는 것이 과연 가치가 있을지는 자신이 없었다. 어떻든 다른 사람들이 굽신거리며 웃어대는 모습에는 이처럼 정신적인 것과 세속적인 것이 결합된 인격체에서 느끼는 쾌감과 자부심, 비굴한 열광이 드러났다. 샤를로테는 마음 한편으로 그런 태도가 온당치 않다고 생각했고 일종의 반항심이 생겼다. 엄밀히 따지면 그런 자부심과 감격은 알랑거리는 노예근성일 터이며, 그럴진대 그녀가 그런 태도를 못마땅해하고 우려하는 것이 옳다고 입증된 셈이었다. 정신적인 존재가 별과 특별한 호칭을 달고 계단에 예술품이 전시된 집에 살면서 눈매가 형형한 우아한 노인으로 모습을 드러내면 사람들은 그런 정신적 존재에 너무 쉽게 복종하는 것 같았다. 노인은 저기 있는 유피테르상처럼 머리를 섬세하게 길렀고, 신들의 음식처럼 감미로운 입으로 말하고 있었다. 샤를로테는 정신적 존재란 가난하고 추하고 세속적 명예를 멀리해야 사람들이 과연 그를 존경하는지 제대로 시험해볼 수 있지 않을까 하는 생각이 들었다. 그녀는 리머 쪽을 바라보았다. 그가 했던 어떤 말이 귓전에 맴돌았는데, 그가 "어느 모로 보든 확실히 기독교와는 무관해요"라고 했던 말이 다시 생각났기 때문이었다. 그래, 그렇다면 아니야, 기독교는 아니야. 그녀는 판단하고 싶지 않았고, 굴욕감에 상처받기 쉬운 리머가 대가로 떠받드는 주인에 대한 예찬에다 덧붙인 불평불만에 동조하고 싶은 생각도 없었다. 하지만 리머를 살펴보자 그는 다른 사람들과 똑같이 환호하며 웃고 있긴 했지만, 그러면서도 힘이 들어간 황소 눈의 양미간에서 어쩐지 골똘한 생각에 잠긴 반항심과 울분, 요컨대 불만의 기색이 느껴졌다…… 그러고서 샤를로테는 두 자리 건너서 딸 오른쪽에 앉아 있는 아우구스트를 탐색의 눈길로 살며시 찬찬히 살펴보았다. 아버지의 그늘에 가려 있고 일탈행위를 일삼는 이 아들은 자원병으로 출정하지 않았다고 수모를 당했고, 곧 귀여운 처자와 결혼할 참이었다. 식사를 하는 동안 이번에 처음으로 그를 관찰한 것은 아니었다. 아버지가 웅덩이 팬 길에서 마차의 전복을 모면할 줄 알았던 유능한 마부에 관해 얘기할 때부터 이미 그녀는 이 재무관 아들을 주시하고 있었는데, 괴테가 마이어와 함께 사고를 당해서 자부심이 당당한 위대한 인물이 도로 구덩이에 처박히는 바람에 여행이 불발에 그쳤노라고 아우구스트가 들려주었던 얘기가 이상하게 생각났기 때문이었다. 이제 조수 리머와 아들 아우구스트를 번갈아 바라보고 있으려니 비단 이 두 사람뿐 아니라 좌중 전체에 대해 모종의 의혹과 흠칫하는 경악감이 갑자기 엄습했다. 다시 말해 모두가 굽신거리며 지나치게 큰 소리로 웃어대는 태도는 뭔가 다른 속내를 무마하고 은폐하려는 태도로 보였던 것이다. 이들이 은폐하려는 속내는 뭔가 개인적인 위협이었기에 그만큼 더 섬뜩했는데, 그것은 그녀 자신에 대한 위협이자 동시에 그녀에게 자기들과 똑같이 이 자리의 일원으로 동참하라고 촉구하는 뜻도 담고 있었다.

천만다행히도 그것은 딱히 뭐라고 꼬집어 말하기 힘들고 별 뜻도 없는 유혹이었다. 테이블 주위로 울려퍼지는 웃음소리에는 사랑, 오직 사랑만이 넘쳤고, 유쾌하고도 신중하게 술술 얘기하는 괴테의 입을 바라보는 사람들의 눈도 그걸 말해주고 있었다. 사람들은 점점 더 많은 것을 바랐고, 바라는 만큼을 얻었다. 루터식의 가부장적인 식탁 대화, 재치 있는 수다가 낭랑한 목소리로 계속되었는데, 유대인에 관한 화제가 한차례 더 이어졌다. 좌중은 자신들이 에게르 주민들보다 더 정당하다고 자부하면서 마치 에게르 시 당국에 과오를 바로잡는 벌금형이라도 부과할 태세였다. 괴테는 유대인이라는 특이한 민족이 음악적 감수성이나 의학적 능력 등 고도의 전문적 재능을 타고났다고 칭찬했는데, 중세 내내 유대인과 아랍인 의사들은 세계적인 신망을 누렸다고 했다. 나아가서 유대인은 프랑스인과 비슷하게 문학에 특출한 재능이 있어서 평범한 유대인도 대개는 전형적인 독일인보다는 더 세련되고 정확하게 글을 쓸 줄 아는데, 남유럽 민족들과 달리 독일인은 대체로 자국어에 대한 사랑과 존중심이 부족하고 자국어 의사소통을 즐기려는 정성이 부족하다고 했다. 유대인은 그야말로 책을 사랑하는 민족이고, 그들을 보면 인간적 자질과 윤리적 신념을 종교적인 것의 세속화된 형태로 간주해야 한다는 걸 알 수 있다고 했다. 그런데 유대인들의 종교적 태도는 특이하게도 세속적인 의무를 강조하고 세속적인 것과 결합되어 있으며, 그래서 세속적인 일에 종교적 역동성을 부여하는 그들의 성향과 능력은 지상의 미래를 만들어가는 일에 주력하는 소명의식에서 비롯된다고 했다. 그들이 인류 문명에 이바지한 탁월한 기여도를 감안할 때 여러 민족들이 유대인의 인간상에 대해 아득히 예전부터 반감을 품고 에게르의 무법천지가 충분히 보여주었듯이 언제라도 증오심을 행동으로 옮길 태세가 되어 있다는 것은 너무 기이하고 이해하기 어렵다는 것이었다. 존중심이 오히려 거부감을 증폭시키는 그런 반감은 본래 또다른 부류의 반감, 즉 독일인에 대한 반감에 비견될 만하다고 했다. 여러 민족들 사이에서 독일인이 맡은 운명적 역할과 안팎으로 처해 있는 지위는 유대인의 그것과 놀랍도록 유사하다는 것이었다. 괴테는 이 점에 관해서는 굳이 장황하게 많은 말을 늘어놓고 싶지 않으며, 단적으로 고백하자면 언젠가는 온 세계가 단합하여 지상에서 또다른 소금 역할을 하는 독일 민족에 대한 증오심이 역사적인 궐기로 터져나오지 않을까, 그에 비하면 중세에 벌어진 학살의 밤은 그런 사태를 예고하는 아주 작은 본보기에 불과한 게 아닐까 하는 숨 막히는 불안감에 이따금 사로잡힌다고 했다…… 그렇긴 하지만 이런 걱정은 자기한테 맡겨놓고 즐거운 기분을 유지하기 바라며, 두 민족을 한묶음으로 엮어서 과감히 비교하더라도 양해해달라고 했다. 하지만 더 깜짝 놀랄 비교도 있다고 했다. 대공 전하의 도서관에는 오래된 세계지도가 있으며, 거기에는 전세계 다양한 민족들의 단적인 특성을 나타내는 놀라운 문구들이 더러 있는데, 독일인에 관해서는 이렇게 쓰여 있다고 했다. "독일인은 중국인과 커다란 유사성을 보여주는 민족이다." 괴테는 이 말이 기이하긴 하지만 독일인이 벼슬을 좋아하고 학문에 대한 존중심이 몸에 배어 있으니 그래도 들어맞는 측면이 있다고 했다. 물론 민족심리를 비교하는 그런 재담은 늘 자의적이어서 그런 비교는 프랑스인한테도 들어맞는데, 프랑스인의 문화적 자존심과 까다로운 관리 선발 시험제도는 중국과 아주 흡사하다는 것이었다. 게다가 프랑스인은 민주주의자들이고 이런 점에서도 중국인과 닮았는데, 하지만 민주적인 사고의 철저함에서는 중국인을 따라가지 못한다고 했다. 공자 나라의 사람들은 그러니까 "위대한 인물은 공공의 화를 초래한다"라는 말을 지어냈다는 거였다.

이 대목에서 전보다 더 우렁찬 폭소가 터져나왔다. 다름 아닌 괴테의 입에서 그런 말이 나왔으니 진짜 포복절도할 만도 했다. 사람들은 의자 뒤로 몸을 젖히거나 식탁 위에 기대고서 손바닥으로 식탁을 치기도 하면서 웃어댔는데, 근본적으로 난센스에 불과한 이런 말에 한껏 자극되어 난장판이 벌어진 것이다. 이들은 집주인이 직접 나서서 그 인용구에 대해 논평하고 그 말이 얼마나 불경스러운 헛소리인가를 천명한 것을 존중하는 모습을 주인에게 보여주고 싶은 열망으로 들떠 있었다. 오직 샤를로테만이 똑바로 꼿꼿이 앉아 있었는데, 거부감에 몸이 굳어 있었고, 물망초 색깔의 파란 눈을 질겁해서 크게 뜨고 있었다. 그녀는 오싹한 느낌이 들었다. 실제로 그녀는 안색이 창백해졌고, 온통 신바람이 난 분위기에 대한 반응이라고는 고작 입언저리가 고통스럽게 실룩거리는 것이 전부였다. 허깨비 같은 환영이 그녀의 눈앞에 어른거렸다. 수많은 지붕에 작은 종들이 매달려 있는 성탑 아래에서 늙은이처럼 주책맞고도 역겹도록 교활한 어느 족속이 변발에 고깔모자를 쓰고 알록달록한 조끼를 입은 채 왼발 오른발을 번갈아 굴리며 껑충껑충 뛰고 손톱을 길게 기른 앙상한 집게손가락을 번갈아 추켜올리며 춤을 추고 있었는데, 뭐라고 앵앵거리는 언어로 치명적인 천기를 누설하고 있었다. 이런 악몽이 그녀를 엄습하자 아까 느꼈던 것과 똑같은 불안감이 그녀의 등줄기를 싸늘하게 타고 내려갔다. 그러니까 식탁 좌중의 과장된 폭소는 어느 끔찍한 순간에 난데없이 터져나올지도 모르는 사악한 기운을 감추기 위함이었던 것이다. 다시 말해 누군가가 벌떡 일어나서 의자를 홱 밀쳐서 넘어뜨리고 "중국인들 말이 옳아!"라고 외치는 최악의 사태를 막기 위함이었다.

샤를로테는 눈에 띄게 신경이 곤두서 있었다. 하지만 이런 신경

과민은 순전히 분위기에 따라 언제든지 생길 수 있었고, 특히 인간 관계가 한명의 특정인과 다중으로 나뉠 때는 과연 상황이 어떻게 전개될지 불안한 긴장감이 감돌게 마련이었다. 특정 개인이 어떤 의미로든, 어떤 관계로든 간에 홀로 떨어져서 다중을 마주 대하고 있을 때는 으레 그런 법이다. 게다가 비록 샤를로테의 오랜 지인이 이 모든 사람들과 대등하게 식탁에 나란히 함께 앉아 있긴 했지만, 유독 그 혼자만 대화를 주도하고 다른 이들은 청중 역할을 하고 있는 상황으로 인해 범상치 않은, 그래서 오히려 매력적인 분위기가 조성되었던 것이다. 혼자서 좌중을 상대하는 괴테는 큰 눈을 그윽하게 반짝거리며 자신이 인용한 말로 인해 포복절도하는 사람들을 테이블을 따라 죽 훑어보았고, 그의 표정과 태도는 다시 처음 방에 들어올 때처럼 짐짓 놀라는 시늉을 하며 소박하면서도 속을 감추는 기색을 드러냈다. '신의 음식처럼 감미로운' 그의 입술은 어느새 다음 말을 준비하느라 달싹거렸다. 분위기가 가라앉자 그가 말했다.

"그런 말은 물론 세상이 떠받드는 지혜가 틀릴 수도 있다는 걸 보여줍니다. 그런 신조가 표방하는 단호한 반反개인주의는 중국인과 독일인의 친화성을 무효화하지요. 우리 독일인에게는 개인주의가 소중합니다. 마땅히 그래야지요. 오직 개인주의를 통해서만 우리는 위대하니까. 그런데 우리는 다른 민족들의 경우보다 훨씬 더 적극적으로 개인주의를 표방하기 때문에 개인과 전체의 관계에서 개인의 풍부한 발전 가능성을 보장하지만, 다른 한편으로 슬프고 불행한 사태를 초래할 수도 있습니다. 나이가 들면 자연스럽게 삶의 권태가 찾아오기 마련인데, 가령 프리드리히 2세는 그런 노년의 권태를 가리켜 '짐은 노예들을 다스리는 데 지쳤노라'라고 했지요.

그런 말을 하는 데는 그저 우연이라 할 수 없는 그럴 만한 이유가 분명히 있습니다."

샤를로테는 차마 눈 뜨고 바라볼 엄두가 나지 않았다. 그녀는 식탁에 둘러앉은 사람들이 이런 인용구를 듣고서도 생각에 잠겨 고개를 끄덕이거나 여기저기서 환호하는 모습을 확인하고 그저 그러려니 하고 넘어갈 수도 있었다. 하지만 그녀의 활발한 상상에는 대개 눈꺼풀을 내리깔고 화자를 향해 음험한 눈길을 반짝이고 있을 모습들이 선하게 떠올랐는데, 너무 끔찍해서 그녀는 차마 이들을 쳐다보기가 꺼려졌다. 괴로운 상념에 골몰하느라 망연자실한 상태에서 그녀의 의식은 한동안 대화로부터 분리되어 따로 놀았고, 대화가 불러일으키는 연상들을 따라잡을 수 없었다. 그녀는 이따금 대화를 다시 듣긴 했지만 어쩌다가 대화가 이런 방향으로 흘러왔는지 도무지 알 수 없었다. 그녀는 식탁의 주인이 다시 자신에게 개인적으로 주의를 돌리는 것을 하마터면 흘려들을 뻔했다. 집주인은 그녀에게 삶은 과일을 '아주 조금만'(그렇게 표현했다) 들어보라고 권했고, 반쯤은 무의식 상태에서 그녀는 정말 삶은 과일을 먹었다. 그러고서 괴테가 카를스바트에 갔을 때 유리잔을 관찰하다가 발견했다는 광학현상에 관해 얘기하는 것이 들렸는데, 괴테는 식사 후에 그 유리잔을 보여주겠다고 약속했다. 그 유리잔에 그려진 그림은 조명을 하는 방향에 따라 정말 신기한 색상 변화를 보여준다고 했다. 이와 관련하여 괴테는 뉴턴의 광학에 이의를 제기하며 반박했고, 창문 구멍을 통해 비쳐드는 햇빛이 유리 프리즘을 통과할 때 생기는 현상에 관해 농담조로 말했으며, 또한 광학을 처음 연구하기 시작하던 무렵 아주 초기에 기록했던 것을 기념으로 간직하고 있다는 메모장에 관해서도 얘기했다. 그 메모장은 마인츠를 공략하던 당시[9] 천이 성긴 막사 안으로 새들어온 빗물로 얼룩이 졌다고 했다. 그는 지난 시절의 그런 사소한 유물과 기념물을 아주 소중히 여겨서 정성껏 간직하고 있는데, 오랜 인생살이의 결과로 그런 의미 있는 소품이 너무 많이 쌓인다고 했다. 이런 말을 듣자 샤를로테는 가슴의 리본을 떼어낸 흰색 드레스 아래로 가슴이 격하게 두근거렸는데, 얼른 이 기회를 포착하여 인생살이의 결과물로 그밖에 또 어떤 기념물들이 있는지 물어봐야만 할 것 같았기 때문이다. 하지만 그런 질문은 불가능하다는 걸 알았기에 포기했고, 다시금 대화의 가닥을 놓치고 말았다.

고기 요리에서 단 음식으로 접시가 바뀔 무렵 괴테는 열성을 다해 어떤 이야기를 들려주었는데, 샤를로테는 어쩌다가 그런 이야기가 나오게 되었는지 영문을 몰랐다. 그것은 도덕적 감화를 주는 특이한 예술가의 생애에 관한 이야기였다. 이야기의 주인공은 이딸리아의 어느 여가수였는데, 그녀는 자신의 비범한 재능을 오로지 아버지를 부양하는 목적으로만 선보였다. 그녀의 아버지는 의지박약으로 영락한 처지여서 로마에 있는 몬떼 삐에따 구휼원의 신세를 지고 있었다. 그런데 어느 아마추어 공연 무대에서 그 젊은 여성의 놀라운 재능이 주목을 받았고, 곧바로 감독은 그녀를 어느 극단에 연결해주었는데, 그녀가 피렌쩨에서 처음 무대에 올랐을 때 어느 열렬한 음악애호가가 입장료로 1스꾸도 대신 금화 100쩨끼노를 희사하자 그녀는 뛸 듯이 기뻤다. 그녀는 어김없이 이 행운의 돈을 바로 부모님께 풍족하게 전해드렸다. 그녀의 인기는 가파른 상승세를 타서 음악계의 스타가 되었고, 재산이 눈덩이처럼 불

---

[9] 1792년 프랑스에 점령당한 마인츠를 탈환하기 위해 아우구스트 공을 보필하여 출정했다.

어났다. 그래도 그녀의 주된 관심사는 언제나 고향에 계시는 부모님이 최대한 풍족한 생활을 하도록 배려하는 일이었다. 이 대목에서 괴테는 아버지 되는 사람이 빛나는 재능을 가진 딸의 열정과 효성으로 자신의 무능함을 보상받으면서 뻔뻔스럽게 편안한 생활을 즐기는 모습을 상상해보라고 했다. 그런데 이 여성의 인생 부침은 이것으로 끝나지 않았다. 빈의 어느 부유한 은행가가 그녀한테 반해서 청혼을 해온 것이다. 정말로 그녀는 무대에 작별을 고하고 그의 아내가 되었는데, 그녀가 탄 행운의 배는 가장 화려하고 안전한 항구에 정박한 것처럼 보였다. 하지만 은행가는 파산을 했고, 거지 신세로 전락해서 죽고 말았다. 그리하여 몇해 동안 풍족하고 안온한 생활을 영위하던 여성은 이제 젊다고는 할 수 없는 나이에 다시 무대로 복귀하였다. 그녀의 인생에서 최고의 승리가 그녀를 기다리고 있었다. 청중은 그녀의 재등장을 환영했고, 다시 선보이는 공연에 충정을 바쳤다. 그녀가 한때 부자의 청혼을 수락하고 자신의 가수 경력을 영광스럽게 마무리했다고 생각했을 때 자신이 무엇을 포기했고 또 사람들한테서 무엇을 빼앗았는가를 상기해보면 청중의 그런 반응은 납득이 되었다. 잠시 평범한 시민으로 돌아가서 사회적 영광을 누린 후에 다시 무대로 복귀해서 열렬한 환호를 받는 지금이야말로 그녀의 인생에서 가장 행복한 때였고, 바로 이 순간에 비로소 그녀는 몸과 마음을 다해 진정한 예술가가 되었다. 하지만 그러고서 몇년을 더 살다가 세상을 떠나고 말았다.

화자는 이 이야기에 덧붙여서 자신의 의견을 말했는데, 이 특이한 여성은 자신의 예술적 소명에 대해 이상하게 느슨하고 무관심하고 몰지각한 태도를 취했다는 것이었다. 그러면서 괴테는 그런 말에 어울리게 경쾌하고 자신만만한 몸짓을 취하면서, 좌중이 이

린 부류의 무관심에서 만족감을 얻도록 북돋우려는 것 같았다. 정
신 나간 기독교인이지요! 그 여성은 그렇게 대단한 재능을 갖고서
도 이상하게 음악과 예술 전반에 대해 진지하고 엄숙한 태도를 취
하지 않았던 게 분명합니다. 오로지 영락한 아버지를 돕겠다는 일
념으로 그녀는 이전까지 그 누구도, 그녀 자신도 주목하지 않았던
재능을 펼쳐보였고 줄곧 부모에 대한 사랑을 위해서만 재능을 이
용했지요. 그녀가 매력적이지도 않은 처음 청혼을 받고 명성가도
를 떠나서 기꺼이 사적인 생활로 되돌아가기로 작심했다는 사실
은, 그로 인해 매니저들이 절망했을 테지만, 특기할 만합니다. 빈
의 대궐 같은 저택에 살면서 음악을 하지 못해 슬퍼하지도 않았고,
무대에 흩날리는 향기도, 그녀의 룰라드 창법과 스타카토 창법에
매료되어 바치는 꽃다발도 별로 아쉬워하지 않았다는 사실은 모
든 정황이 말해줍니다. 물론 인생의 가혹한 운명에 떠밀려 다시 얼
마 동안 공연 무대로 되돌아오긴 했지요. 원래 그녀는 예술을 그다
지 중시하지 않았고 다소간 목적을 위한 수단으로 삼았는데, 청중
의 반응을 보면서 예술이 언제나 엄숙한 본연의 소명이었다는 것
을 불현듯 깨달았다는 사실, 하지만 오래 살지 못하고 예술의 세계
에 당당히 복귀한 지 얼마 지나지 않아 죽었다는 사실은 정말 인상
적입니다. 아름다움의 세계와 진정으로 일치하는 삶을 살아야 할
운명이었다는 뒤늦은 깨달음과 그 운명에 합당한 삶은 확실히 그
녀에겐 어울리지 않았습니다. 의식적으로 예술의 사제로 살아가는
삶은 그녀에겐 맞지 않았고 가능하지도 않았습니다. 비범한 재능
을 타고난 그 여성이 예술에 대해 보여준 태도, 겸손함과 우월감을
구별하기 힘든 그런 태도에서 느껴지는 비극적이지 않은 비극성이
늘 특별한 감동을 주었고, 가능하면 그 여성을 만나보고 싶었노라

고 괴테는 말했다.

좌중은 자기들 역시 그 여성을 만나보고 싶었을 거라는 식의 반응을 보였다. 하지만 가련한 샤를로테는 그럴 마음이 내키지 않았다. 이 이야기의 어떤 측면, 아니 그녀가 들은 괴테의 의견 중 어떤 측면이 그녀를 슬프고 불안하게 했다. 그녀는 자기 마음의 평온을 위해, 또한 괴테의 평온을 위해서도, 효성을 다하는 그 여성의 사례가 주는 도덕적 감화에 희망을 걸었다. 하지만 괴테는 마음을 편하게 해주는 이 감상적인 이야기를 고작 흥미 위주로 비틀어서 실망시켰고, 모든 것을 심리적인 문제로 치환했으며, 그 여성이 불가피하게 자신의 천재성을 과소평가한 사태를 괴테 자신의 예술을 옹호하기 위한 구실로 삼아서 샤를로테는 오싹하고 질겁했는데, 역시 그녀 자신의 처지를 생각하고 괴테의 처지를 생각했기 때문이었다. 그녀는 다시금 혼자 생각에 빠져서 망연자실했다.

가벼운 단 음식으로 딸기 크림이 나왔는데, 향이 아주 좋고 생크림을 얹었으며, 막대 모양의 부드러운 비스킷이 곁들여 나왔다. 동시에 샴페인도 나왔는데, 병을 냅킨으로 감싸서 하인이 잔에 따라주었다. 이미 포도주를 잔뜩 마신 괴테는 마치 갈증이라도 난 듯이 샴페인도 순식간에 두잔을 연거푸 비웠고, 바로 다시 빈 잔을 어깨 위로 쳐들고 하인에게 더 따르라고 했다. 그는 즐거운 추억에 잠긴 듯 몇분 동안 양미간이 좁은 눈으로 허공을 쳐다보았는데, 그러자 마이어는 은근히 애정 어린 표정으로 괴테를 바라보았고, 다른 이들도 미소로 기대감을 표하며 지켜보았다. 그리고서 괴테는 맞은편에 앉은 산림감독관 베르너에게 몸을 돌려 들려줄 얘기가 있다고 밝혔다. "아, 당신을 들려줄 얘기가 있습니다!" '당신한테'라고 하지 않고 '당신을'이라고 한 이 실수는 괴테가 평소에 너무 신중하고 정확한 달변을 구사하는 걸 익히 들어온 터라 극히 의아한 느낌을 불러일으켰다. 괴테는 덧붙여 말하기를, 이 자리에 계신 손님들 대부분은 이미 오래전에 있었던 그 사건을 즐거운 추억으로 분명히 기억하시겠지만, 외지에서 오신 분들은 틀림없이 모르는 이야기일 테고, 아주 근사한 이야기이니 모두 함께 상기해보자고 했다.

처음부터 괴테는 지금부터 하려는 이야기에 진심으로 흡족해하는 표정을 드러내면서 13년 전에 있었던 어느 전시회에 관한 이야기를 들려주었다. 그 전시회는 바이마르 예술애호가 협회가 주관한 것으로 다른 지역에서도 훌륭한 작품들을 출품했다고 했다. 빼어난 전시품 가운데 하나는 레오나르도 다빈치의 그림 '카리타스'에 묘사된 여인의 머리 부분을 아주 정교하게 모사한 작품이라고 했다. "아시는 바와 같이 카셀 미술관에 있는 '카리타스'인데, 이 그림을 모사한 화가는 여러분도 아시는 리펜하우젠 씨입니다. 뛰어난 재능을 가진 사람인데, 이 그림에서는 특히 칭송할 만한 섬세한 솜씨를 발휘했지요. 머리 부분을 수채화로 재현했는데, 원작의 은은한 색조를 그대로 살렸지요. 그리움이 넘치는 눈길, 애원하듯 살짝 기울인 머리, 특히 감미로운 비애에 잠겨 있는 입 표정을 너무 순수하게 재현했답니다. 이 모습은 관람객들에게 흡족한 즐거움을 선사하며 인기를 끌었지요.

이 전시회는 여느 경우와 달리 그해가 저물 무렵에 열렸는데, 관람객의 반응이 좋아서 전시회를 평소보다 더 연장하기로 했습니다. 그래서 전시장이 추워졌고, 비용을 절약하기 위해 특정한 관람 시간대에만 난방을 했지요. 외지인들한테는 한번 입장할 때마다 약간의 입장료를 받았고, 바이마르 주민은 정액권을 발급하여 특정한 시간 외에도 아무 때나 ── 그러니까 난방을 하지 않는 시간에도—입장할 수 있게 했답니다.

이제부터 본론이 시작됩니다. 어느날 우리는 '카리타스 머리' 그림 앞에서 웃음을 터뜨렸는데, 아주 고상한 매력이 느껴지는 어떤 현상을 두 눈으로 직접 확인했기 때문입니다. 그러니까 그 아름다운 그림에서 여인의 입 부위에 해당되는 액자 유리에 우아한 입술로 입을 맞춘 키스의 흔적이 보기 좋게 선명히 찍혀 있었던 것입니다.

우리가 얼마나 즐거워했는지 한번 생각해보세요. 우리는 이 사건을 조사하고 범인이 누구인지 몰래 탐색했는데, 죄를 다루면서도 얼마나 유쾌했을지 상상해보세요. 일단 범인은 젊은이라고 가정할 수 있었는데, 유리에 찍힌 자국만 보아도 그건 알 수 있었지요. 그는 틀림없이 혼자 있었겠지요. 많은 사람이 보는 앞에서 감히 그런 짓을 하지는 못했을 테니까요. 정액권을 가진 바이마르 주민이고, 난방을 하지 않은 방에서 이른 시간에 그리움을 그런 식으로 표현했던 겁니다. 그는 차가운 유리에 입김을 불어서 유리에 서린 자신의 입김에 키스를 했고, 그 입김이 응고되었던 것이죠. 이 사건을 아는 사람은 극소수에 불과했는데, 난방을 하지 않은 방에 제때에 혼자서 들어온 사람이 누구인가를 알아내기란 어렵지 않았습니다. 거의 확실하게 어떤 청년에게 혐의가 갔지만, 누구라고 말하고 싶진 않고 더 자세히 밝히지는 않겠습니다. 그 당사자 또한 자기가 어떻게 몰래 추적을 당했는지 눈치채지 못했는데, 우리는 그 비밀을 우리끼리만 간직했고 나중에 정말 입을 맞추고 싶을 만큼 아름다운 입술을 가진 그 청년과 여러차례 다정하게 인사를 나눌 기회도 있었답니다."

말실수로 시작한 이야기는 그렇게 마무리가 되었고, 산림감독관뿐만 아니라 모든 좌중은 이 이야기에 경탄하며 즐거워했다. 샤를로테는 얼굴이 새빨개졌다. 그녀는 정말로 이마까지, 회색 머리를 빗어올린 부위까지 그녀의 연한 피부색이 허용할 수 있는 최대치로 새빨개져서, 눈의 연푸른색 동공이 뚜렷이 대조되며 이상하리만치 창백해 보였다. 그녀는 괴테를 외면한 채 의례적인 태도로 그에게서 몸을 돌리고서 옆자리에 앉아 있는 궁정재무관 키름스 쪽으로 몸을 기울였는데, 마치 그의 가슴에 기댈 것만 같은 자세를 취했지만, 정작 키름스 자신은 이야기의 감동에 푹 잠겨서 알아차리지 못했다. 불쌍한 샤를로테는 행여 집주인이 그 은밀한 키스 자국을 다시 찬물을 끼얹는 방향으로 비틀어서 그런 자국이 형성된 물리적 조건을 설명하는 식으로 이야기를 끌고 가지나 않을까 하고 노심초사했다. 아니나 다를까 흥겨운 분위기가 가라앉자 괴테의 논평이 이어졌는데, 다만 그의 논평은 이를테면 열역학에 관한 것이라기보다는 예술철학에 더 가까운 것이었다. 집주인은 아펠레스[10]의 그림에서 참새가 버찌를 쪼아먹는 장면에 관해 얘기하면서, 모든 현상들 중에서도 가장 독특하고 따라서 가장 매력적인 현상인 예술이 인간의 이성에 불러일으키는 마술적 효과를 논했다. 그런 효과는 결코 눈속임이 아니기 때문에 단순히 착각을 불러일으킨다는 의미가 아니고 보다 심오한 방식으로 작용한다는 것이었다. 다시 말해 그런 효과는 정신적인 동시에 감각적이기 때문에, 혹은 플라톤식으로 말하자면 신적인 동시에 가시적으로 드러나고 감각을 통해 정신적인 것에 호소하기 때문에, 천상의 세계와 지상의 세계에 동시에 속한다고 했다. 그래서 아름다움은 독특하게 내밀

---

10 기원전 4세기에 활동한 고대 그리스 화가.

한 분위기의 그리움을 불러일으키고, 그런 그리움은 예술을 사랑하는 그 청년의 내밀한 행동으로 표현되었으며, 따뜻함과 차가움이 만나서 탄생한 그런 키스 자국으로 표현되었다는 것이었다. 그런데 이 경우 우리의 웃음 충동을 유발하는 것은 아무도 몰래 행한 그 행위의 혼란스러운 부적절함이라고 했다. 그림의 아름다움에 유혹당한 청년이 차갑고 매끄러운 유리에 입술을 갖다 댔을 때 과연 어떤 느낌이 들었을지 상상해보면 우리는 우습고도 슬픈 느낌이 든다는 것이었다. 하지만 엄밀히 생각해보면 따뜻한 피가 감도는 그 청년의 애정이 응답도 하지 않는 차가운 유리에 찍혀서 우연히 물질적 형태로 응결된 것이니 이보다 더 감동적이고 의미심장한 형상은 상상하기 어렵다고 했다. 그것은 거의 우주적인 농담과 다름없다는 것이었다. 그런 식의 얘기가 계속 이어졌다.

식사에 이어서 바로 커피가 나왔다. 괴테는 커피를 마시지 않고 그 대신 후식을 들었는데, 과일 다음에 나온 후식은 온갖 종류의 과자와 비스킷, 사탕과 건포도 등으로 이루어져 있었고, 띤또 로소라는 이딸리아 포도주가 작은 잔으로 곁들여 나왔다. 그러고서 괴테는 자리를 정리했고, 일행은 다시 유노상이 있는 방을 지나서 바로 이어져 있는 미술품 전시실 같은 옆방으로 건너갔는데, 그 방은 르네상스 시대 우르비노 공작의 초상화가 걸려 있었기에 이 집에 출입하는 지인들 사이에서는 '우르비노의 방'이라 불리었다. 그다음에 이어진 시간은 45분 남짓에 불과했지만 상당히 지루하게 흘러갔는데, 샤를로테는 차라리 식사 때의 흥분과 초조한 불안이 더 낫지 않았을까 하고 의아한 느낌이 들 정도였다. 그녀는 젊은 시절의 친구가 손님 접대를 위해 계속 신경 써야 하는 노고를 제발 면하기를 바랐다. 괴테는 주로 외지에서 온 손님과 이 집에 처음 온 손님, 즉 샤를로테와 그녀의 친지 그리고 산림감독관 베르너한테 신경을 썼는데, 괴테 자신의 표현을 빌리면 이들에게 "뭔가 중요한 것을 보여주고자" 했다. 그는 아들과 하인의 도움을 받아가며 손수 나서서 동판화가 들어 있는 커다란 서류 상자를 서가에서 꺼내어 앉아 있는 부인들과 그 뒤에 서 있는 남자 손님들이 보는 앞에서 손잡이가 없는 뚜껑을 열고는 차곡차곡 쌓여 있는 "구경거리들"을 — 그는 이 바로크 그림들을 그렇게 표현했다 — 보여주었다. 그러면서 그는 위쪽에 놓여 있는 그림들을 설명하는 데 많은 시간을 할애해서 나중 그림들은 대충 넘길 수밖에 없었다. 여러장의 커다란 종이에 그려진 '콘스탄티누스 대제의 전투'를 가장 상세히 설명해주었다. 괴테는 손가락으로 여기저기 가리키면서 인물들의 그룹별 배치, 사람과 말의 정확한 묘사에 주의를 환기시켰고, 이런 그림을 구상해서 성공적으로 마무리하려면 얼마나 큰 정신적 능력과 재능이 필요한지를 구경꾼들에게 각인시켜주고자 했다. 또 '우르비노의 방'에서 가져온 상자들 속에 들어 있는 주화 수집품을 꺼내와서 하나씩 구경시켜주었는데, 이 분야에 식견이 있는 사람의 눈으로 보면 정말 놀라울 정도로 완벽하고 풍성하게 갖춘 수집품이었다. 15세기부터 현재에 이르기까지 모든 교황들의 얼굴이 새겨진 주화들이었는데, 괴테는 그것들을 보여주면서 이렇게 모든 시대를 조망하면 예술사에 대한 풍부한 통찰을 얻을 수 있다고 강조했고, 그건 지당한 말이었다. 그는 이 모든 주화의 조각공 이름을 낱낱이 알고 있는 것 같았고, 주화 제작의 역사적 동기도 상세히 설명해주었으며, 주화 제작으로 그 영예를 기린 교황들의 생애에 얽힌 일화들도 들려주었다.

괴테는 카를스바트의 유리잔도 잊지 않았다. 그는 그 잔을 가져오라고 명했고, 불빛 앞에서 잔을 이리저리 돌리자 정말로 노란색이 파란색으로, 빨간색이 초록색으로 바뀌는 매력적인 색채 변화가 일어났다. 샤를로테가 제대로 알아들었다면 괴테가 직접 제작했다는 작은 기구를 통해 괴테는 이 현상을 좀더 자세히 설명했는데, 아들이 가져온 그 기구는 나무로 테두리를 씌우고 그 안의 검은색과 흰색 바탕 위에 연한 빛깔의 작은 유리판을 이리저리 밀어넣어서 유리잔에 나타나는 현상을 실험으로 재현할 수 있게 만든 것이었다.

그렇게 일단 소임을 다하고 손님들이 잠시 관찰기구를 구경하도록 해놓은 다음에 괴테는 그사이에 뒷짐을 진 채 방 안을 이리저리 배회하면서 이따금 심호흡을 했는데, 짧게 숨을 내쉴 때 나는 소리가 신음 소리 비슷하게 들렸다. 그러면서 방 안 이곳저곳 자리를 바꿔가며 멈춰서거나 전시실로 통하는 복도로 가서 전에 이미 전시물을 구경한 적 있어서 한가로운 손님들과 대화를 나누기도 했다. 샤를로테는 괴테가 작가 슈테판 쉬체 씨와 이야기를 나누는 모습을 보자 잊을 수 없을 정도로 너무 기묘한 느낌이 들었다. 그녀가 여동생과 함께 광학 실험기구 앞에 쭈그리고 앉아서 색채 유리판을 이리저리 밀어넣어보는 동안 노인과 청년은 그리 멀지 않은 곳에 함께 있었는데, 그녀는 두 사람의 모습과 색채 효과 실험을 번갈아가면서 몰래 주의 깊게 살펴보았다. 쉬체는 원래 끼고 있던 안경을 벗어서 슬쩍 감추고서 안경에 의지하는 데 익숙한 튀어나온 눈으로 바로 앞에 있는 괴테의 얼굴을 약시 때문에 잘 보이지 않는지 아주 힘들게 바라보고 있었는데, 햇볕에 탄 괴테의 근육질 얼굴은 오락가락 종잡기 힘든 표정을 짓고 있었다. 두 작가는 쉬체가 몇년 전부터 펴내고 있는 '사랑과 우정을 위한 문고판' 씨리즈에 관해 얘기하고 있었는데, 집주인은 이 책에 관해 물어보는 식으로 쉬체에게 말을 걸었던 것이다. 괴테는 문고판의 구성이 재치 있고 다채롭다고 극구 칭찬했고, 양손을 등허리 아래쪽으로 모아 뒷짐을 진 채 다리를 쭉 펴고 턱을 끌어당긴 자세로, 이 씨리즈를 아주 재미있고 유익하게 규칙적으로 읽고 있다고 했다. 그는 쉬체 자신이 여기에 발표한 유머러스한 이야기들을 시간을 두고 모아서 책으로 펴내면 좋겠다고 격려했고, 쉬체는 얼굴을 붉히고 눈이 더 휘둥그레져서 자신도 이따금 그런 생각을 해본 적이 있다고 수긍하면서도 그런 소설집이 과연 노력을 쏟을 만한 가치가 있는지 의구심이 든다고 했다. 괴테는 고개를 설레설레 저으며 그런 의구심에 반대했는데, 하지만 소설의 가치를 가지고 자신의 반론을 뒷받침하지는 않고 순전히 인간적인 방식으로, 다시 말해 예의를 차리는 방식으로, 소설집을 펴내야 한다고 말했다. 인생의 가을이 오고 때가 무르익으면 수확물을 곡간에 저장하고 흩어져서 자란 곡식을 집 안에 갈무리해야 하며, 그러지 않으면 인생을 제대로 반듯하게 살지 못했다는 불안감을 안은 채 세상을 떠나게 된다는 것이었다. 남은 문제는 단지 소설집에 어울리는 제목을 찾는 일이라고 했다. 그러면서 양미간이 좁은 그의 눈은 책 제목을 궁리하듯이 천장을 이리저리 쳐다보았는데, 샤를로테가 엿들으며 추측하기로는 정작 제목을 작명할 가망은 없어 보였다. 그녀는 괴테가 쉬체의 소설을 읽지도 않았다는 것을 분명한 직감으로 느꼈다. 하지만 쉬체 씨는 망설이면서도 자기 생각을 계속 진척했다는 사실이 드러났는데, 그는 이미 소설집 제목을 준비해놓고 있었던 것이다. 그는 만약 책을 내게 되면 '유쾌한 시간들'이라는 제목을 붙일 생각이라고 했다. 괴테는 그 제목이 훌륭하다고 했다. 자신이 나서도 더 좋은 제목은 생각해내지 못할 거라고 했다. 이 제목은 순수하게 편안한 느낌을 주며 섬세한 격조도 있다고 했다. 이 제목이면 출판사도 마음에 들어할 거고, 독자들의 관심을 끌 것이며, 무엇보다 이 책에 딱 어울린다는 것이었다. 좋은 책은 곧 제목과 더불어 탄생하며, 전혀 걱정과 의구심을 가질 필요가 없고, 바로 이 제목으로 이 책의 건전한 내실과 정당성이 입증되었다는 것이었다. 그때 건축감독관 쿠드라이가 다가오자 괴테는 "그럼 실례합니다!"라며 몸을 돌렸다. 그러자 리머 박사가 다시 안경을 쓴 쉬체에게 달려왔는데, 괴테가 뭐라고 말했는지 물어보려는 게 분명했다.

오찬 모임이 거의 끝나갈 무렵 괴테는 우연히 생각났다는 듯이 샤를로테에게 그녀의 아이들의 어릴 적 모습을 그린 초상화를 보여주겠노라고 했다. 괴테는 일찍이 샤를로테 부부의 후의로 그 초상화를 선물로 받았던 것이다. 그러기 전에 괴테는 동판화와 주화와 색채 실험기구를 치우게 하고서 샤를로테 모녀와 리델 부부를 방 안 이리저리 안내하면서 그의 소장품 가운데 몇가지 골동품을 보여주었다. 유리 상자에 넣은 작은 신상神像, 유리창 벽에 걸려 있는 고대의 열쇠와 자물쇠, 그리고 모자와 칼을 착용한 작은 금도금 나뽈레옹상을 보여주었는데, 나뽈레옹상은 유리관 모양으로 생긴 기압계의 끝부분에 달린 종 모양의 밀폐된 공간에 세워져 있었다. 바로 그때 괴테는 퍼뜩 떠올랐다는 듯이 "이제야 생각이 나네요"라고 외치면서 갑자기 친밀한 어조로 말했다. "아직 더 보여드릴 게 있는데, 아이들 초상화 말입니다! 오래전에 제 생일선물로 보내주신 건데, 부인과 훌륭한 자녀들의 썰루엣 초상화죠! 제가 수십년 동안 얼마나 소중히 간직하고 있는지 보셔야 합니다. 아우구스트, 그 썰루엣 그림이 들어 있는 서류철을 가져오기 바란다." 그는 강한 프랑크푸르트 사투리로 그렇게 말했다. 그리고 사람들이 너무 이상한 모양새로 갇혀 있는 나뽈레옹상을 관찰하는 동안 아우구스 트는 어디선가 서류 다발을 가져와서는 둥근 테이블에는 빈자리가 없어서 슈트라이허 피아노 위에 올려놓고서 아버지와 일행을 그쪽 으로 안내했다.

괴테는 직접 노끈을 풀고 덮개를 열었다. 내용물은 노랗게 변색 되고 곰팡이로 얼룩진 스케치 소품들과 기념품들로 뒤죽박죽 뒤섞 여 있었다. 씰루엣 그림들, 꽃 장식을 한 빛바랜 축시들, 그리고 바 위와 시골 풍경, 강기슭과 목동 등을 그린 스케치들도 있었는데, 괴 테가 오래전에 여행을 하면서 기억을 가다듬기 위해 가벼운 필치 로 그린 것들이었다. 노신사는 내용물을 제대로 분간하지 못해 어 리둥절해져서 원하던 씰루엣 그림을 찾지 못했다. 그는 점점 짜증 을 내면서 "이런 제기랄, 그 그림이 대체 어디에 있지!"라고 하고는 종잇장들을 더욱 다급하게 신경질적으로 마구 헤집었다. 주위 사람 들은 애쓰는 모습이 보기에 딱해서 그만 포기하라는 뜻을 점점 더 절실히 내비쳤다. 그 기념품을 다시 볼 수 있다는 가망만이라도 분 명히 보여주었으니 굳이 이렇게 애쓸 필요까지는 없겠다고 했다. 그러다가 마지막 순간에 샤를로테 자신이 어지러운 서류 더미 속 에서 그걸 찾아서 꺼내들었다. "여기 있네요, 각하." 그녀가 말했다. "여기에 우리가 있어요." 그러자 괴테는 씰루엣 인물상을 풀로 붙 인 종이를 믿지 않는다는 듯이 어리벙벙하게 바라보면서 여전히 짜증기가 가시지 않은 목소리로 대꾸했다. "정말 그렇군요, 그림 을 찾아내는 건 부인의 몫이었네요. 친애하는 부인, 이쪽이 당신인 데, 예쁘게 오려붙었군요. 작고하신 궁정고문관 양반과 먼저 태어 난 다섯 자녀들도 있네요. 이 자리에 와 있는 예쁜 따님은 그때 아직 태어나지 않았지요. 제가 아는 아이들은 어디 있죠? 여기 이 아이들인가요? 그래요, 어린아이가 자라서 어른이 되는 법이지요."

마이어와 리머가 가까이 다가오더니 똑같이 눈썹을 찌그리고 눈을 찡긋 감는 시늉을 하며 고개를 끄덕이면서 신중히 공감을 표했다. 이들은 이제 이 씰루엣 그림까지 보았으니 충분하다고 만족감을 표하고는, 대가를 너무 피곤하지 않게 해드리자고 제안했고, 그러자 모두가 수긍했다. 사람들은 작별을 위해 걸음을 옮겼다. 우르비노의 방에서 환담을 나누던 사람들도 모여들었다.

"다들 한꺼번에 떠날 건가요?" 집주인이 그렇게 물었다. "그래요, 할 일도 있고 즐거운 일도 기다리고 있을 테니 간다고 해서 나무랄 순 없지요. 그럼 잘들 가세요. 산림감독관께서는 조금만 더 계세요. 친애하는 베르너, 그러기로 약속을 했잖아요. 뒷방에 당신에게 보여드릴 외지에서 보내온 흥미로운 게 있어요. 엘보겐 지방의 리프니츠에서 보내온 민물고둥 화석인데, 우리 늙은 점쟁이들은 그걸 열심히 재미있게 관찰해봅시다." 그러고서 그는 샤를로테를 향해 말했다. "존경하는 친구분, 안녕히 가세요! 제 생각에 바이마르에서 당신을 사랑하는 이들이 몇주일 더 당신을 붙잡아둘 겁니다. 살다보니 우리가 너무 오래 떨어져 있었기에 여기에 머무시는 동안 다시 뵙자고 청하지 않을 수 없군요. 아니, 굳이 감사를 표하실 것까지는 없습니다. 그럼 다음에 또 뵙지요, 존경하는 부인. 숙녀분들, 안녕히들 가세요! 신사분들도 안녕히 가세요!"

아우구스트는 다시 리델 부부와 샤를로테 모녀를 안내해서 멋진 계단을 따라 현관문까지 내려왔고, 문 앞에는 리델이 빌린 임대마차 외에 쿠드라이 부부와 키름스 부부가 타고 갈 마차 두대가 대기하고 있었다. 이제 비가 많이 내리고 있었다. 이미 위층에서 작별인사를 나누었던 손님들은 가볍게 인사를 하면서 그들 곁을 지나갔다.

"이렇게 와주신 덕분에 아버님이 보기 드물게 활기를 찾으셨습니다." 아우구스트가 말했다. "팔의 통증을 완전히 잊으신 것 같았거든요."

"아버님은 매력적인 분이에요." 리델 부인이 그렇게 말했고, 그녀의 남편도 그렇다고 강조했다. 샤를로테가 말했다.

"몸이 불편하신데도 그렇게 정신이 총명하고 활달하시다니 정말 놀라워요. 그런 생각을 하면 부끄럽고, 병세도 여쭤보지 못해서 자책이 되네요. 제가 갖고 있는 장뇌 연고라도 갖다 드릴 걸 그랬어요. 너무 오래 헤어져 있다가 다시 만나면 늘 아쉽게 깜박 놓친 걸 후회하게 되지요."

그러자 아우구스트가 대답했다. "무엇을 놓치셨든 간에 만회할 기회가 올 것입니다. 물론 지금 당장은 곤란하겠지요. 제 생각에 아버님이 이제 휴식을 좀 취하셔야 해서 빠른 시일 내에 다시 뵙기는 어려울 듯합니다. 특히 궁정 출입도 못하겠노라고 양해를 구하신 터라 다른 모임에도 참석할 수 없지요. 만일에 대비해서 이런 말씀을 드립니다."

그러자 샤를로테가 말했다. "걱정 마세요! 저도 그런 사정은 당연히 이해해요. 거듭 감사드리고, 안녕히 계세요!"

그러고서 네 사람은 다시 마차의 높다란 좌석에 자리를 잡고 비에 젖은 길거리를 지나 덜커덩거리며 집으로 돌아갔다. 샤를로테의 딸은 등받이 좌석에 똑바로 앉아 귀여운 콧방울을 줄곧 실룩거리면서 시선은 어머니의 귀 옆을 바짝 스쳐지나 마차의 후미를 향하고 있었다.

"그분은 위대하고도 선량한 분이에요." 리델 부인이 그렇게 말했고, 그녀의 남편도 "아무렴, 그런 분이지"라고 맞장구를 쳤다.

샤를로테는 마치 꿈결처럼 이런 생각이 들었다.

'그 양반은 위대하고, 너희들이 선량한 거야. 하지만 나도 선량하다고. 정말 진심으로 선량하고, 그러고 싶어. 선량한 사람만이 위대함을 존중할 줄 아니까. 종이 매달린 지붕 아래에서 껑충껑충 뛰면서 앵앵거리는 중국인들은 어리석고 사악한 인간들이야.'

그러다가 샤를로테는 큰 소리로 리델 박사에게 말했다.

"제부, 정말 미안해요. 제부가 묻지는 않았지만 내가 먼저 고백해야겠네요. 내가 아쉽게 깜박 놓친 게 있다고 했는데, 무슨 뜻으로 그런 말을 했는지 익히 알고 있었어요. 그래서 실망스럽고, 나 자신한테 불만을 갖고 귀가하게 되네요. 사실대로 말하면 식탁에서도 나중 자리에서도 괴테한테 제부의 희망과 소망을 말해주고 힘을 좀 써달라고 부탁해야겠다는 생각도 미처 못했어요. 그렇게 확고하게 작정을 했는데. 어떻게 그렇게 깜박 잊어버렸는지 모르겠지만, 함께 있는 시간 내내 도무지 상황이 수습되지 않았어요. 내 잘못이기도 하고, 그렇지 않은 면도 있지요. 정말 미안해요!"

그러자 리델이 대답했다. "괜찮아요, 처형. 전혀 괘념치 마세요! 사실 그런 얘기를 하실 필요도 없었고, 처형이 동석한 자리에서 우리가 각하를 모시고 오찬을 함께한 것만으로도 우리한테 충분히 도움이 되었으니 앞으로 어떻게든 우리한테 유리한 방향으로 작용하겠지요."

9장

샤를로테는 10월 중순까지 바이마르에 더 머물렀고, 체류 기간 내내 딸과 함께 엘레판트 호텔에 묵었다. 호텔 여주인 엘멘라이히 여사는 그녀 자신이 영악한데다 집사 마거의 강한 권유로 숙박비를 아주 후하게 깎아주었다. 우리는 이 유명한 여성이 역시 유명한 도시 바이마르에 체류한 상세한 정황에 관해 그다지 잘 알지 못한다. 그녀는 품위를 지키며 조용히 은거하는 식으로 체류했던 것으로 짐작되며, 그것이 그녀의 연륜에도 어울렸을 텐데, 그렇다고 전혀 그 내막을 알 수 없는 것은 아니다. 그녀는 주로 사랑하는 친척들과 함께 시간을 보내긴 했지만, 여러차례 작은 모임에 초대를 받았고 제법 큰 모임에도 두어차례 초대를 받아서 몇주 사이에 이 도읍지의 다양한 사교 모임에서 베푼 초대에 친절하게 응했다는 소식을 우리는 전해들었다. 그런 초대 모임 중 하나는 당연히 리델 부부 자신들이 주선한 것이었고, 리델의 근무처에서 함께 일하는 동료 두어명도 환영연을 베풀어주었다. 또 궁정고문관 마이어와 결혼 전 성이 코펜펠스인 그의 부인, 그리고 건축감독관 쿠드라이 부부도 괴테의 젊은 시절 친구 샤를로테를 자기들 집으로 초대했다. 그런데 그녀가 진짜 궁정 사회에도 모습을 나타내는 것을 이따금 볼 수 있었는데, 더구나 궁정극장 감독위원회의 멤버인 에들링 백작과 그의 부인 몰다우의 스투르차 공주도 샤를로테를 집으로 초대한 적이 있었다. 백작 부부는 10월 초에 샤를로테가 참석한 가운데 음악 연주와 낭송회로 고상한 분위기를 살린 연회를 베풀어주었던 것이다. 아마 이 자리에서 샤를로테는 쉴러의 미망인과 인사를 나누었던 것으로 보이는데, 쉴러의 미망인은 다른 고장에 있는 여자 친구에게 보낸 편지에서 샤를로테의 외모와 인품에 대해 공감하면서도 비판적으로 묘사한 바 있다. 샤를로테와 이름이 같은 쉴러의 미망인은 리델 부인에 관해서도 세월이 무상하다는 뜻으로 회고했는데, 소설 『젊은 베르터의 고뇌』에서 "똑똑한 체하는 금발의 어린 소녀"라고 묘사되었던 아이가 이제 리델 부인이 되어 아주 차분하고 원숙한 모습으로 그 자리에 앉아 있었노라고 전하고 있다.

당연한 얘기지만 이 모든 모임에서 많은 사람들이 샤를로테에게 존경을 바쳤고, 그녀는 그들이 표하는 경의에 다정하면서도 품위 있게 화답해주었다. 그리하여 사람들은 단지 그녀의 문학적 위상만이 아니라 그녀의 인품과 인간성에 경의를 표하게 되었는데, 그녀의 인간적 자질 중에서 특히 은근한 우수가 적지 않은 매력으로 작용했다. 전해지는 바로는 어느 사교 모임에서 ─ 아마도 에들링 백작 댁에서 ─ 지나치게 긴장한 어떤 여성이 두 팔을 활짝 펴고 "로테! 로테!"라고 외치면서 샤를로테에게 달려들자 그녀는 한

걸음 물러서면서 "친애하는 부인, 고정하세요!"라고 하여 그 얼빠진 여성이 이성을 되찾도록 해주었으며, 그러고선 이 도시와 세상의 물정에 관해 그 여성과 아주 호의적으로 대화를 나누었다고 한다. 물론 그녀에게 악의를 갖고 험담을 하고 비방을 하는 경우도 아주 없지는 않았지만, 심성이 고운 다른 모든 사람들의 선의에 의해 그런 태도는 제어될 수 있었다. 그리고 그녀가 떠나간 다음에 이 노부인이 베르터 소설에 나오는 연애를 어설프게 암시하는 복장을 하고서 괴테를 만나러 갔다는 악소문이 나기도 했는데, 그런 소문이 난 것은 짐작건대 여동생 리델 부인이 경솔하게 발설했기 때문일 것이다. 어떻든 그런 경우에조차 샤를로테의 도덕적 평판은 이미 확고해서 그런 뒷말 때문에 별로 흠집이 나지는 않았다.

샤를로테는 이런 식으로 외출하는 자리 그 어디에서도 베츨라어 시절의 친구 괴테를 두번 다시 보지 못했다. 익히 알다시피 첫째는 팔의 신경통이 그를 괴롭혔기 때문이었고, 둘째는 바로 그 무렵 그의 작품 전집 가운데 새로 두권을 검토하느라 경황이 없었기 때문이었다. 앞에서 간략히 소개한 괴테 저택에서의 오찬에 관해 샤를로테는 입법사무관으로 있는 아들 아우구스트에게 보낸 편지에서 언급하고 있는데, 오늘날까지 전해지는 그 편지에 대해서는 아주 짧은 인상만 서술하고 있고 그 오찬의 체험을 제대로 전달하려고 노력한 흔적이 거의 보이지 않으며 일부러 그런 노력을 애써 자제한 것으로 보인다는 정도만 얘기할 수 있을 뿐이다. 그녀는 편지에서 이렇게 썼다.

그 위대한 사람을 다시 만난 일에 대해서는 너한테도 아직 아무 말도 전하지 못했구나. 사실은 많은 얘기를 할 것도 없단다. 만약 그 사람이 괴테라는 걸 내가 몰랐더라면, 아니 괴테라는 걸 뻔히 아는데도 결코 나한테 편안한 인상을 주지 않은 어떤 노인네를 새로 알게 되었다는 정도밖에 할 말이 없구나. 너도 알다시피 나는 이번의 재회 또는 새로운 만남에 별로 기대를 걸지 않았고, 그래서 전혀 스스럼없이 대했단다. 그 사람도 태도가 뻣뻣하긴 했지만 그래도 나한테 상냥하게 대해주려고 무척 애쓰더구나. 그 사람은 너와 테오도어를 만났던 추억에도 관심을 보였단다…… 너의 엄마 샤를로테 케스트너.

이 편지 구절을 이 이야기의 시작 부분에서 소개한 괴테에게 보낸 쪽지편지와 비교해보면 쪽지편지가 훨씬 더 세심한 마음의 준비를 다져서 그런 형식으로 썼다는 것을 분명히 확인할 수 있을 것이다.

젊은 시절의 친구 괴테 역시 그녀가 머무는 몇주 동안 편지를 한통 보내와서 그녀를 사뭇 놀라게 했다. 샤를로테는 10월 9일 엘레판트 호텔에서 아침 화장을 하던 중에 괴테가 보내온 엽서를 마거를 통해 전해받았는데, 편지를 건네받고서 마거를 다시 방에서 내보내느라 애를 먹었다. 그녀는 편지를 읽었다.

존경하는 친구분께,

오늘 저녁에 제 전용 관람석을 이용하실 거면 제 마차로 모셔다드리지요. 입장권은 따로 필요 없습니다. 제 하인이 1층석으로 가는 길을 안내해드릴 것입니다. 제가 함께 가지 못해 죄송합니다. 생각은 종종 당신 곁에 있지만 여태까지 모습을 드러내지 못한 것도 죄송합니다. 진심으로 잘 지내시길 바랍니다. 괴테.

편지의 발신자가 그녀와 동행하지 못하고 여태까지 모습을 드러내지 못해 죄송하다고 하는 말을 그녀는 묵묵히 받아들였다. 어차피 연극 초대는 그녀 혼자만 이용할 참이었다. 딸은 연극세계에 대해 청교도적인 거부감을 갖고 있었고, 여동생 아말리에는 이날 저녁 남편과 함께 다른 곳에 선약이 있었기 때문이다. 그래서 그녀 혼자서 괴테의 나들이 마차를 타고 극장으로 갔는데, 괴테의 마차는 푸른 천으로 지붕을 씌우고 살가죽에 윤기가 흐르는 갈색 말 두 마리가 끄는 편안한 란다우 마차였다. 극장에서 하노버 공국의 궁정고문관 부인 샤를로테는 많은 이목을 끌고 선망의 대상이 되었지만, 관람객들의 호기심 때문에 주의를 흩트리지 않았고, 얼마 전까지만 해도 용모가 전혀 다른 괴테의 부인 크리스티아네가 종종 앉았던 명예로운 좌석에서 저녁시간을 보냈다. 그녀는 중간휴식 때도 귀빈석을 떠나지 않았다.

공연작은 테오도어 쾨르너의 역사비극『로자문데』였다. 공연은 세련되고 완성도가 높았으며, 평소와 다름없이 흰색 드레스에 이번에는 짙은 보라색 리본을 달아 장식한 샤를로테는 공연을 처음부터 끝까지 아주 흡족하게 관람했다. 정제된 언어, 당당한 대사, 숙달된 신체기관으로 표현하는 정열의 절규는 절도 있는 고상한 몸짓과 어우러져서 인간성에 호소하며 그녀의 귓전에 쟁쟁 울렸다. 사건 진행의 절정인 승화된 죽음의 장면에 이르자 세상을 하직하는 남자 주인공은 각운을 맞추어 최고조의 이상적인 언어를 구사하면서 비극에서 선호하는 가슴 저미는 참혹한 장면을 연기했고, 그 장면의 마지막에 이르자 사악한 인물조차도 "지옥은 멸망했다"라고 확인하여 감동을 주었다. 이 모든 장면들이 심사숙고한 타당한 예술적 원칙에 따라 짜임새 있게 연결되었다. 객석은 눈물바다가 되었고 샤를로테 역시 몇차례 눈시울을 적셨지만, 그럼에도 새파랗게 젊은 극작가가 유별나게 치기를 부린 것에 대해서는 속으로 탓하지 않을 수 없었다. 이를테면 여주인공 로자문데가 홀로 등장하여 시를 낭송하는 장면에서 자꾸만 자기 자신을 '로자'라고 칭하는 것이 마음에 안 들었다. 게다가 샤를로테는 자식들의 마음을 너무 잘 알았기에 극중에서 연기하는 철부지 아이들의 언행이 거슬렸다. 아이들의 가슴에 칼을 겨누고 위협하면서 아이들 엄마에게 독약을 마시라고 강요하자 엄마는 독약을 마셨고, 그러자 아이들은 "엄마, 얼굴이 너무 창백해요! 밝은 표정 지으세요! 우리도 기꺼이 그럴게요!"라고 했던 것이다. 그러고서 아이들은 무대 위에 놓여 있는 관棺을 가리키면서 "보세요, 저기 수많은 촛불이 즐겁게 빛나고 있잖아요!"라고 외쳤다. 이 대목에서도 객석에서는 다들 흐느끼는 소리가 들려왔지만 샤를로테는 도무지 눈물이 나지 않았다. 그녀는 모욕감을 느끼면서 원래 아이들은 저렇게 어리석지 않아, 작가 쾨르너가 새파랗게 젊은 나이에 프랑스에 맞서 무작정 자원병에 가담했으니 아이들의 천진무구함을 저런 식으로 상상하는 거야, 하고 생각했다.

배우들이 인기 있는 인물들의 권위와 숙달된 목소리로 소화해낸 대사들 역시 언제나 최상은 아니어서 의문의 여지가 있어 보였다. 비록 발성이 아주 열정적이고 능숙하긴 했지만 어쩐지 인생에 대한 깊은 경험과 깨침이 결여되었다는 느낌이 들었다. 그런 깨침은 푸른 벌판에서 말을 타고 달리는 군인생활에서는 여간해서 터득하기 어려울 터였다. 극중에는 장광설을 늘어놓는 장면이 한군데 있었는데, 샤를로테는 그 장면을 좌시하지 못하고 비판적으로 따져보면서 생각에 골몰했고, 그러느라 뒤에 이어지는 장면들을 완전히 흘려들어서 놓치고 말았다는 것을 뒤늦게 깨달았다. 극장을 나오는 동안에도 그녀는 그 장면을 불만스럽게 되새겨보았다. 그 장면에서 누군가가 터무니없는 대담무쌍함을 고결하다고 칭송했고, 그러자 더 원숙한 판단력을 지닌 사람이 발칙함을 고결하다고 너무 쉽게 믿는 사람들의 태도를 비난했다. 만인에게 소중하고 신성한 것을 파렴치한 손길로 공격하는 만용을 부리면 사람들은 금세 그런 사람을 영웅으로 떠받들고 위대하다 일컬으며 역사의 별로 간주한다는 것이었다. 하지만 이 작가는 무도함이 영웅을 만들지는 않는다고 했다. 지옥으로 통하는 인간의 한계도 쉽게 뛰어넘을 수는 있지만, 그런 모험을 하는 데는 저열한 사악함만 있으면 충분하다는 것이었다. 반면에 천상에 이르는 또다른 한계는 인간의 영혼이 최고로 고양되어 올바른 궤도를 따라갈 때만 넘어설 수 있다고 했다. 정말 근사한 말이었다. 하지만 고독한 관람객 샤를로테가 보기에 자원병 소총수로 종군했던 이 작가가 그렇게 두개의 한계를 설정함으로써 경험 미숙으로 도덕의 지형도를 잘못 그렸다는 생각이 들었다. 그녀는 골똘히 생각하기를, 인간의 한계는 아마도 오직 하나뿐이며, 그 한계 너머에는 천국도 없고 지옥도 없을 터였다. 아니, 천국과 지옥이 함께 있는지도 몰랐다. 그리고 그 한계를 뛰어넘는 위대함 역시 짐작건대 오직 하나뿐이어서 그런 위대함 안에서는 전투만 알고 경험이 미숙한 이 작가로서는 도저히 알 수 없는 방식으로 무도함과 순수함이 뒤섞여 있을 터였다. 그래서 이 작가는 아이들이 얼마나 영리하고 섬세한지도 모르는 것이다. 어쩌면 이 작가도 알고는 있는데, 다만 문학작품에서는 짐짓 아이들을 감동적인 바보로 만들고 인간의 두가지 상이한 한계를 설정하는 편이 더 어울린다고 생각했을지도 몰랐다. 재기발랄한 연극이었지만, 작가의 재능은 대다수가 합의하는 그런 연극작품을 만드는 데 치중하고 있었고, 그런 면에서 이 작가는 확실히 인간의 한계를 그 어느 쪽으로도 넘어서지 못했던 셈이다. 그래, 젊은 세대의 작가들은 재주가 많긴 하지만 전체적으로 따져보면 어쩐지 수준이 낮았고, 노년 세대의 위대한 작가들은 결국 이들을 겁낼 이유가 없었다.

샤를로테는 마음속으로 그렇게 반박하면서 자신의 반론을 속으로 더 굴려보았는데, 그러다가 갑자기 박수 소리가 요란하고 관객들이 일어서는 가운데 무대의 막이 내렸고, 다시 괴테의 시종이 공손한 태도로 나타나서 그녀의 외투를 어깨에 걸쳐주었다.

"그래요, 카를, 정말 멋진 공연이었어요. 정말 즐거웠어요." 시종이 전에 자기 이름이 카를이라고 말해주었기에 그녀는 그를 그렇게 불렀다.

"각하께서 그 말씀을 들으시면 매우 기뻐하실 것입니다." 그렇게 대답하는 그의 목소리는 리듬이 없고 무미건조한 일상적 어조였는데, 몇시간 동안 고상한 대사만 듣다가 그런 목소리를 듣자 샤를로테는 자신이 이 연극의 흠결을 들춰낸 주된 목적은 기분을 고양하고 눈물을 자아내는 낯선 분위기를 가라앉히기 위함이었다는 걸 깨달았다. 사람들은 예술의 세계에 몰입하면 쉽게 그런 분위기에 빠져드는 법이다. 사람들은 예술세계와 작별하기를 못내 서운해하는데, 아직도 객석에 선 채로 줄기차게 박수를 치는 사람들의 모습이 그걸 말해주고 있었다. 이들의 박수는 배우들에 대한 감사의 표시라기보다는 조금이라도 더 아름다움의 세계와 밀착해 있기 위한 수단이었던 셈이며, 그러다가 결국 포기하고 손을 떨구고는 순리대로 평범한 생활로 돌아가는 것이다. 샤를로테 역시 벌써 모자와 숄을 챙겨들고 있었지만 하인이 기다리는 동안 몇분 더 객석 난간 옆에 서서 반장갑을 낀 손으로 박수를 쳤다. 그러고서 그녀는 다시 정장용 모자를 쓰고 앞서가는 카를을 뒤따라 계단을 내려갔다. 어두운 실내에 있다가 밝은 데로 나오자 눈이 부셨지만 그녀는 반짝이는 눈으로 정면을 보지 않고 비스듬히 허공을 바라보았는데, 그런 모습은 비록 두개의 한계에 대해 시비를 걸긴 했지만 정말 연극이 얼마나 재미있었는지 보여주는 감동의 표시였다.

지붕을 씌운 란다우 마차에는 높다란 마부석 쪽에 두개의 등불이 매달려 있었는데, 자리에 앉아 목을 바깥으로 젖힌 장화를 비스듬한 발판에 올려놓고 있던 마부가 거수경례를 했다. 마차는 올 때와 마찬가지로 극장 정면 입구 쪽에 멈춰섰는데, 시종이 샤를로테가 마차에 타는 걸 도와주었고, 그녀의 무릎 위에 조심스레 모포를 얹어주었다. 그러고서 시종은 문을 닫고 나가 마부의 옆자리에 능숙하게 뛰어올라 앉았다. 딱 하는 채찍 소리와 함께 말들이 마차를 끌자 마차가 움직이기 시작했다.

마차의 내부 공간은 편하게 있을 만했는데, 멀리 보헤미아와 라인 강, 마인 강 지역까지 여행할 때 이용하는 마차였기에 그리 놀랄 일도 아니었다. 마차 내부에 씌운 감색 누비천은 우아하고 편안한 느낌을 주었고, 바람막이 유리 초롱 안에 든 촛불이 한쪽 구석에 놓여 있었으며, 심지어 필기구도 구비되어 있었는데, 샤를로테가 앉아 있는 문가 옆쪽에 메모지 묶음과 연필이 가죽 필통에 꽂혀 있었다.

샤를로테는 핸드백 위에 손을 포개 얹은 채 조용히 구석 자리에 앉아 있었다. 마차의 내부 공간과 마부석을 나누는 칸막이의 작은 창을 통해 등불이 어지럽게 어른거리는 불빛이 새들어왔고, 그 불빛 속에서 그녀는 문가의 한쪽 구석에 자리 잡기를 잘했다는 걸 알 아차렸는데, 극장 좌석에 앉아 있을 때와는 달리 마차 안에는 그녀 혼자가 아니었기 때문이다. 괴테가 옆에 앉아 있었던 것이다.

그녀는 놀라지 않았다. 사람들은 이런 일에는 놀라지 않는 법이 다. 그녀는 옆 사람이 잘 보이도록 좀더 구석으로 이동해서 가물거 리는 조명을 받는 상대방의 모습을 바라보며 가만히 동정을 살폈다.

괴테는 빳빳하게 세운 옷깃에 붉은색 안감을 덧대어 도드라져 보이는 품이 넓은 외투를 입고 있었고, 정장용 모자를 품에 안고 있었다. 유피테르처럼 기른 머리는 이번에는 파우더를 뿌리지 않 아서 거의 젊은이 같은 갈색이었지만 다소 성겼으며, 바위처럼 넓 은 이마 아래로 검은 눈을 크게 뜨고 장난기 어린 표정으로 그녀 쪽을 바라보고 있었다.

괴테가 말했다. "안녕하세요, 친애하는 부인." 괴테의 목소리는 일찍이 신부新婦 샤를로테에게 오시안과 클롭슈토크의 시를 낭송 해주었던 바로 그 목소리였다. "오늘 저녁에 함께 관람도 못했고 요즈음 줄곧 모습도 드러내지 않았기에 연극 관람 후에 바래다드 리는 것마저 포기할 수는 없었답니다."

"정말 자상하시네요, 괴테 각하." 샤를로테가 대답했다. "그런 결심과 저한테 베풀어주신 깜짝 선물에서, 이렇게 위대한 분과 저 처럼 보잘것없는 여자 사이에 감히 이런 말을 쓸 수 있다면, 서로 간의 마음의 조화가 느껴져서 무엇보다 기뻐요. 유익한 볼거리가 많았던 지난번 만남이 마지막 작별이 되고 그뒤로 다시 만날 기회 가 없었더라면 당신도 불만을, 슬플 정도로 불만을 느꼈을 거라는 사실을 비로소 알게 되었으니까요. 우리의 이야기가 그럭저럭 화 해의 결말을 맺을 수만 있다면 저는 오늘의 재회를 정말 기꺼이 영원히 마지막 만남으로 받아들일 용의가 있어요."

그러자 구석에서 괴테가 하는 말이 들려왔다. "이별은 기나긴 장章이었지만 재회는 짧은 소절에 불과하고, 그나마도 미완으로 남지요.[1]"

그러자 샤를로테가 말을 낮추며 응수했다. "무슨 말을 하려는 건지 모르겠어, 괴테. 내가 어떻게 새겨들어야 할지 모르겠어. 하지만 나는 놀라지 않을 거고, 당신도 놀랄 것 없어. 당신이 얼마 전에 저녁놀이 물든 마인 강변에서 함께 시를 읊었다는 그 어린 여성한테 나는 조금도 꿀리지 않아. 그 여성이 아주 쉽게 당신의 마음을 사로잡았고 당신의 노래에 화답도 했고 당신처럼 시도 잘 지었다고 당신의 불쌍한 아들이 얘기해주었지. 듣자 하니 그 여성은 원래 연극배우였고 감성이 풍부하다면서. 하지만 여자는 다 똑같아. 우리 여자들은 모두 그럴 상황이 되면 남자의 마음을 사로잡고 남자의 노래에 화답하지…… 재회는 짧은 소절에 불과하고, 그나마도 미완으로 남는다고? 하지만 익히 겪어봐서 알겠지만, 그런 식의 미완으로 남지는 않을 거야. 내가 완전히 허탕 친 기분으로 외로운 과부생활로 돌아가진 않을 거라고."

그러자 괴테 역시 말을 낮추며 말했다. "오랫동안 떨어져 지냈던 사랑하는 여동생을 품에 안았잖아? 그런데 어째서 이번 여행이 허탕이라는 거야?"

"아, 날 놀리지 마!" 샤를로테가 대꾸했다. "그러니까 여동생은 그저 이미 오래전부터 내 마음의 평온을 앗아간 어떤 욕구, 즉 당신의 도시로 여행하고 싶은 욕구를 풀기 위한 핑계로 삼았을 뿐이

---

1 『서동시집』에 수록된 시 「독본」의 한 구절.

야. 내 인생은 운명적으로 당신의 인생에 엮여들었는데, 그런 당신의 위대한 모습을 직접 보고 싶었고, 이 미완의 이야기에 매듭을 지어서 내 인생의 황혼을 평온하게 보내고 싶었다고. 어디 말해봐, 내가 찾아온 것이 그렇게도 부적절한가? 한심하고 멍청한 철부지 여학생 짓이었나?"

그러자 괴테가 대답했다. "그런 식으로 말하진 맙시다. 사람들의 호기심과 감상주의와 악의에 빌미를 제공한 것이 잘한 일이라고 할 수는 없지만. 그래도 당신 입장에서 보면 이번 여행의 동기를 충분히 이해할 수 있고, 내 입장에서도 당신의 출현이 적어도 더 깊은 뜻을 헤아려보면 부적절하지는 않아요. 오히려 잘한 일이고 재치 있는 선택이라 하고 싶어요. 예술과 인생에서 정신이 사태를 의미 있게 정리해주고 우리를 지탱해주는 길잡이 구실을 해준다면 말이지요. 그러면 우리는 일체의 감각적인 현상을 더 높은 차원의 관계가 다른 모습으로 나타난 거라고 인식하게 되지요. 의미 있는 인생의 통일성 안에서 보면 우연이란 존재하지 않아요. 내가 불과 얼마 전에야, 그러니까 올해 초에, 비로소 우리가 주인공으로 등장하는 베르터 소설을 다시 집어들고서 오래전 젊은 시절의 세계로 침잠하고 싶었던 것도 우연이 아니었어요. 다시 젊어지고 삶을 쇄신하는 시기로 제대로 진입했기 때문에 그랬던 것이지요. 이런 시기에는 당연히 정열을 정신으로 승화시킬 수 있는 높은 차원의 가능성들이 상존하지요. 그런데 현재가 과거의 젊음을 되살리는 식으로 재치 있게 모습을 드러낼 때는 의미 있게 솟아나는 현상들 속에 젊음을 되찾지 못한 과거가 덩달아 끼어들어서 빛바랜 암시를 슬쩍 내비치기도 하고, 시간에 얽매인 존재라는 걸 머리의 끄덕임으로 알려주어 감동을 자아내기도 하지요."

"그렇게 대놓고 흠을 보다니 성격이 못됐군, 괴테. 감동적이라고 말해도 아무 소용이 없어. 당신은 감동할 줄 모르는 사람이니까. 우리처럼 소박한 사람들이 감동을 받는 대목에서 당신은 냉정하게 문제를 흥미 위주로 끌고 가지. 당신이 나의 이 사소한 신체적 약점을 의식하고 있다는 건 나도 잘 알아. 하지만 전반적인 신체 건강은 아주 양호해서 이런 약점 정도는 아무것도 아니고, 어마어마하게 위대해진 당신의 인생에 내가 얽혀든 것에 비하면 시간에 얽매였다는 것과도 별 상관이 없다고. 내가 당신 인생에 얽혀든 건 나로서는 불안하면서도 흥분된다고 할 수밖에 없지. 그런데 당신이 내 옷차림의 빛바랜 암시까지도 알아차린 줄은 미처 몰랐어. 하긴 당신의 눈은 산만하게 아무 데나 보는 것 같지만 당연히 겉보기보다는 많은 걸 간파하니까, 그래서 결국 알아차렸겠지. 나도 당신이 알아차리라고 장난을 꾸민 거고, 그러면서 당신의 유머를 기대했지. 그런데 이제 알고 보니 당신은 그다지 유머가 없었어. 그런데 시간에 얽매였다는 문제로 다시 돌아가서 분명히 말해두고 싶은 것은, 각하, 당신도 나를 조롱할 이유가 별로 없다는 거야. 아무리 시적으로 삶을 쇄신하고 회춘해봤자 당신이 서 있는 자세나 걸음걸이는 너무 뻣뻣해서 정말 보기에 딱하고, 잔뜩 무게를 잡는 거동을 보니 신경통 연고라도 발라주고 싶어."

"제 말에 화가 났군요, 착한 부인." 괴테가 부드러운 베이스 톤으로 말했다. "그냥 지나가는 말이었어요. 하지만 바이마르에 오시길 잘했다는 맥락에서 그런 말을 했다는 걸 잊지 마세요. 부인께서도 과거의 기억을 되살려서 이렇게 찾아오신 것을 어째서 제가 잘한 일이고 의미심장한 선택이라고 했는지 설명하기 위해서였어요."

"참 이상하네." 샤를로테가 말을 가로막았다. "아직 결혼 발표는 하지 않았지만 예비 신랑 아우구스트가 들려준 바로는 당신은 부인한테 말을 놓았고 부인은 당신한테 존칭을 썼다고 하던데. 그런데 보아하니 지금 우리 사이는 거꾸로 돌아가고 있잖아."

그러자 괴테가 대답했다. "우리가 서로 말을 높이거나 낮추는 건 한때 당신의 시절이라 할 수 있는 베츨라어 시절에도 늘 오락가락했고, 어쨌든 그때그때 어느 쪽을 택하는가는 쌍방의 기분에 달려 있는 거겠지."

"좋아, 맞는 말이야. 그런데 '우리의 시절'이라 하지 않고 나의 시절이라고 했는데, 당신의 시절이기도 했잖아. 지금도 다시 당신의 시절이지. 충만한 정신으로 삶을 쇄신하고 다시 젊어졌으니까. 내 시절이야 고작 한번으로 끝났지만. 그러니까 당신이 나의 사소한 약점을 직설적으로 들춘다고 해서 내가 그다지 상처받을 일도 없어. 어떻든 유감스럽게도 나의 약점은 내 시절이 이미 한물갔다는 걸 말해주니까."

그러자 괴테가 대꾸했다. "이봐요, 당신이 살아온 세월의 모양새가 그렇다고 해서 힘들어하거나 그걸 언급한다고 해서 상처받을 건 없잖아요? 당신은 수백만의 사람들보다 더 행운을 누렸고, 운명의 섭리로 문학작품 속에 영원한 젊음으로 남았으니까요. 나의 작품은 덧없이 사라져가는 것을 그대로 간직하고 있어요."

"듣기 좋네. 그 점은 고맙게 받아들이지. 그 작품 때문에 나처럼 불쌍한 여자는 엄청난 부담을 떠안았고 몹시 흥분하기도 했지만. 그런데 당신은 아마도 점잖게 체면을 차리느라고 함구하는 게 있는데, 그럼 차라리 내가 덧붙여서 마저 말해주고 싶어. 그러니까 내가 살아온 세월의 모양새를 과거의 기념물로 장식해놓고서 그 기념물이 당신의 작품에 영원한 형상으로 남아 있다고 하는 건 실없는 말이야. 그 시절에 정열에 들뜬 젊은이들이 그랬듯이 당신도 그 때는 노란색 조끼와 바지에 파란색 연미복을 입고 다녔지. 어쨌거 나 지금은 그렇게 몰취미하진 않아서 검은색 고운 비단 연미복을 입고 있는데, 옷에 부착한 은제 별 장식이 너무 잘 어울려서 에흐 몬트가 자랑했던 금양모피훈장 같아. 그래, 에흐몬트!" 그녀는 한 숨을 내쉬었다. "에흐몬트와 민중의 딸.[2] 당신 자신의 젊은 시절 모 습도 작품 속에 영원히 간직하길 정말 잘했어, 괴테! 비록 다리가 뻣뻣한 각하의 몸으로 체념의 품위를 꼿꼿이 지키면서 아첨꾼들한 테 식사 감사 기도나 해주지만 말이야."

괴테는 잠시 뜸을 들이고는 감정이 실린 저음으로 대꾸했다. "내 가 세월의 흔적을 언급한 것은 얼핏 생각하면 거친 말 같지만 실은 애정을 담은 말인데, 당신이 다소 언짢아하는 것은 비단 내 말 때 문만이 아니라는 걸 잘 알겠어요. 당신의 분노, 혹은 분노로 표현된 고통은 존중할 만한 정당한 근거가 있어요. 내가 마차 안에서 당신 을 기다린 것은 그 고통의 분노를 내가 반드시 받아주어야 한다고 느꼈기 때문이고, 당신의 통분이 정당하고 존중받아 마땅하다고 인정해주고 진심으로 용서를 빌어서 가능하면 가라앉히고 싶어서 가 아닐까요?"

그러자 샤를로테가 소스라치게 놀라며 말했다. "맙소사! 각하께 서 어찌 그런 말씀을! 그런 말씀을 듣고자 했던 것은 아니에요. 딸 기 크림을 먹을 때 해주신 이야기를 들을 때처럼 너무 무안해서 몸 둘 바를 모르겠네요. 용서라니요! 당신을 만난 것은 저의 자랑이고 저의 행운인데, 그런 처지에 어찌 감히 용서라니요? 감히 제 친구

2 에흐몬트가 사랑한 연인을 가리킴.

인 당신과 견줄 만한 남자가 어디 있나요? 지금 세상이 당신을 존경하듯이 후세도 당신을 존경하고 기릴 거예요."

그러자 괴테가 대꾸했다. "당신이 아무리 겸손하고 설령 제 잘못이 아니라 하더라도, 용서를 간청하는데 한사코 마다하면 잔인해 보이지요. 용서할 게 없다는 말은 곧 일찍부터 운명적으로 죄 없이 죄를 짓는 꼬인 인생을 살아온 나 같은 사람과는 화해하지 않겠다는 뜻이니까요. 당신이 아무리 겸손해도 상대방이 용서를 청하면 굳이 마다하지 말아야죠. 상대방은 신뢰 어린 자신감이 지나쳐서 자만에 빠져 있다가 갑자기 올바른 질책의 말을 들으면 폐부를 찌르는 남모르는 마음의 고통과 들끓는 자괴감을 느끼는데, 그런 상대방을 용서하지 않으면 상대방의 처지를 외면하는 것이지요. 그런 사람이 느끼는 자괴감은 불에 달군 조개껍질처럼 뜨겁지요. 페르시아 지방에서는 석회 대신에 그렇게 불에 달군 조개껍질을 빻아서 건축 재료로 사용한다고 하더군요."

"나 혼자 생각에만 빠져서 세상 사람들이 그토록 의지하는 당신의 신뢰 어린 자신감을 순간적으로라도 훼손했다면 내가 끔찍한 잘못을 범한 거지. 하지만 내 생각에는 그렇게 이따금 달아오르는 자괴감은 누구보다 당신의 첫사랑한테 느껴야 해. 당신의 체념은 그 첫사랑에서 비롯되었고 그후로 계속 반복되었지. 당신이 이별할 때 말을 탄 채로 작별의 악수를 청했다는 그 민중의 딸 말이야.[3] 당신은 나와 헤어질 때는 그 여성과 헤어질 때보다 죄책감을 덜 느꼈다는 걸 당신 자서전에서 읽어서 알게 되었고, 그래서 마음이 좀 놓였어. 바덴의 언덕 아래 서 있던 그 불쌍한 여성! 솔직히 말하면

---

3 이 책의 298~301면 참조.

나는 그 여성한테 그다지 공감할 수 없어. 자신을 제대로 추스르지 못하고 완전히 삶의 의욕을 잃었으니까. 중요한 것은 단호하게 자기만의 목표를 추구하는 것인데, 설령 자신의 삶이 다른 무엇을 위한 수단이라 하더라도. 그 여성은 이제 바덴에 묻혀 있고, 반면에 다른 여성들은 자식도 많이 낳아서 키우고 이제 품위 있는 과부생활을 즐기고 있지. 내가 이렇게 다부지게 살았는데 까짓 머리가 좀 불안하게 끄덕이는 것쯤이야 아무것도 아니지. 사실 나도 대단한 성공을 거두었지. 당신의 불멸의 작품에 분명히 여주인공으로 등장했으니까. 눈동자가 검어서 약간 혼동할 소지가 있지만, 그래도 세부사항까지 의심할 나위 없고 논란의 여지가 없어. 중국인들이 다른 면에서는 아무리 생각이 다를지라도 심지어 중국인들도 유리잔에 베르터와 나란히 내 모습을 떨리는 손으로 그려넣었지. 다른 누구도 아닌 바로 나를. 나는 그렇다고 자부해. 어쩌면 이제 고인이 된 그 여성도 함께 투영되어 있을지 모르고, 그녀와의 사랑이 초석이 되었을 수도 있고, 그 여성이 먼저 당신의 마음을 열어서 베르터의 사랑을 지폈을 수도 있겠지만, 나는 그런 사정에는 개의치 않아. 그건 아무도 모르는 일이고, 사람들 눈에 들어오는 것은 나의 용모이고 나의 생활환경이니까. 내가 불안한 것은 단지 언젠가는 그런 사실이 밝혀지고, 그 여성이 전원 풍경 속에 있는 당신과 어울리는 본래의 짝이라는 걸 온 국민이 알게 되지 않을까 하는 거야. 마치 로라가 뻬뜨라르까의 연인이었듯이. 그렇게 되면 사람들이 나를 쓰러뜨리고 인류의 전당에 세워진 성상에서 나의 상을 치워버리지나 않을지 불안해. 이따금 그런 생각을 하면 불안해서 눈물이 나."

"질투하는 거야?" 괴테가 미소를 지으며 물었다. "로라는 만인의 정다운 입에서 울려나오는 이름일 뿐이잖아? 누구한테 질투하는 거야? 당신의 자매, 아니 당신의 자화상, 당신의 분신한테? 구름이 형성되면서 형태가 바뀐다 해도 결국 똑같은 구름이 아니던가? 신의 이름이 수백개지만 결국 오직 유일자를 가리키고, 신이 사랑하는 자식들, 그대들을 가리키잖아? 인생은 형태의 변화일 뿐이고, 수많은 존재들 속에서도 통일성이 유지되고, 변화 속에서도 지속되는 것이지. 그런즉 당신과 그 여성, 그대들 모두는 나의 사랑 안에서는 유일자야. 내가 사랑 때문에 죄를 지었더라도 그건 변함없어. 당신의 이번 여행은 이걸 확인하고 위안을 얻기 위함인가?"

"그렇지 않아, 괴테." 샤를로테가 말했다. "나는 가능성을 찾으러 온 거야. 실제 현실에 비하면 가능성이 불리한 위치에 있다는 건 너무 분명하지만, 그래도 '이제 만약 할 수만 있다면' 그리고 '이제 어찌 될까' 하는 가능성은 언제나 실제 현실과 나란히 세상에 존재하고 찾아볼 만한 가치가 있지. 당신도 당신이 처해 있는 현실의 품위 안에서 가능성을 발견하고 찾아보잖아? 현실은 체념의 산물이라는 걸 잘 알아. 또한 위축의 결과이기도 하지. 체념과 위축은 서로 밀접한 관계에 있으니까. 모든 현실적 성취는 다름 아닌 위축된 가능성이지. 분명히 말하지만 삶이 위축된다는 것은 끔찍한 일이고, 우리 같은 하찮은 사람들은 전력을 다해 그런 상태를 피하고 버텨야 하지. 설령 너무 긴장해서 머리가 떨리는 한이 있더라도. 그러지 않으면 금방 우리네 삶에서 남는 것은 바덴에 묻혀 있는 그 여성의 무덤 같은 것 말고는 아무것도 없게 되지. 그런데 당신의 인생은 뭔가 달랐고, 현실에 더하여 뭔가 더 보탤 게 있었지. 당신의 현실은 뭔가 다른 가능성을 찾았는데, 포기하고 신의를 저버리지 않고 온전한 충일과 최고의 충심을 보여주었지. 당신의 인생은 너무 특출해서 그 누구도 감히 당신의 인생 앞에서는 그 이상의 가능성을 넘볼 엄두가 나지 않아. 경의를 표해!"

"이봐, 당신은 내 인생에 너무 깊이 엮여 있어서 우스꽝스럽게 내 인생을 과대평가하고 있어."

"나는 적어도 그 정도는 주장하고 싶어. 당신과 더불어 이야기할 자격이 있고, 아무런 상관이 없는 대중들보다는 더 신뢰감을 갖고 당신의 인생을 예찬할 수 있으니까. 하지만 더 말할 게 있는데, 괴테, 미술관 같은 당신 집과 생활권에서 내가 경험한 당신의 현실이 썩 편치는 않았어. 솔직히 말하면 오히려 가슴 졸이고 불안한 느낌이 들었는데, 당신 주위에는 제물 냄새가 물씬 풍기기 때문이야. 내가 말하려는 건 향을 피우는 냄새가 아니야. 그런 거라면 차라리 괜찮지. 이피게니에도 스키타이족이 섬기는 디아나 여신을 위해 기꺼이 향을 피우지. 하지만 사람을 제물로 바치는 관습은 이피게니에가 개입해서 중단시키지. 그런데 유감스럽게도 당신 주위에는 사람을 제물로 바치는 냄새가 나서 거의 전쟁터를 방불케 하고, 사악한 황제의 제국에 들어선 느낌이야. 리머 같은 이들은 입이 부어서 투덜거리고, 그들의 남성적 명예심은 달콤한 끈끈이에 달라붙어 버둥거리는 파리 꼬락서니가 됐지. 불쌍한 당신 아들은 어린 나이에 샴페인을 열일곱잔이나 마셨고, 새해 초에 그이와 결혼하게 될 '귀여운 처자'는 불을 향해 달려드는 불나방처럼 당신 집의 위층으로 들어오겠지. 보마르셰의 가극에 나오는 버림받은 여자 신세가 된 여성들은 말할 것도 없고. 그이들은 나처럼 자제하지 못해서 결국 시름시름 앓다가 저세상으로 갔지. 이 모든 이들이 당신의 위대함을 위해 바쳐진 제물이 아니고 뭐야. 아, 제물을 바치는 것은 경이로운 일이지만, 제물이 된다는 것은 비참한 운명이지!"

그녀의 옆쪽에 외투를 입고 앉아 있는 괴테의 모습 위로 불빛이 불안하게 어른거렸다. 그가 말했다.

　"사랑하는 영혼이여, 이제 작별과 화해를 위해 속마음을 털어놓고 대답해주지. 당신은 제물에 관해 말했는데, 그건 신비로운 사건이어서 이 세계, 인생, 인격, 작품과 위대한 통일을 이루고 있고, 모든 것은 다만 형태만 바뀔 뿐이야. 사람들은 신들에게 제물을 바치지만, 결국 신이 제물이야. 당신은 내가 무엇보다 좋아하는 친숙한 비유를 들었는데, 불나방과 치명적인 유혹을 하는 불꽃의 비유는 일찍부터 내 마음을 사로잡았지. 당신 주장대로 불나방이 한사코 달려드는 불꽃이 곧 나라고 치면, 사물들이 형태를 바꾸면서 상호교류를 하는 이치를 따져보면 타오르는 촛불은 자신을 제물로 바쳐서 빛을 발하지. 그러니까 다시 내가 정신없이 불을 향해 달려드는 나방이 되는 거야. 이 비유는 고도의 정신적인 탈바꿈을 위해 생명과 몸을 제물로 바치는 모든 희생에 똑같이 해당되지. 사랑스럽고 천진난만한 당신한테 말하건대 처음부터 끝까지 내가 곧 제물이자 제물을 바치는 사람이야. 한때 당신을 향해 불탔고, 지금도 언제나 당신을 향해 불타서 정신과 빛을 발하는 거야. 분명히 말하지만 만물의 형태 변화는 당신 친구인 내가 가장 진심으로 사랑하는 것이고, 원대한 소망이자 가장 절실한 욕구야. 노년이 청년으로, 소년이 청년으로 탈바꿈하는 변화의 유희, 그렇게 변화하는 모습이 모름지기 인간 본연의 모습 그 자체야. 그런 변화를 통해 인생의 상이한 시기의 특징들이 번갈아 바뀌면서 노년에서 젊음이, 젊음에서 노년이 마법처럼 나타나는 것이지. 그래서 당신이 생각을 짜내어 젊은 시절의 표시로 치장을 하고서 노년의 모습으로 나에게 다가왔을 때 나는 그런 모습이 너무 사랑스럽고 친숙했고 아주 마음이 편했던 거라고. 사랑하는 이여, 사물은 제각기 분리되어 생겨났다가 서로 교환하고 뒤섞이면서 통일성을 유지하고, 마찬가지로 인생도 그런 식으로 자연스럽고도 인류에 합당한 모습을 드러내는 거야. 그래서 과거가 현재 속에서 형태를 달리하여 나타나고, 현재는 다시 과거를 되새기고 미래를 미리 내비치며, 그리하여 과거와 현재는 유령처럼 어른거리는 미래로 충만해지는 것이지. 과거를 되새기는 감정, 미래를 예감하는 감정, 그런 감정이 무엇보다 중요해. 우리 자신을 향해 눈을 뜨고, 세계의 통일성을 볼 수 있게 눈을 크게 떠보자고. 눈을 크게, 즐겁게, 지혜롭게 뜨는 거야. 당신은 내가 속죄하길 원하지? 잠깐만, 그녀가 회색 수의를 입고 말을 타고 다가오는 모습이 보여. 그럼 이제 다시 베르터와 타소의 시간이 도래하겠지, 자정 종이 울리면 금세 정오가 다가오듯이. 내가 무엇 때문에 괴로워했는지 말할 기회를 신께서 허락해주셨으니, 처음이자 마지막인 이 고백만 나에게 남을 거야. 이제 떠나면 영원한 이별이 되겠지. 감정이 처절한 사투를 치르고, 죽음보다 몇시간 앞질러가는 끔찍한 고통의 시간이 오겠지. 그 고통은 죽어가는 고통이지만, 아직 죽음 자체는 아니야. 불을 향한 최후의 비상, 죽음은 곧 만유와 일체가 되는 것이니 죽음 또한 형태의 변화일 뿐이지. 내가 사랑한 이들의 소중한 형상들이여, 이제 안식을 찾은 내 가슴속에서 편히 쉬기를. 언젠가 우리가 다시 깨어나면 그 얼마나 정겨운 순간이 다시 찾아올까."

예전부터 친숙하게 들어온 목소리가 잦아들었다. "당신의 노년에 평온이 함께하길!" 샤를로테가 속삭였다. 마차가 멈춰섰다. 마차의 불빛이 엘레판트 호텔의 현관 양쪽에서 타오르는 등불의 빛과 겹쳐서 비쳤다. 마거가 현관 등불 사이에 서서 뒷짐을 진 채 코를 쫑긋 세우고 안개가 끼고 별이 총총한 가을밤 공기를 살피다가 얇은 종업원 신발을 신고 보도로 달려와서 괴테의 시종보다 먼저 마차 문을 열어주었다. 물론 마거는 평소처럼 달려온 게 아니라 마치 달음질이 서투른 사람 같은 동작으로 품위 있게 경쾌한 걸음걸이로 다가왔다. 그는 손가락을 세련되게 모은 양손을 어깨 쪽으로 들어올려 깍듯이 예를 갖추어 인사를 했다.

"궁정고문관 부인, 어서 오십시오! 우리 바이마르 예술의 전당에서 감동적인 저녁시간을 보내셨으리라 믿습니다! 안전하게 내리시도록 제 팔을 잡으시겠습니까? 맙소사, 궁정고문관 부인, 베르터의 로테께서 괴테의 마차에서 내리시는 걸 제가 도와드리다니요, 정말 굉장한 체험이라 하지 않을 수 없습니다. 뭐라고 표현해야 할까요? 기록으로 남겨둘 만한 사건입니다."

토마스 만, 망명지에서
괴테 신화를 다시 쓰다

괴테라는 신화

토마스 만(1875~1955)의 소설 『로테, 바이마르에 오다』(*Lotte in Weimar*)는 2차 세계대전이 발발한 직후인 1939년 말 스웨덴의 스톡홀름에서 처음 출판되었다. 당시 토마스 만은 히틀러 치하의 독일을 떠나 미국에 망명해 있었다. 망명지 미국에서 토마스 만은 히틀러 정권을 강도 높게 비판했기 때문에 당연히 독일에서는 작품을 출간할 수 없었다. 그래서 대서양을 건너 이 소설의 원고를 넘겨받은 피셔 출판사는 궁여지책으로 네덜란드에서 조판을 했다. 하지만 네덜란드 역시 독일의 침공이 임박한 위급한 상황이었기 때문에 — 바로 이듬해 4월에 독일은 네덜란드를 점령했다 — 결국 스웨덴에서 작품을 출간하게 되었다. 이로써 망명지에서 탈고한 원고가 대서양과 북해를 건너 망명에 망명을 거듭한 끝에 세상의 빛을 보게 되었다.

이 소설은 『요셉과 그의 형제들』(1943), 『파우스트 박사』(1947)와 더불어 토마스 만이 망명 시절에 집필한 대표작의 하나로 꼽힌다. 토마스 만의 망명 시절 작품들은 히틀러 정권에 맞서 싸우는 치열한 고투의 산물이라는 공통점을 갖고 있다. 일찍이 괴테 당대에 프랑스의 여성 문필가 스탈 부인(1766~1817)은 독일을 가리켜 '시인과 사상가의 나라'라고 칭송했는데, 그녀가 염두에 두었던 시인과 사상가의 대표자는 다름 아닌 괴테와 칸트였다. 이로써 괴테는 독일인들에게 문화민족이라는 자긍심을 심어주는 정신적 지주로 자리매김이 되었다. 단적인 예로, 1차 세계대전이 끝나고 새로 출범한 독일의 국호를 '바이마르 공화국'이라 일컬은 것도 그런 이유에서다. 독일이 전범국가의 오명을 씻고자 독일 역사상 최초로 '민주주의 공화국'을 표방하면서, 괴테의 활동무대였던 바이마르를 새로운 국가 건립을 담보할 역사적 상징으로 불러냈던 것이다.

그렇지만 어떤 역사적 인물이 한 나라와 민족의 집단적 정체성을 보증할 정도로 막강한 상징적 권능을 가질 때 그런 인물은 흔히 신비화되고, 신화화를 수반하기 십상이다. 다시 말해 현재의 시대정신이나 시류에 편승하여 과거의 역사적 인물을 가공하고 재창조하는 상징조작이 일어나는 것이다. 괴테 역시 예외는 아니다. 이미 언급한 대로 바이마르 공화국은 괴테의 심원한 휴머니즘과 세계시민정신을 새로운 국가 건설의 기치로 삼았다. 그런가 하면 히틀러 세력이 결정적으로 득세하기 시작한 바이마르 공화국 말기에 이르러서는 정반대의 역전현상이 벌어졌다. 1932년 괴테 서거 100주년을 기리는 기념행사 당시 독일 괴테학회장 율리우스 페테르젠 교수는 괴테 서거일(3월 22일)이 부활절 직전의 성주간(聖週間)과 일치한다는 점을 들어서 괴테정신의 계승을 예수 그리스도의 복음정신을 계승하는 숭고한 과업에 견주었다. 하지만 예수 그리스도를 끌어들인 것도 불순한 목적에서 비롯된 것이었다. 독일민족이 이 세상을 '구제'(즉 제패)해야 한다는 패권주의를 그리스도의 이름으로 포장했던 것이다. 이로써 괴테는 독일민족의 운명을 이끌어줄 '지도자'상으로 '리메이크'되었다. 히틀러가 곧 민족의 '지도자'를 자임하던 당시 상황에서 히틀러의 이미지를 괴테에 덧씌우는 기막힌 사태가 벌어진 것이다.

보편적 인간애를 추구하는 세계시민 괴테와, 세계를 제패하려는 게르만족의 '지도자' 괴테 ─ 어느 쪽이 과연 진짜 괴테인가? 한세기 만에 '신화'가 된 괴테에 대한 현재적 해석에서 이것은 피할 수 없는 물음이다. 토마스 만이 그 자신을 망명지로 몰아낸 히틀러 치하 독일의 야만적 만행을 지켜보면서 괴테 신화를 허물고 괴테에 관한 그 나름의 새로운 해석을 소설로 썼던 것은 바로 그러한 물음에 대한 응답이라 할 수 있다. 독일이 1차 세계대전을 일으킨 지 불과 25년 만에 다시 세계대전을 일으킨 광기와 야만이 지배하는 상황에서 독일의 정신문화를 상징하는 괴테를 어떻게 기억하고 계승해야 할 것인가. 이 절박한 문제의식이 이 소설을 탄생시킨 것이다. 일찍부터 토마스 만은 괴테를 자신의 문학적 사표이자 '넘어설 수 없는 모범'으로 여겨왔다. 따라서 괴테에 관한 소설을 쓴다는 것은 곧 토마스 만 자신의 작가적 정체성에 대한 자기성찰의 의미도 지닌다.

『로테, 바이마르에 오다』는 이러한 비중에도 불구하고 지금까지 한국에서 번역된 적이 없는데, 이 작품의 번역이 그리 쉽지 않다는 방증이라 하겠다. 번역이 어려운 주된 이유는 괴테의 삶과 문학에서 중요한 장면들을 토마스 만 특유의 몽타주 기법으로 소설의 곳곳에 촘촘하게 엮어넣었기 때문이다. 그렇게 직조한 흔적이 간혹 드러나는 경우도 있지만, 대개는 토마스 만 나름의 해석이 가미되면서 괴테의 발언이나 원(原)텍스트가 작품의 유기적인 부분으로 녹아들어 새로운 맥락을 형성하기 때문에 면밀한 독서와 해석이 요구된다. 그리고 이 소설은 괴테의 삶과 문학을 핵심주제로 다루고 있지만, 단순히 괴테 평전이나 전기도 아니고 여느 역사소설과도 구별되는 미묘한 경계에 위치해 있다. 또한 '지어낸 이야기'인 '소설'에서 흔히 기대할 법한 특별한 사건이나 기상천외의 반전도 없다. 이야기 서술이 거의 대부분 작중인물들 사이의 '대화'로 이루어져 있지만, 일상적인 대화는 드물고 인간 괴테와 그의 문학에 관한 지적 언술이 대부분을 차지한다. 요컨대 대화체의 에세이 성격이 강하다.

여기서는 작품의 이러한 특성들을 감안하여 독자의 이해를 돕기 위해 토마스 만이 착안했던 괴테 생애의 전기적 사실과 작품의 개요, 토마스 만이 새롭게 해석한 괴테상(像)과 괴테의 인간적 면모, 특히 청년기부터 노년기에 이르기까지 숱한 여성들을 사랑했던 괴테의 사랑과 여성관, 그리고 상호텍스트성(Intertextuality)과 주도동기(Leitmotiv) 등 서술기법상의 중요한 특징들을 살펴보기로 하겠다.

전기적 배경

이 소설의 표제가 가리키는 인물 '로테'는 괴테의 청년기 출세작이라 할 수 있는 『젊은 베르터의 고뇌』(1774)에서 여주인공으로 등장하는 바로 그 여성이다. 알다시피 『젊은 베르터의 고뇌』는 괴테 자신이 겪은 비운의 사랑을 소설화한 것이다(졸역 『젊은 베르터의 고뇌』, 창비 2012, 작품해설 참조). 괴테는 대학 졸업 후 베츨라어에서 독일제국법원 소속 법관 시보로 근무하던 당시 이미 약혼자가 있는 샤를로테 부프('로테'는 샤를로테의 애칭)를 사랑했으나, 괴테의 직장 동료이자 절친한 친구였던 케스트너(1741~1800)와 로테가 결혼한 이후 실연의 상처를 안고 고향 프랑크푸르트로 돌아왔다. 로테는 케스트너와 결혼하여 슬하에 아홉명의 자녀를 두었고, 남편 케스트너는 하노버 공국의 궁정고문관으로 봉직하였다.

『로테, 바이마르에 오다』는 1816년 9월 하순에 63세의 노부인 로테가 바이마르를 방문하여 67세의 노인 괴테와 재회한 실화에 바탕을 두고 있다. 실제로 로테가 바이마르에 도착한 것은 1816년 9월 22일이고, 그로부터 사흘 후에 괴테의 점심 초대를 받아 두 사람이 재회했다. 원래 로테가 바이마르를 방문한 일차적 명분은 여동생이 바이마르 궁정에 재직하고 있는 리델과 결혼해서 살고 있어서 오랜 세월 동안 떨어져 지낸 여동생을 만나러 온 것이었다. 그래서 이날 점심 자리에는 리델 부부와 그 자녀들, 로테가 함께 데려온 막내딸 클라라, 그리고 괴테의 아들 아우구스트가 동석하였다. 그사이에 로테는 남편을 여읜 이후 16년째 홀몸으로 지내왔다. 다른 한편 로테가 바이마르를 방문하기 세달 전에 괴테의 부인 불피우스는 병으로 세상을 떠났다. 청년기의 괴테가 로테와 작별한 것이 1772년이었으니 그사이에 44년의 세월이 흘렀고, 그 기나긴 세월 동안 두 사람은 한번도 만난 적이 없다. 그러니『젊은 베르터의 고뇌』에서 묘사된 청년 괴테의 열렬한 사랑을 기억하는 독자들에겐 44년 만에 이루어진 두 사람의 재회가 극적인 사건으로 초미의 관심을 끌었을 법하다. 소설 초입에서 로테가 투숙한 호텔 앞에 바이마르 시민들이 구름처럼 모여든 것으로 묘사되는 것도 일반 대중의 뜨거운 관심을 말해준다.

그렇지만 괴테와 로테의 재회에 관해 기록으로 남아 있는 문헌을 살펴보면 그런 기대치와는 사뭇 어긋난다. 괴테가 남긴 기록은 1816년 9월 25일 자 일기에 "리델 가족, 케스트너 부인과 함께 점심 식사"라고 적은 메모가 전부이다. 또다른 기록으로 로테와 딸 클라라가 남긴 편지가 있는데, 그 편지의 내용을 보면 괴테가 남긴 썰렁한 메모의 내막을 짐작할 수 있다. 다음은 로테가 큰아들에게 보낸 편지에서 괴테와의 재회를 언급한 대목인데, 작품에도 그대로 인용되어 있다.

그 위대한 사람을 다시 만난 일에 대해서는 너한테도 아직 아무 말도 전하지 못했구나. 사실은 많은 얘기를 할 것도 없단다. 만약 그 사람이 괴테라는 걸 내가 몰랐더라면, 아니 괴테라는 걸 뻔히 아는데도 결코 나한테 편안한 인상을 주지 않은 어떤 노인네를 새로 알게 되었다는 정도밖에 할 말이 없구나. 너도 알다시피 나는 이번의 재회 또는 새로운 만남에 별로 기대를 걸지 않았고, 그래서 전혀 스스럼없이 대했단다. 그 사람도 태도가 뻣뻣하긴 했지만 그래도 나한테 상냥하게 대해주려고 무척 애쓰더구나. 그 사람은 너와 테오도어를 만났던 추억에도 관심을 보였단다…… 너의 엄마 샤를로테 케스트너.(518~19면)

마치 생면부지의 노인네를 만나 함께 식사를 한 것처럼 마음이 편치 않았다는 것이다. 상처받은 자존심의 토로라 할 수밖에 없다. 그럼에도 이 만남에 그다지 기대를 걸지 않았고 스스럼없이 대했다는 말은 장년의 아들에게 노모의 체통을 구기는 그런 속내를 들키고 싶지 않은 심정의 완곡한 표현일 것이다. 괴테의 태도가 뻣뻣하긴 했지만 상냥하게 대해주려고 애썼다는 말도 괴테가 의례적인 태도로 대해서 미안해했다는 정도로 들린다. 로테의 딸 클라라가 남긴 편지에는 더 직설적인 반응이 나온다. "괴테의 가슴에서 감동이라곤 찾아볼 수 없었다"라거나 "괴테가 하는 말들은 너무 진부하고 피상적이었다"라는 것이다. 심지어 클라라는 식사 자리에서 괴테의 뻣뻣한 태도를 꼬집어서 말했고, 그래서 이모부 리델이 괴테한테 클라라의 무례한 언사에 대해 용서를 구하기까지 했다고 한다. 짐작건대 수십년 동안 바이마르 궁정에서 정치에 관여했던 괴테 역시 여느 궁정귀족들과 마찬가지로 의례적인 접견 태도가 몸에 배었고, 괴테의 수하에 있던 리델로서는 클라라의 무례한 언사에 입장이 난처했을 것이다.

이처럼 로테와 괴테의 재회 현장에 있었던 당사자들이 남긴 기록만 놓고 보면 토마스 만이 과연 무슨 근거에서 로테를 표제 인물로 앞세우고 괴테와의 재회를 소재로 삼아 괴테의 생애와 문학을 새롭게 조명하려는 야심 찬 구상을 했는지 얼른 납득하기 어렵다. 하지만 정작 당사자들에겐 아무런 감흥도 불러일으키지 못한 로테와 괴테의 재회를 이야기의 씨줄로 삼아서 괴테의 인간상과 문학세계를 한편의 소설로 엮어낸 솜씨야말로 토마스 만의 장인적인 면모를 보여준다.

작품의 구성과 개요

이 소설은 모두 아홉개의 장(章)으로 구성되어 있다. 노부인 로테가 바이마르에 도착하는 장면에서 이야기가 시작되고, 같은 날 여러 내방객을 차례로 만나서 대화를 나누는 장면들이 6장까지 이어진다. 7장에서는 괴테가 처음 등장하는데, 이른 아침 선잠에서 깨어나 비몽사몽간에 중얼거리는 긴 독백이 이어진 후에 비서들과 함께 하루 일과를 시작하는 일상의 단면이 제시되어 있다. 8장은 괴테가 로테 일행과 가까운 지인들을 집으로 초대하여 함께 점심식사를 하는 장면에 모두 할애되어 있다. 마지막 9장에서는 로테가 바이마르 극장의 괴테 전용석에서 혼자 연극을 관람하고, 다시 호텔로 돌아오는 마차 안에는 뜻밖에도 괴테가 기다리고 있다. 두 사람은 점심 초대 자리에서는 나누지 못한 곡진한 대화를 나눈다. 하지만 실제로 괴테가 마차에 타고 있었던 것은 아니고, 로테가 괴테의 '환영'과 얘기를 나누었다는 것이 대화가 끝난 후에야 밝혀진다. 소설의 마지막 장면은 첫 장면과 마찬가지로 로테가 호텔 앞에서 마차에서 내리는 것으로 끝난다. 1~6장은 미국으로 망명하기 전 경유지였던 스위스에서 집필했고, 7~9장은 미국 캘리포니아 프린스턴에서 탈고하였다. 좀더 구체적인 이해를 위해 각 장의 주요 내용을 개괄해보기로 하겠다.

1장: 1816년 9월 22일 이른 아침 샤를로테 케스트너가 29세의 딸 클라라, 하녀와 함께 바이마르에 도착하여 엘레판트 호텔에 여장을 푼다. 수석 웨이터 마거는 숙박부에 기재한 이름을 보고 로테를 알아보고는 감격해 마지않는다. 딸과 하녀

는 로테의 도착을 알리기 위해 리델 댁으로 먼저 가고, 로테
는 괴테에게 도착을 알리는 쪽지편지를 보낸다.

2장: 로테는 잠시 휴식을 취하기 위해 선잠이 든 상태에서 40여
년 전 청년 괴테와 만나던 시절을 회상한다. 그 시절을 떠올
리면서 '마치 불장난을 앞둔 여학생처럼 가슴이 두근거리
는' 노부인의 심경이 아름답게 묘사되어 있다. 이 회상의 장
면은 3인칭으로 서술되어 있지만 마치 작중인물의 독백처
럼 묘사되어 직접화법의 효과를 내며, 그런 점에서 이른바
'체험화법'(Erlebte Rede)에 해당된다. 로즈 커즐이라는 영국
여성이 불쑥 찾아와서 로테의 초상화를 그려준다.

3장: 이어서 괴테의 비서 리머 박사가 찾아와 접견을 요청한
다. 리머는 고전학 전공자로 대학 강사로 있다가, 로마에
공사로 파견되어 있던 훔볼트 댁의 가정교사를 지냈으며,
1803년부터 괴테의 비서로 와 있다. 그는 괴테를 열렬히 숭
배하면서도 괴테의 '조수'로 자신의 재능을 허비하고 있다
는 열패감, 그리고 자신의 지식을 착취하는 괴테에 대한 원
망이 뒤섞인 착잡한 감정을 토로한다. 이로써 괴테의 최측
근 인물이 인간 괴테를 바라보는 다양한 시각이 제시된다.
아울러 리머는 44년 동안이나 로테를 찾아보지 않은 괴테
의 '무관심'을 타박하면서 로테에게 동병상련의 정을 느낀
다. 다른 한편 로테가 바이마르에 왔다는 소식에 바이마르
시민들이 호텔 앞에 운집해서 로테를 질겁하게 만든다.

4장: 로테는 더 늦기 전에 여동생의 집으로 가려고 서두르지만
마거가 또다른 내방객의 접견 요청을 알려오는데, 철학자
쇼펜하우어의 여동생 아델레 쇼펜하우어 양이다. 아델레는

어머니의 쌀롱에 출입했던 괴테의 다양한 인간적 면모를 들려준다. 괴테는 그녀에게 아버지처럼 자상하게 대해주기도 하지만, 좌중에게 폭군처럼 굴기도 하는 변덕스러운 성품의 소유자로 묘사되고 있다. 4장 끝 무렵에 아델레는 로테를 찾아온 절박한 용건을 밝힌다. 절친한 여자 친구 오틸리에가 괴테를 숭배한 나머지 괴테의 아들 아우구스트와 결혼하려고 하는데, 모든 면에서 단연 출중한 오틸리에가 지지리 못난 아우구스트와 결혼하는 것을 제발 막아달라고 로테에게 하소연하고, 5장에서 그 사연을 소상히 들려준다.

5장: '아델레의 이야기'라는 부제가 붙어 있는 5장은 소설 속에 삽입된 독립된 이야기로 액자소설의 형식을 취하고 있다. 오틸리에는 프로이센 출신으로 독불전쟁에서 프로이센과 독일 연합군을 지지하는 확고한 정치적 소신을 갖고 있으며, 그런 점에서 나뽈레옹 숭배자로 알려진 괴테의 정견과 정면으로 충돌한다. 그럼에도 오틸리에는 괴테에 대한 흠모가 지나쳐서 '괴테의 판박이'에 불과한 아우구스트를 '청년 괴테'라 착각하고 아우구스트와 결혼하려 한다는 것이다. 아우구스트는 괴테의 개입으로 독불전쟁 출정을 면제받았고, 그로 인해 바이마르 사회에서 놀림감이 된다. 게다가 괴테가 정식 결혼을 하지 않고 동거했던 불피우스와의 사이에 태어난 '혼외자식'이라고 손가락질을 당한다. 이로 인해 아우구스트는 주색잡기에 빠져 방종한 생활을 하지만, 그럼에도 오틸리에는 자기가 '아우구스트한테 썬 마성(魔性)을 몰아낼 구원의 여성이라는 사명감'에서 그와 결혼하려 한다는 것이다. 아델레는 로테에게 부디 오틸리에를 '딸'처럼 여겨 '어머니'의 입장에서 이 '불길한' 결혼을 막아달라고 간청한다.

6장: 괴테의 아들 아우구스트(1789~1830)가 찾아와서 아버지 괴테의 근황을 들려주고, 사흘 후 괴테가 로테 일행을 점심식사에 초대한다는 소식을 전한다. 로테는 아우구스트에게 오틸리에와의 결혼 계획에 대하여 정말 서로 사랑하는지 진지하게 생각해보라고 충고하지만, 마지막에는 결혼을 축복해주고 아우구스트를 '아들'이라 부른다. 로테의 그런 태도에서 깊은 모성애가 돋보인다. 실제로 로테는 결혼 전에 어머니를 여의고 아홉명이나 되는 어린 동생들을 키운 소녀 가장이었고, 결혼 후에는 아홉명의 자녀를 모두 반듯하게 키운 훌륭한 어머니이다.

7장: 이른 아침 잠에서 깨어나는 괴테의 독백이 길게 이어지는데, 2장에서 로테가 선잠을 자는 상태에서 젊은 시절을 회상하는 장면과 연결된다. 인물의 내면이 화자의 개입 없이 독백체로 서술되는 '내적 독백'(Innerer Monolog)의 형식으로, 영미권 소설에서 '의식의 흐름'이라 일컫는 서술기법과 유사하다. 토마스 만이 가장 고심한 부분으로, 괴테의 내면세계에 몰입하여 '이루 형언할 수 없는 신비로운 합일'을 경험했다고 토로한 바 있다. 후반부에서는 비서, 시종, 아들, 이발사가 차례로 등장하여 하루 일과가 시작되는 모습을 묘사하고 있다. 7장 마지막 무렵에 괴테는 로테 일행을 점심식사에 초대할 계획을 밝히고, 아들 아우구스트에게 로테를 직접 찾아가서 초대 소식을 전해주라고 말한다. 따라서 6장에서 아우구스트가 로테를 찾아온 것은 시간적으로

7장의 이야기보다 나중의 일이다. 시간적 선후관계를 뒤바꾸어놓았지만, 로테가 괴테의 아들 아우구스트를 먼저 대면하면서 44년 전 젊은 시절의 괴테를 다시 떠올리며 옛사랑의 추억을 생생한 현재로 불러오는 맞춤한 구성이다.

8장: 괴테가 로테 일행과 측근 인사들을 초대하여 점심식사를 하는 장면이다. 괴테가 발언을 독점하고 좌중은 시종일관 맞장구를 치며 아부하는 모습을 보여준다. 게다가 괴테는 로테와 개인적인 이야기를 나눌 기회를 전혀 주지 않아서 로테는 크게 실망한다. 마지막에 가서야 괴테는 젊은 시절 로테와의 추억을 암시하는 에피소드를 얘기해주어서 로테는 얼굴을 붉힌다. 또 일찍이 로테가 괴테와 작별한 후 선물로 보내주었던 씰루엣 그림을 아직도 보관하고 있다고 보여주어서 로테의 마음이 다소 풀린다.

9장: 로테는 괴테의 배려로 그의 마차를 타고 가서 괴테 전용석에서 연극을 관람한다. 이미 언급한 대로 돌아오는 마차 안에서 로테는 괴테의 '환영'과 대화를 나누고 마침내 화해의 작별을 하기에 이른다. 로테가 괴테의 '환영'과 대화를 나누는 장면은 실제 사실에 대한 작가의 '창조적 오해'가 빚어낸 명장면이다. 이 소설을 집필하기 위해 당시까지 괴테에 관한 기록으로 전해오는 거의 모든 자료들을 섭렵했던 토마스 만은 소설을 탈고할 때까지 로테가 바이마르를 방문했던 당시 괴테를 점심 초대 자리에서 딱 한번만 만났다고 잘못 알고 있었다. 하지만 괴테는 점심 초대 이후로도 로테의 연극 관람에 여러차례 동행했으며, 괴테의 친구가 로테를 초대한 모임에도 합석한 것으로 알려져 있다. 이런 사실을 몰랐던 작가는 실제 만남을 대체하는 허구로 괴테의 '환영'을 등장시킴으로써 오히려 작품의 대미를 아름답게 마무리할 수 있었던 것이다.

괴테 신화 허물기

2장에서 로즈 커즐이라는 젊은 영국 여성이 예고 없이 들이닥쳐서 로테의 초상화를 그리는 에피소드는 괴테 신화가 만들어지는 하나의 단면을 보여준다. 자신을 '여행화가'라고 소개하는 커즐 양은 유럽 전역을 여행하면서 유명 인물들을 직접 만나 초상화를 그리고 당사자의 서명을 받아내는 유별난 취미를 갖고 있다. 그녀는 빈 회의에 참석한 유럽 각국의 정상들과 러시아 황제의 초상화도 그렸고, 심지어 쎄인트헬레나 섬으로 유배되는 선상(船上)에서 나뽈레옹의 초상화를 그리고 서명도 받아냈다고 자랑한다. 요컨대 괴테 당대의 유럽 정치를 쥐락펴락하는 저명인사들이 커즐 양의 화첩에 '수집'되고 '기록'되는 것이다. 이 여성은 정치인들뿐 아니라 칸트 등 저명한 사상가의 초상화도 그렸고, 바이마르에 온 주목적도 괴테의 초상화를 그리기 위해서이다. 당대의 이름난 정치인이나 사상가와 마찬가지로 괴테 역시 그의 유명세로 인해 대중적 호기심을 자극하는 인물군에 편입되는 것이다. 이 여성의 난데없는 등장은 바이마르가 괴테 생시에 이미 '시성(詩聖) 괴테'의 활동무대로 이름나서 외국 방문객들이 들끓었다는 실제 역사적 사실의 단면이다. 그리고 대문호 괴테에 대한 대중적 관심이 자극적 저널리즘으로 비화되어 괴테 신화가 만들어지는 과정의 일단을 보여준다.

커즐 양이 나뽈레옹의 초상화를 그렸다는 일화는 다시 그런 신화가 허물어지는 과정도 보여준다. 나뽈레옹이 유배되는 배의 갑판에서 연행되는 모습이 "마치 요지경에 비친 모습처럼 위에서 아래로 납작하게 짓눌린 채 우스꽝스럽게 질질 끌려가고 있었다"라고(52면) 커즐 양은 전한다. 그처럼 나뽈레옹의 희화된 모습은 괴테가 "나뽈레옹을 유피테르에 견주어 세계를 평정하는 수장"이라(203면) 여겼다는 아델레의 말과 대비되어 나뽈레옹의 영웅적 이미지를 허물어뜨리며, 또한 괴테의 나뽈레옹 숭배에 의구심을 품게 한다. 실제로 작품에서 괴테와 나뽈레옹의 관계에 관한 에피소드들은 나뽈레옹 숭배라는 하나의 상으로 고정되지 않고 미묘한 틈새를 드러낸다. 괴테가 독일 연합군의 일원인 오스트리아의 장성을 접견하는 자리에 나뽈레옹이 수여한 훈장을 버젓이 달고 나와서 욕을 먹었다는 이야기는 시대착오적인 나뽈레옹 숭배의 일단을 드러낸다. 그런가 하면 나뽈레옹이 괴테를 접견했을 때 괴테를 가리켜 "여기에 한 인간이 있다"라고(351면) 했다는 유명한 발언을 괴테 자신은 나뽈레옹이 자기를 전인적 인간으로 존중했다는 뜻으로 해석한다. 아델레의 말을 빌리면 두 사람 사이에는 "인격 대 인격의 관계"가(203면) 형성되었다는 것이다. 그리고 쎄인트헬레나 섬으로 유배된 나뽈레옹을 괴테가 '바위섬에 결박당한 프로메테우스'에 견주면서도, 나뽈레옹을 접견하던 당시 그에게서 풍긴 진한 향수 냄새를 떠올리며 유배지에서도 향수가 떨어지지 말았으면 하고 농담을 하는 장면도 나온다. 괴테가 나뽈레옹 숭배자로 낙인찍혀 구설수에 오르면서도 그런 농담을 할 줄 아는 유머에서 토마스 만은 괴테의 소탈한 인간미를 보려고 했을 것이다.

이미 언급한 대로 커즐 양이 다녀간 이후 로테를 찾아온 리머,

아델레, 아우구스트의 시각을 통해 인간 괴테의 다양한 면모가 소개된다. 하지만 이들은 각자의 관점에서 괴테를 관찰하고 있기 때문에 이들이 묘사하는 괴테상은 부분적이고 제한적일 수밖에 없다. 괴테가 직접 등장하는 7장과 8장에서는 정치인 괴테의 모습과 그의 시국관이 분명히 드러난다. 당시 예나 대학에 재직하던 오켄 교수가 바이마르의 아우구스트 대공이 후궁을 들여 자녀를 낳자 중혼(重婚)의 부당함을 비판하는 글을 잡지에 게재했다. 그러자 괴테는 대공의 어명을 받들어 이 사건에 대한 소견서를 작성하는데, 실화에 바탕을 둔 이 일화가 작품에는 비교적 소상히 묘사되어 있다. 당시 바이마르 궁정과 검찰에서는 오켄 교수를 '반역 모의' 죄목으로 기소해야 한다는 견해가 우세했지만, 괴테는 오켄 교수가 공적인 매체에 공공연히 자기 소신을 발표했으니 비밀리에 반역을 '모의'했다는 것은 법리상 어불성설이라고 일축한다. 그뿐 아니라 오켄 교수가 워낙 명석하기 때문에 그를 기소하여 법정공방을 벌이면 오히려 오켄이 이길 수도 있다고 법적 제재 자체에 반대한다. 그리고 오켄에게 위협을 가하는 그 어떤 조치도 마치 "얼룩무늬 표범한테 얼룩무늬를 지우지 않으면 벌주겠다고 하는 것과 진배없"는(367면) 허튼짓이라고 반박한다. 결국 괴테가 제안하는 것은 인쇄업자를 압박하여 다시는 이런 글을 인쇄하지 못하게 막아야 한다는 것이다. 일종의 검열 조치를 해결책으로 내놓는 데서 궁정에 몸담은 괴테의 보수주의적 면모가 드러나긴 하지만, 법리에 어긋나고 사리에 맞지 않는 궁정의 견해들을 하나씩 논박하는 괴테의 논변은 매우 사려 깊고 합리적인 정치인의 모습을 여실히 보여준다. 또 비서 중 한 사람이 한때 프랑스 혁명을 열렬히 옹호하던 급진주의자에서 전향하여 프로이센의 검열 당국에서 일하고 싶다고 추천서를 부탁하자 괴테는 즉석에서 추천서를 써주긴 하지만, 이런 자는 과거의 정치적 동지들을 누구보다 가혹하게 다룰 거라고 패씸해하면서 오전 내내 분을 삭이지 못하는 장면도 나온다. 이런 괴테의 모습에서 단지 머릿속에 들어 있는 정치적 신념이 중요한 게 아니라 그 신념이 얼마나 인간적 양심과 합치되는가를 중시했다는 것도 알 수 있다.

괴테의 시국관에서 가장 중요하게 부각되는 것은 독일 민족주의에 대한 일관된 비판적 입장이다. 여기에는 특히 히틀러 치하의 독일 상황에 대한 토마스 만 자신의 비판적 시각이 강하게 투영되어 있다. 독일인들이 "그들의 가장 저급한 본능을 부추기고, 악덕을 강화하고, 고립되고 거친 민족성을 설파하는 미친 악당한테는 무조건 믿고 복종하지"라고(397면) 개탄하는 대목은 히틀러를 민족의 지도자로 받들며 맹종하는 집단적 광기를 겨냥한 것이라 할 수 있다. 이에 맞서서 괴테는 자신이 진정한 독일정신의 대표자임을 역설한다.

나는 내 방식대로 독일정신을 추구하는 거야. 그들은 나한테 속물근성 어쩌고 하지만, 바로 그들 자신의 악의적인 속물근성과 함께 그들을 악마가 데려가라지. 자기네들이 독일이라고 우기지만, 내가 곧 독일이야. 그들의 독일은 송두리째 파멸했고, 독일은 나를 통해 존속해온 거야. 어디 나의 독일을 거부하겠다고 마음대로 굴어보라고. 그래도 내가 너희를 대표하는 거야.(398면)

프로이센을 주축으로 하는 독일 연합군과 나뽈레옹이 이끄는 프랑스군이 혈전을 벌이는 상황에서도 독일 패권주의에는 결코 동의하지 않았던 괴테의 화해의 정신을 토마스 만은 파멸에 이른 독일을 구제할 수 있는 대안적 가능성으로 보았던 것이다. 이러한 괴테상에는 토마스 만 자신이 망명해 있는 현재적 상황도 강하게 투영되어 있다.

> 언젠가는 화를 자초할 불행한 민족이야. 자기 자신을 제대로 파악하지 못하니까. 그릇된 자기인식은 세상의 비웃음을 살 뿐 아니라 세상의 미움을 사고 극단적인 위험을 자초하지. 틀림없이 독일인들은 혹독한 운명을 겪을 거야. 스스로를 배반하고, 본분을 잊고 설쳐대니까. 유대인처럼 온 세상에 흩어져서 살아야 할 거야. 그래야 마땅하지. 독일인들 중에 가장 훌륭한 사람들은 언제나 망명을 해서 살았으니까. 망명을 하고 흩어져 살 때만 비로소 독일인들은 잠재적 소양인 선을 행하는 집단이 되고, 다른 민족들을 구원하는 존재로 발전하고 세상의 소금이 되니까……(407면)

독일인들이 "언젠가는 화를 자초할 불행한 민족"이라는 괴테의 예견은 토마스 만이 이 소설을 탈고한 시점에 독일이 2차 세계대전을 일으킨 상황과 맞아떨어지며, 유대인들처럼 온 세상에 흩어져 살아야 할 거라는 말도 현재의 망명 상황과 겹쳐진다. 1938년 시점에는 아직 유대인 박해가 본격화되지 않았지만 작품에는 유대인 대학살을 경고하는 대목도 나온다. 8장에서 괴테는 실제로 14세기에 오늘날 헝가리 지역인 에게르에서 자행된 유대인 대학살의 만행을 생생히 들려주는데, 그 "전대미문의 약탈과 학살"에(489면) 관한 이야기는 곧 벌어질 유대인 대학살에 대한 경고라 할 수 있다.
2장에서 로테가 투숙한 엘레판트 호텔 앞에 바이마르 시민들이 몰려든 상황도 히틀러 치하의 독일과 무관하지 않다. 히틀러는 40회 이상 바이마르를 방문했고, 1926년에는 바이마르에서 나치 전당대회를 열기도 했으며, 바이마르에 올 때마다 엘레판트 호텔에 투숙한 것으로 알려져 있다. 그때마다 열렬한 지지자들이 호텔 앞에 몰려들어 히틀러를 연호했고, 그러면 히틀러가 발코니에 나와서 손을 쳐들어 군중의 환호에 답했다고 한다. 이런 사실을 익히 아는 독자의 눈으로 읽으면 젊은 시절 괴테의 연인 로테를 보기 위해 호텔 앞에 군중이 운집해 있는 작중 상황은 히틀러가 같은 호텔에 투숙했던 상황과 선명히 대비된다. 이런 돌발상황에 로테가 경악하자 리머는 군중이 "천박한 호기심" 때문이 아니라 "고상한 심성"에서(64면) 로테를 우러러보기 때문에 몰려든 것이라고 안심시킨다. 하지만 리머의 말이 맞다 치더라도 '고상한 심성'에서 로테를 보러 몰려들었던 군중이 한세기 후에 다시 히틀러를 연호하며 몰려든 상황은 과연 어떻게 이해해야 할까 하는 의문이 들게 마련이다. 실제로 로테는 이 호텔이 아니라 여동생 집에 묵었는데, 사실과 달리 로테가 엘레판트 호텔에 투숙한 것처럼 각색한 작은 허구적 장치를 통해 토마스 만은 히틀러 세력이 점령한 바이마르에서 과연 어떻게 괴테의 휴머니즘 정신을 되살려낼 것인가 하는 묵직한 화두를 던지고 있는 것이다.

괴테의 사랑

알다시피 괴테는 젊은 시절부터 노년에 이르기까지 수많은 여성들을 사랑했고, 괴테의 끝없는 여성편력 또한 그 자체로 하나의 전설이 되었다. 인간 괴테와 정치인 괴테에 대한 토마스 만의 새로운 해석이 기존의 신화를 허물고 새로운 괴테상을 정립하는 데 초점을 맞추고 있듯이, 괴테의 사랑에 대한 토마스 만의 재해석 역시 대개는 여성편력에 대한 호기심으로 빗나가는 기존의 전설을 허물고 괴테의 애정관을 토마스 만 나름의 시각으로 재조명하고 있다. 괴테의 사랑에 대한 서술에서 핵심으로 부각되는 문제는 청년 시절 베르터 소설로 표현했던 로테에 대한 뜨거운 사랑이 훗날 다른 여성들과의 사랑에서 과연 어떤 의미를 갖는가 하는 것이다. 작품의 초입부에 그 의미를 해명할 핵심 키워드가 나오는데, 호텔의 급사 마거는 로테가 다름 아닌 베르터 소설의 여주인공임을 알아보고는 그 유명한 소설의 '원형'(原型, Urbild)을 직접 대면했노라고 감격해 마지않는다. 여기서 마거는 작중인물의 실제 모델이라는 의미로 '원형'이라는 표현을 쓰고 있다.

그런데 작품에서 '교양 있는 남자'로 소개되는 마거는 그 자신도 미처 의식하지 못하는 가운데 '원형'의 또다른 의미를 발설한다.『젊은 베르터의 고뇌』1부 마지막 일기에서 베르터는 로테와 함께 로테 어머니의 임종을 지켰던 기억을 나누다가 자신이 죽어 하늘나라로 가더라도 "우리는 다시 만날 것입니다"라고 확신하는 말을 남겼다고 적는다. 마거는 그 구절을 기억해내면서 44년 만에 로테와 괴테가 재회하게 되었으니 소설에서 베르터가 남긴 다짐이 드디어 현실로 실현되었다고 기뻐한다. '원형'이라는 말을 이런 맥락에서 이해하면 베르터 소설에서 괴테의 '불멸의 연인'으로 묘사된 작중인물 로테가 곧 상상의 세계를 통해 현실을 새로운 눈으로 볼 수 있게 해주는 '원형'에 해당된다. 실제로 토마스 만의 소설에서 로테는 44년 전 괴테와 함께 나누었던 시간들의 기억을 회상하면서 그 아득한 과거가 점점 더 생생한 현실로 되살아나는 '젊은 시절의 나라로의 여행'을 경험한다. 그 과정에서 로테는 베르터 소설에서 묘사된 베르터의 격정적 사랑이 실제로 겪었던 현실보다 "더 위대한 현실"로(40면) 묘사되었다는 문학적 변용을 체험한다. 그렇게 작품 속에서 '불멸의 연인'으로 변용된 로테의 이미지가 곧 훗날 괴테의 사랑에서 '원형'이자 '원체험'으로 기억에 각인된다. 그리고 로테와 헤어진 후 다시 만나 사랑한 여인들은 바로 그러한 원체험의 반복에 해당된다. 7장에서 괴테가 로테와 사랑을 회상하면서, 얼마 전에 사랑했던 여인 마리아네 빌레머를 로테와 동일시하는 것은 그런 맥락에서 이해된다.

피아노를 치며 노래 부르는 로테의 입술이 그토록 매력적으로 보인 적은 없었지. 뭔가를 갈망하듯 벌어진 그녀의 입술은 피아노의 감미로운 곡조를 들이마시려는 것 같았어. 마리아네 빌레머도 그러지 않았던가. 똑같았어. 더 정확히 말하면, 미뇽의 노래를 부르던 마리아네는 로테와 똑같지 않았던가? (…) 이번에는 예전의 잔치를 그대로 되풀이하는 것 같았지. 원체험을 그대로 본떠서 성대하게 치르는 의식(儀式)이고, 시간을 초월한 사유의 유희야. 처음보다 생기는 덜하지만, 정신적으로 고양된 삶이기에 처음보다 더 풍성하기도 하지. (…) 기다리는 거야! 사랑하는 여인은 다시 나타나 입을 맞추지. 언제나 젊은 모습으로.(385면)

괴테가 마리아네 빌레머를 만났던 당시 빌레머는 로테의 젊은 시절 나이와 비슷했고, 빌레머가 갓 결혼한 신부라는 것도 로테가 새 신부였던 정황과 흡사하다. 그리고 빌레머의 남편이 괴테의 친구라는 사실 또한 로테의 남편이 괴테의 절친한 친구였다는 사실과 합치된다. 그렇지만 빌레머에 대한 사랑이 젊은 시절 로테에 대한 사랑의 단순 반복은 아니다. 베르터 소설에서 묘사되듯이 젊은 시절의 사랑이 자기제어를 모르는 격정적 사랑이었고 결국 베르터의 자살로 귀결되는 극단으로 치달았다면, 세상의 온갖 풍파를 겪고 노년의 지혜에 도달한 원숙한 사랑은 위 인용문에서 괴테 스스로 말하듯 '정신적으로 고양된 더 풍성한' 사랑인 것이다.

여기서 '정신적으로 고양된 풍성함'이 함축하는 또다른 의미는 괴테의 사랑이 언제나 문학창작의 원체험으로 작용한다는 것이다. 로테에 대한 사랑은 베르터 소설을 낳았고, 빌레머에 대한 사랑은 노년기의 대표작에 속하는 『서동시집』에서 중요한 모티프가 된다. 괴테가 사랑하는 여성들은 어김없이 문학적으로 변용되는 것이다. 여성의 입장에서 그것은 뿌듯한 자부심을 안겨주는 황홀한 체험일 것이다. 하지만 관점을 달리해서 보면 여성의 원망을 사는 빌미가 될 수도 있다. 괴테의 사랑은 상대방 여성 자신을 목적으로 삼지 않고 사랑을 통해 다시 더 높은 예술의 세계로 나아가기 때문이다. 그래서 괴테의 사랑은 이 소설에 나오는 표현을 빌리면 "아이도 생기지 않는 키스"로(129면) 끝나고, 괴테는 매번 사랑의 절정에서 여성으로부터 도망치는 것이다. 『젊은 베르터의 고뇌』에서 로테가 베르터를 질책하는 것도 그 때문이다. 알베르트와 결혼한 로테는 괴테에게 어째서 하필이면 남의 아내인 자기를 좋아하느냐, 이미 임자가 있는 몸이기 때문에 오히려 더 마음 놓고 덤비는 게 아니냐고 따진다(『젊은 베르터의 고뇌』 175면 참조). 실제로 노년의 괴테는 자서전 『시와 진실』에서 젊은 시절 로테에 대한 사랑을 회고하면서 로테에 대한 사랑의 장점을 두가지 꼽았는데, 이미 약혼자가 있는 여성인데다 로테가 격정적인 성품의 자신과 달리 인간적 호감과 정감 이상의 감정표현은 하지 않아서 안심할 수 있었다는 것이다. 토마스 만의 소설에서 로테는 이러한 "시인의 사랑"이(138면) 평생 동안 "청산되지 않은 오랜 빚"으로(128면) 남아 있다고 가슴에 맺힌 응어리를 토로하며, 리머는 그런 사랑을 가리켜 언제나 사랑보다 예술을 우위에 두고 '절대 예술'을 추구하는 "시의 자기만족"이라(144면) 꼬집는다. 괴테에게 사랑은 항상 예술의 '원재료'에 불과하다는 것이다. 작품에서 젊은 시절 로테에 대한 사랑을 회상하는 노년의 괴테 자신도 그 점을 인정한다.

벌써 예술에 대해서나 사랑에 대해서나 나름대로 일가견이 있었고, 사랑을 하면서도 속으로는 예술을 염두에 두고 있었지. 새파랗게 젊었지만, 이미 예술을 위해서라면 얼마든지 사랑과 인생과 인간을 배반할 용의가 있었어. 결국 일을 저질렀지. 라이프치히 도서전에 『젊은 베르터의 고뇌』를 내놓았지. 사랑하는 벗들이여, 격분한 이들이여, 나를 용서해주게. 그럴 수만 있다면. 소중한 벗들이여, 그렇게 힘든 시절을 겪게 했으니 나는 여전히 그대들에게, 그대들의 자녀들에게 빚을 지고 있네. 뭐라고 탓해도 할 말이 없어.(383면)

"예술을 위해서라면 얼마든지 사랑과 인생과 인간을 배반할 용의가" 있는 이러한 사랑이 상황에 따라서는 그런 사랑에 연루된 당사자에게 치명적 독이 될 수도 있음을 보여주는 이야기가 바로 아델레가 들려주는 오틸리에와의 석연치 않은 관계이다. 아델레는 오틸리에가 젊은 시절의 로테를 닮았기 때문에 괴테의 사랑을 받는다고 말한다. 작품에서 괴테 자신이 오틸리에를 사랑한다는 말은 나오지 않지만, 그 '귀여운 처자'가 젊은 시절에 좋아했던 여성들과 '같은 타입'이기 때문에 아들 아우구스트와 결혼시키려 한다고 고백한다. 여기서 토마스 만은 어디까지가 사실이고 어디까지가 소설적 허구인지 그 경계를 일부러 모호하게 흐림으로써 오히려 독자의 궁금증을 더욱 증폭시킨다. 어떻든 괴테가 아들과 며느리 사이의 위태로운 삼각관계에 말려들 조짐을 보이는 것처럼 묘사하고 있는 것만은 분명하다.

그런데 아델레와 마찬가지로 아우구스트 자신도 로테에게 오틸리에가 로테의 "딸일 수도 있"다고(269면) 오틸리에가 로테와 닮았다는 점을 강조한다. 로테는 아우구스트와 면담을 마치고 작별하는 장면에서 "하느님의 가호가 있기를, 내 아들!"(339면)이라고 하면서 '어머니'의 입장에서 아우구스트를 '아들'처럼 대하고 결혼을 미리 축복해준다. 이로써 로테와 아우구스트와 오틸리에는 상징적 가족관계가 된다. 이러한 소설적 허구는 오틸리에·아우구스트·괴테의 위태로운 삼각관계를 다시 윤리적으로 순화하려는 작가의 의도가 작용한 결과라 할 수 있다. 로테는 아우구스트와 오틸리에의 상징적 '어머니'가 됨으로써 이들의 결혼이 행복하기를 축원하는 후견의 역할을 하는 셈이기 때문이다. 다른 한편 로테가 아우구스트와 오틸리에의 상징적 '어머니'가 된다는 것은 곧 괴테의 상징적 '아내'가 되는 것과 같은 의미를 갖는다. 그렇게 보면 젊은 시절 자신에 대한 괴테의 격정적 사랑에 동일한 감정으로 응답하지는 않았던 마음의 문을 열고 비로소 젊은 시절 괴테의 사랑에 응답한다는 상징적 의미를 갖는다. 아울러 자신을 결혼상대로는 고려하지 않았던 괴테에 대한 야속한 감정도 풀고 '청산되지 않은 빚'을 탕감하여 화해에 도달하기 위한 마음의 준비를 다지는 계기도 된다.

소설 말미에서 로테가 마차 안에서 괴테의 '환영'과 대화를 나누는 장면은 소설 초입에서 로테가 젊은 시절 괴테와의 만남을 회상하는 장면과 더불어 매우 아름답게 묘사되어 있다. 괴테가 '긴 이별, 짧은 재회' 운운하며 마치 로테를 서둘러 떠나보내려는 듯한 모습을 보이자 로테는 발끈해서 괴테에게 반말을 하면서 쏘아붙여서 괴테를 무안하게 만든다. 실제로 『서동시집』에 수록된 '줄라이카의 노래' 시편 중에 여러편의 시를 직접 썼다고 알려져 있는 마리아네 빌레머에게 로테는 은근히 질투심을 보이면서도 여자는 다 똑같다고 괴테한테 호통을 치기도 한다. 괴테가 로테에게 '청산되지 않은 빚'에 대하여 진심으로 사과하자 로테는 자기한테 사과할 게 아니라, 괴테의 첫사랑으로 괴테와 헤어진 후 혼자 쓸쓸히 여생을 보냈던 프리데리케 브리온에게 사과해야 한다고 훈계한다. 그러자 괴테는 신(神)을 부르는 이름은 수없이 많지만 결국 하나의 '유일자'를 가리킨다는 비유를 들어 자신이 평생 사랑한 여성들도 이름은 다르지만 결국 하나의 '유일자'라고 로테에 대한 사랑이 변함없음을 우회적으로 고백한다. 이로써 44년 만에 백발이 되어 만난 두 연인은 다시 젊은 시절의 사랑을 확인하기에 이른다.

소설의 서술기법 ── 상호텍스트성과 주도동기

이미 언급한 대로 이 소설의 서술기법에서 가장 두드러진 특징은 작가가 여러 선행 텍스트들을 다양한 방식으로 모자이크하여 하나의 새로운 텍스트를 직조하고 있다는 것이다. 선행 텍스트를 차용하는 방식 여하에 따라 때로는 표절 시비를 불러일으키기도 하는 '상호텍스트성'이다. 상호텍스트성 이론을 처음 제창했던 크리스떼바(Kristeva)에 따르면 모든 텍스트는 '인용들의 모자이크'로 구축되며 '다른 텍스트들의 흡수와 변형'이다. 선행 텍스트들의 '흡수와 변형'이 어설프게 이루어지면 시시한 아류 모방 작품에 그치겠지만, 새로운 고유한 맥락을 창출해낸다면 독자적인 작품성을 인정받을 수 있을 것이다. 토마스 만의 『로테, 바이마르에 오다』는 그런 점에서 선행 텍스트가 새로운 맥락에서 재탄생하여 독자적인 작품세계를 구축하는 경위를 보여주는 좋은 본보기라 할 만하다. 가령 베르터 소설을 차용하는 방식이 그렇다. 베르터 소설 끝부분에서 베르터는 자살을 결심하고서 마지막으로 로테를 찾아가 자신이 번역한 오시안(Ossian)의 노래를 낭송해주는데, 죽은 이들을 추모하는 슬픈 노래를 낭송하다가 감정에 복받쳐서 처음이자 마지막으로 로테에게 뜨거운 키스를 퍼붓는다. 토마스 만의 소설에서 바로 그 장면에 대한 로테의 회상은 "그 입맞춤은 더듬거리며 몸을 빼내려는 그녀의 입술에 한순간 뜨거운 불길을 지폈던 것이고……"(39면)라고 서술된다. 괴테의 베르터 소설에서 로테는 베르터에게 깊은 연민을 느끼긴 하지만 베르터와 달리 사랑의 '뜨거운 불길'에 달아오르지는 않는다. 베르터의 사랑이 로테에게도 전이된 것처럼 살짝 다르게 각색한 것이다. 이 미묘한 차이는 토마스 만의 소설에서 44년의 세월이 흐른 후에 재회하는 로테와 괴테의 관계에 결정적인 변화를 가져온다. 괴테의 베르터 소설에서와는 달리 로테 역시 괴테의 사랑에 공감하고 사랑의 감정을 느꼈기 때문에 로테가 지난 44년 동안 젊은 시절 "당시 상황과 그 여파를 돌이켜보지 않은 날은 단 하루도 없었"고(139면) 고백하는 말은 그저 빈말이 아니라 44년의 무게가 고스란히 실리는 것이다. 이로써 로테가 괴테와의 사이에 '청산되지 않은 빚'을 안고 살아왔다는 말도 설득력을 얻고, 그렇게 오랜 세월 동안 가슴에 맺힌 응어리를 풀고자 44년 만에 괴테를 만나러 바이마르까지 온 사연도 충분히 납득된다. 그리고 마차 안에서 로테가 괴테와 대화를 나누다가 마침내 감정이 폭발해서 괴테한테 반말로 야단을 치고 괴테가 쩔쩔매는 장면도 토마스 만 특유의 유머로 독자의 미소를 자아내면서 생생한 실감을 얻게 된다.

크리스떼바의 상호텍스트성 이론을 더 극단으로 밀고 나간 롤랑 바르뜨(R. Barthes)는 선행 텍스트들을 흡수하여 새로 탄생한 작품을 '공명통'에 견준 바 있다. 이 소설에서 토마스 만이 괴테의 정신세계에 제대로 '공명'했는가 여부도 작품의 성패를 가늠하는 중요한 준거가 된다. 그런 관점에서 로테에 관한 묘사를 살펴보면 일찍이 괴테가 『파우스트』 2부의 결말에서 "영원히 여성적인 것이 우리를 이끌어올린다"라고 설파했던 구원의 여성성이 이 소설에서 로테의 여성상으로 새롭게 탄생했음을 알 수 있다. 44년 만에 괴테를 만나러 왔고 십수년 만에 여동생을 만나러 온 조바심에도 불구하고 로테는 예고 없이 찾아온 내방객들을 물리치지 않고 그들의 하소연을 끝까지 들어주면서 그들의 처지를 헤아리고 조언도 해주는 넓은 아량과 이해심을 보여준다. 그리고 그들 각자의 입장에서 저마다 다르게 들려주는 노년 괴테의 변화된 모습을 종합하여 로테 나름의 관점으로 인간 괴테를 파악하고, 마지막에는 괴테가 '시성'이자 바이마르의 '재상'이라는 허울을 벗고 인간적인 속내를 토로하도록 유도하는 산파역까지 해낸다.

음악에 조예가 깊었던 토마스 만은 원래 음악에서 유래하는 '주도동기(主導動機)' 기법을 즐겨 구사하는데, 이 소설에서도 예외는 아니다. 음악에서 주도동기는 반복해서 나타나는 인상 깊은 멜로디를 가리키는데, 그렇게 해서 작품의 전후 맥락을 연결해주고 주제를 이끌어가는 구실을 한다. 이 소설에서는 예컨대 '키스'와 '딸기' 그리고 '씰루엣 그림' 등이 그런 주도동기에 해당된다. 작품 첫머리에서 로테는 젊은 시절 괴테가 자신에게 뜨겁게 키스했던 기억을 떠올리며 마치 여학생처럼 가슴이 설렌다. 그 장면을 회상하면서 로테는 그 뜨거운 입맞춤은 베르터 소설에서 묘사된 것과는 달리 오시안 낭송 당시가 아니라 실제로는 딸기밭에서 있었던 일이라고 자신의 기억을 수정한다. 베르터가 오시안을 낭송해주었을 때는 성탄절을 앞둔 한겨울이었지만, 딸기가 무르익는 계절은 연중 가장 화창한 봄날이므로 로테가 '젊은 시절로의 여행'을 떠나와서 마치 회춘한 듯한 애틋한 심경에 잠겨드는 현재 상황과 맞아떨어진다. 이러한 기억의 수정은 단지 실제 현실경험이 소설에서 묘사된 것과는 달랐다는 사실을 말하려는 것이 아니라, 베르터 소설이 실화의 재구성이 아니라 어디까지나 그 자체로 완결된 한편의 소설임을 강조하는 것이다. 마찬가지로 로테와 괴테의 재회라는 사실에 바탕을 둔 토마스 만의 작품 역시 '전기'가 아니라 '소설'임을 넌지시 내비치는 것이다.

7장에서 선잠에서 깨어나는 괴테는 무의식중에 딸기 냄새를 맡으면서, 지금이 딸기 철은 아닌데 하고 의아해한다. 괴테는 아직 로테가 바이마르에 왔다는 소식은 모르는 상태에서도 이심전심으로 그녀가 가까이 있다는 것을 직감하는 것이다. 딸기 철이 한참 지난 9월 하순에 딸기 향을 느끼는 후각의 착각은 어느덧 60대의 '할매'와 '할배'가 된 로테와 괴테가 '철 지난' 재회를 앞둔 상황에 상응

한다. 이어서 괴테는 딸기를 통해 여자의 입술과 키스를 연상한다.

딸기는 향이 감미롭고 매력적이야. 비단처럼 부드러운 과육과 과즙이 버무려져서 여자의 입술처럼 뜨거운 생기로 달아오르지. 인생의 절정은 사랑이고, 사랑의 절정은 입맞춤이지. 입맞춤은 사랑의 시(詩)이자 뜨거운 열정의 봉인이며, 관능적이면서도 플라톤적이지.(382면)

여기서 "사랑의 절정은 입맞춤"이라는 말은 젊은 시절 로테와의 입맞춤이 괴테의 사랑에서 하나의 절정이었다는 은연중의 고백이 되는 셈이다. 뒤이어 괴테는 "시라는 것은 세상의 딸기입술에 정신적인 입맞춤을 하는 것이지"(383면)라며 입맞춤이 남녀 간의 사랑의 절정일 뿐 아니라 이 세상과의 감각적이고도 정신적인 교감이라는 시의 본령이라고 말한다. 그런 의미에서 입맞춤은 괴테 문학의 본질과 상통하는 은유가 된다.

8장에서 괴테가 로테를 점심식사에 초대한 장면에서도 입맞춤과 딸기 모티프가 나온다. 식사 내내 발언을 독점하여 로테를 질리게 만든 괴테는 식사가 끝나고 후식으로 딸기 크림이 나오자 얼마 전에 바이마르에서 열린 미술전시회에서 어떤 청년이 남몰래 아름다운 여인 그림에서 여인의 입 부위에 해당되는 액자 유리에 키스를 해서 유리 표면에 키스 자국이 선명하게 남았다는 에피소드를 들려준다. 그림 속 여인의 입술에 직접 키스를 한 게 아니라 그림을 보호하기 위한 액자의 유리에 키스를 했다는 이야기는 앞의 인용문에서 입맞춤이 '플라톤적'이라는 정신적 사랑의 모티프를 이어받는 것이라 할 수 있다. 다른 한편 젊은 시절 한때 '사랑의 절정'을 선사해준 로테가 지금 함께 있긴 하지만, 줄곧 '머리를 끄덕이는' 노화증세를 보이는 로테와 역시 팔의 통증 때문에 줄곧 뻣뻣한 자세를 취할 수밖에 없는 노년의 괴테가 오랜 세월에 파묻힌 과거의 젊음을 그대로 되살릴 수는 없는 안타까움을 에둘러 실토하는 것이라 볼 수도 있다. 그럼에도 로테는 뻣뻣하게 굴던 괴테가 그래도 마지막에는 ─ 실화라기보다는 지어낸 것으로 짐작되는 ─ 이런 이야기를 들려주어서 가슴이 뭉클해지고 마치 처녀처럼 얼굴을 붉힌다.

그 이야기를 들려준 다음 괴테는 44년 전에 로테가 직접 그려서 선물로 보내준 씰루엣 그림을 아직도 보관하고 있다고 박물상자를 열어서 그림을 찾는다. 작품 초반에서 로테는 괴테가 이 씰루엣 그림을 선물로 받고 매일 수없이 그림에 입을 맞추었다고 베르터 소설에서 묘사한 부분을 떠올린다. 그런 의미에서 씰루엣 그림은 이별의 선물인 동시에 헤어진 연인에 대한 그리움을 달래주는 사랑의 정표라 할 수 있다. 그런데 정작 괴테는 그림을 찾지 못하고 로테가 나서서 그림을 찾아내어 보여주는데, 44년의 세월에 빛바랜 추억을 다시 생생한 현재로 되살리는 주도적인 역할이 로테의 손에 달려 있음을 암시하는 대목이다. 이미 언급한 대로 괴테가 뻣뻣한 태도를 허물고 다시 인간의 얼굴을 되찾도록 해주는 산파 역할은 어디까지나 로테의 몫인 것이다.

이상에서 간략히 살펴본 대로 이 소설은 괴테의 삶과 문학이라는 선행 텍스트를 정교하게 모자이크해서 새로운 작품으로 탄생하였고, 마치 음악작품처럼 정밀하게 구성되어 있어서 토마스 만의 장인적 솜씨를 유감없이 보여준다. 토마스 만과 동시대의 작가 슈테판 츠바이크(S. Zweig)가 이 소설을 가리켜 '문학적 전기의 가장 완벽한 예술형식'을 구현했다고 상찬한 이유가 짐작된다.

마지막으로 번역에 관해 한마디 부연하고자 한다. 이 작품에는 『젊은 베르터의 고뇌』처럼 선행 텍스트가 명시적으로 드러나는 경우도 있지만, 괴테의 시나 드라마의 짧은 구절이 차용되어 인용의 흔적을 확인하기 힘든 경우가 대부분이다. 마침 2003년에 독일에서 이 작품의 정본이 출간되면서 ─ 그전까지 나온 판본들은 토마스 만의 원고와는 상당히 편차가 나는 오자와 탈자투성이였다 ─ 동시에 작품의 두배 분량이 되는 방대한 주해서가 나와서 토마스 만이 괴테의 문학에서 직간접으로 인용한 모든 선행 텍스트가 거의 완벽하게 밝혀졌다. 그렇지만 그 모든 선행 텍스트를 번역에서 남김없이 명기해줄 경우 번역서가 주해서로 비대해지는 번잡함을 초래할 우려가 크다고 판단되어 작품 이해를 위해 꼭 필요한 경우에만 선행 텍스트를 밝혀주었다.

작가연보

1875년	6월 6일 북독일의 항구도시 뤼베크에서 유복한 곡물상이었던 아버지 토마스 요한 하인리히 만과 어머니 율리아 만 사이에 둘째 아들로 태어남. 형제로는 형 하인리히 만(1871년 출생), 여동생 율리아 만(1877년 출생), 클라라 만(1881년 출생), 남동생 빅토르 만(1890년 출생)이 있음.
1877년	아버지가 뤼베크 시 참의원에 선출됨.
1891년	아버지 사망.
1893년	어머니와 여동생들이 뮌헨으로 이주. 김나지움 재학 중에 『봄날의 폭풍우』(*Der Frühlingssturm*)라는 문학잡지 출간.
1894년	뮌헨으로 이주. 뮌헨 공과대학에서 청강. 단편소설 「전락」

(Gefallen) 발표.

1896년 단편소설 「행복에의 의지」(Der Wille zum Glück) 발표. 형 하인리히 만과 이딸리아 여행.

1898년 『짐플리치시무스』(*Simplicissimus*)지의 편집부 근무. 단편집 『키 작은 프리데만 씨』(*Der kleine Herr Friedemann*) 출간.

1900년 군에 입대하였으나 복무 부적격 판정을 받고 조기 제대.

1901년 장편소설 『부덴브로크가의 사람들』(*Buddenbrooks*) 출간.

1903년 단편소설 「토니오 크뢰거」(Tonio Kröger) 발표. 단편집 『트리스탄』(*Tristan*) 출간.

1905년 카티아 프링스하임과 결혼. 첫째 딸 에리카 만 태어남.

1906년 장남 클라우스 만 태어남.

1909년 둘째 아들 골로 만 태어남.

1910년 둘째 딸 모니카 만 태어남.

1913년 중편소설 『베네찌아에서의 죽음』(*Der Tod in Venedig*) 출간.

1914년 단편집 『신동』(*Das Wunderkind*) 출간.

1918년 셋째 딸 엘리자베트 만 태어남. 산문집 『어느 비정치인의 고찰』(*Betrachtungen eines Unpolitischen*) 출간.

1923년 어머니 사망.

1924년 장편소설 『마의 산』(*Der Zauberberg*) 출간.

1929년 노벨문학상 수상.

1930년 단편소설 「마리오와 마술사」(Mario und der Zauberer) 발표. 산문집 『이 시대의 요구』 출간.

1933년 유럽 여행 중에 히틀러가 집권하자 독일 귀국을 포기하고 스위스의 취리히 근교에 체류. 『요셉과 그의 형제들』(*Joseph und seine Brüder*) 4부작 중 제1권 『야곱의 이야기』(*Die Geschichten Jaakobs*)

출간.

1934년 『요셉과 그의 형제들』제2권『청년 요셉』(*Der junge Joseph*) 출간.
미국 여행.

1935년 산문집『대가들의 고뇌와 위대함』(*Leiden und Größe der Meister*)
출간. 두번째 미국 여행.

1936년 『요셉과 그의 형제들』제3권『이집트에서의 요셉』(*Joseph in
Ägypten*) 출간. 독일 국적 포기.

1938년 미국으로 망명. 프린스턴 대학 객원교수로 위촉됨.

1939년 장편소설『로테, 바이마르에 오다』(*Lotte in Weimar*) 스톡홀름에서
출간.

1940년 영국 BBC 방송을 통해 '독일 청취자들에게 고함!'이라는 제목으
로 히틀러 체제를 비판하는 월례 방송을 진행함. (1945년까지 모
두 60여차례 방송 송출.)

1941년 로스앤젤레스 근교로 이주.

1943년 『요셉과 그의 형제들』제4권『부양자 요셉』(*Joseph der Ernährer*)
출간.

1944년 미국 시민권 취득.

1945년 방송 원고 모음집『독일 청취자들에게 고함!』(*Deutsche Hörer!*) 출
간. 산문집『정신의 귀족』(*Adel des Geistes*) 출간.

1947년 장편소설『파우스트 박사』(*Doktor Faustus*) 출간. 종전 후 첫번째
유럽 여행.

1949년 전후 처음으로 독일 방문. 괴테 탄생 200주년 기념 강연. 프랑크
푸르트 시가 수여하는 괴테상 수상.

1950년 형 하인리히 만 사망.

1951년 장편소설『선택받은 자』(*Der Erwählte*) 출간.

1952년   스위스의 취리히 근교에 정착함.

1954년   미완성 장편소설 『고급 사기꾼 펠릭스 크룰의 고백』(*Bekenntnisse des Hochstaplers Felix Krull*) 제1부 출간.

1955년   8월 12일 서거함.

고전의 새로운 기준, 창비세계문학

오늘날 우리는 인간의 존엄과 개성이 매몰되어가는 시대를 살고 있다. 물질만능과 승자독식을 강요하는 자본주의가 전지구적으로 확산되면서 현대사회는 더 황폐해지고 삶의 질은 크게 훼손되었다. 경제성장만이 최고의 선으로 인정되고 상업주의에 물든 문화소비가 삶을 지배할수록 문학은 점점 더 변방으로 밀려나고 있다. 삶의 본질을 성찰하는 문학의 자리가 위축되는 세계에서는 가진 자와 못 가진 자 할 것 없이 모두가 불행할 수밖에 없다.

이 시대야말로 인간답게 산다는 것의 의미가 무엇인지 근본적인 화두를 다시 던지고 사유의 모험을 떠나야 할 때다. 우리는 그 여정에 반드시 필요한 벗과 스승이 다름 아닌 세계문학의 고전이라는 점을 강조한다. 고전에는 다양한 전통과 문화를 쌓아올린 공동체의 경험이 녹아들어 있고, 세계와 존재에 대한 탁월한 개인들의 치열한 탐색이 기록되어 있으며, 새로운 세상을 꿈꾸는 아름다운 도전과 눈물이 아로새겨 있기 때문이다. 이 무궁무진한 상상력의 보고이자 살아 있는 문화유산을 되새길 때만 개인의 일상에서 참다운 인간적 가치를 실현하고 근대적 삶의 의미와 한계를 성찰하는 지혜를 얻을 수 있을 것이다.

'창비세계문학'은 이러한 문제의식에서 출발한다. 세계문학의 참의미를 되새겨 '지금 여기'의 관점으로 우리의 정전을 재구성해야 할 필요성이 그 어느 때보다 절실하다. '정전'이란 본디 고정된 목록으로 존재하는 것이 아니라 그때그때 주어진 처소에서 새롭게 재구성됨으로써 생명을 이어가는 것이다. 우리는 먼저 전세계 문학들의 다양성과 차이를 존중하면서 국가와 민족, 언어의 경계를 넘어 보편적 가치에 기여할 수 있는 가능성에 주목하고자 한다. 근대를 깊이 성찰한 서양문학뿐 아니라 아시아와 라틴아메리카, 중동과 아프리카 등 비서구권 문학의 성취를 발굴하고 재평가하는 것 역시 세계문학의 지형도를 다시 그리려는 창비의 필수적인 작업이 될 것이다.

여러 전집들이 나와 있는 세계문학 시장에서 '창비세계문학'은 세계문학 독서의 새로운 기준이 되고자 한다. 참신하고 폭넓으면서도 엄정한 기획, 원작의 의도와 문체를 살려내는 적확하고 충실한 번역, 그리고 완성도 높은 책의 품질이 그 기초이다. 독서시장을 왜곡하는 값싼 유행과 상업주의에 맞서 문학정신을 굳건히 세우며, 안팎의 조언과 비판에 귀 기울이고 독자들과 꾸준히 소통하면서 진정 이 시대가 요구하는 세계문학이 무엇인지 되묻고 갱신해 나갈 것이다.

1966년 계간『창작과비평』을 창간한 이래 한국문학을 풍성하게 하고 민족문학과 세계문학 담론을 주도해온 창비가 오직 좋은 책으로 독자와 함께해왔듯, '창비세계문학' 역시 그러한 항심을 지켜 나갈 것이다. '창비세계문학'이 다른 시공간에서 우리와 닮은 삶을 만나게 해주고, 가보지 못한 길을 걷게 하며, 그 길 끝에서 새로운 길을 열어주기를 소망한다. 또한 무한경쟁에 내몰린 젊은이와 청소년들에게 삶의 소중함과 기쁨을 일깨워주기를 바란다. 목록을 쌓아갈수록 '창비세계문학'이 독자들의 사랑으로 무르익고 그 감동이 세대를 넘나들며 이어진다면 더없는 보람이겠다.

2012년 가을
창비세계문학 기획위원회
김현균 서은혜 석영중 이욱연 임홍배 정혜용 한기욱

창비세계문학 55

로테, 바이마르에 오다

초판 1쇄 발행 / 2017년 3월 27일

지은이 / 토마스 만
옮긴이 / 임홍배
펴낸이 / 강일우
책임편집 / 권은경 · 채세진
조판 / 박아경
펴낸곳 / (주)창비
등록 / 1986년 8월 5일 제85호
주소 / 10881 경기도 파주시 회동길 184
전화 / 031-955-3333
팩시밀리 / 영업 031-955-3399 편집 031-955-3400
홈페이지 / www.changbi.com
전자우편 / lit@changbi.com

한국어판 ⓒ (주)창비 2017
ISBN 978-89-364-6455-4 03840